Tomitani Patavini

Bernardini

Tomitani Patavini

Bernardini

ISBN/EAN: 9783741184116

Manufactured in Europe, USA, Canada, Australia, Japa

Cover: Foto ©Andreas Hilbeck / pixelio.de

Manufactured and distributed by brebook publishing software
(www.brebook.com)

Tomitani Patavini

Bernardini

CLARISS. MARINO CABALLO
Paduæ Prætori optimo,

ET

CLARISS. NICOLAO GRITTIO,
Præfecto integerrimo.

Iacobus Breznicius Polonus.

S. P. D.

Irum vobis forsitan videbitur, Magnifici & Sapientiss. viri, me hominem alienum & exterum, auribus vestris per literas obstrepere. Verum cum eo præditus sim animo, vt eam virtutem, quæ referendæ gratiæ pro beneficijs curâ suscipit, maxime colam, haud alienum est, me nunc idem studij genus & officiu erga vos de literis, literarúq; studiosis optime meritos persequi, beneficia vestra agnoscere, gratitudinémq; declarare conari. Quis enim adeo rudis & ignarus est, qui superiorum temporum motus, qui in patauino totius orbis celeberrimo Gymnasio excitati fuerant, nesciat? Quis deinde tâ inuidus, aut impius, qui ea omnia vestro viri Clariss. ex Sapientiss. Reipu. Venetæ corona, ad sedandas cunctas animorum cômotiones, tollendosq; tumultus aduentu, tanquâ Castoris & Pollucis in summis tempestatibus delapsu, mitigata ac sublata non modo videre nolit, sed etiam studiosorum commodis gratulari recuset? Quæ omnia cum ita se se habeât, non immerito liberalium artium cultores, huius diuini beneficij, vestréq; sapientiæ ac humanitatis participes, vos, quasi duo

✠ ij   summa

ſumma lumina admirantur, ſuſpiciunt, omnemớ; ope-
ram & ſtudium in teſtificanda gratitudine, & obſeruan
tia deſerunt. Atq; ego quoq; cum in eorum numero eſ-
ſem, qui ſapientiæ ac virtutis veſtræ monimenta diligen
tius cótemplati ſunt, ecœpi & ipſe non tantum aſpicere
ſed etiam colere, animumớ; ad ſignificandum beneuó-
lentiæ vel dicam pietatis ſtudium attendere: præſertim
cum ſcirem te MARINE CABALLE clariſſime, ab
eo ſtudiorum genere non abhorrere, quod nos ample-
ctimur. Vixiſti enim olim, immo floruiſti tu potius in
hac ipſa ciuitate doctrinarum magiſtra; in qua tanta &
literarum & virtutum ornamenta adeptus es, quanta nó
vulgi iudicium, ſed ipſius Senatus Veneti prudentiſſi-
mum conſilium ad literarum reſtaurationem, & ad mo
derandas, adiuuandasớ; ſtudioſorum voluntates ſuffe-
ciſſe declarauit, cum te honeſtiſſima reformatoris dignitate paulo ante ornaſſet. Ea res igitur (vt nunc viri
Clariſſimi NICOLAI GRITTII παραϛέτι tui virtutes, res geſtas, animumớ; in communem tráquillitatem
mirifice propenſum, breuitatis cauſa præteream) tantū
in inflammando, incitandoớ; meæ in vos gratitudinis &
obſeruantiæ ſtudio valuit, vt me cohibere nó potuerim,
quin primo quoq; tempore, re ipſa id, quod animus pau
lo ante conceperat demonſtrarem, ac vobis teſtatum
relinquerem. Itaq; cum viderem BERNARDINI
TOMITANI viri & ingenij acie, & omni liberali doctrina politiſſimi ſcripta, Logicen, Veritatis μέθοδον illu
ſtrátia ſatis deprauata in manibus ſtudioſorū circúferri,
nec minimū ſæpius liuentium quorundam impuro iudi
cio, ob mendoſam deſcriptionem oblatrandi argumen
tum dari, pro mea in ipſum obſeruantia ac amore, cum
eo rationem iniui, mihiớ; tantum operæ ab illo nauari
                                                    poſtulaui,

postulaui, vt quasdam obseruationes, quas ex quotidianis lectionibus, tam ad conferendos interpretum contextus, quàm ad ambiguas aliorum sententias explanan
das apprime necessarias, non sine magno labore collegeram, castigaret, & emendatas in communem studiosorum vtilitatem, me hortatore edi permitteret. Recusabat ille quidem primo modestius: verum cum neq; fla
gitandi finem facerem, & hoc in primis ostenderem fore, vt studiosorum desiderium, quo æstuarent legendi
æruditos illos & vberes in vniuersum Aristotelis Organum commentarios, & in naturalem Philosophiam obseruationes, quæ omnia & sententiarum copia referta,
& suisquoq; eloquentiæ luminibus interlita, breui editurus esset, aliqua ex parte minueretur: victus est vir cũ
humanissimus, tum mei amantissimus, & se studio meo
obsecuturum promisit, cum eo tamen, vt in me hanc re
cognitionem suam reciperem: & sententias ex his colligerem scriptis, quę dum ille voce profitetur, mihi emen
datiora viderentur. Cui oneri me imparem animaduertens, nec tamen rem literariam adeo præstanti fructu
defraudari cupiens, ad vos viri Clarissimi tanquam patronos, & veræ virtutis, non specatæ, aut fauoribus altæ,
protectores eximios confugiendum, robisq; id omne
quicquid est siue laboris, siue fructus dicandũ constitui:
vt ea ratione perpetuum mei erga vos studium, & in
Tomitanũ animi mei beneuoli testatissimum extaret ar
gumentũ. Quod ad libellum attinet, hoc mihi admonendum videbatur:ne quis, vel copiã verborũ, vel figu
ras, aut cincinnos coloresq; orationis ĩ presentia spectet,
ἁπλοῦς γὰρ ἰσυ τῆε ἀληθῆιας λόγοι. & Tomitanus cũ ea traderet, plus sentẽtiarum vim, quàm verborum ornatum
considerans, ab ipsius Aristotelis norma loquendi sibi

discedendum non putauit. Etenim sic ille dicere inter
nos solet, scripta omni posteritati placere debere. viuã
vero docentis vocem, praesentes instruere. optime actũ
cum auditoribus iudicans, si eos ad id genus orationis,
quo Aristoteles vtitur assuefaceret, quo, facilius Aristo
telem & legerent, & diligerent. Tractatur autem in pri
ma parte collatio latinarum versionum ad greci textus
veritatẽ, in his locis, in quibus maior siue perspicuitas,
siue interpretis fides desideratur. In altera vero preci-
puæ contradictiones, in quibus se se serire videtur Aristoteles de medio tolluntur. Quæ cum ad studiosorum
cedant fructum, vest. ۱ق; viri clarissimi spectent
honorem, equo animo suscipite, & date ope
ram, vt vestra autoritate ac dignitate,
& animi discentiũ magis inflam
mentur, & TOMITANVS
humanissimus præce-
ptor, ad maio-
ra, vt dixi,
in Philosophia promul-
ganda excitetur.
Valete.

BERNARDINI TOMITANI
PATAVINI

Animaduersiones aliquot in Primum Librum
Posteriorum Resolutoriorum.

T E X. I.

MNIs doctri
na, et ois disci
plina] πᾶσα
διδασκαλία ἡ
πᾶσα μάθη-
σις] hoc totū
verteret Cice-
ro, [ois doctrinæ institutio] qꝰ
maxime probat Sadoletus vir
eloquētissimus, & Romana dignitate, qua functus est, dignissi
mus. Perpēde tñ eā vocē[διδασκαλία] hoc est [doctrina] du-
plicē extare: aliā, quæ ore docētis emanat, aliā vero ꝗ librorū
monumētis & lucubratiōibus
tradita pscribiꞇ pterea, cū [μά-
θησις] sit discipuli eruditio cognitiōe, inde efficiꞇ, vt differant
sola rōne & intelligētia, non re,
atꝗ subiecto, hoc ē, ceu Actio &
Passio, qꝰ Arist.cōstanter docet
lib.3.Physicę auscultatiōis. Nec
te pterea Arist. eā esse cōsuetudi
nē, vt in librorū initꝰs,ea particula vtaꞇ, ꝗ[πᾶσα]ē,siue[om-
nis] vt ab vꞇibus propōnibus,
tanquā maxiē pcipuis auspiceꞇ.

Discursiua [διανοητικη] sic
aliās castigauimꝰ locū hunc. Nā
antea legebat latius vetꝰ trāsla-
tio vnā cū Argiropylo [intelle-

ctiua] Alꝗ verò, & qꝰdē pressiꝰ,
verrūt[syllogistica] sed in epte.
nōnullis probaꞇ magis[cogita-
tiua] eruditiꝰ sanè, ꝗ ad verborū proprietatē: nobis ēt nō dis-
plicet[rōcinatrix] etsi grecę vō
ci,nulla ex latinis vꞇ plenē rñde
re. Iccirco eos nō improbamus,
qui aiūt[ꝗ rōnis intelligētia pꞇ
ficitur.] quanquā.n.circūloca-
tio est,ad snsę tñ explicationem
vꞇ id opportuniꝰ accōmodatū.

Cognitiōe.]γνώσεως] sic ofno legendū:licet Alex.[ευρήμα
τος]legerit,hoc est]inuētione]
id tamē,minus à Philopono, &
aliꝰ, probatur.

Accedunt] παραγίνονται]
Alꝗ hūt[sint] Argi. [illo cōpa-
ranꞇ mō]nobis ēt nō improbaꞇ
[hoc mō procedūt] tu vero diligēter ex his, disciplinarū pro-
gressū,animaduerte: nam mo
dus est comparādarū Artium.

Rōnes.]λόγοις] sic castigata
fuit lectio aꞇs pleriꝗ vero cū Aꞇ
gir.malunt [orationes] prior tñ
eruditior. Facultates.n.logicę,
aliæ rōnales sunt, aliæ sermocina
trices. Hinc cōstat argumenta,
ꝗd ratiōe ducunt, magis esse ra
tiones,ꝗ orationes, vocitanda.

Per syꞇ[be] διὰ συλλογισμῶν]
ꝓ rōcinatiōes] vertit Argirop.

✠ iiñ &

& Perionius. Nos ēt [p argumē
tatiōes] quāquā latina vox non
extat, q̄ grecę ex ęquo rñdeat.

Per īductionē] δι ιπαγωγῆς]
Hebrçus īterpres Auerroys, nō
īcōmode legit [per inqſitionē]
prior m̄ translatio fidelior. per
pēde ſyllm̄ & inductionē expo
īita ſuiſſe tāq̄ potiora argumē
ta, q̄m id voluit Ariſt. ī topicis,
tū ēt q̄ apud veteres, id maxie
ī vſu extiterit, qñ zeno & Chri
ſippus, ſylſīs vſi fuerint, Socra
tes vero inductionibus.

Ambæ.n.p prius nota] græ
çè ſīc [ἀμφότεροι γὰρ διά περγὶ
τοκνομένων] Argy.] in [vtriſq̄
nāq̄ per antea nota] Hermola⁹
vero Barbarus, vir grauiſſim⁹,
& ob expulſam ab eo barbariē
primis illis tpibⁿ de re literaria
benemeritus, legit, [vtręq̄.n.p
anticipationē] quid ſī ēt dixe
ris: [ambę.n.p precognita] Pre
cognitionē aūt cām eē in nobis
vt ſciamus, hoc in loco adnora
to, idq̄ volunt peripathetici la
tuiſſe Platonē, cū tñ Platonici
id negēt acerrime, ex locis plu
rimis, ſīſertim ex Theæteto &
Menone.

A cognoſcētibus] παρά ξωι
ἴττων] quo ſanè m̄ō Argy. Alñ
vero [à notis] ſiue à [cognitis]
q̄ lectio viderēt planior. Colli
ge ex his, rōcinationē quālibet
à cognitis ad ignota procedere,
nec ſecⁿ. Itē ſyllm̄ nō ex vno co
gnito argumētari, ſed ex pluri
bus aſſumptionibus colligere
concluſionem.

BIFARIAM aūt neceſſariā
eſt p̄cognoſcere] διχῶς δ᾽ ἀναγ
καῖον προγινώσκειν.] alñ] p̄no
tionū duo ſunt gña] Arg. [du
pliciter aūt p̄noſſç neceſſe eſt.]
vel ēt [dupliciter aūt neceſſe eſt
antea cognoſcere] At verbum
[ἀναγκαῖον] hoc eſt [neceſſa
riū] p̄pēdere liceat, q̄ū ñ tm̄ vti
litatē rei, ſed ēt ineuitabilē quā
dā rōnem ſignat, qñ in ſcientiā
haud, pſecto fieri pōt, vt hę ā nō
bis teneant abſq̄ p̄notiōe, quię
q̄d voluerit Plato. Ad hęc, veri
bū [ἀναγκαῖον] vſ diſciplinas
ſtellectuales à ſordidis artibⁿ ſe
iūgere, q̄ non neceſſario ex hac
ſiūt anticipatiōe. Sed hic The
miſt. habes plura de hiſce diſſe
rentē. Interdū [ἀναγκαῖον] vti
litatē oñdit, authore Hammo
in commentariā.v.vocum.

Alia nāq̄ q̄ ſunt] τὰ μὲν γὰρ
ὅτι ὂζ] ſīc alias emēdatū. Anti
quior.n.trāslatio hēt [alia nāq̄
q̄m ſunt] ſī quidē pticula [ὅτι]
ſerè ſemp, priores transſerebāt,
[q̄m]. q̄ō pſecto huic loco, vti
& cæterisalñs plurimis inepte
vſ rñdere. Arg. verīt [quædā
.n.eē] q̄ lectio īnſam magis, q̄ū
verbi pōdus, vſ exprimere. Te
vero nō pterear, precognitionē
[ὅτι] eē veritatis p̄cognitionē,
quoniā, quæ vera eſſe ſcimus,
ea q̄ ſunt, cognoſcimus.

Preſuſcipere] προϋπολαμβά
νιr.] Arg. [antea ſuſcipere] alñ
[ante cognoſcere] vel [p̄opina
ri] aut ēt [p̄noſſe] ſermo eſt de
his,

his, q̃ in cõdiſcēdis diſciplinis, ab initio, hoc ẽ ante oẽm doctri ñg inſtõnem ſſaccipẽ oporteat. Alia vero, qd ē qũ dr̃, intelli gere opꝫ] τὰ δ᾽ τι τὸ λεγόμϑόν ᾖ ἔωσῖται δῖ.] Argi. [q̃dã qd dictu ſignificent, ſ̃noſſe neceſſe eſt] idꝗ nõ iperitè: ſed expſſius alñ ſic [alia, I q bus vis verbi ac ſigñatio ſtelligẽda ẽ.] q̃ in loco cõſtat definitionẽ verbi ſigña tionẽ, vocisꝗ ſtelligẽtiã pſtare. Triãgulũ aũt ꝗ hoc ſigñat.] τὸ Μτρίγωνον ὅτι τοδ̀ı σημαί ον.] ſic emēdauimus: nã vetus trãſlatio pri⁹ vertebat] triãgu lũ ẽt qm̃ hoc quidē ſigñat.] Ar gy. vero [triãgulũ ẽt hoc ſigni ficare] alñ] triãguli aũt hãc eſſe ſignificationẽ] hẽc ãt verba, vt ẽũꝗ verteris, ad ipſam nominis definitionẽ referas neceſſe eſt.

T E X. I I I.

Eſt aũt cognoſcere alia qui dẽ prius cognoſcẽtẽ] quorũdã vero et ſil accipiẽ tẽ cognitionẽ. ſic reſtituꝰ alꝰ fuit hic ſuo nitõ ri locus. Nã Arg. vt ſui moris ẽ, paulo ſmutans interpꝛtaſ [ſit ãt, vt cognoſcam⁹ q̃dã pri⁹ cogno ſcẽtes quorũdã ẽt ſil accipiẽtes cognitionẽ] adde ſi placet [Eue nit aũt cognoſcere nõnulla pri⁹ cognoſcẽtẽ etc.] grꝗcè vero [ẽ᾽ı 3 γνωρίζην τὰ μϑὲν πρότερα γνω ρίζοντα, τ 3 ἃ ἅμα λαμβάνον τα ϯ γνῶσιν] ſed diſtictionẽ te neas ex his humanꝗ cognitiõis, ex ꝗ res vniuerſas et ſm ptẽacꝗ rimus cõſerasꝗ cũ hoc loco qd Philoponus ingt de inuẽtione,

deꝗ cognitiõe intellectuali, ſẽ ſibili, & reminiſcẽtia, adde & ꝗ Them. hẽt de eo qũ ẽ ſcire et ad diſcere, nã cõtext⁹ hic ſcatet vn diꝗ varietate reñ et opionum, mirificeꝗ reſertus eſt veterum moribus: pertinentꝗ ad hunc ipſum locum ea ferè omnia, ꝗ ſcribit Plato in Menone.

Vt quꝗcũꝗ ſunt ſub vſibus, ꝗrũ hẽt cognitionem.] οῖον ὅσα τυγχάνη ὄντα ὑπὸ τὸ κα θόλν, ὧν ἔχη ϯ γνῶσιν] Arg.] velu ti ꝗcũꝗ ſunt ſub vſi, quorũ ha bet cognitio] vel ẽt ſic] quẽad modũ ea oſa, ꝗ ſub vſi cõſiſtũt, ꝗrũ tenet cognitionẽ] etenſ di ctuo illa [quorũ] ad pticularia nõ ad ipa vſia ẽ referẽda. Ex his patet rõ inſerẽdorũ pticulariũ ſub vſibus, ſiue id ꝑ inuentionẽ ſiat, vt ait Philopon⁹: ſiue ſ his, ꝗ partim ꝑ nobis noſcunt, par timꝗ addiſcunt, vt Them. vſ, ſi ue alia quauis ratione id ſiat.

Diſciplina] μάθησις] qũ ſpe ciatim acceperat ſ ꝑcedẽtibus, dũ dixerat [diſciplina diſcurſi ua] id generatim accipit hoc in loco, ꝑ of inſtitutiõe, imo ẽt ꝑ particulariũ reñ cognitiõe: vt ſcias, particularia nõ poſſe effi cere ſcientiam in nobis, ac diſci plinam poſſe.

Et nõ ꝑ mediũ, extremũ co gnoſcit] ſic verꝰ trãſlatio et Ar gy. Forte ẽt ſic [& nõ medio ex tremũ cognoſcit] ꝗ ὲ διὰ τὸ μέ σον τὸ ẽ᾽ ἔσχατον γνωρίζεται] in ꝗb⁹ verbis, animaduertere poſ ſis, vim et naturam ꝗclinatiõis quꝗ

ꝗñꝗ illa fuerit, nã in ꝗlibet ar-
gumētatiōe rōnis, & intelligē-
tie, vt vocãt, difcurfu, extremũ
medio aliꝗ cõprehēdimꝰ. Id ãt
ꝗ maxie ꝑfpicif I fyllo, Enthimemate, Exēplo, atꝗ Iductiōe.

Ante vero ꝗ inductiõ fit, aut
acceptas fuerit fyllus] ⲫⲓⲣ ⲇⲓ·
πⲁⲭⲃⲱⲱ ⲏ ⲗⲁⲃⲉⲓⲛ ⲥⲩⲗⲗⲟⲅⲓⲥ·
μⲟⲛ]hoc mõ, vniuerfam hãc ꝑ-
tē,cū fequētibꝰ verbis, caftlga-
tã ab aliis, legimꝰ: quãquã Arg.
fic vertere vf [antea vero ꝗ fit
inductio, vel rōcinatio facta.]
cꝗtera ille abfꝗ fterrogatiōe ꝑ-
fequif: verũ interrogationē als
reftituimꝰ ꝗ opportuna valde
eft, quãꝗ optïe fecuti funt nonnulli nũc ēt ita vertimꝰ, [antea
vero ꝗ iductiõ cōfiftat, vel collecta fit rōcinatio.]vñ conftat,
cōctiōnē colligendã antequã defumpta fuerit, nec ofno ignotã,
nec ofno notam effe dicendam.
Quod nõ tam dicit aduerfus fo
phiftas, ꝗ etiam Platonem.

TEX. IIII.

DVBITATIO] ⲁⲡⲟⲣⲏⲙⲁ]
Arg.[hefitatio]aliis[ꝑplexitas]
plerïꝗ [ambiguitas]. aliis [ꝗō-
nis laque] vt ut aũt fit, of labe
carere videbif hic locus,fi eũ cũ
Plat. Menone cōferre volueris.

Aut.n.] ⲏ ⲅⲁⲣ.]Sophifticꝗ ar-
gumētatiōis forma hꝗc ē, hoc ē
difiũctiua rōcinatio, ꝗ vfꝰ ē Me
no aduerfus Socra.fciam fundi-
tus euerēs: fed hꝗc in Platone.

Cꝗterũ nihil, puto, vetat, qd
addi-cit aliꝗs, eft fic fcire, eft aũt
fic ignorare. Abfurdũ, n. fi fi no

uit ꝗ dãmõ, quã addifcit, fed fi ita,
ut fquãtũ addifcit, & fic.]grꝗce
fic [ⲁⲗⲗ ⲟⲩⲇⲉⲛ ⲟⲓⲙⲁⲓ ⲕⲱⲗⲩⲉⲓ ⲟⲙⲁⲣ
ⲑⲁⲣⲏ ⲧⲓⲥ ⲟⲏⲓⲥⲁⳡ ⲓⲥⲓ
ⲇⲱⲥ ⲁⲅⲛⲟⲉⲓⲛ.Aⲧⲟⲡⲟⲛ ⲅⲁⲣ ⲉⲕ ⲉⲓ
ⲟⲓⲇⲉ ⲡⲱⲥ ⲟ ⲙⲁⲛⲑⲁⲛⲉⲓ,ⲁⲗⲗ ⲉⲓ ⲁⲇⲓ
ⲟⲓⲟⲛ ⲏ ⲙⲁⲛⲑⲁⲛⲉⲓ ⲕ ⲱⲥ]verus trã
latio,anteꝗ emēdaret , tota erat
deprauata,fnïamꝗs oēm puerte
bat.Arg. vero fic[fed nihil [vt
arbitror] obftat , fi id qd difcit
ꝗs,partim qd norit,partim vē
roignoret.Nõ.n.abfurdũ ē hoc,
fi id qd tenet,addifcat aliꝗ mõ,
fed fi hoc pacto,eaꝗs rõne , ꝗ difcit, eodē mõ teneat.] vel ēt, [at
nil, vt puto,ꝑhibet, qd addifcit
quifpiã cõtingat partī fcire, cõtingat ãt partim ignorare . Ab-
furdũ.n. non finouitaliꝗ pacto,
qd difcit:fed fi ita,vt ꝗ rõne addifcit,et fic.] ꝗ verbaliter obfcu
ra videanf, vitio potïꝰ breuitatis,ꝗ fnïꝗ magnitudine facrũ eē
exiftimo.Nã ꝗ in ꝓcēdētibꝰ oïa
differuit, ea ad fophiftarũ argu
mētatione refellēdã ac diluēdã
tandē refert. Hinc colligas addi
fcere et nofce,aut ēt fcire etigno
rare nõ fꝗ eē cõtraria, qd dictũ
volumus aduerfus maiore partē veterũ,ꝗ ante Arift. vim horum verborum,aut leuiter, aut
nulla ratione intellezere.

TEX. V.

[Sī itaꝗ] ⲉⲓ ⲧⲟⲓⲛⲩⲛ.]Arg.[fi
igitur] vtroꝗs modo legeris illationem fignificat.

[Immediatis] ⲁⲙⲉⲥⲱⲛ.]Arg.
vertit,[medio vacãtibꝰ] vt la-
tinus reddaf Arift. verũ tũ mediatũ

diatũ atq̃ Imediatũ voces ſint in ſciẽtijs iã vulgatę, poteris & veterem pſerre translationem.

[Qm̃ nõ eſt nõ ens ſcire.] ὅτι ὐκ ἔςτι τὸ μὴ ὸν ὀϖίταϰ.] Arg. [quia fieri negt, vt id q̃d nõ ẽ, ſciaſ.] rurſus [qm̃ nõ cõtingit, quod non eſt ſcire.] ad hoc pertinet illud, ſciẽtia eſt proportio rei ad intelligenciam.

Et ſ̃cognita non ſolũ altero mõ I intelligẽdo, ſed & I cognoſcẽdo, cṗ ſunt.] χỳ ϖϙογινωϰκόμε να, ὐ μόνον ϑ ἕτερον τρόπον τῷ ξωιϊϝαι. ἀλλὰ ϰ τῷ τιδῖναι ὅτι ἔἢ.] Arg. [et antea cognita, nõ illo ſolũ mõ, q̃ quid ſignificent, ſed altero eẽ, d̃ cṗ ſint, ſcim̃] vt rũ ſi nõ diſplicet i re ſummi põderis uerſari, nos ẽt ſic [et ϸnota, nõ tñ eo mõ, quo Itelliguñ ſed & vt cognoſcuntur, cṗ ſunt.

Principiũ aũt ẽ demſionis, ṗpõ Imediata.] Ἀρχὴ δ'ὲἰϝ ὑϖ δῖξεως, ϖρόταϲις ἄμεϲος.] Argy. [Eſt aũt demſionis pricipiũ propõ medio vacãs d̃ trãslatio vetere planior videſ. N̄ã verbũ ἔϲιν, gręcę ṗ bene ſe hẽt : trãslatũ vero eodẽ I loco ambiguũ ſẽſum reddit. Vel ẽt ſic pricipiũ ãt demſionis ẽ ,ṗpõ medio carẽs.]

Dialectica quidẽ.] δίαλῖϰτιϰη μὲρ.] nos ẽt [diſſertatiua d̃ẽ.]

Cuius nõ ẽ mediũ ϸm ſeipſã.] ἦϲ ὲκ ἔϣ μιταξὺ ϰαϑ'ἀυτόν.] Arg. nõ ſepte (cuius ṗ ſe mediũ nullum eſt.] item] cuius nõ eſt medium ex ſe.]

Immediati vero prīcipñ ſyllogiſtici] Ἄμϲοϛ δ' ἀρχὴϛ ϲυλλο-

γιϲιϰῆϛ.] Arg. [principiorũ ãt rõcinandi, vacãtiũ medio] vel ſi placet [principñ medio carentis ratiocinatiui.]

Nõ poſe eſt aũt credere magis his, q̃ ſcit, q̃ nõ ẽ, neqũ ſciẽs, necṗ meli̊ diſpoſtẽ, ϙ ſi eẽt ſciẽs.] at gręcè difficilis ẽ eẽ hic cõ text̊, ſic. n. ſe hẽt. [ἐχ οἷόν τε δὶ τιϛι ὑϛιν μᾶλλον ᾶν οἴδιν, ὰ μὴ τυϒχάνΗ μήτε εἰ δὼϛ, μήτι βέλτιον δ'ιαχέμινοϛ, ἤ εἰ ἐτύϒχανιν εἰδὼϛ.] quẽ Arg. ſic trãſtulit [fieri aũt nõ põt, vt ea magis q̃ ſpiã d̃ neſcit et circa d̃ nõ melius diſpoſit̊ ẽ, ϙ ſi ſcierit, q̃ ea q̃ cognoſcit, credat atṗ aſſentiaſ.] nos quocṗ ſi facere poſſum̊ vt iuuem̊ [fieri vero nequit, vt ea magis q̃ credat, d̃ d̃ ſcit, d̃ igno rat : aut quorũ meliorẽ non hẽt diſpoſitionem ϙ ſi ſciret.]

T E X.   V I.

Avt ñ ſimplᵉ altera demſo ϙ ſit ex nobis notioribus] Arg. vertit [an altera ũmſo ex hiſce d̃ nobis ſũt notiora, d̃ ſit ſimplᵉ demſo nõ eſt ẽ d̃ trãslatio mihi vr̃ Ariſt. ſnïam oïno ϗuertere : n̄ã particulã ẽ, trãſſert an, ita vt ſermo ſit interrogatio dubitatïa. Melior itacṗ vetus inuerſio, quę ẽ pro aut, ſeu vel conuertit.

Tribʹ terminis poſitis] τριῶν ὅρων τιθέντωϛ.] n̄ã vox τιθΐντωτ, popularis eſt, & à vulgi cõ ſuetudiẽ ductã, ut author ẽ Alexander in Topicis. Etiam [conſtitutis] verti poteſt.

Per multos nãqꝫ, aut paucos reflectere dicere nihil differt, ꝛ

pau-

paucos āt aut duos.]Arg. [ſiue
.n.p multos,ſiue p paucos rediꝝ
dicaꝶ,nihil,pſecꝶo reſert, p pau
ciores āt duos.]ꝶ et aliter, [nā
cꝗ p multus aut paucos recipro
care dicere nil differt ppaucos
vero vel duos[nā vox ñ,lꝗ diſt
unctiua ſit,ꝑt tñ hoc in loco ex
poſitiua ꝶtelligi,qͨſi[hoc ē] [τὸ
μὲν γὰρ διὰ πολλῶν ἢ διόλιγων
ἀνακάμπτειν φάσιν δὲν διαφέ
ρꞃ.διόλιγων δ῾ ἢ δυᾶν.

Ex duab⁹ aūt poſitiōib⁹,pri
mis et minimis]Arg.idē verꞃt
quāquā ñ deſunt qͨ illud verbū
[ἐλαχίσων]ad min⁹ vertant.
Qͣ magis ad ſuiæ explicatiōe
ꝓtinet,quā vim verbi.ſic vero
grꝼce Ariſt.ſe hꝼt, [Εκ δύο δὲ βί
σιων πρώτων,ꭓͥ ἐλαχίσων.]

Et qͣbuſcũꝗ ſexꞃtiꞃū ipſis,ip
ſa ſunt in oꝶone qd ē declarātē]
grꝼcus cōtext⁹ et ipſe paulo ob
ſcurior vꝼ,ob mirā Ariſt. breui
tatꝼ.(ꭓͥ ὅσοισ τ῾ ἐν ὑπαρχωντόν
αὐτοῖς αὐτά ἐν τᾧ λόγῳ ὑπάρ
ꭓυσι τᾧ τί ἐᵹ δυλᾶ ὅτι.] cͨ ver
ba ſic Arg.Et itē ex,quorſi ꝶrō
ne,cͨ qͨd ē patefacit,ea ipſa ſunt,
quib⁹ ꝶſunt.]verū et hꝼc trāsla
tio ſubobſcura mihi vꝼ.ſic vero
et legendū] et qͣbuſcũꝗ eorū,cͨ
ipſis inexiſtūt,ipſa inſunt ꝶ orō
ne quidꝼſt, explicante.]

Vt ambulās, alterū qd exiñs
ambulās eſt,et albū.]Argy. nō
inepte [ambulare.n.cū aliquid
aliud ſit, ambulans eſt & albū]
nos qͨꝗ [vt ambulaꝶ,alterū qd
dā exiñs,ambulās ē & albū] nā
actiōe illā ambulādi hoc in lo

co ꝓpꝼdit Ariſ.grꝼcꝼ vero[ὅτεꝝ
τὸ βαδίζειν ἑτερότιὸν,βαδἰꝝ
ζον δὲ ꭓͥ λδικόν.

Vt ſi quid iugulaꞃū interꞃꞇ, et ∎
ꝝm iugulatiōē, qꞃ ꝓp iuguꝶa
ꞃi.[ριερέτι σφαπόμενος ἀπόθα
νε ꭓͥ κατὰ τ῾ σφαγηꞇ,ὅτι διὰ τὸ
σφάπειꭓ.]Arg.ſuſi⁹,vt ſui mo
ris ē[ac cū iugulareꞇ qͨpiā, mor
tē obierit, iugulatione ve id pſe
dicimͣ,ob id ipſum.n.qa iugu
labaꞇ mortuus ē.] vel hoc᷑mᷢ.
[vt ſi quis iugulat⁹ perꞃꞇ, et iu
gulatiōe: qꞃ ob iugulatum eē ∎
T E X.   X.

Qͣ ᴀᴇ igiꞇ dꞃr ꞃ ſimplꞃꞇ ſci ∎
bilib⁹ pſe ſic vt inſint ꝓdicatis,
aut illa ſint ꞃ ſubiectis, et p ipſa
ſunt,et ex neceſſitate.]ſic vero
ꞃ grꝼco codice [τὰ ἄρα λεγόμε
να οπὶ τ῾ ἀπλως οπιϲητῶν κα‒
ϑαῦτά οὕτως ὡς ἐνυπάρχειν
τοῖς κατηγορυμένοισ ἢ ἐν ὑπάρ
ꭓεᷓ, δι αὐτό τί ꭓͥ ἐξ ἀνάγ
κης.]Arg.] cͨ igiꞇ ꞃ ᴉᴉꞃſcꝼ, cͨ ſub
ſcꞇam ſimplꞃꞇ cadūt, pſe dicunt,
vel eo pacto, vt ſint ꞃ ꝓdicatis
ſubͬra,vel eo rurſus, vt ipſa ſine
ꞃ ſubiectis,et pſe neceſſario ſūt]
at breuiꞇ ſic. [cͨ itacꝗ pſe vocan
tur,in his,cͨ ſimplꞃꞇ ſciuntur, eo
mᷢ, vt ſint ꞃ prædicatis,vel il
la ſint ꞃ ſubiectis,& ex ſe ſunt,
& neceſſario.]
T E X.   XI.

Q ᴠᴏᴅ igiꞇ quoduis primꞃ ∎
mōſtraꞇ duos rectos habꝼ, aut
qͣcūꝗ aliud , huic primo ineſt
vᴉꞇ.]ὁ τοίνυν τὸ τυꭓὸν πρῶτϸν
δείκνυται δύο ὀρθαὶ ἔχον,ἢ ὅτι
ῶν ἄλλῳ τότᷤ πρῶτῳ ὑπάρꭓꞃ
ᴋᴀϑόλꞃ.

καθόλυ.]Arg.qui [igit primus
his duobus rectis ςquos hr̄e, vt̄
qͨuis aliud demr̄ai, ei prı̄ſo vlr
id cōpetit.]vel ſic [qͨ igit qͨ
cunqͨ primū monſtraí duos re
ctos hr̄e ſeu qͨuis aliud, huic
pirimo ineſt vniuerſaliter.]

T E X. X I I.

a QVANDO aut nihil ſit acci
pereſuperi̅ʲpter ſingulare]ꝓpe
r̄ā al̅ñ addunt [aut ſingularia]
q̅pquā grςca exēplaria paſſm ĩ
preſſa ſic ſe h̅c̄ant[ὅταν ἢ μηδὲν
ἢ λαβὼν ἀνώτιρον παρὰ τὸ κα
θέκαςον, ἢ τά καθέκαςα.] ve
r̄ū delenda illa eſt pticula [ἢ τὰ
κᾰθέκαςα.]nec minus labūtur
qui [ſingulariter]legūt,aut ad
dunt. nā vetuſtiores codicesid
h̅r̄t ſolū[τὸ καθέκαςον.]ḣ Ar
gy.vtrumcꝗ iterprςtatᵒ ſuerit.

a Vel cōtingat eſ, vt ī parte to
r̄ū in ꝗ mōſtraí [ἢ τυγχάρηὸν
ἀς ἱν μέρη ὅλον ἐφ᾽ ὧ δέίκνυ—
ται.]Argy.]aut eſt ī parte torū
id de quo demr̄aí.] ꝗ trāſlatio
maxíe facit, ad ſenſus cōphēſſo
nē.vel ēt ſic [vel ſi cōtigat vt ſit
in parte,torū in quo mōſtraí.]

b Si quidē,non qm̄ ſic ςquales,
ſit hoc, ſ₃ fm̄ cꝗ quͦociͨꝗ eꝗles]
ἅπιρ μὴ ὅτι ὡδὶ ἴσαυγίνιται
τὖτο, ἀλλ᾽ ἢ ὁπωσοῦν ἴσαι.]Ar
gy.[quippe cū id ſiat nōex eo,
q̄a ſic ſint illi anguli duobus re
ctis ꝗui; ſed ex eo quia quouis
mͦ duobusꝗꝗ ſint rectia.]Ali
ter vero. [qñquidē nō ob id cꝗ
ſic ςquales ſint,hoc vnum effici
tur , ſed ſecundum id cꝗ quouis
modo ςquales ſunt.]

T E X. X V I.

ET ſi demonſtratū eſt,non a
pͨt aliter ſe hr̄e]ꝗ̅ ἡ ἀποδὲδηκ
ται ἐχ οἷόν τε ἀλλωςέχειν.]Ar
gy.vertit [et ſi demonſtratū ſit
quippiā,fieri nō poſſe,vt illud
ſeͤ habeat ſecᵒ.]vel ſic[et ſi qͨ
demonſtratum eſt, haud ſecus
ſe ſe habere posſit.}
Signū aūt]σημεῖον Ν.]Arg; a
[ſigno aūt pater]alῆ [ſdicium
vero]vt ut aūt res ſe habeat vo
cē Ariſt.familiarem ꝑpendito,
qua in ſenſilibusrebus pro con
firmatione vtitur.

Aut ſermonis vtiꝗ grᵃa[ἢ ἵνι b
κά ͻ ε Ϝ λόγꝍ] Arg.[aut diſpu
tationis cā contēdentes] ſiue ēt
[vel diſſertatióis ſaltē cā]et vo
cē ꝑcipuā animaduerte, nā λί
γος, ꝑter alͤ ſignificatiōes, dis
ſertationē & cōtētione ſigñat.

T E X. X V I I.

SI .n.qui nō h̅c̄ rōnē eiᵒ qͨ a
eſt ꝓp quid exiſtee demr̄one nō
eſt ſciens]vetus trāſlatio paulo
ē obſcurior,cū tñ grςce, hςc ea
dē verba ſint ſumme perſpicua
εἰ γὰρ ὁμὰ ἔχον λόγον τῷ δια
τὶ, ὥςτε ἀποδείξεως, ἐκ ὑπιςά—
μεν] Arg. [nā ſi nō ē iſte ſciēs ,
ꝗ nō h̅c̄ eiᵒ rōnē,ꝓp quid ē,cu
ius eſt demr̄o] id aūt ſic libeat
trāsferre [ſi.n.qui nō tenet rō
nē ꝓp quid, eius, cuiᵒ extat de
mr̄o,ſciens nō eſt.] perꝑēde &
illud,λόγον,hoc eſt rōnē ī ſigni
ficatione, pro altera dēmonſtra
tionis ſpecie,ꝗ à cū ſit: nā vulga
tis ñ erit illa tibi animaduerſio.
Si aliquis nō ſciuit nunc,hſis a
rōnem,

rōnē,& faluus,faluare, nõ oblitus,neqɔ priꝰ fciuerat] ὅτι μὴ
οἶδ᾽ ται ἵ χων ϯ λόγον.ᴒ σωζό-
μενος, σωζομένη ϯ πράγματος,
μὴ ἐπιλελησμένος,ὐδὲ ἄρα πρότερον ἤδειν.]Arg. [fi quis nunc
nefcit,rōnē hñs, & faluus re fal-
ua eft,neqɔ oblitus ē,fi neqɔ priꝰ
fciebat] fi vero te nõ pigent ĩ re
difficili verfari,fic quoqɔ legendũ[fi quifpiã ignorat nunc, te-
nēs rationē,et faluus,feruata re,
ɧon obliuione captus, itaqɔ nec
prius nouerat.]Et λόγον, hoc l
loco, pro argumētatione ipfa ac
ceptũ,diligenter animaduertes.

TEX. XVIII.

a ᛋ ED vel exiftimabit ñ fciēs]
ἀλλ᾽ ὁ οἰήσεται ἐκ ἡδ᾽ώς.] Argy. [ɧ aut fe fcire arbitrabitur
qᵈ nefcit] verũ nõ plene vÞ Ar-
gy.ᵞ bñ [οἰήσεται]expleuiſſe,
cũ illã [arbitrabiꞇ] verterit.nã
hic ftuliã & elatam quãdã vult
Arift.arrogãtiã fignificare. Eft
.n. οἴησις,nõ mõ cõis opinio,ve
rũ & arrogans exiftimatio im-
peritorũ.Quo fit vt verti poſſit
hic locus [fed vel exiftimabit,
ignorans] fiue etiã [fed vel opi-
nabitur nefciens.]

b Similiter, et fi qᵈ fciat ꝑ media,& fi ꝑꝑ quid & ꝑ immedia
ta] ὁμοίως ἐάν τε τὸ ὅτι εἰ δῇ
δια μέσων , ἐάν τε τὸ δ᾽ιότι ᴒ
διὰμέσων . locus,pfecto hic ab-
fit rufus eft, hoc ē fniæ paulo ob-
fcurioris, vt Philoponus eft author, quē fic Arg. [æquo difcri-
mine fanè, fiue qɔ fit aliqd ꝑ me
dia,fiue cur fit aliquid ꝑ medĳs

vacātia fciuerit.] aut hoc ꝭ pꝛ-
ꞇo . [pariter fi & qɔ nofcat ex
medĳs,fi & ꝑꝑ quid ex nõ hñti
bus medium .] fed vberius hic
vide Philoponum .

At qui dubitare fortaſſe qꞩpiã ꝭ
poſſet, cuius cã hęc oportet iꞇꝛr
rogare de his, fi nõ neceſſe ē cõ
cēonē eē.] Καί τοι ἀπορήσειεν ἄν
τις ἴσως,τίνος ἕνεκα ταῦτα δᴖ
ἐρωτᾶν ᴒ τούτων ᴒ μὴ ἀνάγκη
τὸ συμπέρασμα ᴒ.]Arg.[quã
quã fortaſſe quifpiã dubitabit,
cuius nã gratia de his hęc interrogare oportet, fi cõclufionē eē
neceſſe nõ eſt.]vel hoc mõ [ve
rũ ambigere forte quis poſſet,
quã ob cãm hęc de his percũꞆã
opꝛ fi cõcꞎonē eſſe, nõ neceſſe ē.

Oportet aũt inꞇerrogare, nõ b
tanquã neceſſariũ fit ꝑꝑ fterro-
gata, fed qꝫ dicere neceſſariũ ib
la dicenti,& vere dicere, fi vere
fint inexiſtētia] Δᴖ δ᾽ ἐρωτᾶν
ὐχ ὡς ἀναγκαῖον ᴒ διὰ τὰ ἠρω
τημένα, ἀλλ᾽ ὅτι λέγειν ἀνάγκη
ᴒ ἐκῖνα λέγοντι, ᴒ ἀληθῶς λέ
γειν, ἐὰν ἀληθῶς ᴒ ὑπάρχον—
τα.]Arg.interpꝛtatio nõ mꞩ Þ
delis ē qꝫ dilucida. Hęc fic fe ha
bet. [At.n.interrogare oportet,
nõ vt ꝑ interrogata neceſſariũ
quicquã fequaꞇ, fed quia dicere
neceſſe eſt ei, qui illa dicit,& ve
re dici, fi cõpeꞇant vere.]vel fic
[oportet aũt percunctari, nõ vt
neceſſariũ quippiã efficiaꞇ ob
ea ꞯ fterrogãꞇ, fed quia, illa di
cēti, dicere neceſſe eſt, & verè di
cere,fi verè inexiſtãt] quo í lo
co icredibilē ꞎcet breuitatɇ aᵭ
mirari,

mirari & conſtantiã: ſic.n. creberrime i priorib⁹ reſolutorñs.

TEX. XIX.

a VELVTI per ſigna ſyllꝰ.]
ὅτοι οἱ διὰ σημείων συλλογισ-
μοί.]Arg.[Eꝗ rōcinationem, ꝙ
per ſigna conficiuntur] vel ſic,
[quéadmodũ à ſignis ductꝗ ar-
gumétationes]verũ tu vocé illã[σημείων]diligenter euoluas,
ꝗ hoc i loco cõiecturã, ſiue alią
huic ſimile vꝑ ſignificare: eſtꝗ
circũlocutio,ꝑ quã alteram demonſtrationem indicat,illã né-
pe,quæ ab euentu rei efficitur.

b Qđ.n.per ſe,nõ perſe ſciet.]
τὸ γὰρ καθ'αὑτὸ,ὺ καθ'αὑτὸ ἀπ
ἔσεσται.]paulo lectio planior,
ſi dicas [etenim qđ per ſe eſt, id
non per ſe ſciet.]

TEX. XX.

EX alio genere]ἐξ ἄλλυ γέ-
ρας.]ex diuerſo genere]quo i lo
co generis ſignificatio eadé eſt
cũ ſubiecto facultarũ: noua qui
dé ſignificatio, verũ græcis ſcri
ptoribus cognita:qñ pro eodé
vſurpent,[τὸ γένος,ὺ τὸ ὑποκείμενον.]

TEX. XX.

b Tranſcendenté.]μεταβάν-
τα.]tranſeuntẽ]vertit Arg. vel
ẽt[tranſmigrantem][deflecté-
tem]& [diuertentem]quod,
vtrunꝗ transferatur magnam
vim nõ facit:perpédas tñ vocé
illam [μεταβάντα] dici ꝓprie
in loci mutationibus indiſcipli
nis vero per trallationem,quod
hoc in loco vſurpat Ariſt.

a Ad accidentia magnitudini-

bus]μεγέθεσι συμβεβεκότα]vꝑ
forte planius[ad ea ꝗ magnitu-
dinibus accidét.] animaduerté
vero ex hoc loco, quædam eſſe
quæ accidentibus contingant.
Idem li. Perih.Secto.ꝫ.

Sed neqꝗ ꝗ duo cubi cubus] à
Arg.vertit duos cubos cubũ eſſe]ſed Ariſt. alludit ad veteres
Mathematicos, qui ſumma ver
borũ breuitate,theoremata no-
minabant quorũ vnũ erat hoc,
et qdẽ ꝑcipuũ,[οἱ δύο κύβοι κύ
βος.]recte itaꝗ vetus trãſlatio
[duo cubi cubus] nomen.n.eſt
theorematis, nõ tã in magnitudine continua, ꝗ numeris.

TEX. XXI.

a PROPONES vꝑ]πρωτάσης κα
θόλυ]Arg.magis probat [pro-
pōnes vꝑs] verũ te neſcire non
oportet[καθόλυ]ſeré ſemp ver
tiſſe priores[vꝑ]cum ẽt [vꝑ]
transferri posſit. Id aũt & iudi
cio legentis et ſníæ ſignificatio-
ni referendũ eſt: hoc aũt in loco
magis probarẽ[propōnes vꝑ]
qñ[καθόλυ]ꝑ cõtrariũ intelligit eiusꝗ eſt ſm partem.

b Et vt ſimplꝑ dicã dmſonis]ἤ
τῆς ἁπλῶς εἰπεῖν ἀποδείξεως]
Argi.frigidius transfert[& demſonis oíno]ñã verbũ,ἁπλῶς
qđ erat ſummi pōderis,eſt ꝓter
misſuꝫ:licet et ſignare locũ,vbi
Ariſt. abſolutã demſonem conſtituit, hęc.n.ſimpliciter vulgꝗ
appellata eſt.

c Qm nõ vꝑs ipſius eſt]ὅτι ὺ
καθόλι αὑτῦ ἐπ]nũc Arg.mu
tata quaſi ſnía transfert]ꝗa nõ
eſt

eſt ipſius vīr] cũ tñ verbũ [κα
θόλυ] hoc in loco rectius ſonet,
vīis: qñ ꝗ Ariſt. de re ipſa quę
vīis eſt, ſermonem habet, eamꝗs
opponit pticularib⁹, et caducis.

d Sed aliqñ et quodāmō] ἀλλὰ
ποτὲ, ꝗȝ πῶς] Arg. [ſed aliquo
in tpe et quodā ēt mō] idꝗ nõ
inepte. Verũ illud animo recon
das. voces illas ποτὲ, & πῶς, eē
apud Ariſt. pcipuas, ad ſterimē
dũ id ꝗd ſemp eſt, & vīr. Nam
[aliqñ] contrariũ eius eſt ꝗd ſp
exiſtit: item [quodammō] eius
ꝗd vniuerſaliter ſe habet.

T E X. XXII.

Q V A N D O aũt ſit] ſed aliꝗd
deeſt in latino codice, nã grecus
legit [Ο῟ταν δ᾽ ῇ τοιαύτη] nos
vero] qñ aũt ſit hmōi] id.n. eſt
referēdũ ad ea ꝗ proxime dixe
rat. Quocirca Argir.uertit] qñ
ēt ſit corruptibilis] ꝗd licet ve
rē dictũ ſuerit, illud tamen re
dundare nimis videtur.

b Exiſtēte] rurſus hic deeſt ali
quid. nã grece, ſic ſe habet hic lo
cus [ῠ̓σης τῆς ϖροτάσιος] hoc
eſt [exiſtēte propōne] ſed Arg.
& ipſe mēdoſũ codicē ſecutus,
vertit [cũ ē illa talis]nã diuina
re potius ꝗ̃ deſumere ſententiã
oporteret: iccirco emēdata grę
ca exemplaria, vt nòs tranſtuli
mus ſe habent.

c Nõ vītem aũt, qñ hoē quide
erit,illud vero nõ erit,in ꝗbus.
quare nõ ē ſyllogizare vīr, ſed
tp nunc.] hęc verba vt trāſlata
ſunt,ſphinge interpretāte egere
vūr.cũ tñ ea Arg.paulo expreſ

ſiu⁹ verteric: etenim ſic iſſe [nõ
vītem,qm quoddã nõ erit,eorũ,
ꝗ ſubiecti ſubeunt rōnē : quare
fieri nequit vīr rōcinatio,ſȝ hoc
in tpe ñc.] verũ ſic Ariſt.ſe hēt
[μὴ καθόλε δ᾽,ὅτι τὸ μὲν ἔσαι,
τὸ δὲ ὐκ ἔσαι ἐφ᾽ ὧν.ὥςε ἐκ τȣ̃
ʃυλλογίσααȷ καθόλυ, ὐλλὰ ὅτι
νȣ̃.] vel ſorte ſic, [nõ vītem ve
ro,qñ eorũ ꝗbus inſunt,hoc ꝗ
dē erit,illũ nõ erit : quocirca nõ
contingit rōcinari vīr, ſed qm
nñc] ſermo.n. ē de ſubiectis , ꝗ
bus inſunt pdicata, ꝗ non ſem
per inſunt, ſed aliquo tempore.

[Manifeſtũ ꝗ ſm ꝗ quidē ta
les ſunt, ſemp ſunt: ſm vero ꝗ
nõ ſemp,ſm parte.] Arg.[quo
quidē ſunt tales, hoc eſſe ſemp:
quo vero nõ ſunt ſemp,hoc eſſe
particulare.] nos vero ſic [con
ſtat autē ꝗ, ut quidē tales ſunt,
ſunt ſemp:ut uero nõ ſemper,in
parte] nã particula [χΤ᾽μέρος]
longe melius uertiſ, [in parte:
uel ſm parte] quã in particula
rē.Accedit ꝗ hic Ariſt.nõ de re
ipſa particulari intelligit, ſed de
mõ rei,quo eſt ĩ pte. grecē vero
ſic Ariſt. [δῆλον ὅτι ἡ μὲν τοιαύ
δι εἰσὶν,αἰεὶ εἰσὶν,ῇ δ᾽ ὐκ αἰεὶ,χΤ᾽
μέρος εἰσὶν.]

T E X. XXIII.

N O N ē ſcire hoc.Et ſi ex ve
ris & indemõſtrabilibus mon
ſtratũ ſit, & immediatis.] ſerè
oēs latini codices habēt illa ver
ba,]non eſt ſcire hoc [veluti fi
ne pcedētis periodi.deinde pũ
cto interpoſito, ſequuntur illa
[et ſi ex veris &c.]ꝗd profecto
&

& falſam redderet ſnĩam, & de-
ſtrũcatã. Itaꝗ, hęc abſoluta ē pe-
riodus [Nõ eſt ſcire hoc, etſi ex
veris & indemõſtrabilibꝰ mõſtra
tũ ſit, et immediatis] grǣcè vero hoc pacto [ὀκ ὅτι τοὶ ὅτι ἑαχ
τῦτο κϟὶ ἰξ ἀληθῶν ἰῇ ἀναπε-
δείκτων δεἰχθῆ κϟὶ ἀμέσων.

T E X. X X I I I I.

a COGNATA ēē [συῇωῆ ἰῇ]
vertit Arg. [propinqua ēē] vel
b aſſinia, cõuenientia, aut ēt cõge
nita] tu vero tralatione quãdã
in hoc verbo perpendito ; id. n.
perraro Ariſt. vſurpat.

a Dico aũt prĩcipia] λέγω δ' ἀρ
χάς] hic multiplicē ſignatione
adnotato huiꝰ vocis, [ἀρχαί]
nã & principia rerũ, hoc eſt for
mã & materiã, itē et primũ mo
torē ſignificare põt. i his vero li
bris, & primas diſciplinarũ ꝓ-
põnes, & ſubiecta ipſa. Nã Grǣ
ci iterdũ hęc duo cõfundũt [ἀρ
χὴ, & ὑποκείμενον.] id autē ad
prǣſentis loci illuſtrationem ꝗ
maxime videtur pertinere.

b Quǣ ꝗ ſunt nõ cõtingit mõ
ſtrare] ὅτι ἔξι] ſclare Arg. [vt
ēē] nã vox illa [ὅτι] licet, ꝓpõ-
nũ et principiorũ verorũ ꝓpria
ēē videaf, nõnunquã tñ & ſimpliciũ rerũ, vt hoc in loco, ēē ꝑt:
tũc. n. veritatē nõ dicit, ſed eſſe
rei. Itaꝗ ſic & vertere hũc locũ
poſſumus (quę vt ſint, nõ licet
monſtrare.]

a Accipiē] λαμβάνεται] Arg.
[ſumiē] verbum ſignare licet, ꝗ
creberrime vtif, i his ꝗ ꝑſpicua
ſunt, hoc eſt ꝑ ſe cognita. Itē ac

cipere pro contrario intelligas
ei quod eſt demonſtrare.

Vt quid vnitas] οἶον τί μι- **d**
τας]particula [ꝗd] interdũ rei
eſt, interdũ nominis: hoc aũt in
loco ceu cõe quoddam vtriꝗ ſi
gnificationi vf eſſe ſumenda.

Secũdũ proportionē] κϟ ἀνα
λογίαν] vertit Arg. [ſimilitudi
ne rõnis] ſed vetꝰ transl. tolerã
da, vſu & cõſuetudine dicendi.

Hęc. n. accipiũt ēē & hoc ēē] **a**
ταῦτα γὰρ λαμβάνεσι τὸ ἰῇ, κϟ
τοδὶ ἰῇ] Arg. atꝗ hęc et eſſe &
qd ſunt] ſnĩam magis ſecutꝰ ꝗ
põdus verbi. Hǣc. n. dicunf de
ſubiectis, ꝗ accipiunf ēē et quid
ſint: ſed vetus trãslatio fidelis ē,
cuiꝰ ea Arg. eſt explicatio. illud
vero ꝓpēdas, [τὸ ἰῇ,] acceptũ
fuiſſe, ꝑ cognitiõe an ſit: quēad
modũ [τὸ ἰῇ] pro qd eſt, cur
vero hanc ꝓſſorē fecerit illa, ex
grǣcis auchoribꝰ eã afferre cãu
poteris, qd rei õfinitio res ē ma
gis terminata, ꝗ rei eſſe.

Horũ aũt paſſiões [τὰ ᴧ τί-**b**
τωρ τάθη] Arg. vertit uocē [πά
θη] affectū, nos ēt [affectiões] ſi
locũ ſcipiũ nõ deſero, qui paſ-
ſionē ſiue affectũ, ſiue aliꝗ quis
nomine vocet, i rebus tã anima
tis, ꝗ aĩa carētibus vſurpat. Nã
rectũ lineę affectio eſt, non minus ꝗ ſit riſibile eſſe, hominis.

Aut cubus]ἢ κύβος] cubus, **e**
ꝗ in ſuperioribꝰ poterat & i ma
gnitudine ſtelligi et i numeris,
nũc in numeris ſolũ ē audiēdꝰ.

Quid irrationale] τὶ τὸ ἄλο-**d**
γον] Arg. [quid rõnis exps] itē
Animad. Tom. A [qd

[quid rōne vacans [vtcunqɜ di
xeris diuersa admodū rōne id
intelligas in animātibus & ma-
gnitudinibus.

e   Quod aūt funt, monftrant &
per cōmunia & ex demonftra-
tia]vel etiā,[hæc aūt elle monftrant & cōibus & demonftra-
tis]hic confuetudinē mathema
ticorū animaduertas, qui quæ-
ftiones,& theoremata bifariam
colligunt, aut ex communibus
principñs,aut ex his, quɜ antea
demonftrauerāt. Sic aūt Arift.
[ὅτι δ'ὅτι δικνύυσι διά τι τῶν
κοινῶν,ɟ ἐκ τ ἀποδ δικγμέγωγ.

T E X.   XXV.

a   O M N I s.n. demrātiua fcien
tia circa tria eft.]Arg.[ois nāɟ
demrātiua fcia circa tria verfatur.] [πᾶσα γὰρ ἀποδικτικὴ
ὅτι ἐπμὴ περὶ τρία ἐςίν.]vetˢ trāf
latio nō tā ad verbū eft, ɟ & p̄-
fpicua. Sed hɠc tria, quibus tan
topere fcia vnaquɟɟ ɩcumbit,
à noftris obiecta,& Momenta
fcientiarū appellanſ:vt intelligas recte alios vertiffe [ois enɩɟ
fcia demonftratiua tribus quafi mométis continetur.] iā autē
Arift.dictione illa[περὶ]ē vfus,
ɟ præter alias multas fignifica-
tiones,& hic & alibi, diligentis
infpectionis, & cōfideratiōis in
diciū ɟiɟm difciplɩɟ, sūma ope
nituntur,vt circa hɠc tria verfenſ.

b   Cuius p̄ fe pafsionū eft fpecu
latiua]οὗ τ καθ' αὐτὰ παθήμά-
των ἐςὶ θεωρητική] vel etiā [cu-
ius per fe affectiones contempla
tur] Conftat ex his fcientiɟ fcɩ-

pum elle,cōtēplari eos affectus,
qui generi fubiecto infunt .

  Et communia, ɟ dicimus di- e
gnitates]ɟ τὰ κοινὰ ἃ λέγομεν
ἀξιώματα,] proloquia intelligit,quɟ ipfe affueuit appellare,
ἀξιώματα. Nam ante ipfum ve
teres ftoici omnem propōnē ap
pellarunt ἀξίωμα,vt author eft
Cicero & Alex.in prioribus refolutorñs.

  Ex quibus primo demrāt] d
iξ ὧν πρώτων ἀποδείκνυσι] Argy. vero [ex quibus primis de-
monftrant] aliñ [ex quibus primis demrōnes cōficiunt] ne ɯi
retur quifpiā, me tū ftudɟ ac di
ligentiɟ ponere in latinis verfio
nibus: id.n.facio, pro eruendis
altioribus fententñs. Nā cū ma-
thematicɟ dmrōnes aliɟ ab ini
tio proloquñs adftruant,aliɟ ex
his ɟ iā demōftrata fuerunt, cō
firment,cumɟ priores videantur excellere, ob id genus illarū
expreffit ex eo [πρῶτων] hoc
.n. (ni fallor) puto valere ac fi di
xiffet ɟ preftātiores funt demō
ftratiōes. fɟ de his plura Procl̄ˢ.

  Nōnullas m̄ fcias nihil prohi
bet ɟdā horū defpicere] Ἐνίας
μέντοι ἐπιςήμας ἐ δὶν κωλύει
ἐνία τίτων παροπᾶν] Arg.[nil
tñ prohibet fciarū nōnullas, ho
rū p̄terire nōnulla]vel elle [nil
tñ verɟ quafdā fciētias horum
nōnulla dimittere]aliñ [ac in ɟ-
busdā quidē fcientñs nō ē vitio
fum horū aliqd p̄termittere.]
locus hic, magni ſtereft, vt recte
cognofcaſ, nā ɟ summe sūt p̄fpi
cua,

cura, ea oĩo ſunt ꝓtermittēda: et alibi, hoc eſt diuinę ſapiētię lib. 1. artē verſari in reb⁹ obſcuriori b⁹, nō aũt ꝑſpicuis aſſueuerũt.

¶ Non ſupponere eē] ſic & Argy. verbũ illud [μὴ ἀντιθίαξ] vertit ē aũt, nō ſupponere, hoc loco nobis audiendũ, proeo ꝙ eſt, ſilētio uti in his ꝗ ſuapte natura ſunt ꝑſpicua. Quãobrē fru ctuoſa eſt eorũ ſuerſio, ꝗ ait [μὴ ἀντιθίαξ] hoc ē, nō facere mē rionē. mirificè. n. id facit, ꝑ tollē dis hui⁹ loci ſexcentis qõnibus.

a   Non eſt aũt ſuppoſitio, neꝗ petitio] ὀυκ ἔςι δ᾽ ὑπόθιςισ ὁ δ᾽ αἴτημα] vel, [ñ ē āt ſuppõ neꝗ poſtulatĩ] examĩa cãm, cur hęc duo gña prĩcipiorũ vnã cõiun xit, hñt. n. illud ſter ſe cõe, vt ex ſuapte natura ꝑſpicua nõ ſint, ꝑ qõ, ã ꝓloquñs ſeparãtur. ſed de his plura Proclus Diadoch⁹.

b   Qõ neceſſe eſt eē ꝓp ipſum, & videri neceſſe] ὁ ἀνάγκη ἶῇ δ᾽ αὐτό, ᶄ δοκεῖν ἀνάγκη]ſimi li mõ Arg. vel & [ꝙ & eſſe ꝓp ipſum, & videri neceſſe eſt] cir culocutione indicat dignitatē, ſiue ꝓloquiũ: nã id hēt, vt ꝑ ſe ſe ſit neceſſarĩ, deinde vt cuili bet verũ eē pateat. Quocirca re cte vertitur, ab alĩs [differũt ſit plurimũ ſuppõ & poſtulatĩ, ab his principĩs, ꝗ ipſa ꝑ ſe rãtam hñt fidē, ut ſit neceſſe oēs hĩs aſſe tire] hinc rectè Theophraſtus, vt auchor eſt Them. ꝓloquiũ definiebat ꝑſuaſionē quãdã.

c   Extrinſecã rõnē] ꙡρὸς τ ἔξω λόγοr] Arg. [ſ orõne, ꝗ ē extra]

nã illud λόγοr, vertit orõnē, ſed forte minus aptē, ꝗ ad ꝑſenſ fa ciat ĩſtitutũ, nã de ipſa argumē tariõe vꝰ intelligere, cui potius rõnis nomē arridet, ꝗ oratiõis.

d   Sĩ ad eã ꝗ ĩ aĩa [ἀλλὰ ꙡρòσ τὸr ἐr τῇ ᖴυχῇ] Arg. [ꝗ ē in mēte] alĩ uero [ꝗ ad eã, ꝗ ĩ ſreriore ſen ſu]verꝰ tñ magis ad ᶔ bũ, cęterę uero ad ſnſaꝗ facili⁹ eruēdã. Nã ñ oĩs aĩa, eiuſue facultas ꝗ᷑ rõci nat, ſed mēs, ac ſterior mētis ſen ſus: poſſet eꝰ trãsferri hic loc⁹ [ſꝗ ad eã ꝗ ſaĩę ſrelligētia]verũ eu rãdũ, ut ſcias ex his, rõcinatiões alĩs aĩę hoc eſt intelligētiꝗ, alĩ eē vocis, ꝗ externe, corpis inſtrctis cõcitatꝗ, audiunſ: viꝗ ꝑfecto ma gna eſt huiuſcę partitionis, & ad plures vſus accommodata.

    Mõſtrabilia] δεικτά] Ar. [ꝙ demſari ꝑt]nos autē [mõſtrari ꝑñt]tũ ex eo ꝙ hĩ Alex. ſ prio rib⁹ reſolutorĩa, ꝗ dĩa optſe aſ ſignat, ſter [δεῖξιr, ᶄ ἀπόδε ξιr]hoc ē mõſtrationē & ūmſro nē, nã mõſtrare ē res larior, preſ ſior vero, demſrare: tũ ēt, ꝙ pri cipĩs abſoluta demſro ñ ē, ſꝗ mõ ſtratio. Ac ex eo corruũt dubita tiones plurimę: ſed Philoponũ ſ hoc negocio cõſulas et Themi.

b   Apparētia] δοκοũrτα] vel & [ꝑſpicua]nã de aſſũptiõib⁹ ſer mo ē, ꝗ cũ diſcipulo verę appa reant, ab eodē mox approbanſ: ſuntꝗ ad illũ ſuppõeſtm. Perpē de ſuppõne aliã ſimplſ dici, aliã ad hoĩę, et exēpla ſ Geometria meditere. Nã de his Proclus & Ioan. Grãmaticus hoc in loco.

e Aut nulla fexiñte opíone, aut
et cõtraria fex iñte accipiat, idē,
petit.] Arg.[aut poſtulat, ſi nul
la prorſus diſcreti de hoc opío,
vel ēt contraria inſit] vel aliter
ꝑ hoc mõ [cū aut nulla fuerit opi
nio aut ēt cõtraria, ſū pſerit idē,
poſtulat.] ſic. n. ipſe [α'τ Ᏸ ἢ μη
ᏸέμιᴣ ἐν έσιϛ Ꮞέξηϛ, ἢ κᏛ ἐναν
τίαϛ ἐν έσιϛ, λαμβάνη τὸ ωὐτὸ
αἰτῆται] partītio eſt poſtulati,
ꝗ id, de ꝗ ambiguus ē diſcipul⁹
in neutrā ſeſe flectēs ſnīam:et in
id, ſi quo apte à ꝑceptore diſſen
tit. Quęre hic exēpla ā grꝗcis au
thorib⁹, ꝗñ ſ latinis deſyderent.

a Termini ꝗdē [νἰ μᏛ oωὺ ὅροι]
Arg.] definitiões ꝗdē] vetus
tñ ꝑ placet tranſlatio:nā defi
nitio, proprio nomine, ὁριϛμόϛ,
appellatur, ꝓ cõparationē vero
& ſimilitudinē lapidū, qui in fi
nib⁹ agrorū ponunt ὅροι, à grꝗ
cis dr̄. Idꝗ notat abūde Hāmo.
in. v. voces. Iccirco ſic legendū,
vt iampridem tranſlatum.

b Terminos aūt ſolū Itelligere
opꝗ]τᴕϛ Ꮞ'ὅρουϛ μόνον ξυνιᴕξ
ᏸῶ] Arg.[definitiões ꝑcipiant
opꝗ] vulgaris profecto ē trāsla
tio, in qua nec ſnīꝗ vis eſt ſubeſt
vlla. Aliter vero ſic, [terminos
vero ſola rõnis intelligētia ꝑci
pere oportet [alius vero, ne loc⁹
hic, negocium ſtudioſis laceſſat
nõ tã verba, ꝗ & ſnīam ē inter
ꝓtat⁹ [definitiões tm̄, vt ſimpli
ces ꝗdã notiões animi cõcipiū
tur] vtcūꝗ verteris, definitio
nē dicas ad eã alꝗ facultatē pri
nere, ꝗ ſimplices ſolitariasꝗ re

rū notiones ſuſcipit: quāꝗ ꝗã et
eadē ſterdū, cū enūciatiōe iſeraſ
euadatꝗ propõ, ꝗd alibi ꝑditū.

Spēs ꝗdē] ᾗ Ꮞη μᏛ] Arg.[for
mas ꝗdē] alꝗ [ideas ꝗuidē] cū
.n. ꝟ ideis, hoc ē diuinis rerū no
tionibus, aduerſus Plat. loquaſ,
has et formas et ſpēs ꝗua rõne
vocare poſſumus:licet ea nomi
na in cꝗteris caſib⁹ drīã quãdã
ſuſcipiãt, ꝗd ſ ꝓeſntia nõ ē dice
re operepretiū. Verū ſ ꝗ ſtudiū
ponere licet, illud eſt, ne ignorē,
ideã eē vlt añ multa, vt author
ē Hamm. in. v. voces. Itē eam eē
ὁμωνύμον quoddã ex hoc loco,
nec nõ poſſe & ꝓter multa ap
pellari : ob id cenſet Ariſt. nõ tã
à rerū gn̄atiōe eē arcēdã, ꝗ ã ſcīa
et demſone. ſed hꝗc apud Ploti
nū, Iamblicū, Sirianū, Alcinoū,
& Plat. ipſum, ſ Timeo, Parme
nide, Epinomide minore Hip
pia. Extāt et nõnulla ex Ariſt. tū
ſ diuinꝗ ſapiētiꝗ li.7. tū 1.1. Ethi.
Ex Peripatheticis, eã Simplici⁹
& Hammo. defendūt: damnant
Alexan. & Philoponus.

TEX. XXVI.

SI. n. datū eſt, de ꝗ holem ve
rū ē dicere, ſi et nõ holem verū,
ſed ſi ſolū holem alꝗl eē oē, non
alꝗl aūt nõ:erit. n. verum dicere
Calliã, ſi et nõ Calliã, tñ alꝗl, nõ
alꝗl aūt non. [Enigma quoddã
poti⁹ oraculo explicãdū vr̄, ꝗ
alia ꝗuis ſnīa. ſcire tñ licet, ſerè
oēs codices, carere eo [πᾶν] ꝗd
oē, vertit Boethus totū Arg ille
āt hoc mõ trāſtulit [Nã ſi datū
eſt, id de ꝗ holem dicere, verū ē,
dabit

dabit et id ei q̃ nõ hoſem dicere
verũ ẽ. ſed ſi tm̃ hoc totũ ſuma-
tur, hoſem inquã aĩal, nõ aũt nõ
aĩal eẽ, erit ẽt verũ Calliã dicer,
etſi nõ Calliã, tñ aĩal, nõ aũt nõ
aĩal dicer.] video ex hac verſio
ne, parũ fruct⁹, ſtudioſis acceſſiſſe, nã̄ vetus trãslatio, lõge pla
nior ẽ, & ad verborũ numerũ.
Verũ alñ, à verbis ad ſnĩam cõ-
uerſi, ſic uertũt [Nã ſi illa poſita
ſit, ppõ oẽm hominẽ eẽ aĩal, nõ
aũt nõ aĩal, ẽt ſi illud fortaſſe in
ñ hoſe verũ eẽ poſſit, atq̃ adeo
maneat vera propõ, accepta ſiſ
affirmatiõe, & negatiõe hoĩs, ſp
tñ ex illa propõne illud qd̃ c̃ cõ-
cludẽdũ efficiet, Calliã.ſ. c̃e aĩal,
non aũt nõ aĩal: licet poſſit nõ
min⁹ fortaſſe vera eẽ cõclb, ſi ne
gatio Calliẽ ſimul cũ affirmatio
ne acciperet] ſi vero periculũ, l
re magni põderis, et à pclaris vi
ris tẽtata, facet licet, & nos ſuĩq̃
ipſam, poſthabita verborũ reli-
giõe, ſic trãsferre ñ recuſabim⁹.
[Eſto aliqd, de quo hoſeq̃ verũ
ſit dicere: deñq̃ eo affirmem⁹ aĩal
eẽ, negemuſq̃ nõ eſſe aĩal (qd̃ ẽt
de non hoſe dici poterit) qd̃ ex
eo ſequit vniuerſum ſemp verũ
erit: Calliã.ſ. (licet & de nõ Cal-
lia idẽ dici poſſit (aĩal eſſe, nõ au
tẽ non aĩal.] grecè vero ſic. [εἰ
γάρ ἐδόθη καθ᾽ ἄντ᾽ ἀληθὲς
ἐιπῖν, ἢ καὶ μὴ ἄντ᾽ ἀληθὲς, ἀλ-
λ᾽ ἢ μόνον ἄντ᾽ ζῶον ἳδ᾽, μὴ ζῶον
δ μὴ.ἴςαι γάρ ἀληθὲς ἐιπῖν και
λίας, ἢ καὶ μὴ καλλίας, ὅμως ζῶον; μὴ ζῶον δ᾽ ἤ.

Ετ dialectica oſb⁹.] καὶ ἡ δια- a
λεκτικὴ πᾶσαι.] ſed διαλεκτι
κὴν, vertit Arg. diſſerẽdi facultatẽ, nos ẽt, diſſerẽdi rõnẽ, qui
quã vetus trãslatio pſpicua ẽ.
Hic νῶλογικήν, ſtelligan, q̃ ſub
ſtrumẽti noſe tradita ẽ, hæc.n.
pũctari de rebus nõ ſolet oſbus, ſed diſſerẽdi facultatẽ, et rõ
nẽaudias, q̃ deoſ ppoſita ma
teria, probabili argumẽtatione
diſſerit, quã Ariſt.copioſe & ac
curate laudabat in.t.lib.Topic.
quãq̃ veteres Academici maxi b
me profitebanı.pbabiliter agẽ-
tes.Et Soc.apud Plat.ſerè ſp eo
gñe vtit dicẽdi, qd̃ pferrim ſtee
rogãdo facit, ve ex hoc cõſtet, ré
cte dixiſſe Ar.dialecticũ ſterro
gaſ:hæc.n.ſuit illi⁹ tẽpeſtatis vul
gata nimiũ, et trita cõſuetudo.
Et ſi aliqua vñr tẽtet mõſtrare cõia.[καὶ ἥτις καθόλου πειρῶ-
το δεικνύσαι τὰ κοινά] Arg.[eo
ſiqua vñr ipſa cõia oñdere nita-
tur] pulchrè et appoſite verſuz
ẽ illud, mõſtrare, vel oñdere, nõ
aũt demÞare, nã q̃ nobis ignota
ſunt demÞant, ñ at pncipia. Per
pẽdas et ἀpόραϲιϲ illa, q̃ Ariſt.
diuinã ſciam, Metaphy.vocatã,
circuſcribit.Hæc.n.gñalia facul
tas eſt, q̃ proloqa audet cõfirma
re:qd aũt inter illã & dialecticã
interſit,ſcire poteris ex Them.
Interrogatio ſyllogiſtica] ipũ
τημα ϲυλλογιϲικόν] Arg.[iterrogatio rõcinatiua] vel [interrogatio ad rõcinandñ idonea]
veterũ morẽ ſibi ob oculos po-

nit, q̄ post interrogatiões ratiocinabantur. Ea consuetudine scatet vndique Plato.

b · Propõ cõtradictiõis] πρότασις ἀντιφάσεως] sic ẽt Arg. Verbũ ἀντιφάσεως additũ est, vt intelligas, eã velle propõnem, quę contradictionis altera pars est.

a · Sed ex qb⁹ aut mõstraẽ aliqd de qbus Geomet. ẽ, aut ex eisdẽ mõstraẽ Geometrię, queadmodum perspectiua.] ἀλλ' ἐξ ὧν ἢ δείκνυταί τι περὶ ὧν ἡ γεωμετρία ἐστίν, ἢ ἐκ τῶν αὐτῶν δείκνυται τῇ γεωμετρίᾳ, ὥσπερ τὰ ὀπτικά.] Arg. [sed aut ea ex qb⁹ aliqd oñdiẽ, de qb⁹ ẽ ipsa Geome. aut ea, q̄ ex eisdẽ demrãẽ, ex qbus Geometria demrãt qlia sũt pspectiua] vsq adeo mihi pplexa vr̃ hęc versio, vt ad aliã conuerti mihi necesse eẽ videaẽ. [Sz ex qb⁹ ea oñdunẽ, q̄ ad Geometriã attinẽt, aut ex eisdẽ Geometrica rõne mõstranẽ, queadmodũ pspectiua.] vult. n. pprias eẽ geometrię iterrogatiões, ex qb⁹ aut ĩ ipsa dmrãm⁹ res geometricas, aut demũ illas, q̄ à Geom. fidẽ et cõfirmationẽ suscipe solẽt.

TEX. XXVIII.

a Qm̃ ãt sũt Geometricę iterrogatiões, sũt ne igiẽ et ñ Geometricę?] [ἐπεὶ δ' ἐστὶ γεωμετρικὰ ἐρωτήματα, ἆρ' ἐστὶ καὶ ἀγεωμέτρητα;] q̄ trib⁹ qõnib⁹, hęc prior ẽ. Quã sic Arg. [cũ ãt Geometricę iterrogatiões sint, sũt ne et ageometricę?] scđa qõ est, [et iuxta vnãquãq sciaz, q̄ ẽm ignorãtiã qualẽcũq geometricę sũt?] [καὶ παρ' ἑκάστην ἐπιστήμην τὰ κατὰ τὴν ἄγνοιαν τὴν ποίαν γεωμετρικά ἐστι.] Hãc aũt sic vertit Arg. [&c iterrogationũ eę, q̄ ab ea pcedũt ignoratiõe, q̄ ẽ dispõ, geometricę ne sũt, an nõ? et ĩ q̄cũq facultatũ sint] Tertia atq extrema ẽ, [et vtrũ sz ignorãtiã syllis, q̄ ex oppositis sylls, aut palogism⁹?] καὶ πότερον ὁ κατὰ τὴν ἄγνοιαν συλλογισμός, ὁ ἐκ τῶν ἀντικειμένων συλλογισμός, ἢ ὁ παραλογισμός] eã hoc pacto exprimit Arg. [praeterea vero rõcinationũ ab ignoratione proficiĩ, ea ne q̄ ex oppositis cõstat, an ea q̄ cõstructa uitiose ẽ?] dedi operã, ut cõtext⁹ hic apposite et dilucide interpres iret, ea sanè de cã, ut itelligeres min⁹ fidei eẽ adhibẽdũ his q pmã, secũdãq qõnẽ i vnã adeo cõnectũt et cõculcãt, ut nec verborũ, neq snię curã habuisse uideanẽ. Innumera tñ sũt, q̄ ex gręcis fõtib⁹ ducta, ad hũc locũ ptinere uidẽẽ. Primũ iterrogatiões et pprias in q̄cũq gñe sciarũ reperiri, et alienas oio, hoc ẽ à scopo illarũ remotas: id ãt ex priorĩ qõne pẽdet. Deĩceps ex scđa, colligas, iterrogatiões nõ tã fieri ex pitia artis, q̄ ex eiusdẽ ignoratione: tũ ignorationem duplicẽ eẽ hoc ẽ simplicis negatiõis, prauęq affectiõis. Ex tertia vero qne, pcipies, syllm ex ignoratiõe duplicẽ extare posse, hoc ẽ vł eũ q falsis asũptiõib⁹ colligiẽ, vel q fallax oio ẽ, et certãdi studio cõparat⁹, quẽ παραλογισμόν, appellat. Perpẽde et eodẽ ordie tñ sa subiũgi, q̄ eipę distribuerę suc

rę

reqõnes. tota hęc pⁿ ſic ꝗꝗ tⁿãſ
ſerri ꝗt [cũ vero geometricę ꝗ-
dã ſint iⁿterrogatiões, ſũt ne igiſ
et ꝗ ñ geometricę dici poſſint?
Et ꝗ ex iⁿperitia ꝗliciſꝗ, ſ̄m quã
liber ſcia₃, eſ̄ciunt, ſunt ne geo
metricę̃ Et vt̄rũ, ꝗ ignoratiõe
parit rõcinatio, ex cõtrarꝝs cõ-
iecta ē argumẽtatio vocãda, vſ
poti⁹ uitioſa?] de hiis plura uide ī
a Topi. li.1. Lⁱrhythmicũ] τὸ ἄρ-
ρυθμον]abſꝗ rhythmo]Argu.
[abſꝗ tota, ſiue informe]id mi
nus à doctis, pbat. magis uero ſi
dixeris [abſꝗ numero]vſ̄ēt [ñ
nũeroſii]ſiepte ſi dixeris [abſꝗ
ſono]qd ꝟo ſibi uelit rhythm⁹,
dꝶ ei⁹ gña. ꝗ̃rũ rerũ ꝓprꝝ⁹, ī ꝗb⁹
reperiri poſſiⁿt, nũ ipſi⁹ſit mot⁹ſor
ma, an poti⁹ordo mot⁹breuis
ac lõgi, ſiue poti⁹celeritatis ac
tarditatis, utⁿr̃ ī ſonore cõſiſtat
muſicorũ iſt̄foꝝ an poti⁹ē mo
tu corporis ī apta et cõcinna ma
nuũ, et pedũ moderata ꝗdã rõne eleuãdi, ac dep̃mẽdi, ꝗ ue pacto ī carminib⁹poetarũ cõſiſtat
uoce, geſtu, motu, metro et t̄pe,
p̃terea ſi ſubarꝝ ꝗlitas ſit, an ꝗti
tas, aut ēē citra oẽm ſubam cõci
pi poſſit, ꝗ ei⁹ dꝟꝗ, à ꝗb⁹ cauſſe
efficiaꝶ, qd ipſii ſit ſuſcipiẽs mã,
ꝗ potiſſimũ cõſeruet, ꝗue ei⁹ cõ
trario tollaꝶ, ſ̃ ē ī p̃ſentia nobis
diſſerẽdũ, tũ qa breuitati ſtude
re (ꝗ̃ hoc ī loco delegim⁹) ñ ēēt:
tũ qa nobilis hęc diſceptatio, ñ
miⁿ⁹Plat.ꝗ Dion.et Ariſ.ī Poe
tica excitaret, atꝗ alios. Tu ue
ro ſi accurati⁹iſthęc cognoſcere
deſyderas, ad illa iꝑa te cõmẽta
ria recipias ꝗ ſcripſere ī Poeticã

arte nr̃ę ętatis uiri ſaneꝗ doctiſ
ſimi, et ſ̃ Ariſtotelica eruditiõe,
politiorib⁹ꝗ lꝭis bñmeriti oẽs.

I N mathem. uero]ἐν ꝗ τοῖς μα a
θήμασιν.]ſic ēt Arg. Alꝝ uero[ī
doctrinis ac diſciplinis]vſ̄ēt̄ã
tũ ſic[ī diſciplinis uero]cõſtãti
ducor opinione, ut credã ex hoc
cõte. excitari hoies ad cultũ dia
lecticę artis:qⁿm nulla extaꝶ ꝭꝭe
diſciplinã, ꝗ ſallaci ac uitioſa v-
taꝶ rõcinatiõe : ꝗ ſi uelit neminē
abſꝗ diſſerẽdi rõne auſum fuiſſe ꝶtaꝶ doctriꝵas, qd et ī Philebo
et alꝝs ī locis ꝑſępe Pla.teſtat⁹ē.

Qⁱ̃ mediũ ē ſp̃ qd duplex, de b
hoc.n.oſ, et hoc rurſus ꝟ alio dꝶ
oſ qd ꝶt ꝑdicaꝶ ñ dꝶ oẽ.]Arg.uer
tit [qa mediũ ē ſp̃ duplex, nã al
teꝶ extremorũ de hoc oſ, et hoc
rurſus idētidē ꝟ altero dꝶ.atꝗ ꝑ
dicatũ ñ dꝶ oẽ.]cõſtat ex eo qd
dixit diſciplias et ſcias uti prſꝗ ſi
gurę artificio, id qd paulo poſt
luſi⁹ē dictur⁹.cõſtat et terminā
tione vlt̄ꝗ aſſirmãtē hauddꝗquã
termino ꝑdicato poſſe adnecti :
qd ī li.dē Iⁿter.docuerat ſectio.
ñ.Hic hēas, iteꝗ rã expoſuiſſe, at
ꝗ abſolutã formã, eorũ ſylꝯfoꝝũ,
ꝗb⁹ diſciplię vtunꝶ. nãt et fig. tri
buit artificiũ & ꝓppoꝵũ modũ.
grecę ꝟo ſic res ſe hēt [ὅτι τὸ μέ
σον ἔ ꞅιⁱ̈ν ἀεὶ τὸ διπλοῦ. κⁱ̈ τὸ γὰρ̈
τοῦτο παιτός, ꝗ τοῦτο τⁱ̈ἀλλι ꝛα
τ᾽ἄλλι λέγεται παντός. τὸ ꝛα
κατηγορούμενον ἀλέγεται πᾶς]

Ac ſi ⁱtellectiõe uiderẽt]οἷον c
ὁρᾶν τῇ νοήσει]Arg.[hęc ắt cer
nere licet, ꝗ̃ uⁱ̃n̄tis ꝑcipione].

, A iiꝵ vel

vel êt [ceu ſtelligêtiæ luminib⁹
perſpicerent] valet aût hoc (vt
puto)ac ſi diceret,hæc eſſe adeo
nobis pſpecta,vt minimo nego
tio cognoſci poſſint. Eſtq́ tranſ
latio, huic loco ſatis opportuna
nã intelligêtia ſeu mête videre,
translatiũ eſt, quéadmodũ ſi qꝭ
ſe quippiã oculis intelligere dicat. Poteſtꝗ ea dicêdi forma ad
metaphoras referri,quas in arte Poetica, analogas vocat. Et
tu quære locum.

d In rõnib⁹ vero later]ἐν ᾖ τοῖς
λόγοις λανθάνει] Arg. & vertit
& explanat,vt ſui ferè moris eſt
[in diſſerêdo vero facultatis di-
ſceptationibus later.] alñ vero,
[inter diſputandũ incertũ eſt.]
aut êt [in diſſertatiõibus later]
nam hoc in loco λόγος,eas intel
ligit diſputationes,quæ à dialectica ratione ducuntur.

e Quid aût carmina circul⁹ ꝭ]
τίς ᾖ τὰ ἐπη κύκλος;] carmina
ea rare circularia, oñdit hic Phi
loponus, reſtificatiõe ex eo Epi
grámate,accepta,qᵈMidę regis
ſepulchro affixũ fuerat.Id ãt ex
eo deſumere poteris.Verſi et cir
culares verſus eos oẽs appellat
Pieri⁹ſ Hieroglyphicis,q ſ eãdē
verba à qbus initiũ ſumpſerũt,
tãdē feruñ,ac deſtnũt,cuiuſmo
di ē apud Catullũ Epigráma in
Mamurrã et Cꝗſarē,in annales
Voluſii,in Noniũ Sirumã. Id qꝓ
vẽrũ ſit (parcãt amiciſſimi hñis
manes)haud facile video. Nã re
petitio poti⁹ ea mihi vꝫ quã cir
cul⁹.Itaqꝗ ea carmina circuli po

tius ſimilitudinẽ et rõnẽ cõtine
re dixeri,apᵈ latinos, q̃ſ ſeipſa
cõmeãt atcꝗ recurrũt, hoc mõ,

Laus tua non tua fraus , virtus „
non copia rerum „
Scandere te fecit hoc decus exi „
mium.. „
flectuntur enim ſi dixeris, „
Eximiũ decus hoc fecit te ſcan „
derererum „
Copia, non virtus, fraus tua, à
non tua laus. „

Itê et carmê illud, in templo
D.Marci Venetiarũ, qd in ſcipſum recurrens,et in contrariam
ſnſam iens,ſacrificiũ Chayn, &
Abel, artificioſa magis rõne q̃
eleganti, ſignificare videtur. ,

Sacrum pingue dabo,nec ma- „
crum ſacrificabo. „
id autem ſic vertitur,
Sacrificabo macrum,nec dabo „
pingue ſacrum. „

Inſtantiã] ἔνςασιν] Arg.] Inſti **a**
ciatiõe]alñ[occurſuꝫ]itê[ob-
iectiõe]perpêde vero, hoc ſ lo
co ἐν ςασιν,ſiue inſtãtiã,velle id
notare,qᵈ apud veteres,in diſſe
rêdo,q̃ maximè erat in vſu.Nã
cũ quis, vitioſam adſtrueret ar
gumentatiõe, rñdentis partes
erant,inſtantiã offerre: verũ ve
ro hæc ad falſam aſſumptiõe,
an potius ad ipſam conclõne tê
deret,iudicat Philoponus, hoc
in loco,diligenter. Vide & quæ
ſcribit Ariſ. lib.2. Topic.de hac
ipſa inficiatione. ,

Qᵈignis in multiplicata pro **a**
portiõe]ὅτι τὸ πῦρ ἐν τῇ πολ-
λαπλαςίονι ἀναλογία] Argyr.
[ignê

[igné gigni multiplicata rōne] q̄d aūt ſibi velit, hoc q̄d eſt fieri in rōne multiplicata, & quo pacto contingat, in ea re hallucinatio apud Mathematicos qui rē ipſam hāc interdū ignorāt, vide Philoponū hoc ſloco: & alia ex Ale. Procliq̄ ſnía: nã hæc q̄ō maximè numerorū propria ē. Hinc et illud cogita, nō ſemp vitioſam eſſe eã, q̄ alicui videt̄, argumentationem, quemadmodum neque omnis, quę videtur inculpabilis, culpa vacat.

Reſoluere] ἀναλύειν] aliŋ legunt [diſſoluere] ego vero malē veterē trāſlationē. Sūt. n. ἀνάλυσις, ſiue reſolutio, & διάλυσις, hoc ē diſſolutio, res oīno diuerſę, nã q̄d diſſoluit, ét reſoluatur neceſſe ē, cōtra vero fieri p̄t vt reſoluat quippiã, q̄d tñ cōtinuo non diſſoluit. Them. vero, q̄d hoc in loco reſoluere ſignificet, appoſita rōne cōtédit aſſere re, ait. n. id eē, cōſtituta iã cōclōne, q̄rere prīcipia & aſſumptiones, à quibus illa colligit̄. Sed de hac ipſa reſolutione, plura pſcribit Alex. & Philoponus in priora reſolutoria: nonnulla quoq̄ Hammo. in. v. voces.

a In diſputatiōib⁹] ἐν τοῖς διαλόγοις] Arg. [diſſerendi facultate] aliŋ [ſ mutuis ſermonib⁹] vel ét [in diſſertatiōibus] ſunt aūt hę, orationes in quibus diſſerendo, viciſſim alloquimur.

Augenſaūt nō p media] αὔξεται δ᾽ἰδία τ̄ μέσων] Arg. [accreſcit ét rōcinatio ñ p media]

vel [nō augeūt aūt media] q̄ ſimo erat de diſciplinía, q̄ rōcinādo nō colligunt cōclōné pluribus medŋs, ſed ſolo ac ſimplici: contra dialectica rō, pluribus medŋs, ad eandem concluſionē adhibitis, ratiocinatur.

Sed eo q̄ aſſumunt]ἀλλά τῷ ὁ προσλαμβάνειν.] Arg. [ſed aſſumēdo] aliŋ & non inepte q̄dē [ſed indirectū excurrūt] vel ēt [ſed eo q̄ colligunt] diſciplinę, cū careant copia mediorū ſ eadē cōclōne cōfirmanda, ob id nequeunt plura cōgerere ad eādē rē, argumenta: verum auget media, vel ſ q̄ rōne, vnū poſt aliud docētia, vel obliquo quodã ductu, in oppoſitas partes p̄ cedentes. Conſtat itaq̄ oēm mediorū multiplicatiōe triplicē eſſe in vniuerſum, p̄ media, colligendo in latus eundo, ex q̄bus duę poſtremę ad ipſas pertinēt diſciplinas, prior vero ad dialecticum vnã cum cęteris ſpectare videtur, authore Philopono.

TEX. XXX.

Quōd vero differt, & p̄ q̄d a ſcirī] τὸ δ᾽ὅτι διαφέρει, ϗ τὸ διότι θήρεσθαι] Arg. differt autē ſcire eſſe, & p̄ quid eſt] vel ēt, [q̄ vero rea ſit, differt & quãob rē ſit, ſcire] vtcūq̄ verteris, ita ſe prorſus res hēt, dñiam extare magnam iter q̄ & p̄ quid. ſed illud θήρεσθαι, hoc eſt ſcire, mihi magis placet vt cū p̄ quid iungatur, q̄ cū, q̄: & eſt rō huius: nam qui mordicus defendunt demſrōné q̄, non gignere ſciam,

sciam, hi minus Argy. versionē
probarēt, dicerētq; mirificè ad-
iectā fuisse particulā, scire, cum
pp quid, vt dria hoc mō se habeat, differt ipsum, q̄ à scia pp
q̄d: nō aūt differt scia q̄, ab ea q̄
ē pp quid. Ego vero in hoc, aut
parū aut certe nihil pōderis facio, cū alio in loco, vt mox oste-
dā, dicat scire q̄. Itaq; nobis liceat aliorū vestigia præmere, &
ad libitū transferre hunc locū.

a Eorū q̄ cōuertunt] τ̄ ἀντιστρε-
φόντων]aliij [eorū q̄ retro com-
meāt]aliij[eorū q̄ reciprocant]
b Eorū q̄ cōuersim pdicant] τ̄
ἀντικατηγορουμένων.]aliij [eorū
q̄ mutuo dñr] aut ēt [eorū q̄ vicissim afferunt]sed in hoc ingeniū expolitū et ad pclara natū,
vim nullā poneret. veniā tū oni
hi dilargiant studiosi, qñ i hisce
castigationibus, cōsiliū meū nō
erat, vt aliora explicarent, sz vt
versionē Aristotelicorū verborū, penè obrutā et vetustate de-
prauatā, nō nihil venustatis &
leporis acquirere posse ōnderē:
psertim cū expolitam videā hisce tēporibus philosophiā illu-
strium ingeniorū diligentia, vt
nō temere mihi videar posse affirmare, breui fore tēporis spatio vt rerū cognitio cū rōne dicēdi cōiūgat. Q̄d si huic labori
meo aliqd studiosorū grē cōci-
liabit, maiora à me sūt onera, et
alacri quidē animo, suscipiēda.
c Planetæ prope per id quod
nō scintillant] οἷον ὅτι ἐγγὺς οἱ
πλάνητες διὰ τὸ μὴ στίλβειν.]

Argyro. [vt vagas stellas esse
propè, quia non micāt] vel [vt
errantes stellas, ex eo q̄ non mi-
cant, propè esse.]Perpende hoc
exemplum, q̄d videtur pertinere nō solum ad naturalem scien
tiam, sed & Astrologiam, atque
opticam: dubitatq; num hęc de-
mōfo transeat de vno genere ad
aliud, vt primo occursu videt.
Euenit aūt et p alterū, mōstra- a
ri alterū.]Εγχωρᾶ ͽ καὶ διὰ θα-
τέρου θάτερον δειχθῆναι.] Arg.
fieri aūtē pōt, vt p alterū alterū
oñdat.] vel[cōtingit aūt alterū
ex altero probari] ex qbus ver
bis nō arbitrere, circulū, quē tā-
topere refutauit in supioribus,
nūc asserere. Est. n. reciprocatio
s diuerso gñe demrandi, qñ ab
euētu pmū ferimur ad cām, deinceps à cā ad euētū retrocedi-
mus. At circulus, qui cōfutatus
est, à veteribus ipsis cōstituebat
in demrone simpfr, et ob id iure
repulsus . Inditio ē, hic noluisse
demrone absolutā, qm verbū
sumpsit δειχθῆναι, qd est mō-
strari, siue ostendi: latius quidē,
q̄ demonstrari .

Q̄d sphærica p augumenta] a
ὅτι σφαιροειδὴς διὰ τ̄ αὐξήσε-
ων] Arg.]p per accretiones ro-
tunda] vel etiam [Quod globo
sa ex incrementis.]

Extra ponit]ἐξω τίθεται.] a
eodē mō et Arg. vel ēt [extrinse
cus petit] nā extra ponere, siue
extrinsecus mediū petere, ē longius ipsum suscipere. de qua re,
copiose hic Philop. et Alex. Ego
tñ

tñ qui nulla re, ſum cũ illis cõpa randus auſim dicere, mediſi eē extra, quia à rei natura ſit alie num, ac ferè ſm accidēs nam ꝗ rei ſiue naturam ſiue ſubſtantiã indicant, ea docuit eſſe propria & congenita, contra vero com munia, & longius petita.

b Vt ſi negatio eſt cã ipſius nõ eſſe, affirmatio cauſa eſt ipſius eſſe.] οἷον εἰ ἡ ἀπόφασις αἰτία τῦ μὴ ὑπάρχειν, ἡ κατάφασις αἰτία τῦ ὑπάρχειν] Argy.] ſi negatio cã ē nõ eſſendi affirma tio cã eſt eſſendi] alñ [ſi negatio nis cã eſt, negatio, et affirmatio nis affirmatio.] forte ſic ēt [ſi ne gatio cã eſt inficiãdi, affirmatio cã ē aſſerēdi] ſed vɪũ Philoponi dubitationē, ad hoc ſpectantē.

a Secundum exceſſum] καθ᾽ὑ περβολὴν.] Arg. [per exupera tionē] alñ [ꝑ Hyperbolē quan dã] alñ [per abundantiã] vetus tñ lectio ſaneꝗ opportuna val de vɪ. Ea.n. excedũt, quæ cũm rei ſuperant, quæ à propoſiti ra tiõe ſunt remota, queꝗ longius petita vident. Vt ēt illud, præter Ariſt. exemplum Anacharſidis, cur Diõ paſſ⁹ Eſt. naupħragiũe reſpondit alter, ob id, ꝗ arbores ſunt ortæ. Arbores inciduntur poſtquã natæ ſunt et educatæ, ex his ſectis conſtructa nauis: hac parata cõſcendit Dion, cœpitꝗ nauigare, tandem ille eſt vndis obrutus.

a Vt ſit alterum ſub altero] ὥ τ᾽ἦναι θάτερον ἐπὸθάτερον] eas vult diſciplias, ꝗs paſſim vo

cant, noſtri hoïes ſubalternas: Eas Argy. expreſſit ſic [ꝗ ita ſe ſe hñr, vt altera ſub altera collo cetur] id euenit diſciplinis illis, ſub quarum ſubiecto, alterius ſubiectum continetur.

b Vt pſpectiua ad Geometriã, et Mechanica ad Stereometriã, & Harmonica ad Arithmeticã & apparentia ad Aſtrologicã.] οἷον ἡ ὀπτικὴ πρὸς γεωμετρίαν, καὶ τὰ μηχανικὰ πρὸς ϛερεομε τρίαν, καὶ τὰ ἁρμονικὰ πρὸς ἀριθ μητικὴν, καὶ τὰ φαινόμενα πρὸς ἀϛρολογικὴν.] Verum nomina harũ diſciplinarũ ſic uertit Arg. [vt Geometriã Perſpectiua, & ad ſolidorũ ſciã machinarũ facultas extruēdarũ, et ad Arith meticã Muſica, et ad Aſtrologiã ſeſe habet eorũ ſcïa, ꝗ apparēt] et aliter ſi placet hoc mõ [ut Op tica ad Geometriam, et Fabrica ad Stereometriã, & Muſica ad Arithmeticã, et ꝗ apparent ad Aſtrologiã.] hic.n. ex his verbis ordinē diſciplinarũ octo intelli gis, ꝗ ita ſeſe hñt, vt altera ſub al tera collocet. Quæ ãt ſit Geome tria, Optica, ſiue ēt Perſpectiua, Arithmetica Muſica et Aſtrolo gia, ſatis conſtare video. Quid aũt ꝙ illud, μηχανικὰ, voluerit, ꝗdꝗ etiã ꝑ ϛερεομετρίαν nec non τὰ φαινόμενα, nõ adeo pſpicuũ ē, ut in eorũ explicatiõe ſtudioſi nõ ſint cõmonefaciẽdi. Eſt.n. μη χανικὰ, ars illa et cognitio ex truēdarũ ædiũ atꝗ aliarũ rerũ, ꝗ architecturã trito iã nole vocat, niſi poriᵉ eã ꝑtē phĩ⌞phiæ velis, quã

quã cõplexus est, in eo lib. q me
chanicarũ inscriptus est qõnũ.
ςηπωμιπρία, vero est corpořũ
siue dixeris solidorum, scĩa. Cũ
.n. Geometria lineas et spatia tã
rũ extimet, ad ipsam stereome
triam corpora, pertineãt necel
se est. φαιρόμιτα, notant ea quæ
visuntur et apparent cũ in aere,
tũ ī cœlo, quorum magna pars
ad nauigandi pertinet discipli
nam, quæ ventorũ, ac stellarum
ortus & occasus rõnẽ disquirit.
Ferè aũt vniuocæ sunt, nonnul
læ istarũ sciarum, vt Astrologia
et q̃ Mathemati. et q̃ Nauifica:
atque Harmonica, & q̃ Mathe
matica, & quæ sm auditum]
χιδὸν ὖ σωάνυμεί εἰσιν ὕτιαι
τύτων τ̃ ὀπισημᾶν. οἷον ἄσρο
λογία, ἥτι μαθημματικὴ ἢ̃ ὁ ται
τικὴ, ἢ̃ ἁρμονικὴ, ἥτι μα θημι
τικὴ, ἢ̃ ἡ κῆ τὴν ἀκολω] Argyr.
[Atq̃ harũ nonnullæ sciarũ, no
mine, rõne vt serè conueniunt,
ẽ̃u Astrologia est, & q̃ Mathe
matica, & Nauigãdi scia: & Mu
sica ea est q̃ Mathematica, & q̃
auditũ oblectat] locũ p̃clarum
perp̃edas vbi scias, q̃ s̃ r̃è extãt
sinonimæ, recenset. Altera. n. &
quidẽ latinorũ interp̃tũ extitit
explanatio, velledisciplinas sex,
hoc est tres subiecti, continui, ac
totidem discreti: cõtinui, Astro
logiã, Mathematicã hoc ẽ Geo
metriã & Nauticã. Discreti ve
ro Musicã, Mathematicã, hoc ẽ
Arithmeticã, & vocalẽ Musicã.
subtilis sanè sterp̃tatio, sed quæ
nõ ita facile sustineri posset, nã

illud q̃rendũ, cur stereometria ī
eo ordine fuerit p̃termissa, nec
nõ optica, cum hę duę de conti
nuo perpetuã faciant mẽtionẽ ī
At longe aptius, meliusg̃ Grę
corũ vult interp̃tatio, ni fallor,
q̃ ait, sinonimiã explicare inter
Astrologiam Mathematicam et
Nauticã, tũ ẽt inter Musicã Ma
thematicã, & q̃ in sonore instru
mentorũ versatur. Cur vero di
xerit, χιδὸν, hoc est, serè, vide
Philponũ, & rõnẽ quęre. Itaq̃
sic ẽt librat transferre [serè autẽ
sinonimę sunt harum, sciarum
nonnullæ: quemadmodũ Astro
logia Mathematica, & q̃ Nauti
ca. Tum Musica ẽt Mathemati
ca & quę ad aures pertinet] Ex
his constat duplicẽ esse Astrolo
giã, alteram, q̃ cœlestiũ rerũ co
gnitio est, per se se: aliã vero, q̃
peritia nauigandi appellat. Itẽ
Musica duplex, contemplatriæ,
s. q̃ numerorũ cũ rõnes disqui
rit, tum ea, q̃ vocũ, sonotũ iþ
modulaminibus, artificiosa rõ
ne adhibitis, aures ã mulcet. Ad
hoc ipsum pertinet ea, q̃ scribit
Boethus in suo de Musica li. sta
tim ab initio. Nec te fugiat, Ari
stu hoc in loco sinonimiã trade
re ster disciplinas cõtẽplatiuas,
& eas quæ ad praxim spectant,
quæ licet tantopere different,
pulchrum tamen fuit explicaſ
ſe in quo conueniant.

Quòd qdẽ sensituorũ ẽ scif] a
τὸ μὴ ὅτι, αἰσθητικῶν νiδέται.]
sntam opportune trãsferũt aliȝ,
sic [Quòd res sit, est eorũ, q eas
artes

antea exerceant, q̃ ſenſuũ iudicio
continent.] Arg. [ipſum qdem
eſſe ad eos pertinet ſcire, qui ſen
ſu vuũt] vel] ad ſenſitiuos quidē, q̃ ipſum, cognoſceř ſpectat]
colligę diſciplinas alias eſſe Mathematicas, alias ſenſitiuas, cau
ſam q̃quire ex The. et Philop.

b Non aduertũt] διωτιοντι-
αν] nõ animaduertũt] nõ de ea
re cogitãt] vel ẽt, [nõ animum
adhibent] hoc verbũ q̃onem ar
duã in primis, atq̃ difficilẽ tollit, quo mõ effici illud poſſit vt
quis ſciat vlt, et pticularia igno
ret, ſi vľis cognitio, particulariũ
eſt ſimilitudo, ſed de his copio
ſe in commentarijs noſtris.

a Se habet autem & ad perſpectiuã, vt hæc ad Geometriã alia
ad hãc, vt qd̃ ẽ d̃ iride [ἔχη ἢ ἡ
ϖρὸς τῆν ὁπτικλω ὡς αὐτη ϖρὸς
τὸν γεωμετριαν, ἀλλ ϖρὸς ταυ-
τσν, οἷον τὸ đει τῆς ἰριδος. [prę
clarè quidẽ Arg. & apertè hoc
mõ [vt at pſpectiua ſe ſe habet
ad Geometricã, ſic alia ſeſe hñt
ad perſpectiuã, veluti de iride]
vel eſſe [quéadmodum ad Geo
metriã refert optica, pari mõ &
alia ad hãc ipſam opticã ſe ſe ha
bet, vt qd̃ eſt de iride] artificio-
ſe explicat, ſubiectis diſciplinis
alias adhuc inferiores ſubjjci, ut
cõſtet eãdẽ dici facultatẽ ſuppo
ſitã ac ſuppoſitã, ad diuerſa ñ
relatã. Locus hic materiã dedit
Alexã. & Proclo diſſerendi, an
hæc, quę opticę ſubjjcit diſcipli
na ſit Specularis, vel Naturalis,
iccirco lege Philoponũ, quẽ nõ

temere mihi videor poſſe affirmare, palmã in hoc certamine
gręcis alñs ſcriptorib⁹ arripuiſ-
ſe. Et illud cogita an Theorema
de iride, cum optica rõne demõ
ſtraſ, tranſcendat de genere I ge
nus. Itē nñ ad Theorema hoc ip
ſum rõne egeamus ẽt Geometrica, quæ q̃ rõne ſolũ optica mẽ
tionem fecerit. Sed de hac re copioſe Olympiodorus.

Aut ſimpliciter, aut ſm Mathe **b**
matic.] ἢ ἑπλῶς ἢ χͅτ τὸ μάθη-
μα] ſic vetus trãslatio. alñ [aut
ſimpľr, aut ſm diſciplinã] Arg.
[aut ſimpľr, aut eius qui cõple-
ctit Mathematicã.] locum hũc
difficilẽ iure arbitratur. Philoponus. Nã ſi de ſpeculari id ĩtel
ligat, qd̃ voluit Proclus, iã ipſe
nõ ſimpľr eſt optic⁹, ſed ſm diſciplinã, q̃ ẽ de iride. verũ ſi de
ea parte naturalis ſcię, quę de iri
de diſſerit, id audias, tum aſſue
tus tunc interpretari ſm τὸ μά-
θημα, hoc eſt Geometriã: qm na
turalis & ex optica & Geometrica ratione Theorema de iride
colligere ſolet. Qd̃ & Olympio
dorus nõ negat. Accedit q̃ pau
lo antea, ſupremas Mathematicas, diſciplinas vocauit: vt ſenſus ſit, Naturalẽ aſſumere cãm
theorematis de iride, ſiue ab op
tico ſimpľr, ſiue ẽt à Geometra:
qm Geometrica rõ, poſtremã
vľ in eo caſu facere reſolutionẽ.

Vt medicina] οἷον ἰατρικη] **c**
totũ p̃ pte, figurę quadã rõne,
intelligit. Nã pro medicina Chi **c**
rurgiã intelligas: q̃ pars de ſolu
tione

tione continui tractat diligēter. Contēde eñ, quantũ ingenñ vires ferre pñt, nũ hæc demō, cuius Theorema medicũ eſt, mediũ vero à Geometria, ductum, transfitione faciat in ſcientñs: itē nũ Ars ſciæ ſubñci poſſit demō ſtrādo: qd exēplũ de vlceribus vſ aſſerere, res tñ alioqui perdifficilis, vt vix ſuſtineri poſſit. Quo aũt id mō dici queat, in cō mentarñs noſtris aliquando, co piolius perſequemur.

Υ Ε Χ. ΧΧΧΙ.

CONDENSANTUR & augentur] χαταπυχνῦται ἡ αὔξεται] qñ quidē partē ē interſreatus Arg. denſant atq̃ acereſcunt]uel coagmentationē, & multiplicatione ñ ſuſcipiunt.] docte mehercle & dilucide quidã noſtris hiſce tēporibus de liberalib°, diſcipli mis benemeritus ſed, (vt ille ex inſtituto profitet)magis ad ſententiã, qñ verborũ numerũ proſpiciens vertit [ɋ in diſſoluēdo fit coagmentatio et in multitudinē quãdã propōnũ acceſſio.] verbũ aũt χαταπυχνῦται trāſlatum dici pōt ã rebus corporis mole hñtibus, ad media, ſm rōnem in rōcinatione conſtituta.

Indiuidue] ἀτόμως] ſic etã Argy. ſed alñ continuo]vel etiã [abſɋ medio] diu multumɋ à ſtudioſis eſflagitatũ eſt hoc ſ loco, cur indiuiduas potius ppōnes negantes qñ affirmantes doceat cognoſcere: ſed grecorũ ho minũ ſingulari induſtria diluit hæc dubitatio, Philoponi ñ ſerñ.

Ex coordinatiōib°]ἐϰ τῶν ςοιχιῶν]Arg. [ex diſpōnibus] ɋ translatio parũ aut nihil fructus habet. Sed hęc pars ab alñs latine reddita eſt, [ordinibus et quaſi claſſibus rerũ] verbis ſanē elegãribus & propriñs, at que nonnihil redũdent. forte etiam [ex rerum diſtributiōnibus.]

Υ Ε Χ. ΧΧΧΙΙ.

Ignorantia.] Ἄγνοια] Arg. [ignoratio]alñ [inſcientia] vel ēt [imperitia]res nota eſt, & qñ maior pars hominũ profitef. id exploratũ habe, inſcitiã, eſſe habitum ſciæ oppoſitum, ſiue potius ſcię priuationē dixeris:hæc ſyllb imperitiæ comparaf, qui demonſtratiuo priuatoria ratio ne opponitur.

Secundũ diſpōnē]ϰτ Ʋιάθεσιν] ſic ēt Arg. alñ uero malunt [affectionē]qd cum græcã voce non ęquet, ob id alius accurate vertit [ex certa qdã affectione] qua alñ explanãtes, vocant [prauã affectionē]tu rē diligenter expende, nō ſolũ vim verbi. Hæc. n. imperitia eſt, ɋ falſa vt plurimũ rōcinatiōe cōparatur. Quã et malũ habitum vocant.

Deceptio.] ἀπάτη. Alñ [error] ſiue] Hallucinatio] Hinc ſyllus decipuloſus, et hallucinatorius qui inſciēciam patit. vel etiam [falſa opinio.]

Suſpicionē.]ὑπόληψιν.]Argy.lōge meli° [exiſtimationē] alñ nō inepte [opinionē] In mo re poſitũ eſt ſemp apud Ariſ. vt verbũ illud [ὑπόληψις] aut inconſtantē

eōſtātē animi pꝑptionē ſignifi
'cet, aut etiã fallacē cognitionē.

TEX. XXXIII.

Qvo mō inſunt vnicuiꝗ ge
neri nonnulla, et ſi nō ſeparabi
lia ſunt, ꝯm ꝗ tale vnuūqꝗꝰ.]
ὅτι ὑπάρχη ἐκ ἀσωγένει ἐνία κｙ
εἰ μὴ χωρισδῷς ἤ τοιον δῒ ἕκα
τον.] Arg. [ineſſe inquã nōnul
la generi cuiꝗ, et ſi nō ſeparabi
lia ſunt, et vnũquodꝗ; ē tale.] ꝗ
trãſlatio breuior vř Ariſt. ipſo.
Nōnulli id de græco vertũt, nō
tã appoſitè, quã ēt eleganter, [et
ꝗquã bæ res hoc ipſo ꝗ ad ſen
ſum traducũt non iã quaſi abiũ
ctę, ſeparatęꝗ; intelligunƚ, ſemꝑ
tñ in ꞹs aliqua inſunt, ꝗ nō niſi
hac ratiōe maniſeſta fieri pñt]
nos vero, ēt alioꝛũ iudiciũ nō re
formidabimꝰ, dicemuſꝗ; [qua
rōne vnicuiꝗ generi ꝗdã ſſunt,
quãquã hæc ſeparari nō pñt, vt
tale eſt hoc vnũꝗꝗ] intelligit
de his rebus ꝗ ꝑ ſequeſtrationē
dicunƚ, ꝗ cū ſenſu pꝑcpię nō vi
deanƚ abiũctę, inductiōe tñ ipſa
pateſiũt. Tu diligēter cōſidera,
ne huiuſce loci obſcuritas ſit ſtu
dioꝛũ tuoꝛũ fructũ retardatura.

TEX. XXXIIII.

Et qui mōſtrare pōt.] κｙ ὁ
μὴ δεικνύ{οι}ας δωαμετος] Arg.
[& ꝗ oñdere pōt] vel ēt, [et ꝗ
aſſerere pōt] ſępe. n. animaduer
ſum eſt, verbũ δεικνύ{οι}ας, eē po
tius rōcinationis, vel dialectici
munus ꝗ demonſtrantis: cuius
propria res eſt ἀποδ῀ξαι tu iſt
hęc recte percipias, vt monitus
ſ. .

proprietatem Ariſto. ſequare.
Secundũ opinionē igitur ſyl
logizantibus et ſolũ dialectitē]
κ῀ μὲν oῦ δόξαν ɡυλλογιζομέ-
τοις κｙ μόνον διαλεκτικῶς] Argy. [Si igiƚ probabiliter, ſolũtꝗ
diſſerendi modo ratiocinari vò
lumus] quam verſionem vt nō
improbo, ita neꝗ valde probo.
Quamꝗuã. n. ſingula verba pro
ſingulis nō ſunt ſuꝑſtitioſe red
denda, ſed potius ſnſæ ſentētiæ
ſint accommodandę, qð eruditi ferè oēs ſentiunt, attamen in
vertendis diſciplinis interprꝑta
rio ita tēperanda eſt, vt minus,
ꝗ fieri poſſit, redundare noſtra
patiamur. Quocirca ſic mallem
vertere [itaꝗ ſm exiſtimationē
rōcinantibus, ac ſolũ diſſertato
rie] ac neꝗ frigide ſnſam vertit
alius ſic [atꝗ ꞹꝗ quidē qui ſuas
concſiones ad opinionē dirigũt
& dialecticè tñ diſputant] Eſt
autē δόξα, exiſtimatio & opſio,
habitus permutabilis, & pꝑea
ſcię contrarius, quæ mutari nō
pōt, & ob id ratiocinatione dia
lectica comparatur.

Probabiliſſimis] ἐνδοξοτά-
τον] Arg. [ē ꝗ maxime proba
bilibus, veriſimilibuſꝗ.] Ego
in ea ſemper fui ſententia, vt du
plicatio verborum in diſciplinis vertendis ſit fugienda: præ
ſertim vbi verbum verbo ex-
preſſum & comparatum red-
dere poſſumus: in cæteris vero
ſat eſt ſeruare modum. Nam
quid etiam habet hic probabile
cum veriſimili? Itaque ſufficiat
dicere,

dicere, [ǭ maxſe probabilibᵘ]
qǖ & alñs viris bene doctis uer
tiſſe aliqñ non diſplicuit. Quæ
vero hẹc ſint, ǭ maxime proba
bilia, lege.t.lib. Topicor.hæc.n.
ſunt, quæ omnibus vident .mi
nus vero probabilia eſ eſſe con
ſtat, quæ ſapientiores ũ admit
tunt, genus vero inter vtrumǭs
mediũ eorũ eſt, ǭ plurimis vi
dentur veriſimilia tu ſi probabi
le à veriſimili ſeiũgere noueris
ex his quẹ habet Ariſt. in libris
de ratione dicendi, immenſum
planè fructum percipies.

2 . Sed hoc qdẽ, vt accñs illᵈ ve
ro vt p̄dicamẽtũ.] ἀλλὰ τὸ μὲ
ὡς συμβεβηκός, τὸ ſʒ ὡς κατηγο
ρία] Arg. vertit [ſed alterũ per
accidẽs, alterũ vero natura] ſic
.n. factum eſt vt κατηγορία, no
mẽ naturẹ acceperit. Id aũt qua
rõne dixerit, vix, ac ne vix qui
dem excogitare poſſum. Quidã
vero & dicendi & interp̄randi
vir ſatis peritᵘ, ſniam vertit [ǭ
vna eſt p accidẽs, altera propria
ac per ſe attributio] n̄ oẽs attri
butio vel per ſe eſt, vel ex acci
denti. Ego vero qui veterẽ trãſ
latiõe tm̄ caſtigationibus emẽ
dare, non aũt totũ Ariſt. de græ
co vertere, enitor, quantũ ſteri
lis mea patif induſtria, ſic tranſ
ferrem, [ſed hoc quidem vt ex
accidenti, illud vero vt ex re
rum ordine.]

Contigua]ἐχόμενα] Argyr.
[inter ſe ſe hærere, alñ [ǭ cõtinẽ
ter ſe ſe ſequũtur] vel [cõſequẽ
tia] ſed carbones pro theſauro

non indicabo: hæc.n. peruulga
ta ſatis & perſpicua ſunt.

Quod aũt in illis logice qdẽ
ſpeculãtibus) ὅτι δ'ἐπ' ἐκείνων
λογικᾶς μὲν θεωρῦσιν] ——Ar
gy. forte ob mendũ exẽplaris, ǭ
dã addit, ǭ in veruſtis codicibᵘ
non extant, inquit.n. [ſi primũ
diſſerẽdi mõ, deinde reſolutiue
id cõtẽplabimur. [at ego nulla
alia re ſum tam fretus ǭ diligẽ
tia, & iudicio aliorũ, ſi quidẽ de
Reſolutione nihil hẽt Ariſto. in
p̄ſentia: id vero paulo poſt ſub
iũget, qã oẽs interpretes hoc in
loco animaduertunt. Hinc recte
nonnulli [ac primũ lngice iſta
cõſideranti] vel ſi hoc nõ diſpli
cet mõ [qũ vero in illis logica
quidẽ rõne contẽplantibus] vt
aũt ſtudioſis p nos ſatisfiat , ſci
re licet, rõnem logicã eſſe argu
mentum à cõibus rebus ductũ,
interdum & probabilibus, nõ
nũquam etiam neceſſarñs, quæ
tamen per ſe non ſunt.

Species.n. valeant : namǭs &
teretiſmata ſunt.] τὰ γὰρ ἥ
δη χαρίτα, τερετίσματα γάρ
ἐστιν.]alñ[gaudeant ideæ, mon
ſtra.n.ſunt]res nota eſt, & teſti
monio oſum iterpretũ puulga
ta, hoc in loco de ideis Platonis,
quaſi irriſorie, ſermonẽ hẽre Ari
ſto. verũ, quo pacto eas volue
rit gaudere, nec video, nec facile
cur id fieri posſit, itelligo. Arg.
vero, quantũ eius vires ingeñ
ferré pñt, contẽdit, vt hæc pars
diligenter vertaí, hoc mõ [for
mæ

pugnantꝗ valeãt, ſidium.n. ſunt
arrectationes] ſed quidẽ, hõ in
literarũ ſtudꝰs cõplectendis p̃-
clare animatus, mirificeꝗ pro-
penſus in hãc ipſam vertẽdi ex
ercitationẽ, ſic ait [nã ideas hoc
loco valere iubeamus, nil.n. ꝗ
nugæ, & quaſi inanes cantiões
ſunt] Ego vero, ſi vlla à me par
ta eſt in hiſce ſtudꝰs literarũ co
gnitio,ſic ẽt verterẽ [ideg.n.re-
cedant, monſtruoſi nanꝗ ſunt
p̃cantus.] plurimũ opereꝰ hac
re collocauit Philoponus, vt te
in hoc cõmoneſaceret, τεϼτίσ-
μετα eſſe præludia citharedo-
rũ, quibus ſidiũ diſſonantiam
prius experiunt, ꝗ certã vllam,
cantionẽ aggrediantur.Ex quibus facile conſtare pōt Ariſt. ir-
ridere ideas,vti portenta, ac res
inarticulatas,& figmenta : nol-
leꝗ eas vim & momentum habere vllum ad ſcientiæ conſti-
tuendæ rationem.

a . Vel.n. vt ſubſtãtiã p̃dicabit]
ᾗ γάρ τοι ὡς ὐσία κατηγορηθήσε
ται] Argyr. addit, verbũ συμβε
βηκὸς, vertitꝗ hoc mõ [nã aut
vt accñs, aut vt ſubſtãtia p̃dica
bitur.] id aũt nec ĩ vetuſtis, nec
in nuperrime excuſis libris, hr̃.
Fieri tñ potuit,vt Ariſt.id omi-
ſerit, quaſi ꝗ animo legẽtis, eẽt
impreſſum. Etenim qđ de alio
p̃dicat, vel accidens eſt, vel ſub
ſtantia,at hic, membrũ illud ag
greditur, qđ vt ſubſtãtia p̃dica-
tur, quꝗcirca primũ, neceſſe nõ
eſt vt enũcies, ſubintelligas tñ,
pro diuiſionis rõne, neceſſe eſt.

Itaꝗ ſic,ut certe ẽ, Arg.lectio ve
ra ineunda tñ ratio non erat, vt
verbũ adderet de ſuo. Alius vero voce illã. [ὐσία] vertit, Eſſen
tia,qđ dũ cõſidero, diligentierꝗ
ſpecto, nõ niſi magnopere probare poſſum. Qm̃ hoc ĩ loco nõ
de ipſa, ꝗ ab accñtibꝰ diuerſa ẽ
ſubſtãtia loꝗt,ſed de ea, ꝗ in oĩbus reperiri p̃t p̃dicamẽtis,quã
noſtri homines, eſſentiam trito
ac prouulgato nomine vocant :

Sed eſt ſemper ſupra aſſum-
pti] ἀλλ᾽ ἐστιν ἀεὶ τῷ ληφθέντος
ἐϊτάτω] Et ſi minimi põderis vi
detur hæc animaduerſio, nõ cõ
mitta tñ, vt ſtudioſi in reperſpi
cua exequtiant, tẽ ẽt laborẽ reſu
giſſe ne videar. ſermo Ariſt. eſt
ad hoĩem, qui dicit, quocũꝗ aſ-
ſumpto dato, ſemp aliud eſſe eo
ſuperius. Quẽ locũ apertius ſic
vertit Argy. [Sed ſemp aliquid
ſuperius ſit ſumpto] Alꝗ Ariſt.
inſtitutũ ſic explanant, [ſed in
infinitũ aliqua ſemp ſuperiora
ſint] vel etiam [ſed ſemper eſt,
eo quod aſſumitur ſuperius .]

TEX. XXXVI.

Logice igit ex his quidẽ aliꝗs a
crediderit de eo qđ dictũ eſt,re-
ſolutorie vero p hæc manifeſtũ
breuius] λογικῶς μὲν ὲν δε τύ-
τωυ ἄν τις πισεύσειε πεϼ τ̃ λεχ-
θέντος. ἀναλυτικῶς ꝗ δια τ̃ δε
φαϊϼὸν συντομότεϼον]locꝰ ſua
uis admodũ & ſructuoſus eſt, ꝗ
mõ à me propoſitus fuit . Nam
nil pulchrius aut p̃ſtabilius ex-
cogitari p̃t hac vna diuiſiõe rõ-
nũ, ꝗ & logice & reſolutorie ap

Animad.Tom. B pel-

pellant. Arg. vertit [ex his igit̃, q̃ differēdi diximus mō, id quo de loq̃mur, ita eſſe q̃ ſp̃ia credet: reſolutiue āt p hęc breui⁹.] vult .n. q̃ antea fecerat argumēta du cta fuiſſe â logica rōne, q̃ ỹo ad ducēda ſunt, ea oſno eſſe â reſo lutiōe formāda. Eſt itaq̃ rō lo gica, cōis, probabilis, ab opinio ne ducta, q̃q̃ tardius ac longius ,ppoſitũ ſcopũ attingit. Reſolu toria vero propria ē, neceſſaria, ſ ſcia profecta, q̃q̃ celeri⁹ ac bre uius ad ,ppoſiti rōne proficiſcit. Hãc aũt dr̃iã eo mihi aggrediē dã putaui, q̃ nihil mihi vel pri⁹, vel antiquius videbaf, hac vna partitiōe argumētorũ. Accedit q̃ Ariſt. inſtitutũ erat ĩ ñs libris agere de Reſolutiōibus, q̃s igno rare & ſpudētis erat et male aſ fecti ingeñ. Itẽ ſic trãsferri p̃nt illa verba [Ex his itaq̃, logica rōne, pſectò, q̃s de eo q̃d dictũ eſt, pſuaſus fuerit, reſolutorie ue ro, pſpicuũ fiet breuius] Adde has rpſas rōnes dici logicas, q̃m earũ materia, ſunt ſubiecta, p̃di cata, media, p̃dicatiōes ſubſtan tiẽ & accidentiũ, ac cætera hui⁹ gñis plurīa. reſolutoriẽ uero rō nes vocabunf, q̃ poſt hac a mo dis dicēdi p ſe ducenf: hi.n. exa nalyticẽ doctrinẽ viſcerib⁹ de promunf: ſuntq̃ p̃cipua huiu ſce libri reſolutorñ materia ſub iecta: q̃m tũc demõſonem & re ſolutionẽ dicimur tenere, cũ eam ex his quæ per ſe ſunt, no bis ſuppeditauimus.

b Per ſe vero dupliciter: q̃cun

que etenim in illis inſunt ſ eo q̃ eſt q̃d, & quibus ipſa in eo q̃ ẽ q̃d in exiſtẽtibus ipſis.] partitio ē, primi ac ſecũdi modi eius q̃ eſt p̃ ſe. Hæc aũt grece ſic ſe hñt [καθ᾽ αὑτὰ διχῆς. ὅσα κ̃ γὰρ ἐ ἐκήποις ἐν ὑπάρχηι τῷ τίδ̃αἰ ᾗ οἷς ἀυτὰ ἐν τῷ τί ὅστιν ὑπάρ χυστιν ἀυτοῖς.]——Quæ hoc mō Arg.] ea vero q̃ per ſe cōpe tũt, duplicẽ ſubeunt modũ, q̃dã .n. ſ eadem ſunt definitiōe rerũ, q̃bus ineẽ dicunt, vt multitudo vel diuiſibile, hęc .n. numero eõ petũt, & in ipſius ſunt definitio ne. Quędam in rōne ſua res eas ſuſcipiunt, quibus competunt vt impar.] Sed Argyr. dum ita vertit, aliud ſcribēdi argumen tum quærit, nam etiam quæ̃ dam de ſuo addicit. id q̃ recte factum fuerit, alĩ viderint. Mi hi certe probatur magis, vt reie ctis aliorum verſionibus in ve tere maneamus. vel etiam ſic [ſ ſe vero bifariã ſunt. Etenĩ ea oĩa q̃ in eo q̃d eſt q̃d, ſ illis inſunt] ſic .n. cõmode primam habes ſi gnificationẽ, eius q̃ p̃ ſe dr̃. ſ̃m habes, cũ ſequiŕ [et q̃bus illa in eo q̃ eſt q̃d, ipſa q̃ inexiſtunt] verti āt ea particulã ἀυτὰ, illa, non ipſa, ne repetitio eiuſdẽ par ticulę impedimēto eēt, pro ſnĩa expromēda. Nã quotuſquiſq̃ ẽ, quẽ vel obſcura trãslatio, vel ſ poſturæ aliorũ non decipiant̃ Illud ẽt nõ eſt cognitu indignũ, prætermiſiſſe tertiam a̧ quar tam ſignificationem per ſe, tan quam ad reſolutionem facien̄ dam

dam parum adhibitas, hoc eſt
demonſtrationem ſimpliciter.

a   Nullam diſtantiam immedia-
tã] μηδὲν ὁ ἰὲ ςμμα ἄμεσον] —
Argy. [nullũ interuallũ eſſe me
dio vacans] vel [nullũ interſti-
tium eſſe abſʒ] haud profectò
ſalluñt qui dicunt Ariſt. q̃ à Ma
thematicis dicunf perſæpe vſur
pare, ſimilitudinis rõne. Nã διὰ
ςημα, hoc eſt interuallũ diſtan-
tia, eſt ſm ſimilitudinẽ dicta ſ, p
põnibus, q̃ mediatʒ ſunt vel im
mediatʒ. Ab hac ẽmulatiõe de-
fluxere illa nomina, Terminus,
Figura, Mediũ, Mediatũ, Imme
diatum & hoc quo de modo ſer
mo eſt, interuallum: quæ in logicis ab alñs diſciplinis petita
accipiuntur.

b   Intro namʒ proficiendo terminũ, ſed non aſſumẽdo demõ-
ſtrat] τῷ γὰρ ἐντὸς ἰμβάλλεις
ὅρον ἀλλ᾽ ἰ τῷ προσλαμβάνεσαι
ἀποδείκνυται] hæc verba ad ho
minẽ dici intelligas, non ex inſtituto: alioqui ſeſe ferict Ariſt.
cum alibi dixerit, ſcias nõ poſſe
ad intra mediũ proficere, q̃d in
p̃cedentibus notarĩ fuit. Poteſ
et ſic vertere[nãʒ immittendo
terminũ, ſed nõ extra aſſumen-
do demõſtraf] Arg. [non foris
addito, ſed immiſſo termino de
monſtracur]Alñ [vt verbũ me
dium inter extrema immittaf,
nõ autẽ extra extrema ipſa col-
locetur]qui vero hæc verba ex
Ariſt. ſnĩa proferunt, nõ ad hominẽ autẽ ea dici intelligũt, nul
lam ſanè particulã cius ingenĩ,

vel minimum attingunt, nullæ
cius ſuauitattẽ deguſtant. Eſt
aũt ratio huiuſmodi, quia dicis
in infinitum excurrere propõnes, iccirco nullũ erit interuallum immediatũ et indiuiduum
illatiõis cauſa eſt, quod ipſe ais,
dum mediũ inter extrema ſemper immittis, non de foris autẽ
aſſumis.

c   Logicæ quidem prius, reſolutorie vero nunc]λογικῶς μὲν
πρότερον, ἀναλυτικῶς δ᾽ νῦν]
—— quod ait πρότερον, & νῦν,
hoc eſt, prius & nunc, ordinem
quendã deſignat, quo iam ſatis
conſtat, ratiões logicas antecedere reſolutiuas, nõ quidem dignitate, perfectioneve, ſed via
atʒ ratione docendi.Nam ſi logica ratio communior habetur
analytica, quæ vero communia
magis ſunt,etiam ut notiora no
bis ſint neceſſe eſt,ob id recte dĩ
ctum,logice prius. Non ſemper
tamen logica rõ ad aliquid pro-
bandum adhibita, prior eſt re-
ſolutiua, nam in Philoſophiæ libris perſæpe vſu venire ſolet,ut
Analyticæ rationes anteponan-
tur, id cur accidat,in noſtris cõ-
tradictionibus expoſuimus. Nã
etſi hominis animus non con-
quieſcit, niſi adhibita ad fidem
faciendam ratione, attamen hic
locus non ẽ nobis latè patet, vt
hæc differere copioſe poſſimus.

TEX. XXXVII.

QVVM NON PRAEDICE-
tur alterum de altero, aut nullo
modo, aut non de omni] μὴ
B   ñ   καθηγορυ-

ϰατηγορημάτε θατέρω, κατ θατέρω, ἤ μηδʼ ἀμῶς, ἤ μὴ κατ παντὸς] Arg. [quorū alterū đ altero aut nullo mō, aut nō de đlibet þdicatur] vel ēt [quū aut nulla rōne alterū de altero dicatur, aut nō de quocūᵗⁱ] Arist.n. ſapientiſſimus diſſerendi artiſex hoc ī loco colligit đt modis duo omnino poſſint eſſe diſparia: id.n. bifariā contingit, vel vbi alterū de altero ſimpliciter dici nō þt, cuiuſmodi lapis & Homo dicū tur, đ nullatenus inuicē þdican tur.et ſunt ea, đ à noſtris hominibus diſparata dicunf. Vel vbi alterū de altero dici pōt, ſed nō ⲟⳋ, vt Rationale & Morrale, (vt author eſt Philoponus) đ de oī inuicem dici nequeunt. Hęc au tē diſparata n̄ ſimplʳ appellanf.

b Secundū.n.cꝑ figura quædā ineſt] ὃ γάρ χῆμάτι ὑπάρχ〈ι〉 —— ſic.n. oēs quos adhuc lege rim, codices habēt. Philoponus tꝝ bifariā legit, mō circūfleᶜtēs illud τὸ χῆμα, vt ſit primus ca ſus, mō acuēs ſic χήματι, vt ſit tertius. Vt vt aūt res ſe habeat, maturitatē iudicꝥ deſydero, vt intelligas Ariſt. velle cōe quoddā ᵈuob⁹ illis iā datis ab initio, ſiue id ſit figura, ſiue aliud quip piꝝ. Arg. autē ſecutus priorē lectionē ſic vertit, [vt vterꝗ eſt, đdam figura] idē & alꝯ transfe runt, ea m̄ rōne, vt particula τι, ſiue quędam, vim habeat definiendi ac terminādi. Quocirca & ſic vertendum [vt enim cer ta quædam figura, ineſt.]

TEX. XXXVIIͬ.
Ex eiſdē indiuiduis]ἐϰ Τ αὐ τ ἀτόμων]ſic Arg.ac cęteri oēs Te tꝝ haud pœniteat ſciuiſſe, ἄτομον, hoc eſt indiuiduū plura ſignificare poſſe. Interdū.n. corpus illud inſectile, ac omnino impartibile eſt, qꝶ materiei exiguitate diuidi nō pōt:cuiuſmodi ea ſunt corpora quę ad ſo lis radios æſtuāt, ab Epicuro et Democrito tantopere approba ta. Sunt & indiuidua, đ nulla ra tiōe diuidi pn̄t, aut ęgrē: ut Ada mas. Itē đ ſingularia appellanf, Socrates, & Plato, đ iccirco in diuidua vocanf, cp vbi ſecātur, intereunt. Nonnunquā & ſpēs eodē nomine appellat in ſecūdo hoc lib. Ac poſtremo hoc in lo co, indiuidua pro terminis diſci plinarū audit Philoponus, ſed ēt mihi certe ſit veriſimile, vt immediatas ītelligat propōnes, đ cū medio vacent, indiuiduæ dici pn̄t. Etiā num extat dicēdi conſuetudo, hāc vel illā eſſe pro pōnē indiuiſſibilē: pręter id qꝶ ſuperius dictū fuit extare diſtā tiā indiuiduā, hoc eſt immedia tam propōnē. Quæ vero de pti cularibus indiuiduis à nonnul lis hic afferuntur, mihi illa non ſatisfaciunt, nec cuiquam puto placere poterunt accurate diſꝗ renti, qm̄ ex particularibus de mꝰo fieri nequit. Verum iſthæc ſuis reliquamus authoribus vn de defluxerunt, & ad ipſam re deamus cōtextuū explicationē.

Sed hęc eſt via đ in pricipia] a

ᵃᴹᵃ

ἀλλὰ ἢ ἢ τὰς ἀρχὰς ὁδὸς αὐ-τὴ ὄρῖν] Argy. [Sed hęc ē ea via qua acceditur ad principia [aliȷ [ſed iā tū ad ipſa initia peruētū erit] vel ēt, [ſed hæc ĩ principia via q̃dā eſt] quo in loco illud, ὁδὸς, ſiue via, ſiue alio quouis mõ transferatur, metaphoricū quoddam audiendum eſt, nam mens ipſa hoĩs ēt moueri d̃r cū ab vno ad aliud deferē, vnde & aſcendere & deſcendere d̃r animus, q̃d Porphirius docuit ĩ li.5.vocū. Hinc diſciplinę, vię interdū fuere appellatæ, hinc rõ procedendi in ſcientijs modo ὁδὸς, mõ, μέθοδος, dicta ē, hoc eſt via & rõ docendi. Hoc g̃ne motus ſerē intelligentia ipſa, cū ã principijs ad cōcluſiones tendit, vel ēt vbi conclusiones in earū initia reſoluit. Via vero principiorū eſt cognitio hoc in loco ad immediata & proloquia, quo cū ventū eſt, in eo genere amplius non poteſt deſyderari.

a   Sed principia & elemēta tot ſunt, quot termini] ἀλλὰ ἀρχαὶ καὶ ϛοιχεῖα τοσαῦτ᾽ ἐϛὶν ὅσοι ὅροι.] Arg. [atq̃ quot ſunt termini, tot ſunt elementa, principiaue .] Aliȷ [verū quot erunt verba media, tot erūt principia elementa] vel hoc pacto [At initia, elementaq̃ tot ſunt, quot voces] Etenim; ὅρος, hoc in loco ſimplex vox, atq̃ dictio ē. Apd̃ receptæ fidei authores obſeruatum eſt in Ariſt. ϛοιχῆον, hoc ē elementū, plures habere ſignificationes. Nã primū corpora il-

la impermixta deſignat, Ignē, Aerē, Aquam, Terrã, deinde eadē vti cōcreta et permixta ſunt, item & Materiã & formā, q̃ ſignificationes in Phyſicis maxime, ac in lib. de Gener. & Interitu vſurpant. In Metaphyſicis vero elementū cōi rõne magis definit, q̃m id in rõne ſeiuncta cōſiderat, vide lib.5.Metaph. Elementū vero pro literis, ſæpius nominat in prioribus reſolutorijs, ipſumq̃ in poetica definit. At hoc ĩ loco, vult elemēta eē, p̃pōnes ex q̃bus condunt dem̃r nes: neq̃ hĩc ſignificationē vſurpare valde dubitauit, cū in vſu verborū tāta vſus fuerit modeſtia & proprietate, vt apud omnē poſteritatē maximā laudē et admiratione fuerit conſecutus. id qua rõne factum ſit, oſtendit Philoponus, qui in ſeligēda verborū proprietate nimia ſemper vtiſ diligētia aut potius religione, nã elemēta naturalia ex alijs cōſtāt principijs, nēpe Materia & Forma, ſed ipſa ſunt aliorum initia hoc eſt cōpoſitorū : ſic p̃pōnesã vocibus ſimplicibus tā q̃ã earū principijs pendent, & principia ſunt ſyllborū. Ceterū illa vox, ὅρος, quę eſt Termin⁹, & ipſa ſuis ſcatet ſignificatiōibus. Nã in Phyſicis pro initio aut fi-ne motus vulgariſſima ſigniſicatione aſſumiē. In Mathematicis pro finiente, vt punctū in linea, aut linea in ſuperficie. In Chætegorijs cap. de Quãto Terminū mundi, centrū atq̃ exti-

B iȷ   mam

mam audit circūferentiā. Definitione vero significare et ī supe
rioribus abunde docuimus. Itē
subiectū et pdicatū ex.1.li.Prio.
analyticorū, atꝙ ibidē ēt sylló-
rū elemēta, hoc est mediū cū ex-
tremis, iterdū oēꝫ dictionē, simplicē vocē, verbum, qū Alex.&
Philop.in priora analytica scri-
psere, sæpe ēt literas terminos ap
pellat.Hęc aūt ī studiosorū gra-
tiā pscripta sint, ne harū vocū
multiplex significatio, magno
sit studiosorū incōmodo:tū ēt,
vt sermōis pprietatē & cādorē
cū pspicuitate interptatiōis, ac
rerū sūma cognitiōe cōsīgant.

b Qꝰ ē istud hoc, & inest istud
huic, ita & ꝙ nō ē istud hoc, neque sest istud huic.] ὅτι ἐϛτὶ τί-
ϗ τοδί, ᷉ ὑπάρχη τόϗ τωδί,
᷉τω ᷉ ὅτι ᷉κ ἔϛι τόϗ τωδί, ᷉δ
ὑπάρχη τόϗ τωδί.] Arg.[hoc
est illud & illud inest huic, sic et
hoc mó, hoc non est illud, & illud nō sest huic.]vel sic] hoc ē
id, atꝙ id huic inesse, pariter &
hoc nō ē id, atꝙ id huic nō ineē.]cū.n. de principiis ꝗ demó-
strari non pñt sermonē habeat,
p hęc verba indicat tā quę affirmat aliquid eē, vel alicui inesse,
ꝗ ꝗ horū vtrūꝙ negāt. Quo fit
vt exēpla quatuor á te sint exco
gitāda, vel ex Philoponi cōmé-
tariis petēda.Hinc tibi pulchra
admodum & apposita proponi
tur diuisio principiorum, qua-
ternario comprehensa.

a Nunquā extrinsecus propó,
neꝙ exiñs accipitur ipsius A. in

demōstrando.]ὶ ᷉ ποτι ἐϛοτί
ρᷖ ϖρόταϛιϛ,᷉ ᷉ ὑπάρχοϝ λαμ
βανέται τι ᷉ εἰϝ τῷ ᷉νκωῖναι]
——Arg.[nulla propó tibi nul
lusꝗ terminus affirmandus ex
tra ipsum A, sumunī in proban-
do.] patet autē illud ὶᷖ ὑπάρχοϝ, vertisse, Terminᵘ: qꝰ quā
tū facit ad sñsæ explicationē, rá
tundēā verbi proprietate rece-
dit. Itaꝗ alñ longe diligentius
vertit, [ita vt nulla vnquā extra illos terminos propó sumaī,
nec vnquā aliquid, qꝰ ipsī A, ol
attribuaī, ī probādo adhibeaī]
qꝰ licet verbis elegantibus ac p
priis & ad authorē explicandū
accōmodatis dictū suerit, ꝓt tñ
locus hic ēt sic verti [nūquā de
soris propó, neꝙ aliud quippiā
sumit ipsius A, in demōstrādo]
quem locum iure quodā existimat Philop. eē difficillimū. Nā
extra assumi ꝓponē, vult significare, mediū nūquā ꝓdicari de
maiori extremo. ī syllis affirmā
tibus.tu si meliorē habes explanatione, iure tuo eā asseras, sed
adducor vt credam , extare nul
lam.Philoponum vero hic diligenter percurras .

In pōdere quidē mina] ἐϝ βά **b**
ρη μᷖ μνᷖ.] sic oēs eē vertunt:
vno excepto, cuius ea fuit trās-
latio [in graui quidē vncia] tu
vero ꝓpēde Arist.Minā accepis
se, exēpli cā, nō ꝙ simpsī indiuidua res sit, qm magnitudo (qꝰ
rōcinaī Philoponus iī hac re]
semp est diuisibilis iī infinitū.
sed hoc dixie seruato more vul
gi,

gi, nã in põderibus eſt tandē ut
deueniamus ad minimū, quo
popularis vſus minus aliud nõ
admittit. Hodie minimū põd⁹
eſt, tritici granū, magnitudinis
mediocris. Minã vero et ĩ põde
ribus, et in re numaria accepiſſe
veteres ſatis cõſtat, tum Budæi,
tum etiã aliorum teſtificatione.
Minam autem nouã aliã, aliam
vero atticam et veterem extitiſ
ſe ob diuerſam ponderis rationem, item q̃ fuerit ſolonis Mina
queq̃ græca vocata, in præſentia nõ ē dicēdū, hęc.n. late patēt
ex Plinio, Budęo, Agricola, Pri-
ſciano, Fãnio, ac cęteris q̃ de hac
ipſa re accurate ſcripſere. Illd̃ nõ
ommittēdū, ſiue Minã, ſiue Vn-
ciã, ſiue aliud quidpiam dixeris
hoc in loco, ſignificare indiuiſi-
bile põdus iuxta vulgi extima-
tionem, non autem ſecundum
magnitudinem ſimpliciter.

e   In cantu vero dieſis]ἐν δὶ μέ-
λει δίεσιν] Arg. [ĩ modulatiõe
vero prim⁹ ſēſibilis ſon⁹] Alĩ,
[ĩ modulatiõe dieſis] Eſt.n. δὶs
σιs, prim⁹ ſenſibilis ſonus, q̃ mi
norē nequit auditus, ob exiguã
ei⁹ modulationē, pcipere. Nũc
aũt Philop. arbitraſ cõſiſtere in
quãto ſuper octauę rõnis. Et eſt
ita principiū in Muſica, ceu vni
tas in Arithmetica, ſic. n. Ariſt.
lib. ix. Metaphyſi. Plura de hac
re lege apud Budæum.

d   In ſylſis ipſum vnū, eſt propoſitio immediata] [ἐν συλλο-
γισμῷ τὸ ἓν πρότασις ἄμεσος.]
[Argyr. [in rõcinatione quidē

vnū vacans medio propõ eſt]
vel ſic [in ratiocinatiõibus hoc
ipſum vnum, eſt propoſitio me
dium non habens] Artē incre-
dibilē Ariſt. perpende. qui prin
cipium demõſtrationis propo-
ſiturus, quod vnum atq̃ indiui
ſibile eſt, ēt ſyllogiſmi initium
docet, ſiue quia, ſyll⁹ eſt forma eſt
& ratio demõſtrationis, ſiue qa
librum Priorum ac Poſteriorū,
cum eodem ſerē titulo prænota
uerit, (quoniã vterq̃ ab eo ana-
lyticus nuncupatur) cumq̃ in
Proœmio lib. Priorum qui de
ſyllogiſmo eſt, etiam de demõſtratione mentionem fecerit, &
in Epilogo ſecũdi lib. Poſteriorum, qui de demõſtratiõe diſſe
rit, etiam de ſyllogiſmo quædã
egerit, nũc etiã acturus de principio demonſtrationis, comple
ĉtur itidem ſyllogiſmorũ initium. Hinc Philoponi dubitatio, locum non habebit, cur eſſe
non ille dixerit, dialectici ſyllogiſmi principiū eſſe δόξαν, hoc
eſt opinionem.

e   In demõſtratiõe vero ac ſciētia intellectus] ἐν δ' ἀποδείξει,
καὶ ἐπιστήμη, τὸς ――――――ſic
etiam Argyrop. vertit. ſed Alĩ
[in demõſtratiõe vero ac ſcientia ipſa mens, atq̃ intelligentia]
verum ſi minus tibi redundare
placeat, ſat eſt vertere, [ĩ demõſtratione vero ac ſcientia mens
ipſa] eſt enim illud νοῦς, ſuprema intelligentiæ humanæ
vis, quæ proprie eſt Mens. Ob
id Plotinus, gradatione qua-

B   iiĩ   dam

dā procedens inqt, Hoiem constare Corpore, Aīa & Mēte. Nā mēs suprema est siue potētia siue facultas animę: quam Arist. vult cognoscere principia absq medio, sed de hac re, plura, prope finē secūdi li. videre poteris.

a Nihil extra cadit.] οὐδὲν ἔξω πίπτει.] locus est ille difficilis, quē Philoponus, vt in superioribus prænotauimus, interpretari cogit, explanatione diligenti. Quid aūt sit mediū extra & nō extra cadere in tribus syllbrū figuris tā affirmātiū, q̄ negātiū, ex eodē cognoscere poteris. Nō .n. aliorū inuēta colligere et collecta legētib⁹ iculcare volum⁹.

T E X. XXXIX.

a Cum vero sit demrō, hæc qdē vlr, illa vero ſm partē.] οὔσης δ' ἀποδείξεως, τῆς μὲν καθόλου, τῆς δὲ κατὰ μέρος] Arg. [cū āt demōstrationum alia vlis, alia particularis sit] Alij [qm̄ sunt aliæ demrōnes de toto genere, aliæ de pte.] vel [cū aūt sit hæc quidē demrō de uniuersa re, illa vero de ea q̄ ſm] partē [ex collatione trāslationum tibi facile cōstare poterit, nunqd p demōstrationē ſm partē, ea sit intelligenda q̄ particularis vulgo dr̄, vt. v. c. si quis demōstret Calliā esse disciplinabilē: an potius eā, • q̄ generis affectionem de specie colligit, vt si Isocelē dixeris tres angulos habere duobus rectis ęquales. Id. n. ab iterp̄tibus diu agitatū est, qđ alio in loco tradidimus: nā per magni iterest, vt in hāc vel illā snīam iclines, qđ cognosces aptissime, si utriusq rōnis argumēta collegeris. Perpende et illud, nū Arist. hoc ī loco rē colligat necessariā, an vtilē duntaxat in doctrina analytica. Nec te fugiat, extare ēt consuetudinē, i Philosophiæ libris, physicæ p̄sertim auscultatiōis, vt post p̄cepta doctrinæ causa, explicata, tandē q̄dā discutiantur Theoremata, ad lucidiorem explicationē adhibita. Itaq hac in parte, tria siue Theoremata, (vt Philoponi verbo vtar] siue qōnes proponit, quarū magna & latè patēs erit vtilitas. Prima est, an potior, p̄stabiliorq sit cēsenda demrō, q̄ de vniuersa re ē, an q̄ ſm partē? Huic proxima est, q̄ disserit, an ea sit antiquior existimāda q̄ affirmat, an quæ negat? Extrema est, nū ea quæ recta rōne demōstrat ei sit ante ponēda, q̄ ad incōmodū ducit, an cōtra? Esse aūt in ordine huiusce enumerationis, saneq mirū artificiū, cū ob ipsum nexū, tū ob rerū veluti quandā societatē, facile percipies, si quę à p̄claris scriptorib⁹ dicta fuere animaduerteris. Primū. n. Theorema, rē quātā demōstratiōis cōsiderat, ſm, q̄litatē, tertium uim & constitutionē cōplectit̄. Hæc .n. sunt Vniuersum, secudū partē, Affirmare, Negare, Recte demōstrare, obliquę asserere. Hæc sunt, quę clarū ad oēm posteritatis memoriā Aristo. fecerunt: qn̄ ille Philosophiā balbutientē

oēm,

oẽm, immo potius ineptiſſime
garrientẽ apud veteres (unũ tñ
Platonẽ ſemp excipio)ab inex-
polita dicẽdi rõne, ad certũ quẽ
dã ordinẽ, cultumʠ reuocauit.

a ฺ Videreť igiť fortaſſe] δόξειε
μȣ ἂν τάχα] verbũ τάχα, qd́
ſorte,fortaſſe,ſorſitã,ʠque verti
põt,vel modeſtiæ cã, vel ob rei
ambiguitatẽ ab eodẽ quã ſæpiſſime vſurpatur, nũc autẽ qũ &
alibi obſeruat, principiũ eſt ac
veluti apparatus diſceptationis
in vtramʠ partẽ agendę,nã ani
mũ audictis ſuſpẽſum tenet, ne
oĩno ab altera parte ſit pſuaſuŗ
nã & cõtraríę rõnes ſunt de hac
ipſa re audiendę.Idem auť præſtat apud eundẽ Ariſt. vox illa,
ἴσως, qd́ aliȷs in locis obſeruat.

b Hęc.n.eſt virtus demſonis]
αὔτη γάρ ἀριτὴ ὑπὸ δ́ήξεως] Ar
gy.[hęc.n.ſanè demſonis ẽ vir-
tus]idẽ & aliȷ: quãquã nõnulli
pbẽt [hęc.n.ẽ vis demſonis.]
ſed locum ꝑcipuũ obſerues, vbi
nomẽ ἀρετῆ, ȷ his q̃ ad rõne ſpe
ctãt, uſurpať ſiue id ſiȷŋdíe rõnis
dictũ fuerit, ſiue ꝑ trãſlationẽ.

a Melior auť, q̃ eſt de ente, q̃ q̃
de nõ ente] βιλτίων δ́ ἡ πῆ ὄν-
τος ἢ μὴ ὄντος]Arg.[præſtan-
tior, q̃ circa id verſatur qd́ eſt ĺ
ratione rerũ, ea q̃ circa id verſať
qd́ rõne eorũ q̃ ſunt egredit]ſic
& Arg. tulit verſionẽ & inter-
ꝓtationẽ ſimul,quaſi ꝗ illi ſatis nõ viſum fuerit, τὸ ὄν, vertere,id qd́ eſt, cũ tñ Cicero, non
mõ dicendi author & parẽs,ſed
ẽt interꝓtandi princeps eximiⁱ,

ea fuerit verſiõe delectatus. Ac
cedit ꝗ ille,παρὰ pro ꝑὲ, videtur legiſſe, cum tñ libri oẽs tam
manuſcripti, q̃ typis editi, le-
gant ꝑὲ,hoc eſt de,nõ auť, cir-
ca.Itaʠ ꝓ ſtabilius vertitur [Ac
curatior eſt probatio, q̃ qd́ reip
ſa eſt, q̃ q̃ qd́ nuſquam eſt, oñ-
dit]itẽ hoc mõ [potior autem,
quæ de eo quod eſt, q̃ quæ de
eo quod non eſt, conſiſtit.]

b De ꝓportionato]περὶ τὸ ἀνά
λογον] Arg.vertit,vt ſui moris
ẽ,[rõnũ ſimilitudo, mutato or
dine]ſed nõ pudet cæteros illu-
ſtris nominis viros, vocẽ ἀνά-
λογον, trãsferre proportionẽ ha
bens,vel ẽt vt aſſueti ſui mus ſic
libeat vertere [de eo qd́ eſt pro
portione reſpondens.

a An primum quidem] ἢ πρῶ
τον μɣ̀] idẽ quoʠ ſentit Argy.
quanquã ea particula, ἢ, vertit
ẽt,[at.n.]hãc vero ſibi familia-
rè reddidit Ariſt.ſ vniuerſo ope
re problematũ, quo in loco, vt
ſæpiſſime ram reppetit, ſic vim
habet diſſoluẽdorũ problematũ: hoc auť in loco, indicat cõ
uerſionẽ ad alterã partẽ qõnis.
Nã cũ ſ vtramʠ diſſerat partẽ,
adhibitis ad fidẽ faciendã rõnibus hinc inde,iccirco ſic maluit
dixiſſe q̃ ἀλλα, vľalio quis mõ.

a Neʠ potẽtia neʠ actu.] μήτε
δαμάμιν, μήτε ἐηεργεία] ſic & Ar
gy.quãquã aliȷ [neʠ vi,neʠ re
ipſa]trãsferant, vel qd́ aliȷs pla
cet [neʠ facultate,neque actu.]
vľẽt [neʠ poteſtate,neʠ actu]
Hic tñ animaduertẽdũ, vtcũʠ
dixeris

dixeris, δύαμις, hoc ē vim, potentiam, et facultatem, plurima
& in logicis libris & in toto phi
losophię negocio, significaṛ pof
se. Interdum.n.Animę facultatē indicat, quo modo potētiam
dicimus audiriuā, olfactiuā, vi-
suẽ, et in cęteris eodem modo.
Est & naturalis vis propēsioue
ad aliqd facile, aut difficile agen
dū, & patiendū: quam eo nomi
ne vocat in Cathegorijs cap. de
quali: cui opponiṭ ἀδυαμία,
hoc est ſpotētia. Est & rō quæ
dam in prima materia à priuatione, forma & ipſa quoქ mate
ria diuerſa, quā ſępius nominat
in.i.lib.Phy.auditus.Est & vis
mouēs, ſiue orbes cœli, ſiue Elementa, ſiue ex elementis condita, q̃ & in corporibus, & in anima reperiri pōt. Item potentia
est, ꝑ quali, in ſubſtātia, in loco.
Hęc eadē dr̄ Natura, conſuetu-
dine et diſciplina.Itē rōnis com
pos alia, vt Medici facultas: alia
rōnis expers, vt ignis ad calefa-
ciendū vis. Hęc quoქ vel pro-
pinq̃, vꝉ remota rei eē dr̄, finita,
& lſinita, actū attigēs & ñ attin
gēs, Naturalis et Mathematica,
ad vnū, & ad contraria, ſeparabilis à re, et nõ ſeparabilis, Natu
ralis & Artificioſa, Actum ante
cedens & cõſequens, Actiua &
paſſiua, ſm eſſentiam & ex acci
dente, materialis & ſpiritalis, q̃
oēs ſignificatiões ab Ariſt. ſuis
in locis vſurpari ſolent. Exēpla
ommitto, ne ab ſt̄ituto meo lõ
gè abſim: qm̄ breuitati, quoad

ſteri poteſt magnopere ſtudeo ?
Hoc in loco potentię nomen au
dias pro re, actui contraria. nã,
cū alibi dixerit, hoc eſt in calce
libri de Interpre. potētiā aliam
ab actu diſiūgi, aliam cum actu
ſemꝑ eē cõiūctā, cuiuſmodi eſt
cœli vis & poteſtas vt moueat,
nunc tñ eā pro re actui cõtraria
intelligit, eſt aūt eorū cõtrarie-
tas, q̃ ad aliquid dicitur. Dein
de vero addēdum eſt, hāc actus
& potentiæ oppoſitionē eſſe in
omnibus Cathegorijs, tum etiã
videnda ſunt, quæ ab Ariſto. de
facultate, poteſtateue ſcribūtur
in Metaphyſicis lib.ƒ. capi. ἀλ
τῆς δυνάμεως. Eſt & actus qui
ab Ariſt.vocatur ἐνέργεια, mul
tiplex, nam alius primus, alius
dr̄ ſecundus, item poteſtatē con
ſequens & antecedens, vniuerſalis et particularis, corporis &
animę, ſemp exiſtēs, & ceſſans,
perfectus et imperfectus, bonus
& malus, finitus, & lſinitus, Na
turalis & artificioſus, in ſubſtā
tia et in accidētibus, Materialis
et Spiritalis, quorū vſus magnã
atქ uberē tibi copiā rerū ſuppe
ditabit alñs in locis.Interdū ve
ro qd̄ à noſtris dr̄ Act⁹ ab Ariſ.
nõ amplius appellaṭ ἐνέργεια,
ſed ἐντελέχεια, hoc eſt ꝑfectio,
ſiue perfectionis habitus. Her-
molaus ficto nomine auſus eſt,
transferre, perfecti habia : verū
hæc & in Phyſicis et in libro de
Anima, accuratius diſquirere
oportet, nobis vero ſat ſit ani-
maduertiſſe locum.

T E X. XI.

■ Petitionibus, aut ſuppōnib⁹,
aut propōnibus.] αἰτημέτων ἢ
ὑποθέσεων, ἢ προτάσεων] Arg.
[poſtulationibus, ſuppoſitioni-
buſve, aut propoſitionibus.]
Alij [poſtularis aut hypotheſibus, aut propōnibus.] vel etiã
[petitie, aut ſuppoſitie, aut enũ-
ciatis.] Nam cum ois demͬratio
ex his conſtare poſſit, iure quodam ea colligit vniuerſa, ne re-
prehendi poſſit, ea ratio quę ait
potiorem eſſe demͬonem aſſir-
mantem ea quę negat. Hinc etiã
caue ne decipiare ex particula
ἢ, quę vel, latinis ſignificat, qua
ſi, quód ita dixerit, vt petitio et
ſuppoſitio minus videantur eſſe propoſitiōes. Nam quòd hęc
ſint propoſitiones docuerat ab
inirio huius lib. At per propoſitiones, eas intellige, ꝗ non ſunt
de genere principiorũ, vti ſunt
petitiones & ſuppoſita. Hæc. n.
principia ſunt: uerum ex tant et
propoſitiones in omni genere
Artium, ac doctrinarum, quas
nec poſtulamus, neꝗ item ſup-
ponimus, ut in Geometria, trianguli conſtitutio ſuper data linea. & in Naturali philoſophia,
Materia priuatiōi cōiuncta eſt,
& in logicis demͬratio, cōſtat ex
neceſſarijs, vel aliud his ſimile.
cur vero θέσιν, hoc ē poſitione,
vel etiã ἀξίωμα, hoc ꝉ loco prę-
termiſerit, ea ratio reddi poteſt,
ꝙ poſitio genus eſt petitiōis, &
ſuppoſitionis, itaꝗ in his cōcludi videtur: proloquiũ vero om-

nino dereliquit, ob id ꝙ poteſta
te non actu demͬratione ipſam
conſtituit. Quidã nō poſtremæ
notæ viri, eius rationem expe-
tunt cur Ariſt. in hoc et ſequenti
theoremate, ex altera parte, hoc
eſt vera argumenta collegerit,
cum tamen ille in ſuperiōri, mo
re dialectico ſ vtramꝗ partem
diſſeruerit. Sed ſi diligēter rem
totã expenderis, cognoſces, Ariſto. in re clara atꝗ dilucida, tor-
quere noluiſſe ingenia tot argu
mentis in vtramꝗ partem adhi
bitis, id enim artificij, ac iudicij
inopiam indicat repertiſſime:
verum agens de demonſtratione vniuerſali ac particulari, id
pręſtitit, cum ob eius rei momē
tum, tum etiam ob propoſiti ne
gocij ambiguitatem: nam quęſtio iure ſit, vtrum vniuerſale antecedat id quod eſt in parte, an potius ſubſequatur. de
hoc enim diu multumꝗ dubi-
ratum eſt, apud veteres & ab ip
ſo etiam Ariſtot. dubitandi vero cauſa nulla extitiſſe, niſi id
ex ſui natura ſuiſſet ambiguũ.

■ Aucta demonſtratione.] αὐ-
ξανομένης τῆς ἀποδέξεως] Argyro. [Cum demōnſtratio ac-
creſcit.] vel etiã [producta de-
monſtratione] Eſt enim produ
cere demōſtrationem, ſiue eam
augere, (quod ſcribit in ſecundo libro Priorum Reſolutorio-
rum) vti illa ratiocinatione,
quę dicitur προσυλλογισμός. Id
autem ſit, vbi ſyllͬ aſſumptiones iniecto medio, cōcludũtur,
ſic

sic.n.rõcinatio accrescit: quo fit vt prosyllus dici possit, multiplicata ratiocinatio.

b Et credibilius] καὶ πιστότερον] Arg. [magisq; creditur] vel ẽt, [& credibile magis.] si quis hebeti penitus ingenio nõ fuerit, facile agnoscet vestigia Aristotelicæ diligentiæ, quę nil casu aut temere proponit. Cũ.n.ille velit ad cognitionẽ pertinere fidẽ cognoscẽtis, hęc nil aliud ẽ, q̃ rei cognitę, assensio, hinc est q argumẽta ad fidẽ faciendã adhibentur, ob eã cãm assuetus est coniungere verbo illa cognoscere & credere, sic enim & ab initio huius libri scriptum fuit, πιστεύειν τὸ καὶ εἰδέναι, hoc est credere & cognoscere, in hoc etiã loco, eadem vsus diligentia, πιστότερον, dixit, vt habeat fundamentũ rationis, ab eo ductũ, qđ & notius est, & credibile magis. Nã quędã est cognitio, quæ fidẽ rei cognitę nõ facit, quæ & imbecilla ẽ, & vix cognitio vocãda, cuiusmodi est, q̃ à fallacibus rõcinationibus vel ẽt solubilibus efficit coniecturis. Itẽ et quę cõponatur in nobis sciẽtia, exẽplis, diuisione, ac oĩbus his argumẽtis, in quibus subest petitio principij. Fides aũt ex rõcinatione parta, primũ locũ obtinet in Demrone, deinde verò et Dialectica rõne, ac postremò, in inductiõe. Orator vero, Exẽplis & Enthimematibus fidẽ facit, quod Arist. abunde docet in primo lib. de ratione dicendi.

T E X. X L I.

a A D impoſſ. ducente.] τῆς εἰς τὸ ἀδύνατον ἀγούσης] alij [ducẽte ad incõmodũ] vel [ea q̃ ad illud qđ fieri nequit, cõducit] eorũ qui proprietatẽ & naturã rerũ diligẽter animaduertant, magna vnquã copia nõ fuit, plurimi tñ semp sunt habiti, q rerũ cognitionẽ cõsequi desyderãt. Industria tñ & iudicio est opus, quo maxie eẽ hoc, egemus hoc in loco. Cum.n. humanę actiones, interdũ recta, nonnunquã vero flexa rõne fiãt, eodẽ fermè pacto, & ipsa mẽs atq; intelligẽtia in nobis, q̃cunq; ostẽdit, aut recto, aut obliquo ducta ostendit. Hic syllorũ orta partitio ẽ, quę ait, alios extare rectos, q Categorici, siue oñsiui à nostris dicunt: alios itẽ q obliquo flexu ad incõmodũ ducant: de qbus oĩbus ample Arist. differit hoc in loco: ac longe vberius lib. ij. Priorum Resolutoriorum.

Si oporteat monstrare q A. ipsi B. nõ inest, accipiẽdũ inẽe] εἰ δέοι δεῖξαι ὅτι τὸ α τῷ β οὐχ ὑπάρχει, ληπτέον ὑπάρχειν.] vel sic [si opus fuerit oñdere A. ipsi B. non inesse, sumẽdũ est inesse] neminẽ latet, ex his verbis indicare initiũ demronis q̃ ducit ad absurdũ. Cumq; accipiat B. nõ esse A, quę sanè propositio ĩdefinita est, põtq; vel vñs fieri, vel ĩ parte, ob id iure ea statim orit ambiguitas, nũ eã voluerit de re vñi, an potius ſm partem. id vt diligentia quadã consequi b

possis,

poſſis, teipſum ad Philoponi cõ
mentaria recipias, neceſſe eſt, q̃
non tã ſubtili rõne, q̃ accurate,
Ariſt. ab iniquis rep̃heſſonibus
defendit. locum tantum oſtēdi.
c   Natura autē prior.]οὐση δὴ
προτέρα] vel [ſm aūt naturã p̃-
cedit] vtcumq̃ dixeris, nil gra-
ui⁹ ac eruditi⁹ dici poterat hoc
uno q̃ aſſūptiões natura pores
ſunt cõclõne. Nã cã, re ipã omni
no prior eſt, q̃ à cauſa proficiſci
tur, cũ vero aſſumptiões cã ſint
ſiue materiales, terminorũ rõne, ſiue efficiens, ob medñ cõpli
catiõe, in illis cõtenti, inde eſſñ
citur, vt natura ſit prior aſſum-
ptio q̃ cõcluſio. Sed et diligēter
notato, aſſumptiões eē notiores
cõcluſionibus in veris argumētis, in qbus à veritate antecedē-
tis, ad cõfirmatiõe cõſequētis
procedimus. In falſis vero rõnibus, contraria vice vtimur, etenim cũ ex mēdacio cõſequētis,
velimus interimere antecedēs,
à cõcluſione ad aſſumptionē tē
dimus, indeq̃ minime fit, vt aſſumptiões ſint notiores cõcluſione, ſed cõtrà potius, cõclb &
notior eſt, & cõclõne euidētior.
a   Aut totũ ad partē, aut partē
ad totũ.] ἢ ὅλον πρὸς μέρος, ἢ μέ
ρος πρὸς ὅλον.] idē Arg. atq̃ alñ.
Quocirca in verſione nulla vis.
ſed adhibita cõſideratiõe, illud
nõ p̃termittes, ſolere Ariſ. vt
totũ dicere, partē vero ſingulare. Id ſ initio lib. primi de naturali auditu facile pcipies, ſed &
in ſuperioribus agēs de poſtula

tis et Hypotheſibus, inquit Ετι
τὸ αἴτημα χὴ ἡ ὑπόθεσις, πᾶσα
ἢ ὡς ὅλον, ἢ ὡς ἐν μέρει.] hoc eſt,
p̃terea poſtulatio ac ſuppoſitio
ois aut vt totũ, aut vt in parte]
q̃ idē eſt, ac ſi dictũ fuiſſet, aut
vñs eſt, aut ſecundum partem.
   T E X.   XLII.
   Certior aũt ſcientia] ακρίβε-
ſtέρα δὴ ἐπιστήμη] Arg. non ine
pte [exactior aũt ſcīa] alñ [accu
ratior aũt ſcīa.] vel ēt [exquiſi
ta magis ſcīa] Crebra ſunt oīno
exēpla ex qb⁹ videre vnuſqſq̃
facile pōt, ſcīam ſcīa p̃ſtabiliorē
eſſe: nã q̃ exacta magis ē, ea oīno alīs anteire vī. Eſt aũt hæc
exactio, ſiue ēt certitudo vocē,
potiſſimũ in mathematicis, deinde & in alīs plus, minuſue p
rata portiõe, diſtīcta. Id ex Ariſto. cognoſces lib. ñ. Metaphyſ.
Quo ſ loco, has diſciplinas vult
eſſe exactiſſimas, ob accuratam
rõne demõſtrandi. Sed & .1. lib.
Ethic. τῷ ἀκριβεῖ, hoc eſt certã
et exquiſitã ſiue dicendi, ſiue do
cēdi rõnem, vult in ſcientia de
moribus, eſſe eligendum.
   Et prior.] χὴ προτέρα] vel ēt
[et antiquior.] eũ. n. pri⁹ aliud
natura, aliud tēpore dicatur, vt
docuit in fine operis Cathego-
riarũ, hic nõ de eo q̃ ipe prius
eſt, intelligas, ſed natura. Nã cũ
ſcientias inter ſe cõparauerit, ex
ipſa exqſita rõne demõſtrandi,
nũc eas cõponat, ex potiore ſub
iectorũ rõne. In qua cõparatio-
ne diuina ſapiētia, q̃ grecis θεο-
λογία eſt, ſubiecti p̃ſtantia cęte
ras

ras omnes diſciplinas anteire vi
detur: quemadmodum in alia,
Mathematicæ excellere dicunt.
Quæ ipſius q̃ & ꝓ quid ea
dē]ἤτι τᾶ ὅτι, ἢ διότι ἢ αὐτῆ.]
vel[quæ ipſum q̃,& cur ſit p̃-
ſtat,eadem]locum hûc à plurimis non intellectum, declarant
rationes illorum qui dicūt,ſim-
pliciter ſcientiam ἁπλῶς vocatam nõ fuiſſe alicubi à ſcientia,
διότι,ſeparatã, hoc eſt, propter
quid: quõd ſi ſciunguntur, (vt
illi inquiunt) ſola ratione ſepa-
rantur. Nunc autem contrariũ
docet,ſcientiam, quæ duo hæc,
ꝗ & propter quid cõiungit, po
riorem eſſe ea quæ ſeorſum alterum, vel alterum præſtat.Quo-
circa demonſtratio ſimpliciter,
quæ duo illa abſoluit ὅτι, et διά
τι, hoc eſt,quod & cur res ſit,ne
ceſſe eſt vt ab ea differat, ꝗ vel
quod, vel propter quid tantum
p̃ſtat. ex oppoſitione]ἐκ ꝓος-
θίσεως.]Argyrop.[ex additio-
ne] vel etiã [ex adiectione] aut
item [ex acceſſione] eſt autem
ꝓόσθιψις, hoc in loco adiectio
illa, quæ ſit à poſitione,quã θί-
σιν,vocat, vel ab alia quauis re,
quæ ſimplicitatem cuiuſpiam
rei imminuit.Nam punctũ hoc
differt ab uno,ꝗillud poſitionẽ
habet,hoc vero non habet. Col
lige Acceſſionem hic eſſe com-
poſitionem,non autem magnitudinem qm̃ punctũ & vnitas,
ſimplices res ſunt, hoc eſt indi-
uidua̅,& initia aliorum,hoc diſcreti quanti, illud cõtinui:præ

terea ſignificat additionem ſiue
materiei, ſiue alterius quod ma
teriã ſequatur: id Philoponus
erudite admodum oſtendit,mu
tato exemplo Ariſto. ſumptoꝗ
alio,nempe Sphæræ. Nã ſphæra
definitur à Theodoſio, itẽ & ab
Autolico, ſed ab Altero ſine vl
la adiectione, nempe à Theodo-
ſio:ab altero vero, hoc eſt ab Au
tolico,cum appoſitione motus,
qui materiã omnino ſequitur.

TEX. XLIII.

Vna autẽ ſcientia.]μία δι-
τισήμη]Aliud eſt theorema, il-
luſtri fama probatum, quod de
ſcientiarũ vnitate paſſim noſtri
homines appellant. Quia vero
vnum & plura oppoſita ex rei
natura ſunt, oppoſitorum vero
eadem eſt diſciplina, ob id agẽs
de ſciẽtia vna, agit & de ea quæ
eſt altera atꝗ alteræ quamobrẽ
theorema hoc non ſolũ de ſcien
tiarũ vnitate dici debet, ſed de
vnitate potius, ac multitudine
earundem. Indicat hoc vnum
quod paulo poſt addit, dicens,
[ἑτέρα δι ἐπιςήμη ὅτῖν]hoc eſt,
[altera autem ſcientia eſt.]quo.
fit, vt iure dicere poſſe Theoremata hucuſꝗ explicata, cõtra-
rijs nominibus fuiſſe propoſita,
quoniam primum Theorema,
Sermonem habuit de demõſtra
tione vniuerſali & ſecundũ par
tem: ſecundum demonſtrationem cõſiderat affirmatiuam &
negatiuam tertium, Cathegori
cam & ad incommodum: quar
tum

tam, scientiæ maiorem, mino-
remue certitudinem, et antiqui
tatem, quintum vero vnitatem
& multitudinem scientiarū cōplectitur. Vult autē scientiā dici
vnam, vnitate eius qð τὸ γένος, & etiã ὑποκείμενον, appellat. Sed subiectū hoc in loco nō
pro materia communi itelligas
(hęc enim nihil distinguere, neque certū vnum quippiam efficere potest) sed propriā audias,
quam cōmunis vsus subiectū,
cum ratione formæ coniunctū,
accipere solet. Nam corpus hu-
manum, communis est mate-
ria Physici ac Medici, si vero ip
sum mobile dixeris, aut quod sa
nari potest, iam propriā Philosophiæ vel Medicinę materiam
enuncias. scientiæ itaꝗ nō sunt
vnæ ex subiecto, quod materia
cōmunis est, sed ex eo quod est
forma propria cōtractum. Adde genus, quod subiectū est pro
prie, esse in disciplinis contēpla
tiuis tantum, non autem in Artibus. Quoniā Alexan. & Hammonius vbiꝗ testati sunt, Artes
habere ὕλην, hoc est materiam,
sciētias vero ὑποκείμενον, idest
subiectum, vt vero Artis materia non nisi vna est, sic et vnum
existit tantum sciētiæ subiectū.
Porrò, vt subiectum sit scientię,
tenet inꝗt Arist. habere Prima,
hoc est principia, Partes, & Affectiones. Verum Hammonius
in commētario cathegoriarum
addebat subiectum esse rem per
sese, non autem animi cogita-

tione, intellectioneve. Quod
cum verum sit, iam satis cōstat
non extare in facultate hac logica verum subiectum : nam
hæc de animi notionibus tantum pertractat, quæ vix dici
res possunt. Subiectum itaꝗ ha
bet Philosophię pars cōtempla
tiua, iccirco ꝗ res I ea cognoscitur, solidæ inquā & per sese con
sistentes. Cui usmodi res sunt na
turales, diuinæ, ac mathematic-
æ. quæ θεωρίαν, faciunt, hoc est
certam diuinarum rerum inspe
ctionem. Nā θεωρᾶν, est res diuinas inspicere ac contemplari,
authore Alexan. in præfatione
lib. Priorū. Moralis vero scientia, res habet subiectas, ea ꝗ ex
nobis fiunt hominibus, quoȝie
ea cū diuinę dici nequeant, non
faciunt Theoriam. Est itaꝗ scie
tia una, ex subiecto, quod ita res
est, vti exposuimus.

Ex primis componuntur.] b
ἐξ πρώτων σύγκηται]vᵽ[ex
primis condita sunt] significas
hoc in loco, subiectum genus
scientiarum cōstare ex primis,
hoc est principiis. Nam τὰ πρῶ
τα, ipsa sunt principia. Verum
diligēter illud animo reuolута,
τὰ πρῶτα, alia esse pricipia sub
iecti, alia scientiæ, alia demōstra
tionis, alia rei. Quomodo, (vt
ab hoc extremo ordiamur).
Elementa sunt principia rerum
permixtarum. Principia subiecti in sciētiis ea sunt, ꝗ subiectū
constituunt, uti sunt Materia &
Forma, I Philosophia Naturali
principia

principia demōnis sunt assum
ptiones qbus cōclusio colligit.
Principia scię, sunt propōnes ip
sę certissimę, à qbus initiū scien
tia desumit, quas Arist. I initio
huius operis appellat αξιωμα,
θεσιν, ὑποθεσιν, ὁρισμὸν,———
hoc est, dignitatē, positione, sup
positionē, definitionē : adde &
postulatū, qd & ipse Arist. pau
lo post adiecit, sub eo nomine,
αἴτημα, quāquā sciæ principia,
ēt eadē eē pñt et demōnis. Quę
principia nostri appellāt, initia
doctrinę, et cōplexa, idq̄ nō in
cōmode, qm̄ & scię doctrinam
ꝗparāt, et affirmādo vel negan
do verū dicunt, vna definitiōe
excepta, quā, ὅρος, iccirco appel
lauit, qm̄ ad simplicē rei ꝑtinet
intelligentiā. Hoc vero in loco
de subiecti generis principiis di
ctū illud intelligas: vtrū vero et
principia ipsa, doctrinę cā inuē
ta, sint hic audiēda, in cōmēta
rijs nostris disseremus vberius,
nunc aūt sat sit, te monuisse tm̄.
Vt autē labore & industria hac
nostra, quātum uis sterili & exi
gua, gestiāt studioli, intēda no
bis rō est, ut ὁμωνυμίας, hoc est
multiplicē rōnem huius vocis,
ꝗ est, siue τὰ πρῶτα, siue αἰ ἀρ
χαὶ, ꝗ breuissime explicemus.
Interdū prīcipiū seu primū, qd
magis ē cōē ꝗsit, τὸ αἴτιον, hoc
ē cāsificq̄ & cām significat & ini
riū mutationis. nonnunquā m̄
idē prorsus dicunt, quo mō Ele
menta & cāę & principia appel
lari pñt. Principia alia rei sunt,

vti Materia & Forma, alia extrā
secus adueniūt, vt efficiēa, ac Fi
nis. Alia Artis, alia Naturę, alię
Cōsultationis, Electionis, Nego
ciationis, Actionis, & Discipli
næ. Principiū in significatione
propria, est cā ipsa efficiens vo
cata : qd Alex. docuit in Physi
cis, græcis aliꝛs referentibus, au
thoribus. Principiū nomē emi
nēti significatiōe, Deo cōuenit
ꝗ significatio suū esse cōtrariū
admittit, qd in aliꝛs rebus mini
me vsu venit est. n Deus prin
cipiū ac Finis. sed in cæteris hęc
nomina sese veluti contraria se
riunt. Principiū, interdū est ini
tiū, Motus, Tēporis Numeri &
Magnitudinis, & si magnitudi
nis, pūctū est, Numeri vero Vni
tas. Rerū vero principiū est sub
stātia. Actionis cuiuslibet prin
cipiū, est resolutiōis vltimum.
Cogitandi principiū est rei cu
iuscūꝗ finis. Adde et principiū
aliud eē vi, aliud naturę propē
sione agens: itē aliud generandi
aut cōstituendi quippiā, aliud
vero intelligendi. principiū eē
pro opifice summo, quē δημικρ
γὸς, vocat Plato intelligit in Ti
mæo, pro ideis in Parmenide.
Collegi summatim, hasce signi
ficationes, ceu summos rerū flo
res, ne multarū aliarū sñiarum
enumeratio, fructum & vtilita
tem studiosorum retardaret.

Et partes sunt] κỳ μỉρη ἔστ᷄]
illud μỉρη, hoc est partes, eas au
dias, ꝗ vniuersum subiectū in
multitudinē diuidunt. Exēpli
cā,

eš, Numerus ſubiectũ ẽ vnum
vnius Arithmeticæ, haberis p̄
tes binariũ, ternarium & alios.
Sicꝗ in cæteris diſciplinis illud
vere dici, comperies. At μέρος,
hoc eſt pars, multifariam dr̄ &
ipſa: ſi Ariſtoteli credimus li.7.
diuinę ſapienrię. Nã partes alię,
quãtæ ſunt, aliæ quales, aliæ eſſentiã conſtituunt, aliæ ſubiecti
dicunt, alię integrantes, & harũ
qdẽ, alia ὁμοιόμερα, hoc eſt ſimi
laris, alia ἀνομοιόμερα, id ē diſ-
ſimilaris appellat, aliæ etiã iſtru
mentarię dici ſolet, alię animan
tiũ, aliæ inanimãrium, internæ
aliæ, aliæ externæ, aliæ rei, aliæ
definitionis, aliæ rõcinationis,
alię enũciationis, aliæ ſimpliciũ
corporũ, alię cõpoſitorũ, alię cõ
munes, aliæ propriæ, alię ad for
mã, alię ad materiã relatę. nunc
aũt hoc in loco de partibus ſub
iecti longē Ariſt. quãquam & de
his ꝗ ad formã & materiã perti
nēt, dicũt nõnulli ēt ſtellexiſſe,
ſed ad verborũ, cõtextũ illuſtrã
dũ, hac ſubtili rõne nõ eſt opus:
cũ vero proprietate dicēdi ſue-
ris ſtructus, ſine negotio, id co
gnoſcere poteris.

Aut paſſiones horũ per ſe] ἢ
πάθη τίτων καθ' ἑυτά] vel eo
mõ [vel horũ affectiões per ſe]
non eſſet ſubiectũ, ſcia dignũ, ni
ſi proprijs afficeret accidētibus,
quorũ tũc ſcia habet cũ de illo,
ex primis prīcipijs, adhibita ra
tiõe, demõſtrant. Hic animo re
cõde illud pceptũ, qđ magno ti
bi uſui aliqñ futurũ ē, ſciærũ ac

diſciplinarũ, ꝗ θεωρίαν faciunt,
hoc eſt ſpeculationē & iſpectio-
nē rerũ diligenter, theorem ata
ac qõnes vt plurimũ extare de
accidentibus, proprijs ꝗ τά θη,
hoc ē paſſiones, ſiue affectus dicuntur. Hic voce πάθος, rurſus
quãplurimis ſcatentē ſignificatiõib⁹, tibi ob oculos poſueris.
Nã et eos tibi primũ indicat af-
ſectus, quos et Poeta, et Orator,
dũ opus eſt, cõcitare ſolent, vbi
animos mõ ad irã, mõ ad lenita
tē, mõ ad terrorē, aut miſeratio
nē, mõ ad alts pturbatiões cõci
tare ſolet. Exēpla vero ſnumera
bilia tibi ſuppetēt, ex Poetis &
Oratoribus, pter ea ꝗ hēt Ariſt.
tã accurate & copioſe dicta, ſ libris ð rõne dicēdi. Eſt et Paſſio,
Cathegoria ꝗdã ex decē illis, ꝗs
cõplexus eſt Ariſt. in lib. Cathe
goriarũ. In quo ēt, eãdē affectio
nē, ſub priore qualitatis ſpecie,
collocauit: quã & in corpore &
in aīo cõſiſtere, docuit, atꝗ ſ ani
mo quidē, duplici mõ, & in ea
animi parte, ꝗ intelligētiæ lumi
ne ſpditra ēt, & in ea, ꝗ dicit vita
lis & appetibilis, vel et cõcupi-
ſcentia. Eſt itē paſſio, inditium
materiei veluti actio formæ, &
Actus. Eſt & cõtrariũ quidam
Actiõi. Significat & mutationē
illã, ꝗ in ꝗlitatibus efficit. Que
dã vero in ſenſibus ſit, vt caleſie
ri, ꝗdã ſ anima vt cõtriſtari, ꝗꝗ
in animo eſt, vel præſentis boni
vel mali, affectio eſt, aut ēt futu
ri. Quæ pſentis eſt boni, eã lęti-
tiã veteres appellarunt, vt do-

Animad. Tom.　C　lorē

lore eã, q̃ ad præsens malum pti
net. Quæ futuri boni affectus ẽ,
eã spem voluere dici, vti metũ,
eã quę suturũ malũ significat.
Quos affect⁹ Maro sic breuiter
complexus est, de animabus lo
quẽs. Hinc metuunt, cupiũt q̃,
dolent, gaudẽt q̃. Nec te sugiat,
nomen affectionis interdũ tam
late patere, atq̃ diffundi, vt om
ne genus accidentiũ significet,
plerunq̃ qualitatẽ substantiæ,
immo & ipsam quę in substan
tia fit, cõmutatione. Eã vero di
ci multis modis, satis superq̃ cõ
stat legentibus Arist. lib. 5. Met.
Hoc aũt in loco Accidentia illa
significat, q̃ ex subiectis definiũ
tur, hoc est, q̃ ppria sunt id ver
bũ ostendit, καθ αυτά, siue per
se. id enim dictum est, ut euita
ret ὁμωνυμίαν, & distincta ra
tione loqueretur.

Vt sit Λ. permutari, í quo au
tẽ Δ. moueri, ipsum vero Θ. de
lectari, & rursus Γ. getificari.]
οἷον ἔςφτὸ ἀμεταβάλλειν, τὸ ἢ
ἐφ᾽ ᾗ Δ δ-κινεῖαι, τὸ ἢ β-ἥδεᾳ,
ἐ πάλιν τὸ Γ-ἠρεμ ίζεαι.] Arg.
partẽ hanc planè totam suo mo
re persequif, nã interprætãdo eã,
& distinguit aliter q̃ Aristo. fa
ciat, & rõnes separat. Itaq̃ sic cre
diderim, ni fallor, esse dicendũ
[Esto Λ. esse perturbari, in quo
vero Δ. moueri, ipsum vero β.
voluptate affici, & rursus. Γ. cõ
quiescere.] nã hoc in loco vult
eãdem colligere conclusionem,
contrariĩs medĩis adhibitis, ne
dum ex eãdẽ serie rerum. Quod

eò pponit, vt habeat plures sie
ri posse demõ ones eiusdẽ rei, ea
sanè de cã vt hoc faciat ad com
parandã copiã multarũ demon
strationũ. At hæ demf ationes,
sunt à te ipso accipiendæ, nõ in
primo ordine perfectionis, sed
veluti secundæ classis, qm̃ in su
perioribus docuerat vnius con
clusionis, non extare nisi vnicũ
medium, tũ cũ asserebat sesas ip
sas multiplicare media, vel in la
tus, vel in post assumendo. Quę
tibi proposuimus locis in supe
rioribus animaduertendũ, tan
quã sparsum multiplicis erudi
tionis notis. Nam disciplinę nõ
augent media in eadẽ conclusio
ne colligẽda, nisi aut in his quæ
à causis fieri possunt contraríis,
aut in his quę per plures causas
demõstrant, cuiusmodi res sunt
naturales, quę à plurimis causis
pẽdent. Qũ cũ sit, nõ est demõ o
illa exq̃sita & exacta, q̃ ἀπλῶς,
vocant, sed longè minoris atq̃
Idignioris notę. Eiusdẽ vero rei
plures esse causas, constat ex. 2.
hoc li. analyticorũ, & ex. 2. d q̃
de naturali auditu. Tu ad ea te
conferas loca, vt rem diligenter
expendas.

Considerare aũt & p alias sī
guras, quot modis cõtigit eius
dẽ fieri syllm̃] ὅτι εἰ ἀΔς δ᾽ ἢ
δια τ̄ ἄλλων χημάτων ὁσαχῶς
ἐνΔχεται τῷ αὐτῷ γινεϑ συλ
λογισμόν.] vt̄ et hoc mõ [adspi
ciẽdũ aũt & í alĩis figuris, quot
modis accidat eiusdẽ fieri rõci
natione] vt̄ & Arist. re trãsmit
tere

tere ad librū Priorum Reſoluto
riorū, ad eā quidē partē, in qua
agit de copia propoſitionum et
abundantia medñ: quo in loco
tradita ē, ſumma & accurata ra
tio, diſſerēdi & rōcinandi p plu
ra media: idq̄ eſt in ea parte, q̄
dr̄, ϖὶ δ᾽ τορίας ϖριτάτιον, &
ϖὶ τῆς λῆψεος μέσου] itaq̄ me
nemo reprēhēſurus eſt, ǫ dixe
rim, multiplicandi medñ rōnē
nō ꝓinere ad demſonē ſimpli
citer, ſed ad aliā inferioris o̅di
nis, vel ꝓ quid, explicantē, vel
ǫ, ob eam cām, ǫ Ariſt. nos ad
eā partem mittit, q̄ copiam me
diorum diſquirit, non quidē in
demſratiōe, ſed in ſoγllogiſmo.

Eius vero qd̄ à fortuna.] τῦ
δ᾽ ἀπὸ τύχης] Arg. lōge copio
ſius vertit [Eius aūt qd̄ profici
ſcitur à fortuna, cauſaq̄ fortui
ta, & fluctuāte] Alñ [eius qd̄ te
mere fit] alñ itē [eius qd̄ caſu, ac
forte fortuna eſſicit] vel eo mo
do [fortuiti vero] hic perpēde,
Ariſto. τύχην tñ, hoc eſt fortu
nam nominare, ſed lib. 2. de au
ſcultatione naturali, Fortunā &
Caſum explicat, tanquã res di
uerſas, qm̄ caſum vult eſſe in re
bus, q̄ ex propoſito non agunt,
neq̄ ꝑdi ta ſunt ratione, fortuna
vero inquit, in his rebus ineſt, q̄
rationem obtinent, atq̄ propo
ſitū. Eſt aūt caſus ab eodē inibi
vocatus, αὐτόματον Cur vero
hic Fortuna tantū expreſſerit,
ea reddi cauſa pōt, ǫ hæc duo
diſtinguere nō excogitabat, cū
hæc ſubtilis partitio ad Philoſo

phum ſpectet naturalē. Hic ve
ro, dum ait de Fortuitis non eſ
ſe ſciētiam, ēquæ de his, quę ca
ſu fiunt, intelligi poteſt, nam ra
tio vtrique eodē modo reſpon
det. Cōfundit itaq̄ hæc duo no
mina, τύχη, & αὐτόματον: q̄ñ
etiam ſacit, ſectione ſecunda li
bri de interpretatione, dum aſ
ſerit, ſi omnia ſint neceſſaria, ac
cidere vt nihil fortuna contin
gat, inquit enim οὐδὲν ἄρα οὔτε
ἐξ ἀνἀγκης γίνεται, ὅτι ἀπὸ τύχης
hoc eſt, nil igitur, neq̄ eſt, neq̄
fit, neq̄ à Fortuna. &c.

Vt plurimum.] ὡς ἐπὶ τὸ πολὺ b
λν] alñ [plerunq̄] vel [multo
ties] ſecundo libro Phyſicæ au
ſcultationis docet, ea quæ ſunt,
alia ſemper eſſe, alia frequenter,
& alia item per rarō. Quæ ſem
per ſunt, appellātur neceſſaria,
vti contingentia ſæpius, quę vt
plurimum fiunt. Quæ vero ra
rò admodum conſiſtunt, cōtin
gentia rarò dicuntur, ſub qui
bus fortuna, & caſus collocanſ.
Eſt & illud contingēs, qd̄ ſectio
ne ſecūda lib. ϖὶ ἑρμηνείας, vo
cat ὁπότερ᾽ ἔτυχεν hoc eſt, vtrū
libet, cōtingœt, noſtri æquale di
cunt, cuius vtraq̄ contradictio
nis pars æquę fieri et nō fieri pt̄.
Alexar. in cōmentarijs priorū
Analyticorū, exēplū affert, ho
rū contingentiū, hoc mō, Eſto
linea recta, terminataq̄, hanc ſi
per æqualia ſecueris, ſimilitudi
ne eius cōtingēti qd̄ æquale eſt,
tibi ꝑſtabit. hoc eſt, qd̄ æquę eē,
& nō eſſe, aut fieri & nō fieri pr̄:

C ñ　vti

vti eſt Socratē lauari. At ſi data
fuerit linea, p inæquales partes
ſecta neceſſario efficitur, vt alte
ra pars maior, alia minor habea
tur. Quę maior eſt, contingenti
illi ſimilis videbif, qʒ vt plurimū dicif, quēadmodū et minor
ps lineæ, ſimilitudinē pſeferet,
eius qʒ raro cōtingit: Ad hęc p-
tinēt, ea q̃ ſcribunt in.2.lib.Phy
ſicę auſcultationis, nec non ſect.
2.lib.de Interpr.in ea parte, vbi
diſſerit de futuris cōtigētibus.
Item & lib.1. Priorum Analyticorū, vbi de conuerſione contingentium, & permixtiōe propoſitionum eloquitur. Adde ve
ro contingens, & id qʒ poſſibi-
le appellant, re & materia idem
eſſe prorſus, differre aūt ſola no
minis appellatione. Inditio eſt
illud, q.1.lib. Priorū Reſolutoriorū ſeorſum de poſſibili à cō-
tingenti nō loquitur, ſed ea pro
eodē vſurpat. Qʒ ſi libri de In
terpret.ſect.iiij.modū contingē
tis à posſibili ſeparat, id facit q̃
ad vocum, nō rei differentiam,
qʒ Hamm, docet. Cū vero hoc
in loco dicit, demſonē eē de his
q̃ ſemp ſunt, aut ēt vt plurimū,
intellige, ea q̃ vt plurimū ſunt,
demōſtrari ac ſciri, ea rōne, qua
docuerat in ſuporibus, vbi dixe
rat, Αἱ γὰρ τ̃ πολλάκις γινόμε-
ναι ὑπὸ δήξεις καὶ ὀπιξύμαι. hoc
ē, eorū vero, q̃ ſæpius fiunt, de
mſones & ſciæ. Modū vero &
rōnē, hęc demōſtrādi ſubiūgit,
δῆλον ὅτι ἢ μὲν τοιαίδι εἰσιν,
αἱ δὲ κτ μέρος εἰσιν. hoc ē, patet

vero q̃ vt tales ſunt, ſunt ſempʹ
vt vero nō ſemp, in parte ſunt.

Neqʒ p ſenſum eſt ſcire.] οὐ ͠ καὶ
δι' αἰσθήσεως βιῷ ἐπίςαδξ]Arg.
[at vero neqʒ p ſēſum ſit, vt ſcia
mus]vel forte[nō itē ſenſu con
tingit ſcire] eſt aūt hoc in loco
αἴσθησις, potētia, ac vis animæ
organica, q̃ certa pte corporis,
tāquā iſtrumēto vtiſ, vt viſus,
Auditus, Guſtus, Tactus, Olfa-
ctus. de hac copioſe diſſerit I.2.
lib. de Aīa:nōnulla ēt videre po
tes in calce ſecūdi huiuſce libri.
Tu vero ſic Ariſt.ſnſam tueare:
ſcīa eſt intellectus habitus, ſenſus intellectus non eſt, itaqʒ nec
ſenſus erit vllius ſcientia.

Et non huius cuiuſdā] ἡ μὴ
τῶ δι' τινος]vel ēt] & nō huius
cuiuſpiā]ſenſum ſquit eē à ſentire diuerſum : qm ſenſus nō eſt
rerū ſingulariū nō.n. viſus ē hu
ius aut illius albi, ſed cuiuſcūqʒ
albi ſentire vero eſt circa ea quę
ſingularia.Idē aūt voluit in fine
ſecūdi lib.quo in loco ſenſum ſ-
quit eſſe vīiū, qʒ intelliges, vri
ſenſus eſt potētia & facultas q̃-
dā:nā vt cōparata actioni, q̃ eſt
ſentire, ſic eſt in parte qādā, nō
vīt, Hinc tibi quāplurimę cor-
ruent cauillationes, q̃ hoc in loco agitari ſolēt. Sed ſi volemus
huius vocis, ſenſus, ſignificatio
nes perſeq, occurrat nobis illa
primū, q̃ ait ſenſum eſſe vim, q̃
ſine medio, ſingularia percipit,
hoc ē abſqʒ rōcinatiōe, qʒ quo
verū dictu ſit, leges q̃ in huius
operis proœmio ſcripſit, Ariſt.

atqʒ

atꝗ inibi: Themiſt. Hęc aũt ē il
la animę vis, ꝗ ſciæ aditũ pate
facit, qua quidē extincta, & ſcie
tiã perire neceſſe ē. Id. n. indica
uit, cũ dixerat, ablato ſenſu ſcie
tiã interire, ꝗ cærũ rerũ eſt, quæ
ad illũ ſenſum ꝑtinent: qd & in
lib. de Aſa, & de ſenſu ac ſenſili
multoties repetit. Illa vero non
deridenda eſt ſnia ꝗ ait, ſenſum
eſſe initiũ ſciæ in nobis, vti exti
matiõis in Brutis. Exterior ani
mę dr facultas, interpres mētis,
hoſtiũ cogitationis, nuncius re
rũ, naturæ Ianitor, ſpecierũ ex
plorator ꝗ res materia affectas
cognoſcit, & ad aliud refert, nē
pe ad ipſum qd eſt ſenſibile. In
ter parientes facultates cõnume
ratur ab Ariſ. ſiue actu, ſiue etiã
facultate ſit ſenſus. Hic in ꝓprio
ñ decipit obiecto, nec ſcipſum,
vt mēs facit, ꝑcipere ꝓteſtꝗ vel
cõis vel ꝓprius, ſpēs citra om
nē materiã. Suſcipit, eodem ſer
mē pacto, quo cæra annuli, aut
ſigilli formã: necnõ contrarias
res ſemp cognoſcit, habetꝗ de
terminatũ ac certum, quo agit,
inſtrumentũ, corrũpit ab immo
dico ſenſibili, vt auditus à toni
truo, eſtꝗ homini ac Brutis ani
mãtibus cõis. Ad quem ea per
tinent, quę ſunt, ſenſile, ſentien
di vis, & Actio. Malui iſthæc re
cenſere, quaſi ꝑter inſtituti mei
rõnē, ꝗ negligens videri, in eo
præſertim, in quo diligentia re
quirebatur maior.

Et ſi ſupra lunã exiſtentes vi
deremus obiectam terrã] ꭓ εἰ

ἐπὶ τῆς σελήνης ὄντας ἐωρῶμεν
ἀντιεφαπτόμενοι τῆιν γῆν.] colli
git ex his ꝗ dixerat, ex vno ꝑti
culari cognito neceſſe haud eē,
vt inde efficiatur vſtæ:qm vſtæ ex
multis particularibus, ſenſu co
gnitis, aſſumitur. Exēplo vero
perſuadet, caſu ꝑ imaginationē
concepto, nobis exiſtētibus ſuꝑ
lunã, eo ſanè tēpore, quo deficit,
terre obiectu, ſed penè cõtrariã
huic viſus ē, habuiſſe ſnſam cir
ca initia ſecũdi li. vbi Ariſt. hęc
ſcribit, εἰ γ̔ ἤμεν ἐπὶ τῆς σελήνης
ἐκ ἂν ἐζητοῦμεν ὅτι οἱ γίνεται
ὅτι διατί.] hoc eſt, ſi vero eſſe
mus in luna, necꝗ vtiꝗ quærere
mus necꝗ ſi ſit, neqꝗ cur ſit.] &
addit, ἀλλὰ ἅμα δῆλον ἀν ἦν.
ἐκ γ̔ τῦ αἰσθανεσθ, ꭓ τὸ καθό
λυ ἐγίνετο ἀν ἡμῖν εἰδέναι.] i.
ſed ſimul vtiꝗ manifeſtũ efficæ
returæ eo. n. qd ſentit, et ipſum
nobis factũ ē cognoſcere,] quo
aũt pacto hæc ram euidens tol
latur pugnantia, in noſtris con
tradictiõibꝰ abũde expoſuimꝰ.

Vſtæ autē honoratũ eſt.] τὸ ꭓ a
καθὸ λυ τίμιον] Arg. [ipſum au
tē vſtæ preſtabile nimirũ eſt.] vꝑ
ſic [vſtæ vero quid honeſtũ eſt]
vult vſtæ eſſe plurimi faciēdum
ex eo, ꝗ maxime vim cauſæ vr̃
obtinere: atꝗ ex hoc ipſo nimi
rũ eſſe honore dignũ. Etenim ſi
ſcia eſt de genere bonorũ & ho
neſtorũ, qd ipſe in initio primi
li. de aſa ſtatim propoſuerat, et
vt ſit bonũ atꝗ honeſtũ vſtæ ne
ceſſe ē, cũ vſtæ ſit cã, cã vero ſcie
tiã pariat in nobis. Neqꝗ audias

C iij vſt

vĩe tm̃ eē τὸ αἴτιον, hoc eſt, cau
ſam quia & li.2. de Phyſico auditu, iam ſatis oſtẽſum eſt, cǎm
aliǎ exraᷓ rei vniuerſæ, aliǎ rei ſe
cū̃dū̃ partē: nã ſtatuarius ſtatuæ
cauſa eſt, vĩis, vti Phidias Miner
uæ. Eſt itacp eius propoſitū̃ hoc
in loco, aſſerere nomē cauſæ præ
ſtabili⁹ ac exactį⁹ dici de re vĩi,
ꝗ de cæteris alįs. Cũ vero dicat,
vĩe mereri, vt illud honore per-
ſequamur, ad ꝓcepti huius ob-
ſeruationē, quædã de illo, hono-
ris cauſa, in medium afferemus.
Verbũ illud καθόλυ, ſiue vĩe, ſiue vniuerſum dixeris, interdũ
ſimplex eſt terminatio, vĩr appellata: quo mõ Sect.2.li.de in
terpτatione conſueuit dicere, itē
& rem ipſam ſignificat vniuerſam. Vtramcp autē ſignificationē cõplexus eſt eo ī loco, ad hũc
modũ, ὅτι δὲ τὸ κατηγορύμεν
καθόλυ τὸ καθόλυ κατηγορῶν
ἐκ τῶν ἀληθὲς·]hoc eſt, in eo au
tē cp vĩe ꝓdicatur, id qđ eſt vĩi-
ter dici, nõ eſt verũ]Eſt & illud
vĩe, quod voce plurimis cõmu
nē deſignat, vti Genⁿ, Species,
ac cæteræ à Porphirio diſtribu-
tæ in eo lib.qui ⲉⲓⲥⲁⲅⲱⲅή, dicⁿ
eſt, ſiue introductio. Eſt & vniuerſale, qđ Cathegoria dicitur,
vel ea ſunt nomina, Subſtantia,
Quantũ, Quale, & alia. Eſt & illud quod in ſuperioribus appel
latum fuit τὸ κτ παντός, hoc ē
de oĩ: vti ſi dixeris, omnis nix
eſt cãdida. Item illud, quod, τὸ
καθαύτὸ, videlicet per ſe, vt cũ
dicis, omnis hõ animal ē. Tum
id,quod etiã τὸ καθόλυ, vocaba
tur, nēpe, quatenus ipſum, vt
cum aſſeris, oēm triãgulum habere tres. Noſtri, vniuerſale actu
vel poteſtate diuidunt, in re vel
intelligentia, primæ vel ſecũdæ
notionis, quod cauſæ rõnē habet, vel prædicandi vim, qđ an-
temulta, vel poſt multa, vel etiã
in multis poſitũ dicitur. Eſt &
vĩe Metaphyſicum, logicũ, Naturale et Mathematicũ. Eſt & il
lud, qđ commune appellant, ǎc
antecdere dicunt, doctrinæ ordine, ea quæ minus ſunt cõmu-
nia. Stat etiam vĩe, qđ in mente
eſt, ipſius Dei, quod Ideam Plato vocat in Timeo, Parmenide,
Hippia, & Epinomide. Illud ve
ro, quod Ariſt. cēſuit hoc nomi
ne vĩs eſſe appellandum eſt, qđ
animo & intelligentia concipimus, mentis obiectũ, potētia iñ
ſingularibus exiſtens, actu p iñ
tellectũ conſtitutum, à ſingularibus ope mentis, ſequeſtratũ, &
ſenſilibus ortum, eõceptum ab
imaginatione, receptũ ab intellectu potentiæ illuſtratũ ab age-
te, in memoria repoſitũ, à mate
riei ſordibⁿ depũratũ, ab hic &
nũc ſeparatũ, ſenſu experiētia et
inductiõe collectũ, eternũ, pote
ſtate cõtinēs infinita, cõicabile
multis abſcp ſui vel diuiſiõr, vel
interitu, à rõne productũ, ꝓditũ
ñoſe cauſæ, & ob id, aptũ pſtare
nobis ſciam & ꝓꝓ quid: quocir
ca honeſtiſſimum ipſum, & ma
xime præſtabile, venit à nobis,
vt Ariſt, inquit nominandum.
Quare

b Quare de talibus vſus honoratior ſenſuum & intellectiõis,
quoruſ̣ altera eſt cauſa.] ὅς τι
εὰ τ τοιούτωι ἡ καθόλυ τιμιω
τέρα τ αἰϑήσεωι, ἢ τῆς νοήσε
ως, ὅσωι τιμορ τὸ αἴτιον.] Argy. hãc partẽ ſic vertere videt̃
[quare de talibus notitia vſ̃ıs p̃
ſtabilior, eſt perceptiõe ſenſuũ,
& intellectione eorũ, quorũ eſt
alia cauſa.] q̃ trãslatio ,addit illud[notitia]q̃ in greco exẽplari minime habetur, itẽ & eã vo
cẽ[perceptiõe] quocirca ſic pu
tarim magis ad verbũ eſſe dicẽ
dũ[Quãobrẽ de his talibus honoratior, quæ vſ̃ıs, ea q̃ ſenſuũ,
& intelligentiæ, quorũ altera cã
extat]addidi autẽ ego minores
particulas, vt ſnĩæ vis cuilibet
cõſtare poſſet. Eſt.n. ſenſus,omnẽ cognitiõnem,earũ rerũ, quæ
cãm hũt, præſtabiliorẽ eẽ, qua
cunq̣ ſenſuũ perceptiõe, immo
ẽt, ipſius intelligẽtiẽ. Quæ ſola,
adeo in vetere translatione dor
mit, vt vix excitari posſit.

c In ſenſus defectum] αἰϑή
σεως ἔκλειψιν.]vel[ſenſus defectiõne]Eſt autẽ defectio ſenſus
alia cũ ipſa ſentiẽdi facultas om
nino tollit, de qua I ſuperiorib9
ẽ locutus, vbi ſcĩam auferri do
cuerat ex ipſa ſenſus defectiõe.
Alia vero eſt,qua de agit hoc in
loco,vbi ſenſus labore,& diffici
li ſentiendi rõne afficitur,id autẽ fit, vbi res obiecta ñ niſi ẽgrẽ
percipit̃ à ſenſu:ceu in exemplo
quod habet,de foraminibus vitri,aut cornu,quæ nõnulli dixe

re eſſe cauſam,vt luminis particulæ aliioq̣ tenuiſſimẽ & p̃ meabiles, extrinſecus diffundantur,
lucemq̣ emmittãt, id.n.inquit
ſenſus iudicare nõ poteſt, & ob
id negocium faceſcit, in adhibẽ
da rõne, cur illuminatio fiat ?

d In problematibus.] ἐν τοῖς
προβλήμασιν] Argy. [inter ea,
quæ proponunt] quæ tranſlatio nil certe proponit, q̃ ad p̃
poſitum faciat inſtitutũ. ac lon
ge melius qui dicunt [in q̃ſtionibus]Eſt autem, τὸ πρόβλημα
authore Ariſt.ſi.1.Topic.idẽ q̃
ζήτημα hoc eſt q̃ ſiue ex petẽ
di,aut fugiẽdi eã,aut veritatis et
perceptiõnis,ſtudio, propoſita,
hæc autem τὰ προβλήματα, ſic
partitus eſt,eo in loco vt alia ad
electionem ſpectent, alia ad co
gnitionem,alia vero,adiumentum cẽteris tribuãt. Rurſus ea
in initio ſecundi lib.Topicor.in
vniuerſali diuidit & ſm partẽ,
Affirmans & Negans. Extat &
in naturali Philoſophia liber de
Problematibus, ſatis cognitus:
quo in loco probabiliter diſſerit. Ex quo liquido conſtat, p̃
blema eẽ, dialecticam quæſtionem vti diximus,in qua ea pro
poni non p̃nt,quæ ſuapte natura ſunt perſpicua, vel item ea,
quæ nemini probantur, ſed hẽe
in Ariſtote. copioſlus & luculentius.

e Propter quid comburit]διὰ
τί φωτίζει.] Argyrop. [lumen
efficitur] alıı [illuminat] vel
[ſplendeſcit.]

C iiı Eadem

2 . Eadē vero prīcipia eſſe oīum
ſyllſorum] τὰς δ᾽ αὐτὰς ἀρχὰς
ἐτάττετ) τῶν συλλογιομῶν]
ſiue etiã]eadem autē eſſe initia,
oīum rōcinationum]diſcurit et
hoc,ſiue Theorema dixeris,ſiue
artis pręceptum,qđ eſt,non eadē eſſe initia ſylſorū oīum. Idēq
multis rōnibus ppetua quadã
enumeratione propoſitis, facit.
Quæ autē ſint hæ ratiōes per te
ipſum,quæ ſlueris . Quod vero
te ignorare nō oportet, illud vſ
eē, hoc in loco τὰς ἀρχὰς,ſiue,
principia, latiꝰ, ac ſuſius accipi,
q̃ cũ de ſcientiarũ principĳs lo
queret: qm̃ ibi propōnes eas in
telligit,quæ neceſſariæ ſunt, &
perſpicuæ: nũc aūt oēm propo
ſitiōe ſtelligit,q̃ in ſylſo aſſum
ptio fieri p̃t ,ſiue ea vera fuerit,
ſiue falſa,ſiue neceſſaria ſiue ,p-
babilis,item vt cum q̃ fuerit ex
quovis genere Artiũ et Diſcipli
narũ deſumpta . Et vt vno verbo dicam,principia ſunt, ea om
nia,hoc in loco, audienda, ex q̃-
bus concluſio. conſtitui poteſt:
p̃miſſas noſtri cōmodè vocant.

2 . Et hominē equũ, aut bouē.]
ὡ᷉ ἢ ἀνϑρώπον,ἢ ἵππ.]aliud ē
exemplũ,quo oſtēdit nō eſſe eadē oīum ſylſorũ initia ,quonia
pleraq̃ ſunt viciſſim contraria,
quæ ab eiſdē principĳs pendere non p̃nt. vt ſi dixeris,iuſtitiã
eſſe iniuſtitiã,aut ignauiã,vel ſi
æquale dixeris eē maius, vel eē
minus, q̃ exempla mediũ extre
mis comparat,optima rōne.At
nō eo mō videtur procedere rē,

vbi Hominē Equo,ꝭ Boui cō-
parauerís, nam hæc cōtraria di
ci non p̃nt,cũ ſubſtantię ſint.ſol
uit,Hominē Equo ac Boui con
trariũ eſt,oppoſitione illa, quæ
in ſpeciebus disſimilibus & di
ſparibus reperitur , ea autē non
eſt, contraria oppoſitio . Noſtri
appellant, oppoſitiōe diſpara-
tã. Vel ēt dicere poſſis, has ſpecies contrarias eſſe viciſſim,ſm
earum conſtituētes differētias,
nempe rationale &irrationale:
qđ diligenter oſtendit Porphy-
rius in .v. vocibus, vbi de diffe
rentia loquitur, inquit.n.diffe-
rentias eſſe cōtrarias in genere,
ſed ſub eo poteſtate contineri:
qũãquã Platonici et actu ſub ge
nere eas collocauerīt, dixerīt q̃
contrarias nō eſſe dicendas; De
hoc vero extat tibi legenda ſub
tilis atq̃ elegãs explicatio,apud
Hammoniũ eo in loco, qui Peri
patheticorũ ac Platonicorũ niti
tur opiones ad cōcordiã ducer̃ .

Neceſſe autē aut in media cō 3
uenire, aut ſurſum,aut deorſu,
aut hos quidem intro habere, il
los autē extra terminorũ]ἀνάγ
κη ὴ νι ἢ τὶς μεσα ἀρμόϑεν, ἢ
ἄνωϑεν, ἢ κάτωϑεν, ᷉τ ᷉λ ᷉μ ᷉ν ᷉α-
ϛα ἔχειν,τ ᷉λ ᷉δ᾽ ἔξω τ̅ ὅρον.]Ar
gy. ſic vertit,] neceſſe ē autem,
aut ad media accōmodari, aut
ſupera ex parte, aut infera, aut
alios intra, alios extra, termino
rum , habere.] vel etia [neceſſe
eſt autē,aut in medĳs conſenti
re,aut ſupra,aut ſfra, vel termi
norum hos quidē ſternos, illos
externos

externos habere] nihil perinde
semper optaui, atq(quantū vi-
riū mearū ratio pateret) studiosis prodesse : qd vt faciam, totū
me grecorū authorū studio de-
dere decreui, vt Aristotelicorū
verborū castam, ac sincerā sententiā eruerem. In latinis subtilitatem, in Auerroe grauitatem
et cōstantiā semper admirari so
leo, Grecis vero, oēm Arist. pu-
ritatē & candorē acceptum refe
ro: qñ in hoc genere interpreta-
tionis, hi clari facti sint, ad oēm
posteritatis memoriā.Quamob
re valde falluntur, qui Grecorū
eruditionem dānant, dū in his,
maiorē qā opus sit, subtilitatem
desyderant : quēadmodum ini-
quos eā iudices crediderim, qui
latinos aut Arabas interpretes,
ob sermonis ineleganriam incu
sant, nā & in eorū pectore suus
ꝋdest Mercurius. Sed hæc forte
aliquatō lōgius progressa sunt,
qj institueramus, itaq eō rede-
mus, vnde digressi sumus. Diligenter Philoponus docet, que
sit horū vis verborum : nam cū
dixerit,iccirco nō esse eadē prin
cipia syllorum, qm aliorū gene
rū, alia sunt initia, ob id cp vnā
non cō sentiunt, nunc aggrediſ
ad explicationē eius qd est non
consentire,siue cōuenire,qd gre
ce ἰσομμέτησιν, se habet, idest,
consentiūt: quare conuenire nil
aliud est hoc in loco, qj prædica
ri, aut subjci. Fit autē ois cōsen-
sio, vel in prima, vel secūda, vel
tertia figura. In prīa conueniunt

in medſſ, cum maius extremū
sit prędicatū medñ, & medium
minoris extremi. In secūda con
sentiunt supra, cū vtriꝗ extre
mū prędicetur de medio. In ter
tia itē conueniunt infra, qm me
dium est subiectū vtriꝗ extre
mo. Est aūt hæc dicendi forma
familiaris Arist. f libris de prio
re resolutione.Terminos autem
iasra positos,subiecta intelligit,
vti extra positos,prędicata. Cu
ius rōne Philoponus esse dicit,
cp continens est extra cōtentū,
cōtentū vero intra cōtinēs. Cū
uero pdicatū cōtineat subiectū,
iure prędicatū est terminus extra, vti terminus est intra,id qd
est subiectum. aut assumpto ter
mino,aut iniecto.] ἢ προσλαμ-
βανομένη ὅρμ, ἢ ἐμβαλλομένμ]
vel [siue suscepto termino, siue
strinsecus addito] Assumere ter
minū, est ipsum extrinsecus accipere, iterné vero inñicitur, cū
inter subiectum & pdicatū medium aliquid immittitur. Qd:
ex vsu libri prioris resolutiōis,
& ex hoc ipso insuperioribus sa
tis cōstare pōt; dum inquit, τῷ
γὰρ ἰντὸς ἐμβάλλεϰ ὅρον ἀλλ᾽ ἢ
τῷ προσλαμβανειϰ, ἐπὸ ἐϰτιν
τα τὸ ἐπὸ δηϰϛύμενον. hoc est,
intro naꝗ iñiciendo terminū,
sed non assumendo demonstratur demonstrabile. At hic Philoponum legas diligenter.

Vt cp hæc quidē Geometriꝭ, a
illa vero Ratiociniorū]ὅ τον ὅτι
αἰ δὶ ἰδὲ γεαμπρίας,αἰ δὶ ἤ ἀριϑ
μῶν]Arg. [vt hæc Geometriꝭ,
hæc

hęc autē Arithmeticæ] ꝙ transᵒ
latio longe p̄stabilior est, vel ēt
{ vt ꝙ hæc quidē Geometrię, illa vero Numerorū] hinc consta
bit, ꝙ magna, quamꝗ patens sit
vtilitas apud eos, qui libros de
Græco vertūt, & authoris trāſ-
ferendi propositū tenere, & eā
callere facultatē, cuius scriptorē
vertere studemus. Quid.n.per
ratiociniū intelligere volumus,
aliud ꝗ differendi magistrā λο-
γικὴν, siue διαλεκτικήν, quę cō
munibus principꝰ, non ꝓprꝰ
innititur? quocirca parū ad ꝓ-
positi instituti rationē id facere
videretur, si de hoc genere prin
cipiorū sermonē haberet. Neꝗ
ego, isthęc dixerim, quo me hominibus eloquētissimis, vlla ex
parte cōferre voluerim, qui eorū consiliū, ac pene totum vitæ
cursum, in studiosorū vtilitatē
cōtulerunt: sed vt potius, quod
instituerā, facile p̄stare videar,
dum Aristotelicæ sinceritati, ac
veritati nostras hasce versiones
nitimur accommodare.

a Neꝗ.n.in manifestis doctrinis hoc sit] ὅτι γὰρ ἐν τοῖς φανε
ροῖς μαθήματι τοῦτο γίνεται]
Arg. [nā neꝗ in manifestis hoc
sit scientꝰ] docte quidē & eleganter Arg. sed adhuc verbum
μαθήμασι, vr̄ esse trāsferendū
disciplinis. Itaꝗ sic vertere liceat [neꝗ.n.] manifestis efficitur
hoc disciplinis] Manifestas vero dixit, pro cognitis, explora-
tis inuentis, ac diligēter ab alꝰ
tractatis. Est autem nō ignoran

dum, hæc nomina, ὅτι ἔχμεν, δι
δασκαλίαν, μάθησιν, hoc ē, sciē
tiam, doctrinā, ac disciplinā esse
interdū vnū atꝗ idē, quo modo Geometria, aut alia ꝗuis facultas eiusmodi, scia dici potest
ad ea quæ in ipsa continenꝰ Sci-
bilia, cōparata. Est vero doctrina, vti à Geometria tradiꝰ: discī
plina, vti à discipulis audita pcī
pitur. Interdū doctrina est, cele-
bris authoris, qualis vel Platī,
vel Arist. vel alius exritit, cogni
tio libris ac monumētis litera-
rū tradita. Quādoꝗ vero, ē ipsa
docendi ratio, μίθοδος, vocata,
estꝗ ꝗtuor modis, doctrina demōstratiua, definitiua, diuisiua,
compositiua. Est & à doctrina,
iterrogatio, διδασκαλικὰ, hoc
est doctrinalis ab Arist. vocatā,
in lib.de reꝑhensionibus sophi-
starū. Est & doctrinæ ordo, cū
ab vsibus, cōibusꝗ rebus ad ea
quæ specialia, ac ꝓpria sunt de-
scēdimus. Est & docētis actus,
qui docere diciꝰ, quē Arist.lib.
3. Physices auscultat. vult distin
gui ab eo qđ est addiscere, licet
doctrinā à disciplina non seget,
Quod alibi latius expositū nobis fuit. Hinc doctoris nomen
emanauit, hoc est eius, qui vi-
uo sermone, sensum audiētis at
tentare solet.

Neꝗ in resolutione est possꝰ ꜧ
bile], ὅτι ἐν τῇ ἀναλύσει δυνα-
τόν.] alꝰ verbū, ἀναλύσει, ver
tunt, dissolutione, sortæ ob ali-
quem grecū codicem, qui loco
huius, legit διαλύσει. sed & in
excusa,

excuſſis, & calamo exaratis, ſic
res ſe habet, vt in initio legeba-
mus. Itaᵹ ſic vertēdū, [neᵹ id
fieri pōteſt in reſolutione] Non
eadē autem huius eſt vocis, atᵹ
illius ſignificatio. quoniã diſſol
uitur res, vbi in partes & particulas ex quibus cōſtat, corrum
pitur, id aūt cum ipſo rei interi
tu fieri neceſſe eſt. Reſoluitur au
tē cū mente ac cogitatione con-
poſitum in partes & particulas
diuiditur, idᵹ citra rei interitū
fieri pōt. Quocirca, omnis diſſolutio eſt etiã reſolutio, non au
tē contra. Hinc recte Ariſto. lib.
1. Priorū Reſolutoriorū, terminum eſſe definit, in quē propoſi
tio διαλύεται, hoc eſt diſſolui-
tur quoniam dum propopōnē
diſſoluimus eam in ſuos terminos corrumpimus. Eſt & Ana-
lyſis, res compoſitioni cōtraria:
nã oppoſita vice vtütur. Quod
n. componitur, ex partibus cōſiſtit, quod vero reſoluit in partes trãſit. Itē cōpoſitio à multis
partibus ad vnum videtur ire,
contra reſolutio ab vno, ad plures, tendit. Accedit, ᵹ primum
reſolutionis, extremū eſt cōpo-
ſitiõis, & ediuerſo: v.g. Domus
compoſitio, à fundamentis initium ſumit, inde ad parietes tēdit, mox ad tectū properat. Reſolutio, à tecto exorditur, finitᵹ
in fundamentis. Hanc vero eſſe
Reſolutionē ſatis iã cōſtare vr̄:
de qua plura vide apud Ariſ. li.
de priore reſolutiõe, prope finē,
vbi de ipſa ex inſtituto diſſerit

copioſe. Quædam ēt extant, &
in lib. 3 Ethicor. Themiſtus au
tem & ipſe, reſolutionem appellat, tunc, cum cōcluſionem in
eius pricipia referimus. Quod
ne te lateat, addenda eſt illa par
titio, quę ait, quatuor modis cō
tingere, vt reſoluamus vnum-
qᵈᵹ. Primum eſt ea reſolutio,
quam Mathematicam appellat
Alexand. in cōmentarħs Priorum Analyticorum. Ea fit, vbi
theorema in eius principia referimus, atque illa in alia vſque
quo, deſyderare amplius in illo genere non poſſimus. Eſt &
alia Naturalis, quæ Holem, aut
plãtã, aut aliud ſimile in partes
diuidit. Deinde & Artificioſa, ᵹ
ſcamnū, aut lectica in ſua princi
pia reducit. Poſtremo eſt Reſolutio λογικη, ſiue rationis, quæ
cōcluſionē in eius initia referre
ſolet. Hæc bifariã efficitur, primum vbi concluſio ſimplex, &
ab omni materia ſeiuncta redu-
citur in præmiſſas ſimplices, &
ab omni materia ſeparatas: vt
ſi dicas eam concluſionem, quę
ait c. eſſe a. reduci in has aſſum
ptiones, a. eſt a. & c. eſt b. Hanc
priorem reſolutionē amplec con
ſiderat Ariſto. in Prioribus Re-
ſolutioħs: quamquam Græci
authores librum illum reſolu-
torium dici maluerunt: à præci
pua ſui parte, nempe à ſectione
tertia primi libri, vbi de Reſolutione diſſerit: quod minime
ab alħs noſtræ ætatis viris, ſane quàm doctiſſimis probatur.

Eſt

Eſt et alia reſolutio, q̃ efficit ubi
neceſſaria cõcluſio, in principia
defertur, hãc poſteriore, ſecũdã
vt reſolutionem vocant, qua de
agit ſ poſt erioribus analyticis.
Vtrãq; vero in libris logicis ma
xime Ariſt. conſyderat. Inde ſit
vt libri Analytici iure ſint qua
tuor, duo priores, & totidẽ po
ſteriores vocati, quaſi ſſcriptio-
ne cõi: q̃d aũt ſeparat, ẽ illud uer
bũ prius & poſteri⁹, ſluc ſon, nã
& Gal. lib. 4. de differentĩs pul
ſuũ, oſtẽdit libros de priore reſo
lutiõe, inſcriptos fuiſſe τῶν ἀνα
λυτικῶν πρoτίρων : eos vero, q
tractant de demſone, τῶν ἀνα
λυτικῶν ὑςίρων, ſiue etiã ſ λῃτί
ρων, hoc eſt de poſterioribus re
ſolutorĩs, vel ſecundis reſolutorĩs. Eſt itaq̃ hæc inſcriptio, par
tim propria, partim et cõis his
libris oĩbus. Vtrũ vero lib. Prio
rũ inſcriptiõe propria ſit de ſyl
logiſmo, liber vero Poſteriorũ
ſit appellandus de demſone, an
ẽt de definitione, nõ eſt preſen-
tis loci, vt differam⁹ : menuniſ-
ſe tñ oportet, ſſcriptionẽ libro
rũ reſolutoriorũ fuiſſe ab Ariſt.
non alio viro excogitatã, qñ id
voluerit multis in locis, ac præ
ſertim lib. 6. Ethic. vbi de ſcien
tia loquiť, q̃ ſ loco ſeſe transfert
ad ea quæ dixerat ſ reſolutorĩs.
Eſt itaq̃ analytica ſcia, diligens
et perſpecta cognitio demſonis
ac definitiõis (loquor. n. de ſecũ
dis reſolutorĩs) q̃ demõſtrationis & definitionis vim, naturã,
partes, & leges exactiſſima rõ-

ne diſquirit. Cũ.n. inſta ſiͅt nobis, naturæ inſtitutione atq̃ im
pulſu, in ſciam & cognitionem
propenſio atq̃ cupiditas, ſciẽtia
aũt oĩs ſit rerũ p earũ cauſas cõ
tẽplatio, res vero vel ſint ſubſtã
tiæ, vel accidẽtia, ſde patet, ana
lytica ſciam, cum ſciẽdi doceat
inſtrumẽta, neceſſario & de de
mſone, & de ipſa definitiõe, trã
ctare: nam demſo nos ſcire facit
Accidentia, Definitio ſubſtãtia
rũ intelligentiã aperit. Id ẽt con
ſtat ex earũ doctrinarũ partitio
ne, quas Græci μιθόſ ον, vocãt,
hoc eſt vias & ratiões docendi.
Etenim Plato, cõpoſitiuã & Di
uiſiuã rationẽ q̃ maxime exco
lit, q̃d præſertim in Philebo &
Phædro videre qlibet põt: Ariſt
aũt demonſtratiuã ac definiti-
uã magnopere extollit, qñ hæ re
rũ olum cognitione perſecutur
diligenter. iure itaq̃ Analytica
ſcia, & demſonis & definitiõis
eſt cognitio. Verũ ſi te plura cο
gnoſcere ñ pigeat, de ipſarũ do
ctrinarũ, partitiõe, atq̃ ordine,
legas nõnulla apud Philoponẽ
in initio ſecundi lib. Poſte. que
dã enã extant & apud eundẽ &
Alex. in cõmentarĩs primi lib.
de priore reſolutione, in ipſo q̃
libri veſtibulo. Copioſ⁹ de hac
ipſa re diſſerit Hũmo. in ingreſ
ſu interpͣtationis Porphyrĩ in
troductorĩ. Sed forte plura re
cenſuimus, q̃ inſtitueramus, in
re tñ vtili & iucũda plurimum
operæ mihi videbatur collocan
dum: qñ oĩs cognoſcendi ratio,

oĩs

oīs recte ac diligenter tractādi, docendi, ac disserēdi doctrinæ īstitutio, ab ĳs mihi ducta videtur initĳs, & quasi elementis, q̄ de ipsa resoluēdi ratiōe veteres peripathetici nobis ꝓposuerūt.

a Principia namq; duplicia, & ex quibus & circa qd: q̄ quidē igitur ex q̄bus, cōmunia: q̄ aut circa qd, propria.] αἱ γὰρ ἀρχαὶ διτταὶ ἐξ ὧν τε καὶ περὶ ὅ· αἱ μὲν οὖν ἐξ ὧν κοιναὶ, αἱ δὲ περὶ ὃ ἴδιαι] Argy. [principia nāq; duplicia sunt, ex quibus & circa qd: principia igitur ex quib⁹, cōmunia sunt: principia vero circa qd, ꝓpria.] nil est, qd in verbis hæsitare quēpiā faciat, sed ad snīę explicationē aliqd est, qd animaduersione dignū videtur. Principia inquit, alia eē cōmunia, alia propria. Quam sanè diuisionē & ī superioribus proposuit, sed nō eiusdē snīæ. Nam eo in loco, prīcipia, illa partiri videbatur, quę doctrinæ, & complexa vocantur. Hic vero per cōīa audit τὰ ἀξιώματα, per propria τὰ ὑποκείμενα, hoc est subiecta. Locus itaq; ꝓcipuus est, vbi subiectū de genere appellat prīcipiorū: idq; maximopere aduersaē his, qui subiectū dicūt, posse in propria scīa demonstrari, demōstratiōe qd. Nā si principiū est, cū principiorū nulla sit demonstratiōis species, qui fieri pōt, ut subiectū demōstrari possit? Est aūt particula ἐξ, hoc ī loco, proprie principĳs accōmodata cōplexis, qm̄ ex his cōclō colligiē. particula vero περὶ, q̄, circa ē latine reddita, & ipsa iure quodā pertinet ad subiectū, cū subiectū id dicatur, circa quod tota scīæ cōquisitio & peruestigatio consistit. Ad hoc etiam spectat quod in superioribus, dixerat, agens de principĳs, subiectis, et Affectionibus, ἀλλ' οὐδὲν ἧττον τῇ γε φύσει τρία ταῦτά ἐστι· περὶ ὅ τε δείκνυσι καὶ ἃ δείκνυσι καὶ ἐξ ὧν.] siue, [sed nihilominus, tria hæc, natura consistunt, circa qd monstrat, & q̄ monstrat & ex quibus.] sed & paulo post, indicauit principia complexa ex q̄bus demonstramus posse eē cōmunia, subiecta vero de quibus demonstramus esse propria, cū iam dixerit, κοινὰ δὲ λέγω οἷς χρῶνται ὡς ἐκ τούτων ἀποδεικνύντες, ἀλλ' οὐ περὶ ὧν δεικνύουσιν, οὐδ' ὃ δεικνύουσι.] q̄ sic se habent, appello cōmunia, quibus vtuntur, veluti ex his demonstrantes, sed non de quibus mōstrant, neq; quod monstrant.] Cum autē dicat hoc in loco subiectum esse rem propriā, nō cōmunem Artibus ac Disciplinis, de subiecto dictū accipias, ratione formę contractū, id.n. unum vnius est facultatis: nā si de subiecto, quod materiale vocāt, intellexeris falsam omnino snīam colliges, & experiētiæ repugnātem, qd in superioribus copiose à nobis ostendebatur.

Vt numerus magnitudine.] b οἷον ἀριθμὸς μέγεθος] Arg. vero [vt Numerus, Magnitudo.] idq;

ídéǫ rectius ǫ̃ vt in vetere trãſ
latione legif. Exépla vero hæc,
de ſubiectis ipſis ſunt, circa q̃
ſclæ plurimũ contéplantur aſſe
ctiões. Nã cũ hæc principia pro
pria appellauerit, ne quis incau
te, id ǫ̃ propriǫ̃s principǫ̃s com
plexis ſtelligeret, vt eſt illud, ſi
ab æqualibꝰ lineis, æquas lineas
demas, reli q̃ lineæ erunt æquales, ob id volens de ſubiectis eſſe
audiendum, ex ẽplũ petit, á ſubiecto Arithmeticæ, q̃ ẽ Nume
rus: & á ſubiecto Geometriæ q̃
eſt Magnitudo.

TEX. XLIIII.

SCIBILE autẽ, & ſcia differunt, ab opinabili & opinione,
qm̃ ſcla quidẽ vñs, & p neceſſa
ria] [τὸ δ᾽ ἐπιϲητὸν ȣ̈ ἡ ἐπιϲήμη, διαφέρει τȣ̃ δοξαϲὲ ȣ̃ τȣ̃ς δό
ξης, ὅτι ἡ μὲν ἐπιϲήμη καθόλȣ ȣ̈
δι᾽ αναγκαίων.] quę ſic Argyr.
[intereſt aũt, inter id, quod ſub
ſcĩam, & id q̃ ſub opinionem
cadit: nã ſcĩa quidẽ vñs eſt cognitio, & per neceſſaria compa
rata.] ſed q̃dã de ſuo addit Argy. vt illud [cognitio] q̃dã item
adimit de Græco vertens, nã ea
verba præterĩt, [ἐπιϲήμη] item
[δόξις] id aũt hoc in loco, minus opportune vr̃ ſuiſſe præter-
miſſum, cũ dr̃iam tradat Ariſt.
(q̃ oẽs fatetur interpretes) inter ſcĩam & opinionẽ, haud minus, ǫ̃ inter ea, q̃ pertinent ad
ſcĩam & opinionẽ. Ob id, præcla
rè aliǫ̃ [ſcientia, & res q̃ ſub ſcie
tiam cadit, differt ab opinione,
re opinabili, ǫ̃ in rebus vniuer-

ſis, ǫ̃sǫ̃s neceſſarǫ̃s cernitur ſcié-
tia] vel ſi hoc placet modo [Q̃d
ſcimus vero & ſcĩa, diſtãt ab eo
q̃d opinamur & opinione, qm̃
ſcĩa vniuerſæ rei ẽ, & ex neceſſa
rĩs] Differentiã hoc in loco di-
ſcutit valde opportunã, quæ in
Gymnaſiis diſceptationibusǫ̃s
aſsidue verſatur. Ea eſt, nũ ſcié-
tie & opinio res ſint eadem, an
prorſus alia atǫ̃ alia. Cũ vero,
quod ſub ſcĩam cadit, ab eo q̃d
opinamur, longe quidem inter
ſe diſtare videant, hinc differre
ſcĩam ab opiniõe tãrũ explicat,
quatenũ, ea differũt, in q̃bus horũ vtrũǫ̃s verſat. Adducor itaǫ̃
vt credam, nõ inepte eos exiſtimare, qui aiunt, quatuor eſſe, q̃
hic proponũtur, ſcĩam, opinionẽ, q̃d ſcimꝰ, q̃d opinamur. Horũ duo, ſunt cognitiones, habi-
tuſue: cotidẽ vero dicuntur res,
ſiue obiecta nobis cognita. Deinde hęc quęſtio ita digerẽda ẽ,
vt partes binas capiat: nam alia
ad ſcĩam pertinet & opinionẽ,
alia ad id q̃d ſub ſcĩetiam et opi
nionẽ cadit. Huiuſce partitiõis
cũm nõ ſ diligéter Philoponus
tradit, ea rõne, ǫ̃ ad exquiſitam
harũ rerũ cognitionẽ explanan
dã, haud profecto ſufficit actus
diſtinguere, ſed & ea diuidenda
nobis ſunt, quorum illi actus eſ
ſe dicuntur. Quæ res, cum non
exiguæ ſit doctrinæ, nil mirum
ſi in hoc genere partitionis labo
rat non tam ſæpe, quàm multũ
diuinus Plato: potiſsimum vero in Philebo, & in Theæteto.

Verum

a 'Verum enim uero neḡ ſtellectus: dico.n.intellectum princi
piũ ſcientiæ: neḡ ſcientia inde-
monſtrabilis, hoc aũt eſt ſuſpicio immediatæ propoſitionis.]
ἀλλ ἀ μὴν ὐδὲ νῦς. λέγω γὰρ νῦς
ἀρχὴν ὄ῝ π ἐπήμης, ὐδ᾽ ὄ῝ π ἐπήμη ἀνα-
πόδειπτος. τῦτο δ᾽ ὀζὶν ὑπόλη-
ψις τῆς ἀμέσου πφοτάσεως.]
Arg.[at uero nec ſtellectus: intellectũ .n. principiũ ſciæ dico,
neḡ ſine demſõne ſcia, ḡ quidẽ
eſt exiſtimatio vocantis medio
,ppõnis.] itẽ ſic veru pñt eadẽ
verba[ſed.n.neḡ intelligentia:
appello aũtintelligentiã, initiũ
ſciẽtiẹ. Neḡ ẽt, ḡ citra demſõnẽ ſcia comparatur, id aũt eſt,p
põnis mediũ non habentis exiſtimatio.]propoſitũ erat oſtendere de contigentibus rebus nõ
eſſe ſciam, id iã late patet ex ſuperioribus verbis, nũc vero do
ctrinẹ ratio poſtulat, ut de eiſdẽ
cõtingẽtibus aſſerat nõ eſſe intelligentiã . Eſt aũtẽ[νῦς]ſiue ſ-
tellectus, ſiue mẽs hoc eſt animi
præcipua pars,ḡ cognoſcit pricipia,citra oẽm demſõnẽ,de ḡ ſ
ſcedẽtibꝰ plura propoſuimus,
& ipſe quoḡ Ariſt.nõnulla tra-
diturus eſt in fine ſecũdi huiuſce
libri.Quẹ intelligẽtiẹ vis,ea eſt,
ḡ principia cognoſcit, cognitis
terminorũ ſignificatiõibus: itẽ
eõ meliorẽ pſtat cognitione, ḡ
ſaciat demſõ,quo mẽs ẽ ipſa rõ
ne pſtantior.Nã intellectus per-
ceptio, cũ ſit demõſtratiuẹ ſciẽ
cã,poriorẽ halitum vt in nobis
efficiat,prorſus neceſſe eſt,Hinc

apud noſtros ea eſſluxerẽ nõmi
na, ſcia , ac melior affectio ḡ ſit
ſcia.Eſt.n.ſcia,cognitio p ũmrõ
nẽ cõparata, ḡ ad cõclones pti-
net.Melior vero affectio, eſt pri-
cipiorũ cognitio, ḡ ã mẽte & ſ-
telligẽtia proficiſcit. Id voluiſſe
Ariſt.ſæpius animaduerti,pſer-
tim in initio primi huius libri,
dũ hæc dicĩt,ταῦτα οὖν ὖτω λέγομεν, ἠ ὐ μόνον ὄ῝ π ἐπήμη, ἀλλὰ
ἠ ἀϊχὴν ὄ῝ π ἐπήμη ῗ τινα φα-
μὲν τ τὸἵε ὅρυς γνωρίζομὲ.hoc "
eſt,hẹc itaḡ ſic dicimus, nõ mõ "
extare ſciam, ſed & initiũ ſcien- "
tiẹ certum quoddam eẽ aſſeri- "
mus, quo terminos percipimꝰ. "
at paulo antea,& illud dixerat,
ἀχοῖεν τιδὲ τις ἀ῀εν μᾶλλον ἂν
οἶδεν, ἠ ὐ τυγχάνει μήτε εἰ-
δὼς, μήτε βέλτιον διακείμενος,
ἠ ἠ ἐτύγχανεν ἐιδὼς. Quod ſic "
ſe habet, non poteſt autem cre- "
dere magis,his quæ ſcit,quẹ nõ "
eſt ſciens, neḡ melius affectus, "
quã ſi ſciens eſſet.vt itaque rem "
totã paucis complectamur,ſciẽ-
tiam dicimus eſſe concluſionũ,
intelligẽtiam principiorũ . ſcia
euentus ḡdãxit,intelligentia eſt
illius cauſa:ſcia rõcinatricis alẹ
ſacultatis eſt opus, intelligentia
eſt ipſa ſupremæ mentis perce-
ptio. ſcientia per demſõnẽ com
paratus, intellectus ẽ nõ demſa
bilis cognitio . Poſtremo ſciam
dicimus,eſſe eorũ ḡ mediũ hñt,
ſtellectũ vero medio vacãtiũ. ſ̣
reuertamur eõ, vñ digreſſi fui-
mꝰ.Cũ ſciam dixiſſet, eẽ nõ poſ
ſe de rebus cõtingẽtibꝰ,neḡ itẽ
intelligẽtiã

intelligentiā, statim affert, de his
extare alium habitū, qui [ὑπό-
ληψις] vocatur. Est autem hic,
existimatio, siue etiam suspicio,
ambigua sanè, et parū constans
rei cognitio. de qua sermonem
habuit lib. Sexto Ethic. tum cū
eam cū opinione coniungit, &
vtramq̃ separat ab habitibus ī-
tellectualibus, qui ſp veri sunt.

  a Quomō igitur est idē opinari & scire? & pp quid non erit
opinio scia? Si quis ponet, omne
qd̄ nouit, contingere opinioni,
consequetur. n. hic quidē sciēs,
ille vero opinans p media] τῶς
ἂν ἐκ ἴσι τὸ αὐτὸ δοξάσαι καὶ
ἐπίς ασαι ἢ διατὶ ἐκ ἴς ιν ἡ δόξα
ἐπιςήμη, ἥτις θήσοι ἅπας ὃ οἶ-
διν ἐνδέχ ε δοξάζειν. ἀκολυθῆ
σει γὰρ ὁ μὲν εἰδάς. ὁ ʒ δοξάζων
διὰ ͵ μέσων] quę hoc mō Arg.
[quo mō igitur sit, vt idē vnus
opinetur, alius sciat? & cur opinio non erit scia? Si quispiā po-
suerit fieri posse, vt de eodē omni, opinio habeatur qd̄ scit. pro-
ficiscetur. n. & hicœ qui scit, &
hicce qui opinatur per media,]
quę si hoc mō interpretemur, q
illa percipere possit, vix vnum
aut alterum extare crediderim.
Itaq si sentētiæ vim totam tenere volueris, citra illam adeo ex-
quisitam verborum religione,
præferendus erit in eo vertendi
genere eruditus ille, cuius exiat
in hūc modū satis culta, atq ele-
gans translatio [existit aūt hoc
loco quęstio, quo mō non eadē
res sit quā opinamur, et quā sci-

mus, & cur non idē ſint opinio
et scientia, si nil est qd̄ quis scire
possit, de quo opinio ēt esse non
queat. Nū. n. quēadmodū sciēa,
ita opinator, media singula pse-
quetur?] nos quoq in eo diligēter elaborabimus, vt sine mo-
lestia, negocioq eadē verba dilucide interpretemur, hoc mō.
[Qua rōne igitur euenit, vt idē
sit & opinari et scire? et quamobrem non est opinio scientia?
si qspiā constituer, vnūqd̄q qd̄
ipse nouit, accidere vt opinione
illud ipsum cognoscat. Hic eniz
sciens, ille vero opinans per media procedet.] Proxie. n. visum
est, qōnē initio, ppositā, partes
habere duas, de opinione atque
scia, tum ēt de eo qd̄ opinamur
& scimus. Cum itaq diligēter
exposuisset, dr̄iam eorū q̃ à nobis & scia & opinioe cognoscū-
tur, nunc vt in rebus ambiguis
fieri solet, dialectica rōne adhibita de eadē re disserit accuraē,
ne vllus locus, qui ad diligētē,
& dilucidā explicationem atti-
neat, prætermiſſus videatur. Est
itaq probabilis ratio, quā hoc
loco cōplectitur, videri idē poſ-
se & opinionē & scientiā appellari, cū nihil esse omnino videatur, qd̄ quis scire possit, de quo
etiam opinio esse non possit. Ce-
tera vero per teipsum video.

  Etenim opinionē verā & falsam, vt nonnulli quidem dicūt
eiusdē esse, absurda cōtingit eri-
gi, & alia, & non epinari quod
opinaī falsò. Qm̄ vero idē pluribus

bus modis dř, eſt quidem ut cō
ringit, eſt autem vt non.] ἡ γὰρ
δόξαι ἀληθῆ ἡ ⳨ψ δῆ. αἱ μὲν τι
νες λέγουσιν τὸ αὐτῆ ᾗ ἄτοπα
συμβαίνει εἰρῆ εᾖ, ἀλλα τι ἡ μὴ
δοξάζειν ὁ δοξάζει ⳨ψ δῦς. ἐπὶ
δὶ τὸ αὐτὸ πλεισαχῶς λέγεται,
ἐσιμὲν ἐν δέχεται, ἔσι δ' ὡς ὔ.]
Argy. [Etenim opinionē quidē
verā ac falſam, vt quidā ſquiūt
eiuſdem eſſe, cū alia abſurda, tū
hoc ſecū trahit, vt non opinetur
quiſpiā qᵈ opinaſ falſo. Sed cū
multipliciter idem dicatur partim eſſe pōt, partim eſſe non po
teſt.] nos quoꝗ [etenim extare
eiuſdem rei (qᵈ quidam aiunt)
opinionē verā ac falſam, accidit
vt abſurda attollantur, atꝗ alia
nec nō, qᵈ quis falſo opinatur,
id nō opinari. Qⁿ vero idē mul
tifariā dicitur, ſanè efficitur vt
partim eā contingat, partim ve
ro non. conſtat cōmuni omniū
ſententia, in hiſce verbis contineri ſimilitudinis ratione inter
opinionē & ſciam, nec nō inter
verū & falſum. cumꝗ magis ve
rū & falſum pugnare videātur,
ꝗ opinari & ſcire, hinc argumē
ū colligitur vis maior, quo idē
poſſe nos opinari & ſcire demō
ſtrat. Etiā qᵈ multis aliis in locis eueniſſe ſæpius animaduerti, nunc vſu venire Ariſto. ſatis
intelligo. Cum. n. dialecticis rationibus in vtramꝗ ſniæ partē
.diſſerit, quid tandē ille ſentiat.
adhibita diſtinctione, determinat: qᵈ in præſentia facit, cum
idem, ambiguum & multiplex

eſſe verbū oſtendit, docetꝗ pᵃ
titiōe propoſita, vt veritatis ratio poſtulat, diluere argumēta,
quę opinionē & ſciam minime
ſimul cōuenire poſſe, aſſerebāt.
At ſtudioſorum vtilitati mini
me conſuluiſſe putarē, niſi quā
tū qᵈ ⸗ἷ me eſſet, vniuerſæ huic
quęſtioni, lucē adderem . Quā
quā id minime ab initio mihi, ⱷ
poſueram, cū loca tᵐ obſcura il
luſtrare, & ſi qᵈ eſſet, mendum
tollere, ſſtituiſſem, adhibita me
diocri diligētia, ſed breui admo
dū explanatione, ꝗ & aliis pro
deſſet induſtria, & neminē ma
gnitudine operis deterreret. Eſt
aūtē quęſtio, ſiue Theorema, nū
ſciētia & quod ſub ſciam cadit,
ab opinione & ab eo qᵈ opinamur differant necne? Cum ve
ro ſciam ſeparat ab opiniōe, cō
ſiderat eas eſſe omnino diſſimi-
les, ob eā ſanè cauſam, ꝗ ſciētia
vera, ſtabiliſꝗ cognitio eſt, cō
trā opinio fallax et ambigua. Itē
quod ſciᵐˢ immutabili quadā
ſide recipimᵘˢ, quod opinamur,
contingit vt aliter ſeſe habeat.
Item qᵈ ſcimus, res eſt ⱷ neceſſaria, qᵈ ſub opinionem cadit,
contingens . Nam ſi cœlum di
xeris perpetuo motu cieri, terrā
ſtare, hominem eſſe animal rationis ac mentis compoſ, atque
alia eius generis res erūt neceſ-
ſarię, & quæ ſub ſciam cadunt.
Sin vero, Calliā aſſerueris cras
negociari debere, aut Socratem
lauari, res erunt cōtingentes, &
quę ſolæ ad opinionē referunt.

Animad. Tom. D Eſt

Est itacp opinionis atcp sciæ ea potissimum differētia, cp aliud est huius, aliud illi⁹ subiecta materia. Cum vero opinio sit contingentium rerum, ob id, eā existimationem quæ harū est, confusuimus opinionē vocare. Idcp que non modo ratiōe, sed & cōmuni hominum consensu facile comprobari potest. Quicquid enim in rerū natura, & vniuersitate consistit, id sanè, duplici modo se habet, uel enim semper est, vel aliter esse contingit. Qd semper est, id necessarium dicimus, estque scientiæ obiectum. Quod aliter accidit, id contingens & credibile, vel etiam opinabile vocamus. Quæ fieri vero nequeunt imposfibilia vocata, ea me hercle, ab omni rerum partitione sunt dimouēda, quoniam tantū abest, vt sub rerum diuisione collocentur, vt etiam his quæ sunt, potius aduersentur. Scientia ergo cū eorū sit, quæ necessaria dicuntur, opus est, vt opinio aliud sibi rerum genus vendicet, non quidem imposfibilium, itaque contingentium. Cum autem opinio, sit simplex existimatio, euenit profecto, vt hæc tolli aliquando in opinatore posfit. Da Socratem nūc opinari, Matrem esse piam erga filios, poterit idem Socrates, probabili ratiōe persuasus, siue Medeæ siue alio quouis exemplo, à priore existimatiōe dimoueri, iudicaretcp matrem impiam eē. Qui vero sciētiam habet, vt de

cœlo, qd sempiterna vertigine torquetur, aut triangulum habere tres angulos duobus rectis æquales, is ita constanti ratione cognoscit, vt nulla persuasione flectatur in cōtrariam partem. Argumenti vero ordo sic se habet, sciētia est eorum, quæ aliter esse nō possunt, Opinio, eorum quæ aliter eē possunt, quocirca si idem fuerit sciētia et opinio, quæ nequeūt aliter se habere, nē cesse erit, vt aliter se habeāt. Ducit autem hoc argumentum aduersarium ad perspicuam redargutionem, hoc est ad contradictionē, quo genere consutatio nis nullum ferè videtur eē præstantius. Consueuit autē Arist. in rebus paulo grauioribus, serīscp in Philosophia sententijs, nō nihil addere, quod ex vulgi consensu sit in vsu quàm maxime receptum, vt adhibita populo testificatione, rem ipsam omni ratione cōfirmet. Ob eam sanè cām inquit, cp cōis hominū vsus id quod diximus apertissime demōstrat, nam cum rei cognitionem firmisfime constantisfimecp tenemus, nos illud ipsum scire certo asserimus. Cum vero de his loquimur, quæ ambigua sint, & quæ aliter eē posfint, dicim⁹, nos vel alios, id opinari. Addit & illud, nos scire, atque opinari quidpiam, bifariæ vel ratiocinatiōe, syllogismoue, aut sine syllogismo. Scientia vero necessariæ rei citra syllogismum, dicitur sciētia qūi quæ ve

ro

Po ratiocinatione comparatur, vocatur cur sit. Rursus opinio absq; probabili argumentatione conquisita, opinio q, appellatur: vti opinio cur sit, q ratiocinatiõe dialectica efficitur in nobis. Quicquid vero, siue Alexãdro, siue etiam Porphirio, hoc loco visum fuerit, scientiam & opinionem & de his quæ sunt, & de his quæ non sunt, interdũ extare dicimus. Nam si quis demõstratione sciat, mundum esse vnum, scientia dicitur: vti et scientia est, cum cognoscimus firma ratione infinitum non esse, aut inane. Veritas enim necessaria duplex omnino, eã potest, vel affirmatione, vel negatione comprehensa: itaq; & scientia duplex erit: quãquã non ignoro, de his quæ non sunt, nõ esse sciẽtiam. Nemo enim potest scire q dimetiens lateri similitudine rationis respõdeat, sed quod non respondeat, id scire possumus. Quamobrẽ quod esse scimus, semper est: quod autẽ non est, id scire possumus, non quidem esse, sed non esse. Vt vt autem res se habeat, scientia est de his quæ sunt: idẽ & de opinione dicendum, quamquã opinio & ipsa sub affirmatione & negatione concipi soleat. Quæ vero necessaria sunt, si scimꝰ ea sp esse, nõ dicimus opinari: quæ vero scimus nunquã accidere posse, neq; ea ad opinionem referimus, non. n. opinari possumus hominem inanimatum esse, aut

non risibilem, itaq; cõcluditur, opinionem versari in rebus, cõtingentibus. Quod vero de rebus in natura existẽtibus sit opinio, dilucide id enunciat Arist. hisce verbis ἢ δί τινα ἀληθῆ μὲν ᾖ ὄντα, ἐνδεχόμενα δὲ ᾗ ἄλλως ἔχειν. Cæterum, cum animæ vis rationalis ea sit, vt res omnes, quasi exiguus mundus contineat, apprehendatq; intelligentiq lumine, videndum est, quo modo ex omni pene numero facultatum animæ, sola δόξα, hoc ẽ opinio, eorum sit, quæ contingentia appellantur. Habet enim in se, ea cognitio, mirabilem veluti quandam vtilitatem, & delectatiõe. Ob id Aristote. vires animæ partitur hoc in loco, asserens tres præcipue extare facultates rationis, quæ ad præsens faciunt institutum, Intelligentiam, Scientiam, Opinionem. Est autem Intellectus, Scientiæ initium, ac suprema qdam origo: poniturq; hæc animæ facultas in summo veluti fastigio rationis, nam animi, altissimam sedem obtinet, cuius officium vel præcipuũ est, diuinas rerũ causas intelligere, deinde vero et abstrahere, et principiorũ veritate concipere. Eam alÿ parte græci proprio qdẽ nomine νῦ, appellãt, hoc est mẽtẽ et intelligentiã, q (vt dictũ est) I arce rõnis collocata esse dr. sciã vero est, rationis facultas illa, q ex necessarÿs rõcinãdo, ea intelligit, quæ semper eadẽ sunt, sed

D   ñ   quæ

quæ caufam habent, vt fint, ne-
ceffarios rerum euctus recte dixeris, quos ex eorum caufis ratiocinatione demõftratiua col-
ligimus. Duplex vero eft hęc ip
fa fcientia, alia quę medium habet, & hæc illa eft, quę ab intelli
gêtia omnino diuerfa videtur.
Alia itê extat, quę cognitio dici
tur, citra medij rõnê comparata, quæ ad mentis apprehêffionê
refertur. Opinio vero, ea eft ani
mi vis, quæ res concipit, vt in
fuperioribus dictum fuit, pmu
tabiles, & contingentes. Nam fi
hæc neceffaria cognofcere non
poteft, minus vero, quę ad intel
ligentiã fpectãt, fequitur, vt de
his effe dicatur, quæ eê, pariter
& nõ effe poffunt. Quid autem
fit opinionis cognitio. Arift. videtur, afferere, id fanê aliud non
effe, q̃ accipere propofitionem
nõ neceffariam, medio vacantê.
Cum. n. propofitio vera alia ne
ceffaria, alia probabilis dicat̄,
atq̃ harũ vtraq̃ cum mediũ ha
bere, tum medio carere poffit̄,
etenim fi dixero, totũ maius effe qualibet fui parte neteffaria
erit propõ & quidem fine medio. fi vero, Lunam deficere neceffaria itidê erit propofitio, fed
medium habes: rurfus cum dico Matrem piam eê erga filios,
propõnem dico probabilê, me-
diatãq̃: fine medio vero, fi vo-
luptatê dixero eê naturę opus,
conftat itaq̃ opinionê & ipfam
ad fuum tendere principiũ, q̃
eft, probabilis propofitio, citra

mediũ cognita. Hæc vero expli
catiõe diligêter & accurate pro
pofita, accedit Arift. (q̃ initio
dictum eft) ad dialectiez differ-
tationis rationê, feq̃ preparat,
de his ipfis, quę iã expofita fuere, dubitationes & argumêta re
cenfere, hoc mõ fi, inquit, nõ eft
idê q̃ fcimus, et q̃ opinamur,
non erit, eiufdê quoq̃ rei, fcien
tia & opinio. At hoc non eê, vi
detur vnã cum experientia pugnare, qm de eadê re propofita,
conftat, hunc habere poffe fcie-
tiam, illũ vero opinionem. Efto
.n. quifpiã, qui intelligat lunam
hoc anno defecturã, atq̃ ita fte̊l
ligat, vt id aliter nequeat cõtin
gere poffe, iam ille fciam tenet.
Alius idem cognofcat, ea ñ rõne ductus, vt aliter euenire poffe exiftimet, opinio, hæc erit, &
exiftimatio, non fcia. Accedis q̃
cũ eiufdê videat̄ fieri poffe fciê
tiam & opinionê fine fyllõ, ita
& fyllogifmo de eadê re videt̄
poffe afferri caufa fcientifica &
opinatoria, ut fi quis ꝓbet ani
mã immortalê effe, ex eo q̃ im
paffibilis eft actus, humano or-
bi affiftens, câm affert fciêtiam
aggenerantem: fi vero inmor-
talem effe animũ dixero, ob eã
caufam, q̃ futura in fomnis va
ticinamur, ratio hæc non quidê
fciam p̃ftabit, fed opinionem.
Vterq̃. n. fyllus, & q̃ fciam parit, & qui probabilê opinionê,
videt̄ poffe Theorema refoluere in propõnes primas et imme
diatas: quo circa non videt̄ differre

ferre id qᵈ ſcimus ab eð qᵈ opi
namur. Cũ vero ea de re dubita
rit Ariſt. mox pergit ad ſolutio
nē explicãdã. Prius m̃ nos in eo
cõmonefacit, de eadē re extare
poſſe opinionē verã & falſam,
vt inde pſuaſi ſimus, multo ma
gis accidere poſſe, vt de eadē re
ſit ſciētia & opinio: qm̃ verum
& falſum contradictoria ratiõe
diſtant, ſcia vero & opinio, pri
uatorie tantũ repugnare viden
tur. Eſt itaq̃ cõparationis via,
eð maior, quð & vehemēter ar
tificioſa. Verã autē, & falſã eiuſ
dē eſſe opinionē, indicant vete
rũ dogmata, tantopere inter ſe
disſidentia: nã hic Animã dicit
eſſe mortalē, ille immortalem.
Nonnulli finitũ eſſe mundum,
non pauci infinitũ. Plato ideas
cõſtituit, eaſdē improbat Ariſt.
Sophiſtæ aiunt nil eſſe qᵈ ſcia
mus, Plato eorũ rationes vbiq̃
refellit. Id cũ ſit, videtur, peruul
gata experientia conſtare de ea
dē re contrarias eſſe opiniones:
de eadē re dico, hoc eſt de eodē
ſuppoſito, non ſimplici ratione
oſno: qm̃ non inde ſequitur vt
verũ & falſum iter ſe cõparata,
idem prorſus ex natura rei ſint.
Nam quãquã eadē res eſt ſubie
cta verę, & falſæ opinioni, habi
tus tamē & rationes illarũ opi
nionum cõtrarię oſno eſſe vidē
tur. Idē de ſcia & opinione dicē
dum erit. Quæ ſubiecto idē fie
ri poſſunt, at actus & habitus il
larum plurimũ differunt atque
ita differunt, vt ſcia ſit p̃manēs

cognitio opinio, fallax & ambi
gua. Hinc efficitur, vt oĩs tollaſ
ambiguitas, ſi qᵈ idem diciſ, in
diuerſas rationes multiplicaue
ris. Etenim pðt accidere, vt qᵈ
idem eſt etiã reddaſ multiplex.
Nam mali odor & magnitudo
idem ſunt, quia ĩ eodē ſubiecto
malo ſpectantur: differũt dein
ceps, rõne & definitione pluri
mũ, cum hæc quantũ ſit, ille ve
ro quale. Simili ferè argumēto
dicimus, opinionē & ſciam ĩ di
uerſis hominibus poſſe de eadē
re conſtitui, ſed eas differre pro
pria quidē definitiõe plurimũ.
At in eodē hoĩe, eodē preſertim
tempore, ſimul eē ſciam & opi
nionē, vlla pſecto rõne fieri ne
quit, niſi adeo male affecti ſim°
vt contradictoria ſimul cõſiſte
re poſſe arbitremur. Dixi eodē
tempore, cũ fieri illud ſane poſ
ſit, nunc quēpiã opinari cœlum
ſemp moueri probabili ratione
perſuaſum, qui mox idem ſcitu
rus ē, adhibita rõne neceſſaria.
Hinc iam arbitror conſtare, qd
opinio ſit, atq̃ ſcĩa: quid itē illð
qᵈ ſcimus, & qᵈ exiſtimamus,
quaue ratione, hæc inter ſe idē,
quaue eſſe non poſſint. Ac ne vl
la in re, labori et diligentię pep
ciſſe videar, ineunda mihi ratio.
vĩ, vt quantũ quidē ĩ me eſt, ſtu
dioſorũ vtilitati q̃ maxime ſa
tisfiat. Nam præter ea, q̃ hic de
ſcia & opinione tradunt, extat
& locus lib. octauo Phyſicę au
ſcultationis, in quo opinio cum
imaginatione conferſ quã gręci
D iĩ   phanta

phantaſſa vocāt, vtrāqʒ.n.mo
tũ quendā videri teſtatur Ariſ.
ſunt.n.rationis humanę ambo,
agitationes quædā ſpiritales, &
internę, quo mõ & ipſa mēs interdũ moueri dicitur, vbi à cognitione terminorũ, ad principiorũ veritatē, ſtellectuali quādā progreſſione mouet : ſed hic
mot⁹ omnino per tralationem
quādā, à rebus ſenſilibus ad haſce animi facultates trāsfertur.
Differt vero phantaſſa ab opinione, cp illa imaginatur ea quę
oīno falſa ſunt, quætʒ vlla rõne
fieri nequeunt, opinio vero, ea
cōprehendit, q̃ licet cōtingētia
ſint poſſinctʒ non eē, ſunt tñ de
toto rerum genere ſumpta, atqʒ
ea afferri pōt ſolutio, cur Ariſ.
hoc in loco phantaſiā præterījt,
ĩa facultates animæ potiſſimũ
delegerat explicare, q̃ in rebus
verū aſſidue verſant, quales p̃-
ſertim ſunt Intellectus, Sciētia,
& opinio. At.2.lib.de Aīa, ſatis
docuerat, qua ſit imaginatiōis
vis, quomodo itē à ſenſu, & ratiocinatiõe differat, et qua ratio
ne, ſine ſenſu imaginatio nil age
re videtur, vti ſine illa parū cō
ſtat exiſtimatio. Diſtinguit au
tem imaginationem ab opinione, qm imaginari poſſumus cũ
volumus, opinari vero nõ ſemper, cũ opinio verū vel falſum
cognoſcat, habeatʒ à reb⁹ ipſis
q̃ opinamur, occaſionē. Quid
vero differat ab exiſtimatione
opinio, eo in loco traditur diligenter, nā exiſtimatio, q̃ græcis

eſt οἴησις, veluti genus quiddā
eſſe vr̃, cui differētię illę inſunt,
opinio, Scſa, & Prudentia, & cũ
his horum cōtraria. ἀγνωτ̓ιν,
vero, ſiue ſuſpicionē, interdum
vna cum δόξα, hoc eſt opinione confundimus, vt author eſt
Alexander, vbi de phātaſſa diſſerit, confunduntur vero, ob id
q̃ in rebus ambo contingentibus verſant, interdũ vero eā uti
minus p̃ſtantē cognitionem ab
opiniõe ſeparamus, p̃ter id, q̃
opinio ſyllo comparari pōt, q̃
de ſuſpicione non ita facile dici
poteſt. Hæc vti diuerſę ſunt, ſex
to lib.Ethic.nomi nantur : item
& hoc in loco, dum inquit, τῆ
τὸ δ̓ὅτι ὑπόληϸις τῆς ἀμέσου
προτάσεως.ideſt, hoc aũt eſt ſuſpicio immediatę propoſitiõis,
nā hic ſuſpicionē, veluti paulo
magis generalē facultatē intelli
git, quā ipſa ſit opinio. Opinionis uero, veluti ſocię ſunt, & mi
niſtræ, Fides, Aſſenſio, Perſua-
ſio, ac cætera huius ordinis, q̃
etiam non improbat Alexāder,
vbi de imaginatione diſſerit,
nam & ille opinionem definit,
aſſenſum eſſe cum ratione, atqʒ
iudicio factum . Verumtamen
Themiſtio placuit opinionem
ſub exiſtimatiõe collocat̄, haud
ſanè aliter q̃ ſpēs ſub genere col
locet . Cum vero opinio alia ge
neralis, ſpecialis alia ſit, docet
Ariſt.lib.3.de Anima, ſpecialem
maxime mouere animum, mi-
nime vero vniuerſalem. In ſecũ
do vero libro, non recte ſentire
Platoneꝰ

Platonem oſtendit, qui opinionem, ſenſus atq; imaginationis
coniunctionē, copulamue extare exiſtimauit. Quæ omnia, vti
parum ad hoc inſtitutum pertinēt, ita alibi copioſius veniūt
explicanda. Obſtringor tamen
deſyderio vtilitatis aliorum, vt
locum ſanè quam pulcherrimū
non prætereamͺiseſt apud Platonem in Cratylo, vbi de recta
nominum interpretatione diſſe
rit. Quo in loco explicans Plato, quid ſit δόξα, hoc eſt opinio,
curue eo nomine accidit, vt vo-
caretur inquit, eam ſic à Grecis
fuiſſe appellatam cp à διώξει, i.
perſecutiōe dicta eſt, quæ ineſt
animæ, dum meditādo ac per-
ueſtigando rerū cognitionē, eas
explorat & perſequitur. Vel ēt
eo nomine ē dicta à τόξυ βολή,
hoc eſt arcus iactu. Verū addit
Plato, ab hac poſtrema appella-
tiōe, magis fuiſſe vocatam eam
animi vim, ĝ οίησις, ſiue exiſtimatio dicitur nam οίσιν, græci
vocant, animi ingreſſum, in cu-
iuſcunque rei contemplationē,
dum conſideramus vnumquͤϳ
οίον, hoc ē quale ſit. Ex quibus
habes, ex ſermonis proprietate
differre inter ſe opinionē & exi
ſtimationem. Quid vero differat opinio à ſcientia (qͩ Ariſto.
hoc l loco tam accurate diſſerit,
forte Platonem æmulatus) ſum
mo cum artificio, tum elegātis
doctrinæ ratione, Plato oſtēdit
in Theæteto. Cum enim Prota-
goræ definitionē confutaſſet, ĝ

ſciam tē ſenſum aſſerebat, mox
pergit ad opinionē vt explanet,
eā item à ſcīa plurimū differre,
potiſſimū uero ex eo, cp ſcīa cognitio ſemp vera eſt, cōtrà opinio & uera & falſa eſſe pōt. Verū ut hęc Platonis dπia pſpicua
magis reddatur, libet pauca qͥ-
dā ex eis dogmatibus proferre,
que ad ſtudioſorū utilitatē non
mediocriter ptinere iudico. Cu
ius uiri doctrinam, & ſi paucos
hac tēpeſtate uideo, qͥ pſiteri cu
piant, quia tamen in Ariſt. per-
cipiēdo, multū aſſerre luminis
ſatis intelligo, operā dabo ut uo
lentibus ſatisfaciam. Nā & que
potui, aliqū prꝰtitiſſe videbor,
tum ē quo doctrina et ingenio
ſatis non licuit, ſtudio & diligē
tia peruenire contendam. Plato
In Theæteto oſtendit multis qͥ-
dērōnibus ſciam ab opinione
differre, idꝗ; nititur Socrate ad
ſtruere unā cū Theæteto diſſerēs. Verū, vt ex ea diſputatione
cōphendi pōt, interdū confundit has facultates phantaſiam,
opinionē, et cogitationē: nunͤϳ
uero ſenſum cōem, aut Mētem.
Eſt aūt ſenſus cōis, uis quędam
oībus aīmātibus inſita, cū primū orta ſunt: Mens aūt ſiue intelligentia, res diuina oīno ē. Ea
uero potentia ĝ communis eſt
phantaſiæ, Opinioni, & Cogita
tiōi eo fungiꝰ officio, ut iudicet
qͩd, ĝleue ſit unūqͩϳ ſenſibile,
qͩd cōmunis ſenſus, ſentiētibus
quinque inſtrumētis prius per-
ceperat. Atꝗ; eadem uis collata

D iïj

inter se senfilia, cognofcit, eaq̃
cęteris alñ∘rebus cõparat, cum
ēt folitarie eadē comprehendit,
rũ vti duo funt, vel tria, vel alio
quo vis numero cõtineantur, fa-
cile dignofcit. Eadē percipit fen
ſiliũ rerũ ſimilitudinē et dñam,
bonitatē et malitiā, pulchritudi
nē & turpitatē, vtilitatē & detri
mentũ, itē ab vno ad aliud rõci
nãdo procedit, aliud cũ alio cõ-
iungit, q̃ facta funt, quę̃q̃ agen
da cũ his quę fiũt, & p̃fentia no
bis funt, cõparat. Iudicat eadem
quoq̃ potentia, Motũ, Statũ, Eſ-
ſentiã, Idē, Alterũ, Vnitatē, Nu-
merũ, Siñia, Dñia, Honeſta, Tur-
pia, Recta, Iniqua, Vtilia, No-
xia, Bona, Mala, Perfecta, Imper
fecta, ac cętera, q̃ vim obtinēt in
ter se repugnantē. Sed hæc in p̃-
ticularibus dũtaxat rebus verũ
ēē ſtelligit Plato. Quę vero funt
cõia pluribᵘ, ſiue vñia, vt Bonũ,
vt Virtus, vt Humanitas, ea in-
quit à cõi rõne iudicari, q̃ rõci-
mandi vim ēt obtinet. differt̃q̃ à
priore facultate, vti res vñis à p̃-
ticulari. Mentē infuper addit; q̃
rõcinari non poſſe, fed rerũ om
niũ rõnes ſimplici, ſtabiliq̃ in-
fpectione cognofcere, opinatur.
Eſt & fupra mentē veluti fum-
mi boni ſimilitudo q̃dã, animę
vnitas, quæ annexa eſt cum eo
vno, q̃ rerũ oſum prſia eſt ori-
go, atq̃ principiũ. Sed in Theę-
teto dubitat Plato nũ I fenfu cõ
ſiſtat ſcia nec ne; poſt multa tan
dē illud aſſumit, iccirco fciam
neq̃ fenfum eſſe, neq̃ i fenfu cõ-

ſiſtere, q̃m fenſus non dñiudicat
rerũ cões eſſentias, fed corporũ
affectiones. Quia vero eſſentiæ
cognitio, ipfa rei veritas eſt, in-
de efficitur, vt fenfus veritatem
non iudicet, & p cõfequēs nõ fa
ciat fciam, cum fcia nil aliud eē
poſſit, q̃s veri cõprehenſio. Mul
tis vero argumētis ośidit fciam
rurfus nõ eſſe Phantaſiã, ſiue ēt
opinionē, quę recenfere non eſt
opus: cũq̃ opinio duplex eē poſ
ſit, vera et falſa, falſa vero rurſus
bifariã, vel ex cõparatiõe fenfus
ad cogitationē, vel ex vniᵘ cogi
tatiõe ad alteriᵘ cogitationē re-
lata, q̃cunq̃ dixeris de fcia, in-
geniofe et fubtiliter refellit. Qui
bus peractis, fępe confutat fciæ
definitiones, à veteribus Sophi
ſtis traditas præfertim Protago
ra, Leucippo, Theodoro, Theę-
teto & alñs. Prima definitio eſt,
Scia eſt oīs q̃ addifcitur doctri-
næ inſtitutio. Secũda, fcia ē fen-
fus. Tertia, fcia eſt opinio vera.
Quarta, fcia eſt vera opinio, cũ
fermonis pronunciatiõe. Quin-
ta, fcia eſt opinio vera cũ difcur
fu p elementa. Sexta, fcia eſt opi
nio vera cũ dñia imaginatione.
Septima, fcia eſt opinio vera cũ
fcia dñia. Quid vero de fcia ip-
fa exiſtimarit Plato, colligũt id
ample tã prifci q̃ recētiores Pla
tonici, partim ex hoc ipfo Theę
teto, partim ex fexto li. de Rep.
nec non ex Philebo, Menone &
alñs locis. Etenim ille Archytã
& Pythagoricos fectatus, & cũ
his Brontinũ, res in duo genera
diſtinguit,

diſtinguit, in ſtelleſtuales & ſen
ſibiles. Quarū hę qdē corpore,
illæ iucorporeæ appellant: itē
hæ mutabiles, illę immutabiles
exiſtūt. Via ad intellectualiū co
gnitionē rō eſt, ad ſenſibiliū ſen
ſus. Ex quibus colligit, ſtelligē
tiā ac mente eē intelligibilium,
vti ſenſiliū, opinionē. Senſibile
aliud primū vocat, vt corpora:
aliud ſm, hoc eſt vmbrę & ima
gines corporū. At corporum co
gnitio, credulitas dr̄, vti imagi
natio, q̃ vmbrarū. Perſimili rō
ne, intelligibile quoddā primū
appellat, vt Idea, Mens, Aſa, qd̃
dā vero ſm, vt Numerus & Fi
gura. Primū genus ſtelligibiliū
vult mente cognoſci, ſm, intelle
ctuali cogitatiōe. Itaq̃ ſcīa neq̃
erit corporū, neq̃ vmbrarū, ne
que figurarū, neq̃ numerorū, ſj
intelligibiliū primi ordinis, qp
pe que oſno in diuinarū rerū co
gnitiōe & inſpectione cōſiſtit.
Atq̃ hęc eſt, vt puto, cā, cur Pla
to in principio Theæteti, ſciam
cū ſapiētia cōfundat, quā rē mi
nime ab alijs (qd̃ ſciā) notatam
fuiſſe intelligo. Eſt itaq̃ ſcīa di
uinarū rerū, certa quadā ratiōe
cōpręhēſio. Hęc primū in intel
lectu recipit, deinceps in ratiōe
cōſiſtit. Sed intellectus ſp ſciam
aſſequit, Rō vero nō ſemp. Eſt
aūt rō inter intelligentiā ac opi
nionē vis media: q̃ dū inferiora
ſectatur, opiniōis erroribus re
plet, & à diuinis abalienatur, cū
vero ad mētē vertit, q̃ vitę dux
eſt & moderatrix, terreſtria de

ſpicit & diuinā haurit cōtēpla
tionē. Sed hęc cognitio cū ī mē
te recipit ſapientia à Platonicis
vocat, in rōne vero iā cōſtituta,
efficit Reminiſcētia. Cōſiderāt
& Platonici ſcīæ obiectū, locū,
tradendi modū, participās, Effi
ciens primū, Efficiens ſm, vim,
& Scopū. Nā ſcīæ obiectum, res
ſunt diuinæ. Locus eſt mēs in q̃
reſidet. Tradēdi mod⁹, & recta
rō. Participans, humana rō. Effi
ciens primū, Deus, qui eā mē
ti inſerit. Efficiens ſm, Dialecti
cus, qui eā in rōne collocat. Vis
eſt, rōnē in mentē dirigere. Sco
pus, mentē diuinis rebus inſere
re. Ex his cōſtat, interdū ſciētiā
& ſapientiā confundi. quāquā ſ
Philebo eas Plato diſtinguit.
Quo in loco, diuerſos rerū ordi
nes digerens, ſapiētiā vnā cum
mente ponit in tertio ordine: in
quarto vero Sciam, Artē, & opi
nionē conſtituit. Quia vero Pla
tonici de ſcīa & opiniōe tracta
tes, nihil exiſtimant, ad hāc ip
ſam rē eſſe magis conducens, q̃
vt Aſę vires teneant, ob id ani
maduertunt, ſex eſſe noīa, qbus
animę potentiā explicāt, ob ei⁹
munera, diuerſaſq̃ actiōes. Nā
poſt cōem ſenſum, qui oīa ſuſci
pit ſenſilia, imaginationē cōſti
tuit, Memoriā, Cogitationem,
opiniōe, Phantaſticā picturā,
Cæreā effigiem. Ordo eſt, vt q̃
Aſa, ſenſus cōis miniſterio no
uit, eadē aphēdat, dr̄ & hęc pria
ception imaginatio. Dū imagi
natiōe cognita, veluti ī Theſtu

re reponit, & cõstruit, efficitur
Memoria. Vt seruata repetit, fit
Reminiscentia. Vbi repetēs, ratiocinatur, fit cogitatio cõsecta
rõcinatiõe, cũ qd deinceps affir
mat vel negat efficit opinio. Cũ
vero opiniõe cognita, p sensum
& memoriã cogitatione rursus
effingit, in hęc respiciēs Aīa, opi
naturę illas imagines, veras eē
ses, atqp solidas phãtastica pictu
ra vocat. Postremo vi illa animi iterior q̃ formas & rõnes rerũ concipit, cęrea est effigies ap
pellata, sed de his cognitiā, nunc
repetamus dr̃iã sclę & opiniõis
quę et se in Philebo, Menone, &
Theęteto satis constat, itē et sex
to de Rep. tñ & in Timęo sic eadem se habet, latine, vt fieri potuit, reddita. Si duo sunt, nēpe i-
telligentia, veracp opinio, Ideæ
prõculdubio mente potius quã
vllo sensu, p seipsas cognoscen-
tur. Qd̃ si opinionē ab intelligē
tia (vt alñ putãt,) nil differre exi
stimemus, q̃ sentiunt corpora,
certa oīno sunt tenēda. Ego vero magis adducor vt credã, hęc
ipsa duo esse dicēda, cũ maxime
inter se distare videant. Nã alte
iũ doctrinę rõne nobis suppedi
tamus, alterum vero psuasione.
Alterũ vera rõne cõplectimur,
alterũ citra oēm assequimur rõ
nē. Stabile illã & firmũ, hoc nu-
tans & incertũ. Sed.n.ois hõ re-
ctę rõnis est particeps: Dei vero propria vis ē intelligētia, ac
tandē paucorũ hoīum, ex aliorũ numero selectorũ. Hęc Plato.

Cuius doctrinã, si vt optabã, Illustrare sentētijs, atqp exornaret
verborũ elegãtia nobis ñ licuit,
cũ ea p se se incredibilis erudītio
nis plena videat, sitqp oībus elo-
quentię luminibus inter lita, licuit tñ, Arist. cũ Platone confer-
re, quorũ amore, ob sumenũ erga vetustatē, studiũ, magnopere obstringor. Eoqp magis hoc
necessariũ duxi, quo inter gratia
nostrę Philosophos, q̃ Platonē
psicūt, aut ēt (qd̃ detestabile mia
gis vr̃) valde probet, vix vnus
aut alter extat. Hoc itaqp nomine adductus sum, vt hoc in loco
aliquãto lõgius in scribē do pro
gressus fuerim, qd̃ si sterilē hãq
nr̃am industriã, studiosi, pbari
aliqua ex pte intellexero, dabo
operã, vt hoc genere scrptiatio-
nis, libros hosce resolutorios, ali
qñ, illustratos, atqp explanatos
in lucē efferã. Nã qcquid stud̃
vel in Platone cõtuli, vel in Ari
sto. cupio id totũ, ad aliorũ vsũ
& vtilitatē cũ facile, tũ studiose
pferre. Quãquã nõ sum nescius
plerosqp extare alios, excellentia
doctrinę viros, ē quorũ fontib9
multo plura ac meliora, q̃ ex no
stris ductib9, haurire potuerũt,
hi q̃ peripatheticã disciplinã p-
fitent, qñ ig̃enñ vires sentio mi
hi p exiguas adesse, q̃ vero inge
nñ, magnitudine, iudicñ p̃stãtia,
ac dicēdi exercitatiõe excellãt,
& prisci & nr̃i tēporis ñ paucos
extare scilligo: attamē cũ studio
cõparãdarũ artiũ, tũ ēt assiduita
te laborũ p̃sertim vero, iuuãdi
desyderio

deſyderio et cupiditate,qui nos
ſupet,cõtendã neminẽ reperiri.
Reliqua vero q̃ mõ oportet
diſtribuere & in diſcurſu & ſtel
lectu,& ſcĩa,et arte,et prudẽtia,
et ſapiẽtia,illa q̃dẽ naturalis,hẽc
aũt moralis ſpeculatiõis magis
ſunt.] τὰ δὲ λοιπὰ πῶς δεῖ δια
νεῖμαι δεῖ τε διανοίας,κὴ νοῦ,κỳ
ὲπιστήμης,κỳ τέχνης, κỳ φρονήσε
ως,κỳ σοφίας.τὰ μὲν φυσικῆς,τὰ
δὲ ἠθικῆς θεωρίας.]q̃ verba hoc
mõ ab Arg.verſa legunt. [de re
liquis aũt,q̃ nã pacto diſtribuẽ-
da ſint,de mẽte inquã,de intelle
ctu,de Scĩa,de Arte,de Prudentia,de Sapiẽtia,aliĩs in locis per-
tractabiſ.q̃dã.n. ipſorũ ad natu
ralẽ,q̃dã ad morũ magis ptinẽt
cõtẽplationẽ.] cur aũt verterit,
διανοίας] [de mẽte] neq̃ facile ſtelligo,neq̃ vis diuinare poſ-
ſum.nã q̃ latini mentẽ vocãt,
illud eſt ſuprema aſĩ vis, quam
Plato in Timeo,Philebo,Meno
ne,Theteto,ac ſexto de Rep. ap
pellat,νῦν.Plotinⁱ quoq̃ idẽ fa-
cit:idẽ Proclus,Iãblicus,Siria-
nus, Alcinous de dogmatibus
Platonis, ac ceteri. Hi.n. διανοίας,cã animę partẽ intelligũt,
quę ab vno ad aliud rõcinando
progreditꝰ.νῦν vero,ſuperiorem
potentia volunt,q̃ à noſtris alio
nomine dici non põt q̃ mẽs, &
ſtellectus,ſiue intelligẽtia. Itaq̃
eueniſſe multis animaduerti,vt
cum haſce animi uires nõ recte
appellauerint, & lapſĩ fuerint,
& alios in errorem ſecum addu
xerint, Longe itaque eruditius

Aliĩ] reliqua aũtẽ quæ ſuper-
ſunt,quo mõ ſint diſtribuenda,
vt partim ad excogitandi vim
pertineant,partim ad intelligẽ
tiã, partim ad ſcĩam partim ad
Artẽ,partim ad prudẽtiã, partim ad ſapientiã, hæc inquã di-
ſtributio ex parte vna ad phyſĩ
een pertinet, ex altera ad eã phi
loſophię partẽ, quę eſt de moribus.] nos quoq̃, ſic in eadẽ re,
periculum facere poſſumus [cæ
tera vero, qua ratiõe opus ſit di
ſtribuere in Cogitatione,Intelli
gentia,Scientia, Arte,Prudẽtia,
& Sapientia,illa quidem ad naturalem, hęc aũt ad cõtẽplatio
nẽ de moribus magis ptinent.]
Eſt aũt cogitatio,ſiue excogitã-
di vis, ea pars animæ q̃ à nobis
hoĩbus in rõcinando exercetur,
dũ à cognitis ad ignota rõcinan
do proficiſcimur. Noſtri oppor
tuna magis, q̃ latina voce,diſ-
curſũ vocãt.Quę vis cũ brutis
animãtibus nulla rõne ſit communis, cum q̃ diuinis ſubſtan-
tĩ;s cõpetere nõ poſſit, efficit vt
homini ſit propria. Qua ratiõe
ducti ſunt magni nominis inter
pretes quidam, vt exiſtimarint
hoĩem non intelligentia forma-
ri, ſed ex hac ipſa cogitatiõe ho
mine dici,atq̃ conſtitui:qﬁ alio
in loco dicẽdũ venit. Sed ad ipſam enumerationẽ explananã
deueniamus.Habitus,qui ἕξις,
dﬁ, q̃litas eſt, ſiue animi ſiue cor
poris, vt habeĩ in Chategorĩs:
& qui animi habitus dﬁ, vel ad
electionẽ ptinet, vel cognitionẽ
ad

ad electionē, vt virtus & vitiū, ad cognitionē vt fciā, vel ignorātia. Cū vero Arift. iam de his cognitionis atq̃ intelligētiẽ habitibus differuerit, qui fciētia et opinio, vocantur, de cæteris diftributionē affert, & enumeratione, de quibus forte curiofus hō interrogare poterat, cur fuerint p̃termiffl, atq̃ eā dicit effe cām, qd̃ ad aliud pertinēt inftituti genus, hoc eft Naturale, & de Moribus. Hos aūt dicit eē habitus, Cogitatione, mente, Sciētiā, Artē, Prudentiā, & Sapientiā. Eft aūt διάνοια, fiue excogitādi rō, q̃ ex afūptis, de re ignota rōcinať. vis fane media inter ρόησιν, & δόξαν. Mēs vero, fiue Itelligētia, q̃ diuinas fubftātias, & principia p̃cipit, citra ratiōis opus, hoc eft fine rōcinatione: νυς, vocata. Scia, q̃ επιςημμ, appellať, eft habitus, demōne cōparatus. Ars, q̃ τέχνη, dř, eft habiť9 recta rōne factiuus. Prudētia vero εφρόησις vocata, ē, quæ rōnem dirigit i feruāda mediocritate virtutis fapiētia, hoc eft σοφία, eft altiffimarū rerum & eārum cognitio. Horum habituū, quidā practici funt, quidā contēplatiui, quidā vtroq̃ mō. Practici, Ars, & Prudētia. Cōtēplatiui, Mens, Scia, et Sapientia. Qui vero nō ad praxim, modo ad cōtēplationē pertinet, eft cogitatio: nā & in practicis rebus & in contēplabilibus æq̃ rōcinamur. Ex his de reb9 funt cōtingentibus Ars et Prudētia,

& de his q̃ in nobis funt, De nēceffarijs autē, & q̃ in nobis nō funt, fcia, fapientia, & intellect9. De vtrifq̃ vero, Rō, fiue cogitatio. Finis horū in nonnullis eft Bonū, in alijs Verū. Nā bonū finis eft Artis & Prudētiẽ. Verū, finis ē Sciæ, Sapiētiẽ, Intellect9. Vtrumq̃ aūt Rōnis. Ars differt ả Prudētia, qp̃ illa in factibilib9, hæc agibilib9 verfatur. Illa certū habet finē, hẽc Idefinitum & incerrū. Rurfus horū habituū quidā ad electionē, quidā ad cognitionē referunť, qd̃ā ad vtrūque horū referri p̃nt. ad Electionē Ars & Prudētia. ad cognitionē Scia, Sapiētia, Intellectus. ad vtrumq̃ ratio. Definitur aūt ab Arift. Scia, qp̃ fit rei per caufam cognitio. Item Scia eft cognitio per demōnē. Et in Morali Philofophia, fcia eft habitus demōne cōparatus. Quā poftea in 6. lib. Metaph. in Actiuā & contēplatiuā diftribuit. Plato vt i fuperiorib9 dictū fuit, fciam cum fapiētia confundit, interdum & Peripathetici, qd̃ hoc in loco diligenter animaduertit Philoponus. Nunc vero feparantur, ob id, qu̅ fcia ē omnis p̃ cām cognitio, fiue ea fit rerū diuinarū, fiue potius humanarū. Sapiētia vero ē diuinarū tantūmodo, infpectio: & ob ipfam hāc cām dicta eft σοφία, ſquit Philoponus, q̃ſi σαφία, hoc eft, lōge lateq̃ patēs cognitio. Nā res diuinẽ manifeftiſſimẽ funt aliarū, quãq̃ eārū lucem vix mentis humanẽ imbecillitas

imbecillitas perferre poteſt.Sed
de ſapientia vide plura in Plato
nis Theage, quædã vero in Ti
mæo, nõnulla itẽ in Menone, &
Philebo, ac ſexto de Repu. Defi
nitur Ars in Sexto lib. Ethic. q̃
ſit habitus recta rõne factiuus.
Sed non te lateat multa eã gene
ra artium.Id aũt hac partitione
facile percipies.ſunt.n. Artiũ ge
nera, quatuor preſertim, nã aliã
actiuam, ſiue πρακτικὴν, appel
lant veteres ſcriptores, aliã con
tẽplatricẽ, ſiue θεωρητικὴν, ter
tiã factiuã vocant, hoc eſt, ποιη
τικὴν, quartã comparantem re
cenſiores nominant, q̃ Græcis
eſt κτητικὴ.Actiua eſt, cuius, p
priũ munus eſt actio, vbi vero
agere deſierit, opus nullũ mon
ſtrare põt. Ad quẽ modũ, artẽ
dicimʹ ſaltatoriam, curſoriã, &
cytharticã, cęterasq̃ huius or
dinis diſciplinas.Cõtẽplatoria,
in ſola rerũ contẽplatione, inſpe
ctioneq̃ verſatur. eſtq̃ veritas,
& ſcſa huius propoſitũ & ſcopʹ
in cuius ordine, diuinã Philoſo
phiam Naturalẽ, & Mathemati
cas collocarunt. Factiua ea vo
catur, q̃ conditũ opus oſtende
re poteſt, vti ars ædificandi, pin
gendi, fundendi & reliq̃. hæc
autẽ in duo genera diducitur, ſi
Galeno credimus ſ eo li. in quo
medicæ artis conſtitutionẽ tra
dit. qm̄ alia vniuerſum opus ab
ſoluit, vti ea eſt, quæ calceos cõ
ficit, alia vero opus factũ reſar
cit, uti ea, q̃ laceros iſtau
rat,adhibita reparatiõe. Cõpa

ratio munus ẽ, res ab aliis cauſis
genitas, conſectari, ac q̃rere, vti
ars piſcandi, aucupãdi, & feras
venandi. Sunt qui Artẽ, aliã di
cant habere partitionẽ, Platoni
cos ſequẽtes, qui, in honeſtam,
ſordidã ac mediã diuidunt. Ars
honeſta, eſt quæ uis ſgenua & li
beralis inſtitutio, vti Grãmati
ca, Geometria ac cæterę huiʹ or
dinis.Sordidã eã vocant, q̃ vi
rium manuũq̃ opera vtitur, uti
ars fulloniæ, & fabrilis. Mediã,
vero, q̃ inter vtramq̃ vt̃ quadã
ratione conſiſtere, vti Medicina
(q̃ ipſi dicant) Architectura &
Pictura. Verũ alibi prodiũ eſt,
Ariſt. exiſtimare iter honeſtã et
turpe genus Artis mediũ excco
gitari nõ poſſe: quocirca apud
illũ, oẽm artẽ vel nobilẽ, vel ſor
didã dicere neceſſe eſt.Quia ve
ro ois ars, ab humana rõne pro
ſecta ẽ, pficiturq̃ ingenio, hine
eſt, ut ad virtutẽ maxime refere
da ſit, quaſi quoddã ſit virtutis
opus. ob eã ſanè cãm accidit vt
Ars τἰχνη dicta ſit, ἀπὸ τῆς ἀρε
τῆς, hoc ẽ à virtute, trita admo
dũ, & puulgata deflexione. Pla
to vero in Cratylo eã interprẽta
tur ἕξιν τῆ, hoc eſt intelligentiæ
habitũ. Artẽ pleriq̃ noſtri tẽpo
ris hoſes (vti alio i loco diximʹ)
in Realẽ, Sermocinatricẽ, & Ra
tionalẽ partiũ ſunt. Realis eſt, q̃
ſ rerũ ſiue diuinarũ, ſiue huma
narũ cognitione verſat̃, vti ſunt
oẽs Philoſophię partes, quæ ad
contemplationẽ, vel actionẽ p
tinent. Sermocinatricẽ dicunt,

que fermonis rōnē, leges, & or-
namēta cōplectitur, vti Grāma-
rica eſt, Poetica, & Rhetorica.
Rationalē appellant q̃ humanę
mentis et intelligentiæ opera di
ligenter diſquirit, vti eſt logica
ars, cuius partes ſunt, Dialectica, Demonſtratiua, Sophiſtica,
ac Tentatiua ratio. Itaq̃ eò per-
uenit hominum & temporum
diligentia, vt amplius in hoc ge
nere cognitionis deſyderari nō
posſit. Quamquam non ignoro leuiores alias extare differētias, q̃ qm̃ ad prꝯ̃ens inſtituī
facere non vident, iccirco nobis
ſunt ꝑtermittendę. Nūc ad prudentiā accedamus. Hęc à grꝯcia
εφρόνησις dr̃:qd̃ Plato ſic in Cratylo eſt īterpretatus, φορᾶς ϗ ῥύ
χήσεως .i. lationis & fluxus animaduerſio, vel ēt ſignificat φύη-
σις φορᾶς, quaſi vtilitatē latiōis,
Qd̃ ob eã cãm dici, Plato exiſtimabat, qa Prudētia in agitatio-
ne et motu tota verſari videtur.
Sed ad ſtudioforum vtilitatem
nō mediocriter ꝑtinet illud ani
m'aduertere, Prudētiam (quod
Ariſt.in moralibus ad Nicoma
chum docuit) eſſe habitū cum
ratione agendi eius, quod homi
ni bonum eſt, & malū. Hęc per
ſeſe virtus non ponitur, ſed eſt
certa ratio, mediocritatis inue-
niēdꝫ, in qua omnis uirtus conſiſtit. Huius magna atꝗ ꝓcipua
pars eē vr̃ recte conſulere. Quocirca, hęc in agibilibus rebus co
gitando, quã maxime ſtudet, ut
hō qd̃ oſum eſt optimū, ac prę-

ſtantiaſimū re atꝗ operē cōſe-
quatur. Id aūt & ī rebus vr̃ibꝰ
& particularibus efficit, quarū
hęc virtus, ἀρχιτεκτονικὴ, hoc ē
domina, et priceps dici poteſt.
Eam diuidūt in εὐδιάνr̃, hoc eſt
propriā & priuatā, q̃ priuatarū
rerū vſum & vtilitatē optima
rōne ꝑſequit : & in κοινήν, hoc
eſt cōem, q̃ ſi rei familiaris curã
habeat, ea tū οἰκονομικὴ appellatur, vti πολιτικὴ, quæ ciuilis
eſt, & Reip. adminiſtrationē ꝑ-
ſequit. Cuius tres ſunt habitus
(qd̃ Ariſt.tradit)quos ſibi Prudentia proprios vendicat, εὐβου-
λία, σύνεσις, γνώμη. hoc eſt, recta deliberatio, ꝑſpicacia, et ſen
tentia. Quæ oīa in morali philo
ſophia ſunt latiꝰet copioſiꝰ explicata, nunc aūt ſat ſit, vt ea car
ptim ac breuiter attigam'. Re-
liquū vero eſt, vt ſapientię ſigni
ficationē nō ignoremus. Eſt autē σοφία, ſiue ſapiētia, idē interdū, qd̃ θεωρία, quo mō, v̄trunꝗ
altiſſimarū cauſarū inſpectio di
ci pōt, qd̃ Alex. ſepius protuliſ-
ſe vr̃. Itē idē eſt, qd̃ Theologia,
authore Philopono, hoc ſ loco,
quaſi ſapiētia, ſit per excellentē
ſignificationem, Dei ſeſa atꝗ co
gnitio. interdum vero ſapiētia,
eſt omnis rerum ſiue diuinarū,
ſiue humanarū contēplatio, vn
de Philoſophiæ nomē deductū
eſt à Pithagora, qui primum eo
nomine vſus fuiſſe vr̃, vt Har-
monius in.v. Voces, animaduer
tit. Philoſophiam vero, amorē
& ſtudium ſapientię interprꝯta

ſtur

tur Cicero: quaſi ꝗ omnis Philoſophię pars, ſiue de diuinis na
tioibus ſiue de humanis rebus
agat, ſapiētia dici poſſit. At hoc
in loco nomen ſapientiæ (quod
Them.& Philoponus ęquē animaduertunt) proprie, non autē
communi ſignificatione eſt audiendum. Verſi in ſuperioribus
de ſapiētia multa ex Platonico-
rum fontibus deſumpta retuli-
mus, quæ repetere impudentis
eſt animi, & ineruditi. Præter il
la vero, Plato in Cratylo ſapien
tiā eſſe inquit, quæ fluxiles res
& attingere & aſſequi poteſt.
Et paulo poſt, σοφίαι, agitatio-
nis tactum appellat, eadem de
cauſa: quoniam res mutabiles
hac vna, & tangimus & quaſi
continemus. Ariſtoteles vero libro: 6. Ethicorum ſapientiam il
lud ipſum intelligit, quod hoc l
loco, hoc eſt diuinarū rerum in
ſpectionem, quam Græci θεωρο
γίαι, alio nomine vocant. Addit Ariſtoteles extremum habi
tum, qui ἀγχίνοια, hoc eſt ſoler
tia dicitur. Eſt aūt hic dum quiſ
piam ea felicitate ingenii prędi
tus ē, vt facile atꝙ expeditē, rei
cuiuſuis propoſitæ cauſam aſſere poteſt. Opus profecto ver-
ſatilis ingenii, & diu, multum
que in rerum cognitione, exer-
citari: pertinet autē ſolertia ad
eam animi faculate, quæ ratio-
cinādo à cognitis ad ignota defertur. Nam ſolers, concluſione
audita, eius cauſam ſtatim reddit, quę ſane cognitio eſt omni-

no διανοητικη. Eſt itaqꝫ ſolertia, vt cum Ariſto. ipſo agamus
[ἀγχίνοια τίς ἐν ἀσκέπτῳ χρό-
νῳ τῦ μέσν.] hoc eſt, bona quædam inſpectio medii, citra temporis moram. ſiue perſpicacitas
qua quiſpiam prædictus eſt, quā
medium, hoc eſt rei cauſam propoſitæ quæſtiōis ſibi celerrime
comparat. Quod itaque in ſyllogiſmo, medii abundantia dicitur, id quadam ex parte, in nē
ceſſarijs & probabilibus argu-
mentationibus dici poteſt ſoler
tia. Solertiam autem non ſolum
in Demōſtrationibus ſed etiam
in Topicis argumētis locum ha
bere indicant exempla, quibus
abundat Ariſto. in hoc contex-
tu, quæ tu tibi ob oculos diligēter poſueris. Verum, quia to-
tiens dictum nobis eſt, hoc in lo
co de habitibus intellectus Ariſto. diſſerere, doctrinæ ratio poſtulat, vt de habitibus pauca ꝗ
dam referamus. Etenim ἕξιs
hoc eſt habitus, qualitas quædam eſt, vt dicitur in Cathegorijs, quæ à ſubiecto aut minime, aut ægre dimoueri poteſt.
Hic vero omnino duplex eſt, ut
diligenter Porphirius & Hammonius in commentarijs libri
τ̄ κατηγοριῶν tradiderunt, per-
ficiens & corrumpens, vnde il
la nomina effluxere, quæ ſunt,
habitus perfectiuus, ac depra-
uatiuus ſubiecti. Vterque vero, & animi, & corporis habitus dici poteſt. Etenim Gram-
matica animi, vti calor corpo-

ris habitus esse dicit. sed qui in
aio cōsistūt habitus, vel ad eā p-
tē spectare vꞯr, ꞯ cognoscit, vel
ad eā ꞯ eligit. priores habit⁹ sūt
disciplinꞯ oēs et sciꞯ, posteriores
vero virtutes & vitia. Nūc aūt
Arist. vtrosꞯ enumerat, nā sciā
ad cognitionē, vti prudentia ad
electionē refert. Hinc Arist.2.li.
de demꞯone, ad finē, inꞯt ꞯꞹ ꝺ̉
ꝥ ἀρχῶν πῶς τε γίνεται γρά-
ριμοι, κϳ τίς ἡ γνωρίζουσα ἕξις.
hoc est de principꞯs aūr, & quo
pacto efficiunt cognita, & ꞯs co
gnoscens habitus.] Eosdē vero
aiꞯ habitus Arist. (dico eos ꞯ ad
διανοίαν, hoc ē rōnē siue intelli
gētiā ptinēt) eodē ꞵ loco rursus
ꞵ semp veros distribuit, & ꞵ eos
qui veri & falsi rōnē eꞯuē suscí
pere pnt. Semp āt veros, appel
lat ἐπιστήμην, & rꞯr. siue sciam,
& intellectū. At verū & falsum
suscipiūt δόξα ἐτ λογισμός, hoc
est opinio & rōcinatio. quo ꞵ lo
eo sic ea verba se hnt. ἐπεὶ ꝺ̉ ꝥ
ꞯεῖ τῶ διάνοιαν ἕξεων αἶς ἀλη
θεύομ̱ε, αἱ μὲν αἰεὶ ἀληθῆς εἰ-
σίν, αἱ δὲ ἐπιδέχονται τὸ ψεῦ-
δος, οἶον δόξα κϳ λογισμός, ἀλη
θῆ δ᾽ αἰεὶ ἐπιστήμη κϳ νῦς.] quā ꞯ-
que partitionē lib.6. de morib⁹
ad Nichomacū attulisse visus ē
Arist, vbi de habitibus disserit,
ea rōne & partitiōe adhibita, ꞯ
aliꞯ horū sunt, ꞯb⁹ aꞯa, affirmās
aut negās verū dicit, dicūturꞯ
Ars, Scia, Prudētia, Sapiētia, In
tellectus. Aliꞯ vero sunt, ꞯb⁹ aꞯa
affirmādo aut negādo verū vel
falsum enūciat, vꞯ opinio, atꞯ

eꞯstimatio. Hꞯc Arist. Plato ve
ro in Menone, habitus ipsos ad
animi vires retulisse vꞯr: osten-
ditꞯ eo in loco pulcherrima rō
ne eos sic se habere. Etenim, pri
mū ille vires aꞯꞯ in cognoscitꞯ
uas atꞯ appetitiuas distribuit.
Cognoscitiuꞯ tres sunt: mēs, cu
ius planē actus ē pperua veri co
gnitio, siue potius cōtemplatio.
Alia est Rō, cuius quidē actus ꞯ
veri inuestigatio & cōquisitio.
Tertiā vocat Phātasꞯ, cui⁹ act⁹
est collectio eorum, ꞯ sensus ipsꞯ
pcipiūt, ac veluti illi⁹ nūꞯ por
rigꞯr, adhibita eē cognitiōe, illa
ꞯ ā nꞯis discursus uocitat. Appe
tēdi vis tota in tres aꞯno alias ꝺ̉
stribuit: ꞯ sunt volūtas, vis ira
scibilis, & cōcupiscētia. Est autem volūtatis actus ea expetere,
ꞯ mēs & rō subministrat. Irasci
bilis actus est, ut ꞯ rō & phātꞯ
sia, pponit, aggrediaꞯ. Cōcupi-
scentiꞯ actus est adsciscere, ꞯ illꞯ
dū sēsus, tū Phātasia obꞯcit atꞯ
pponit. At mētis affectio, ꞯ cōtēplationē perficit sapientia dꞯꞯ-
ꞯ rōnis opus absoluit scia ē atꞯ
prudētia: ea ꞯ lege, vꞯ scia ad ea
sit referēda ꞯ natura fiꞯꞯ: prudē
tia vero ad ea ꞯ nos ipsi agim⁹:
indeꞯ ꞵdagatio, et cōsultatio di
ctæ sunt ā Platonicis: nā sciētia
rerū natura constantiū indaga
tio est, vti cōsultatio agibiliꞯꞯ
est prudentia. Quæ vero Phan
tasꞯ discursum perficit, ipsa ni
mirum opinio recta noꞯiꞯaꞯ,
quæ & sagacitas est interdum
appellata.

BERNARDINI TOMITANI
PATAVINI

*Contradictionum Solutiones in Arist. et Auerrois dicta,
in Primum Librum Posteriorum
Resolutoriorum.*

AD LECTORES.

B TVDIOSOS monitos velim, vt illud animaduertant, contextus qui citantur in hisce côtradictio-
nibus atq́, earum solutionibus esse iuxta veterem E
diuisionem primi, ac secundi libri Posteriorum Resolutoriorum : Auerroys vero commenta intelligi
oportere, secundum ipsius commentatoris partitionem. id placuit dixisse, ne vlli quærentibus fieret, aut temporis iactura, aut difficultas.

PRIMA CONTRADICTIO.

ABET COM-
mentator in præfa-
tione hac libri po-
steriorû Analitico.
quinq́ potissimum
C in principio librorum explican
dorum eê ab expositoribus cô-
sideranda : ea vero sunt intêtio
siue propositum : Partes, hoc est
diuisio : ordo, atq́ vtilitas. Verum aliter dixisse videt̃ Auer. in
proœmio primi li. Ph. Quo s loco capita, hęc ab expositoribus
in initijs obseruanda, octo esse
omnino asseurauit. Hæc sunt,
quæ à Græcis, τὰ προλγομενα, vo
cantur, a latinis Prælectiones.
Ea autem in hunc se habêt modum. Intentio, Vtilitas, Ordo,

Diuisio, Proportio, Via doctrinæ, Nomen libri, Nomen authoris.

SOLVTIO.

CAPITA hæc ita diuiden-
da sunt. Nam alia summê sunt F
expositionibus debita, vt pote
sine quibus interpres ægrê authorem aggredi possit. Quædã
vero abundatioris diligentię câ
tractantur. Quæ magis vtilia
partim, partim & necessaria videbantur, ea Auer. hoc in loco
complexus est : cætera vero in
Proœmio libri Phy. licet Simplicius in cômentarijs libri Præ
dicamentorum, x. capita colle-
gisse visus fuerit. Vtcunq́ vero
res se habent Quinq́ hæc, prin-

Contradict. Tom.   E

G ei pem locum tenent. Nam ex
intentione, scopus & materia li
brorū excutitur. Diuisione, re
rū dicendarū seriem & numerū
complectimur. Ordo facilitatē
& perspicuitatem rebus dicen
dis præstare videt. Vtilitas labo
ris p̄miū pollicet, excitatq̄; ani
mos scz̄ Vsyderio et cupiditate.

DICIT Commentator in
Procœmio, propositū & intētio
nē Aristo. esse in Posterioribus
Analiticis agere de Demr̄oni-
bus & definitionibus. Opposi-
H tū vr̄ voluisse, dū inquit 2. Post.
38. ea quæ scribuntur in.1.lib.de
Demr̄one, fuisse exposita & dicta pp ea quæ habētur in.2.lib.
Inde.n.constare vr̄ vnicam esse
intentionē, hoc est solam defini
tionem, non aūt demr̄onem. Et
est rō: nam si demr̄o traditur in
his libris, prout illa ducit nos ad
perfectam rei conceptionem et
formationem, hoc est definitio
nē, sola definitio videtur finis,
scopus & intentio.

SOLVTIO.

I. SCIRE oportet commenta
torem voluisse subiectum ade
quatum libri Poster. esse instru
mentū sciēdi. Tū quia in Epito
matibus logicis inquit, oīa con
syderata à logico, esse consyde
rata vt instrumenta notificādi:
tum quia scire est subiectū i Lo
gica 3. Cœli. 4. Nā cum scia per
secta sit duplex, vel substantia
rū, vel accidentium : substantia
vero per definitionē innotescat,
quemadmodū accidentia p de

mr̄onem, vt scribit Arist. 2. Po K
ster.tex.2.&.7.Metaph.tex.cō.
14.& idem colligitur.4.Met.13.
&.7.Met.tex.com.17.&.19. ob
id Logicus explicans instrumē
ta sciendi res, tenetur notificare
Demr̄onē & Definitionē, quæ
duo conueniunt in hac rōne cū
muni analoga, vt istr̄m sint scie
di. Itē consyderans Auer. hoc
instrumentū diuidi in Demr̄o-
nē & Definitionē, assignat hoc
in loco pro intentione hæc duo:
q̄li duo sublecta partialia. Nam L
de Demr̄one in.1.libro.de Definitiōe in.2.tract. Arist. Sicq̄i lo
cutus est in hoc Procœmio, cum
duplicem visus est intentionem
attulisse. Verum cū ex his duo
bus instrumentis, demonstratio sit discursus, definitio vero
non, cumq̄; post discursum, intellectus cupiat propriam exer
cere vun, & facultatē, q̄ est, colligere sub breuissimo verborū
cōtextu definitionē, ob id habita demr̄one, eam ad definitionē
reducimus, dicentes, terrę inter. M
positio est priuatio luminis So
lis in Luna, Eclypsis est terrę
interpositio, igitur Eclypsis est
priuatio luminis Solis in Luna:
qua demr̄one cōstituta, si de edu
citur definitio solo situ differēs,
vt scribit Arist.1. Post.te.22.&
2. Poster.te.10. Est aūt definitio
talis, Eclypsis est priuatio lumi
nis Solis in Luna ob terrę inter
uētū. Ex quo patet Arist. & suū
Commētatorē voluisse demr̄o-
nē nō differre à definitione pse-
cta

A ctia subiecto & re, sed sola rône, hoc est terminorũ situ & positione. Qđ cũ sit, quid vetat, qn ea ij s.i.lib.dicunt, sint dicta ob ea quæ cõtinentur in. 2. cum iam satis constet, hęc duo instrumẽta, ĳ dicunt demõ et definitio, esse idẽ: & demõne referri ad definitionẽ nõ vt ab illa pficiat sed breuiloquñ cã, & vt post discursum cõcipiat itellectus definitionẽ, tãĳ breuiorẽ & expeditiorẽ sermonẽ. Est.n. definitio breuissima oratio, vt colligitur

B ex Platonis Symposio, & ex.1. Top.ca.4.et.7.Top.cap.2.Itaĳ dicendũ intentionẽ esse vnã huius libri, itẽ & duas, Vnam re & subiecto ipso: et est instrm sciẽd. Duas vero rône diuersas, ĳ duo partialia subiecta cõstituũt neĳ hoc inconuenit, cum plura hæc subiecta partialia vocata possint in eadem arte & faculta te constitui non aut adequata. Nã ab adequato subiecto rône formali cõtracto, icia vna est: ĳ circa illud vnũ dici necesse è. Id

C ample colligitur .1. Post. tex.43. Vtrũ aut hoc instrm iciendi finis sit & scopª Logicæ tractationis, vt demõ est, an potius vt definitio hoc psentis nõ est ipe culationis. Nã cum hæc sit quęstio longa sanè, & perdifficilis, qm Græci expositores demõnẽ finem eê Logicę voluere. alĳ vero definitionẽ, & Auerr, ys modo in hãc, mõ in illã partem in clinare videt, ob id consulto hęc missa faciã, nã de hac ipsa re lati, et copiosiª alibi disserem, ѕ

Demonstrationes componũtur duplicibus rebus &c. Ait commẽtator demõnẽ constare ex materia & forma, sĩ ue ex eo quod materiei & formæ, proportione rñdet. Ea tñ lege, vt generalẽ syllogizandi rônem, formam dicamus: præ missas verò necessarias, eius ma teriam. Oppositũ habetur in p̃dicabilibus cap.de dĩa, super il lis verbis Porphyrĳ, rebus ex materia & forma cõstãtib, &c. Quo in loco & Porph. et Auer. dicunt Genus esse materiã, differentiã formam. At cũ syllĩs ge nus sit demõnis, syllĩ Topici, et Sophistici, materia videbit non forma. Cumĳ p̃missę ne cellariæ distinguant demõnẽ à cæteris siue Topicis, siue Sophi sticis syllĩs, non quidẽ materia sed forma, videretur eê dicẽda.

Solvtio.

Hvic contradictiõi sic pu to occurrẽdũ esse. Etenim Auẽ. simplr ac proprie loquẽdo Ge nus nõ diceret materiã, neĳ dif ferentiã formã, qm & Porphy rius ipse, Genus esse materiei p portionariũ voluit, vt & ipsam differentiã formę. Qñquidẽ ve ra cõpositio ex materia & forma i rebus ê naturalibus, nõ in his ĳ à rône ipsa ducunt & con stant. Amplius hoc in loco de mõnẽ inquit Auer. cõstare ex eo quod vice fungit materiei, et vice formæ, nõ aut simpliciter de materia, & forma locutus ẽ:

E ħ In

G In his aůt, quæ vel ſproprie vel
per vices dñr, regula eñ ꝓ quãdã ſimilitudinē venit intelligen
da, nõ aůt ſimplŕ. Ob id cõmē
tator, Genus appellat alibi formã cõmunē ſiue vŕem & dŕiã,
formã ꝓpriã, vt legiſ.2.Ph.c.2ŏ
9ı.et.7.Me.43. qm Genꝰ ſimplŕ
ſumptů notio ē, et ꝓ cõſequēs ē
ſoſa, ſ hæc forma cũ cõis ſit, vi
ce materiæ cõſtitui pŏt.Eſt &
alia ſolutio. Auerroym hoc in
loco nõ accepiſſe ſylŕm vt genꝰ
demŕonis, nã eo mõ materia di
H ci pŏt:Sed vt quoddã abſtractũ
à re neceſſaria, dialectica & Sophiſtica: & hoc mõ forma quę
dã cõmunis eſt, illa vero vidē
tuŕmateriæ, ad ipſam cõem for
mã cõparata. Quo mõ item di
cimus numerũ in Arithmetica
eſſe ſimplicē formã, cum ñ genus ſit numeri harmoniã habē
eis nã vt quoddã abſtractũ cõci
pitur numerus, ſicꝗ forma eſt,
& numerus harmonicus cũ in
re & materia concipiatur, eſt illi materia, licet numerꝰ ſimplŕ,
I vti genus eſt, harmonici, illi ſit
materia,& harmonicus forma.
    INCEPIT hic ſermonē face
re de altera re, remanēte ad cognitionem ſylŕm demŕatiui &c.
Vult Ariſt.in Poſterioribꝰ, age
re tñ de materia neceſſaria, cũ
de forma demŕonis tractauerit
I lib.Prior. oppono huic ſnſę, ex
eodē Auerroe ſuper tex. 31.pri
mi lib.Poſte. Nã eo in loco docet Ariſt. ꝗ forma ſyllogizandi
vtilis ſit demõſtrati, et ais, eã eē

primũ modũ primę figurę.Cui K
aſſentiēs. Auer.cõ.103. vŕ falſũ
hoc,qd in ꝓſentia dicit, demŕonis formã fuiſſe explicarã i lib.
Prio.in Poſter.verò in materiã.
    SOLVTIO.
FORMA ſyllogiſtica, de qua
in Prioribus Reſolutoriꝭ agit
Ariſ. licet ſit cõis demŕanti, To
pico et Sophiſtę attamē ꝓcipue
ad ipſã reſerŕ demŕonē. Q ſignificare vŕ Ariſ. in primis ver
bis libri Prioŕu. Siquidē dũ ille ſcopũ totius ſyllogiſticæ tra-
ctatiõis, inquit hũc eē Demŕo- L
nem, dicens,Primũ dicere circa ”
quid & cuius intētio eſt: qm cir ”
ca demŕonē et demonſtratiuæ ”
ſciſę. Ex quibus cõſtat de librũ iL ”
lũ fuiſſe ſcriptũ, tanquã ob formã demŕonis. At ī tex. 31. primi
lib.Poſt.dicere Auer. fuiſſe obiter mentionē factam de forma
demŕonis, nõ ãt ex ꝓpoſito prī
cipali.vel dic, ꝗ liber Prioŕu tã
git formam demŕonis ſub rõne
quadã cõi.Sed.1. Poſt.31. ea ex
primiť magis diſtictē, cũ eo in M
loco dicat Ariſt. nõ tñ primã ſi
gurã eſſe vtilē ad demõſtrãdũ,
ſed ſolũ primũ modũ hoc eſt,
illã cõplicationē quæ tribus cõ
ſiciť propõnibus vŕibus & aſſir
matiuis: ꝗ modus à latinis Bar
bara dŕ, à Gręcis vero γράμματα.

QVID ſit Significatũ Anale
ſis.&c. Dãs.cõmētator cauſam
inſcrꝓonis huius libri,vult ip
ſum dici Analiticũ, hoc eſt Re
ſolutoriũ, vt ēt Gręci dicũt, qm
demŕonē reſoluit in ſua princi-
                                      pia

A pia. Eft..n. refolutio à côpofitis
ad fimplicia, côpofitio à fimpli
cibus ad côpofita, quo fit vt hi
duo proceffus, côtraria rône in
uicê recurrât. Qd̃ et dixit Auer.
in Prioribus Analyticis, et.1. hu
ius cõ.93. & Lucidiff. Themift.
1. Poft. cap.26. refoluere (inquit)
appello, côclufione pofita, prin
cipia venari, à quibus ipfa con
clo pendet. Verû ĩ vniuerfo hoc
Procmio, vult Auerr. docere
nos Arift. ipfã côftruere demõ
nê, et fingulas ei' fpês côponeř.

B **SOLVTIO.**

DICENDVM, ni fallor, Ari
fto. librũ fuũ infcripfiffe Refolu
toriũ, qñ femp côcrônê fuppo
nit factã, eamq̃ docet ĩ fua prin
cipia refoluet. verbi cã, refoluit
concrônê illã demõftratiuam,
Triãgulũ habere tres, & aliam
quoq̃ côfimile in fua principia
Vera, Pria, Immediata, Notio
ra, Priora, & Caufas: qua refolu
tiõe facta, mox retrocedêdo ac
C vltĩa primis côparãdo, difcim'
ipfam poftea côponere demõ
nê, cũ vnumq̃t̃q̃ refoluatur in
ea, ex quibus côponit. Quo ftã
te, efficit vt Arift. ordine Refo
lutorio vtat, fimulq̃ doceat ip
fam côponere demõrônê: Eteni
plerunq̃ in artibus, Refolutio fi
nis, côpofitiõnê artis antecedit:
q̃d̃ Gale. fcribit in libello de Me
dicæ artis côftitutione.

TRACTAT .n. ille has ṗmif
fas fm numerũ fuarũ fpêrũ &c.
Hoc loco vult cômentator,
Arift. agere l.1. lib.Poft. de Spê

D bus & côdõnĩbus ṗmiffarũ de
monftratiuarñ. Quæ fpês, cum
côiter eê dicant Demõ fimplr,
caufæ, & Signi, ob id oppofitũ
vt dixiffe Auer.1. Pofte.cõ.7. in
principio. Vbi demõrônê fimplĩ
citer inquit effe tantum Scopũ
Arift. non autem cæteras,

SOLVTIO.

DICENDVM, Auerroym
vbiq̃ voluit e demõrônê effe no
mê analogũ, q̃d̃ dr̃ fm prius &
pofterÿ. Hoc habet expreffe.1.
poft.c.95.et f.8. q̃ fit õ mrãtiuo
apd cômentatorê idê d̃q̃ elicit **E**
ex .1. Pof.c.7. ĩ principio. Nã pri'
demõrõ ea effe dr̃, q̃ potiffima à
latinis vocat, & fimplr fiue dãs
cãm & effe apud Auer. Sctõ lo
co e demõrõ pp gd̃, & quia: qua
rũ altera dat folã cãm, altera ve
ro folũ eê. In eãdê fniam deuene
re Græci oẽs. Nã Themift. 1. Po
fte. ca.4. vult fciam definitã ab
Arift. in tex.5. cũ ait, fcire eft rê
p cãm cognofcere &c. eê fciam
proprie et fimplr dictã, q̃ fimul
abfoluit duo q̃ftia, nêpe an fit, **F**
et pp gd̃. Quç fcia apud Them.
priorê fibi locũ vêdicat, dignita
te (inquã) ac pfectiõe. At Philo
ponus & ipfe nomê demõronis
diftinguit, in eã q̃ dr̃ primæ &
in eã q̃ dr̃ fecundæ mêfurę. Prior
eft, perfectiffima, atq̃ abfolutif
fima demõrõ, fecuda vero eft de
mõrõ viribus ingenĩ noftri accõ
modata. Quibus ftantibus, dici
põt, hoc in loco Auer. intellexif
fe Demõrônê in genere analogo:
cuius funt illæ tres fpês iã expo

E iĩ fitæ.

G ſteg. In te. ſ, aſit vult illã demõ̃ro̅-
ne̅ tm̅, q̃ ſimplr̃ dr̃: qm̃ ibi Ariſ.
definit demõ̃ne̅ cõ̃ſtãte̅ ex immediatis principijs, facientibus
ſcire ſimplr̃, vt ipſe nõ tm̅ Auer.
ibi dicit,ſz et Latini, et ceteri oe̅s
exponente̅s. Quo mõ h ſpẽs triũ
demõ̃ronũ ſter ſe differãt, id alio
in loco nobis negociũ faceſſet.

SCRVTATVR inquãtũ cõ
ducũt hoiem ad pſectã aſſertio-
ne̅, pſectãq̃s cõceptione etc. H e̅t
hic Auer. q̃ Ariſt. in Poſteriori-
H bus Analiticis nõ cõ̃liderat de-
mõ̃ne̅, entibus ac rebᵄ ipſis cõ-
iunctã, id. n. opus eſt illarũ diſciplinarũ, q̃ de rebus cõte̅plãt.
Verũ Ariſt. (inq̃t) ſolũ eas drĩas
demõ̃ſonis teneſ expedere in his
libris, q̃ generatim faciũt aſſer-
tione̅, hoc eſt verificatione̅ de q̃
ſitis naturaliter ignotis, queq̃s e̅t
ducũt nos ad perfectã rei conce
ptione̅, hoc eſt definitione̅. Oppoſiti he̅t Ariſt. & ipſe Auerr. z.
Poſt. a̅ te. z. vſq̃ ad. 8. vbi ſcribi
tur demõ̃ne̅ ſi poſſe nobis elar-
I giri definitione̅. Nã ſi hoc fieret,
cõmitteret petitio principij: qd
vitiũ, maximum profectõ eſt ĩ
diſputatione, & argume̅ntatio-
ne, pſertim demonſtratiua.

SOLVTIO.

QVICQVID alij ſibi velint
in hac re, dicere̅ Auerroym hic
nõ affirmare demõ̃ne̅ cõclude
re definitione̅: ſed nos cõducere
ad ipſam. Atq̃hoc totũ ſumpſit
ex doctrina Ariſ. z. Poſt. te. 9. et
10. q̃ ĩ loco determinat expreſſe
definitione̅ educi p demõ̃ne̅, ã

aũt cõcludi. Exẽplũ habes in. 8. K
q̃ſtio, vbi Auer. loquit demõ̃ne̅
e̅e potẽria definitione̅ hoc mõ.
Terre̅ obſtructio eſt priuatio lu
minis Lunæ, Eclypſis eſt terre̅
obſtructio, itaq̃ Eclypſis e̅ priuatio luminis Lune̅. H e̅c eſt de-
mõ̃ro q̃ poſtea cõduce̅s ad defi
nitione̅, ſic reſoluit, Eclypſis eſt
priuatio luminis Lune̅, ob terre̅
obſtructione̅. Hinc cõſtat defi-
nitione̅ elici, nõ aũt cõcludi, ob
rõne̅s dictas. Sed vtrũ definitio
impſecta & materialis p ipſam
cõcludat̃ dmõ̃ne̅ nec ne, ite̅ an L
ſyllo̅ Topico adſtrui poſſit, an
potius alio genere rõcinatiõis,
id ſuis ĩ locis patebit. Meũ. n. cõ
ſiliũ nõ eſt hoc in loco magnas
abſoluere qõnes, ſz cõtradictio-
nes tm̅ de medio tollere. illd ve
ro ſufficiat dixiſſe ĩ pſetĩa q̃ via
q̃ venamur definitiõnes ſm̅ Hip
poc. eſt demõ̃ro, ſm̅ Pla. diuiſio,
ſm̅ Ariſt. eſt cõpoſitio, vt hr̃. 1.
de Aĩa. c. ſ. et q̃ hec Ariſt. ſuerit
ſnĩa cõſtat legentibus. c̅. Met. c. 1.
Si q̃s tm̅ hec velit videre copio
ſius, ſeſe transferat ad duo illa M
Auer. q̃ueſita Priõrũ. ſ. & Octa
uum demonſtratiuum.

DEFINITIONES vero
ſcrutaſ hic etc. Ait cõmentator,
Ariſt. in. z. Poſt. cõſiderare defi
nitiões ſm̅ earũ ſpẽs. Oppoſitũ
lz legere. 7. diuinæ Philoſophiæ
12. & infra. vbi habet Metaphy
ſicũ cõſiderare q̃dditates & definitiones entiũ. Ibi. n. Ariſto. in
principio illᵄ ſeptimi, determi
nat entia eo mõ quo ſunt, defini
ri:

A rI : ob idᵺ cōcludit ſubſtātiã p̄-
cipuè definiri , qm̄ eſt maxime
Ens: accidentia vero miaus p̄ci
puè,qm̄ nō ſunt primū entia,ſ₃
ſecundario. Ecce itaᵱ, quo pacto Metaphyſici munus eſt , nō
logici agere de definitione .

SOLVTIO.

DICENDVM definitionem
aliqñ eē Problema, hoc eſt ſace
re contēplabilē diſputationē ex
p̄babilibus: Sicᵱ à Topico venit cōſiderāda : de hac. n. abunde agit in. 1.&. 6. lib. Topic. In-
B terdū definitio inſtrm̄ eſt , quo
venamur qd̄ qd eſt eē in rebus:
atᵱ hoc mō p̄tinet ad ſm̄ librū
Poſteriorū. Etenim Logicus in-
ſtrumēta cōſiderat , vt author ē
Auer. in Epit. Logicis . Quocirca, arsvel facultas Iſtrumētaria,
ipſa Logica dicta ē. Definitio ve
ro vt qdditas eſt, hui⁹ atᵱ illius
Entis , ſic à diuino Philoſopho
venit tractāda . Qua rōne de ea
diſſerit Ariſt.ſ.7. et 8.Metaphy.
Tu vero vide ibi , hæc latius ac
diligentius cætera .

C QVONIAM nō eſt inueni-
re rē aliquã in definitionib⁹ etc.
Habet Auer. tractationē de definitiōe nō fuiſſe diuiſam in par
tem de materia, et in partem de
forma illius, quo mō tractatus
de demrōne diuiſus habet. Nã
lib. Prio. de forma demrōnis loquit, liber verò primus Poſter.
de illius materia. Oppoſitū le
ges in p̄dicabilib⁹ cap. de dr̄ia,
vbi ſcribit definitionē hēre ge-
aus p̄ materia , & dr̄iã pro for-

D ma. Item. 2. Phy. 23. &. 91. dicit
Auer. definitionem conſtare ex
genere tanquã ex forma cōi &
ex dr̄ia,tanquam forma p̄pria.
Item Ariſt. & Auer. in vltīo te.
ſecundi Phy . expreſſe voluere
in definitiōe eſſe materiam, vel
eſſe poſſe .

SOLVTIO.

NON negat Auer. hoc in loco definitiōes nō habere partē
materialē aliã, aliã formalē , ve-
E rū hoc dicit, dfinitiōis tractatio
nē nō diuidi in librū de forma ,
& in librū de materia: quo mō
diuiditur demrō. Differentię cā
hæc eſt, nam demrōnis forma,
quæ ſyl∫us eſt, etiam Topico et
Sophiſtico ſyllogiſmo accōmo
datur, iccirco oportuit Ariſt. cō
ſiderare ſyllogiſmum tanquam
communem formam in Prioribus Reſolutorijs. Definitio ve
ro cum vnica ſit, atᵱ indiuiſibi
lis , vnicam voluit tractationē ,
in qua omnia explicarētur, quę
ad ipſam pertinent definitionē
F conſtituendã . Propterea factū
eſt, vt ſecundus liber Poſt. ſuffi
ciat pro ipſa definitione tracta-
da.Nam ibi partes componen-
tes tradit Ariſt. atᵱ eius ſpecies
eres , definitionē ſcilicet quæ eſt
principiuin demonſtrandi:& il
lam quæ cōcluſio dicitur:ac po
ſtremo terriam, quę dicitur ſolo
ſitu differēs , vide pro hac re te.
22. primi lib. nec nō te. 10. ſcd̄i.

PRINCIPES vero partes
ipſ⁹ &c. Hoc i loco tāgit Auer.
diuiſionē libri Poſter, ac ſi diui

E iiij ſio

G sio sit de capitibus necessarijs: cū tñ oppositū idē habeat. 2. Po ste.c.23.24.vbi vnā cū Arist. re prehēdit Platonē, putantē diui sionē esse instrm necessariū. Nā Plato in Philebo, rōnē diuidēdi cœlitus nobis ā dñs traditā ferē existimabat, diuinū donū eā ap pellans. At Arist. cōtra obijcit, illā eēsirmissimā rōnē, cū peti tionē prīcipij videat cōmittcī.

SOLVTIO.

DICENDVM, q illa diui sio ab Arist. confutata in.2.lib. H Post.est argumentū siue sylsus diuisiuus, quē vult Arist.nō pos se necessario cōcludere, præser tim definitionē. Verū hęc diui sio q inter Prælectiōes adnume rari solet, est ordo tm quo doce tes vtuni in tradenda cognitio ne disciplinarū. Qui licet docen ti nihil sit necessarius, addiscenti verō summopere ē vtilis. Quo circa, dicebat Auer.in.1.lib.Sua rū Collectanearū, diuisionē suis se inuentā, ob infirmitatē inge niū scolariū. Et de hac diuisione I psens hic locꝰ venit intelligēdus.

IVVAMEN vero eius ē pri mariū &c.Tangens hoc in loco Auer.vtilitatē libri Post.vī om nino asserere, q sit rerū omniū veritatē instituere q vtilitas ē, principalis totius Logicæ. Op positū vī voluisse cōmentator 1.Ph.35.&.2.Met.15.&.7.Me.2. Nā si Logica est modus sciendi, nō āt scsa speculatiua sm Auer. nō vī dici posse, Logicā, aut ali quā eius parte parere in nobis

K veritatē Entiū.Id.n.propriū est earū facultatū, q Theoriā faciūt qualis ē Philosophia naturalis, diuina,& Mathematica. Acce dit Logicā nō esse de rebus siue Entibus,sed de secūdis notioni bꝰ.Accedit, q Auer. dixit i hoc Procœmio superius, demōem hic cōsideratā ab Arist.nō eē ap plicatā huic aut illi enti, sꝫ quid cōducens ad cōceptionē.Quòd vero aliā Logicę vtilitatē tribue rit Auer.alibi,clarē id cōstat le gētibꝰ.1.ph.c.35.vbi hēt, q Logi L ca vtimur i sciētijs duplt : vel p instrō distīguēte verū ā falso, q modꝰ ē illi pprius: vel put acci pimꝰ declata i ea, p dignitatibꝰ ad aliqd vel cōstruendū vel de struēdū. Postremo cum hac via sūt Ale.i Procœmio li.Prio. Am monius i psatiōe Prędicabiliū, & Prędicamētorū, & Philopo nꝰ in Prioribꝰ, Analiticis : q oēs volūt, Logicā dici instrm, nō p tē philosophię, et p cōsequēs ñ erit scsa speculatiua:rō horū est, qm speculatiuę disciplinę consi derāt res solidas et q pse sūt.Lo M gica aūt notiōes et fabra animi. Nā subiectū sciarū, ē vera ac so lida res: q aūt i Logica tractant rerū sūt notiōes.Cui opsoni ar ridet authoritas Aristo. c.Me. ā principio. Quo in loco diuidēs sciam,eā tm i actiuā secat et cō tēplatiuā: sub quibꝰ mēbris Lo gicā ñ cōtineri neqꝫ enumerari, cuilibet patere pī:et si Scotus & Antonius Andreas Logicā esse sciētiā propriē dictā voluerint.

Solutio.

A

SOLVTIO.

AN logica scientia sit, vel ars, an facultas potius, & instrumentum hoc in loco non est considerandum, id enim latius, ac susius alibi haberi potest. Quantum autem ad contradictionem pertinet, dicēdum re vera ex Auer. fundamentis duplicem esse felicitatem hominis, actiuam & cōtemplatiuam. id enim voluit Arist. x. Ethic.licet contemplatiua beatior sit vita actiua.

B Cumq̃ felicitas hęc contemplatiua comparetur disciplinis & scientijs speculatiuis, vt Auer. te statur in procemio Physic. hinc constat logicæ vsum & vtilitatem esse, vt distinguamus verũ à falso, ea ratione, vt veritas confirmetur, & falsum infirmetur. Ob id liber Poster. cum agat de demonstratione, ac definitione, quia sunt instrumenta omnium entium, (nam demonstratio ob accidentia inuenta est, vti definitio ob substantiam) constat

C hunc librum instituere veritatē omnium entium, hoc est in omnibus docere verum a falso distinguere in ratione communi, singulis rebus applicabili. Vult itaque Auerro. hunc librum esse adeo vtilem, vt existimemus illum esse instrumentum felicitatis, non partem felicitatis. Ex quibus iam patet Contradictionis vim nullam esse. Non enim hic liber est rebus applicat, sed potestate applicabilis omnibus entibus. Verum de ipsa hominis

D felicitate, secũdum philosophiæ opini δea, vide quę habet Auer. tertio de Anima commento 36. Et in libello de Felicitate. Item Aristo. primo Ethic.cap. 6.& 8. Necnon x. Ethic.cap.9. & 17.

VERVN tamen ordo ipsius &c.ordinem Auerr. tangens libri Poster. vult ipsum proxime sequi lib. Priorum. Rationes afsert tres. quibus enititur adstrue

E re librum Priorum antecedere. Prima est, quoniam ille liber de communi ratione syllogizandi pertractat, commune vero ordine doctrinæ præcedit propriũ. Cæteras duas rationes omitto tanquam perspicuas: tum quoniam ab eodem Auer. expositę fuere in procemio Physic. Circa primam rationem, dum sequit commune præcedere pro prium, videtur apparēs contra

F dictio, etenim primo physic.cō mento secundo, & tertio. videtur voluisse oppositam sententiam. Nam eo in loco vult cōposita ex elementis, quæ species sunt specialissimę, notiora nobis esse, quam causæ & prīcipia cō munia rerum naturalium. Idē quoque videtur voluisse primo poster. 12. quo in loco exponens verba Arist. in tex. quinto. secũ dum veterem sectionem, quę dicunt, Priora & Notiora dupliciter testatur notius nobis esse mi nus vsę, etenim nobis notior est hō, & lapis, & plāta, quā vel pri mũ mouens, vĺ prima materia.

So

6

SOLVTIO.

NON me latet, ad hanc contradictionem pertinere queſtionem illam, quæ dicitur de primo cognito. Quæ cũ aliena ſit prorſus ab hoc noſtro inſtituto, iccirco tranſmittendi ſunt ſtudioſi ad procœmium phyſ. Ariſtotelis. Verum quicquid voluerit Philoponus, tenens primum cognitum eſſe indiuiduũ vagum: quicquid & D. Thomas, volẽs magis vniuerſale nobis eſſe notius, pro ipſo Auer. di H cerem, non ab re voluiſſe in ſecũ do, ac tertio commento primi phyſic. via doctrinæ notiores eſſe ſpecies ab elementis productas, quam cauſæ ſint earum communes, cum ſpecies ſenſui peruiæ ſint, cauſæ vero ſenſum ipſum lateant. Propterea iube bat naturalem procedere a ſpeciebus ad ipſas cauſas, vtiq; illa demonſtratione, quæ a ſigno dicitur. At in explicandis rebus, ordine ipſo vtimur ex aduerſo, I ab vniuerſalibᵁ ad propria: qui ordo demonſtratio non eſt, ſed rerum dicendarum ſeries. Quo modo videmus vniuerſalem co gnitionem anteire ſpecialem. id enim voluit Ariſt. primo poſte. tex.3.vbi ſcribitur primum nos ſcire in vniuerſali, poſtea in particulari. idem primo phyſi.tex. quarto.ex vniuerſalibus, inquit in ſingularia ferri oportet. idem primo phyſic.57.primũ, inquit communia oportet contemplari, deinde propria. At idẽ ter

tio phy.ſecundo: communia, in **K** quit, præcedere propria.In quã ſententiam venit Commẽtator, dicẽs,ordine doctrinæ commu nia præcedere : nam via doctrinæ oppoſitum contingit. Hoc idem conſonat vſui, quem Ariſtot.paſſim ſeruat in omnibus li bris naturalis philoſophiæ:nam primũ de rebus communi quadam ratione diſſerit, mox propria magis,& diſtincta. Ad hoc etiã videtur pertinere id, quod Latini expoſitores dicunt, min⁹ L vniuerſale eſſe notius quam magis vniuerſale in cauſando : vt homo notior eſt nobis quã prima materia: at magis vniuerſale, quod in prædicando appellant, notius eſt ſpecie:vt animal notius eſt homine , cum ipſum definiat,atque explicet. Quam diſtinctionem videtur voluiſſe Auer.primo poſte.111.tu vero di ligentius hæc habebis in primo phyſic.

QVIDAM autem putaue runt,&c. Auer. dans ordinem **M** lib.Poſte.cum libro Topic.iudi cat hũc omnino antecedere To pica:damnatque Auicennã,qui libros Topicos iubebat eſſe con ſtituendos,ac legendos ante po ſteriora. Verum videtur mani feſtiſſima cõtradictio inter hũc locum, & in libello eiuſdẽ Auer rois de locis topicis, vbi ille aſſe rit omnino librum de locis topi cis eſſe ante poſteriora legendũ. Item videtur contradicere hic locus conſuetudini Ariſt.qui &

In

A in logicis & in phyſicis, de rebꝰ diſſerēs, primum logice, ac probabiliter diſputat, mox reſolutorie, ac demonſtratiue.

SOLVTIO.

DICENDVM Ariſtotelem, primum diſſerere topice, mox per demonſtrationes, vt veritatem facilius inquirat: nam & ipſe primo Topi.cap.2. teſtabatur dialecticas rationes vtiles eſſe ꝓ veri inquiſitione. Dumꝗ hoc facit Ariſt. ex nobis notioribus procedit. Interdum Ariſt.poſt B rationes neceſſarias, vritur probabilibus, ac topicis argumentis, vt ueritatem, uulgi opinione confirmet. Cum itaque uel altero, vel altero modo procedimus, id nihil habet affinitatis cũ ordinandis libris. Itaque & ſi probabiles rationes antecedant demonſtratiuas (quod tamen non eſt ſemper) quid prohibet, vt neceſſario liber poſteriorum antecedat Topica? Nam in ordinandis, ac digerendis libris, ordine vtimur apud Ariſt.compoC ſitiuo, qui fit a ſimplicioribus. Talis ordo profecto incipit in logicis a libro prædicamentorum & tranſit ad librum de Interpretatione, inde ab hac, componendo, ferimur ad librum de ſyllogiſmo, qui dicitur Priorũ. Quo cum ventum eſt, iam ceſſat compoſitio hæc, quoniam tria ſeſe nobis offerunt compoſita, nempe demonſtratio, ſyllogiſmus topicus, atque Sophiſticus: quorum trium par eſt, vt qui perfe-

ctior eſt, proxime ſubſequatur, D ſecundo loco, qui minus perfectus habetur, ac tandem qui exterorum omnium eſt ſperfectiſſimus. Itaꝗ libro Priorum abſoluto, ſtatim Poſteriora aggreditur, deinde Topica, mox Elenchos. Ex quibꝰ colligitur aliud eſſe artificium, quo vtimur I explicandis ſingulis rebus: aliũ eſſe ordinem, qui in enumerandis, & coniungendis libris, ſeruari ſolet. Qui vero voluerit Auer. alibi librum de locis Topicis eſſe præeligẽdum, id non de E Topicis Ariſtotelis eſt audiendum: ſed de ſuo libello ab Auer. edito, gratia cuiuſdam facilioris doctrinæ, & in gratiam Tyronum tantum: quos decet, anteaquam in poſteriora recipiantur quãdam perbreuem aſſumere cognitionem de locis topicis, vt facilioribus aſſueri, diſcant ardua, ac difficilia magis. Verum in regulis docendis, oppoſitum accidit: nam regulæ Demonſtratiuæ cum ſint cauſa cognitionis regularum probabilium, debēt F omnino anteire.
Sed dices, ſi faciliora ſunt cauſa cognitionis, eorum quæ difficiliora habentur, cum regulæ Topicæ faciliores ſint omnino demonſtratiuis, videtur omnino regulas Topicas antecedere. Soluit hoc in loco Auer. dicens regulas potius demonſtratiuas facere pro cognitione probabilium, non aũt has pro illis. Ratio eſt, quoniam ſcientia definit
opi-

G opinionem, siquidem habit'definit priuationem non autem é
diuerso. Itaq; cum regulæ po-
sterioristicæ, scientiam pariant,
opinionem vero probabiles, pa
et a posterioristicis esse inciplē
dum. Cum vero dicit, ea præ
cedere, quæ faciliora sunt, id verum est via doctrinæ, nõ autem
ordine, quo modo libri inter se
comparantur.

DICIMVS enim nos, çp opi
nio sit scientia imperfecta, &c.
Ait Auer. Habitum definire pri
H uationem, non autem contra.
Quoniam dicimus opinionem
esse scientiam imperfectam, nõ
autem scientiam esse opinionē
perfectam? Hoc etenim in vsu
non est. nisi velimus vti definitione, aut explicatione per translationem, quo modo poetæ lo-
quuntur. verum Aristo. docuit
in secundo Post. Translationes,
& Metaphoras euitandas omni
no esse in scientijs. Ex quibus
videtur asserere Auer. quòd de-
I finitiones non sunt dandæ vicissim, ac mutuo. Oppositum vo
luit expresse Commentator, in
Prædicabilibus, ca. de Specie,
super illis verbis, quod si genus
assignantes speciei meminimus
&c. Vbi & Porphyr. & Auer.
volunt relatiua definiri mutuo,
hoc est reciproce: quod tamen
vitiosum non est, cum id circulus non sit.

SOLVTIO.

SOLVITVR, verum esse
relatiua mutuo definiri: id enim

non negat Auerro. hoc in loco: K
stoq; opinio & scientia, vt sunt
habitus & priuatio, hoc est, vt
relatiua, inuicē definiri possunt.
Neque tamē hic est circulus, vt
habetur apud Auer. I paraphra
si Met. vt vero absoluta quædam
sunt, inuicem non definiuntur.
Nam si vt absoluta definirētur,
iam metaphorica explicatione
exponerentur. idque pro absur-
do habet Auer. cum translationes, sermones sint poetici. Ad cu
ius dicti explicationem ponde- L
ra, Auerroym intellexisse de illis translationibus, quæ per ana
logiam, hoc est, proportionem
fiunt. de quibus Aristo. est locu
tus? poetica. ibi enim exempla
illa afferebat, quæ omnino faciunt ad huius loci illustrationē:
nam dicimus phialam esse clypeum Bacchi, & clypeum dicimus esse phialam Mineruæ.
Rursus dicimus mortem esse vi
tæ occasum: & occasum mortē
diei. Addebat autem Aristo. ibi
& aliud exemplum: quod bre- M
uitatis causa prætermittimus.

HVIVS proportio ad reli-
quas quinque artes logicas, &c.
Sentit Auer. hoc in loco artes logicas esse sex: cum tamen in alijs
locis, eã, Singulari numero semper expresserit. Nam in primis
verbis suæ expositionis in Por-
phyrium, logicam esse dicit sciē
tiam rationalem: quæ cum vna
sit, logicam vnicam esse, vt dicē
dum. simili numero eam exprimit. 1. physi. 35. & 2. Metaph. 15.

SQ.

A SOLVTIO.

STVDIOSISSIMVS Grecorum Auer. non ignorabat, logicam interdum rationalem dici facultatem, interdum sermocinalem. Cum itaque rationalis dicitur, hoc sibi propriū nomen tribuitur, atque ea ratiōe distinguitur a cæteris facultatibꝰ omnibus, siue realibus, siue sermocinalibus. Quo modo eam singulari nomine in adductis locis appellat. At hoc in loco per ar
B tes logicas non rationales facultates, sed sermocinatrices intelligit: sic enim commune nomen est, Dialecticæ, Demonstratiuæ, Sophisticæ disciplinę, Grammaticam Rhetoricæ, atq; Poeticæ. Nam cum hæ, omnes sermone vtantur, logicæ omnes vocantur, nomine hoc communi. sunt autem sex, vt precedens enumeratio colligit. Ad hoc pertinet illa communis diuisio disciplinarum: quæ dicit, disciplinas alias esse reales, alias rationales,
C alias sermocinales. Nam per reales, Moralem philosophiam intelligiūt, diuinam, naturalem, & Mathematicam. Per rationales, logicæ partes siue methodos tres concipiunt, demonstratiuā, dialecticam, sophisticam. Per sermocinales, grammaticam audiunt, rhetoricam, & poeticam. Hinc cōstat logicam esse vnam tantum in tres partes distributam. Item logicas esse sex, si huius nomen commune cum cæteris esse velimus, Finis.

CONT. I. SVPER I. TEXTV **D**
I. LIB. POST.
HABET Arist. in hoc text. Tex. 1. Omnem doctrinam, & disciplinam discursiuam fieri ex præcognitione aliqua. oppositum videtur dicere omnino i tex. 3. in illis verbis: quorūdam enim hoc modo disciplina est, & non per medium, extremum cognoscitur. vbi habetur singularia facere disciplinam, sed eam sensu, non discursu acquiri in nobis: quoniam singularia nouissime, **E** & non ex præexistente cognitione innotescunt.

SOLVTIO.
DICEREM, sensum ipsum non per discursum cognoscere, sed immediate ferri in suum obiectum, nisi fuerit impeditus. vnde Themistius primo Post. cap. quinto, inquit, sensus iudicat niuem esse candidam, & hoc sine vllo medio discursiuo. Et est regula in primo Top. cap. 9. cp negares sensum, pœna sensus sunt puniēdi. Rursus, qui dimmittit **F** sensum propter rationem, est infirmi intellectus. 8. Physic. 11. Attamē singularia, licet obiecta sensus sunt: possunt tamen ex ipsa syllogizari ex aliquo vniuersali præcognito: verum aliter quam per sensum cognoscātur. Etenim sensus iudicat, vt pluriū cp sint, discursus vero concludit aliquid dici, vel non dici de illis. iccirco lucidiss. Themist. in cap. 3. inquit, visus cognoscit hoc esse triangulum, at ipsum habere
tres

G tres, cognoscimus in illa præex-
stente propositione, cognitione
vniuersali, cp omne triangulum
habet tres. Hinc dicendum Aristotelem intelligere hoc in loco
generatim, omnem doctrinam,
& c. fieri ex præexistente cognitione, neque obstare, singularia
sensilia altera ex parte, non cognosci hoc modo: præsertí quo
ad si est. Cum vero dicebatur, di
sciplinam esse de singularib⁹ rebus, id concedēdum est, verum
hæc disciplina non est discursi-
H ua, illa inquam, quā hoc in loco
vult Aristoteles.

CONT. II.

Tex. 1. HAEC propositio, omnis do
ctrina, & c. videtur solum hic cō
tinere instrumenta discursiua,
hoc est syllogismum, inductionē, enthimema, exemplum, &
disciplinas discursu, & ratiocinatione acquisitas, non autem
:definitionem, quoniam nullum
in hoc tex. exemplum habetur,
de definitione.   Oppositum licet legere primo Met. 4ᵉ. vbi
L Arist. eandem scripsit proposi-
. tionem, atque eam statim expli
cat exemplo demonstrationis,
& definitionis.

SOLVTIO.

SCIRE debes, hanc propo-
sitionem, omnis doctrina, & c.
accipi hic præssius, quam in pri
mo met. 18. Hic enim limitata
est, cū illa particula discursiua,
siue ratiocinatrix, quę græce est
διανοητικη: quæ & si transfertur ab
Argyropilo, intellectiua, profe-

cto discursiua magis; ex græcæ K
vocis proprietate vertenda est.

Accedit, cp Arist. esset diminu-
tus, cum exempla quatuor pro-
posuisset in text. de discursu, &
nullum de definitione tradidis-
set: quod tamen erat agendum,
immo præcipue, cum definitio
sit obiectum intellectus, & cognitio intellectiua. Verum vt
cunque legamus, sat est proposi
tionem fuisse limitatam hoc in
loco, quod tamen non fecit primo met. 4ᵉ. ibi enim, inquit, om L
nem disciplinam fieri ex præco
gnitis: & iccirco potuit iam de
ipsa demonstratione, quam de
definitione exempla proponere. At hic volens eam tātum doctrinam, & disciplinam, quę as-
sertione acquiritur, non potuit
definitionem comprehendere.
Etenim definitio conceptio quę
dam est & formatio, vt inquit
Comment. in quæsito septimo,
non autem dici potest assertio,
siue verificatio: quoniam asserre, & verificare sunt secunda, &)
tertia operatio intellectus, defi- M
nitio vero est prima intellectus
apprehensio, vt dicitur tertio de
Anima. 26. & primo Post. tex.
quinto, & vigesimoquinto. Ex
quo patet quàm deuiarit a Scopo Alpharabius, volens sub hac
propositione, omnis doctrina,
& c. cōtineri definitionem, cum
non viderit, eam Aristotelē scri
psisse propter ratiocinationes,
& disciplinas, quæ sola assernē
& discursu perficiuntur, vt exēpla

A pla ipsa expresse testantur. Verum de hac re latius alibi diximus. illud vnum sufficiat Aristotelem voluisse hanc propositionem pressisse hic, fusius vero in primo diuinæ philosoph. esse audiendam.

CONT. III.

X.I. VIDETVR Aristotelis hic duo tantum colligere instrumenta, logico accommodata, syllogismum, & inductionem, cum etiam exemplu, & enthimema logica sint instrumenta. Nam et B de illis egit in secundo priorum, & primo top. cap. 10. Præterea vult exemplum,& enthimema esse instrumenta oratoria: cum tamen in rhetoricis dicat, oratorem et syllogizare,& inducere.

SOLVTIO.

LOGICAM esse instrumentariam facultatem dixere Alexander,& Auer.qui in Epit.logicis, expresse animaduertit omnia considerata a logico, esse instrumenta notificandi. Ob id dicimus, nil mirum esse si logicus con-
C siderat exemplum, inductionē, syllogismum, enthimema, definitionem,atque alia omnia, cū æque omnia notificent aliquod quæsitum, licet alia,atqβ alia ratione. Cæteræ vero artes omnes specialia instrumenta capiunt, a logica, tanquam a communi sorte omnium rationum: hisquē vtuntur, pro rata portione,sibi accommodatis. Hinc est,quod Arist. alijs in locis omnia instrumenta definit, atque

explicat, & præcipue in secūdo D
Priorum,at primo Top.ca.10. duo tantum considerat instrumenta, dialectico familiaria, & sunt Iductio,& syllogismus, nō vt habeat logicum nō posse alia considerare, sed vt ostendat dialecticum vti duobus tantum. Aliud enim est considerare aliquid,aliud re illa vti. Et hoc ipsum voluit hic. Qui vero dicebatur,oratorem vti syllogismo,atque inductione,hoc sane verissi E mum est, sed rarius contingit, quam in cæteris. Nam rhetor frequentius suis vtitur instrumentis,quæ sunt exemplum, & enthimema, ex secundo Rhetoric. ca.21.& 23. raro admodum dialecticis. Dialecticus itidem frequentius syllogizabit,& inductione vtetur, quàm exemplo, aut enthimemate. Accedet qβ inter hæc instrumenta cognatio quædam, & similitudo videtur. Nam vt Themist. inquit exemplum est truncata inductio,quē admodum enthimema detruncatus syllogismus esse dicitur. F

CONT. IIII.

Tex.1. RHETOREM, dicit Arist. persuadere exemplis, & enthimematibus: sed longe aliter videtur in secundo Rhetoric.cap. primo dixisse. Quandoquidē inibi voluit oratorem persuadere,docendo,mouendo,& conciliando.Exempla autem, & enthimemata nihil videntur habere affinitatis, cum eo, quod est mouere & conciliare. Itaqβ vel con-

G contradictio erit, vel saltem trū-
catus erit hoc in loco Aristot.

SOLVTIO.

DICEREM Aristotelē hoc
in loco expressisse id quod prin
cipale est, & accessorium præ-
termississe. Nam licet tres sint
persuadendi viæ, quibus orator
ad finem sibi constitutum properat, tamen via docendi apud
Arist. perfectior est, & validior.
Orator enim tūc maxime persuadere videtur cum docet. Docet autem argumētando. Argumentatur, vbi enthimemata, &
exempla proponit. Hinc constat Aristotelem nō errasse, quā
quam hic solum argumenta dicit ad persuasionem ducere: nā
principem locum obtinent rationes, cætera autem sunt exor-
nandi causa. Quod Aristot. indi
cabat exemplo Areopagitarū,
qui vt omnem motum ab ora-
tore dimouerent, statuerant, vt
dicturus, obscuro aut velato in
loco, loqueretur. Id constat primo Rhetor. cap. primo.

CONT. V.

COMMENTATOR in com
mento primo quinque tantum
videtur dicere esse artes logicas,
cum sex esse illas voluerit in
Procœmio.

SOLVTIO.

FORTE intellexit quinque
alias artes, præter demonstrati-
uam de qua agit in hoc libro, &
ita in vniuersum erūt sex. gram-
matica, rhetorica, poetica, sophi
stica, dialectica, & præsens, quæ

df demfatiua, quā supponebat. L
Forte etiam nunc per atres, po-
tu t intelligere istrumēta logica:
Hæc enim omnia fiunt ex præ-
cognitis, & sunt, Enthimema,
Exemplum, Inductio, Syllogismus in genere, & Demōstratio.
Prior tamen Solutio magis
placet.

CONT. VI.

VVLT Auerrois hāc distin
ctionem disciplinarum, φ aliæ
sint operariæ, aliæ sermocinales. Priores, inquit, experientia
fieri, posteriores oratione, & ser
mone tractari. sed oppositum
videtur voluisse alibi, & in hoc
commento, vbi admittit, disciplinas trifariam dici, Reales, Ser
mocinales, & Rationales.

SOLVTIO.

ARTIVM, & disciplinarū
multiplex est diuisio. Nam ex
Aristotele omnis disciplina vel
honesta est, vel sordida: secundū
viam Platonis, vel honesta, vel
sordida, vel media dicitur. Nā
Medicina, Pictura, & similes,
quæ Sordidæ apud Arist. sunt,
mediæ erunt apud Platonem.
interdum diuiduntur per Acti
uam & Factiuam, vt colligitur
in 6. Ethic. cap. 2.3.4. Aliquan
do diuiduntur in Realem, & Ra
tionalem, & Sermocinalē, quæ
diuisio est, ex obiectis consideratis. Nam philosophia dicitur
tota realis, quia de rebus contēplatur. Grāmatica Sermocina-
lis est, quoniam sermo eius materia est. Logica est Rationalis,
qm̄

A quoniam entia rationis iquirit. Demum ad Auerroym dicendum, hoc i loco voluisse primâ illam Aristotelis diuisionê, quæ diuidit artes in duo genera, in honestas, quæ sermone docentis acquirũtur, & operarias, quę mechanicæ, & sordidæ nuncupantur.

CONT. VII.

Cõ. i. IN eodem commento vult Auer. sub hac propositione: omnis doctrina, &c. non comprehêdi artes operarias, & mechanicas: quoniam vult illas non syllogizare, oppositum habet tertio de Anima. 48. 49. Nam intellectus practic⁹ hoc differt a speculatiuo, quod Spec. vtitur omnibus propositionibus vniuersalibus: practicus vero particulari sub vniuersali.

SOLVTIO.

DICENDVM syllogismum & id genus esse necessaria, pro docendis disciplinis intellectualibus, non autem pro mechanicis artibus. Neque hoc in loco negat Auerrois, operarios posse discurrere & ratiocinari, sed hoc illis non esse necessarium, vt habeat, artes fabriles posse addisci sine vlla præexistente cognitione. Quod an verum sit, nec ne, vide in quęstionibus ordinarijs nostris.

CONT. VIII.

Cõ. i. DICIT Auer. sub illa propositione, omnis doctrina, &c. nõ comprehendi assertionem, & conceptionem, siue vt alij transferunt, cognitionem agentem assertionem, & conceptionem: sed ait principalem scopum esse Aristotelis hic tantum velle cognitionem agentem assertionê, deinde etiam dirigentê assertionem, & conceptionem. Ex quibus verbis patet quædam leuis contradictio.

SOLVTIO.

MEVM non est consilium opiniones aliorum omnes hic recensere: quando hæ in infinitum ducantur. itaque, vt Commentatoris ingenium, & iudicium pateat magis, dicimus ex his, quæ habentur hic & in Epit. logicis in principio, quatuor esse cognitiões: alia enim est agens assertionem, & hæc est cognitio complexa pręmissarum, siue antecedentium, quæ ante conclusionem habetur, & a qua tota conclusionis probandæ assertio pendet. secũda est, agens conceptionem: & hæc est formatio in tellectus, qua mens colligit totã rei essentiam sub definitione. Tertia cognitio est dirigês assertionem, quę est simplex, & incõplexa notitia eorũ ex quibus fit discursus: vt est terminorũ, v. g. apprehensio, quibus syllⁱus cõficitur. quarta cognitio ē, dirigês conceptionem, hoc est simplex cognitio paruũ definitiõis, quę sunt gen⁹, & dřia. Vult itaq; Auer. sub illa Arist. enunciatione, dicente, oêm disciplinã fieri ex pręcognitis, cõtineri principalr cognitionem agêtê discursum,

Conr. Tom.   F   fi.

G ſiue aſſertionem, nõ autem agẽ-
tem conceptionem, quoniam ſi
conceptio eſt, tota definitionis
cognitio, hęc faciet æquiuocam
Ariſtot.enunciationem, vt ipſe
Auerrois deducit aduerſus Alpharabium: & tu quære argumenta in commento. Addit
poſtea, ad eandem enunciatio-
nem poſſe referri cognitionem
dirigentem aſſertionem, & con
ceptionem,quoniam hæ cognitiones cum ſimplices ſint, poſſunt ex eo, q̃ pręcognoſcuntur
H ante compoſita,quodammodo
ſub intentione Ariſtotelis conti
neri:ſed quod primum volumꝰ
hic eſt cognitio agens aſſertionem,& diſcurſum. Contradictio itaq̃ nulla, dum inquit velle cognitionem dirigentem con
ceptionem,nõ autem ipſam a-
gentem cognitionem. Vtrum
autem definitio, ſiue conceptio
poſſit vniuoce,vna cum aſſertio
ne,ſiue diſcurſu hic contineri,id
habes diligentius in lectionibus
ordinarijs noſtris. Hæc hacten.

CONT. IX.

C6.1. LOQVENS de partibus de
finitionis vult Auerr. interdum
eas eſſe ex ſe notas,interdum ſyl
logiſmo notificari.oppoſitum
videtur uoluiſſe 2.poſt. a cõ.12.
vſq; ad 42.& in quæſito primo
vbi definitionẽ inquit, nõ poſſe
demſtrari, & idem intelligit de
partibꝰdefinitiõis. Nã & ad hoc
eſt illa rõ,ſi partes definitiõis ex
plicant diſtincte, id q̃ definitũ
dicit con fuſe,vt illas eſſe notas

E notũ aũt nõ cõcludit, ſed ignotũ, vt dicit Cõmen. 2.poſt.cõ.1.

SOLVTIO.

DEFINITIO, vt definitio
ſemper ſignificat aliquod notũ.
hæc.n.cum a Gręcis dicatur ſ~
hoc eſt, terminus,ob id quod rẽ
terminat,finit,& explicat,neceſ
ſe eſt,vt ſic accepta ſit res perſpi
cua,& manifeſta.idem quoque
dici debet de partibus definitio
nis.Ad hoc pertinet id,quod ha
bet Ariſt.1.phyſic.5.vbi inquit,
definitionem diſtīguere nomẽ,
hoc eſt definitum. Cũ hoc ſtat,
interdum definitionem, & eius
partes,quæſita ſeorſum fieri, nõ
vt definitio eſt,neq;vt partes de
finitionis ſunt, ſed vt problemata ſunt, per ſe conſtantia,in quo
caſu, ſi definitio fuerit ex materia,poterit hęc demonſtrari,per
aliud genus definitionis quatenus hæc definitio eſt cauſa iſtiꝰ,
quod notat Auer. in 8.quæſito,
& 2.poſt.commento, 17.38.42.
Partes vero definitionis ſi non
per demonſtrationem concludi
poſſunt, ſyllogiſmo tamen con-
cludentur, ſeruata tamẽ eadem
ratione, vt de ipſa definitione.
Et hoc voluit Auer.in hoc loco.
Sed pondera, q̃ definitio multiplex eſt. Quædam eſt ſuapte na
tura manifeſta,qualis præſertim
eſt formalis.Nam forma eſt prī
cipium,vt res ſit, & intelligendi
5.met.10. Secundo loco eſt fina
lis:nam finis forma quędam eſt
& perfectio 2.phy.ſequitur defi
nitio,quæ ab efficiente ducitur:
hæc

L

M

A hæc enim aliquãdo formæ coexistit, vt scribit Auerr.1.poster. commento 35.nam terræ interuentus causa est,faciens scire eclypsim.Alia & vltimo loco est definitio per materiam,quæ ob latentem sui cognitionem creberrime concluditur, vt notat Themist.super tex.12.1.poste. Animaduerte tamen, cp definitio hæc,quæ concluditur , si vt definitio concludatur dialectice dicitur conclusa: ex secundo po

B ste.text.9. & commento. 38.cui arridet D.Thomas in expositione tex.5.primi Poste.si vero fuerit ignota , & tanquam quæsitu concludatur, id potest fieri per demonstrationem simpliciter: nam definitio alia est principiu, alia conclusio, alia solo situ differens a demonstratione. Exepla sunt secundo Poster.text.10. & apud Auer.in 8.quæstio. Quantum autem pertinet ad id,quod vult hoc in loco Commentator de definitione nota, & ignota,

C diligenter cõsidera.Nam inquit definitionem fieri manifestam, vel quando partes eius ex se notæ sunt,vel syllogismo.Quod si habito syllogismo partium,adhuc definitio erit subobscura, tunc diuisione, & compositione leuiter confirmabitur:hoc est instrumento minoris fidei. Si vero definitum fuerit notu, & definitio ignota ex sui natura, iam, inquit,demonstratione concludi poterit. Ex quibus habes,cp definitio potest per demonstra-

D tionem concludi. item cp partes definitionis non possunt ipsam asserere definitionem esse nam hæ concipiunt tantum,& nihil asserunt. Tu vero hæc animo reconde, quoniam ad plurimos vsus tibi suppetere poterunt.

CONT. X.   Cõ.10

EXPONENS Auerr. verba illa in textu primo,& aliarum vnaquæque artium. per artes, inquit, non esse intelligendas artes mechanicas, vt voluit Themist. sed artes theoricas, quod alij vertunt, contemplatiuas. Oppositu videtur voluisse Aristo.& Auer. sexto Ethic.cap.4. & 6. Nam Theorica est contraria Arti. Hæc enim est habitus recta ratione factiuus,illa habitus demonstratiuus. itaqz male videtur hic iunxisse duo contraria simul.

SOLVTIO.

NOMEN Artis,si proprie accipiatur, factiuum habitum dicit ex sexto Ethic. At si id significatione communi sumatur, & habitus factiuos denotat,& speculatiuos.Nam & philosophia dicitur, ars, vel nomine communi, cum proprie sit scientia:vel quia est ars honesta & liberalis,

CONT. XI.

ARIST. diuidens præcogni- Tex.2. ta vult,de dignitate præcognosci tantum Quod:cæterum oppositum voluit, in text.quinto,

F ij   bi

G vbi ait, de dignitatibus loquens & principijs hæc esse præcognita, non solum in intelligẽdo, sed & in cognoscendo qp sunt . Ex quibus constat de principijs præ cognosci quid, & quod.

SOLVTIO.

PHILOPONVS ibi asserit, verũ esse, dignitates dupliciter præcognosci, sed hoc in loco Aristo. alteram prætermisit præcognitionem, tanquam subintelligendam. At hæc solutio, non **H** excusat, sed incusat . Aristoteles enim in Procœmio non tenetur, quæ necessaria sunt, prætermittere. Latini aliter. Dicunt illud quid, quod de dignitatibus habetur, non esse illarum vti dignitates sunt, & complexa. Etenim septimo met. 19. complexũ non · definitur . Est itaque quid partium, hoc est subiecti, & prædicari, ex quibus cõstat dignitas. vt verbi gratia, qui cognoscit totum esse maius sua parte, cogno scit prius, quid totum , & quid sit pars . Itaque dicendum in se-**I** cundo hoc tex. fuisse expressam eam tantum cognitionem, quæ propria est dignitatum, vt complexa quædam sunt : in quinto vero, vtraque exprimitur notitia: & quæ dignitatibus accidit, vt complexæ sunt , & hæc est præcognitio quod: & quæ incomplexis earum partibus contingit, hoc est, quid.

PRÆCOGNITIONES du as facit Arist. Quid , & Quod. cum quatuor eẽ omnino videãtur. Nam 2. Post. tex. 1. addit, Si est, & propter quid.

SOLVTIO.

DICEREM aliud esse præcognitiones, aliud quæstiones. Præcognitiões in disciplinis tradendis duæ sufficiunt, Quid, & Quod. Prima est quæsitorum. Secunda dignitatum. Tertia po stea, quæ dicitur, quid & quod, est Subiecti . At quæstiones **L** sunt quatuor, quoniam vel quærimus simplicem rei existentiã, & quæstio an sit dicitur . Vel quæritur rei definitio , & hæc vocatur quid est. Vel quæritur prædicati in subiecto consistentia, & est , quod . Vel causa cur prædicatum hæreat, vel nõ hæreat subiecto, & dicitur, propter quid sit. Hic itaq; Arist. præ cognitiões disciplinarum distinguit ibi quæstiones scibilium rerum enumerat.

VVLT, non longe a principio huius commenti Auer. definitionem nominis, migrare interdum in definitionem rei. Inditio sunt (inquit) mathematicæ definitiones: quæ cum definiãt circulum, quadratum, &c. nominum sunt definitiones, & tamen mox in definitiones rei cõ uertuntur. oppositum secundo Poster. commento. 4.

8 o

A SOLVTIO.

DICERET Auerrois defini
tionem nominis ire in definitio
nem rei in mathematicis, ob earum simplicitatem. Cæterum in
aliis, differunt, in quibus diuer-
fas possumus afferre definitiões
ac descriptiones, ex varijs eorum accidentibus, proprietati-
busve.

CONT. XIIII.

Cõ. 2. IN fine commenti videtur af-
serere, Quid est, antecedere, si
est. Oppositum dixit vnâ cum
B Aristo. secundo Poste. tex. com
menti 1.

SOLVTIO.

LOQVITVR in non enti-
bus: vt Vacuum, Infinitum. &c.
de his enim possum⁹ scire, quid
sint, & ignorare an sint. At in 2.
Post. regula est de his, quæ sunt
in rerum natura.

CONT. XV.

Tex. 3. COGNITIO simpliciter, &
cognitio vniuersalis hic habentur contrariæ. Oppositum vide
infra in tex. 14. vbi pro eadê co-
C gnitione habendæ sunt.

SOLVTIO.

VNIVERSALE æquiuo-
cum est. Aliquando cognitio
est, communis potêtialis, & cõ-
fusa, & contraria est cognitioni
simpliciter, quo modo hic loqui
tur Aristote. dicens posse esse,
vt quid sit nobis cognitum vniuersaliter, quod prorsus ignore-
tur simpliciter. Interdum cogni
tio vniuersalis ea dicitur, quæ de
omni est, per se, & vt ipsa: quo

modo vniuersale, & simpliciter D
idem sunt. Hoc modo infra loquitur tex. 14.

CONT. XVI.

DEFINIENS Aristo. scire, Tex. 5.
rem inquit, dicitur esse cognoscere per sui causam, oppositum
primo physic. primo, videtur di
xisse, vbi scientiam, inquit, non
per causam fieri, sed per causas,
& Principia, vsque ad Elementa. Item Scientiam fieri per plu
res causas voluit secundo phy
si. 27. & secundo Posterio. tex- E
tu 11.

SOLVTIO.

DICENDVM voluisse hoc
in loco Arist. Scientiam per demonstrationem simpliciter, &
est illa, quæ verum, & mensura est aliarum scientiarum. Hęc
enim scopus est Aristote. in hoc
textu. vnde Auer. commento se
ptimo animaduertit, hanc scien
tiam sibi Aristotelem hoc in loco proponere. Cui assentit The
mist. cap. 4. volens hic defriniri
scientiam potissimam, quæ dar F
nobis de re, vt sit, & quamobrem sit. Idem videtur voluisse
D. Thomas, & Philopon⁹: quod
maxime patet ex illo verbo in
tex. simpliciter. Nam si Demon
stratio est quoddã Analogum,
vt dicit Auer. primo Poster. 9f.
& in f. quæsito: æquum est, vt
definitio data de scire, primum
concernat analogatum: & sic de
monstrationis simpliciter effectus erit: licet hęc definitio data
hoc in loco possit, & secundario
F iij con-

concernere, demonſtrationem cauſæ tantum. quibus conſtitutis, dicendum, Ariſtotelem hic voluiſſe eam ſcientiam, quæ ex perfectiſſimo genere cauſæ acquiritur: at in phyſicis de completa, atque totali (vt vocant) ſcientia rerum naturalium intelligit. Nam cum naturalia a pluribus cauſis fiant, poſſunt ſciri per quatuor cauſas: ſed vna illarum erit ſumme perfecta, atque exquiſita tantum: & eſt illa quã vult hoc in loco. Poſſumus & illud dicere, hic voluiſſe ſcientiam, quæ omnibus diſciplinis cōpetere poteſt. Hæc enim eſt, quæ fit per cauſam, nam Mathematicus, Diuinus, & Naturalis per cauſam contemplantur. Qđ ſi in plurali numero loqueretur, non comprehenderet Mathematicum, qui ſola forma vtitur: vt dicitur ab Auerroe in proœmio Phyſic. & eſt ratio. Nam cum Mathematicus abſtrahat a materia, abſtrahit a motu: motu dempto, tollitur efficiens tanquam id, vnde motus: ablato efficiente tollitur finis, cum omne agens agat propter finem ſecundo phyſi. in fine. Vtrum autem ad perfectam ſcientiam rei naturalis requirantur quatuor cauſæ, & ad exquiſitam cognitionē rei diuinæ, tres inducantur, de hoc ſatis abunde alibi dicēdum venit. Item, an inter omnes cauſas, ea perfectiorem generet ſciētiam, quæ a forma aſſumitur, an ab aliis cauſis, id ſuo loco patebit. Sufficiet tamen in præſentia dixiſſe, Auerroym velle illam cauſam maxime facere ſcire, quæ maxime dat nobis propter quid. Hæc autem eſt, quæ formalis dicitur: nam forma eſt principium, quo res eſt, & cognoſcitur 9. met. 20. At demonſtratio ſimpliciter vult mediũ, qui ſit cauſa vt res ſit, & noſtræ ſcientiæ, quod Auer. dicit primo poſte. 9. Forma enim eſt, quæ cōſtituit primum modum dicendi per ſe, qui tantopere neceſſarius eſt demonſtranti ſimpliciter primo poſte. commento. 30.31.34.35. Forma eſt, tota rei eſſentia, cum itaque ſcientia ſit adæquatio rei ad intellectum patet veram ſcientiam eſſe per formam. Item forma eſt, quæ dat quid ſubſtantiarum, & propter quid accidentium, hoc autem volumus pro medio in demonſtratione, & pro principio ſcientiæ, primo de Anima tex. commenti. 11. Materia ob ſui latitantem potentiam, non poteſt eſſe principium ſcientiæ: nã actus mouet intellectum, non potentia 9. met. 20. Efficiens, & Finis cum cauſæ ſint extra rē, quartum modum dicendi per ſe conſtituent, qui vtilis non eſt ad demōſtrandum ſimpliciter, vt colligitur ex Ariſtote. primo poſte. tex. 10. & propterea Auerro. primo huius commento 14. iudicat efficientem, & Finem cōſtituere demonſtrationes ſigni, aut cauſæ tantum. itaque for-

ma

A ma erit sciendi principium.
Quòd si Auerr. vtatur demonstratione illa de Eclypsi, & terræ interuentu, quæ per efficientem causam sit, pro simpliciter
demonstratione, vt constat primo poste.31. & in 8. quæsito, dicendum, quod hoc facit, ob latentem formam Eclypsis, cuius vice, interuentum terræ accipimus: quocirca hanc, ibi vocat
causam coexistēte: hoc est, quæ
loco formæ existit. Verum an
hæc causa sit Prædicati, vel sub-

B iecti in demonstratione, nunc dicendum non est. id enim paulo
infra constabit.

CONT. XVII.

Tex.5. DEFINIENS Aristo. Scire, longe aliter videtur ipsum definire, quàm fecerit in 6. Ethic.
cap.4.& 6. Ibi enim scientiam
dicit esse habitum demonstrati-
uum, hic aliter.

SOLVTIO.

DICENDVM in hoc text.
datas fuisse duas definitiones,

C altera ē: Scire est rē per causam
cognoscere. alia est: Scire est rem
cognoscere per demonstrationem. Quæ secunda, est eadem
cum illa in 6. Ethic. aut parum
differens. vtraque enim per efficientem causam tradita est. quoniam demonstratio efficiēs causa est scientiæ.

CONT. XVIII.

Tex.5. DISTINGVENS Aristot.
verba illa, Priora & notiora, videtur asserere, res maxime vniuersales naturæ priores esse, &

notiores, nobis verò posterio- **D**
res, atq; ignotiores. Contra quæ
singularia sunt, & sensibus proxima. Oppositum licet videre,
primo physic. text. 4. vbi vult
ab vniuersalibus esse proceden-
dum, tanquam a notioribus. Et
hæc est contradictio illustris, &
magni nominis.

SOLVTIO.

ET si, hæc contradictio videtur reuocare in dubium, quid
sit nobis primum cognitum, co- **E**
gnitione prima in nobis, & confusa, an magis, an minus vniuersale: cumque illud nõ ignorem,
quot sint in hac re opiniones il-
lustrium hominum D. Thomæ
præsertim, Philoponi, Scoti, &
Auerroys: tamen cum hæc sit
quæstio naturalis, non logica, a
me consultò prætermittetur.
Quantum autem ad ipsam pertinet contradictionem tollen-
dam, sciendum Aristotelem (vt
ait Auer. commento 12.) hic voluisse vniuersale, quod est causa
multorum, id passim vocãt vni- **F**
uersale I causando, vt Deus, Materia, & intellectus humanus.
Hæc enim sunt vniuersales causæ multorū, non vña prædicãtia
de multis: quę cū sint abstracta,
vel sensum fugiant, ob id ignota
nobis sunt, qm omnis nostra cognitio oritur a sensu: iccirco hoc
in loco Aristote. vult ea esse naturæ cognita, & perspecta.
At Aristote. in procemio physi.
de vniuersali intelligit, quod præ
dicatur de multis, quodque
F iij nobis

G nobis notius est, cum totū quod
dam sit indistinctum , & prius
nobis occurrens. Nam primū
cognoscimus animal, deinde ho
minem . Item primo Poste.tex.
3.primum cognoscimus vniuer
saliter, postea in particulari. Et
primo physi.27.primum specu
lamur communia, deinde propria. Quod etiam habetur tertio Physic.commento.2. Quod
autem hoc voluerit Aristot. in
physicis,id patet facillime. Cū
H enim in primo textu Intentionem suam adduxerit,esse in phi
losophia naturali agere primū
de causis,in tertio assignat viam
inueniend arum causarum, quę
est,a confusis,hoc est a specieb⁹
transmutabilibus. Mox in quar
to tex.volens ordinem doctrinę
asserre de eisdem principijs, &
causis,dicit , hūc ordinem esse a
communibus,& vniuersalibus.
Nam agens de motu, & moue
I te,& Materia,primum ea specu
latur communi quadam cognitione, mox ad motum eternum,
& primam materiam descen-
dit, qui ordo demonstrationis
species nō est, quemadmodum
erat processus ille in secundo, &
tertio tex.explicat⁹ Et hæc quo
ad illius contradictionis solutio
nem,dicta nobis sufficiant.

CONT. XIX.

Tex.5. SEPARANS Aristo.princi
pia immediata inter se, vult alia
esse dignitates , alia positiones.
Positiōes deinde diuidit, in Sup
positiones,& Definitiones,qua

rum differentiam explicans,in- K
quit,definitionem nihil asserere
vel negare, suppositionem vero
id facere. Ex quo colligitur, de
finitionem nō esse affirmatiuā,
neque negatiuam . Oppositū
habes primo poste.tex.31.& se
cundo poste. tex . secundo. vbi
scribitur hæc regula , definitio
semper est vtlis,& affirmatiua.

SOLVTIO.

SVNT qui dicant definitionem cōcipi posse dupliciter,vel
actu,vel potentia. Actu non est
propositio,sed potentia. nam si L
dixeris animal rationale morta
le,hic sermo definitio actu est,
non est autem propositio, quoniam sine verbo profertur:& ic
circo affirmatio non est, neque
negatio. Potentia vero est pro
positio,quoniam si dixeris, homo est animal rationale mortale,iam affirmando definis . Ex
quibus colligunt, definitionem
in actu esse incomplexum, poté
tia complexum:indeqӡ habetur
solutio propositæ difficultatis. M
Aliter vero dicere possumus,cū
Auerroe, hic, & in Epit . logicis,
vbi sermo est de definitione,de
finitionem proprie esse cōposi-
tionem clausulę,& nexus suarū
partium. Etenim definitio ōs
ex gñe,& dria, vel drĩs perficitur : quæ cum simul iunguntur
definitiuā coniūctionē efficiūt,
quæ vim affirmandi, & negan-
di nō obtinet. Hinc efficit, vt de
finitio ṗ se,& simplr sūpta, in
cōplexū sit,Cum vero ṗter hāc
com

A compositionem, etiam enuncia
tionis formam acquirit, iam cū
verbo & definitio exprimitur:
sitq; propositio: Sed hoc est illi
alienum & per accidens: effici-
turq; definitio complexui. Hoc
totum etiā videtur colligi posse ex his quæ habet Arist. in lib.
Periherm. Sectione prima. vbi
in cap.de oratione, mentionem
facit de ipsa ratione, hoc est definitione. Hinc tollitur contradictio: quā vidit Lucidiss.The-
mist. & non soluit: vt licet vide
B re apud ipsum.1.Post. cap.5.

CONT. XX.

Tex.v.
REGVLA est hoc in loco sa
tis cognita, pp qd vnumqđq;
tale, & illud magis. Longe tamen aliter videtur eam expressisse in.2.Metaph.4.cum ait, illud magis tale est, ppter quod
exteris inest vniuocatio.

SOLVTIO.
IDEM sensus est, alio atque
alio dicendi modo. Tu tamē ani
maduerte hāc regulam semper
C intelligendam esse, de causa &
effectu participantibus eadem
dispositione seorsum, quæ tamē
dispō accipiat magis vel minº.
Per vniuocationem aūt intellexit dispositionem à causa com-
municatam effectui. Hinc deci-
piuntur qui regulā aiunt in solis analogis contineri, cum & in
vniuocis deī magis vel minus:
nam magis albus homo, vel mi
nus albus homo non euariant
vniuocam rationem.

CONT. XXI.

D
VVLT omnino principia Tex.v.
esse magis scita, quam conclusiones. Oppositum videtur voluisse in tex.6.dum inquit scien
tiam esse tm conclusionis, intellectum vero principiorum.

SOLVTIO.
HIC scientiā analogicæ accipit, ibi vniuoce. Nam scientia
principiorum melior dicitur di
spositio quàm scire, qm actº est
nobilioris animæ facultatis, hoc
est mentis & intellectus. Cōclu-
sionis autem cognitio, actus est E
rationis & discursus. Hinc est,
vt vniuocè & simpliciter scien
tia sit tantum conclusionis non
principiorum, cui assentit Scotus in quæstionibus huius libri,
& Them. At rōne analoga, sciētia de principijs non modo dici
tur, sed & magis. Tu vero, si vis
hunc sciendi modum de dignitatibus diligentius perpendere,
vide grauissimam digressiōnē
Roberti Lynconiesis, qui totū
hoc plene & copiosè dilucidat,
vide &.1.Poste.tex. vltimo. F

CONT. XXII.

HABET Auer. demonstra- Cō.7.
tionem simpliciter esse primo
intentam ab Arist. in his libris.
Oppositum in procemio, cum
dixerat intētionem esse omnes
species demonstrationis.

SOLVTIO.
SCOPVS siue intentio po-
test esse generalis & principalis.
Generalis ī hoc libro est, omnes
species demonstrationis recensere:

G fere: fpecialis eft demonftratio
fimpliciter. Priorem fcopum
retigit in prooemio, alium vero hic, & in.8.quæfito.

CONT. XXIII.

Cõ. 7. DICIT, demonftrationem
quia excludi prorfus à definitio
ne fcire, qm hæc non fit per cãm
ob quam res eft. Oppofitũ eft
1.Pofte.c.9 1.vbi ait, nomen de-
monftratiõis licet diuidatur in
fimpliciter, ꝓpter quid, & qa,
& hæ fpecies licet diftinguan-
H tur vt magis vel minus perfecta, non tamen à genere demõftrationis excludũtur. Quę certe pugnare videntur fummope-
re, cum hoc quod modo dicit.

SOLVTIO.

SVM affuetus dicere, demõ
ftrationem apud Auerr. accipi
interdum communiter, interdum proprie. Communiter eit
fyllogifmus neceffarius, ꝑ quã
rationem diftinguitur à fyllogifmo Topico & Sophiftico.
I Quo modo demõftratio quia,
eft demonftratio: & hoc latuit
Auicennamvt patet in.c.9 1.hu
ius libri: qui fimpliciter exifti-
mauit, hanc nõ effe vllo modo
demonftrationem. Proprie demonftratio & fyllogifmus con-
ftans affumptionibus veris, pri
mis, immediatis, prioribus, notioribus & caufis. Sicꝗ deinfo
figni erit demonftratio. Auer.
itaꝗ hoc in loco eam proprie,
alibi communiter intelligit.

Cõ. 8. VVLT, Auerr. quod fyllo-
logifmus demõftratiuus diftin
guatur à Topico ex hoc, ꝗ de-
monftratiuus eft verus: aut ve-
rax, vt alij transferunt. Oppofi
tum voluit Ariftotel. 1.Pofter.
tex.16. & Auerr. ibidem. Nam
& Topicus eft, qui veritatem
confiderat.

SOLVTIO.

VERITAS alia cõftans eft,
& per fe veritas, & hæc obiectum eft demonftrationis. Alia
popularis eft, et vulgi opinioni L
accommodata, quam diuulga-
tam transfert interpres primus
Auerroys: & hæc Topici minus eft. De priore autem hoc in
loco intelligit commentator.
De fecũda in tex.16. Hæc.n.eft
veritas probabilis. Probabile
autem definitur ab Arift. in pri
mo Topici.cap.8. quod videtur
omnibus &c. videri verò eft fe
cundum aliorum opinionem.
Quod autem demonftrátes ve M
lint impermutabilem veritaté
vide Arift. in calce tex. quinti,
huius primi lib.

CONT. XXV. Cõ. 8.

TRES demõftrationis fpe-
cies diftinguês Auer. hic, dicit,
caufa demonftrationem fimpli
citer ingrediens eft, quæ rẽ con
ftituit, & fcientiam parit. Cau
fa demõftrationis propter qd,
eft caufa rei non fcientię. Caufa
demonftrationis figni, & fcien
tię caufa, non rei. Et dat exempla, quæ tu percurrere poteris.

At

A Ailonge aliter vifus eſt Ariſt. & Auer. explicare demonſtrationem ſigni. Nam in tex.30.huius primi, & in cō.9ç. Habetur demonſtrationē quia, fieri qua tuor modis. Prima ſpecies eſt ab effectu conuertibili. Secunda ab effectu non conuertibili. Tertia à cauſa mediata. Quarta à cauſa remota. Quo ſtante, inde efficitur, aliquando demō ſtrationē quia fieri per cauſam rei, nō ſemper per cauſam ſcientiæ in nobis tantum.

SOLVTIO.

B

CAVSAE quæ mediatæ ſunt & remotæ, veræ cauſæ nō ſunt appellandæ, & ob id ſcientiam pariunt in nobis imperfectam coniecturalem: quocirca hę cū effectibus ordinantur. Quod ſi quis harum demonſtrationum exēpla habere velit, legat tex. 30. apud Ariſt. & Auer. quæſitum de medio. ibi.n.hæc latius
C & diligentius conſtabunt.

CONT. XXVI.

Cō.10.

HABET Auer. in hoc commen. diſtinctionē iam ſatis notam omnibus. Quod demonſtratio duplex eſt. Quædā ſimplex, quę vnico ſyllogiſmo abſoluitur: quædam compoſita, quę proſyllogizat aut vtrāq; aut alteram pręmiſſarum. Hęc enim à Græcis demonſtrationes dicuntur, quæ dant ſiue Thorema, ſiue Problema. Latini ſimplicem & compoſitam

appellant, Vult itaque Auerr. D illam eſſe demōſtrationem ſimpliciter & ſummè perfectam, quæ vnico ſyllogiſmo abſoluitur: quæ vero pluribus, equiuoce inquit eſt demonſtratio. Oppoſitum videtur voluiſſe.1. Topice.cap. primo: vbi deſiniens Ariſto. & Auerr. demonſtrationem, dicunt eam eſſe ſyllogiſmum ex veris, & primis, aut ex his, quæ per vera & prima fidem ſumpſerunt. Quibus verbis tam mediatam quā immediatam demonſtrationē E videtur colligere ſub eadem definitione, & ſic vniuoce.

SOLVTIO.

SCIENDVM Auer. in Topicis acceptiſſe demonſtrationē cōmuni ſignificatione, pro ſyllogiſmo ex neceſſarijs: id enim ſufficit eo in loco, vt illa diſtingual à cæteris ſyllogiſmis. Hic vero preſſius accipit demōſtrationem, pro ſyllogiſmo ex veris, immediatis &c.

F

CONT. XXVII.

VVLT in hoc comē. quōd Cō.12. ſingularia non ſint comparanda vniuerſalibus: quoniā hanc comparationem neq; ſenſus iudicat neq; intellectus. Nam intellectus concipit ſolum vniuerſalia, ſenſus vero rātum vniuerſalia. Oppoſitum habes.7.Me.10. vbi ſingularia inquit eſſe no tiora vniuerſalibus.

Solutio.

6 **SOLVTIO.**

SCIENDVM ꝙ singularia esse notiora pōt accipi bifariā, vel quod sint nobis cognita per sensum priusquam vniuersalia per intellectū, & hoc est necessarium, si nostra cognitio pēdet a sensu, vt scribitur.1.&.3.de Aīa, & in lib.de Sensu & Sensili, nec non.1. Post.te.33.quomō loquitur Auer.in.7.Me.10.aliter possumus imaginari, singularia cē notiora rebus vīibus, ita vt hāc comparationē faciat inter vtrūque anima nostra, et tunc audit Auer.pro impossibili:quoniam omnia comparata teneatur cōuenire, & ab vno iudicari. At sensus nō iudicat nisi singulare; & intellectus vīe ex.3.de Aīa.

H

CONT. XXVIII.

Cō, 14. POSITIO inquit continet assertionem, & conceptionem hoc est, Positio continet suppositionem & definitionem,oppositum videtur voluisse in com. 1.vbi ait,hæc duo non posse cōuenire vniuocē.

I

SOLVTIO.

IBI sat exposuimus cur definitio & assertio non possint vniuocē simul conuenire. Hoc vero in loco, alterum accipit ꝑ se, & est suppositio, alterum ex accidente,& est definitio. Nam cum hoc lloco, exponat verba illa in te.5.vbi Arist.diuidit Positionem in suppositionem & definitionem, vult ꝙ definitio nō per se sit species positionis, sed ꝑ accidens: hoc est, quatenus de-

finitio est complexum,quod illi cōtingit non vt definitio est, nam sic simplex est & incōplexum, sed vt efficitur secūdā animæ operatio, quæ dicitur compositio & diuisio.

K

CONT. XXIX.

VVLT nondum constare in hac scientia,vtrum ambæ præmissæ sint notiores cōclusione. oppositum voluit supra.cō.10. vbi voluit demonstrationē æquoce dici, ꝗ nō habuerit vtrāꝗ præmissam immediatam.

Cō. 25.

SOLVTIO.

FORTE hoc in loco indicat Auer.non constare, an præmissæ sint ambæ immediatæ,ex eo quod nondum explicatum est, illas esse de omni, per se & primas, quod venit probādum in sequentibus. Quòd si superius dixit hoc ipsum Arist. hoc tantum dixit,colligens definitionē demonstrationis. Solutio est,id tactum fuisse leuiter,sed diligentius de hoc agendum venit in sequentibus.

L

CONT. XXX.

ARIST. hoc in loco confutat eos qui negant scientiam de rebus, quæ scīa est idem cū demonstratione vt dictū est in fine.2.lib. Poster.tex.26.modo si demꝛo subiectum est in hoc primo libro, videret probare suū subiectum, Oppositum. 2.tex. 1.Post.& tex. 24. 25. vbi scribitur subiectum supponi tanquā manifestū. Item.1.Phy.11. vult non esse contentiosas rationes

M
Tex. 16

soluen-

A soluendas ab artifice. Nam inquit non tenetur Geometra soluere rationem Antiphontis, ob id cp litigiosa est. Ex quibus videtur pugnantia cum eo, quod facit in hoc capite, & in Proœmio, vbi Mênonis & aliorum cauilla dissoluebat, quæ aduersus scientiam adducebantur.

SOLVTIO.

SCIRE licet Aristo. hic remouere impedimenta artis demonstratiuæ partim, partim ê î procœmio, sed alia atq; alia ratione. Nam qui de scientia locuti sunt, varia ratiõe senserût. Quidam.n.ponebant oîa sciri, quidam nihil, quidã vero medio modo locuti sunt, quędam â nobis sciri, & quædam ignorari. Qui omnia sciri voluerunt fuere Academici, qui omnia circulo fieri & cognosci existimabant de quibus in hoc te.6. Philosophus mentionem facit. Alñ verò negâtes scire, bipartiti sût quorum alia pars voluit iccirco omnia ignorari, qm res erât in quodam fluxu & motu perpetuo, ita vt ab intellectu non possent percipi, & fuit huiⁱ opinionis Heraclitus, atq; illius sectatores. Quos confutat Metaphysicus. Qui verò idê probabant logicis rationibus, bipartiti rursus sunt, vel.n. Sophistice id agebant, vt Mennon, Hippias, Protagoras, Euthidemus, Dionisodorus, atq; alñ, de quibus persæpe meminit Plato in suis dialogis, De quorum gre-

ge, fuere argumenta illa confutata in procœmio. Alñ autê hoc probarunt rationibus peccanti bus in materia ûñ, vt pote qui vel falsam propônem accipiebât pro vera, vel sine distinctione loquebant. Tales profectò sunt rationes, qualis est hæc, qua vtûtur hi, qui dicunt nihil sciri, quos Arist. non aliter nominat in tex. Itaq; iã satis constat, non eosdê confutari in hoc loco, & in procœmio: sed Sophistas ibi, cæteros hic. Horum autem ratio peccabat in materia, dũ sic ratiocinabantur. dicis te scire conclusionem ex pręmissis, quærimus an illæ sint notæ, an potius ignotæ? Si ignotæ, ergo & conclusio. si notæ, igitur per demonstrationem ex alñs, & illę rursus ex alñs. Quare vel in infinitũ abibimus, quod absurdum est vel tandem ad duo principia deueniemus non demonstrata, & per consequens ignota, ex quo sit nihil sciri. ecce qⁱ hoc argumentum, peccat vitio materiei, nempe, quia falsum assumit, qd est nihil sciri, nisi demonstretur, cum tñ principia sciantur meliore dispositione ñ sit sesa demonstratiua, quæ dispositio, intellectus dicitur. Præterea nota, q rationes Sophisticę destruêtes subiectñ, & præsertim si fuerit subiectũ partiale, possunt î arte destrui, dummodo non procedant illæ rationes ex his quæ contraria sunt principñs scientię. Quibus
positis

G positis dicerem Aristotelem recte voluisse in. 1. Phy. tex. 11. cp non tenemur soluere rationes litigiosas, hoc est illas quæ procedūt ex oppositis, principiorum artis. Nam ibi volebat, non teneri naturalem soluere rationē Antiphōtis, q quadrabat circulū ex opposito principio Geometriæ, dicēte cp cōtinuū pōt ex diuisiōe absumi, cui° oppesitū dicit Geometra. Verū & si Sophisticæ erant rationes confutatæ in procœmio, illæ tñ non vtebantur principio cōtrario huic scientiæ. Rursus argumentum q̄ destruit in hoc te. 6. peccat solum in accipiēda propositione salsa, cp omnis sciētia sit per demōstrationem. Hinc solutio nascitur, propositæ cōtradictionis. Verum, quoniam à principio in referendis antiquorum opinionibus de scire, tres veterū adduximus sententias: quarum duæ iam satis cōstant, hoc ē, quæ dixit omnia scire, & alia, quæ voluit, ofa ignorari: media vero nondū explicata est. Quare, illud perpende, tertiam hanc opinionem voluisse Platonē in Theeteto, & Menone, & alijs in locis: qui ea tantum sciri asserebat, quorū habemus reminiscētiam. Eandem voluit Aristot. hoc est, quædam tñ, nō ofa sciri, sed q nouisimè à nobis cognoscuntur. Quamobrem differentia horū uī est, cp Arist. vult sciam esse nouam, Plato, reminiscentiā ponit. Differentia or-

ta est ex varietate fundamēto- K rum. Siquidem Arist. vult animam nostram esse cœuam corpori, Plato vult ipsam esse corpore antiquiorem, & ante corpus creatam à Deo, in quo statu fortita est cognitiōe et scientiam omnium. Accedit cp intellectus sm Arist. nobis dat° est, tāq̄ tabula rasa, sm Pla. verō datus est nobis ornatus ideis. Hæc sunt, quæ differentiam faciunt, nisi velimus eē cum illis, qui vtranq viam nititur conciliare. Sed de his Metaphysi- L cus agit, nos vero hæc hacten°, Illud non est prætermittendū, scientiam nouam ex Aristotele, fieri ex præcognitione quadam & anticipatiōe, nec ob id sequitur, vt scientiam Platonis imitetur, quæ item præexistens dicitur cognitio, cum sit reminisci. Nam ex hoc differunt, vt scribit Auerr. cō. 3. huius primi lib. cp præexistens cogmitio & scientia apud Arist. est in potentia eadem cum scientia acqui- M sita: contra vero reminiscentia est eadem numero, et actu cum sequenti.

CONT. XXX.

SENTIT Philofophus hoc Tex. 6, in loco circulum non posse dari, cum tñ circulum concesserit in multis alijs locis. Nam in te. 59. docet ex Sphæricitate Lunæ concludi posse incremētum sui luminis, & ex luminis incremē to Sphæricitatem. item possumus demōstrare cp planetæ pepē

A pē sunt, per id cp nõ scintillāt, & cp non scintillant, per id qd propē sunt. hoc autem non fit, nisi conclusio efficiaf præmissa, & altera præmissarum conclusio, talis aūt syllogizādi modus circularis est. Præterea est Arist.in.1.Post.te.15.vbi ait Entia circularia,circulo demõstrari debere :estqz ibi exemplū de pluuia & terra madida: nā ex terra madida pluuiam demon-

B stramus, & ex pluuia terrā madidam. Item.1.Physic.tex.30. sanitas est causa exercendi, & exercitatio sanitatis : q̄re si causæ sunt vicissim, circulus videtur expresse. Sed in.1.Priorum cap.5.6.&.7.vbi disserit de circulo demonstrationem circularē admittit in omnibus figuris. Accedit cp in pdicamentis ca. de Qualitate,circulum videtur concedere in definitione qualitatis & qualis,nam qualitatem per quale definit, mox quale p qualitatem. Quod etiā videtur

C voluisse Porphirius ca. de Specie, cum genus dicat explicari debere per speciem, & speciem p genus : qm hęc relatiua sunt.

SOLVTIO.

CIRCVLVS apud Arist. in libris Logicis potest accipi, & in forma & in materia syllogistica. In forma omnino dari potest, cum ea ab omni materia seiungitur: & ratio est, quoniam hæc forma non procedit p causas simpliciter, sed p qūliber faciens illationē. Itaqz Prio-

risticus ex A. concludit B, & ex D B. concludit A. non.n. adstringitur conditionibus demonstratiuis, quæ circulum impediūt. Adde, cp circulus in materia duplex est, vel definitiua, vel demõstratiua,definitiua vt cū subiectum, p formā, & forma p subiectum definimus, & hic circulus possibilis est, qñ variatur ratio,nam in vna harum definitionū procedimus ex notis nobis in alia ex notis naturę. de

E mõstratiua materia, adhuc duplex est, vel simplr, vel in communi ad oēs spēs demõnū, & hæc est materia necessaria. priore mõ circuli⁹ impossibilis ē, cū sit imposs imaginari A. eē cām simplr B. & B. eē cām simplr ipsius A. at scdo mõ nõ est ipote, vt.v.g. cp A. sit cā B. & B. sit effectusipsius A. vel etiā cp A. sit cā efficiēs B. & B. sit cā finalis ipsⁱ⁹ A.imo tales demõnes sunt necessarię vt fiat regress⁹ adeo necessarius i philosophia naturali, i q̄ effect⁹ sunt nobis notiores

F causis. His iactis dicimus,nõ eē Arist.sibi cõtradictoriū,licet inte.30.dicat illa duo exēpla iā citata dē planetis & Luna: nā ibi cõcedit circulū in demõne q̄a & pp quid, nõ in demõne simplr,q̄ circulus ē regressus,& nõ circulus ille quē hic negamus. Hic.n.negam⁹ circulū tm in demõne simplr, similiter dicatis ad exēplū de pluuia et terra madida, nā hæc sunt inuicē cāæ in diuerso genere,non aūt simplr.

terra

G terra.n.madida est causa materialis pluuię, pluuia ē causa efficiens terrę madidę. Item sani
tas est causa finalis exercitationis, exercitatio vero efficiens sa
nitatis. quare hęc faciūt regres
sum in materia necessaria, non
autē circulū in materia demon
strationis simpliciter. De syllo
vero circulari ratio nulla ē, qm
I forma syllogistica dictum est
posse admitti. Cū vero dicitur
in qualitate & quali fecisse circulum Arist, dicendū est, illum
H esse definitionis, immo potius
descriptionis, non autem demō
strationis: item sit variato ordi
ne quo ad nos & quo ad naturam. Nam cum describitur qua
litas ex quali, procedimus à no
tioribus nobis, cum vero quale ex qualitate, pcedimus à notioribus naturę: sicq̄ euitamus
circulū. Idē ēt posset dici de Re
latiuis apud Porph. vt sunt Ge
nus & Spēs: nā Auicenna cōce
dit definiri circulo relatiua vicissim, sed Auer. in Paraphrasi
I 7. Met. negat hūc esse circulum,
quoniam non concedit vnū re-
latiuorū esse causam alterius et
econtra: qd est necessarium, vt
fiat circulus. Patet ergo circulū
posse dari: in forma, & in materia etiā demonstratiua cōi, q̄
est causa & causatum, sed tunc
dici debet regressus. in materia
autem demōnis simpliciter id
non potest fieri, & ob hoc dixit
Arist. in hoc tex. circulo autem
q̄ impossibile sit demonstrare

simpliciter planum &c.

K

DEMONSTRATIONEM *Tex. 6.*
vult Arist. constare notioribus,
simpliciter tantum, non autem
nobis, super illis verbis, si vero
sic non esset vtiq̄; scire bene definitum, sed duplex. &c. id autem videtur oppositū ei quod
voluit in tex. 30. vbi scire distin
guit in quia, & propter quid.
Constat autem scire quia, fieri
ex notioribus nobis, cū ab effectu procedamus: propter quid L
vero sit ex notioribus, naturę
cum procedamus à causa.

SOLVTIO.

OMMISSA quęstione illa
vtrum demōo quia sit demonstratio quę examinanda est super te. 30. siue cō. 91. in q̄ Auerr,
dissentit ab Auicenna, volente
demōonem qiua, nō esse demō
stratiōne, de quo etiā mētio est
in quęsito demonstratiuo. 6. di
co ad praesentem contradictionem, q̄ Arist. hic vult sciētiam
fieri ex naturę notis tantū, qm̄ M
hic disputat de demōone simpli
citer, q̄ circularis esse non pōt.
non negaret tn̄ demōonē quia
esse demonstrationem, licet fiat
haec ex notioribus nobis, accipiendo demōstrationis nomen
in ratione cōi analoga. Quare
Aristo. 1. Poster. 30. distinguens
demōstrationem pro syllo ne
cellario, in rōne analoga, eā se
cat in demonstrationē quia &
propter quid: nunc vero cum
sermouem habeat tantum de
demon-

A demōnē simpliciter, quã defi-
niuit in te. s. dicens eã facere sci
entiã ex primis, veris, immedia
tis &c. ob id, eam vult constare
ex notis naturæ. Idem ēt voluit
Themist. qui in. 2. Post. cap. 30.
appellat demōnē quia sylłm,
nã ibi cōparat demōnem quia
ad demōnem perfectam, in cu
ius comparatione potius sylłus
est ǭ demōo. &. 1. Poste. cap. 4.
demōo inquit nō submittit sese
cognitioni humanæ, sed naturæ.
qm̄ per demōnem eam vult ǭ
facit scire simpliciter. & est ac si
dicamus, Accidentia nō esse entia, sumēdo Ens pro priori analogato, nam tale non est nisi sub
stantia: & tamen accidentia
sunt entia in rōne cōi analoga.
Sic demōo quia non est demōo,
hoc ē illa quæ dr̄ simpliciter ex
naturæ notis: & tñ demōo quia
est demōo, pro sylło demonstra
tiuo analogice accepto, qui est
sylłus procedens ex necessarijs,
ad differentiam Topici & Sophistici, p hac materia est Auer.
1. Poste. cō. 95. & quæsito. 6.

CONT. XXXI.

Cō. 33.

VVLT ǭ pars sit prior fm̄
cognitionē apud nos & naturæ
posterior: vniuersale vero sit po
sterius nobis & prius naturæ. Op
positū voluit. 1. Ph. 4. & 1. Post.
cō. 11. vbi vult totū eē nobis no
tius suis partibus, et ēt vłe, cum
sit totum, est notius nobis. item
in Proœmio huius libri dixerat
vniuersale esse notius ordine do
ctrinæ.

SOLVTIO.

D

SCIENDVM ǭ inductio
procedit à partibus ad totū, hoc
ē à particularibus ad vłe, vt scri
bitur ab Arist. 2. Priorum &. 1.
Topic. cap. 10. &. 1. Post. tex. 33.
quæ quidē particularia primū
occurrunt nobis, ǭ ipsum vniuersale, qm̄ intellectus non pōt
intelligere deficiente cognitiōe
particularium, quæ sensibus ap
prehenduntur. Quo stante dicas, verum tē in adductis locis,
vłe, esse notius nobis, ǭ minus
vniuersale ordine doctrinæ, at
hoc in loco vult cognitiōe per
inquisitionem, hoc est ex inductiōe, in qua procedimus à particularibus ad vniuersale, dico
in summa, ǭ hic comparat par
ticulare, vñ ibi vłe magis ad mi
nus. Quod si quis diceret, oppo
situm voluisse Auer. in. c. 12. ǭ
particulare & vłe non sunt inui
cem comparanda, ad hoc dicen
dum, ǭ non sunt cōparanda re
spectu eiusdē potentiæ iudican-
tiæ: tñ fm̄ ordinē existendi, hoc
possunt: nam hic dicit singularia primum esse cognita ǭ vniuersale non autem hæc comparat, respectu determinatæ virtutis cognoscentis.

CONT. XXXII.

HABET com. ǭ demōstra-
tio simpliciter sit ex his quæ no
ta naturæ sunt. Oppositum videtur voluisse. 1. Poster. com. 7.
vbi ait, demonstrationem simpliciter nobis tribuere causam
& esse. Quo posito videtur esse

Contr. Tom.   G   di-

G dicendum, ợ demonstratio sim
pliciter, constet ex naturę & no
bis notis. Idem voluit in prœ-
mio Phy. idem & in cō.91.pri-
mi Post. in Epit. de demonstratione, & in quæsitis.

SOLVTIO.

OPORTET scire, hoc in lo
co intelligere Auer. non absolute et tantum, demonstrationem
constare ex naturæ notis, sed p
comparationem ad demonstra-
H tionem quia. Nam hic exponit
Arist. dicentem, nō oportere diuidere demſonem in eam, quæ
fit ex nobis cognitis, & in eam
quæ fit ex notis naturæ: quoniā
non datur sciētia simpliciter ex
nobis notis tantum. Ex quo pa
tet, ợ demonstratio simpliciter
f se & absolute sumpta, ex his p
ficitur ac constat, quæ nobis &
naturæ cognita sunt, & fit procedunt authoritates adductæ:
hic vero dicit eam constare ex
naturæ notis, quæ conditio suf-
I ficit vt distinguatur à demonstratione quia. Et hoc quod voluit Auer. hic, asseruit etiam Lu-
cidisſ. Themist. cap. 4. dum inquit, demonstrationē nō subij-
cere sese viribus ingenij nostri,
sed tenere viam ad veritatem:
hoc est, non procedere ex nobis
notis, sed naturæ. Quod quidē
non est audiendum simpliciter,
vt fecit Auicenna: qui hac ratione motus & alijs consimili-
bus existimauit demonstrationem quia, non esse demonstrationem. Cuius opinionem con-

futat Auerr. in quæsitis, & pri- K
mo Post. c. 9. Nam demonstratio, vel vniuocè accipitur, vel
analogicè. Primo modo est syllogismus cōstans ex causis, alio
modo est sylſ constans ex necessarijs. Itaqs demſatio quia, licet nōn fit vniuocè demonstratio, cum fiat à posteriori & non
per causam, attamen fit ex necessarijs, et sic demonstratio est,
licet in secūdo gradu analogiæ: L
quod profectò latuit Auicennā,
qui absolute arbitratus est, eam
nullo pacto demonstrationem
esse dicendam. Sed de hac re ali
bi differendum venit.

CONT. XXXIII.

NON longe à principio hu- Cō.24.
ius commenti Auerr. negat demonstrationem simpliciter pos
se habere locum in regressu, qm
inquit, non potest contingere re
ciprocatio demonstrationi sim
pliciter secum ipsa, aut cum alia
demſonis spē. Ecce ợ in regres- "
su demſo simplſ non dabitur, si M
nō pōt reciprocationem facere
cū aliqua demſonis specie. Oppositum habet in Epit. Logicis
cap. de demſonē vbi dicit, si eā
& effectus cōuertantur, fieri ab
effectu demonstrationē quia, à
causa vero demſonem simplſ.

SOLVTIO.

VERBVM illud simpliciter,
apud Auerr. mō sonat id, quod
potissimum à Latinis dicitur,
modo vero id quod simplex &
vnicum est, significat, quod ali
bi notatum etiam fuit. cum ve

16

A ro in regreſſu negat dari demõ
ſtrarione ſimpliciter, potisſimã
intelligit: et ratio eſt, qm regreſ
ſus inuentus eſt, vt ex effectu no
to, ignota cã concludatur: at de
mõ potisſima habet eãm æquè
nobis, & naturę notam, itaqz in
ea ceſſat omnis cauſa regredien
di. Cũ vero in Epit. Logicis ſcri
bit Auer. ã eã conuertibili fieri
demõnem ſimpliciter, intelli
gas verbum ſimplr, pro demõ
nè cauſę tm, hoc eſt, demõnem
dantem queſtũ vnum ſimplex,
quod eſt ipſum ρρ quid, ã dif
ferentiã potisſimę, ſz dat duo ſz
ſicã, hoc eſt cauſam & eã, vt ſcri
bitur in Epit. Logicis cap. de de
mõne, in ſfiro. 2.3.8. &.1. Po
ſte.com.7.&.9ſ.

CONT. XXXIIII.

Tex. 6. VIDETVR Ariſt. I hac par
te ponere differětiã inter demõ
ſtrarionè & ſcam demſatiuã,
qm ſeorſum probat vtranqz fie
ri ex neceſſarijs. Sed in te. 1. de
finiens demõne, eam appella
bat ſcam demſatiuam, in illis
verbis ſ Si itaqz eſt ſcire vt po
„ ſuimus, neceſſe eſt ſcam demõ
„ ſtratiuã &c. ſ item ep hęc idem
ſint, conſtat legentibus tex. 16.
21.lib. Poſter. Vbi ſic ſcriptum
„ eſt ſ de ſyllo igitur, ac demõ
„ ne, & quid vtrumqz eſt, & quo
„ modo fit, manifeſtum, ſimul ve
„ ro & de ſcia demonſtratiua, idẽ
„ enim eſt. ſ habet enim hęc duo
idem eſſe.

SOLVTIO.

DICERET Alex. et Philo

ponus, vterqz in. 1. Priorũ cap. 1.
demõnè idem eſſe re & ſubie
cto cũ ſcia demonſtratiua, qm
qui vnã habet, aliam ẽt neceſſe
eſt habere. Etenim demſatio eſt
cauſa ſciendi, ſiue efficiens, ſiue
organica. Cum hoc tñ ſtat, vt
hęc differant ratione, hoc eſt vt
habitus & id qũ puenit ex ha
bitu, nã demſatio eſt habitus,
ſcientia eſt fructus et prouentus
illius habitus. Quam diſtinctio
nem non ignorabat Ariſt. cũ in
primis verbis primi lib. Priorũ E
dicebat, ſ primũ dicere circa „
quid & cuius intětio eſt, qm cir „
ca demõnè, & ſcię demonſtra- „
tiuę ſ contradictio itaqz nulla „
eſt, cum hoc in loco hęc duo ra
tione diſtincta intelligant, alibi
vero vt idẽ ſunt re, atqz ſubẽo.

CONT. XXXV.

DEFINIENS Ariſ. dici de
omni, vult ipſum eſſe, cum ρdi Tex. 8.
catũ ineſt toti ſubiecto ac ſemp,
ita vt duę cõditionis ſint illi ne
ceſſarię, & vniuerſum ſubiectũ
& totum tempus. Oppoſitũ ha
betur. 1. Priorũ ca. 1. in fine, vbi
definiens dictũ de omni, in quit
ipſum habere vnam tm condi
tionem, ep prædicatum inſit cui
libet ſubiecto, nihil autem de tě
pore eo in loco mětionem facit.

SOLVTIO.

DICI de omni, ã ſyllogizã
te & ã demonſtratiuo conſide
ratur, ſed ratione diuerſa. Cũ.n.
ſyllogizans in generali, non ſe
ſe adſtringat magis rei neceſſa
riæ quàm probabili, hinc patet
Ci ij ipſum

G ipfum velle dictum de omni, in
ratione magis communi, cŭ faciat demõſtrator, cuius munus
eſt, ratiocinari í re neceſſaria. ob
id itacp Philoſophus, cõſiderãs
in lib. Priorŭ dictum de omni,
vti forma eſt et regula perficiẽ
ſylſos affirmatiuos primæ figuræ in quacuncp materia, vnam
tŭ illi tribuit conditionem, quæ
eſt, totum ſubiectŭ: demõſtrator vero cum velit ſolum id qð
eſt neceſſarium, & neceſſarium
illud ſit cp ſemper eſt, & in quo

H libet ea de cauſa vult dici de ol
præſtius,& duabus conditionibus limitatum, adeo vt dictum
de omni demonſtratiuum non
repugnet ſyllogiſtico, ſed illud
reddat perfectius.

CONT. XXXVI.

Tex. 9. DIſTINGVIT Per ſe Ari-
ſto.ſ quattuor ſigñationes tŭ, cj
ſunt, prima vbi prædicatŭ definit ſubiectŭ. 2. ſ qua ſubiectŭ
definit prædicatum, 3. ſubſtan-
tiæ ſingularis. 4. eſtcauſariſ quæ

I dant propter quid, at quinto li.
Met. tex.14. agens de eo qŭ per
ſe eſt, videtur afferre alias ſignificationes, vt eſt illa, per ſe dicŭ
tur, quæcuncp ſignificat figuras
prædicationŭ. item per ſe ſunt,
quorum veritas demõſtrari po
teſt. præterea per ſe, aliud actu,
aliud potentia: de quibus nihil
in hoc loco tractauit. Poſtremo
& Themiſtius qui aliam explicat ſignificationem per ſe, vt licet videre apud ipſum.1. Poſte.
cap.10.quæ ita ſe habet, nam ac

cidẽtia quæ ita eorum ſubiectis K
inſunt, vt non aliæ prius conueniant, ſunt per ſe, vt ſuperficiei
ineſt color. quam ſignificatione
ſuſius explicat idem Themiſt. ſe
cundo de Aſa ca. ſuo. 22. ſiue in
tex.66. Accedit quod auget cõtradictionem, cp Ariſto.5. Meta.
13.agens de per ſe, agit etiam de
ſuo oppoſito, quod eſt per accidens, quod non ſacit hoc in loco, aut ſi id ſacit, obiter tantum
id ſeciſſe videtur.

SOLVTIO.

DICI poteſt, non eſſe neceſ- L
ſarium, vt in diuiſione quæ ſit p
enumerationem eorum, cj ſunt
à nobis conſideranda, omnia ẽẽ
referantur, quæ non ſaciunt ad
propoſitum noſtrŭ. Vnde Ariſ.
enumerans hic, ea quæ p ſe ſunt,
nullam prætermiſit ſignificationem demſoni neceſſariam,
qð ſi plures ſint modi dicẽdi p
ſe, hoc nihil reſert, cŭ illi ad de
monſtrantem non attineãt. Nã
omnia colligere p enumerationem interpretis munus eſt, potius cp authoris. Cum vero di- M
citur, non agi hoc in loco de eo
quod eſt per accidens,id conſtã
tiſſime eſt negandum, nam inquit, omnem propoſitionẽ eſſe
per accidens, quæ non erit per
ſe in primo, aut ſecundo modo.
Item in fine text. cauſam per ſe
mortis inquit eſſe iugulatione,
cauſam vero corruſcationis per
accidens, dicimus eſſe ambula-
tionem. Si vero diceretur hoc
fuiſſe obiter & ex incidenti, di-

ctum,

A ctum, & tamen in.5.Met. diftin
guit Ens in p se & per accidens,
dicimus conuenire Metaph. di-
ftinguere hæc duo, tanquã partes Entis, quod illi est fubiectũ:
at demonstrator considerat per
se prio id qd est per se, per accidens vero, quod non est per se,
quare non tantum Arif. potuit,
fed etiã debuit, obiter agere de
eo quod est per accidens.

CONT. XXXVII.

9. VVLT Aristot. in hoc loco
fubiectum definire prędicatum
B in.2.modo dicēdi perfe.v.g.na-
fus definit fimum, & numerus
definit par vel impar. Oppofitum videtur voluiffe.1.Poster.
te.31.vbi colligitur ab omnibus
definitionem prędicari de definito, nam fi hoc est, non videtur
fubiectum poffe definire prędicatum, quoniam fic fieret prędicatio pręter naturam. Est.n. prę
dicatio pręter naturam cũ fub
iectũ est quid prędicari: & ob
id Themist. eo in loco, caue in-
C quit, ne vt arte propofitionibus
incõditis & pręter naturam in
demonstrando.

SOLVTIO.

POTEST ea afferri folutio,
cp fubiectum in.2.modo dicendi perfe, non est definitio prędicari, sed pars eius definitionis,
hoc est, fubiectũ ponitur in definitione prędicari: nec propterea ex eo fit violentia aduerfus
eam regulam, quę vult cp definitio prędicetur de definito prę
dicatione naturali:cum hæc in-

telligat de tota,atcp integra de D
finitione. Quod autem fubiectum in fecũdo modo per fe fit
pars definitionis prędicari, &
non tota definitio,inde patet, cp
definitio nõ potest vnica dictio-
ne aut termino exprimi, quare
fubiectũ cum vnica fit uox, vel
terminus,non potest effe tota p
dicati definitio: nemo enim fa-
nus diceret numerum effe definitionē paris, vel nafum fimi.
Præterea ē & locus apud Auer.
7.Met.cõ.18.vbi ait, fubiectum E
effe veluti venus in definitione
paffionis: hinc patet ipfum effe
partem definitionis,non autem
definitionem,sed et aliter dicere
poffumus. cp definitio illa femp
pdicatur,quę formalis est, hoc
est quę largitur quod quid est
rei proprie dictum. at caufah
vocata,quę dat propter quid,
ea potest tam fubijci, quam prę
dicari, Cum vero dicimus fubiectum definire accidens proprium, id intellige de ipfa caufali definitione, quoniam nafus F
non est forma fimitatis, nã fub-
stantia non potest effe forma ac
cidentis, at nafus est caufalis ratio, fiue materia ipfª fimitatis,
& iccirco definitio huiufmodi
potest ad libitũ cuiuslibet fubijci & prędicari. Dicimus enim
definiendo Eclypfim caufali de
finitione,à fine fumpta, Eclypfis est terrę interpofitio, dicimª
etiam ob terrę interpofitionem
effe Eclypfim. nam cum hęc
fit çãlis definitio Eclypfis po-

G ij test

1 3

test et subiici & pdicari, vt colligitur ex multis exemplis secundi libri Poste. Formalis vero definitio cum dicat quid res ipsa sit, necesse est, vt semper prædicetur: quocirca naturalis erit propositio, quæ dicit Homo est animal rationale mortale: quæ vero ait, animal rationale mortale est homo, ea censenda est preter naturam. Amplius tu diligenter pondera, cp Aristotel.1. Poste.tex.35. iam citato non dicit expresse definitionē nō posse subiici suo definito: qd volui dixisse, vt scires id potius fuisse ab expositoribus dictum, quā ab Arist. Præter aūt dictas solutiones, addo illam faciliorem cæteris, cp subiectum licet definiat prædicatum in.1. modo dū tamen definit efficitur prædicatū & ipsum.v.g. nasus, licet sit subiectum in propōne dicente, nasus est simus vel cōcauus: dū tn definitur simitas, efficitur prædicatum, nam dicimus, simitas est nasi curuitas. & sic remanet semper illesa regula, cp definitio & singulæ eius partes prædicantur de definito.

CONT. XXXVIII.

Tex.9.

OMNIA, inquit Arist. sunt per accidens, quæ neutro modo prædicātur, hoc est, quæ nō sunt in.1. vel secundo modo dicendi per se. Oppositum videtur habere in hoc eodem tex. quoniā præter duos modos dicēdi per se, enumerat tertium, & quartum modum: quo modo ergo

hi duo reliqui erunt per se, si per accidens vocat quicquid nō est in primo vel secundo modo?

SOLVTIO.

SCIRE oportet, primum et secundum modum dicendi per se tantum esse propositiones: nam tertius considerat solā existentiam particularium substantiarum, et quartus cōsiderat dependentiam effectuum ab eorū causis, ob id Arist. agens de propositionibus per se, eas vult esse vel in primo vel in secūdo modo, cæteras vero ex accidenti. Quæ vero sunt in tertio, & quarto modo, nō sunt propōnes, sed existentia ac dependentia rerū: & hęc solo fauet et Diuo Thomæ, volenti.4. modū pertinere ad demōnem simpliciter. Atqui tenent oppositam sententiā vt Auerr.& Them.& Philoponus, dicerēt, per se accipi modo fusius, modo presšius: fusius pro eo quod competit quatuor modis presšius vero, pro eo qd propriè concernit primum, & secundum modum dicendi per se. In qua significatione proprie dicta, ea intelligerent verba in tex. {quęcūcp neutro modo insunt, accidentia sunt, vt musicū aut album in animali.}

CONT. XXXIX.

ACCIDENS pticulare vult **Tex.9.** de subiecto prædicari, nam hoc album prædicatur de Socrate. Oppositum habuit in ante prędicamentis, cap.de his quæ sunt: in fine, vbi simpliciter inquit indiuidua diuidoꝛ de nullo prædicari : & tamen regula intelligitur eo in loco tam de indiuiduis acciden talibus, ꝗ etiã fubftantialibus.

SOLVTIO.

INDIVIDVA vel ex fub ftantiæ genere fumuntur, vel ex prædicamentis accidentium. Si fubftantialia fint, ea vel prono minibus oftenfiuis indicantur, vt fi dicas hic lapis, hoc lignũ, vel nominibus proprijs vt So crates, Plato, Callias. Quæ ve ro accidẽtalia funt, ea vel in cõ creto accipimus, vel in abftra ctoː in concreto fi dixeris, albũ, iuftum, grammaticum : in ab ftracto vt albedo, iuftitia, gram matica. Præterea, fcias prædica tionem aliam effe de vno, aliam de pluribus, & quæ de vno eft, vel eft naturalis, vel præter na turam ː naturalis in qua fubie ctum differt à prædicato, præter naturalis in qua fubiectum non differt à prædicato. Quibus con ftitutis, dicendum eft ad contra dictionis formam, ꝙ Arif. dum inquit hic, indiuiduum acciden tale poffe prædicari, intelligit de vno nõ pluribus, & quidem prædicatiõe naturali, & hoc de accidente concreto eft audien dum, cum vero alibi dicitur in diuiduum de nullo prædicari, id intellige de fubftantiali & ac cidente abftracto, nam Socra tes de nullo naturaliter prædica tur, item hæc albedo, vel hæc iu ftitia. Ex quo facile innotefcit illæ regulæ, prima indiuiduum

fubftantiale & nomen propriñ vt Callias, de nullo naturaliter prædicatur, præter naturã vero de vno poteft prædicari, hoc eft de feipfoː nã dicitur Callias eft Callias, fecũda eft, indiuiduum fubftãtiale de fignatum prono mine oftẽfiuo, vt hic homo, hic lapis poteft de vno naturaliter pdicari, nã dicimꝰ Plato eft hic hõ. tertia eft, indiuiduum acci dentale concreñ, vt hoc album põt de vno naturaliter pdicari vt dicente me, Plato eft hoc al bũ. quarta eft, indiuiduum acci dẽtale abftractũ, vt hæc albedo nõ põt naturaliter pdicari fed præ ter naturã de vno, hoc eft de fe ipfa prædicaf, qñ dicimus hæc albedo, ē hæc albedo. Ex his cõ corda oĩa loca, quæ vñ oppofi ta, nec tñ funt ː & funt hæc, locus Porphirij in cap. de genere, vbi ait fingularia oĩa de vno prædi cari ː qđ ēt repperit in ca. de Spe cie. Arift. vero in ante pdicamẽ tis, vult fingularia de nullo pre dicari in cap. de Subftantia, itẽ de fubftãtijs indiuiduis loquẽs, vult eas nullam facere pdicario nẽ. Sed. 1. Prio. fect. fcda, cap. de copia propõnum, diftinguit in diuidua fubftantiæ, & acciden tium ex qua partitiõe facile af fumitur conciliñ ratio.

CONT. XL.

AVERROIS explicans ea quæ obfcure habet Arift. in tex. 9. in quo continentur quattuor modi dicẽdi per fe, circa primũ illud

G iiij

G illud animaduertit, ợ primus modus per se esse pōt, vel vbi p̄dicatū est definitio subiecti, vel vbi predicatum est pars definitionis illius: cum vero pars est, id quattuor modis contingit, nā vel genus ipsum predicatur, vel differentia vel pars generis, vel pars d̄riæ. Oppositū colligi videtur. 7. Met. c. 42. vbi commentator scribit, ợ d̄rię quę sunt ante vltimam, potentia continent in definito, quod etiam dixit. 8. Meta. com. 6. nam cum ibi velit

H Auer. d̄riam non vltimā esse potentialē, patet ipsam etiā diuidi posse eo modo quo genus diuiditur, & ob id in. 7. Met. c. 43. dicit, ợ genus in re nō est in actu, vti est vltima d̄ria, ex quo sequitur in via ipsius differentia vltimā eē indiuisibilē, quod etiam rursus confirmat in eodem. 43. 7. Met. dum inquit, quod ea quę media sunt iter primum genus et vltimam d̄riā, sunt quasi genera, ratio est quia sunt diuisibilia, at vltima differentia est indi

I uidua, vnde dicunt Meta. differentiæ vltimę conceptū esse simplicem, ita.p̄, quō voluit parte differentiæ posse predicari per se in primo modo, si vltima differentia non est partibilis?

SOLVTIO.

VLTIMAE differentię latet nos ex Boethio in li. suo de Definitionibus, et diuisionibus, ob id dicere possumus Auerr. hoc in loco voluisse partes differentiarū quę sunt nobis notę, et hæ

sunt differentiæ potentiales, & quæ sapiunt naturā generis: vnde Arist. 1. Topic. cap. 3. ordinā problema differentiæ illud redigit ad problema generis, dicens differentiam ob id ợ predicatur de pluribus differentibus specie, esse cum genere ordinandam, patet ergo differentias nobis notas, & quæ sunt in vsu, esse genericas non vltimas & conuertibiles, & ob id Porphyr. definiens differentiam in predicabilibus, eam describit, quæ media est, non vltimam, hoc est eam vult inter vniuersalia collocari, quā ad problema generis reducit Arist. 1. Top. ca. 3. sed & subtilius respōdere possumus, ợ oēs differentię habent partes, secundum earum nomina quibus vtimur in predicationibus, definitiuis, verbi gratia, (& est exemplum Auerrois in cō. 30. primi Post.) punctum est in definitione lineæ, tanquam pars differentiæ illius, non. n. pūctum est tota lineæ differentia, nam tota differentia est, terminari punctis, quoniam definientes lineam dicimus eam esse longitudinē, sine latitudine, cuius extrema terminantia sunt duo puncta. Hæc itaợ diuisio vltimæ differentiæ est quo ad vocem non quo ad rem: vnde etiā vltima differentia potest diuidi nominibus, cum tamen in re sit simpliciter indiuisibilis. Quæ re spōsio ex visceribus Auerr. hoc in loco colligitur.

Cont.

CONT. XLI.

Cõ. 31. EXPLICANS Auer. secun
dum modum docendi per se,
vult eum esse quoties prædica
tur passio de subiecto, ita vt in
definitione prædicati assuma
mus subiectum, aut subiecti ge
nus, vel eius generis genus, &
ita de aliis, dum modo non tran
scendamus genus illius, de quo
est scientia, vel consideratio no
stra. Sed videtur voluisse ì quę
sito quinto. aliud ab hoc diuer
sum, nam ibi videtur asserere tã
tum in accidentibus proprijs,
hoc est in eorum definitionibus
sumi subiectum, quod latiꝰ etiã
videtur voluisse septimo meta.
17. & Aristoteles ibi vult eandé
sententiam. immo ea est ratio ꝗ
subiectum assumitur loco for
mæ passionis, quod nõ videtur
dici posse de genere subiecti, cũ
genus sit materia, ex Porphirio
cap. de differentia.

SOLVTIO.

PASSIO, cum sit accidens
proprium, & carens proprio ge
nere, necessario debet definiri p
ipsum subiectum, nam si mitas
ex naso definitur, & par vel im
par ex numero, & licet subiectũ
sit materia quędam, in qua sunt
accidentia, attamen vicem for
mæ sortitur in definitione acci
dentis proprij. & hæc vocatur
primaria definitio illius accidé
tis, quo modo Aristot. & Auer.
loquitur septimo met. decimo
septimo. Verum non tollitur,
ꝗ definitione communi, & secũ

dario dicta nõ posse definiri pas
sio ex genere sui subiecti, & ex
genere generis, dum modo non
transcendamus limites nostrę
facultatis, vt Commentator ad
uersus Alpharabium digrediés
in hoc commento 31. interpreta
tur. de qua re, copiose meminit
in quinto quæsito. Ad Porphi
rium vero, alibi diximus, genª
non esse simpliciter materiam,
sed materiæ proportionarum :
nam simpliciter est formã com
munis, secundo Physic. com
mento 91.

CONT. XLII.

Cõ. 3 ;.

QVARTVM modum per
se, exponens Auer. vult, eum fie
ri ex causis externis, quæ sunt fi
nis, & efficiens. vbi concludis
talem modum non esse vtilem
ad demonstrationem simplici
ter, vt etiã voluit lucidiss. The
mistius in hoc lib. cap. 11. & Phi
loponus in expositione huius lo
ci. Sed oppositum videtur vo
luisse (omissis mille locis in se
cundo poster. 4.) in quæsito de
mõstratiuo 8. vbi demonstratio
nem potissimam dixit esse illã,
quæ quidditatem Eclipsis con
cludit per mediũ, quod est cau
sa externa, hoc est causa efficiés,
Eclipsis. Item est locus secun
do Poste. commento 6. vbi ait,
formam, & materiã dare quid
est, efficiens, & finem prestare
propter quid. cum autem maxì
me proprium sit ipsius scientiæ
demonstratiuæ elargiri propter
quid, vt dicitur primo Poster.
tex.

G text. 30.31.39. nec non secundo
phy. 27. sequitur causas extrin-
secas esse demonstratiuas simpliciter.

SOLVTIO.

SI commętum hoc praesens
diligenter a nobis consideretur,
& illud etiam, quod sequitur,
constabit Auerroym velle distinctionem de causis externis,
q̃ aliae sunt, quae non conuertun
tur cum suis effectibus. id enim
dicit apertissime in hoc 34. aliae
vero sunt coexistentes, hoc est,
H quę loco formę rei assumuntur.
cuiusmodi est terrae inteructus,
qui causa est Eclypsis efficiens,
sed loco formae illius accipitur
quo modo in aliis esse contingit
causa finalis accipi posse in definitione effectus. Qua causarum
distinctione constituta, dicendũ
erit, causas externas non conuer
tibiles, & non coexistentes efficere quartum modũ (quicquid
voluerit D. Thomas) & ita nihil
vtilitatis afferre demõstrationé
I simpliciter, sed solum demon-
strationé signi, vel etiam demõstratione causę tantum. Cæterum, cum dicit in 2. quæsito, medium demonstrationis potissi-
mę esse causam extra quidditatem, hoc est finalem, vel efficientem de ea intellige, quæ pro forma rei coexistit, & ratio huius
est, quoniam cum demõstratio
perfecta debeat dare omnia rei
quęsita, hoc est quid, & propter
quid, vt dicitur secũdo Poster.
text.19. iccirco necesse est, vt ju

demonstratione ipsa, illæ causæ K
constituantur, quæ & internæ
simul & externæ possint appellari. Nam, verbi gratia, animal
rationale, quod est forma hominis, debet dare quid internum
hominis, & propter quid exter-
num (quod vocant causale) risi-
bilitatis, & ob id medium demonstrationis potissimæ tenetur esse rõ formalis subiecti dãs
quid est, & ratio causalis dans
propter quid passionis: cui nulla alia est ratio, nisi q̃ causæ demonstratiuæ simpliciter debẽt L
esse aliquo pacto extrinsecæ, vt
afferant propter quid, sed adeo
extrinsecę, vt etiam dent q̃ quid
est, id autem faciunt cum sunt
formales, vel deficientibus illis,
quæ loco forma ium assumuntur. Quæ doctrina arcana mihi
esse solet, desumpta tamen ex ipso Auerroe, locis citatis. tu vero
hæc vicissim compara, & diligenter omnia perpende, quoniã
ex his cõcilium habes inter Sco-
tum, ac D. Thomam in difficili M
illa controuersia de medio termino demonstrationis simplr.

CONT. XLIII.

Cõ. 28.

PONDERANS Auerr. ver-
ba trx. in quodam suo proposito, animaduertit, hanc propositionem non veram esse, quę dicit, omne per se esse necessariũ,
veram tamé esse, quæ dicit, omne necessarium esse per se. idq̃
vult aduersus Alpharabium.
Sed mirum id alicui videbitur,
cum in tex. 7. & in commento,

28.

dixerit Aristoteles & Auer. necessarium in plus se habere, quam per se. Nam quæ dicitur de omni, ea quidem necessaria sunt, sed non sunt per se, cui?erat exemplum apud Philoponum, qp omnis nix est alba, & Auer. etiam exemplificabat in eadem re, & in coruo, dum dicim?, coruus est niger, & de risu venden tis, & ementis, quæ omnia sunt necessaria, & non per se. Sic vi detur male dixisse, qp omne ne cessarium sit per se. amplius dū negat per se esse necessarium, vi detur oppositum ei, qp dicit in fra commento 44. & in quæsito 4.vbi vult per se, siue essentiale esse cōditionem magis propriā quàm ipsum necessarium.

SOLVTIO.

PVTABAM ego alias, hunc locum esse omnino deprauatū in ipsa Auerrois trāslatiōe, aut etiam mendosum extare origi nalem verum, cum id plene iu dicare non possim, ob Arabicæ linguæ imperitiam, dixerim po tius Auerroym Stellexisse de eo necessario, de quo & ample me minit in quæsito quarto. nam ibi quoddam vult esse necessa rium simpliciter simplex, quod demonstrationis potissimæ ob iectum est. & hoc est, quod ha bet tres cōditiones, vt sit de om ni, per se, & primum. quoddam aliud communius accipit, quod est id quod semper est. itaqz cū dicit in hoc commento, non om ne per se esse necessarium, intel

lige de eo, qp est simpliciter sim plex, nam hæc propositio, quæ dicit, isoceles habet tres, est per se in secundo modo, non tamen habet perfectam necessitatē sim pliciter, quoniam nō est prima. Item cum dicit omne necessariū est per se, pariter id intellige de necessario simpliciter dicto, qm tale cum sit vniuersale primum est etiam per se, & de omni : & sic verificabis in fundamentis Auer. vtramqz propositionem, quæ falsa videbatur, & non est. Cum vero voluit Aristote . tex. 7. & etiam Auer. commento 28 & 44. necessarium communius esse eo qp est per se, dicas eos in telligere, de necessario in secun da significatione pro eo, quod semper est: que significatio com munis dicitur, & obiectum om nium specierum demonstratio nis, quæcunqz ea fuerit demon stratio. Tu vero si vis plura de necessario cognoscere, vide quæ grauissimæ, & copiosissime col ligit in quæsito demonstratiuo 4. ibi enim fons est huius dispu tationis, a quo emanarunt hæc, quæ passim in hisce commenta rijs spargit Auerroїs.

CONT. XLIIII.

AGENS Arist. de eo vniuer sali, quod appellat primum , & secundum qp ipsum , post eius descriptionem, addit illa verba, per se autem qp ip sum, idem vt per se lineæ inest punctum, & rectum &c. ex qui bus verbis ample colligitur, dici

per

G per fe effe idem cū eo, quod eſt
fecundum ɋ ipſum. Sed oppoſi
tum videtur voluiſſe in text. 7.
vbi prꜣparans fe Ariſto. ad ex
plicandas propoſitiones necef
farias, primum dicit velle agere
de omni, deinde de per fe, & po
ſtremo de vniuerfali, ex quibus
verbis patet philoſophum vo
luiſſe per fe differre ab eo, ɋ eſt
fecundum ɋ ipſum, nam re ve
ra per fe eſt res cōmunior, quo
niam omne, quod eſt fecundum
ipſum eſt etiam per fe, & non è
H diuerfo, ɋ autem fit propoſitio
per fe, quꜣ nō neceſſario fit vni
uerfalis, id Philoponus probat
hoc exemplo, quoniam iſoceles
habet tres in fecundo modo di
cendi per fe, quꜣ propoſitio nō
habet id quòd dicitur fecūdum,
ɋipſum, fiue vniuerfale, quoniā
habere tres vniuerfaliter ineſt
triangulo, non iſoceli. Et idem
videtur dixiſſe Themiſtius cap.
12.cuius hꜣc funt verba, in ini
tio illius, fi qua res per fe ineſt,
non ſtatim efficitur, ut fit vni
L uerfalis.

SOLVTIO.

HAEC tam euidens contradi
ctio, adeo difficilis eſt habita, vt
nemini mirum videri debeat, fi
quot fuere expoſitores, totidem
videātur, & reſponſiones. Nam
hꜣc verba, quꜣ dicunt per fe ef
fe idem cum eo, ɋ eſt fecūdum
ipſum, fic a magno Alberto, gra
uiſſimo latinorum exponentiũ
fuere explicata, ɋ non intelligat
hꜣc duo eſſe finonima, aut eũã

reciproca inter fe, quoniam in
7.tex.iam dixit oppoſitum, fed.
idem hꜣc duo appellat ob eam
tantum rationem, quoniam fu
periora funt idem cum inferiori
bus, potius quam inferiora cū
fuis fuperioribus. Nam animal
idem eſt cum homine, magis
quàm homo cum animali, ob
eam caufam, ɋ fuperiora funt
de eſſentia inferiorum : ac infe
riora contingunt fuperioribus.
itaɋ cum per fe fit veluti genus
ad id quòd dicitur fecundum ip
fum, ob id Ariſtot. hoc modo in
tellexit ea eſſe idem, non autem
fimpliciter. Quꜣ folutio, & fi a
magno interprete propōnitur,
pace tamen illius mihi fubtilior
videtur, quàm in hoc loco necef
faria. Nam quorfum Ariſtot. di
xiſſet hanc fubtilem animaduer
fionem, definiens vniuerfale? id
enim ad eius definitionem nihil
facit. Ob id D. Thomas addie
alium dicendi modum, ɋ cum
definiuerit vniuerſale eſſe de om
ni, & per fe, & fecundum ɋ ip
fum, ne quis in hac definitione
perciperet, per fe eſſe quoddam
diuerfum ab eo ɋ dicitur fecun
dum ipfum, iccirco fic eſt locu
tus. Hꜣc folutio conatur trahe
re hoc ad propoſitum definitio
nis datꜣ de vniuerfali, fed, reue
rentia huius diligētiſſimi expo
fitoris dixerim, ɋ hꜣc folutio
non aſſequitur intentum, quo
niam fi id ad definitionem refer
tur, cur non etiam tetigit illam
particulam de omni? Nam cum
de

M

A deffinimus rem vnam, nõ solum eius differentie, sed & genus sit vnum in ipsa definitiõe, etenim ex genere, & differentiã vuum, & idem sit cum definito, vt habetur sectione prima, & tertia libri Periher. & ex Porphirio ea. de differentia. hoc dico, si quis vellet asserere dici de omni suisse omnissum, tanquam genus in hac definitione, si vero sumatur & ipsum pro differentia, tanto magis debebat Aristo. dixisse, de omni, per se, & secundum

B cp ipsum idem esse. Posteriores nonnulli volunt hæc duo accepisse philosophum tanquam conuertibilia, quoniam dicunt, hic velle per se, pressius quàm in præcedentibus, nam in tex. 7. p se accipitur (vt aiunt) pro gente vniuersalia, nunc vero in significatione propria, quæ eadem est cum eo, cp dicitur secundum cp ipsum. Quæ responsio reddit Aristotelem non tam ineptum quàm & confusum: nam vteretur in eadem particula, manife-

C sta æquiuocatione. in eandem se re solutionem accessit Themist. qui cap. 12. inquit, per se, & quatenus ipsum, hoc loco esse audienda nobis, vti eadê sunt. reddit causam, quoniam hæc duo sunt inuicem adeo annexa, & coniũcta, vt alterum sine altero constare non possit. quæ responsio diminuta satis, & concisa videtur, præter æquiuocatione, quã facit in textu. at Theophrastus (referente Philopono) nõ audit

D hæc duo idem esse simpliciter, sed ad hunc sensum, cp ad vnum eorum sequitur alterum: nam si quid est, quatenus ipsum illud etiã est per se, & non ex opposito, quod dicit Theophrastus, verum est, sed ad textum nõ recte accommodari potest: quoniam Arist. dixisset quatenus ipsum, & per se idem sunt, non autem per se, & quatenus ipsum. Sed & Auerro. commento 16. huius dicti aliam affert explicatiõe,

E quoniam, inquit, voluisse Aristotelem per se esse idem cũ eo, cp est quatenus ipsum, non quidem simpliciter, (nam sic res sunt differentes, vt superius dictum fuit) sed accipiendo per se in significatione primi modi, in quo prædicatum est definitio, vel de definitione subiecti. Quæ sane solutio dura mihi nimis, & difficilis videtur, tum quia esset æquiuocatio in eo, cp est per se, tum quia non omne, quod prædicatur in primo modo est esse quatenus ipsum, nam genus est per se in specie, & tamen Auerr.

F negat prædicationem generis esse simpliciter quatenus ipsam, vt alio in loco ostendemus. item Aristo. dans exempla in hoc textu, quo modo per se est idem cũ eo quòd est quatenus ipsum, exemplificat etiã in propositionibus secundi modi, dicẽdi per se, quoniam ait, triãgulum habere tres per se, & quatenus ipsum. ob id mihi magis probatur solutio Iohannis Grammatici, quæ dicit

per

G per se , & quatenus ipsum esse
duas formas dicendi omnino
differentes, quoniam per se est
quiddam communius, vt ſ prę
cedentibus dixerat Aristo. nunc
vero ea dicit idem esse, quod au
diendum est in ipſis propoſitionibus demõſtratiuis, nam cum
hæc ſcribantur, ea ratione, vt a-
bundemus copia propoſitionũ,
iccirco Aristo. ne quis hæc duo
ſepararet a demonſtratione, di
cit hæc idem eſſe, quoniam ī ip
ſis propoſitionibus, ex quibus
H perfecta ſit demonſtratio, ſimul
concurrunt : & quidem in propoſitionibus, tam primi, quam
ſecundi modi dicēdi per ſe, quic
quid Auerr. in hoc loco dormi-
tans, ſomniarit. Quod vero res
iterſe diuerſæ, idem fieri poſſint
vni tertio comparatæ, inde con
ſtat, cp albedo, & dulcedo lactis,
qualitates ſunt omnino interſe
diſtinctæ, quæ tamen in ſubſtãtia lactis receptæ, idem re, & ſubiecto efficiuntur. Sic dici per
ſe , & quatenus ipſum , formæ
ſunt dicendi differenteſ, ſaltem
in hoc , cp vna eſt communior
alia , ſed in propoſitionibus demonſtratiuis ſimpliciter ſimul
connectuntur, quem cõnexum
ſi Themiſtius. ſignificare voluit
in eius recitatis verbis, putandũ
eſt & ipſum recte dixiſſe, licet
illa breuitas non plene explica-
ret nodum huiuſce difficultatis.

Tex. ii, EXPLICANS in eodē tex.
Philoſophus vniuerſale, dicit il

lud eſſe, quod in quolibet & pri
mo monſtratur, verbum autem
primo pro immediato ſtelligit,
ſed in fine huius text. & infra in
tex. 13. & 14. vult triangulo it. eſ
ſe habere tres vniuerſaliter, & ra
tinen, hæc propoſitio dicens, ri
gulum habet tres prima non vi
detur eſſe cum ſit concluſio mediata, & demonſtrata ab Euclide in primo Elementorum , aut
ergo exemplum erit falſum, aut
explicatio vniuerſalis, cum hęc
duo inuicem, manifeſte repu-
gnēt . Quam contradictionem
vidit Themiſtius primo Poſte.
cap. 12. & 18. & Iohannes Grammaticus in expoſitione horum
verborum.

SOLVTIO.

IN hac difficultate, ſane non
parua, Themiſtius primo Poſt
cap. 18. inquit, non videri conclu
ſionem demonſtratiuam poſſe
dici vniuerſalem, cum id maxime ſit proprium præmiſſarum
demonſtrationis, cui rationi, in
quit, reſpondiſſe quoſdam hoc
modo, cp non neceſſarium eſt in
qualibet demonſtratione præmiſſas eſſe vniuerſales, immo
potius videtur vniuerſale eſſe
conditionem concluſionum, &
per ſe eſſe conditionem præmiſſarum. Sed Alexander (referente eodem Themiſtio) confuta-
uit eam ſolutionem, quoniam
hæc partitio eſſet nimis ſubtilis,
velle, inquam , accommodare
vnum horū præmiſſis & aliud
concluſionibus. Sed Alexander
alia

Ad aliam sublimem responsionem, quæ dicit, conclusionem posse esse vniuersalem & primam, nõ quidem simpliciter, sed primã de genere eorum, quæ demonstrari possunt. Quæ solutio vult, primum dici bifariam, hoc est, pro eo quod simpliciter est primum, & immediatum, quod nõ stri appellant iuniores, primum primitate causæ, & subiecti simul, atque hoc est in his propositionibus, quæ nulla ratione demonstrari queunt; cuiusmodi sunt dignitates, & præmissæ immediatæ demonstrationis, quæ ita vniuersales sunt & primæ, vt inter eorum subiecta, & prædicata nihil intermedii cõstitui potest, hoc est, neq; causa, neq; subiectum vllum: hoc itaq; primum est præmissarum non conclusionis, Aliud vero est primum, quod non tantæ dicitur esse dignitatis, sed primum dicitur, subiecto, non causa: atq; hoc est in conclusione, nam ea propositio, homo est risibilis, luna deficie, triangulum habet tres, &c. prima est subiecto, quoniam nullum aliud datur prius illis, licet non sit prima, secundum causam, quoniam quælibet illarum per causam mediam potest syllogizari, hæc fuit Theophrasti solutio, cui adstipulatur Auerr. primo Poste. commento 3. 41.cõ. in quadam epist. & in qua lito tertio: & hæc etiam a latinis, omnibus recepta fuit. qua stante distinctione, contradictio. omnis

cõcidit, cum Arist. conclusionê dicta esse vniuersalem, & primam, id enim audiêdum est de primo secundum subiectum tãtum, præmissæ vero erunt primæ & subiecto, & causa simul. Nec obstant, quæ Themistius videtur adducere pro consutatione huius responsionis. Primu enim, inquit ille, se non videre, quo modo possit esse conclusio vniuersalis, vbi hæc fuerit syllogizata ex vniuersalibus præmissis: adde tu, quoniam esse primu vniuersale, & syllogizari posse, videntur pugnantia esse. Deinde etiam obiicit, esto id probabiliter verum esse, cp conclusio illa sit vniuersalis, quæ ex vniuersalibus, præmissis, & primis demonstratur, quid postea dicemus, quando demonstratio nõ cõstat ex pmissis primis, & immediatis, quod sæpissime contingit, & præsertim in mathematicis: videtur enim cp in illo casu tales demonstrationes sint penitus reiiciendæ, veluti inanes, cu non habeant conclusionem vniuersalem: cp si reiiciendæ non sunt, fatendum erit per se, & vniuersale fuisse explicata propter præmissas non ob conclusiones, quæ quidem est Themistij opinio. Verum hæc nihil aduersus Alexandrum faciunt, quoniam iam dictum est, perfectius esse præmissas vniuersales, quàm cõclusio sit cũ illæ primæ sint subiecto, & causa, conclusio vero subiecto solo. Ad secundam vero

G vero dicimus obiectionem , q̄
dū agim⁹de vniuersali primo,
agimus de obiecto demonstrationis simpliciter, non autem de
aliis.demonstrationes autē simpliciter sunt quę primis constāt
principiis, vel quorum principia ad prima statim resoluūtur.
Quòd autem conclusio sit vniuersalis,& prima, confirmes ex
emplo de triangulo, quod habetur in tex.item in text.12 .& 13.
agens de erroribus vniuersalis,
eos fere omnes applicare possu-
H mus conclusioni.sed & in quar
to decimo dans Aristo. regulam
de eo q̄ est vniuersale, primum
& quatenus ipsum , concludit
id esse, dum dicimus triangulū
habere tres, non autem cum dicimus, figura, termin⁹, isoceles,
æneum habet tres:& hæc venia
Themistiū sint a nobis dicta.Sed
tu vide latius hæc disputata ab
Auer.in commento 36.

CONT. XLVI.

Cō.36.　EXCITATVS Auerr, his,
I　quæ dixerat Themistius primo
Post.cap.12.in quo disputat nisi
quid prædicatio generis de dif-
ferentiis.ac speciebus, sit vel nō
sit prædicatio vniuersalis,& pri
ma,dubitat an vniuersale hic de
finitum sit proprium,& conuer
tibile.Et ait, q̄ si dicam⁹, ipsum
esse proprium,& conuertibile,
tunc videretur ipsum non perti
nere,nisi ad definitiones, & pro
pria,quamobrem genus ipsum
non erit prædicatum vniuersale,quod Auer,habet pro incom

modo , oppositum videtur ha- K
buisse infra in commēto 41. vbi
damnat Themistiū, qui voluit
prædicationem generis esse pri
mam: quocirca , ait,genus non
posse prædicari primo , & vniuersaliter de specie,quoniā non
competit vni speciei , quatenus
est illa species,sed pluribus.

SOLVTIO.

QVI volunt hanc rem vide
re fusius,accedant ad tertiū quę
situm demōstrationum, vbi hæc
& plura alia proponuntur scitu
dignissima: Etenim eo in loco L
colligitur distinctio,de prædica
tione vniuersali, & prima simpliciter,quæ necessario vult ter
minos proprios,& partes, & in
hac significatione genus non po
test vniuersaliter prædicari de
vna specie:poterit tamen prædi
cari de omnibus coniunctim:
aut etiam de differentiis ipsis di
uisiuis,nam animal cōuertitur,
cum omnibus suis speciebus, vel
etiam cum suis duabus differentiis, quæ sunt rationale, & irra-
tionale.Potest etiam(vt in calce M
huius commenti colligitur)ge-
nus prædicari vniuersaliter de
spē,dūmodo non contrahatur,
nam homo, vt homo est certū
quoddam animal, hoc est contractum , nō autem absolute est
animal.contrahitur autem animal,si dixeris,homo est animal
cogitatiuum. Est itaque respon
sio, q̄ genus respectu vnius speciei, sine contrahente dictum,
non facit prædicationem simpli
citer

A citer vniuersalem, & primam,
sed vniuersalem de omni tantū
& per se, contractum tamē, vel
ēt respectu vtriusᵱ suᵱ differen
tiæ diuisiuæ, vel omnium specie
rum simul, potest vniuersaliter
prædicari & primo. Themi-
stius vero voluit genus facere
prædicationem vniuersalem de
differentijs, & speciebus, quod
forte seruari potest (quicquid il
li tribuat Auer.)quoniam Gen⁹
B potest sumi, ita vt conuertatur
cum differentijs, & specieb⁹: vel
forte prædicationem vniuersa
lem intellexit in significatione
quadam communi, non primā
& quatenus ipsam.

CONT. XLVII.

EXPONENS Auerr. ea ver
ba, in tex. 11. per se, & quatenus
ipsum, idem sunt, vult hæc duo
hoc in loco conuerti, cui senten
tiæ, oppositam regulam tradidit in secundo lib. Phy. commēto 3. quo in loco explicans Auer
C ro. naturæ definitionem in qua
Aristo. ponit has voces primū,
& per se, animaduertit has esse
non sinonimas, & cōuertibiles,
immo differentes: quoniam om
ne primū est per se, non autem
contra: idem autem est primū,
& quatenus ipsum, quare si hęc
dicit eo in loco differre, & hic
idem esse, pugnātia videtur om
nino attulisse.

SOLVTIO.

CVM hæc cōtradictio sit cō
munis Auer. & Arist. patet solō
ex his, quæ dicta sunt in collēda

contradictione tex. 11. nā in de- D
finitione naturę, primū, & per
se, audienda sunt vti diuersa, nō
vti sinonima, cum disciplinę, &
scientiæ contemplatiuæ despici
ant sinonima, vt habetur primo
primo phy. commē. 1. Hic vero
cū dicit hæc esse idem, intelligit
qñ per se est definitio in primo
modo. hæc. n. suit Auerr. expō,
quam in superioribus reiecim⁹,
confirmata Theophrast. interpretatione. verum hæc volui di
xisse, vt cognosceres, in Auerr. E
nullā l hoc extaꝛ cōtradictionē.

CONT. XLVIII.

EXPLICANS Auer. eam Ari. Cō. 37.
sententiam, in tex. 11. quæ dicit
habere tres, non competere vni
uersaliter equicruri, reddit cau
sam, qm̄ hæc dem̄. ratio esset par
ticularis, & ob id addit dem̄ra-
tionem non posse esse particula
rem. sed cōtrariū sentit infra cō.
16e. siue in text. 3c. iuxta veterē
sectionē. quo in loco disputat cū
ipso Arist. vtra sit melior dem̄o
stratio, vsͥs, vel particularis. & F
dicit per particularē dem̄ratio-
nē nō esse intelligēdā eā, quæ sin
gulari termino continet, vt si di
cas aliquis homo est albus, sed
illam, quæ prædicatū genericū
cōcludit de specie specialissima.
vt si dicas, isoceles hꝭ tres. ecce,
ꝗ vult has demonstrationes bo
nas esse, licet minus, quàm quæ
de gñe sunt, vt illa in qua habe
re tres concluditur de triāgulo,
& tamen id negat in expositiōe
huius tex.

Conꝛ. Tom. H 10

G

SOLVTIO.

VVLT Auer. vbiq; locorum demõstrationẽ in hoc libro, mõ considerari in significatione magis ꝓpria, mõ in significatione paulo magis cõi. Nam cõditiones per se, & de oĩ vult eẽ demõstrationes signi, & propter qd, potissimæ vero demonstratiões notæ sunt, de omni, ꝑ se, & quatenus ipsum, simul. itaq; cũ hic fiat mentio, & explicatio vl'is, quod dicitur quatenus ipsum, quæ est potissimæ demõstratio-
H nis specialis cõditio, iure Auer. dicit particularia nõ demonstrari, hoc est demr̄atione simpl'r. at in cõm. 160. capit demonstrationẽ vna cũ Arist. cõius. hæc.n. potest eẽ vl'is, particularis, affirmatiua, & negatiua, ostẽsiua, & ducens ad incommodum, vt constat in tex. 39. 40. 41. Aliter etiã dicere potes, ꝙ Auer. hic loquitur nõ de speciebus, sed de vere particularibus, quæ ideo ait, nõ posse demonstrari, qm̃ sunt infinita: at in cõmẽ. 160. sumit spẽs
I specialissimas. qđ vero hoc nomẽ particulare interdũ ꝑ indiuiduo, interdũ ꝑ spẽ specialissima accipi nobis possit, est in primis Auer. 1. phy. cõm. 4. & 5. deinde & 1. poste. cõm. 12. vbi exponẽs Aristo. dicẽtẽ notiora nobis esse singularia, hæc vocat species specialissimas.

CONT. XLIX.

Tex. 13 ENVMERANS Arist. tres errores, qui in re vl'i nobis committi solẽt, alterũ dicit esse, cũ quis ꝓpriã passionẽ demr̄at de pluribꝰ L
spẽ differentibus, quæ tñ de gñe illorũ cõi tenebat̃ demr̄ari. Exẽplũ vero addit hmõi. Si quis demonstrabit ꝓportionale esse de lineis, numeris, solidis, & tpibꝰ credet eam affectionẽ vl'r fuisse demonstratam, sed hallucinat̃, qm̃ non de his spẽbus erat concludenda, sed de cõi gñe illarũ, qđ cũ nobis ignotũ sit, iccirco demr̄atio vl'is fieri non põt. Ex quibus habes genus, lineæ, nũeri, tẽporis, & solidi esse ignotũ. oppositũ voluit in prædicamen K
tis, cap. de Quanto: vbi quantũ ponit genus cõtinui, & discreti, sub quibus collocãtur linea, nũerus, tẽpus, & solidũ siue corpus. Si itaq; quãtum est genus cõe illorum, cõstat illud esse nominatum, non autem anonimum.

SOLVTIO.

QVIDAM aiunt ꝓportionale esse affectionẽ cõem, quãto cõtinuo, & discreto, & cũ apud eos continuũ, & discretũ cõueniant æquiuoce, ob id aiunt voluisse
Arist. Genꝰ horũ quatuor lineę, M
nũeri, corporis, ac tpis eẽ ignotũ, qm̃ hactenus non hr̄ nomen vniuocũ cõe illis: quantũ uero dicũt esse æquiuocũ. Habẽt hi ꝓ hac opinione locũ Auer. 1. Post. cõm. 74. & 1. met. cõmẽ. 46. vbi inquit, quãtitatẽ non esse genus vnũ ad cõtinuũ, & discretũ, analogice, tanto minus æquiuoce. Hæc cõcordia ducit nos in infinitas difficultates. prima ẽ, ꝙ si quãtũ nõ est genus vnũ, prædica-

mẽta

A mětà non x. extarent sed xi. qm̃
dicis, quãtũ æquiuocũ eē, quãobrē quãtorũ erunt duo prædi-
camēta: & sic numerus prædica
mentorũ nõ erit denarius, quod
repugnat doctrinæ Arist. in prę
dicamē. cap. de incõplexis, & 5.
met. 18. At locus Auer. iam cita-
tus, nihil facit ad eorũ confirma
tionē, qm̃ continuũ, & discreni
vult nõ vniuoce, neq; analogice
sub vno gñe conuenire, accipiēs
genus, p subiecto artis. Nã dum
hæc dicit, exponit verba Arist.
quę dicũt nõ dari trãsitũ de gñe
in genus hoc ē, de Arithmetica
considerãte numerũ in Geometriam cõsiderãtē cõtinuũ, ob eã
rõnē, qp hæ facultates non pñt
hr̃e genus idē, hoc est subiectũ:
& si illud haberent, viciffim trã-
scenderēt. Hic vero de gñe præ-
dicamentali (vt dicunt) disputa
mus, nam tale pōt eē cõe continuo, & discreto, stante ordine
prædicamētorũ tradito in prædicamentis, & 5. diuinæ philoso
phiæ. Ob id contradictio adhuc
persistit. Dicunt alij, qp genꞌho
rũ nõ est nominatũ, qm̃ illa ad
diuersas scientias referuntur, nã
dicunt, pportionale in lineis cognosci a Geometra, in numeris
ab Arithmetico, in corporibus
a physico, in tēporibus ab astro
logo, quæ sciæ nõ cõueniunt in
vno cõi gñe. & in eandē vr̃ ac-
cessisse solutionem Auer. cõmē.
35. sed ommissa tam exquisita,
& artificiosa distributione scie-
tiarũ, dico qp licet non detur ge

nus cõe scientijs considerantibꝰ
hoc qp est pportionale esse, non
ob id cessat difficultas, qm̃ hic
non sit mentio de genere subiecto scientiarũ, sed de genere specierum, & tale est genus prædi-
camentale. Cum iunior essem,
neq; adhuc Philoponi cõmenta
ria vidissem, dicere solebã, Quã
titatē non posse dici genus cõe
lineæ, numeri, temporis, & corporis, ita vt de ea possimus con
cludere vr̃, pportiõale, qm̃ quã
titas nõ est subiectũ adæquatũ
affectioni, cum quantitas in plꝰ
se habeat, quàm, pportionale,
nã oratio, & locus quantitatē
sunt, quæ tñ non sunt pportiona
lia: & iccirco genus horũ videtur non posse dici quantitas, cũ
nõ ois sit quãtitas pportionalis.
Quæ sane responsio, inter cæteras, videtur mihi minoris difficultatis, sed Philoponi solutio
maioris est fidei, & perspicuita
tisꞌnam, inquit, ille exemplũ de
pportionali, qd̃ Arist. adducit
desumptum ex vetersi monumē
tis. itaq; cum hæc affectio, quæ
dicitur pportionale sit cõ̃ quã
to, & quati, hoc est quibusdam
quantitatibus, & etiã nonnullis
qualitatibus, quibꞌ nõ datur ge
nus vnum nominatũ, ob jid sic
locutus est Arist. Quòd vero cõ
petat quãtitati, iã dictũ suit, qm̃
conuenit lineis, nũeris, tpibꞌ, &
corporibꞌ, & ēt alijs, vt supficie
bus, & motibꞌ, neq; his ũ, sed
ēt qualitatibꞌ, qd̃ pbat Philo-

H ij   pontis

G ponunt, Plato. testimonio in Gor
gia, quo in loco ,pportionē assi
gnat inter facultatē legalē, iudi
cialē, sophisticā, & rhetoricā. ad
dit & ,pportionē inter exercita
toriā artē, medicinā, māgoniā,
& coquinariā. Sed tu vide hæc
latius ī Ciorgia, & apd Philopo
nū. itacꝗ si ,pportionale cōe est,
quæsitū siue passio quātitatū, ac
qualitatū, recte dixit Arist. non
eē nominatā naturā siue gen⁹cō
mune spērū, pportionaliū. Et li
cet ī exēplo nō accepit nisi quā
H titates, id nihil obstat, cū hoc sit
intelligēdū tanꝗ acceptū ab an
tiquis, vt sunt oīa exēpla ipsius:
antiqui vero id, quāto, & quali
cōe secerunt, & ita audiēdū est:
quanꝗ ea est breuitas Arist. vt
concise illud proposuerit.

CONT. L.

Cō. 41. CVM de inductiōe, ī quodā
,pposito, mentionē faciat Auer.
expōnēs quædā verba in tex. 13.
inquit, inductionē nō facere nos
acquirere pdicationem p se, sed
I tū per accñs. Cui dicto vr̄ id re
pugnare, ꝗ voluit Auer. ī 8. ph.
cō. 33. nā eo in loco colligit, dari
īductiōnē, ꝗ necessaria est, & de
mōstratiua. Et est ēt rō, nā indu
ctio colligit vr̄ia, hæc vero pñt
esse ita per se, sicut & per accñs.

SOLVTIO.

INDVCTIO cū sit materies
disciplinæ, nō aūt via doctrinæ
ex,plogo primi ph. ob id ē argu
mētū cōsolatoriū: nō aūt neces
sario cōcludēs. Nā, ꝗ necessario
cōcludūt sunt sylli, quibus vult

Auer. ,pbari quæsita naturalr̄ oc K
culta, sed inductio ,pbat ꝗsitū le
uiter ignotū, & ideo valet ipsa
plurimū in faciēda side, hoc est
certitudine sensata, vt hr̄ 2. post.
tex. 2. Adde & illud, inductionē
cōsiderari posse rōne formæ, &
rōne materiæ: quo ad formā est
augmētario per accñs, non qui
dē per se, & necessaria, ob cās re
latas: quo ad materiā vero ē ali
ꝗñ necessaria, vt si dicas, Socra
tes ē rōnalis, igitur oīs hō rōna
lis. quæ īductio in re necessaria
pōt vno solo indiuiduo colligi. L
Quib⁹ cōstitutis cessat illa supe
rius adducta pugnātia: nā indu
ctio quoad formā nō pōt eē per
se, & necessaria, rōne vero mate
riei pōt, & ita etiam ,pcedit rō
adducta pro cōfirmatione.

CONT. LI.

AGENS Auer. disputatione Cō. 42.
aduersus Aduepacem, & Alpha
rabium de prædicato primo, in
quodā suo ,pposito, dicit hęc ver
ba, demr̄ationes, quæ sunt potē
tia definitiones, sine ullo dubio
sunt perfectiōes. certū aūt est, ꝗ M
has demr̄ationes intelligit, ex ꝗ
bus colligitur definitio solo situ
differēs a demr̄atiōe, vt ē illa de
qua philosophus mētionē facit
in 2. poste. tex. 10. siue cōmē. 42.
quæ sic cōponit, ob extinctionē
ignis in nube sit son⁹nubis, toni
trus est ignis extinctio, ita ꝗ toni
trus est sonus nubis. ex hac . n.
educit definitio cōtinua ꝗ dicit,
tonitru ē sonus nubis ob extin
ctionē ignis. Et cōsile est exem
plum

A plius s. q̃ sito dem̃ratiuo de eclipsi, ob terr̃ ꝑ iterũctũ sit priuatio
luminis solis in luna, eclipsis est
terr̃ interuentus, igitur eclipsis
est priuatio luminis solis I luna.
Ex qua dem̃ratione elicit̃ defini
tio integra & absoluta dicẽs, ecli
psis est priuatio luminis solis in
luna, ob terr̃ iterpon̄e . sed h̄ec
definitio ait Auer. in eod̃e qũest
to 8 . nō efficitur, nisi sint du̇e de
finitiões, quar̃u vna sit cōclusio,
alia vero sit principiũ, itaꝗ de-
m̃ratio h̃ec simpliciter, qũa vult
B hoc in loco esse definitionẽ pot̄e
tia, & qũa perfectiorẽ c̃eteris ap
pellat, cōstabit duplici definitio
ne: cui ꝰoppositũ voluit Auer. 2.
poste. cōm. 29. & 38. vbi aduersus Alpharab. & Au̇epa. disputat de hac re. Ampliusi si qũestita
scĩeriar̃u sunt, ꝑ maiori ꝑte de ac
cidentibus, vt dicit Auer. 1. post.
cō. 12.18.20.41.67.94. & demō
strati̇ões sunt de accñtib̄ꝰ ꝓpri̇s
q̃ concludim̄ꝰde ipsis subiectis,
t̃uc ꝑ demr̃ationẽ nō concludet̃
definitio, sed sola passionis inhe
r̃etia, vt cũ triãguli cōcludim̄ꝰ
h̃re tres, lunã deficere, hoĩem ẽe
risibile, & c . q̃ demr̃ationes sim
pl̃r ph̄i eẽ, cũ dent cãm, & eẽ, &
t̃m h̃e non sunt definiti̇ões in po
temia, qm̃ nō cōcluditur in his
vna definitio, n̄a cũ dico hoĩem
esse risibilem ex eo, ꝗ est aĩal r̃o
nale, non possum colligere definitionẽ solo situ differentem, t̃u
quia cōclusio nō est definitio,
tum quia si colligeret̃ur, ẽct h̃ec,
homo est risibilis, propter aĩal

D rationale, sed risibile cum sit ac
cidens, fieri non potest, vt hoĩs
definitionem ingrediatur.

SOLVTIO.

NOBILIS profecto est h̃ec
difficultas, cũ in hac o̅ẽs pr̃ecla
ri expositores videantur perple
xi. Sed h̃ec contradictio, in pr̃e
sentia tolletur tantum in funda
mentis Auerr. nam alius erit locus, in quo citabit̃ur eadem pu-
gnãtia in Arist. ipso: id enim cō
stabit maxime infra super tex.
21. Auerro. opinio h̃ec fuit, ꝗ
E demonstratio sit genus triũ spe
cierum, nempe potissim̃e, propter quid, & quia, id autem col
ligitur in prologo primi phys̃.
& 1. poste. cōmen. 95. & in qũe
sitis multotiens. At demōstra
tio potissima dans cãm, & esse
distĩguit̃ur secundũ magis, &
minus perfectam, qm̃ eã vult eẽ
o̅ium perfectissimam, qũe continet du̇as definitiones, alterã ꝑ
medio, aliã ꝑ cōclusione, dũm̃ꝗ
qũe concluditur, concludat̃, vt
qũesitũ natural̃r ignoti, nō vti
F definitio ẽ, & ea q̃, ꝑ medio acci
pitur, accipitur non vt definitio
sed vt cã dans ꝓpter quid, de ea
definitione, qũe cōcluditr̃:id aũt
habes in 1. & 1. & 2. qũesito de
mōstratiuo, necnō 2. Post. cōm.
37. vbi dicit, nō posse definitio
nẽ natural̃r occultã alia, r̃one in
notescer̃, qũa ꝑ demr̃ationẽ, dũ
m̃o eius medi̇ꝰsumat̃, tanq̃ cã il
lius concluder̃:d̃e definitionis.
Quod aũt hanc velit eẽ ꝑfectissi
mam o̅ium, id copiose collig̃e

H iij   ex

G ex 8. quęfito, vbi ait hanc voluif
ſe Ariſt.prò ſcopo libri Poſt.cæ
teras autem eē æquiuoce demō
ſtrationes. Quod vero hæc lar-
giaſ definitionē ſolo ſitu differē
tē, eodē ēt in quęſito oñdit, & in
prologo primi Poſt. ait, conſide
rari in lib. Poſt. demſrationē, vti
ex ea colligitur cōceptio, & for
matio, hoc eſt definitio. Et 2. Po
ſte. cōm. 38.ſcribit, ea quæ ſunt l
1.poſte. fuiſſe dicta ob ea, quę di
cuntur in 2.quod ſane dictū pē-
dit ex eo, quod voluit de defini
H tione, nam Auer. tenet ſubiectū
2.lib.poſte.eſſe definitionē, quę
poſt factam demonſtrationem
educitur, itaqz demonſtratio nō
erit perfectiſſima demſratio, niſi
tradiderit definitionem ſolo ſitu
differentem. atqz hoc vſ eē ēt di
ctum ex Ariſt.ſententia. 2. poſt.
text.9. vbi agēs de mōdo, quo
educitur definitio per demſratio
nem, inquit, eã non demſrari, ſed
educi quotieſcūqz mediᵘ terminus fuerit rō perfecta, nã ille da
bit quod eſt, & pp quid, & ex
L eo ēt apparebit definitio, nō qa
demſretur, ſed quia ſiſinnoteiſet
eum, ppter quid. Ex his itaqz cō
cludamus recte voluiſſe Auerr.
demſrationē illã eſſe perfectiorē
cæteris, quæ eſt definitio poten
tia, & in hoc nō eſt dubitandū.
Verū non tollitur ob hoc, etiã di
ei poſſe demonſtrationem ſimpliciter eam, quæ paſſionem cō
cludit de ſubiecto, qñ pręſertim
paſſio erit naturaliter ipnota, &
demonſtrabitur medio, qui ſit

cã formalis ſubiecti, & rō dãs K
ppter quid de paſſiõe. id.n.eſſe
neceſſarium colligitur. 1. de aſa.
11.4. phy. 31.1.poſte.5.2.poſte.9.
ſed hæc demſratio paulo cadit à
perfectione primi generis: potiſ
ſima tñ dſ rōne quæſitorũ, qñ
dat cãm, & eſſe.id.n. requiritur
ad demonſtrationem ſimplſr, ex
1.poſte.cōmen.5.95.& quæſitis,
necnon in Epich. logicis cap.de
demſratione. Vtrũ vero ex hac
colligi poſſit definitio ſolo ſitu
differens, necne, qõ eſt non parua inter modernos. Nam maior L
pars vult qp ſic, credētes impoſ-
ſe, vt ſit demſratio ſimplſr, quæ
non ſit definitio potentia. Et ob
id coguñ dare exēplũ illud demonſtrationis concludentis paſ
ſionē hoc mō, aſal rōnale morta
le eſt riſibile, hõ eſt aſal rōnale
mortale, ergo hõ ē riſibilis. qua
demonſtratione cōſtituta, aſūt,
inde elici definitiōnē ſic, hõ eſt
riſibilis ob aſal rōnale mortale.
ſed pace horũ dixerim, hanc nõ
eē definitionē hois, qñ riſibile,
cum ſit accñs, non pōt eſſe pte
hois, neqz eiᵘ definitionis. nã accñs definit ſubiectũ, nõ aūt ſubiectũ accñs. 1.poſte.9. & 7.met.
17. Alñ vero non hois, ſed riſibi
lis, aſūt colligendã eſſe definitio
nē, adeo vt ſit dicendum riſibile
eſt hois aptitudo, ob aſal rōnale
mortale. ſed hæc ſolutio diffici-
lior eſt prima, tum qñ neceſſe ē
vt aptitudo nouiſſime apponaſ
in definitiõe, quæ in demſratiõe
non ſuit accepta: item qñ definitio

A nitio nõ ad quã fitñ, fed ad fub
iectñ eſt referẽda.fic.n. facit Ari
ſto.2.poſte.tex.10. vbi tonitruũ
accipit,p fubiecto, fonũ nubis,p
prædicato, extinctionẽ ignis ,p
medio,dicit,p tonitrui definitio
nem fic colligi, cp fit fon⁹ nubis
ob ignis extinctionem,quę defi
nitio fubiecti eſt,hoc eſt minoris extremi,loquor de definitiõe
folo fitu differente: nã definitio,
quę mediu eſt,ea eſt rõ,hoc eſt
cã dans,ppter quid prędicari,ex
2.poſte.9. Quamobrem dicerẽ
ex ea demonſtratione, quæ dat
paſſionem de fubiecto non eſſe
neceſſarium,vt inde educaf definitio folo fitu differens,hoc eſt
ea,quæ duabus conficitur defi-
nitiõibus imperfectis: niſi de ip
ſa velimus concludere definitio
nẽ,id aũt fecretñ eſt, qd' me docuit Auer.in 8.queſito.Nã po
namus paſſionẽ eſſe occultã ex
fui natura, tunc fi concludaf p
medium dantem cãm,& eſſe illius, pculdubio p demõſtratiõ
fimplr erit cognita, ex qua dixi
mus,non eſſe neceſſariũ,vt colli
gatur definitio folo fitu differẽs,
fi vero hæc paſſio fuerit nota,&
ignota eius quidditas,ea conclu
def per medium,qui df cã illius
quidditatis,& erit demõſtratio
fimplr in primo gradu,quæ dabit nobis definitionem folo fitu
differentê:hoc mõ. ob aial rõna
le mortale eſt aptitudo hois naturalis ad ridendũ,rifibilitas eſt
,ppter aial rõnale mortale, ergo
hæc eſt aptitudo naturalis hois

ad ridendũm.Notum eſt, cp me
dius terminus eſt definitio rifibilitatis , & etiam eſt ratio dans
propter quid prædicati in fubie
cto,& eſt pars definitionis perfe
ctæ rifibilitatis . item concluſio
eſt alia imperfecta definitio, ex
quibus duab⁹ colligitur integra
definitio folo fitu differens fic,ri
fibilitas eſt naturalis aptitudo
hois ad ridendum ob animal ra
tionale mortale . Sed redeundo
ad contradictionem,dicim⁹hoc
nõ negaſſe Auer.locis proxime
adductis , qñ differit aduerfus
Alpharabium,qui credidit defi
nitionem poſſe concludi, vt defi
nitio eſt per medium,quę fit de
finitio, verum cum definitio fu-
maf a gñe,& dria, quæ forma
eſt,& vnius rei eſt vnica forma,
ob id vult,qd'quid eſt per aliud
cp quid eſt nõ poſſe demrari,&
li demonſtref erit petitio princi
pñ.Sed dũ ponimus definitionẽ
concludi per demõſtrationem,
dicimus id fieri de imperfecto, cp
quid eſt,vt queſitum eſt non de
finitio , & p medium qui ẽ cã illius dãs pp quid,nõ quid.Ad cõ
firmationem puto me iã fatis rñ
diſſe ex Auer.fundamẽtis,iccir
co hæc muſſa faciamus.

CONT. LII.

AGENS Auer. de pdicato pri Cõ.47
mo,vult gen⁹non poſſe pdicari,
niſi ipſam arctem⁹ per aliquam
notã, fiue particulã habẽtẽ vim
limitandi,ver.gra. animal non
poteſt prędicari primo,& quatenus ipſum de homine,quoniã
      H iñ   plu-

G pluribus aliis cõpetit ſpēb⁹, qđ aũt primo prædicatur, reciproʹ cũ,& conuertibile eſſe teneť, vt dicit Ariſt.in tex.14.& cõm. 42 & 43.ſi vero dixerimus hominẽ eē quoddã animal, inquit Auer. prædicatio eſt prima, quod non de ſigno particulari ſtelligit Heʹ brxus interpres, ſed de aliqua li mitatione contrahente, vt re ve ra intelligere debem⁹:verbi cau ſa, dum dico , homo eſt animal cogitatiuum, vel aliud ſimile:ſic enim genus efficitur conuertibi

H le cum ſpecie, & prxdicationẽ primam conſtituit: oppoſitum autem videtur voluiſſe Auer.in quxſito tertio , vbi genus videť eõcedere, poſſe, ſimpliciter proʹ latum , prædicari primo de ſpē.

SOLVTIO.

PRIMVM , apud Auer.latius interdum, interdum preſſius ac cipitur, latius eſt id quod de oī, & per ſe dicitur, vt hxc, ppō, hõ eſt aīal, hõ eſt corpus, hõ eſt ſub ſtantia, & ſic de cxteris, in qua ſi gnificatione vult genus abſoluʹ te prolatum, de ſpecie prædicari poſſe. At primũ pprie acceprũ eſt de omni, per ſe, & quatenus ipſum, & hoc neceſſario vult cõ uertibilem prædicationẽ, vt col ligitur ex Ariſto.1.poſte.tex.14. & in prxſenti commen . intelliʹ git Auer.& hoc pacto genus abʹ ſolute non dicitur de ſpecie vna primo. Qua diſtinctione etiã deʹ fendere poſſum⁹ Themiſt.1.poʹ ſte.cap.12.qui genus de dñjs, & ſpēbus vult v﬜ prædicari, nam

vel genus ipſm limitatũ accipit, **K** vt iã dictũ ẽ,vel ſi abſolute intel ligit,cõem accipit ſignificatioʹ nẽ primi ſiue v﬜s prædicari, nõ pprizl.licet ſint,qui dicãt genus accipi à Themiſt. non reſpectu vnius dñjg, vel ſpēi,ſed oīum, et ſic cõuerſim pdicari, đ q̃ re vide tu exẽpla apud authorem ipſm.

CONT. LIII.

H O C commẽtum v﬜ ſcatere **Cõ.44.** quãplurimis cõtradictiõib⁹. prima ẽ, qñ exponẽdo textũ, vult qꝏ neceſſariũ ſit eẽtiale **I** id.n. v﬜ Auerr.negauiſſe cõ. 28. **L** & 29.vbi vult de omni, per ſe, & ſpeciales cõ ditiones neceſſariñ, quare cum a ſpecie ad genus teneat illatio,& nõ ex oppoſito,dicim⁹.n. eſt hõ ergo aīal, nõ aũt ẽ aīal,ergo hõ, pariter valebit ſi dixero, eſt eẽ tiale(ẽ aũt eẽntiale idem, ꝙ ꝑ ſe apud Auer.)igit ẽ neceſſariũ,nõ aũt neceſſariũ ẽ igit eẽntiale. Nã hxc ppō, coru⁹ẽ niger, nix ẽ **a** ba, riſus,hoc eſt cõſenſus emẽtis & vendentis, (vt vtar exẽplis ip ſius Auer.)ſunt ꝑpones neceſſa **M** riç, non tñ eſſentiales . Alia eſt cõtradictio, dũ inquit, mutuam ꝑdicationẽ ꝑprietatũ eē neceſſa riũ, v.g. ſi dixero, riſibile eſt diſci plinabile:& tñ vult eam paulo poſt eē accñtalẽ, vt hꝛ ẽt 2.poſt. cõm.39. Tertia eſt, ꝗ in fine cõ menti dicit, ꝑdicationẽ gñis de ſpē nõ eē neceſſariam ſimpfr, & tñ voluit ꝑdicationẽ gñis de ſpē eſſe in primo mõ ꝑ ſe, vt licet ꝑ ſpicere in 1.poſter.commen.30.

ſꝏ

A

SOLVTIO.

AD priorem contradictionē puto me satisfecisse in præcedētibus sup. c. 35. vbi diximus necessariū accipi bifariā, communi & propria significatione. Cōmuni est id quod semper est, & est ipsum dici de omni & illud qd habet admixtum id, qd est per accidens, quo mō voluit necessarium in plus se habere quā essentiale, ac significatione proprie dicta, necessariū est, quod nullo pacto habet permixtum id qd est per accidens & contingens, & hoc appellat necessarium essentiale et simpliciter, tale vero est, de quo loquū in hoc cō. & superius etiā in cō. 35. aduersus Alpharabium. Exemplū est autem si dicas homo est animal rationale mortale. Ex quo patet cp necessarium hoc simpliciter non potest esse nisi qn predicatur tota definitio de definito, vel differentie conuertibiles, vel accidētia propria, in his. n̄ nihil est qd sit per accidens. qm sunt predicationes de omni, per se, & primæ. Vnde veritas colligitur illius regulę, quæ dicit, Ens necessarium nullā habere possibilitatem, 2. cœ. c. 33. & 34. item 12. Met. c. 39. & 9. Met. com. 37. quicqd voluerit Auicenna, qui necessarium posuit vel ex se, vel ex alio. 3. cap. de substantia orb. Nō est aūt sic dum pdicatur Genus de specie, quoniā licet animal sit res necessaria homini, hō tn̄ est res contingens animali, et

iccirco dū dico, homo est aīal, D hæc propositio non est simpliciter necessaria, qm species cōtingit generi, & ideo est necessaria fm vnam partem, fm aliam est per accidens. Quibus, constitutis patet solutio primę & tertiæ cōtradictionis, nam cum dicit, omne necessarium esse essentiale, hoc accipit in significatione propria, cumq; dicit genus non prædicari necessario de specie, intellige fm vtramq; partem & simplr, & cum dicitur genus p̄ E se dicide specie in primo mō, cō cedas, sed addas, cp non oīs predicatio primi modi est necessaria simplr, sed illa f qua tota definitio prędicatur, vel differētiæ conuertibiles. Genus aūt cū nō conuertatur cum specie, non facit prędicationē simpliciter necessariam, necp primā, qm species accidunt generi. Ad sedam vero cōtradictionē, respōdet ipse idem Auer. in hoc loco, dicēs, quod mutua prędicatio pprie F tatum est necessaria, non quidē simpliciter, sed p accidens, quo circa nota, cp hæc prędicatio est necessaria, cū dico, Risibile ē disciplinabile, qm termini hęrent inuicem de omni, et ob id est necessaria, verum est per accidēs, qm nō est naturalis prędicatio, vt habetur. 1. Post. tex. 35. vbi dicitur, accidens de accidente prędicari prēter naturam, & per accidēs, nam iccirco hæc est vera, Risibile ē disciplinabile, quoniā vruq; per se inhæret tercio cuidam

A dam, hoc eſt ſubiecto, non autem ex ſe. nec tamen ſequitur
hac ſtãte ſolutiõe, vt vera ſit opi
nio Auicennę, quę à nõnullis fal
ſo adſcribitur et Alexandro, cp
neceſſarium aliud ſit ex ſe, aliud
ex alio. quę diſtinctio quo modo falſa ſit dicêda, vide in lib. de
ſubſtantia orb. cap. 1. & .3. itê. 8.
Phy. c. 79. 12. Me. c. 4 l. 5. Me. c. 6.

CONT. LIIII.

C&. 46.

Dicit Auer. vnius rei non
poſſe eê niſi vnam demõnem,
reddit'q̃ cãm duplicem, prima
eſt, cp demõ conuenit operi na
turæ, cum autem natura rei ſit
vna in ſingulis, videtur & vnã
eê demõnê, ſecũdarõ eſt, vui'
rei vna ê dcfinitio. itacp vna erit
& demõ. Sed oppoſitũ habes
ex Ariſt. & Auerr. multis in locis, 1. Poſt. tex. 43. & . c. 179. 2. Po
ſter. tex. 25. quibus in locis colli
gitur vnius rei plures eſſe demõ
ſtrationes & cauſas, immo prio
Poſt. 43. dicit eiuſdê rei poſſe ſie
ri demonſtrationes duas p medios oppoſitos. Amplius. 2. Ph.
C 17. infra, et. 2. Poſte. 11. quatuor
ſunt genera cauſarũ, p quas de
monſtramus, igitur ſi quid erit
conſtãs pluribus cauſis, vt ſunt
maxime res naturales, q̃ à qua
tuor cauſis fiunt, eiuſdê rei plures erit demõnes, & hæc vide
fuiſſe multorũ latinorũ opinio,
Apollinaris pręſertim et aliorũ.

SOLVTIO.

Hoc in loco Auer. intelligit
demõnem ſimpliciter, quę me
trum & menſura eſt aliarũ om

nium, & hæc nõ niſi vna in vno
genere concedi debet. nam hęc
conſtat ex primis, veris, etc. hęc
autem in eadê re nõ ſunt plura,
amplius cum medius terminus
ſit vera cauſa eſſendi & cognoſcendi, dans quid & pp quid, ta
lis nõ põt eſſe niſi vnus, hoc eſt,
forma rei, quæ vnius vnica eſt,
& ob id recte dixit, vnã eſſe de
mõnem, ex vnitate operis na
turæ, & ex vnitate definitionis
nam opus naturę eſt, vt vna res
non habeat niſi actum vnũ &
vnam formã, & cum potiſſima
demõ ſit definitio in potentia,
ſide patet cp ſi perfecta definitio
eſt vna vnius rei, cp vna itidem
erit demõ. Sed cum dicitur ali
bi voluiſſe plures demonſtratio
nes, eo in loco accipit demõnê
pro quolibet neceſſario ſyllo, et
ſic ad rationem dicas, poſſe ali-
quê demonſtrare per quatuor
cauſas, ſed vna erit ſimpliciter
ſatum, reliquę pp quid, vel qd̃,
vel et demõnes logicę. quę au
tem dicantur logicę demonſtra
tiones, vide. 8. Phyſi. cõ. 70. &
1. cœ. 70. 4. Phy. 87. 2. de Gene
ratione animalium cap. 6.

CONT. LV.

Tœ. 17

Oſtendens Ariſto. de-
monſtrationê cõſtare ex neceſſarijs, in quodam rõnis propoſi
to, ſupponit mediũ in ſyllo poſ
ſe corrumpi, & integer ſeruari
ſyllus. Sed oppoſitum videtur
voluiſſe. 1. Priorum cap. 29. vbi
agens de abundantia medĩ, ſignificat medium eſſe præcipuã
partê

à parte totius syllſi, quamobrem medio corrupto, non vĩ conſeruari ſylſus, immo corrumpi & & labefactari penitus : & idem vĩ voluiſſe. 2. Poſte. tex. vltimo, vbi ſolertiã ait conſiſtere in me dij inuentione. Nam recte dicũt noſtrę, in medio vim totam rõnis conſiſtere.

SOLVTIO.

INTELLIGE medio corrupto ſeruari ſylſm, non quidẽ vt corrumpatur! ſylſo, quoniã dempto medio, abſqȝ dubio rota ratio perit, & corrũpitur, ſed vult vt pereat medius in re, v. g. dicas ſyllogizando, omne currens eſt animal, homo currit, ergo hõ eſt animal, iam poteſt corrumpi medius in eſſe, hoc eſt qȝ nullus hõ currat, quieſcẽte quolibet homine & animali, & tamen conſeruabitur ille idem ſyllogiſm⁹, ꝓxime factus à nobis.

CONT. LVI.

Tex. 17

VVLT ex ambabus propoſitionibus, contingentibus poſſe ſequi neceſſariam conclõnẽ, qũo ad modum ex vtraqȝ falſa propõne, poteſt vera ſequi concluſio, exemplũ ex contingentibus, Album eſt animal, homo eſt albus, hõ eſt animal. Exẽplũ ex falſis, lapis eſt animal, hõ eſt lapis, hõ eſt animal. Oppoſitum vĩ voluiſſe. 1. Priorũ cap. 23. vbi neceſſariam concluſionẽ noluit ſequi & vtraqȝ cõtingẽti.

SOLVTIO.

SOLVIT hanc cõtradictionem Auer. in cõ. 49. vbi inquit,

Ariſt. ſtellexiſſe hoc l loco mix D tionem & illationẽ per accidẽs, qm̃ ſi ex ambabus contingentibus, ſequatur concluſio neceſſaria, vt et ex falſis vera, id eſt ex accidenti & non per ſe, qũ dicit ad hominem, oſtendens demoa ſtrationẽ cõſtare ex neceſſarijs. At. 1. Priorũ Ariſt. dans regulas per ſe, & quæ tenere debeant in omni ꝓpoſita materia, iure repellit hanc accidentalẽ mixtionem ab eo libro, nã ſciã non eſt, de his, quæ ſunt per accidens. 1. E Poſte. tex. 18. 19. &. 7. Met. c. 53.

CONT. LVII.

CONCLVDENS Ariſt. & Tex. 19 Auer. ſimul veram demſionem et cõſtare ex neceſſarijs eſſentiali Cẽ. 8. bus, hoc eſt per ſe, concedũt demſionem quia, poſſe fieri ex neceſſarijs nõ per ſe, verum nominans Ariſt. ipſam demſonẽ qã eam vocat ſyllĩn ſigni quãſi qȝ nolit eam poſſe dici demſonẽ, cui etiã interpretationi adſtipulatur Auer. in com. 53. dicens, de mſionem ſigni nõ eſſe veras aut ſummas demſones. in quã ſentẽtiaim vĩ acceſſiſſe Themiſt. 2. Poſte. cap. 30. vbi ille air, dum à cauſa ad euentũ rõcinando procedimus demſo eſt, dũ vero ab effectu progredim. urad cauſam ſylſus eſt. Sed oppoſitũ voluit Ariſt. te. 30. vbi ſciam & demõſtrationẽ diuidit in ꝓp quid & quia, & Auer. aduerſatur Auic. in cõ. 53. & in. c. ilſite. cũ Auicennas exiſtimabat demoi ſtrauerem, quia nõ eſſe demonſtra-

G ſtrationem.quod Auer.non patitur eſſe dicendum.

SOLVTIO.

ET ſi in.6.quæſito plura diêta ſint,& I.c.95.primi Poſt. de hac Auer.et Auic.controuerſia, quantũ tñ pertinet ad contradictionis formã, dicerem, Ariſto. Appellaſſe demonſtrationẽ qa, ſyllm ſigni ex ſuo conſueto artificio.Cum.n.hic demſonem velit conſtare ex neceſſarijs & per ſe, patet ipſum animo continere perfectam ideam demonſtran-
H di, qm eius ſcopus ẽ demſo ſim pliciter,à tex.1.vſcp ad 30.primi huius libri.Itacp cum demõſtra tio quia,non habeat conſtare ex his eſſentialibus,ppõnibus neceſſario, ob id eã appellauit ſyllogiſmũ, quod per cõparationẽ tm eſt audiẽdum , nempe illius quæ perfectisſima eſt , & idem voluit Themiſt. Cum vero demonſtratio quia & ipſa ex neceſſarijs cõſtet propõnibus, nõ autem ex Sophiſticis vel proba bilibus,iccirco voluit Ariſto.&
I Auerr.eã ẽt poſſe dici demõſtra tionem, quo modo eã in genere cõi accipit in tex.30 & ob id di cit Auerr.in com.95.cp licet de mſo quia, ſit imperfecta, nõ tñ excluditur à genere demſones: & ratio eſt , qm perfectũ & im perfectũ poſſunt cadere ſub eodem genere & maxime ſub genere analogo:qd non vidit Aui cennas,volens demſonem quia nullo pacto demonſtrationem eſſe dicendam . Et ſi dicas, quo

modo eriã analogice poteſt de
K mſo quia dici demſo,ſi non accipit definitionem demſonis? Etenim.1. Poſter.tex.5. definita eſt demſo ſic , cp eſt ſylls faciẽs ſcire per cauſam, at demſo quia non ſit à cauſa,igitur non habebit nomen demſonis: nam cui nõ compeit definitio. eidem ẽt non conuenit definiri nomẽ.Di cas illam definitionem citatam in te.5.eſſe demſonis potisſimæ primũ, deide & ipſius propter quid,nõ ãt quia, qm ibi definit nomen demſtrationis pro primo
L analogato vt colligif ex Auerr. in.c.7. & ſic demſo quia,nõ eſt demſo, qm non ea eſt , quæ ibi ſpeciatim definitur, cum aũt eã vocamus demonſtrationem, p demſonẽ intelligimus ſyllm facientem ſcire in communi ſigni ficatione,quecũcp eã fuerit ſcia, dummõ ex neceſſarijs conſtet propõnibus.Nam ois ſyllus cõ ſtãs ex neceſſarijs eſt demõſtratiu⁹, vt patet etiã his, qui modi cũ in dialecticis exercitati ſunt, quo modo Auer.ẽt logicam ap
M pellat demſonem ſyllm neceſ ſarium qui ex cõibus procedit, vt ſuit ratio Briſonis , quod habetur, 2.de Gene.Anim. cap.6. 1.cœli cõ.70. & alibi.Quod vero attinet ad argumẽta Auicen. quibus ille demolitur demſonẽ quia, id poſtea veniet dilucidã dum ſuper tex.30. & com.59.

CONT. LVIII.

IN vniuerſo hoc cõtextu p-
Tex.30
ponit ſibi Ariſt.hanc intentionẽ

cp

A cp scíæ demonstratiuæ & ipsa quoqz demro nõ transcendant de vno genere in aliud: & tamé huic oppositũ dicit & obseruat in pluribus locis. Primũ in hoc eodem tex. concedit eadem esse principia diuersarũ scientiarũ, ex quibus demonstramus in illis. Amplius in te. 23. dicit principia propria sciarũ hre cõia in quibus coueniant. Item in tex. 24. concedit vsum eorũ principiorũ, quę pluribus competunt scientħs disparatis, vt illud, si ab

B æqualibus, æqualia demas, remanentia sunt ęqualia. cum aũ hoc prícipium sit cõe rã Arith. quam Geometrę, videtur ex eo fieri posse transitum ex vno genere in aliud. & istud ipsum qd dicit de cõibus princípħs hic, et reppetit in te. 27. Præterea in te. 30. circa finem, admittit naturalē agentem de Iride, transcendere ad perspectiuam, et chirurgũ ascendere ad Geometriã, in cognitione vulneris circularis. Ac

C cedit cp Arist. videtur concedere trãsitũ à Philosophia naturali ad Geometriã & Astrologiã in materia de corpore celesti, & astris & eorum accidẽtibus. 2. Phy. tex. 16. & . 17. item cõcedit Arist.1.4.Post. tex. 27. Metaphysicũ & Dialecticũ posse de oĩbꝰ disserere. immo officiũ eorũ est probare principia scientiarum vt scribit Auerr. in Paraphrasi Met. tract.1.cap.1. at hoc nõ põt fieri sine transitu, qm & . 1. Phy. agẽ philosophus de princípħs

D naturalibus, postponit naturalẽ habitũ, & ad diuinũ ascendit, vt confutet negantes motum et plura entia. Hæc autem oĩa videntur fieri trãsitu, & inordinato quodam motu rationis, & tñ hic, preceptũ proponit non esse de vno genere l aliud migrãdũ.

SOLVTIO.

OMMITTO in presentia qͤstionem de trãsitu scientiarum qm hoc in loco solutiones tantũ contradictionum mihi proposui. vbi animaduertendũ est, cp

E principia cõia potentia nõ actu ingrediuntur demrõnē, ex quo habes cp principia cõia nõ sunt ea quę transitum scientiarũ prohibeãt, id. n. munus est propriorum princípierũ . Quare si dicat Arist. in hoc eodē te. posse principia eẽ eadẽ pluribꝰ facultatibus, illud veritatẽ habét de prícipħs communibus non proprijs: nã quę prohibent trangressum ea sunt, subiecta, q̃ sita, & propria principia . Quod aũt principia communia actu non ingrediantur demrõnem est Arist. in tex.

F 24. vbi dicit, hęc frm proportionem venire in vsum scientiarũ, item tex. 26. idem ferè habet de principħs cõtradictionis, q̃ con tracta & non cõia vtilitatem ħ beut demonstrantibus. Ex quo habes concilium cum prima, secunda, tertia, et quarta authoritate in contrariũ adductis. Qd si velis cognoscere, quo modo illud principiũ, si ab ęqualibus, ęqualia demas &c. licet sit cõe Arith.

G Arith.& Geometræ, non tñ fit
causa trascendendi de genere in
gen⁹ legas oĩno ea, quę copiofe
in hoc propofito colligit Auerr.
in quęfito.5.vbi ait, tales propõ
nes nõ effe vniuocas q̃ cõtinuo
& difcreto cõueniunt, licet poftea analogıce contrahantur, vt
cũ dicimus, fi ab ęqualibus, numeris vel lineis, ęqualia demas,
quæ remanent funt ęqualia. Ad
hęc ẽt pertinet id q̃d dicit.1. Po-
fte.c.74. fed redeamus vnde di-
H greffi fumus.ad quintam cõfirmatione dicerem ꝙ naturalis fi
trãfcendit ad perfpectiuum in
quęfito de Iride,hoc cõtingit,in
eo cafu, cum differẽtia modi cõ
fiderandi, nã de Iride, naturalis
cognofcit quod eft, perfpectiu⁹
vero dat propter quid,ita nõ eft
idẽ modus & ratio, pariter chirurgus nõ facit trãfitũ ad Geo
metriam in vulneribus circula-
I ribus q̃m chirurg⁹ cognofcit de
illis vulneribus ꝙ tarde fanant,
fed Geometra ex fuis principĩs
dat huius quæfiti caufam & ꝓ
quid,id aũt non eft trãfcẽdere,
fed fubalternari, non ꝙ chirur-
gia fit fimplr̃ fubalternata Geo
metriæ, ne ꝓ naturalis fcĩa perfpectiu⁹, fed habent particularẽ
fubalternationẽ fiue ordinẽ, quo
ad ea q̃fita, q̃ funt illis cõia . Cũ
vero in fexta rõne dr̃, ꝙ idẽ q̃fi-
tũ vr̃ cõe Naturali & Math.q̃m
vterꝗ dignofcit accidẽtia Solis
& Lunæ, ibi folõ hr̃ manifefta,
ꝙ hęc nõ eadẽ rõne confideran-
tur,nã naturalis huius cõfiderat

cũ trãfmuratiõne; & materia, **K**
Mathematic⁹ vero vt ab illis ab-
ftrahunt.Vnde Auer. 1.Pofte.c.
59. inquit Phyficus confiderat
cœli figurã et ẽt Aftrologus: fed
Phyficus eã nofcit vti cœlũ eft
finis naturę: Aftrologus vero vt
eft à materia immunis , poftremo ad vltimam rõnẽ dicas,licet
Logicus & Meth.probent principia ofum fciarũ,non ex hoc m̃
fieri trãfitũ . Nã tranfitus eft in-
ordinatus motus rõnis ab vno
genere difparato ad aliud, in q̃- **L**
bus, nõ eft ordo, vt.v.g.fi proce
das à numero ad lineas, cũ inter
hæc non fit ordo neceffarius,ob
id dr̃ trãfgreffus : nõ aũt fic res
fe habet in fciẽtijs proprĩs afcẽ
dẽtibus, ad cões, q̃m à proprio
ad cõe eft ordo neceffarius,aut
ad minus vtilis,itẽ non eft trãfitus dum particularis ars dat prĩ
cipia artis cõrs fub qua cõtine-
tur, vt facit Phyfica & Mathematica q̃ dant principia Meta-
phyfico:nã Phyficus dat illi fub
ftãtias abftractas,& Mathematicus earũ numerũ colligit, hoc **M**
eft Aftrologus: q̃m vt doctiffi-
me Auerr.hẽt.1.Pofte.c.60. Ars
propria dat cõi principiũ effen-
di hoc ẽ à pofteriori,& cõis dat
proprię principiũ cãæ & à prio
ri quę dr̃ę ratio trãfitus nõ eft ,
fed quomodo id fiat, vide latius
in cõ. nuperrime citato. Artes
vero communes duæ funt, Metaph.& Dialectica:vt colligitur
1.Pofte.17.& com.60.& 70.&
ratio eft, q̃m Metaph. cõfiderat
Ens

A Ens vt Ens, & ita rône obiecti dicitur sciã communis. Dialecti ca vero & ipsa côsiderat vniuer sum Ens, quatenus sub disputa tione cadit, (non.n. hic per dia lecticam Logicam itelligas, sed eam Logicæ partem, quæ dispu rat & disputãdo solam victoriã sibi pro fine,pponit, vt dicitur 1.Poste.cõ.1+.) & iccirco ambæ sunt sesę cõmunes, applicabiles singulis alijs,ordine existente in ter illas, & ob id non efficiẽt trã situs, quem Arist.demolit. Dif

Ⓐ ferunt vero illæ facultates inter se tribus differẽtijs, vt docte col ligit Them.1. Post. cap.24.pri ma est, cp Dialectica interrogat, Meta.vero non. Secunda est , cp Dialectica nõ habet genus, sub iectum sibi determinatũ , id au tem habet Metap. Tertia est, cp Dialectica dum ratiocinaŕ, vti tur.pponibus probabilib⁹, Meta phy.vtitur necessarijs. Et hoc ẽt vidit Auer.40.Phy.c.89.vbi ait rônes logicas, hoc ẽ dialecti

Ⓒ cas extraneas esse, hoc ẽ à rebus externis & per accidens colligi. Addit et Arist.fieri posse trãsi tum in scientijs proprijs ac spe cialibus , vbi vna subalternetur alĳ. quõ modo Arith.Musicę & Geometrię, visualis subalterna ta dicitur. In quo casu superior præstat principia & causas infe riori,cum principia subalterna tæ sint problemata et conclusio nes subalternantis.Nam id con stabit postea suo loco. Ex ꝗbus côcludas, dari transitum de sciã

L ·

propria in commũnẽ.Itẽm cx D vna speciali & propria sciã ad aliã serimur si subalternę fuerĩt, vel si duæ sciæ fuerint ꝑtes eius dem facultatis cõmunis, vt Me dicinæ pars quæ docet purgare & illa quę docet alere ægrotan tes. Adde etiam intrdũ transcẽ dere disparatas artes in aliqˀio speciali theoremate,sed cũ diffe rentia modi considerandi, vt in casu de Iride, & de vulneribus circularibus dictum fuit, vbi in vno concurrit Physicus & ꝑer spectiuus: in alio chirurgus & Ⓔ Geometra: cæterum in alijs casi bus,vitiosum reputat Arist.trã sitĩ, qñ procedit ex his quæ ꝑ accidens sunt,& demƒones côsta rẽt,si fieret transgressus, ex pro habilibus,& accidentalibus re bus: qđ Philosophus pro falso assumit, cum toties dictũ fuerit demƒonem constare ex his quæ per se sunt & essentialia.

CONT. LIX.

HABET Auer.in expositio- Cõ.56. ne tex.10.in quoddam suo pro ✠ posito cp maior pars demõstra tionum simpliciter sit de accidẽ tibus essentialibus. quam sentẽ tiam obiter dixit.2.Poste.c 42. 49.94.& in quæstro.3. sed cõ trarium videtur voluisse.2. Po ster.com.12.vbi ait, demonstra tiones simpliciter fieri pro ma iori parte de accidentibus, pro prijs & semper,& aliꝗñ addit, immo semper. Hæc.n.verba vi dentur pugnare inuicẽ. ꝑter id qđ incõstãs & dubia est regula. nam

Contradictionum

nam si dicit demōnem pro maiori parte fieri de accidentibus & semper, aut falsa erit prima pars vel secunda huius ,ppōnis.

SOLVTIO.

Si conclusiones demōstratiuæ sunt quæsita sciarum speculatiuaru quod oēs concedūt, & expresse colligitur ex .cō.1. 2.Poste.proculdubio vidēdum est,qūo hæc quæsita se habeant, vt inde habeamus & nos, quo pacto demōnis conclusio fieri pōt.in scientijs maiori ex parte concludunt accidentia de subiectis, qm inter subiectū & accñs proprium, ïterponitur qd quid est subiecti, qd est cā dans propter quid de illa accidētium inherentia (vt aiunt)in eorū subiectis.Nam Arist. primo de Anima tex.11.expresse voluit quod quid est subiecti esse principiū quo scimus illius accidentia. Et 4.Phy.tex.31.laudat eam definitionē, quæ dat quid de subiecto definibili,& ,ppter quid de eius accidentibus. Item.2.Post.tex. 8,vult Arist. verā definitionem dantem quid rei ex substantialibus,& largiri pp quid, nam in quit, si definiamus tonitruū φ sit sonus nubium, hæc definitio cum procedat ex accidentibus rei,dat solum quid nominis sed si dixeris, tonitruum esse extinctionē ignis in nube, hęc definitio dat quid et propter gd,nam quid est tonitrus r est extinctio ignis. ,ppter quid nubes tonat r ob ignis extinctionē, Ex his ita

que concludo, cp formale princi pium & definitio subiecti, est et causalis ratio passionis, dans illius propter quid & quid simul & hæc est causa, cp maior pars demōnum dat nobis inhærentiam accidentium propriorum de eorū subiectis,& iccirco si talia accidentia sint nota quo ad esse & non propter quid,notificatur per demōnem causæ tm. Si vero fuerit ignota quo ad eā & propter quid, notificant per demōnē simplr.Et tales demō strationes à nostris vocātur demōnes afferentes quæsitum cō positū,qm prædicatio accidentis de subiecto est quęsito cōposita,quę dicitur,quod,ab Arist. 2.Post. tex.1. Tales aūt in scientijs sunt frequentissimę vt dr.1. Poste.c. 57. & obid Auer.dixit, pro maiori parte demōnes eē de accidentibus. Interdum aūt contingit, sed lōge rarius,vt nō passio de subiecto concludatur, sed passionis definitio nominis, per cām mediam, quam Auer. in.8. ǭsito cām vocat extra qd ditatē,sed loco formalis assumptam, vt idem asserit,1.Poste.c. 34. Huius secundi generis demō strationis exemplum dat.Arist. in.2. Post.te.8.dicēs, ponamus, φ Tonitrus vel et Eclypsis habeat duas definitiones, vt revera habent: quarū vna sit nominis.v.g. tonitrus est sonᵥ nubis, alia vero sit,rei & essentialis,To nitrus est ignis extictio, tūc ait, primā esse demōnis cōclusio nem,

A nem, fecundam vero effe princi
piū, qñ hæc in demonstrabilis
est,& immediata, illa vero mediata, Ide āt fit demño hoc mō,
ob extinctionē ignis fit fonº nubis,Tonitrus est ignis extinctio,
igitur Tonitrus est fonus nubis.
Item fi dixero Eclypfis est priuatio luminis Solis in Luna,hęc
est definitio nominis dans folū
quid est:fi vero dicas, Eclypfis
ē terrę obstructio, hęc definitio
dat quid & pp quid, et inde fiet
demño fic, ob terrę interuētum
B fit priuatio luminis Solis in Luna,Eclypfis ē terrę interuentus,
igif Eclypfis est priuatio luminis Solis in Luna. Patet ex his
duobus exemplis, qp demño aliqñ concludit definitionē de definito, dū definitio est quid nominis tm, qū fuit in causa vt diceret Auer. demfonem pro maiori parte effe de accidentibus,
ad dñam eius quę dat definitionē nominis:& qp hęc fit demño
potissima, nõest dubitādū qm
Arist.1.Poster.tex.22.dicit, effe
C vnā definitionē quę est cōclufio
demfonis. &.2. Poft.10.idē habet latius.item Auer. in.8.qlito
vult demfonē concludentē defi
nitionē per cām extrinfecam, eē
in primo ordine demfonē fimplr. Sed talis demño non est admodū frequens & à nostris dici
tur demño dans quæfitum fimplex, qm in conclufione dat qd
nominis, etenim queftio quid,
est fimplex quæftio ex Arist.2.
Poft.tex.1.fed redeundo ad con

tradictionē dico,qp dum Auerr. **D**
inquit qp immo femper demño
est de accidentibus, illud venit
intelligendum, qñ et dum concluditur definitio.per demõstra
tionē,talis definitio est ipfius ac
cidentis non substantię, tū quia
fubstātia nõ pōt demõstrari.6.
Met.tex.c.primi,quare nec eius
vlla definitio: tum et qñ ex exē
plis dictis de Tonitruo & Eclypfi, patet qp ibi concluditdefini
tio,passiōis, dās purū quid, per
eam quæ dat propter quid. Ex
quo poffumus et afferere demõ **E**
strationē non tm effe de accidētibus pro maiori parte, fed etiā
femper: Qñ fiue paffio de fub-
iectodemonstret, fiue definitio
paffionis, femper conclufio demfonis pōt dici effe de accidentibus. Sic.n.mihi liceat Auerr.
per ipfum met Iterpretari. Quæ
expõ & cōcordia, fi placet gratias agam & quidem immorta
les Deo opt. Max. ingeniū meū
qualecunqp illustrati:fin minus,
excogitāda erit folutio ab alijs, **F**
quæ neqp Aristot.peruertat, neque incōstātē reddat Auerr. aut
et ineprū: quemadmodū inep-
tissimū reddidit, ea explicatio,
q̃ voluit iuxta nonnullos,ea ver
ba, { pro maiori parte & femper } audiēda effe de accidētibº
q̃ per demfonē afferunt, vt fenfus fit, demfonē effe de accidēti
bus, q̃ funt pro maiori parte, vt
Lunę Eclypfis, & de his q̃ femper funt, vt rifibile in hoīe, & fic
de cæteris. Nam fi id acciperet

C Auer. nõ exprimeret, niſi demõ ſtrationem dantem accidens de ſubiecto, non aũt dãtẽ definitiõnẽ accidentis, quã rñ pręcipuã, immo pſtantiſſimã aliarũ voluit eſſe in. 8. qſito, & i vniuerſo commẽtario ſecũdi libri, quod latius vi debimus ſ cõtradictiõne tex. 22. huius primi libri.

CONT. LX.

Tex. 21. & 22.

Hoc in loco Philoſophus ꝓ bat ſciam non eſſe de rebus corruptibilibus, qm vult ſciam eſſe de his quę ſunt eterna, non aũte corruptioni obnoxia, vt patet cuilibet textum conſiderati. At ea citari ſolet trita et communis contradictio, ſcia naturalis eſt vna ex ſcientijs ſpeculatiuis & vtentibus demſrone, & rñ hęc dicitur eſſe de rebus generabilibus, & corruptibilibus.

SOLVTIO.

Si liceret à logicis ad naturalea, qſtiones aſcẽdere, hoc in loco pfecto plurima eẽnt à me diſquirenda in hoc negocio. Verũ cũ hic arctiſſimã examinatiõe contradictiõnũ huius lib. Poſt. mihi ꝓpoſuerim, ſeruabo illud Ariſt. ꝑceptũ. 1. Poſte. te. 20. non eſſe trãſcendẽdũ de gñe in generis. Itẽ. 1. Ethi. ſcribit, ſermones debere fieri iuxta naturã ſubiectę materię. Itaꝗ ommiſſa illa ad aliũ locũ, perſcrutatiõe, vtrũ ſcia naturalis ſit de reb⁹ eternis, quo ad eſſe illarum eſſentię non exiſtentię, itẽ ordine definitiuo ac demonſtratiuo, non aũt per comparatiõne ad indiuidua na

turalia, ſ quo negocio aliq eſt cõ tradictio, inter Auerr. et Gręcos expoſitores ex vna, et latinos ex alia parte, et pſertim Ioannẽ de Ianduno atꝗ alios recentiores: ommiſſa ẽt qſtione illa, nunqd actualis exiſtẽtia ſit de rõne demſronis et definitiõis, qõ voluit Achillinus, an potius hęc ſit reſerẽda ad condõnẽ indiuiduorũ corruptibiliũ, dixerim, optima rõne voluiſſe Philoſophũ hoc i loco ſciam eſſe de rebus perpetuis, qm ſcia & demõſtratio, habitus ſunt intellectus, qui particularia deſpicit, et per cõſequẽs corruptibilia, nã corruptibilia particularia ſunt, etſi nõ oĩa particuria ſint obnoxia corruptioni. Cum vero dicis naturalem ſciam eẽ de rebus corruptibilibus, id concedẽdũ eſt, conſideratis illis rebus, quo ad ſimplicẽ earũ exiſtentiã actualẽ, quo mõ de his ſenſus eſt, non aũt intellectus: verũ ſi quo ad eſſentiã earũ accipianſ, q conſiſtit in conceptu ꝓdicatorũ primi modi dicendi per ſe, vel ẽt, quo ad in herentiã ſuarũ paſſionum, q ex ſecundo mõ dicendi per ſe accipitur, ſic ſcibiles ſũt res naturales. nã ex priõ mõ dicẽdi per ſe definiunſ, ex ſecũdo mõ vero demonſtranſ, & ſm vtramꝗ ratiõne ab intellectu cognoſcunſ, qm tã definitio quã demſro, ſunt iſtrumẽta intellectus, vt ſcribit Auer. in Epith. logicis, & ẽt colligiſ ex. 1. et 2. Poſt. ſepius. Hinc patet quã ab Ariſto. ꝑcepta deuiarint,

A uiarint, qui uolunt definitionē & demrōnē non abstrahere ab actuali existentia rei, cum actu existere sit p̄dicatū, vel saltē conditio rei per accidens. etenim cp actu exiltat Eclypsis id accidēs est, cp aūt sit ex terrę obstructione, qd̄ quidē eius vl̄is est essentia, id habet necessario & per se, et hoc mō scibilis est, cū eius essentia sit vl̄is & perpetua, quo ad vero existentiā & particularis res est & corruptibilis, et per cōsequens non pōt sub intellectu & scia comprehēdi. Hinc ēt decipiunt, qui eandē actualem existētiā faciunt p̄dicatā primi modi per se: nā ille modus est soliū ob essentiā rei, q̄ fluit à definitione, vel ab eius partibus, quæ sunt Genus et differentia. Accedit cp Arist. in hoc tex. 2 2, declarans, quo mō scia sit de his q̄ sępe fiunt, inquit, sciam etiā de lunæ defectu, non quatenus Luna deficit heri, hodie, aut nunc, qm̄ vt sic defectus est quoddā particulare, sed cognoscit vt effectus est obstructionis terrę, quo mō res est vl̄is & perpetua. Si itacp actualem negat existentiā Eclypsis esse scibilē, quæ t̄n sæpenumero fit, quāto magis absolute negaret Arist. exiītiā aliorū indiuiduorū, de qua re si vis vlterioř resolutionē hře, legas ea q̄ scribit Auer. in Paraph. Me. tract. 3. q̄re experipatheticæ doctrinę vi scerib° cōcludas, sciaq̄ eē de his, q̄ eterna sunt, nō ǣt de corruptibilibus, nec de actu existētibus ſ

ordine rerū naturaliū, exceptis spēbus physicis, quę licet in suppositis indiuiduis, & actu exūti bus, sint corruptibiles, eternę t̄n sunt quo ad conceptus primi et secundi modi dicendi p̄ se, & sic ab intellectu cognoscuntur. qm̄ sic sunt intelligibilia.

CONT. LXI.

ADHVC in eodē contex. vꝰ Arist. sibi contradictorius cū eo qd̄ voluit. 1. Priorum cap. 6. vbi inquit, syllm̄ tertiæ figuræ, qui dicitur à nostris Darapti, hęre vtrancp p̄missam affirmatiuā et vřem, ex quibus sequitur conclusio particularis, nunc autem probās conclŏnē demřonis nō posse esse particularē, sic arguit ducēs ad incōmodū, nā inquit, Si conclusio erit particularis, sequeř osꝰno hoc absurdū, vt vna ex p̄missis etiā sit particularis, Hoc aūt absurdum non vꝰ, si in tertia figura sequiē particularis conclusio ex ambabus vřibus.

SOLVTIO.

DICENDVM, Arist. rationem hoc in loco tenere, quoniā agens de demonstratione, quæ sit in prima figura, vt dꝰ. 1. Post. ꝫuid veritatem habet, cp existēte cōclusione particulari, alterą p̄emissarū necessario esset particularis. Nam in prima figurā id verissimū est, & perpetuum. Quod vero dicitur de syllŏ Darapti, id non procedit, cum talis sit syllis tertiæ figuræ, in quo nō potest fieri demonstratio simpliciter, de q̄ agit Arist. hoc in loco.

I ſ Cont.

G

CONT. LXII.

Cõ. 6j. AVER. hoc ī loco verificās
tex. Arist. qui dicit sciam demõ
stratiuã non esse de rebus parti
cularibus, intelligit regulā nõ so
lū de indiuiduis signatis, sed &
de his quæ indiuidua vaga á no
stris vocãtur, sunt autem indiui
dua vaga, Aliquis, Quidã, Quis
piam, ac cætera eiusdē ordinis.
Sed oppositū vr voluisse.8. Ph.
cõ.jj. vbi agens de inductiõe in
materia necessaria concedit in
diuidua facere illatiõnē necessa
riam, saltē rõne materiæ, itē hæc
propõ quæ dicit aliqd animal
est rõnale particularis est, & rñ
est necessaria, itaqp vr et scibilis.

SOLVTIO.

SOLEBAT, vt Auer.testat,
dicere Alph.huic difficultati, qp
Arist.dixit demõnem non esse
de rebus, particularibus, qm pti
culare continetur sub vñi, nõ qp
ipsū á scia oīno repellat. Auerr.
iure repræhendit hanc rñsionē
tanqp ineptam, qm cõfundit re
gulas topicas cum demonstrati
uis. Topicus.n.agens de vniuer
sali cognoscit pticularia vti sub
illis continētur,at non sic demõ
stratiuus facit, qm eius munus ē
considerare ea quæ simplr sunt
æterna & vniuersalia. Respon
det itaqp Auer.qp Aristo.præter
mittit particularia & singularia
qm licet sint in materia necessa
ria, illa eorum necessitas habet
partem accidentis: nam propõ
dicens, quoddam animal est rõ
nale est quidē necessaria sed nõ

K

ratiõe sui,nam est necessaria ra
tiõe hois,quia ob ipsum, hęc est
vera,aliqd animal est rõnale.itē
adde & illud qd dicit Auerr.12.
Mera.c.28.qp etsi particulare sit
solum ens in rei veritate, tamen
de eo nõ est demõ, & causa est
quia ab Itellectu simpliciter nõ
cognoscitur. Hoc cõstituto ces
sat & contradictio,nam licet ali
bi dicat Auer. qp fieri põt indu
ctio demonstratiua in particula
ri necessario,dicendū eam indu

L

ctiõe esse demonstratiuã p ac
cidens, qm eius materia est etiã
necessaria per accidens: nūc ve
ro talia necessaria repellit Ari
stot.& Auerr.á scia demrñatui;
qm hic de demrõne simplr agi
mus,cuius materia est res neces
saria simplr,non autem permix
ta cum accidente.

CONT. LXIII.

AGENS Arist.de definitio   Tex.22
ne, volensqp asserere eam vnam
cum demrõne esse de rebus, vñi

M

bus ac perpetuis, vtitur hoc ge
nere argumēti, si demrõ est eter
norum, & definitio est demrõ
nis pars, vel etiam ipsamet de
mrõ, igitur & definitio erit de
rebus eternis. minorē huius ra
tionis sic cõfirmat, nam omnis
definino,vel est principium de
monstrãdi, vel conclusio demõ
strationis, vel demonstratio so
lo situ differens.Quæ confirma
tio plurimas excitat contradi
ctiones. Prima est, quo modo
demrõ vult, vt sit idē re & sub
iecto cum demrõne, si hæc duo
instru

A inſtrumenta re & obiecto ſeparat in. 2. Poſter. tex. 2. vbi ait, de-
mſione ee de accidétibus, defini
tionem vero de ſubſtantiis? Ité
quo mõ definitio eſt principiũ
demſonis, ſi. 2. Poſt. tex. 5. agens
de pricipiis, dixit ea eſſe prima,
vera, priora notiora & cauſas
conclusionis, non aũt ea voluit
eſſe definitiones? Præterea, quo
modo definitio põt eſſe concluſio demõſtratiõis, ſic probat in
2. Poſt. à tex. 2. vſq ad. 8. cp definitio non poteſt demſari, & ſi
id fiat, inquit, cp eſt petitio prin-
cipiñ: immo ait ſi definitio vna
p aliã concludaf, ſylſus eſt diale
cticus non aũt demonſtratiuus.
& . 2. Poſt. tex. 9. & 10. inquit de
finitionem non demõſtrari ſed
educi ſolſi. Sed eſt & ratio difficilis, ſi definitio concludif, cũ de
finitio ſit proprie ſubſtantiarũ,
igitur ſubſtantię definitio erit p
demſone ſcibilis: at defiõ ſub-
ſtãtię eſt ſubſtantia, itaq ſubſtã
tia cognoſcetur per demſonem,
quod ēt pueruli non cõcederēt.

SOLVTIO.

IN hac nobili difficultate, cũ
diuerſæ tangant contradictiones, diſtincta ac exquiſita ratione procedendũ nobis eſt. Quã
obrem prius videamus quo pacto demſatio & definitio idem
ſint, ſecũdo loco quo modo diſ-
ſerant, tertio nũquid medius ter
minus ſit ſemper definitio, quar
to an definitio poſſit demonſtra
ri nec ne. Poſtremo cuius ſit definitio illa q̃ demonſtraf ſubſtã

tiæ ne, vel accidentis. Quæ omnia etſi longiorem diſputationé
expoſcerent, cp in præſentia aſferre poſſim, tñ ne intacta ea p̃ter
mittã, dicam cp breuiſſime ea,
q̃ ad ipſas faciunt contradictiones de medio tollendas. In primis ſciendum eſt, cp demonſtra
tio & definitio ſunt inſtruméta
duo, quibus maxime intellectʳ
attingit cognitioné rerũ, tam q̃
dem ſubſtantiarum, q̃ ēt accidé
tium, & ob id Ariſt. agens in li.
Poſte. de inſtrumentis ſciédi, vt
colligitur ex prologo Auer. in 2.
Poſt. & in Epith. Logicis, diui-
ſit librũ illũ in duos, qm in primo ſcopus erat agere de demſo
ne notificante accidentia, in ſe
cundo mens erat agere de deſi-
nitione notificante ſubſtantias,
quod ēt dixit Auer. 2. Poſte. c. 2.
& ſi Iohānes grāmaticus volue
rit ſm librum Poſt. agere de me
dio demſonis per ſe, per accidés
vero de definitione, cui ēt adſtipulatur D. Thomas in expoſitione ſecundi lib. Poſte. Verum
de hac difficultate copioſe dicé
dũ eſt in q̃ſtionibus noſtris ordinarijs. Nunc aũt ſit Auer. opinio mihi pro ſuppoſito, vt inde
poſtea appareat ſolutio cõtradi
ctionis, qñ hęc ſit natura & con
ditio ſermonis demonſtratiui
vt difficultates & errores omnes repellat, vt habetur. 4. phy.
31. Item & illud ſupponendum
eſt à nobis qd voluit Auer. in p
logo primi Poſte. cp demſo con
ſiderata ab Ariſt. hoc in loco eſt

I iij   con-

& confiderata, vti elargitur nobis veritatē ōium entium, quę p̄ ip̄ fum confirmari poffunt, & vt p̄ ftat conceptionē, hoc eft, defini tionem ipfam, nam perfecta de monftratio fit̄ cū definitione ha betur, vt colligitur. 2. Poft. tex. 8. &. 9. & hanc puto fuiffe cau fam cp̄ Arift. agens in. 1. Poft. te. 22. de demr̄one, vbi eam dicit eē de rebus vr̄ibus & fempiter nis, illud idem poftea afferit de definitiōe. hoc. n. non fuiffet ad propofitum, nifi hęc duo inftru menta fimul intelligerent, vna que procederent. Quibus et ea confentiunt quę dicuntur. 2. Po fte. tex. 8. nam eo in loco habe tur, quod fi cognofcamus rem quampiā quo ad q̄onem quia eft, medio effentiali, quod ex eo habemus qd rei & pp̄ quid fit̄, et eft exemplum de tonitruo, de quo fi nouerimus quod eft, ex eo cp̄ extinguitur ignis in nube, tunc fcimus quid fit Tonitrus, et propter qd nubes tonat, nā ex tinctio ignis abfoluit vtramq̄ quz̄ftionem. Itē dicebat Arift. 2. Poft. tex. 1. cp̄ queftio quid & propter quid fiunt vna, ex earū vera caufa, idq̄ duobus confir mabat exemplis dicens, Quid eft harmonia? eft confenfus in ter graue & acutū. propter qd fit harmonia? ob confenfum in ter graue & acutū. Rurfus, quid eft Eclypfis lunę? eft terrę ob ftructio. propter quid Eclypfa tur Luna? ob rei rę obftru.tio nem. Si itaq̄ concurrit q̄ftio qd

et pp̄ quid in vnū, neceffe eft vt demr̄o & definitio concurrant in vnū, cū definitionis q̄fitū fit qd quid eft, & demr̄onis q̄fitū fit ipfum pp̄ qd. Ampli⁹ Arift. in eodem. 2. Poft. te. 10. inquit, fi dixeris Tonitruū effe extinctio nē ignis ı̄ nube, hęc definitio da bit quid eft immediatū tonitrui & eft demr̄o pōne differens: eft aūt definitio dū exprimitur fic, Tonitrus eft ignis extinctio in nube. ē aūt demr̄o fi dixeris To nitrus eft nubis fonus ob extin ctionē ignis in nube: nā mutata pofitiōe terminorū efficiē fyll̄ demōftratiuus, fi ita dixeris. ob ignis extinctionē in nube fit fo nitus nubis, Tonitrus ē ignis ex tinctio, igit̄ Tonitr⁹ eft nubis fo nus. Ex quibus habes demr̄onē & definitionē effe re ipfa idem. Hoc ē colligitur ex. 1. de ār̄a te. 11. vbi fcribit Philofoph⁹, cp̄ prı̄ cipium fcię eft qd quid eft, qm̄ idē dat quid fubftātiz & pp̄ qd accidentiū, quare eadē caufa fa ciens demr̄onē eadem facit defi nitionē: cū itaq̄ dicitur demr̄o & definitio funt idē, id intelligē dū eft rōne caufę perfectę, quę fip̄dat quid & pp̄ quid. Cū his ē eft Themift. 2. Poft. cap. 11. di cens demr̄onem & definitionē minus minimo differre. Dixi q̄ pacto hęc duo inftrumenta idē fint, nunc videamus quo modo differāt. Nā plures funt horum dr̄iç. Prima eft, cp̄ demr̄o & de finitio differunt terminorū pofi tione, hoc eft, fitu, atcp̄ ordine, vt

Auer.

A Auer.interpretatur l.8.q̃ſito,& in Epith.logicis. Nam cũ ſit de-mſo, incipimus à definitione q̃ mediũ eſt & procedimus ad eã q̃ eſt concluſio,cum vero educi tur definitio ſolo ſitu differẽs,or dine vtimur retrouerſo,nã inci-pimus ab ea quæ concluſio eſt & abſcēdimus ad eam quę me-dium eſt. Dicimus.n.demõſtrã do ob terrę obſtructionẽ fit pri-uatio luminis Solis ĩ Luna. Ecly pſis eſt terræ obſtructio,igitur Eclypſis ē priuatio luminis So-

B lis ĩ Luna. Cũ aũt definitionem elicimꝰ,vice verſa dicimꝰ,Ecly pſis eſt priuatio luminis Solis ĩ Luna ob terrę obſtructionẽ.hęc eſt prima differẽtia,quã voluit Ariſt.1.Poſt.tex.22.&.2.Poſte. 10. Secũda dĩa eſt,quod defini tio ſemper eſt vĩs & affirmati-ua.1.Poſt.31.et.2.Poſt.2.at de mſo põt eſſe negatiua & parti-cularia ex.1.Poſt.te.3 c.& 40.q̃ differẽtiã voluit Ariſto.2.Poſt.

C tex.2.dum probat nõ oẽ demõ-ſtrabile eē definibile. Tertia dif-ferentia eſt,q̃ demſo eſt accidẽ tium,et definitio eſt ſubſtantia-rum,quã dĩam ponit Ariſt.2. Poſt.tex.2.& colligit ex.7.Met. 17.Quarta differentia eſt,qñ demſo dat q̃ſitũ quod in cõclu ſiõe,& propter quid in medio, at definitio dat qd eſt. hanc dif-ferẽtiã habes.2.Poſt.te.7.Quĩta dĩa eſt,q̃ definitio eſt ſola for-matio rei ſiue conceptio,at de-mſo eſt aſſertio ſiue verificatio, nã definitio nihil probat diſcur l...

rendo,demſo vero ſemper q̃ſL D tum naturaliter ignotum cõclu dit. Hæc vltima differentia eſt Auer.pluribus in locis,præci-pue vero.1. Poſte.cõ.1.8.14.78. pręterea.2.Poſt.c.16.35.in Epit. logic.& in quęſito.7.at forte q̃ me Mathematicũ ex logico nũ-cupabit,q̃ numerorum copiã affectare videar,verum nõ me reprehendant qui æquo animo res iudicant,id.n.facio,vt labo-rem aliorum imminuam,quod profectò ſi induſtrię & diligen-

E tię opus eſt,nõ debet mihi vitio verti:id enim facio vt vtilitati aliorum,non gloriæ meę conſu lere poſſim.Plures forte poſſent aſſerri differentiæ his,inter de-monſtrationem ac definitionẽ, ſed hæ ſufficient propoſito huic noſtro negocio. Nam ex his cõ cidit prima cõtradictio,quoniã fatēdum eſt,demonſtrationem ac definitionem differre ex earũ obiectis,quæ ſunt Accidens & ſubſtantia,item pluribus alĩs iam recitatis modis differunt,

F verum ſumendo definitionem, vt in ordine ad demonſtrationẽ ſe habet ſolo ſitu terminorũ diſ-ſert,Ariſtotel.vero non negaret hæc diuerſa eſſe inſtrumenta ſi ſeparata accipiantur,cum vero in demonſtrationem ſumũtur, ambo de accidente ipſo propo-nuntur,quoniam (vt in exem-plo de Eclypſis,& Tonitruo di-ctum eſt) demonſtramus To-nitruum eſſe ſonum nubis per mediam cauſam,quæ eſt etiam

I iiĩ Toni-

G Tonitrui definitio item Eclypsim esse priuationem & cætera
per medium qui est causa et definitio Eclyplis . Patet igitur ꝙ
demonstratio & definitio non
sunt simpliciter idē, sed respectu
causę dantis quid, et propter qd
de eadē re, in quo casu differunt
solo ordine terminorū, vt in superioribus dicebatur . Ad secūdam vero contradictionē, quo
modo sit definitio principium
demonstrationis, sciēdum est ꝙ
Arist. definiēs demōnem dixit
H eam constare ex immediatis, at
paulo post distinguēs immediatū principiū in dignitatē, (suppo
sitione & definitione, ēt mentio
nē fecit de illa : quāobrem dicere possumus philosophū voluisse definitione esse principiū demōnis cū eam in ordine principiorū redegerit. Sed Auer, in 9.
quęsito vt dicere non eē necessariū vt medius terminus sit de
finitio sed vt sit cā, hoc est necessarium: nā tūc medius est defini
tio cum cā media per oratione
I exprimitur . Ex quo habes de-
ctam solutionē, ꝙ non semp me
dius est definitio, & ob id philo
sophus nō posuit definitione in
definitiōe demōnis. eā vero posuit inter prīcipia : diceret Auer.
qm pōt fieri medius. item hic di
cit Arist. eam esse principiū, nō
quidem semper, sed in casu de
quo in pręsentia loquitur . Ad
tertiā contradictionem, facilis ē
solutio sī videamus ea quæ scribit Auer, in quęsito, 1, & 8, quo

modo definitio demōstari possit. K
Nam Arist. probans in . 1. Post.
longa quidem disputatione, ꝙ
definitio non potest demonstra
ri, intelligit de vera definitione,
non autem de illa quæ materialis est et nominis definitio, nam
hæc cum fuerit ignota & de accidente proprio, habueritꝗ cau
sam mediū, omnino per demōnem concluditur, cum ignotū
non nisi demōne confirmetur
ex. 2. Post. c. 1. id āt voluisse Aristo. constat. 2. Poste. tex. 10. qui
dicit Tonitruum bifariā defini- L
ri, nomine & re : nomine ꝙ est
son⁹ nubis, re ꝙ ē ignis extīctio,
prima definitio cū ignota sit &
imperfecta, nec det verū quod
quid est, efficitur conclusio, secūda vero cum sit formalis vel
tanꝙ formalis nota est & immediata, & ob id principium
est demonstrationis . At dices,
nonne Arist. vult sī vnum quid
est ex alio quid est monstretur
syllū duplante, id esse petitione
principiī, soluitur ꝙ ibi intelligit verū ac perfectum quid est, M
qm si hoc concluderetur, ex scip
so concluderet, cum medius sit
quod qd est, & vnius rei non sit
nisi vnicū qd est. Sed rursus in-
stabis, voluisse philosophum. 2.
Poste. tex. 8. ꝙ cū vna definitio
ex alia concludiē, ꝙ sit syllūs logicus non autē demonstratiuus
hic aūt concedit esse demōstra
tiuum . Dicas ꝙ eo in loco vult
syllīm logicū concludere defiō-
nē ꝗ non sit naturaliter ignota
sed

A sed media inter notum, & latẽ: at hoc in loco demonstratio potest concludere definitionem naturaliter occultam, quoniam ita efficitur quæsitum, & hoc est, ꝙ vidit Auer. primo poste. cōmento primo, qui dixit, partes definitionis syllogismo monstrari vti quæsita sunt, non vti partes sunt definitionis. Si ergo definitio debet demonstrari absꝗ petitione principiꝰ, opus est, vt sit definitio accidentis propriꝺ. ex 8. quæsito. item, vt sit definitio

B nominis, & imperfecta, dico nominis hoc est dans quid mediarum, & non propter quid, secundo poste. tex. 8. & 9. item concluditur nō vti definitio est, sed vti quæsitum est, primo Poste. commento primo, & quæsito primo. item hæc definitio concluditur per medium dantem quid, & propter quid simul, secundo poste. 8. & 9. & illa causa media respectu definitionis concludendæ est causa extrinseca, ex 8. quæsito, & secundo poste.

C commento. 37. & 38. ad extremã vero obiectionem, quo modo definitio monstretur, cum hæc sit substantiarum, quæ per demonstrationem non cognoscuntur, patet ex dictis, nam hęc quæ concluditur, non vera est definitio, neꝗ ipsius substantię, sed accidentis propriꝺ, vt in exemplis Aristotelis cōstat, in quibus concluditur tonitrui, & eclipsis imperfecta, & materialis definitio.

CONFVTANS Arist. demonstrationem Brisonis, dicit, ꝙ ille vtebatur principio vero, in demonstrabili, & immediato, sed communi. Erat autem illud, inter maius, & minus est dare medium æquale. Quod principium admittit verum esse, sed in hoc deficere, ꝙ proprium non est, quasi velit, ꝙ circuli quadratura possit demonstrari, dum modo per propria principia Geometriæ concludatur. quod etiã videtur asserere primo physic. tex. 11. vbi damnat demonstrationem Antiphontis, & laudat illam magis Hippocratis, & in prædicamentis, cap. de Relatiuis, aperte fatetur circuli quadraturam esse scibilem, non tamen eius esse scientiam. sed oppositum videtur colligi quinto phy. tex. commenti. 23. vbi scribitur circulare esse aliud in specie a recto. itaꝗ non videtur possibile, vt circuli quadratura sit scibilis per principia propria, quoniam non poterit demonstrari, nisi per principium commune recto, & circulari, quare nunquam ex propriꝺ syllogizabitur. Quod vero illud principium, ex quo demonstratur Tetragonismus debeat esse commune recto, & circulari, ex eo constat, quoniam in quadratura assignatur æqualitas inter circulum, & quadratum, quę

yterꝗ communis est relatio.

E 0.

¶ SOLVTIO.

SOLVITVR , hæc contradi-
ctio, quoniam ex proprijs principijs demonstrari potest tetragonismus, dum modo ea princi
pia competant soli circulo , &
quadrato . Nam non reprehen-
dit Aristot. in hoc Brisonem , cp
acceperit pricipium illud inter
maius , & minus dari æquale,
quoniam commune sit circulo,
& quadrato, sed ob id, cp compe
tit alijs pluribus , ac præsertim
numeris , qui cum sint discreta
quantitas, nullo modo cũ conti
nua conueniunt. Et si dicas adhuc eē cõe illud principiũ, quod
solum quadrato , & circulo con
ueniet , id negandum osuo erit,
qm principiũ dēt esse æquale, &
pportionatũ quæsito, si itacp de
monstratur proportio æqualita
tis inter circulũ , & quadratum
necesse est, vt principium sit, &
huiusmodi, hoc est vt vtriꝗ cõ
ueniat. Cum vero dicitur, non
posse cõuenire idem circulo , &
quadrato, qm hæc spē non sunt
idem rectũ, & circulare, id cõ
cedendum venit in ratione specifica , & sic omne principium
quod in hac demonstratione te-
tragonismi accipietur , non erit
vnum sm spēm , at vnum poterit eē sm genus, nec ob id erit cõ
mune, cum ēt quæsitũ sit gñicũ,
immo erit illi par, & æquale si-
milē afferre poteris explicationem verbis Auer. in cõ. 67. dum
inquit, inter rectũ , & circularē
non esse veram pportionē, hoc

est vnam in specie, siue vniuoce,
potest tñ ea eē generica, & analoga. Scio tamen nonnullos dubitare de veritate propositionis
dicentis, inter maius, & min⁹ est
dare æquale, tum instantia aper
tissima de sphæralibus angulis,
tum etiam in naturali philosophia, dum dicunt dari sphæram
maiorem , & minorem sphæra
solis, non tñ dari illi æqualem: in
quo videretur, Aristo. defecisse,
dum eam veram, & communē
esse testatur, sed nos dicere soliti
sumus, Aristo. eam veram accepisse, qm eam magnitudini, &
numero tm vult esse cõem: non
aũt rebus naturalibus, qm in illis fallere potest, necꝗ item angu
lis, cum de his dubiũ sit nũquid
sint, vel non sint magnitudines.
& hęc ē causa, cur dixerit Auer.
in commen. citato, cp hęc propo
sitio est communis, quoniam cõ
petit magnitudinib⁹, rectilineis
& sphæricis. in summa recto, &
circulari, & numeris competit
illa communis propositio sm ra
tionem equiuocam. dum aũt ap
plicatur recto , & circulari tm
comparatio, siue applicatio illa
est analoga, non vniuoca ob rõ
nem factam, sed adhuc est principium commune. At principia
quibus moderni asserũt quadra
turā circuli sunt propria, (dicerent hi) quoniam licet competant quadrato, & circulo, sunt ta
men quæsito consimili, & equa
li applicata , & non quidem ratione specifica, cum rectũ , &
cir-

A circulare specie differant, sed gé
nerica,& analoga,analoga qui
dem,quoniam quicquid recto,
& circulari conuenit, prius cir
culari competere videtur, cũ sit
perfectius, quod & mathemati
ci,& physicæ æque fatentur.

CONT. LXV.

TCX.23   RVRSVS Aristo.in hoc con
tex.dicit,scientiam nullam pos
se demonstrare sua propria prin
cipia.Nam id,phat ex eo,φ hoc
ad diuinum pertinet philoso
phum,aliter id sequeretur incõ
B modum,φ principiorum essent
principia,& sic in infinitum abi
remus, aut φ ea principia qui
bus principia propria scientiarũ
demonstrantur, essent commu
nia omnium,& per consequens
metaphysicalia, non,ppria sciē
tiarum. Huic vero determina
tioni,duplex videtur oppositio,
prima est , quia naturalis pro
bat materiam primam esse, eá
que demonstrat transmutatio
ne , quæ tamen est principium
proprium naturalis scientiæ .
C Secunda est , quia vult meta
physicam esse aliarum scientia
rum dominam,quoniam dat il
lis principia,& tamen in 8. phy
si.probatur, primus motor a na
turali,qui dicitur, esse principiũ
in scientia diuina, vel etiam prin
cipale subiectum . quo circa in
eo casu non magis erit domina
metaphysica,quam physi
ca,immo longe
minus.

SOLVTIO.   D

NOBILIS profecto est hæc
materia, quæ tamen requireret
longiorem disputationẽ, quàm
huic loco videatur posse accom
modari.Verum ne excusationis
colore,videar laborem subterfu
gere,in primis adnotãda est tri
ta illa, & communis distinctio
de scientiarum principiis, ex 1.
phy.cõmen.8.& tertio met.cõ
men.2.Principia enim alia sub
iecti dicuntur, hoc est incomple   E
xa, vt materia, forma,& priua
tio,primus motor. hæc enĩ sunt
principia subiecti philosophiæ
naturalis:& hæc eadem princi
pia simplicia,& incomplexa vo
cantur a nostris . Alia vero sunt
principia doctrinæ,quæ & com
plexa dicuntur, vt dignitates, po
sitiones,& suppositiones. Quæ
postea in duo rursus subdiuidi
possunt,quonĩa ex his, alia sunt
principia cognitionis tãtum vo
cata,alia cognitionis,& eẽ.Ver
bicá,ĩ naturali philosophia, erũt   B
pricipia cognitiõis, si dixeris, en
tia pĩa sunt,& nõ vnũ , itẽ natu
ralia vĩ osa, vĩ φdã moueri.Prin
cipia vero cognitiõis, & eẽ, si di
xeris, pĩ ima naturalia ẽtia, cãm
hñt mouẽdi,& φescẽdi,&c.Qui
bus positis, ad porẽ cõtradictio
nẽ dicas,φpincipia ppria, ĝ ĩ scĩa
pticulĩ demĩant, pñt eẽ princi
pia ĩ õplexa , & subiecti,cuiuf
modi materia prima est in phy
sicis:& dum demĩatur, illud sit
demonstratione signi tantum,
quod grauissime scripsit Auerr.

12.

G 12.met.commento 5.& fecundo phy.commento 22. vbi Auicennæ fententiam confutat.At principia,quæ demonftrantur a Metaphyfico funt principia cōplexa.quod Arift. exprefsit primo pofter.text.27.in illis verbis,& dialectica omnibꝰ,& fi qua eſt, quæ teniet monftrare communia,vt cꝓomne affirmare,aut negare,aut ꝙ æqualia ab æqualibus,aut talium nonnulla.vbi cō ſtat exempla eſſe de principiis complexis,quæ a dialectico,ac
H metaphyfico monftrantur. In eandem fententiam accefsit Themiſtius,primo pofter.cap.10. vbi principia alia communia, alia eſſe propria teſtatur, additꝙ metaphyficū aſſerere omnia hæc genera principiorum, reddens hanc caufam,ꝙ quemadmodum fcientiæ fubalternatæ capiunt principia complexa & doctrinæ,vocata a fcientiis fubalternantibus, fic quoꝙ particulares artes capiunt pricipia
I a metaphyfica, cum illi fubiectꝭ fint, ea vero fuperior,quæ verba oſtendunt principatum diuinæ fapientiæ,& officium demonftrandi principia,non ꝙ velit Themiſtius fcientias omnes fubalternatas eſſe metaphyficæ, fed de hoc alias,idem confirmat etiam Themiſtius primo pofte. cap.24. vbi non tantū dicit hæc complexa principia confirmari a metaphyfico,fed etiam a dialectico.Sed dicet quia,fi hæc,quæ dicta funt veritatem habēt, quo

modo vera erunt, quæ fcribit Auer. primo pofte. commento 70.vbi declarās,quo modo metaphyfica fit domina cæterarū artium,eam reddit caufam,quoniam ipfa cōfiderat ens totum, cæteræ artes confiderant partem vnam entis,vnde addit, ꝙ ob id metaphyfica probat fubiecta cæterarum artium,quoniā illa fubiecta funt partes fui entis,& iccirco largitur caufas illo rum fubiectorum. infertque,ꝙ nulla ars poteſt afferre caufas
L fui fubiecti, quoniam id opꝰ eſt metaphyfici,vnde metaphyficus probans numerum,qui fub iectum eſt in Arithmetica illum probat eſſe,vti ens eſt extra animam,non autem vti fubiectum eſt Arithmeticæ, nā fubiectum vult eſſe notiſsimum, vel quia demonſtratum eſt in alia arte, vel quia fuapte natura eſt manifeftum,vt habetur primo phy. commento 83. fecundo phyfic. commento 22. & 26.12.met.5. fecundo de anima 27.& 29. feu
M to met. primo, tertio cœli.4. fecundo poſt.commento 33. quibus fuppofitis, videtur non fuiſ fe verum, quod dicebatur metaphyficum,demonſtrare principia complexa tārum. quoniam fubiectum eſt principium ſcomplexum primo pofte. tex.14.& tamen a diuino demonſtratur. Huic dicendum eſt, ꝙ non negat Auerr.metaphyficum probare principia etiam incomplexa,vt eſt fubiectum ipſum præ
fertim

A fertim, nec etiam id negauimus nos in ea diſtinctione ſuperius adducta, ſed diximus metaphyſicam demonſtrare principia ſcientiarum, quæ ſunt cognitionis, vel etiam cognitionis & eſſe, ſi opus fuerit, at principia ſub iecti, ſi fuerint ignota, poſſunt demonſtrari a poſteriori in ſua ſcientia, qualis eſt materia prima, cum hoc tamen ſtat, vt ſubiectu etiam poſſit demonſtrari a metaphyſico per cauſam, & a priori ſi negetur, non quidem, vt ſub **B** iectum eſt, ſed vti ens extra animam eſt. Sit itaq; hæc conciliñ ratio, metaphyſicum poſſe demonſtrare, non tantum principia complexa, ſed etiam ſubiecta artium, incomplexa: at propriæ artes poſſunt demonſtratione, quia, confirmare principia ipſius ſubiecti incomplexa, quæ fuerint latentia, & ignota.

Hinc concidit ea Ioannis de Ianduno diſtinctio de principiis eſſendi tantum, cognoſcendi, & eſſendi, ac cognoſcēdi ſimul. quo **C** niam, vt copioſe Zimara adducit, non datur principium eſſendi ſolum, vt eſt materia prima I philoſophia naturali, apud Ioannem, nam materia non poteſt eſſe principium eſſendi, cum id ſit forma, quod quo modo veritatem habeat, vide Marci Zimaræ explicationem de principiis.

Non enim propoſiti mei ratio erat, vt aliorum verbis præſens opus excreſceret. id enim compilare eſt, ni potius ſit expilare,

aliorum vigilias. Ad ſecun **D** dam vero contradictionem reſpondet Commentator, in primo poſter. commento 60. vbi vult inferiorem artem poſſe tradere principia artis ſuperioris, ſed demonſtratione ſigni: quo modo naturalis facit, qui in 8. phyſi. concludit primum mouē tem eſſe, quod eſt principium I ſciēria diuina, nec ob id tollitur diuinæ ſcientiæ principatʰ, quoniam metaphyſica, dum dat ſubiecta cæterarum artium, & **E** naturalis etiam philoſophia, ea præſtat per demonſtrationē cauſæ, vnde quanto demonſtratio cauſæ eſt nobilior demonſtratione ſigni, tanto etiam metaphyſi ca excedit phyſicam ſcientiam. Sed ſi vis hanc differentiam latius percurrere, legas omnino commentum 60. prope finem, nuperrime citatum.

CONT. LXVI.

OSTENDENS Auer. excellen **C5. 70.** tiam, ac principatum metaphyſicæ, inquit, cp̄ hæc probat principia ſcientiarum, quoniam dat cauſam ſubiecti in qualibet ſciē **F** tia, ſi negetur, verbi grã. ſi quis negauerit numerum Arithmeticus non poteſt illius cauſam aſferre, quoniam eſt illi ſubiectū ſed hoc pertinet ad metaphyſicum, qui conſiderãs ens, vt ens, etiam conſiderat ſubiecta aliarum artium, quæ ſunt ſpecies entis, & addit, cp̄ metaphyſicus, dum reddit cauſas eorum ſubiectorum, non ea demonſtrat vti ſunt

G sunt subiecta, sed vti partes sunt entis.oppositu videtur voluisse in secundo de anima. commento 27.& 6.met.commeto 1.quibus in locis habetur, cp subiectu & eius partes, vel spes non pnt demostrari in scientia, vnde no poterit metaphysicus demonstrare subiecta scietiarum vti entia sunt, qin iam demonstraret partes,& species sui subiecti.

SOLVTIO.

APPARENS nimirum videt hæc contradictio, sed statim desinit, ex eo, cp illa regula, quæ dicit partes subiecti non posse demonstrari (inquit Zimara) vera est in pluribus, non semper. Nã ipse ait, in 2 de anima, demostrari multas animæ potentias, qualis est sensus communis, & intellectus agens,& tñ hæc sunt partes subiecti illius scientiæ, verū hoc raro fit, & demonstratione signi tñ. item ignis est pars subiecti in lib.de cœlo,& tñ hic de monstratur esse demonstratiõe signi, vt constat 4. cœli cõm.35.

Ex quibus diceret, cp licet metaphysicus probet subiecta scientiarum quatenus entia, hoc tñ raro contingit, qm & raro ēt negantur subiecta artifi. At hæc solurio nihil vr facere ad proposirē difficultatis nodū, qm Auer. in hoc commen. vult talia subiecta demonstrari per causas, & p demonstronem a priori, non signi. forte ad hoc diceret Zimara, sup posito fundamento Aristot. primo post.tex.30.cp non quęlibet

demonstratio per cãm est,ppter quid,nam quæ fit a cã mediata, & remota,ea est demonstratio signi,non propter quid.Qao in loco cãs remotas dicit,esse p media distantia.Cum autem metaphysicus vtatur rõnibus eõib9, & transcendentibus,patet eas respectu subiectorum artium posse dici, remotas causas, quare tales demonstrationes erūt signa, licet sint per causas.Sed hæc solutio manifestam patitur obiectionem,ex eo,quod inquit Aristn.in tex.23.primi poster.prope finem, cp ideo metaphysica probat principia scientiarum; quoniam maxime speculatur causas, & ob id maxime scientia est,ecce,cp nomen causę accipit in significatione perfecta,nõ autem remota. Dicerē itacp, cp qñ metaphysicus probat numerum esse,probat demonstratiõe cãę,quæ est ppter quid,sed illū non demonstrat vti subiectū est arithmeticæ, neqs vti pars ē sui subiecti.Nã, vt subiectum aridi meticæ est per se notum, cū subiectum supponatur in arte 1. poster.2.20.24.25.43.non item demonstrat metaphysicus numerum,cp sit ens propter se,quoniã vt pars sui subiecti, non etiã potest demõstrari per causam, sed demonstratur vti est entis extra animam ad hominem, hoc est, ad neɡantem subiectum arithmeticæ, rendit itacp demonstratio ad arithmeticam,non ad metaphysicam, sed non ad illam
tēdit

A rèdit, vt illius subiectum est, sed vti ens extra animam. Quæ solutio si placet, bene est, sin, min⁹, optarim, & alios suam asserre sententiam, vt dicant aliorum exemplo, suis dentibus duriores nuces conterere. sed dices, quo modo asseris metaphysicū dare causas subiecti cæterarū artiū, si cæteræ artes demonstrant sua principia (inquit Auerr. in hoc commento 70.) vt physicus facit, qui materiam primā, & primum mouentem demonstrat.

quare si probat principia subiecti videtur, vt magis demōstrare possit subiectum. huic satisfacit Auerr. dicens, Metaphysicum demonstrare subiecta per eorū causas a priori, sed physicus dū asserit primam materiā, ac mouentem, id facit a posteriori, trāsmutatione, & motu, item hæc demonstrat, vti sunt causæ motus, non vti entia sunt. qd vult latuisse Auicennam, qui credidit physicum assumere a diuino primam materiam, & primum motorē. Et causa erroris suit, ɋ non percepit Arist. mentem, quæ est, ɋ artes particulares non possint ostendere causas sui subiecti per demonstrationē a priori, non autem, ɋ non possint eas asserre per demōstratio nem signi. Quem errorem Auicennæ, licet legere apud Auerr. primo phy. commen.83.2.phy. 22. & 26. secundo lib. met. commen. 2. de aīa. 27. 29. 3. cœli. 4. vbi habetur subiectum esse in

demonstrabile penitus, in propria scientia. At causæ, & principia subiecti possunt demonstrari a signo in scientia propria, sed a priori demonstrantur, tanquā entia a diuino philosopho. Cū vero dicebatur, si principia, & causæ demonstrantur a posteriori, videtur, ɋ & subiectū possit, dicendum eam similitudinē esse negandam, nam principia, & causæ subiecti possunt esse ignotæ, vt materia, & primum mouens in physicis, & iccirco demonstrantur, non autem demonstratur subiectum, quoniā est suppositum, & concessum, ac per se manifestum. Ex his collige subiectum, non demonstrari, nec eius partes, posse tamen causæ subiecti demonstrari a posteriori in proprijs scientijs, sed a priori, a metaphysico demonstrari potest subiectum, & eius principia, non vti subiectum est, sed vti ens extra animam. Quæ resolutio innumerabiles remouet difficultates. sed de his plura alibi.

CONT. LXVII.

AGENS, Auerr. de transitu scientiarum, negat quæsiti vnū posse considerari in pluribus artibus, oppositum videtur voluisse in præcedentibus, vbi in cō. 50. cōcessit, hoc quæsitum, quod dicit, cœlum est sphæricæ figuræ, esse commune physico, & Astrologo: cum tamen hæ facultates disparatæ omnino sint, ac diuersæ.

SOLVTIO.

DICES, quod quæsitum pē
det a medio, a quo monstratur,
& ita pendet, vt si medius sit i
dem, idem etiam est quæsitum,
& si diuersus, & illud diuersum.
Quare Auer. vult omnino non
esse idem quæsitum in diuersis
artibus, vna, & eadem conclusio, quæ diuerso medio demonstretur. Itaq ad formam contra
dictionis dico, cp hic vult non
posse conuenire diuersas artes
in eodem quæsito, formaliter
sumpto, hoc est per comparatio
nem ad medium terminum, &
ob id, cœli sphæricitas licet videatur communis quæstio in
physicis, & in Astrologia, non
tamen vna est, nisi materia, &
subiecto, formali vero ratione
non est eadem, dico, cp materia
est eadem, quoniam in vtraq il
la scientia consideratur nexus
prædicati cum subiecto illius p
priis, dicentis, cœlum est sphæri
cum, non autem forma est eadem, quoniam medius terminus, quo eam confirmat physicus, differt a medio, quo eam de
monstrat Astrologus, exempla
vero dabat Auer. in commento
59. nam Astrologus dicit, cœlū
esse sphæricum, quoniam lineæ
exeuntes a centro, ad circunferē
tiam sunt æquales, sed physicus
dicit, cœlum habere figuram
sphæricam, quoniam mouetur
circulariter, sic itaq quæsitum
partim est idem ratione materiali, subiecti, & prædicate par-

tim differt, hoc ē ratiōabilis for
mali, quæ a diuersis medijs assu
mitur, quæ distinctio omnino
tollit proposita contradictionē

CONT. LXVIII.

PRIMVM vult principia Ari
stot. non posse probari, oppositum autem habet primo, et 8.
physi. vbi demonstrat primam
materiam, & primum mouen-
tem, quæ sunt principia subiecti
physici.

SOLVTIO.

DE quibus principijs intelli
gat, varij varia sentiunt, alij ens
subiectum volunt, cp est princi
pium incomplexum, alij princi
pia doctrinæ, & complexa intel
ligunt, sed de hac re latius i com
mentarijs nostris diximus, vt
cunq vero intelligat, principia
vult non posse demonstrari,
quoniam sunt per se nota. Nam
qui probat per se notum, & ma
xime ex ignotis, iudicio caret,
vt scribit Arist. 2. physic. 6. immo inibi Auer. testatur hoc genus hominum ineptum esse pr
sus ad philosophiam capescen-
dam. Sed & Arist. quarto phy.
tex. 9. inscitiam magnā esse di
cit, si quis nescierit distinguere
ea, quorum quærenda est demonstratio, ab his, quæ ī demon
strabilia sunt. Nam qui ita male
affectus est, non minus conce-
det absurda, quàm negabit ve-
rissima. Quo genere hominum,
nullum stupidius inueniri potest. Verum cum dicimus, principia non probari, intellige ratione

A tione demonstratiua, nam topi-
cę, id fieri poteſt, quoniam ea, p-
poſitio, quæ dicit, omne totum
eſſe maius ſua parte, videtur, p
bari poſſe ſic, excedens eſt maius exceſſo, totum excedit par-
tea, igitur maius eſt qualibet ſui
parte . Multa. n. topicæ ſyllogi-
zamus, quæ demonſtratiōe nō
concludimus, ratio eſt, quoniā
demonſtratio eſt inſtrumētum
notificās quæſita naturaliter oc
culta, vt ſcribitur ſecundo poſt.
commen. 1. & in epith. logicis,
B cap. de demonſtratione. ſyllius
vero topicus concludit ea, quæ
pbabiliter tm̄ ſunt ignota, imo
etiam, quæ ſuapte natura ſunt
cognita, vt dicit Auer. 4. phyſi.
commen. 1. interdum ea, quę p
ſe nota ſunt probātur confirma
tionis cauſa, ſed rationibus topi
cis, ac dialecticis, quales ſunt il
læ, quibus Ariſtot. probat in p-
diuinæ philoſophæ potentiam
eſſe, quod Auerr. notat 12. met.
commen. 8. Præterea per ſe nota
confirmari poſſunt rōnib⁹, quas
C Auerr. appellat maneries diſciplinæ, Græci vero cor. ſolatoria
argumenta, vt ſunt, exemplum,
diuiſio, inductio, & ſyllogiſm⁹
hypothericus naturalis, cuius
ans eſt æquè notum, vt conſe
quens. Adde etiam, per ſe nō
poſſe demonſtrari, ſed ex accidente, hoc eſt, ratione negantis,
& vt plurimum, dum id facim⁹
vtimur rōnibus ducentibus ad
incommodum. quod facit Ariſ.
4. met. aduerſus negātes prima

principia, propoſitio vero, quæ D
dicit, principia per ſe nota eſſe,
& nō probari, veriſſima eſt, dū
modo rectè accipiatur, & hoc
videtur voluiſſe philoſophus 2.
met. tex. 1. dum, inquit, in forib⁹
quis delinquit, & ob id Auerr.
dicit, principia eſſe veluti ianuā
domus, quam nemo ignorat.
quod moderni volunt veritatē
habere de principiīs cognitiōis
de quibus, mētio habetur 1. ph.
com̄ mē. 8. vbi principia alia cognitionis dicuntur, alia cognitio
nis, & eſſe. Nam hæc cognitiōis E
principia dicuntur, dignitates,
& communes animi conceptio
nes. Aniaduerte tamen, qp cō
munis eſt multorum recentiorī
error, q dignitates dicantur iriū
fariam, communiſſimę, ēōes, &
propriæ, nā dicunt eam̄ eſſe cō-
muniſſimam, quæ ad oīa ſcientiarum genera pertinet, vti ſunt
principia contradictiōis, de quibus Ariſt. ſermonem habet 1. po
ſte. tex. 16. veluti omne contingit affirmare, vel negare, non cō
tingit ſimul idem aſſerere, & negare. Communes vocant, quæ
non omnibus competunt ſcientię, ſed quibuſdam tantū ſimul,
vt illud, ſi ab æqualibus æqualia demas, &c . Quæ diſtinctio veriſſima eſt hacten⁹ addūt
vero, & tertium membrū, qp dignitates aliæ ſunt propriæ, vt
ſuppoſitiones, quæ vnicam tm̄
ſcientiam conſtituunt, vt eſt ea
propō in 1. phy. 10. ſubīctantur
autē nobis aut omnia, aut quę-

Contr. Tom.   K   dam

G dam naturalia moueri. Sed hoc, quo modo verum sit, nõ video. Nam Arist. semper distinguens principia, dignitates separat a suppositionibus, 1. post. 5. & 25. itaǫ non possumus dignitatem propriã, vocare suppositionẽ. item agês philosophus de dignitate 1. post. 27. eam tantum diuidit in communissimam, & communem. quod si propriam viã dignitatem appellare, crediderí nullam aliam esse, quàm eam, quæ contrahit communem, de qua sit mentio primo poste. 24.

H cum dicimus, si ab æqualibus numeris, æquales numeros demas, &c. vel etiam propria dignitas potest appellari omnis propositio immediata, quæ actu demonstrationem constituit. caue igitur ne suppositionem, aut etiam petitionem propriam appelles dignitatem, quod quidẽ oculatissimus Zimara non vidit. Nota vero, extare quædam,

I quæ ob id per se nota esse dicuntur, ǫ pœna puniendi sunt, qui talia in cõtrouersiam posuerint, vt scribit Aristo. 1. Topicorum cap. 9. vbi ait, neminem disputare, vtrum Deos oporteat venerari, & parentes diligere, nam hæc iure naturali, & legum sanctione decreta sunt, ita, vt plectẽdi sint, qui ea in dubium reuocarint. sed ad principia reuertamur, quæ quidem si communia fuerint, vel etiam communissima, omnino erunt per se nota. Hæc autem sunt notiones illæ,

quæ in nobis consurgunt, & cõ ualescunt, (inquit Themistius, primo poster. cap. 5.) & sunt veluti communes quidam sensus, suapte natura in nobis orti, absque docentis disciplina, sine quibus, nec quærere, neque intelligere quicquam possumᵉ, & ob id, inquit ille, Theophrastus, dignitates definit, ǫ sint persuasiones quædam. Quod autem dignitates sint nobis a natura communi ratiõe singulis ab ortu distributæ, copiose id asserit Themistius, tertio de Anima ca.

K 32. vbi probat Itellectum vnum esse in omnibus nobis, ex vnita te intelligibilium, dignitarũ præcipue. Sed Auerro. non assentie huic Themistij opinioni, primo poste. commen. 132. vbi exponens ea verba tex. 33. quæ dicũt deficiente sensu, deficit scientja, vult dignitates fuisse a nobis cognitas via sensus, licet non recordemur, quo tempore id acciderit, cum nobis pueris euenerit.

L Amplius definiens Arist. dignitatem primo poster. tex. 5. vult

M eam esse propositionem, quæ te neri debet ab omnibus docẽdis quidpiam. Et primo poste. tex. 25. dignitatem esse definit, eam quæ ex se necessaria est, & vf. & ob id, recentiores dicunt, dignitatẽ esse id, quod si quis negauerit dignᵉ est omnino, vt ligetur. Furiosi. n. & ãmẽtes dignitates veras esse inficiãtur. Dixi, vim, naturam, & conditionem principiorum, quæ probari non possunt,

A sunt,& ob id supponenda sunt i scientia,nunc de diuersitate, ac differentia horum pauca quædam in medium afferam. Principiorum, alia,inquit Aristo.1. Ethic.cap.10. inductione confirmari possunt, alia cōsuetudine, alia sensu, alia alijs modis.sed id intelligas de principijs proprijs scientiarum, quæ autem sint hęc, diligenter examinat Aristo.primo post.tex.5.& 24.nam dicuntur, positiones suppositiōes, postulata,& definitiones.hęc.n.ali qua ratione, inquit,confirmari possunt a docente, sed cum sint principia supponuntur, vel petuntur in scientijs. addunt moderni hæc eadem principia experientia notificari,vt principia naturalia, & media,immo omnium artium,i quibus maxime ratio,& experientia sunt necessaria,& ob id dicit Gale. prima partic. aphorismorum commē. 1.& in lib. de cōstitutione artis, & alibi sæpius, medicinam habere duo instrumenta,quę sunt ratio,& experientia, sine altero quorum, necesse est totā artem claudicare. item hæc principia propria egēt interdum communi hominum consensu,quo modo Arist.sæpe ea cōfirmat, quæ demonstrari nō possunt.& hæc fuit causa, cur dubitarit Plato, (quod refert Arist.1.Ethi. ca.5.) nunquid via, & ratio procedendi in scientijs sit a principijs, an potius ad pricipia.Nam ex hoc inferebat Plato, principia per se

nota esse illa; a quibus procedimus,ignota vero ea esse ad quæ procedimus.& per consequens duo erunt principiorum genera,hoc est eorum,quæ simpliciter sunt nota,& eorum,quæ aliqua egent via, & ratione asserēte:& hæc sunt principia ,ppria. Causa vero cur hæc propria minus nota sint communibus est, quoniam vniuersale ordine doctrinæ notius est nobis minus vniuersali, vt scribit Auerro.in vtroq prologo primi physi.& posteriorum,& eam ab Aristo. desumpsit 1.phy.tex.4.nam totum est notius partibus, cū itaq principium proprium pars sit, commune vero,totum,hinc cōstat communia pricipia esse notissima, propria vero nota tantum,sed adeo nota, vt vijs iam dictis possint confirmari. Zimara vero vult hæc principia propria etiam vsu,& consuetudine posse nota fieri,per consuetudinem illam, de qua scribitur 2.met.14.vbi Arist. vim consuetudinis explicans,dicit leges,ob consuetudinem concedere puerilia,& fabulosa,immo hæc præferri veritati omnium aliorum . quod ego profecto non intelligerem, nam propositio dicēs, principia posse consuetudine probari,quæ suit Arist.1. Ethic.ca.10. non potest assumere viam falsam,& deuiam pro sui cōfirmatione,loquitur.n. philosophꝰ de principijs veris scientiarum speculatiuarum eo in loco,non au

K ij   tem

G tem legalis scientiæ, quàm vult
puerilia, & fabulosa admittere.
itaq; multo recti⁹ exposuit, verbum illud consuetudo, Auerr.i.
Ethic.pro experientia. Nam ex
perientiam dixit vim magnam
habere in cognitione principiorum, 2. Poſt. tex. vltimo. Item 1.
de generatiōe tex.7.inculat Pla-
tónem in cognitione rerum naturalium, qui ob experiētiæ inopiam, nesciuerit veritatem eorů
quæ per se euidentia sunt, & ma
nifeſta. item 6.Ethic.pueri poſ-
H sunt esse mathematici, non autē
philosophi, hoc ē morales, quoniam moralis facultas pruden-
tiam requirit, quæ comparatur
vsu, & experientia in nobis. Itē
nota, q̃ quædã extant ꝓpōnes,
quæ licet principia non sint, sūt
tamen adeo ex sui natura mani
feſtæ, q̃ solo sensu iudicantur, &
per illum efficiũtůr notæ, hæ autem sūt propositiones ímedia-
tæ sensu, vt puta, q̃ nix sit candi
da, q̃ coruus niger. Nã Themiſ.
I 1.poſt.cap.3.inquit, q̃ hoc trian
gulum sit, visus, & conspectus
indicat absq; ratiocinatione vlla, & discursu,& idem in cap.6.
dicit, tunicam esse cãdidam, res
eſt immediata, & sensilibus ad-
nexa.id.n. cognoscimus per sen
sum, non autem per medium:&
ob id voluit Ariſ.1.Top.ca.9.q̃
si quis negarit sensum, vt pœnã
sensus ferat, nã si negaueris igñ
calefacere, debes cogi, vt id digi
to sentias. Et hac de causa Ariſt.
8.physi.tex.22.scribit sensum eſ

se rationi anteferendum, quoniã K
infirmum habet intellectũ, qui
ob rationem, sensum prætermit
tit. Accedit etiam, q̃ principia
per se nota, originem eorum cognitionis dúcunt, ab illa intellectus operatione, quæ definitio
eſt, nam cognito, quid rorum sit
& quid pars, innotescit, q̃ oē totum eſt maius sua parte, & hæc
cognitio dr̃ terminorum, id aũt
colligitur ex Ariſt.1.poſter.tex.
6. vbi vult intellectũ eē scientiæ
principiũ, quo terminos cognoscimus, & Ioannes Grammati- L
cus eo in loco, Hammonŋ, siue
Porphyrŋ ex positionem refert,
qui per terminos substantias se-
paratas ſtellexit, vt sensus eſſet,
scientiam esse principiorum intellectum, hoc eſt eam intelligē-
di facultatem, qua diuinas sub-
ſtantias concipimus. Sed Ioan.
Gram.iure hanc damnat explicationem, quoniam in lib. Prio
rum terminus significat subiectum, & prædicatum, cum itaq;
liber poſte. vtatur præceptis tra M
ditis in prioribus, tenebatur Ari
ſto.vti hoc nomine terminus, eo
modo quo definierat in lib.prio
rum, quare cognitio principiorum habetur ex cognitione terminorum, hoc eſt subiecti, & ꝓ-
dicati. sed dices, non ne prima
principia fuere ab antiquis negata, quo modo itaq; per se nota erunt? Huic occurrit Ariſto.
1.poſte.tex.25. vbi ait, q̃ ad ex-
trinsecam rationem semper in-
ſtare possumus; sed ad interiorē
non

nõ femper. Nam rõ alia vocalis
eſt, & externa: alia mentalis, &
interna. Siqitur veteres negarñt
principiã, id voce non mente fe
cerunt, & Ariſt. 4. met. 9. dicit,
ore non corde negata fuiſſe prin
cipia ab antiquis, quæ autẽ ſint
cauſæ, vt negentur res per ſe no
tæ, & concedantur abſurda, vi
de Ariſt. 2. met. 14. & Auerr. pri
mo cœli, cõmento 22. 2. phy.
6. Vide etiam 1. Ethic. cap. 3. vbi
Ariſt. Heſiodi ſenrentiam com
probat, qui voluit etiã eſſe ho
minum genera, vnum eorũ, qui
adeo felices ſũt, vt ex ſeipſis om
nia percipiant, aliud eſt eorum,
qui poſſunt a docẽtibus, omnia
deſumere, poſtremum eorum,
qui neqʒ a ſe, neqʒ ab alijs quic
quam percipere valent, hi vero
omniũ ſunt ſtupidiſſimi, & ad
philoſophandum prorſus ine
pti, qui & falſa, & vera impune
negarent, & concederent. Ad
hos nõ ſcribitur hæc regula, quæ
dicit principia eſſe manifeſta.
Et hi ſunt, quos etiam Plato in
ſectatur, in 6. de Rep. Vt itaqʒ co
gnoſcamus eos, qui apti ſunt di
ſtinguere per ſe nota ab occul
tis, in primis corporis conſtitu
tio conſideranda eſt, nam molles
carnes habẽtibus, felicius datur
ingenium, ineptum vero his, qui
duriores habent, 2. generatiõis,
94. deinde eſt cogitatiuæ vis, qʒ
ſi probe fuerit affecta, ad intelle
ctionem facile dirigit, ſin praue
vitioſam parit cognitionem, id
n. conſtat, ex 3. de aïa cõmẽ, 20.

Addit Zimara inexperientiam
eſſe cauſam prauæ diſciplinæ,
quod Ariſt. vitio vertit Platoni.
Item inexercitationem, & præ
cipue i dialectica, quoniã Auer.
1. phy. commẽ. 71. ait, antiquos
non potuiſſe veritatem attinge
re ob exercitationis logicæ im
periñam. Et ob id 1. Topic. cap.
2. dicit Ariſt. dialecticam valde
vtilem eſſe ad philoſophiam ca
peſcendam. Confert etiam ad
intellectus cognitionem illuſtrã
dam. immorari valde circa prin
cipia ſcientiarum, quoniam par
uus error, quo delinquimus in
pricipijs, magnus efficitur in fi
ne. 1. cœli. 33. Confert & bonos
habuiſſe præceptores, contra ve
ro malos, quod colligitur ex 1.
tex. 1. poſt. nam vt ibi ait Lynco
nienſis, ſcriptura docet, ſed præ
ceptor interius mẽtem illuſtrat.
Confert mathematicarum diſci
plinarum cognitio, contra vero
earum efficit ignorantia, quod
pluribus in locis animaduertit
Auerr. nec valeat eorum ratio,
qui dicunt, qʒ Ariſt. imputat Pla
toni cauſam ignorantiæ rerum
naturalium ob amorem magi
ſtri, & geometriæ, nam aliud eſt
optimum fuiſſe nactum præcep
torem, aliud eſt, quod ait Hora
tius, iuraſſe i verba magiſtri. itẽ
aliud eſt non ignorare Geome
triam, aliud vero, velle ex Geo
metria cauſas naturalium aſſer
re, quod fecit Plato. Nam in re
bus eſt modus habendus, & cer
ti ſunt fines ſeruandi, Addo bo

K iij   nam

G nam consuetudinem esse vtilem
ad philosophiæ studium tenendum, contra vero malam, id am
ple colligitur, 2. met. 14. Quibus
constitutis, tempus videtur op-
portunum, vt ad propositā cō-
tradictionem reuertamur. Nam
cum hic dicat Aristo. principia
non demōstrari, intelliges de dignitatibus, & omnibus principijs doctrinæ, siue etiam de prin
cipijs cognitionis, quoniam dignitates, & per se nota nō egent
confirmatione demonstratiua:

H licet principia propria modis iā
enarratis confirmari possunt.
Cæterum cum habeatur in 1.
phy. demonstratam esse materiam, & in 8. primum mouentē,
dicas hæc esse principia subiecti
non scientiæ, quæ cū sint ignota,
possunt in propria scia demonstra
ri, sed demonstratiōe a posterio
ri, & hæc satis de hac quæstiōe.

CONT. LXIX.

Tex.24 AGENS Arist. de primis hoc
I est principijs, inquit, quid igitur
significant & prima, & quæ, ex
his accipitur. Ex quibus verbis illud præceptum excipitur,
de principijs accipi, hoc est sup
poni quid. At contrarium vide
tur voluisse primo post. tex. 2.
quo in loco de dignitatib⁹ agēs,
& principijs, ea dicit, præcogno
sci tantum, quod sunt. Nā quid
est cognitionem ad quæ-
situm accommodat,
quod vero ad
principia,

PHILOPONVS ait, q̄ Arist. ac
cipit quid, pro cognitione cō-
tam principiorum, quàm quæsi
torum, vt habeat, q̄ hæc concu-
runt in ea rōne, q̄ de his oībus
supponitur, quid, hoc est quid
hæc significet, nam suppōnie
quid significet hæc propositio
si ab æqualibus æqualia demas
&c. quasi dicat, quid hoc I loco
non esse definitiōe, sed explica
tionē quādā, & significationem.
Qua cōi conditione explicata,
postea Arist. separat principia a L
quæsitis, per id, q̄ quæsita demō
strantur, quod principia vero
supponuntur. Quæ Philoponi
explicatio mihi non satis arridet, nam si quid accipit cōe quæ
sito, & dignitati, videtur oīno vt
sit definitio. cum de quæsito sup
ponatur quid, hoc est ei⁹ definī-
tio, vt ē fatetur Philoponus ip
se, & hic, & 1. poste. tex. 2. Latini
itaq̄ dicerent, & præsertim mo
derni, q̄ principia alia cōplexa
sunt, vt omne totū est mai⁹ sua M
parte, & similia. alia incomplexa, vt subiectum, ratio formalis
subiecti, & subiecti cāa, quib⁹
positis dicerent, Aristo. in tex. 2.
voluisse de dignitatibus præcognosci tantum, quod, idq̄ verū
esse de pricipijs complexis. nūc
vero cum vult de principijs præ
cognosci quid, id audiant de pri
cipijs incomplexis, in quam sen
tentiam venit Auer. 1. post. commen. 73. nam verbum in tex. pri
ma legit, ille subiecta, vt sensus,
sit

sit non de primis complexis esse regulam audiendam, sed de subiectis. Cuius expositionis causa videtur extitisse textus ipse deprauatus cū enim habeat Auer. non, prima, sed subiecta, omnino coactus fuit sic interpretari. Sed hęc solutio, pace horum, nō mihi valde probatur, tum quia Arist. exemplificans de principijs, tam complexa, quàm incōplexa enumerat, tum quoniam hęc solutio videtur asserere principia complexa, non posse habere quid, quod tamen est falsum, cum interdum principia supponant suorum terminorum definitionem, quod eniā vult Auer. primo huius commen. 2. Obid itaq; dixere, ex Latinis aliq anteriores, Arist. in 2. tex. intellexisse de principijs supponi, quod, hic vero quid, hoc ē, quid nominis. hęc enim contradictione nō faciunt. Nam cum principia sint complexa, complexa vero non habeant quid, hoc est definitionem rei, iccirco in 2. tex. dicebatur de principijs praecognosci tā tum, quod ad differētiam quid rei, at nunc ea habere, quid nominis asserit. Etenim manifesta est distinctio, cp definitio alia rei sit, & alia nominis. 2. poste. tex. 7. & 10. Sed aduersus hanc concordiam licet instare: vel enim hoc quidem nominis de principijs est, terminorum componētium, vel totius principijj, vt cōplexum est, si ratione terminorum, hoc quid, uō ad principiū

refertur, sed ad eius compōnentia, quamobrem non recte dixisset philosophus, hoc quid, esse principiorum. Si dixeris, illud quid esse totius principijj, sequetur duo incommoda: primū est, cp complexum aliquo pacto definietur, saltem nomine, cuicp oppositum videtur voluisse 7. meri 26. cōplexa. n. nō definiunt. itē in 2. tex. 1. post. fuisset Arist. mancus, qm si de principijs dixit, supponi solum quod, cur p termisit quid nois. Apollinaris in suis qōnibus dicit, facile posse dilui hanc difficultatē, si intelligamᵒ Arist. in tex. 2. voluisse ēt de principijs pcognosci, quid nominis suorū terminorū, sed id cōticuit se, subintelligēs breuiloquiū ea qd, ex eo, cp de subiecto dicit, pcognosci quid, & qd'. At si facilis vī illi rīsio, huius mihi facillima videtur improbatio: qm iā dictū ē, illud quid nois nō posse esse principijj, vti principiū est, item eū dicat in eo 2. tex. de subiecto praecognosci vtrū cp quid, & qd', hoc dicit ad dr am queįti, & dignitatis, de quorum vno pcognoscitur solum quid, & de alio quod. Forte Auerrois interpretatio, vna cum secūda opinione posset tanq minus Icommoda Iustineri, nam minus malum sub boni rōne eligimᵒ. Est itaq; intelligenda praesens, ppō de primis supponi quid, per prima. n. subiecta intelligit, qd' exēpla indicant, nam exempla sunt de vnitate, & magnitudine, quę

K iiij sunt

¶ funt fubiecta Arithmeticæ , & Geometriæ:atin 2. tex. loquitur de principiis complexis . Cum vero dubitatum fuit, ợ Arifto, paulo poft exemplum affert de principiis complexis i hoc tex. 21. dici poteft, ợ ea adducit, non fub regula de ợcognitiõe quid, fed vt diftinguat communia a propriis . & fi dicas , igitur de principiis complexis non habetur quid, concedendum erit, vti hæc funt complexa, negandum tamen , ợ ratione terminorum

H non poffint habere quid, cum dicat Arift. primo poft. quinto,

" agens de principiis, ợ hæc non

" folum funt præcognita in intelli

" gendo, fed & in cognofcendo,

ợ funt.

CONT. LXX.

Te. 24 **OSTENDENS** , Ariftote. quomodo fubiectum fupponatur in fcientia, de eo dicit, fupponi effe, & hoc effe, Græcæ vero

I ait, ... τῷ .... id vero omnes interpretantur quid , & quod. hoc eft de fubiecto fupponi, vtramque fimplicem præcognitionem, quod etiam voluit tex. 2. huius primi libri.

At huic penitus contrarium fentit in tex. fequenti 24 . vbi dicit, non femper fupponi fubiectū, quoniam numerus in Arithmetica fupponitur, non autem calidum, & frigidum in phi- lofophia natu- rali.

SCIRE licet, nõ omnia fub iecta æqualiter effe nota, fi acci piatur vti entia funt, nam quod dam magis abftractum eft, & quoddam magis fenfibile, vnde notior eft lapis, quam numer°; cum lapis fenfilis fit , numerus vero abftractus . Et hinc diffe rentiam voluit Arift, in tex. 21 Nũc vero accipit fubiectum re fpectu, fuæ fcientiæ, nam fic fem per eft notum , quoniam fubie ctum , quod græcis ē ......,

L nil aliud fonat, quam cõceffum, & per fe euidens . Et hinc con ftat veritas regulæ Auer. quæ dicit, fubiectum in propria fcien tia effe per fe notum , vel quia ira re eft ex fui natura, vel quia in alia fcientia fuit demon ftratum. quod fcribit ille primo phyfi. 82. fecundo phyfi. 11. & 26.12. met. quinto, fecũdo poft. 33. atợ alibi, quod breuitatis cã prætermitto. itaq; hoc in loco vult de fubiecto femper accipi in fcientia effe, & hoc effe, cum

M hoc tamen ftat, vt notum aliqñ fit ex fui natura, aliqñ vero igno tum. Sed dicas, hæc folutio reuo cat in dubium aliud, non parui ponderis, nam in tex. 25. fequen ti, vult Arift. fubiectum fuppo ni, cum eft ignotum , & affert exemplum de numero, non fup poni vero, cum eft manifeftum; & dat exēplū de calido, & frigi do. Quod nullo pacto verum eſ vr, nam fupponũtur potius ma nifefta, & demonftranf occulta.

Sed

A Sed dicens, supponi ea quæ nota sunt suppositione mentali, & q̃ in animo est, suppositione vero vocali & extra animam ea quæ paulo occultiora sunt, cum itaque dicit philosophus supponi numerum, intellige de suppositione, quæ voce & ore docentis fit, quoniã numerus cum sit res abstracta, eget aliqua suppositione magistri. et hoc videtur et voluisse Themist. 1. Post. cap. 2. et 21. Cum vero dicimus supponi ea quæ manifesta sunt, id de

B mentali & interna suppositione intelligas quæ sit in anima: hæc .n. supponit ea de quibus dubitare non licet. id colligitur ex. 1. Post. tex. 25. vbi definit dignitatem. & sic omne subiectum supponitur in scia ex. 1. Post. 2. vide autẽ pro hac materia Auerr. ibi &. 1. Poste. cõ. 74.

CONT. LXXI.

Cõ.74. AVERROIS hic negat quãtitatem esse genus vnum ad cõtinuum & discretũ, hoc est de illis neqp vniuoce dici, neqp analo-
C gice. oppositũ habet. 5. Met. cap. de quanto, & in lib. Prædicamẽtorum, vbi vult, quantũ esse prædicamentum vnum, id autẽ nõ esset, nisi vel vniuocum esset vel saltem analogum.

SOLVTIO.

SATIS copiose de hac re dictum fuit in præcedentibus sup. tex. 13. nam Genus bifariam accipi solet, primum pro genere prædicamenti, & sic quantitas est genus vnum vniuocum, vel

ad minus analogum. Aliud est D genus subiectum, de quo scia et demõ est, & hoc non põt vnũ esse genus cõe & quanto continuo et discreto: nam si id eẽt, fieret trãsit? à Geometria ad Arith meticam qũ Arist. negauit in te. 20. Sed tu vide plura in præcedẽtibus. Vide et, p hac disputatione quæ libri quintum, qũ ferè totũ pertinet ad hęc q̃ summatim & compẽdiose hoc in loco perstrinximus. item. 5. Met. tex. cõ. 18. 1. Meta. 46.

DIVIDENS Principia cõ- Tex.25 plexa Arist. ea vocat) Dignitates Suppositiones, Petitiões, ac Definitiones. Sed vel oppositum, vel diuersum voluit. 1. Post. tex. 5. vbi distinguens rursus hęc principia, dicit ea esse Dignitatem, Positionem, Suppositionẽ, Definitionem. In quibus magna videtur constare dñia: nam ibi no minat Positionem, quæ hic non habetur: hic vero petitionẽ no
F minat, quã te. 5. nõ explicauit.

SOLVTIO.

VERBORVM tm non relis est: nam. 1. Post. agens de dignitate eã secat & separat à Positiõe, postea subdiuidit positiõnẽ in suas species, quæ sunt suppositio & definitio. itaqp cũ ea dñia iam explicata fuerit, non opus erat vt Positionem hoc in loco rursus nominaret, præsertim cum hic suas species recenseat, quæ sunt definitio, et suppositio. Cur aũt hic velit petitionẽ causa

¶ eaufa est, qm de principñs scien
tiaru loquif, vri a magistris tra
duntur:at in.s.tex.principia ex
plicabat quę demonstrationem
ipsam constituit, ibi.n.diuidit
immediatum principium. Peri
tio itaque est de genere principiorum, quæ veniunt in vsu in
addiscendis disciplinis, & hæc
fuit ibi prætermissa, quoniã ad
illum locum non pertinet. Item
petitio & suppositno re ipsa idē
sunt, ratione differunt, qd par
tim dicit hic Aristo. partim ex
H plicat Philoponus super tex.s.
ex quo habes q̃ petitio ibi potē
tia continebatur, hic vero actu
exprimitur magis. Sed ne hæc
videamur nobis finxisse, placet
ex Philoponi commentarñs su
per te.s. rem totam hanc exem
plis illustrare. Dignitas est pro
pō quę ex se necessaria est & cu
ius necessitas omnibus equé cō
stat sanę mentis hominibus, &
quam necesse est vt teneat quili
bet docendus quidpiam, vt illa
I propositio, oē totum est maius
sua parte, si ab equalibus equa
lia demas remanētia sunt equa
lia. Positio est propositio quę ia
scia ponitur & firmatur, qm il
lius principiū est, potestq̃ a ma
gistro ratione aliqua confirma
ri, sed hęc sine confirmatiõe sta
bilitur, cum sit artis principiū,
vt illud, lineę q̃ cōtendunt a cen
tro ad circumferentiã sunt equa
les: item a puncto ad punctum
cōuenit rectam lineam ducere.
Suppō est pōnis species, quę ali

quid affirmando vel negando
proponit. vt si dicas, naturalia
corpora ex quatuor constāt ele
mentis.vnitas est. Definitio ve
ro est q̃ non affirmando neq̃ ne
gando rei substāriam exprimit,
hoc mō hō est aīal rōnale mor
tale, vnitas est indiuisibile secū
dum quantū: quo mō aūt defi
nitio nihil affirmet vel neget ali
bi dictū fuit. At suppositio rur
sus diuiditur & ipsa, nā alia est
quę æquiuocè dicitur supposi
tio, & hęc est propō quę natura
liter nō est nota, sed a pceptore
accipitur, discipulo haud refra
gante. Alia vero est suppō, quæ
etiã ignota est, sed adeo ignota,
vt demīone egeret, sed authori
tate præceptoris accipitur, estq̃
illa duplex, vel contrarie cognī
ta, in qua dissentit discipulus a
pręceptore: vel neutraliter co
gnita, in qua discipulus anceps,
& ambiguus persistit. V.g.si di
cat Geometra pūctū esse cuius
nulla pars sit, & discipulus au
diens existimet punctum habe
M re magnitudinem, tunc eã pro
pōnem petens magister, appel
labitur petitio contrarie cogni
ta. Si vero dicat idē præceptor
lineas rectas esse equales, stetq̃
auditor suspēsus, petitio neutra
vocabif. sed vide de hac re plu
ra apud Ioan. Grammaticum.

CONT. XC.

EXCLVDIT in hoc textu Tex.25
Ideas, nam dicit Ideas Platonis
nil prorsus hīe affinitatis cūsciē
tia

A tia demonstratiua. Sed quo ad ordinem ipsum videt oppositũ. fecisse eius qd̄ debuerat, nã hoc nō videtur pertinere ad logicũ, sed poti⁹ ad Metaphysicũ, nam in septimo lib. Me. Ideas ex proposito principali diluit, ac tollit.

SOLVTIO.

FACILE possum⁹ huic difficultati occurrere, nam agere de Ideis vti formę sunt, ſm essentiam abstractę, pertinet ad Metaphysicum, qm̄ Metaphysicus est q de Abstractis Entibus speculari tenetur, siue ea sint p eentiam, siue (vt aiunt) per indifferentiam abstracta. Quo modo eas destruit species Arist. in. 7. lib. diuinæ Philosophiæ. Verũ Idea ipsa si consideretur in bonis humanis, hoc ē an sit vel nō sit finis humanarũ actionũ, sic ad moralem spectat, & ea rōne tollitur Boni Idea ab Arist. in. 1. Ethic. vbi Ideam boni non dari omnino nititur ostēdere. Postremo an sit vel non sit Idea, obiectũ ſcię demonstratiuę, hoc etiã **C** pōt spectare ad logicũ, nam (vt docte ſterprętatus est Philoponus) cum sæpius dictũ fuerit in 1. lib. Post. demſonem & ſciam esse de rebus vſibus, & eternis, facile quis horum nominũ magnitudine deceptus, credere potuisset, demonstrationē et ſciam esse de Ideis, q̃ â Platonicis vſia & sempiterna ponuntur, ob id philosophus, hoc in loco Ideas de medio tollens dicit, q̃ demſo nō eget rebus, vſibus p̃ter multis

ta, quales ipſę sunt Idęę, ſed eget **D** vſibus illis quę dici't de multis & in multis, ea aũt ſunt vniuersalia illa, quæ potentia cont nētur in indiuiduis, ſed actu ab intellectu abstrahuntur, & intelligum̄t. itaꝗ Aristo. obiter Ideas remouet, non aũt ex principali ꝓpoſito. quocirca & in hoc eodem. 1. lib. Post. tex. 35. valeant, inquit, Idęę, ·····n. ſunt, hoc est, monstra ſunt, q̃ nonnulli transferunt, alĩ vero monstruoſa vertunt pręludia, q̃ Io. **E** Grammaticus vult oſno ē intelligendum. & addit, etſi quid ſunt ad præſentem diſceptationem nihil conferunt hæc Ariſt. Hinc licet mirari prudẽtiã Porphyrĩ in lib. 5. vocum in procemio: vbi ages de vniuerſalib⁹ ĩ qt, nolle de his differere an ſint â ſensibilibus rebus abstracta, vel in eis poſita, q̃ hęc quęſtio limites præteribat logicę inquiſitionis, nam agere de Idea quo modo ſit vſiæ abstractũ ab in **F** diuiduis, spectat ad diuinam ſapientiam. Nota tñ cp Idea diciē â Platonicis forma, ſpecies, exẽplum, exemplaris cauſa, notio intelligibilis, intellectuale ornamẽtum, & ſimilitudo. Vſe ante multa, vſe prętermulta. Id. n. frequer. ter licet videre apud Plotinum, Olimpiodorũ, Sirianũ, Iamblicum & Proclum Lyciũ in commentarĩs Timei. Et hęc paſſim nomĩa habent apud Platonem, in Timeo, Parmenide, Phedro, Epinomide, atꝗ alibi ſæpius.

G sæpius. Item pondera cp Idea
erat causa generationis et intel-
lectionis apud Platonē. Generationis, quoniā in Hippia Plato ostendit ex artibus ipsis facti
uis Ideam esse rei causam exem-
plarem, nam statuarius inquit
prius quā staruam condat, exēplum formæ ducēdg sibi in animo fingit, deinde statuā absoluit, sic vult primum opisicem,
deum, quem *ωωωρ*, appellat,
animo Ideas specierū sensilium
continere, vt non temere quod
H agit, efficiat, sed consulto ac pru-
denter opus suum perficiat. Itē
Aīmam mundi generalē (quā
Themist. ausus est defendere. 1.
de aīa. cap. 14.) vult ideis parti-
cipare à Deo, vt in sensibili mūdo res generentur in vnaquacp
specie sibi similes, equus, equo,
canis cani, homo homini. Item
Ideam vult esse causam intelle-
ctionis, nam intellectus diuinus
angelicus, animæ mundi, & hu-
man9 (dicit ille) referri sīt ideis,
à quibus excitatus intellectus, à
I cognitione particularium nititur accedere ad cognitionē vniuersalium. Ob id itacp Arist. destruit Ideam, ob hāc secundam
causam, ne quis crederet eā esse
necessariam ad intellectionē &
sciam. Est autē Idea ens & vniuersale abstractum per propriā
essentiam, circumscripto omni
actu intellectus, à singularibus
sensilibus. Arist. itacp hoc respuit
vniuersale, nam ipsum inquit
est æquiuocum quoddam, nam

si Idea esset, non prædicaret nisi E
nomine de indiuiduis, re autem
& definitione non posset, cū ponatur eterna & separata secundum essentiam. id.n. voluit Plato vt licet videre.3.de anima. ci
18. Vult itacp sufficere vīe qd ex
sui nā est ī multis singularibus,
& potentia: atque hoc vocāt in
multis, nostri vīe reale dicerent
quod quidem per intellectū efficitur postea vīe in actu, nam intellectus facit res potentia intel-
ligibiles actu intellectas ex.3.de L
anima. et hoc vīe diciī post multa, siue ēt de multis: Horū differentiam præclare indicat Ammonius in lib.5. vocū Porphy-
rij in Procœmio, loco superius ci
tato. Sed an Plato, an Aristo rectius senserit in hoc negocio, nō
est præsentis speculatiōis opus:
licet.n. hæc à veteribus tradita,
cognoscere, Ammonio præsertim, Themistio, Philopono, Ale
xandro, Auerroe, & Latinis.
Quorum alij Aristotelem iure
damnare Platonem dicunt, alij M
conantur inter illos cōcordiam
afferre. Rationes vero Platoni-
corum licet legere, apud Siria-
num, Iamblicum, Plotinū, Proclum, Alcinoū & alios, qui partim Peripatheticorum rōnes diluere conantur, partim & concilium student afferre inter vtrūque, Platonē.s. & Arist. de quo
alias iustum volumen conscri-
psimus. In summa dicendum
Arist. hic non cōfutare ideas, cp
sint, nā id munus est Metaphy-
sici:

sici: tollit autem Ideas, non face
re ad sciam demöstratuiam, qū
ēt anima duertit Auer. 1. Post. c.
80. & rationem physicā addas,
nam pro intelligētia rerum sufī
cit intellectus agens, qui phan
tasmata illustrans, facit in possi
bili intellectu seilectionē, absq́;
ideæ interuentu: cp aūt sufficiat
intellectus agens sine Idea, vide
3. de aīa. c. 18. 12. Meta. cō. 4. 14.
27. 28. 1. de aīa. cō. 8. 3. de aīa 60.
7. Me. 37. & si in scīa demⁱ atiua
B vis causam aliam præter intelle
ctum, dicéam esse demⁱ onem,
quæ instrumentū est ipsius intel
lectus, quoties per illam demon
stratur q́situ vře de subiecto vřī,
per vřia principia: dico vřia in
multis & de multis, non aūt an
te multa . quo mō aūt vře sit ab
intellectu, vide. 1. de aīa. cō. 8. 12.
Met. 4. 31 de aīa 28.

CONT. XCI.

83. EXPONENS Auer. locū in
te. 26. vbi Philosophus dicit di
gnitatem illam, de quocunq̓ dⁱ
affirmatio vř negatio vera, vult
ē̓ cp hæc dignitas contradictiōis
sit apta ſgredi demⁱ onē, qⁱn est
vniuoca oppositū vř voluisse I
5. quæsito, vbi prīcipia commu
nia vult esse æquiuoca, & ob id
non transcendere demonstran
tem de genere in genus ratione
illorum communiū prīcipioru͂.

SOLVTIO.

CITAVI hāc contradictio
nem, vt Auerrois subtilissima
nobis cōstaret distinctio. Nam
ipse vult vnà cum Arist. princi

pia alia esse ,ppria, et de his nul
la est ambiguitas, alia vero vult
esse cōia, sed hęc rursus diuidun
tur, nam alia æquiuoca penitus
sunt, vt illud principium si ab
æqualibus, æqualia demas, quæ
remanēt sunt æqualia. vel illud,
q̓cunq̓ vni tertio æqualia sunt,
interse sunt æqualia, oē totū est
maius sua parte . Breuiter vult
æquiuoca eē principia, quę Arisᵗ.
cōia appellauit in tex. 24. & ic
circo ob eorū æquiuocationem
iubebat Arist. vt redderent sin
gulis scientijs propria per cōrra
ctionem, vt puta, si ab æqͥlibus,
numeris, vel lineis æqualia de
mas, lineæ vel numeri reliqui
sunt æquales. Nunc autem vule
Auer. prīcipia communissima
osum , quę dicunt à Philopono
principia contradictionis, esse
vniuoca, vt illud, non contingit
idē affirmare vel negare: de quo
cunq̓ dⁱ affirmātio vel negatio
vera . dic ergo de principijs æq̓
uocis locutū suisse Auer. in. j. q̓
sito, immo de eisdē loquitur. 1.
Post. c. 191. et cām æquiuocatio
nis vide. 1. Post. c. 38. nam sī illud
principiū, si ab æqualibus æqua
lia demas esset vniuocum, cū id
ē̓ fit Arith. & Geometrie, da
retur transitus vicissim ab vna
ad aliam harū scientiarū. sed di
ces, quo mō hæc Auer. distīctio
pōt sufferri, si, n. principia com
munissima; quę competunt oī
bus scientijs sunt vniuoca nōē,
magis deberent esse cōia, q̓ non
oībus scientijs sed quibusdā so
lum

G lum conueniunt? videtur itacp,
cp si æquocū est illud principiū
omne totum maius est sua parte, cp multo magis esset illud, nō
contingit idem simul affirmare
& negare. Dicendū hoc non sequi. qm causa huius dr̄g, cp alia
sint equiuoca, alia vniuoca, non
est esse magis vel minus cōmu-
ne. Nā animatum est magis cō-
mune quā sit canis, & tñ canis
æquiuoce dicitur, animatū vero vniuoce. Itacp ad aliam cām
æquiuocationis accedendū est,
H hæc vero dr̄ de principiis ex eo
cp non habēt aliquam sc̄iam cō-
siderante illa, nā hoc principiū,
oc̄ totum est maius sua parte, vt
communiter profertur, sine cō-
tradictione non cōsideraf in aliqua sc̄ia qm cōpetit scientiis disparatis, & iccirco tales sc̄ias illud limitant, principia vero cōtradictionis quæ communissima dr̄ inquit Auer. in hoc præsenti. cō. 82. licet non conueniāt
alicui sc̄iæ particulari, nisi et hæc
contrahantur, at tñ habent scie-
I tiam cōem, cp de illis tractat in
ratione illorū et̄oi, & hæc est Logica. Logica. n. habet disquire-
re, duo cōtradictoria esse impos-
sibilia simul, & si alterum eorū
inest, cp reliquum nō pōt inesse.

CONT. XCIII.

Te. 27. c. DIALECTICAM comparat Arist. Metaphysicæ, nec non
cæteris scientiis, vultcp dialecticum interrogare, non autē cæteros aliarum disciplinarū profes-
sores. Ex quibus elicitur, diale-

cticum interrogare, scientias vero contemplatiuas non interrogare. Sed in hoc eodem tex. paulo post concludit, in omnibus
scientiis esse proprias et accom-
modatas interrogationes.

SOLVTIO.

DEBES scire, cp interrogan-
di ratio multiplex est. primum
est vulgaris forma quædam in-
terrogandi, quā popularis vsus
obseruat, vt si dicas, Cur Hispa-
ni in Aphricam nauigarunt? cp
doctior cæteris in hac ciuitate
hr̄? quo tendis? vis me te cum
Romam venire? Hæc. n. interrogationes ad domesticū collo-
quiū nostri consuetudinem referuntur, suntcp in communi vsu
receptæ. de quibus Ammonius
& Boethius sermonem faciūt in
lib. Periberm. Sectō. 5. cap. de
Enunciationibus compositis et
diuisis. Aliæ vero sunt interrogationes intellectuales quæ in tria
genera diducuntur. Nam aliæ
dicuntur demonstratiuæ, aliæ disputatiuæ, aliæ item Sophisticæ.
Nam si quæro ego virum triangulū habeat tres angulos æquales duobus rectis, demonstratiua ac scientifica dr̄ interrogatio.
Si vero dixero, est ne mundus finitus vel isinitus, ē ne voluptas
bona vel mala, est ne ala morta-
lis vel immortalis, hæ quæstiones sunt dialecticæ interrogatio
nes hoc est disputatiuæ. Si de-
mū dixero, nūquid os canis latrat? numqd oc̄ excedēs est maius excesso? vel aliud simile, ex
quo

A quo fallere possim incautum re
spondentem, Sophisticæ & ca-
ptiosæ dicentur interrogationes.
At Sophistica interrogatio cum
illaqueandi caussa sit, hæc venit
ommittenda, nam potius venit
consideranda ratio rñdendi, qñ
ipsa interrogãdi forma. Iccirco
optime Arist. in lib. Elencorum
docet soluere Sophisma de eo
qñ est plures interrogationes vt
vnam facere. Dialectica vero
interrogatio, & demonstratiua
quo mõ differant, non vna est
opinio. Nam varñ diuersam rõnem attulerunt. Philoponus inquit demonstrantem interroga
re, sed non vt demonstret, sed vt
ex datis à respondente, proposi-
ti sui rõnem confirmet. At diale
cticus interrogat, vt syllogizet
probabiliter, & disputet. Ité addit Philoponus dialecticum interrogare de oîbus pertinéribus
ad singula genera arñiñ, démon
strans vero interrogat de his solum, quæ ad propriam attinent
disciplinã, vt Geometra de Geo
metricis, Musicº de Harmonia,
&c. Latini vero & ipsi suã dant
differétiã, qp dialecticus tam de
principiis quã quæsitis interrogat, demonstrans vero de quæsi
tis solis. Addunt ét dialecticum
dũ interrogat, pponere vtranqp
partế qõnis æquè probabilem,
demonstratiuũ vero non sic, sed
alteram tm probari posse, hoc
est verã, sed & Lynconiéssi, hoc
differre vult dialecticũ à demõ
strante, qp hic interrogãdo deter

minat, ille ambiguã snîam relin
quit. V.g. dicat quis, est ne mun
dus finitus vel infinitus? hic in-
certus est rei exigitus, et p cõse-
quẽs dialectica erit iterrogatio.
Si vero dixeris, mundus finitus
est, nunquid eũ infinirũ esse exi-
stimas? hic rei veritas primum
proferi, deinde percũctor, itaqp
scientialis est iterrogatio. Auer-
c. 84. huius .1. lib. vſ & aliã affe-
re dñã, qp dialectici finis ac scopus iterrogãdo est, assequi post
interrogata victoriã ex ipsa disputatione: demonstrãs vero,
pponit cognitionẽ rerũ p fine
& scopo suę interrogatiõs. Vt-
cũqp sit, Arist. vult Dialecticũ de
oîbus posse interrogare, demõ
strãtẽ vero de his solũ ñ ad propriã attinẽt scîam. Cõtradictio
itaqp nulla est, qm inqt demon-
strãrẽ interrogare ñ sui sunt generis, nõ aũt interrogare ea quę
aliarũ sunt disciplinarũ, itẽiter-
rogãdi rõ I dialectica differt ab
interrogatiõibus, scîarũ multis
modis, iã recitaris. Illud aũt nõ
ptermittas, qp Aristot. dicens in
sciếtḯs eẽ pprias & accõmoda
tas interrogatiões tacite incusat
Platonẽ, qui vniuersam philoso
phiã tradidit nobis p iterrogatiões à Soc. factas: ñ impure de
rebus naturalibº diuinis & mathematicis interlocutores posũ-
ctaſ et interpellat. nã Arist. vult
id dialectice fieri posse ac pbabiliter, nõ aĩ demõstratiuè. Sed
ad interrogatiões redeütes, dici
mꝰ illud eẽ cõsiderãdũ, qp qui
interrogat,

G interrogāt, vnū de vno interro-
gāte dēt, nō aūt pdicatū vnū de
multis subiectis, neqz pdicamē-
ta multa de vno subiecto: hæc
.n. ſterrogatio eſt oĩo vitioſa, id
Ariſt. aſſerit ſecto.3. lib. Periher.
vbi enūciationē, ſterrogationē,
& rñſionē vult vnā ee, & idē hℓ
lib. Elēcorū. Adde, dialecticam
interrogationē duplicem ee, vel
.n. petit in ſolutiōe alterā parte
cōtradictiōis, q̃ vl'aſſirmat, vel
negat: aut petit proponēm. Exemplū, ſi dixero, eſt ne mundus
H finitus vel infinitus ꞓ hic te volo
rñdere proponē vel mūdū fin-
tū ee vel infinitū; nã ſi ita vel nõ
dixeris, qd velis adhuc nō intel
ligā. Si vero pcunctabor, eſt ne
mundus finitus nec ne ꞓ tunc alterā parte cōtradictiōis rñdere
poteris, hoc ē ita ee, vel nō ee. Id
.n. ſignificauit Ariſt. tertio ſecto
lib. Periher. dū ſquit, dialectica
aūt interrogatio rñſionis ē petitio, vel ꝓpōnis, vel alterius ꝓtis
cōtradictiōis. &c. Verū quid ſit
dialectica interrogatio, et q̃ mō
idē ſit cū ꝓpōne dialectica re, et
rōne ab illa differat, vid.1. Prio.
cap.1. & q̃ ibi Alex. & Philopo
nus dicūt. Itē ſi plura vis cogno
ſcere de ꝓpōne dialectica, inter
rogatione & ꝓblemate, legas.1.
Topi. ca.3.8.9. vbi Ariſ. & Ale.
pleraqz dicūt, nō tã ſcitu digna,
q̃ ẽt huic ꝓppoſito magnopere
neceſſaria. Qd vero triplex ſit ſ-
terrogatio, de ſfatiua, dialectica, & ſophiſtica, et quo mō demſatiua à dialectica differat, id

conſtabit, ex Them.1; Poſt. cap.
25. adde & diſtinctiōe illã de
diſputationibus, quam tradidit
Ariſt. in lib. Elencorū cap.2. vã
diſputationē inquit, dici quattuor modis, doctrinalē, dialecti
cã, tentatiuã, & contentioſam.
Hæc vero Grecè, ſic ſe habent.
[Greek text]
[Greek text]
[Greek text]. Quę diſpu-
tatiōis genera quo mō differãt,
inibi latius Ariſto. explicat. de
qua re ſ Grecis verborū noſtris L
adnotationibus ſuper lib. Poſt.
copioſe dicemus. Nō .n. impune oĩa ſunt hoc in loco & conſer
tim recenſenda: præſens. n. la-
bor, cōtradictiones tollit, de ver
borum vero ꝓprietate & ſignificatione, alibi dicendnm venit.

RVRSVS in hoc eodē con- Tex.27
tex. excitari poteſt cōtradictio,
qñ Ariſt. dicit, dialecticā non
habere determinatū ſubiectū, M
circa qd cognitiōe ſuam per-
quirat, quod cæteræ oēs faciunt
ſcientiæ. ſed oppoſitū vℓ voluiſſe. 4. Met. tex.1. vbi ait, diuinum
Philoſophum & dialecticū verſari circa idem. Cum aũt Metaphyſicus habeat ſubiectū genus, videtur & dialecticum idē
neceſſario habere.

SOLVTIO.

NOMEN dialecticæ hoc in
loco nō debet intelligi pro Logica ſiue organo in cōi, nã hæc,
hēt ſuū ſubiectū, ſiue Ens rōnis,
ſiue ſecūdas ſtētiōes, ſiue ſyll'm,
ſiue

si sue demsone, siue scire: tot.n.
sunt opiniones de subiecto logice. sed hoc alibi psecuti suim⁹. Vt
cũcp res se hēat Logica hēt oĩno
suũ subiũ, qd mõ Greci ∽
∽, appellant, quod facit Alexã.
in prefatione lib. Prio. mõ ∽,
hoc est materiam vocant quod
vult Ammoni⁹, & Philoponus.
itacp de Logica nõ intellexit Phi
losophus. Nomen vero dialectice interdũ, pro libris topicis ac-
B cipitur vnde syllꝰus topicus etiã
dialecticus dicif. In quo casu ēt
adest subiectũ; nã materia octo
librorũ Topicorũ est syllꝰus ex
probabilibus constans: id. n. &
Auer. & Alex. copiose tradiderunt in Topicis. Est & dialectica, ars disserendi ex probabilibus
que licet à sontibus topicis ema
nare videatur, attñ hæc est q̃ de
singulis rebus disputat, nã libri
topici precepta tradunt disseren
di, hęc vero dialectica precepta
ad vsum dirigit. Vocaf itacp iure optimo hæc ars à nostris, ars
C disputandi, licet Hebreus interpres Auer. eam vocet arte topicam, qd eatenus et verũ, quare
nius hæc disserendi vtif locis topicis. & qm hęc rõcinatur ex cõ
tingentibus probabilibus accidentalibus, verisimilibus & his
quę opinionē pariunt nõ sciam,
ob id de osbus disserit, & nullũ
habet certũ ac determinatũ obiectũ, & ob id interrogando de
singulis procedit. Colligit hæc
dialecticę vis ex lib. Perih. secto
3.1.Prio.cap.1. .1.Topic.cap.1.

& .2.1.Phy.8. 8.Ph.22.& alibi. D
Quibus positis; elicif male eos
voluisse ex hoc tex. rõcinari ad
uersus Scotũ, q Logica ñ sit scia,
qm nõ habet subiectũ, qd maxie ptinere dicunt ad sciam de-
mõstratiuã. Nã hic nõ logicam
vult Arist. sed arte disputatiuã,
q̃ interrogat de osbus. Sed nota,
q cũ quattuor sint gña disputa-
tionũ, ex lib. Elencorũ ca.2.do-
ctrinale, dialecticũ, tentatiuũ & E
contentiosum, Aristo. maxime
profitebatur. primum genus &
hoc sibi pro scopo proposuit in
tradendis disciplinis: est aũt doctrinalis disputatio ea q̃ dfᵉ demõstratiua, cuius laudes scribit
Arist. 4. Phy. 31. Interdũ tñ etiã
profitebatur ſm genus, hoc est
dialecticũ, cũ in rebus difficilio
ribus probabiliter soleat argu-
mentari. Plato vero, Socratē secutus dialecticã anteposuit demonstratiuę, qm frequētius disputat ex probabilibus q̃ ex ne
cessarijs. & cũ hac coniunxit, tē F
tatiuam arte quæ interrogãdo,
flectit sermonē artificiosa quadã rõne, ita vt scautos facillime
fallat. Nã Socratem id ferē sem
p facit apud Platonē, in quo genere disputationis Plato parem
habuit neminē. At sophistę, qui,
tempestate Platonis et Arist. in
numerabiles extiterunt, conten
tiosam magis partem persecuti
sunt. Quales pserrim apud Platonem legim⁹ extitisse Hippiã,
Protagoram, Euthidemũ, Dio-
nisodorum, & alios, qui sophi-
Contr.Tom.   L   sticē

ſtice in primis & tenebãt, et docere álios profitebantur. Itẽ &
illud addẽdũ eſt cæteris iam dictis dialecticas ratiões eas eſſe,
quę in iſfinitũ pſſe excurrere, qũ
non faciunt demonſtratiuę, hæ
ñ. finitę ſunt, qđ Ariſt. pbat.1.
Poſte.à tex.34. vſcp ad 39. rõ vero cur ſ finitę ſint rões dialecticę, reddi tur ab Auerr. ſuper hoc
tex. quoniã dialecticus conſiderat ea cῆ ſunt éx accñti. Pręterea
hę rões dialecticę dñr ẽ cõmunes, qm veritatem ex vſibus re-
H bus adſtruunt, non aũt ex proprijs. qđ habetur.8. Phy.cõ.70.
& 4. Phy.87. &.1.cõ.70.qđ vero dialecticus de oĩbus diſſerat
probabiliter, vide.1.Met.rex.c.
2. Cum itacp dr̃ Metaphyſicam
habere ſubiectum., id concedimus : at cum dicis illud eſſe cõ-
mune dialectico,& ita dialecticus habebit ſubiectũ, dicere poſſumus vel eo in loco, (hoc eſt.4.
Met.5. accepiſſe Ariſt. dialecticam pro logica. Nã diuinus con-
I ſiderat Ens vt Ens, Logicus vero. Ens vt à ratiõe formatur. Itẽ
ſi vis ibi dialecticam intelligi, p
arte diſputatiuã, dices, eãm eſſe
ſimilem Metaphyſicę non rõne
determinationis ſubiecti, ſed eo
cp de oĩbus entibus diſſerere po-
ueſt. Vt ſenſus ſit, circa idem verſari Metaphyſicum & Dialecticum, hoc eſt circa oĩa Entia, cũ
hac tñ dr̃ia, cp Metaphy.vniuer-
ſum Ens ſibi ſtatuit, p determĩa-
to ſubto : at dialecticus indeter-
minatè illud ipſum conſiderat,

qm̃, pbabiliter illũ cognoſcit, rõ
autem probabilis indetermina-
ta eſt, ſicut demonſtratiua certa
eſt & determinata. quæ ſolutio
videtur Auerr.1. Poſt. cõ.ɜ ſo. i

OSTENDENS Ariſt.in di-
ſciplinis nõ fieri paralogiſmos,
inquit, hæc aũt ſunt, ac ſi intellectione viderentur . quæ verba
ſic Græcè ſe habet, ·····
····· ex qbus habes Ariſt.
vſum ſuiſſe metaphora, nempe
ea quæ eſt, per intellectum videre, nam & Plato mentem ap- L
pellat animi oculum. Sed Ariſt.
2. Poſt. damnat ſermones meta-
phoricos . vult.n. in diſciplinis
nõ eſſe Metaphoras vſurpãdas,
quando in oratorum ſit & Poetarum, vt ipſe eti lib. Rhetorico
rũ, et in Arte Poetica teſtat⁹ fuit.

SOLVTIO.

POSSVMVS intelligere, me-
taphoras nõ eſſe in ſcientijs ad-
ducendas frequenter, interdum
tñ adduci poſſe, & maxie ſi res,
per illam figuram illuſtretur .
Nam in.2.Poſt. cum eam dam- M
nat, id facit ob Platonem, qui in
ſerijs rebus, atcp grauiorib⁹ philoſophię ſentẽtῆ, poetarum ornamenta videtur inſerere, quod
Plato non tam impune facit, cῆ
etiam frequenter. Frequẽs itacp
vſus ab Ariſt. exploditur, nõ ra
rus. Nam Plato deum ipſum nõ
minãs, opificem appellat, Tempus eternitatis menſuram, Materiam vero, vas, locum, conce-
ptaculum, immo & obſtetricẽ
ſorma-

A formarum vocat atque alia huiusmodi proferre assueuit Plato
& quidem frequetius q̃ par sit.
Possumus et dicere Arist. vsum
fuisse hac dicendi figura in hoc
lib. qui Logicus est, non scientię
pars. item eam dixit cum quadam correctionis nota, nam inquit, hæc autem sunt, ac si intel-
,, lectione videremur. nã particu-
,, la, ac si, addita est, vt Metaphorę
vim imminuat & retudat. Quę
aũt hæc sit trallatio, nõ est videre admodũ difficile. nam hęc re
ferri põt ad eas, quas analogas
vocat in arte Poetica. erat. n. eo
in loco exemplum, Clipeum eē
Amphoram Mineruæ: & Am-
phoram esse Clipeum Bacchi.
Item; Mors, dici potest vitę occasus, & occasus, diei mors est.
Sic itellectus potest dici oculus
animi, quemadmodũ oculus,
corporis mens. Vnde & oculo
dicimus nos intelligere, & intellectu videre. Trallatio itaq; est
analoga, sed de his in gręcis adnotationibus.

CONT. XCV.

Te. 29.   DICIT scientias siue disciplinas non paralogizare, dialecticas vero disputationes posse
id facere. At in hoc eodem tex.
paulo post, Coenetum inquit in
Philosophia nãli attulisse paralogismum, hoc est syllm ex ambabus propõnibus affirmatiuis
in secunda figura, cõstat autem
hmõi esse paralogismum.

SOLVTIO.

PRIMVM videndum est,

quid sit Paralogismus; deinde
cur in disciplinis locum habere
non possit, paulopost contradictio tolletur. sylli alij inculpabi-
les sunt, hoc est oẽ ex parte recti
alij vero mali & vitiosi. Qui p-
be syllogizant, hi sunt, quorum
materia vera est, & forma non
vitiosa, & hi faciũt in nobis sciẽ
tiam aut sakẽ opinionẽ. Cõstat
aũt hoc. 1. Post. tex. 32. Alij vero
non boni sunt, atq; hi vel materiã habent peccantẽ, vel formã,
vel etiã vtrumq;. Qui peccãt in
materia, sunt falsi, hoc est, quorum altera p̃miisarum, vel ambæ sunt falsæ, qui in forma defi-
ciunt, apparentes dicuntur syllõ
Sophistici, vel et paralogismi,
ex qbus olbus generatur in nobis prauus habitus ignorantiæ,
id constat legentibus. 1. Post. te.
32. Sunt & alij syllõ qui peccant
aduersus principia sciẽtiarum,
cum hæc male fuerint cognita,
exemplum dabat Arist. 1. Topi.
cap. 1. si quis á mathematico acceperit illud principium, lineas
exeuntes á centro ad circunfe-
rentiam esse æquales omnes, respectu diuersorum circulorum
non æqualiem, id erit principiũ
male cognitum, ex quo ignorã-
tia per syllm esfici potest in nobis; atq; hi syllõ referri debent
ad eos qui peccant in materia,
quos Arist. 1 tex. 28. huius libri
appellabat syllogismos, ex õp-
positis. Sed reuertamur eõ, vnde digressi sumus. Paralogismus
est syllogismus peccans in for-
L ij   ma,

G ma, fic. u. Themift. D. Thomas, Philoponus & Auer. funt inter- pretati. vult ergo difciplinas nõ paralogizare, quoniam difcipli næ fupponunt præcepta Logi- ca, & cum fyllogizãt, maxime vtũtur prima figura, vt ẽt dici- tur. 1. Pofte. 31. quæ figura nullo pacto admittit paralogifmos. Cum vero dr Cœrneum fyllogi zauiffe in. 2. figura ex vtraqȝ af firmatiua, refpõdet Arift. q̃ ille fyllͤus eft in materia reciproca, ex quo põt per conuerfionem

H maioris proprĳs ad primam fi- guram reduci. Erat autem eius fyllͤus talis, quod in multiplica ta fit analogia celerrime gignit, Ignis celerrime gignitur, itaque ignis in multiplicata fit analo- gia. Verum maior conuenitur, q̃ celerrime gignitur, fit ſ mul- tiplicata analogia: eftȝ prima figura. Sed dices fi paralogifm̃ eft, qui ſ forma deficit, quo mo do id dicemus de exemplo, q̃ affert Arift. in tex. dum inquit,

I omnis circulus eft figura, car- mina funt circuli, igitur carmi na funt figuræ. vult enim hunc effe paralogifmum, & tamen texturam habet fyllogifticam, hoc eft primæ figuræ. Dicen- dum q̃ vitiofa forma fyllogif- morum multis modis depræ- henditur. quædam enim aper ta eft & perfpicua, vt fi ex am- babus negatiuis, vel particulari bus fyllogizaueris: quædam ve ro latẽs eft, vbi vel equiuocatio terminorũ, vel amphibologia,

hoc eft ambiguitas fuerit in pro

X pofitiõibus. nã fi dicas ois canis latrat, pifcis ẽ canis, latrat ergo pifcis. hic figura prima eft, eft tamen paralogifmus ob ipfam æquiuocationem canis, qui cũ vnus videatur terminus, tribus tamen æquiualet: cum ergo ma là forma fyllogifmi fit, quæ plu res accipit terminos quam tres, conftat hunc effe vitiofum, quo modo etiam malus eft, qui colli git carmina effe figurã, q̃m me

L dius terminus qui circulus eft, æquiuocum eft nomen, nam in Mathematicis fignificat figurã planam, à cuius centro lineȝ du ctæ ad circũferentiã funt æqua les. At circulus in poetarũ car minibus eft quoddam metrige nus, q̃ reddit verfus ad circuli fimilitudinem in feipfos omni ex parte intercurrentes, q̃ Phi loponus illuftrat exemplo eorũ carminum, quæ tumulo Midæ regis affixa fuere, et tu hȩc apud Philoponum legas diligenter. Eft itaqȝ paralogifmus ille, q̃m

M potentia continet quatuor ter miabs: qui numerus vitiofam omnino & culpabilem reddit fyllogifmi compofitionem.

CONT. XCVI.

Tex.19 et. c. 51

ARISTOTELES hoc tex. & Auerr. fimul feparantes diale cticam à cæteris difciplinis, prȩ ter alias differẽtias, hanc dicũt, q̃ in dialectica difficilis eſt refo lutio, q̃m ex falfis propõnibus poffumus concludere tam fal- fum, q̃ verum. Si vero ex falfis nunquã

A nunquam verum concludi pof-
fet, efficeret refolutio facilis. Ex
quo colligitur, q̃ in omne fyllo
concludère verum ex veris pôt
effe refolutio. Sed oppofitũ habetur apud Arift.ex titulo Libri
Prior.& Pofte.nam hi duo tantum libri refolutorij vocantur,
non autẽ liber Topic. qui tñ &
ipfe, cum ex veris verum cõclu-
dat, vt̃ dici debere refolutorius.
Item liber Prio. cum agat de fyl
logifmo formali, abfq̃ materia,
fiue vera, fiue falfa, quo modo
refolutorius dici poterit, fi vera
funt, quæ hic dicuntur?

SOLVTIO.

SCIRE debes q̃ Refolutio,
eft ordo contrarius compofitio
ni, proprié accepta: nã vbi incipit vna, definit alia & è diuerfo: qñ compõ à partibus ad totum ,pcedit, refolutio à toto ad
partes. v.g.fi ab Elementis, &
membris ad humanũ corpus ,p
cedas, compofitio eft, fi ab humano corpore ad mẽbra & ele-
mẽta accefferis, refolutio appel
latur, itaq̃ hæc contraria rõne
fiunt. Ex quo patet, q̃ refolutio
contraria, femper compofitum
diuidit in ea ex quibus componitur, fi vero diuiferis compofitum in ea, ex quibus nõ cõftat,
hec nõ erit refolutio proprie dicta, qñ contraria non eft, fed re
folutio latius vocabitur: qd docte Auer. explicat in hoc.cõ.82.
& in prologo primi Pofter. nec
nõ in media ex pofitiõe fup hoc
loco. Item de Refolutione extãt

quædam.3. & hic cap.3. itẽ pon
dera q̃ Refolutio quæ Græce,
Ἀνάλυσις, vocatur, & diffolutio
quæ à Græcis dicit Διάλυσις, hoc
inter fe differunt, q̃ refolutio po
teft fieri fine rei quæ refoluitur,
corruptione : nõ aũt fic fe habet
diffolutio, quæ cum rei interitu
femper fit. Nam fi domum vel
fcamnum refoluas ratiõe in ele-
mẽta & materiam & formam,
res non corrupis̃, fi aũt hæc diſ-
foluens, corrumpitur. Et ob id
iure certãt expofitores fuper.1.
Priorũ cap.1.quo modo fit legẽ
da definitio termini, nũquid ter
minus fit in quem diffoluitur,
an potius refoluitur propõ. nã
alij ἀναλύεται, hoc eft diffoluit, alij
διαλύεται, hoc eft refoluit magis
legendum probant. de qua re
in Græcis adnotationibus dicẽ
dum erit. Sed ad Refolutionem
rurfus accedentes dicimus eam
multis fieri modis:alia,n. eft Ar
tificiofa, vt cum fcamnũ vel lecticam in partes ,& particulas
componẽtes diuiditur. Alia naturalis eft, vbi hominẽ in mem
bra,& membra in elementa, &
hęc in materiam & formam re-
duces. Tertia eft mathematica,
(authore Alex.& Philopono ẽ
in lib.Priorũ ab initio)in qua,
Theorema in principia refoluitur,atq̃ ea principia in alia magis prima & immediata. Eft,&
refolutio Logica, hoc ẽ rõnalis,
quæ fit, vbi qu i fitum fiue conclufio in fua refertur principia.
Id autem colligitur ex præfenti

L iñ contex.

¶ contex. Vnde Lucidiſſ.Themiſ.
hoc in loco, & eſt.1.Poſter.cap.
26.reſoluere inquit, dico, cōclu-
ſione vera cōſtituta, venari pro
poſiciones, ex quibus illa condi
ta eſt. Et Auer.in hoc.cō.non tā
tū æmulatus eſt Themiſtħ ſententiã, ſed et verba. Nūc autem
videamºquo mō ratio reſoluat.
Nam vt diligenter ſcribit Philo
ponus, reſoluere audit Ariſt. hic
pro inuentione medħ termini.
Itaque ſuppoſito quæſito illo cp
aia ſit immortalis, reſoluam ipſum in mediū, qui eſt numerus
ſeipſum mouens: quo inuento,
inueniã præmiſſas, à qbus illud
q̄ſiru pendet: & hæc ſunt, cp numerus ſeipſum mouens ſit imor
talis, et cp anima ſit numerus ſeipſum mouens. Hæc itacp reſolu
tio concluſionis in principia facile ſit in diſciplinis, & rō eſt, cp
hæ pro medio vtuntur cauſa &
definitione, que perfecta in vno
genere, nō niſi eſt vna. vnius au
tē rei inuentio longe facilior eſt,
ħ multorum. At in rōnibus dia
lecticis, cum vna concluſio poſſit cōcludi medħs diuerſiſac in
determinatis, vt optime Philoponus & Auerr. colligunt, hinc
eſt cp inuentio illa redditur diffi
cillima, & per conſequēs reſolu
tio, aut nulla eſt, aut tarda. Non
itacp negandū eſt, topicam arte
habere aliquã in ſe reſolutionē,
ſed quia difficilis eſt & indeter-
minata, ob id lib.topicos noluit
appellare reſolutorios. Sit itacp
concordia hunc in modum, cp

Ariſt. & Auer. concederent ſyl-
logiſmos veros dialecticos hre
quandã reſolutionē ſed indeter-
minatam, & ob id proprie non
eſſe reſolutiuos vocādos . Librū
vero Poſt. voluit eē reſolutoriū
q̄m docet demōſtrare, demonſtratio vero determinatã habet
medħ inuentionē. ſed lib. Prior.
ob aliã cãm dr reſolutorius, nō
quidē ea qua lib. Poſt. dr analy
ticus , ſed ex eo cp in .3. ſectione
primi lib. agit de ipſa reſolutione, que (vt ingt recte Philoponus in.1.Prio.) cū ſit perfectior
ac nobilior libri pars , iure quo
dam ab ea totus liber dictus eſt
reſolutoriº . Quæ ſolutio vera ē,
& ex Græcorū fontibus ducta :
Attñ et dicere poteris, ſyllm for
malè hre reſolutionē, licet ñ cō-
ſideret materiã reſolubilē, ex ip
ſa demōne, cui primū inſeruit.
Nam licet rō ſyllogizãdi res ſit
oīno cōis dialectico & demōn-
ſtrāti, pricipaliter ad demōſtrā-
tē ptinet, q̄m iã dixerat Ariſt. in
primis verbis .1. Prio. ſcopū eº
& ſitrionē eſſe demōonēac ſcie
tiã demōſtratiuã. Sed ħ er ea cp
hic dicta ſunt, vt cp in Auer. alia
ſit cōtradictio, ū Reſolutiōe, nã
2.Me.c.11.inquit, diſſolutio ſit à
prioribus, ad poſteriora; ſed.7.
Me.23.vult eã fieri à poſterioribus ad priora. Huic Zimara rñ
det, cp Reſolo duplex eſt, alia. n.
ingt, eſt à nã, alia rōne. Naturalis ſp ſit à poſteriori ad prius, &
à cōpoſitis ad ſimplicia, vt hō
dū reſoluit ſ eſta, et hæc in materiam

A riã & formã. At refolutio rõnis
(inquit ille) duplex eſt, vel. n. ſit
in ſcientijs & diſciplinis, ſi ſunt
de rebus vel naturalibus, vel di
uinis, vel mathematicis, ſi i nõ
arbitrio non cõſiſtũt. vel reſolu
tio rõnis eſt in rebus agibilibus
qui pendẽt ab electione & arbi
trio horum. Qã ſi reſoſõ ſuerit
in diſciplinis, vult vt ſit à priori
bus ad poſteriora. Si vero in agi
bilibus vult vt ſit à poſteriori
ad prius, qm in illis reſoluimus
à notione finis ſi dr eẽ poſterius
B ſm generatione. His poſitis, in
quit, Auer. in. 2. diuinæ philoſo
phiæ loqui de Reſolutiõe rõnis,
ſi ſit in ſcientijs, hæc. n. à priori ad
poſterius eſt. at in. 7. agit de reſo
lutiõe rõnis ſi ſit ſ arribus facti
uis, i ſibus, pcedimus à fine qui
poſterior eſt, ad eã ſi finẽ antece
dũt. Quæ concordia non mihi
valde pbat, nã dum Auer. cõci
liat M. Zimara, ſibi poſtea vr cõ
C tradicere: qm ſi dicit ſi reſolutio
naturalis ſemp ẽ a poſteriori ad
prius, quo mõ poſtea dicit ſi re
ſolutio rõnis in ſcientijs eſt a prio
ri ad poſteri? etenim reſolutio
naturalis eſt res ſcibilis in ſcien
tia naturali. Itẽ confirmãs ſi in
ſcia, pcedimus a priori ad poſte
rius ſm reſolutione, adducit ver
ba Themiſtij nuperrime citata,
ꝑ ſui cõfirmatione, cũ rñ dicat
Them. ſi pcedimus a cõctõni
bus ad pmiſſas, ſi ſanè pgreſſus
eſt a poſteriori ad prius. Dicerẽ
itaſ ſi ſi reſolutio ẽ cõtraria cõ
põni, ſi ſemp pcedit a poſterio

D ri ad pri⁹: nã cõponẽtia ſunt cãſ
et cõpoſitũ ẽ effec⁹. Et hoc hẽt
veritatẽ i reſolutiõe naturali, di
uina, Mathe. et rõnis, i ſpeculati
uis ſcientijs, in factiuis & actiuis.
Verũ cũ dicit Auer. 2. Me. 11. ſi
pcedim⁹ a priori ad poſterius,
miror ſi Zim. vir pclarisſimus,
et gratia nrẽ ſpecimẽ ſingulre, ñ
viderit ſi Auer. loſi de diſſolu
tiõe et deſtructiõe logica, nõ at
de reſolutiõe. Nã ſiſi, ſi velis de
ſtruere, debes, pcedere ab his ſi
priora ſunt, qm his ablatis tollũ
tur et poſteriora. nã logica rõ di E
cit, ſi nõ eſt aial, nõ ẽ hõ: nõ at di
cit, ſi nõ ẽ hõ, ergo nõ ẽ aial. qm
aial cũ ſit prius naturaliter hoie
deſtruit et ñ ũſtruit. torũ at hoc
applicat Ariſ. eoi loco ad, pceſ
ſum formarũ, vt ſi liber intueri
ſit. et Auer. i cõ. diſſolutionẽ vo
cat nõ reſolutonẽ. tota itaſ cã
difficultatis ẽ, ñ diſtiguere haſ
voces, ſi ſũt reſolutio ac diſſolu
tio. Si parcãt mihi Zim. manes,
qñ ñ hoiẽ, quẽ magnope colo,
repẽhẽdere volebã, ſed veritatẽ F
re difficili illuſtrat, hæc hactẽ⁹.

CONT. XCVII.

DIVIDENS Ariſt. demſõ
nem, duplices eius ſpecies tantũ
explicat, eam. ſ. quæ dicit Qã,
ſiue Quia: & eam quæ dicitur
propter quid, ſiue cauſæ. Græ
cẽ vero demonſtrationes in, και
δίπι, dicunt, vt in grecarũ vocũ
ſignificatiõib⁹ copioſe diſſerui
mus. Eſt itaſ pſens diuiſio in
duas ſpecies tantum, quã Auer.

L iiij confirmat

¶ confirmat in com. 9 5. Vterqꝫ ve
ro & Arist. & Auer. oppositum
voluere, ꝗ preter has duas species demõstrationum, ēt vnam
aliam appellant demõne simpliciter, vt licet perspicere. i. Po
ster. tex. 21. & apertius tex. 42.
quo in loco Arist. agens de certi
tudine sciarum, eam vult eē cer
tiorem ac priorem sciam, ꝗ prę
stat nobis ꝓꝑ quid & ꝙ simul,
quã ea quæ nobis seorsum elargitur ꝗᵭ, vel propter quid. cum
autem scla sit habitus per demõ
H strationem acquisitus 6. Ethic.
cap. 4. & 1. Poste. tex. 5. patet ꝗ
demõ erit ēt triplex, alia dans
duo quæsita & est demõ simpliciter & duæ dantes alterum
duorū quæsitorū, & sic in vniuersum demõ erit, ꝗᵭ, propter
quid & simplr. Sed Auer. hoc la
tius colligit. 1. Poste. tex. 7. 8. 10.
in quæsitis, & in Epith. logicis
cap. de demõne, nec nõ in prologo primi Physi. atꝙ alibi sæpius. loca autē oĩa referre nõ tã
ambitiosum ꝗ puerile viderēt.
I Hæc itaꝙ sufficiant nobis.

SOLVTIO.

SOLVERET Albertus, ex
Latinis, interpres grauissimus,
hanc difficultatem, ꝗ Arist. noluit alias demonstratiões quàm
duas. Quod, & propter quid vo
catas, diceretꝙ simpliciter demonstrationē non differre à ꝓꝑ
quid, nisi dᶠia accidentali, et ob
id Arist. duas tm colligit demõstrationis species, ceterum si ꝗñ
fit mentio de demõne simpli-

citer, ea non est tanꝗ altera spe- K
cies audienda, sed vt idem est re
ipsa cū demõne causæ. Vt autē
Alberti opinio magis cõstet, vi
dendū est quid sibi voluerit ma
gnus hic doctor ! hoc negocio.
Videbat ille demõnonem omnē
fieri vel à causa, vel ab effectu,
non. n. aliud datur, ex quo fieri
demõ possit, ob id conclude-
bat, omnem demõnonem diuidi
in duas species tm, in eam quæ
sit à causis & in eam quæ sit ab
Euentibus. itaꝙ cõcludebat nõ L
esse demõnonem secãdam in tres
species, quod Auer. facit. Deinde accipit hunc textū, in quo de
mõ diuiditur in duas species,
vel ꝓꝑ quid vel quia. Postremo
dicit, ea non distingui spē et differentia specifica, quæ differūt
accidente, nam homo albus &
homo niger licet contrarijs qua
litatibus, differant, non ob id
specie differunt, cum ex accidentibus, sint diuersi. At de
monstratio simpliciter & pro- M
pter quid (dicit ille) accidente
differunt, non differentia essen-
tiali, itaque species non erunt di
uersæ. Quòd accidente differãt,
inde colligit, quòd demonstratio simpliciter fit ex nobis & na
turæ notis, demonstratio vero
ꝓpter quid , fit ex naturę notis
tantum , hæc autem differentia
sumitur ex eo quòd vna sit ex
notioribus nobis , alia vero ex
ignotioribus , quæ differentia
cum non aduentat demonstrationi ex sui natura, sed ex com-
para-

A paratione ad noſtrum intelligendi modum , inde conſtat
hanc differentiam eſſe illi accidentalem. Hoc ipſum efficaci
exemplo confirmat, nam , inquit, ſi demonſtrauero homini
alicui,qui lunam non viderit e-
clipſari,lunam deficere ex terræ
interpoſitione , hæc erit potiſſima illa demonſtratio, cum det
cauſam & eſſe,ſed eadem demō
ſtratio comparata homini, qui
lunam vidit eclipſari,& cauſam
B ignorabat,dabit ſolum propter
quid,nō autem eſſe. Eadem itaque demonſtratio poteſt eſſe di
uerſis hominibus comparata ,
& potiſſima , & propter quid,
itaque accidentali differunt ratione,non autem ſpecie . Nam,
quæ ſpecie differunt,cuilibet cō
parata,ſunt ſpecies, & res diuerſæ . Ex his concludit Albertus,
ſomniaſſe Auer.cum dixit, eſſe
tres demonſtrationis ſpecies.
Sed videamus Auer. nunquam
fuiſſe vigilātiorem , quàm I hac
re extiterit,dormiraſſe vero Al-
C bertum , dum fingit hunc ſom-
niare.Nam in primis oſtendam
Auer.opinionem fuiſſe a græcis
ſcriptoribus deſumptam , non
autem fuiſſe illum huius veri-
tis authorem. Etenim Philopo
nus,ſuper tex.5.ac 30. huius pri
mi libri,demonſtrationem diui
dit in duas menſuras, primam,
ac ſecundam.Dicitur autem ab
eo primæ menſurę demonſtratio,abſolutiſſima illa , & perfectiſſima,cui nihil deeſt, quæ &

potiſſima , & ſimpliciter a no- D
ſtris vocatur. Alia vero ſecun-
dæ menſuræ dicta eſt,quæ viribus ingenñ noſtri accommoda
tur , quæ pro captu noſtro frequenter efficitur, ſiue a cauſa, ſi
ue ab effectibus procedamus .
Quæ ſententia,omnino demonſtrationem ab alñs ſpecieb⁹ ma
xima differentia diſtinguit. Sed
Euſtrathius 2.poſt.tex.11. & 12
exponens demonſtrationem a
cauſa materiali,efficiente, & finali,vult eas cadere a perfectio- E
ne eius, quæ pro medio formalem accipit cauſam,id autem eſt
dicere demonſtrationem ,ppter
quid cadere a perfectione potiſ-
ſimæ,& per conſequens eſſe diuerſas ſpecies. Item Themiſt. 2.
poſter. Explicans vim potiſſi-
mæ demonſtrationis,per quam
omnino a demonſtratione cauſæ tantum ſeparatur,inquit,po-
tiſſimæ demōſtrationis examē
eſt, vt vtrumq; nobis abſoluat
quæſitum,an ſit, & quamobrē
ſit. Quæ verba, per Deos im- F
mortales,quid aliud ſibi volūt,
quam id,cp Auer.vbicꝗ locorū
clamat:nam primo Poſte. com
men. 7.dicit, demonſtratio ſim
pliciter illa eſt,quæ dat cauſam,
& eſſe. & hoc ipſum vult in cō
menro hc 35.& in prologo pri
mi Phy . His ita ſe habentib⁹,
agamus modo quibus de cauſis
adductus eſt Auer. & græci ſimul,vt in hanc ſententiam vene
rint.in primis vidit Auer.demō
ſtrationem aliquãdo mediatã
ha-

G habere propofitiones, ita vt ad earum profyllogifinum fit accede.idum, interdum eas habere immediatas, & indemonftrabiles, ob id demonftratio fimpliciter, cum perfecta fit ex immediatis conftabit, quæ vero propterquid dicitur, poterit ex mediatis conftitui: quam differentiam dixit Auer.1. pofter. commento 10. Deinde confiderat Auer. dixiffe Ariftotelem, primo poft.tex.11.12.13. & 14. demonftrationem effe vniuerfalem, &

H quatenus ipfam, quæ conditio reddit propofitiones femper conuertibiles, ob id, ex illius regulæ præftantia colligit eam periure ad demonftrationem fimpliciter, quoniam dici de omni, & per fe, cæteras refpiciunt demonftrationes: at dici de omni, per fe, & quatenus ipfum propria, & germana eft conditio demonftrationis fimpliciter. & hęc differentia non poteft dici ex accidente, cum fit ex natura rei defumpta. Præterea vidit Auer.

I tex.43.primi pofte.in quo Arifto.expreffe, inquit, fcientiam illam effe perfectiorem, quæ præftat duo quæfita, quod, & propter quid, quam quæ feparatim alterum, vel alterum elargitur. Cum itaque demonftratio fimpliciter det caufam, & effe, præftabit omnino duo quæfita, quare perfectior cæteris eft dicenda. Hęc autem differentia, non eft ex accidenti, nam cum quæfita fint obiecta inftrumentorũ,

vt colligitur, fecundo Pofte.tex. K primo, & fecundo, vbi Arift.dicit, obiectum definitionis effe quid, demõftrationis vero qd, hinc concluditur differentiam demonftrationis fimpliciter, & propter quid effe ex natura rei.

Accedit, cp Arift.primo poft. tex.39.40. & 41.difputans an demõftratio vniuerfalis fit potior particulari, item an affirmatiua fit melior negatiua, & vtrum oftenfiua fit eligibilior ducente ad incommodum, nomen demonftrationis accipit fecũdum L prius, & pofterius. Nam demõftratio potiffima femper eft vniuerfalis, affirmatiua, & oftenfiua, nunquam autem poteft effe particularis, negatiua, & ad impoffibile, quo modo poteft effe demonftratio propter quid, vt ibi omnes interpretantur, cõftat hanc differentiam effe ex natura rei, non autem ex accidenti, & quo ad nos. Poftremo eft Arifto.fecundo pofte.tex.11.qui habet per omnia genera caufarum fieri poffe demonftrationẽ M propter quid, nam exemplificat in materiali caufa, efficiente, & finali, non dat autem exemplũ de formali, quoniam hæc eft demonftratio potiffima, cuius medius eft forma dans quid fubiecti, & propter quid de quæfito, de qua abunde prius tractauerat. Si itaque ex medio termino fumitur differentia demonftrationum harum, non vidit Albertus, cp differentia eft in re, non
aũt

A autem quo ad nos. Postremo
considerat Auer. demonstratio
nes mathematicas hoc differre
à naturalibus, ꝗ illæ fiant potiſ
ſimæ ſæpiꝰ, hæ vero rarius, quo
niam cauſæ mathematicæ ſunt
nobis, & naturæ nota, phyſicæ
vero cauſæ ſunt naturæ tantum
notæ , quæ differentia naſcitur
ex natura ipſarum cauſarū, vel
hæ ſunt magis, vel minus impe
ditæ a materia, quæ ob ſui potē
tiam cauſa eſt occultationis, cū
actus ſit cauſa cognitionis nono
B met. tex. 20. Hæc itaque ſunt
fundamenta, quæ excitarunt A
uer. & alios ante ipſum, ad aſſi
gnandam differentiam ſpecifi
cam inter demonſtrationem, ꝓ
pter quid, & ſimpliciter. Nec
obſtant, quæ dicit in contrariū
Albertus, ꝗ omnis demonſtra
tio vel eſt a cauſa, vel ab effectu,
nam illa partitio eſt generalis, et
per capita, non autem deſcendit
ad ſpecialia, ſi vis autem ſpecifi
ce agere, ſic dicere oportet, om
nis demonſtratio, vel eſt a cauſa
C ſimpliciter, vel non ſimpliciter,
vel ab effectu. Cum vero dicit,
hic Ariſtotelem , velle tantum
duas ſpecies demonſtrationis,
dici poteſt etiā hic philoſophū
per capita demonſtrationem di
uidere, quoniam alia eſt ꝓpter
quid, ſiue a priori, alia quod , ſi
ue a poſteriori, cum hoc ſtat, vt
diuiſionis membra in alias ſpe
cies diuidi poſſunt , in propter
quid ſimpliciter, & non ſimpli
citer, ſicut demonſtratio, quod

ab Ariſtotele diuiditur, in eam, **D**
quæ fit ab euentu, & a cauſa re
mota, & a cauſa mediata. Vel
dicas, Ariſtotelem iam egiſſe de
demonſtratiōe ſimpliciter a tex.
quinto, vſque ad hunc 3 c. nunc
vero tradere alias duas ſpecies,
quæ ſunt propter quid, & quia.
Poſtremo, cum vult Albertus
has demonſtrationes diſtingui
ſolum, ex accidentibus, id nul
lo pacto eſt audiendum, nam
demus accidentalem eſſe diffe
rentiam illam , quam adducit,
cum eandem demōſtrationem **E**
componamus diuerſis ſuis ho
minibus, non ne plurimæ aliæ
explicatæ fuere differentiæ, quæ
ex natura rei ſumuntur? nam li
cet homo differat a leone, acci
dentali differentia, per quā hic
fuluus eſt, ille albus, eſt tamē dif
ſerentia ſpecifica, quæ inter illos
eſt, eſſe rationale, & irrationale,
Sit itaꝙ diſtinctio trimembris
in ſpecie, licet bimembris ſit per
capita, at ſuprema genera , de **F**
monſtrationis hoc modo , nam
alia eſt cauſæ tantum, alia ſim
pliciter, alia quia. Sed nunc ha
rum naturam , & conditionem
liceat contemplari, quando nul
la in logicis tractationibus vi
deat eſſe magis opportuna, aut
etiam neceſſaria explicatio.
Philoponus in explicatione hu
ius textus, hac ſola partitiōe fuit
contentus, ꝗ demonſtratio, alia
eſt propter quid, alia quod. Pri
ma ex his habet cōditiōes tres,
vt ſit a cauſa, non ab effectu, pri
ma

¶ ma, non mediata, propinqua, non remota. Cuius duo extant in text. 30. exempla, alterū, quo Planetas dicimus, non scintillare, eo, q̃ prope sunt nobis alterū vero, quo lunam accipere dicimus luminis incrementum, ex eo, q̃ sphæricam habet figurā. secunda vero demonstratio dicitur, quod, & hęc fit quatuor modis, vel ab effectu conuertibili, cum sua causa, vt si lunam dixeris esse sphæricam, quoniā eius lumen paulatim crescit, vel planetas dixeris, prope esse ex eo, q̃ non scintillant. fit etiam demonstratio, quod ab effectu nō reciproco, vt si ex eo, q̃ mulier lactescit dixeris ipsam cognouisse virum. non enim retrocedit ratio, q̃ mulier, quæ viro cō cubuit, necessario lactescat. Tertius est modus demonstratiōis, quia, fluequod, quæ a causa nō prima, hoc ē mediata efficitur: vt si dixeris, hominem esse risibilem, q̃ iocoss delectatur, hoc autem est mediata causa, nam homo iccirco iocis delectatur, quoniam est animal rationale mortale. Quartus modus demōstratiōis quia, vel quod, est quæ fit a causa remota. Vt si dixeris, parietem non respirare, quoniā non est animal. Nam si animal non esse, esset propinqua causa non respirandi, & animal esse diceretur causa respirandi, hoc autem verum non est, cum multa sint animalia, quæ nil respirant. hæc est demonstrationum diui-

sio, quam Aristo. & Græci attulerunt. Themistius vero paucioribus verbis in ca. 27. primi poster. rem totam perstringit. Nā aliam esse demonstrationē per causam illationis dicit, vel per causam rei. Quæ causam illationis accipit, demonstratio an sit, vel quod sit dici potest. Quæ vero vtitur causa rei, hæc demonstratio quamobrem sit, hoc est, propter quid appellatur.

Auer. primo poster. commento e. inquit, demonstrationem distingui ex medio termino. Nā si medius fuerit causa cognitionis, vel scientiæ tantum efficit demonstrationem quia. Si fuerit causa essendi solum, constituit demonstrationem propter quid. Si vero fuerit causa essendi, ac cognoscendi simul, fit demōstratio simpliciter. Item primo poster. commen. 9 5. ait, demonstrationem, quia, dare nobis solum esse rei demonstrationem propter quid, dare causam tantum: demonstrationem simpliciter dare causam, & esse simul. Et addit, q̃ cum effectus infert causam, non autem causa infert effectum, fit demonstratio signi tantum, ab effectu ad causam. vt in exemplis præcedēribus patet, nam dicimus, mulier habet lac, igitur corrupta, non autem sequitur, si corrupta est igitur habet lac. Si vero, inquit, causa inferat effectum, & ab effectu eadem non inferatur, fit etiam vnica species demon-
stra-

A ſtrationis tantum, quæ dicitur
cauſæ, exemplum eſſe poteſt, ſi
dicas, ignis eſt, ergo lumen eſt:
non enim reciprocat ratio, lumē
eſt, ergo ignis eſt: nam ſtellæ lu-
minoſæ ſunt, non autem igneȝ.
& hoc exemplum eſt Auerr. in
Epith. logicis, cap. de demōſtra
tioͮe. Si vero effectus inſerat
cauſam, & inferatur viciſſim a
cauſa, duæ efficientur demōſtra
tioͮis ſpecies, altera quod, & al
tera propter quid, vt in exemplis huius tex. 30. de luna, & pla
B netis. Nam dicit Ariſto. in his al
terum per alterum cōcludi poſ-
ſe, hoc eſt cauſam ex effectu, &
effectum ex cauſa: & eſt regreſ-
ſus a noſtris vocatus hic proceſ-
ſus, non autem circulus, vt ample diximus ſuper tex. 6. Am
plius nota de mente Auerro. ꝙ
hæ ſpecies tres demonſtrationū
dicuntur viæ doctrinæ, vt ipſe
ſcribit in prologo 1. phy. Zima
ra vero animaduertit demonſtrationem ſigni, fieri tribus mo
dis, vel vbi ex effectu noto, cau
C ſa concluditur, ignota: vel vbi
effectus ignotus, aliqua coniectura nonficatur, vel vbi cauſa
eſt remota: Quæ diuiſio vera
eſt, ſed non ſufficiens, nam eſt de
monſtratio etiam ſigni, vbi pro
cedimus a cauſa nō prima. Quo
circa facilius diuiderem ſic, de
monſtratio vel eſt a cauſa, vel
ab effectu, & ſi a cauſa vel ꝓpin
qua, vel remota, vel prima, vel
non prima. & ſi ab effectu vel
conuertibili, vel non conuertibi

li, adde vel ab effectus coniectu- **D**
ra. tūc concludas demonſtratio
nem a cauſa propinqua, & pri
ma eſſe propter quid, quæ vero
eſt a cauſa remota, vel non prima, item, quæ ab effectu quali-
cunque fit, vel etiam ab effectus
coniectura, hæc eſt demonſtratio quia, ſiue ſigni. Sic enim me
thodica ratione colliges, quàm
breuiſſime demonſtrationū ſpe
cies, & differentias. Si vero via
diuidere demonſtrationem pro
pter quid, vt in ſuperioribus di
cebamus, dices aliam fieri a cau- **E**
ſa, quæ dat ſolum propter quid,
aliam fieri a cauſa dante, ꝓpter
quid, & eē rei. prima dicitur de
moſtratio cauſæ, ſecunda vero
demōſtratio ſimpliciter, vel po
tiſſima. Eſt autem exemplum
de demonſtratione cauſæ tantū,
ſi dixeris, lunam deficere, quoniam terra interponitur, nā qui
ſenſu eclipſim vidit, ex hac de
monſtratione ſolum propterꝗd
ſibi comparat. Si vero demon-
ſtraueris eclipſim eſſe priuatio- **F**
nem luminis ſolis in luna, ob ter
ræ obſtructionem, hæc demonſtratio dabit eſſe eclipſis, quod
eſt priuatio luminis ſolis in luna: item dabit propter quid, ꝙ
eſt terræ obſtructio. Quæ exem
pla ſunt Auer. in 1. quæſito. hāc
autem demonſtrationum diffe
rentiam confirmes his, quæ ab
Auerroe dicitur in ſecundo cœ
li, commento 35. Nota etiam,
ꝙ demonſtratio propter quid
poteſt fieri ex cauſa efficiente,
&

G & finali, vt dicit Auerro. primo
poste. com̄icto 34. item ex cau
sa materiali, vt colligitur 2. po
ster. text.11. demonstratio vero
simpliciter, fit ex causa formali,
vel ex efficiente, & sine coexisté
tibus, hoc est, qui loco formalis
causæ accipiuntur, id colligitur
ex Auerroe primo poster. com
mento 31. & 2. quæsito. Item de
monstratio propter quid potest
esse in terminis non conuertibi
libus, & sine eo, cp dicitur quate
nus ipsum, & negatiua, opposi

H tum vero vult demonstratio po
tissima, vt dicitur in quæsito 3.
Etiam sciam, quòd demonstratio
quia, potest esse ex aliqua causa
efficiente, & finali, vt habetur
primo poster. commen. 34. item
quæ demonstrat ad impossibi
le, potest dici demonstratio quia,
quod habetur 1. cœli, commen.
55. Breuiter in demonstratione
quia effectus est notior causa. in
demonstratione propter quid
causa est minus nota, quam esse

I ctus. in demonstratione simpli
citer causa est notissima, & effe
ctus simpliciter est ignotus. hæc
enim fuit germana mens Auer.
sed animaduerte, cp recentiores
omnes ignorauere diuisionem
demonstrationis simpliciter: vn
de clariss. Zimara, qui cætera di
ligentissime perlustrauit, hanc
videre non potuit, quoniam A
uerr. commentaria magna non
dum in lucem pro dierant, nam
hæc anno sequenti Zimaræ obi
tum, impressa fuere: illum. n. vi

ua voce in Gimnasio interpret
tem audiui, hortari magnopere
auditores, vt cum primum i lu
cem exirent, ab omnibus audis
sime perlegerentur. Sed ad rem
nostram. Demonstratio simpli
citer alia est, quæ dat inhæren
tiam accidentis propri in subie
cto, per definitioné, & causam
mediam. ita, vt illa causa sit cau
sa cognitionis & esse. & hoc ve
rum est, cum illud accidens, qd̄
demonstratur est nobis ignorū
quo ad esse, & propter quid, si

L mul. vt si quis cognoscat lunam
deficere, & ex terræ interuentu
deficere, quæ duo prius ignora
bat, appellare autem non soliti
sumus hoc primum genus de
monstrationis, compositū quæ
situm concludentis. Alia vero
est, quæ concludit definitionem
nominis, per causam extrinsecā,
ex qua colligitur definitio solo
situ differens, vt cum quis con
cludit, eclipsim esse priuatione
luminis solis in luna, per terræ in
terpositionem. in hac. n. conclu

M sio est definitio, item medius est
alia definitio, & ex vtraq; fit de
finitio perfecta, & hæc secunda
species demonstrationis, siue mo
dus, perfectior est aliis, vt scribit
Auer. in 2. quæsito. Hanc autem
ignorauit Zimara, ob relatam
causam: non enim vidit, nisi ill̄,
quæ passionem cōcludit de sub
iecto. Hæc enim secunda con
cludit materialem, & in perfe
ctam definitionem accidentis
propri, & solet vocari his tem
po.

A póribus demóstratio dans quę
situm simplex, ex eo, ꝙ dat quid
est, hoc est quid nominis.

Tota vero hæc distinctio sic col
ligitur ex Aristote. Nam primo
poste. tex. secundo. 20. 24. 26. 43.
dicitur, demonstrationem constare ex subiecto, affectione, &
principiis. hæc autem est illa de
monstratio, quæ concludit passionem, & accidens ipsum. Verū
demonstratio, quæ dat definitio
nem, colligitur ex 1. poster. tex.
23. & 2. Poste. tex. 8. 9. 10. quo in
B loco Aristo. dat exempla de ecli
psi, & tonitruo. Quo modo autem cōcludatur definitio, absꝗ
petitione principiī, licet videre I
toto sere 2. Post. speciatim vero
in quæsito 21.

CONT. XCVIII.

Te. 30 AGENS Arist. de demōstra
tiōe quia, exemplum dat de pla
netis, quos demōstrat prope no
bis esse, ex eo, ꝙ non scintillant,
& sic ratiocinatur, ꝙ non scintil
lat prope est, planetæ non scintil
lant, planetæ prope sunt. In quo
C syllogismo affirmatiuam colligit conclusionem, ex præmissis
negatiuis, præsertim vero ex mi
nore: nam hæc propositio minor, quæ dicit, planetæ non scin
tillant, negatiua omnino est.
Sed contrarium huic penitus
voluit Aristoteles primo Priorum cap. 5. vbi ex altera propositione negatiua, semper vult ne
gatiuam conclusionem sequi,
quoniam conclusio deteriorem
partem sequitur syllogismi, &

ob id probat secūdam figuram D
semper negatiue concludere,
quoniam altera propositio est
negatiua.

SOLVTIO.

SCIRE licet, conclusionem
semper viliorem, ac deteriorem
partem sequi syllogismi, vt necessaria magis appareat conclu
sio, siue conclusionis illatio. id
autem verum est, tam in quan-
titate, quàm qualitate propositionum: quod Alexander, Philoponus, & Auer. volunt in pri
mo Priorum: est autem quanti- R
tas propositionum, esse vniuersalem, particularem, indefini-
tam. Qualitas vero est, vt sit affirmatiua, vel negatiua. Quam
obrem, si altera præmissarum
fuerit particularis, necesse est, vt
particularis sit conclusio: si vero fuerit negatiua, & conclusio
etiam sequetur negatiua. id autem non tenet in modis, nam licet modus necessarius sit digni-
or contingenti, potest tamen
conclusio sequi necessaria, ex
maiori necessaria, & minori de
inexistenti, vt habetur primo
Priorum, cap. 9. 10. 11. hoc autem volui dixisse, vt intellige-
res, in quo casu regula vera sit,
quæ dicit, conclusio sequitur de
teriorem partem syllogismi.
Deinde & aliud est animaduer
tendum, quòd propositio negatiua potest bifariam accipi, vel
vt simpliciter est negatio, vel
vt resoluitur in infinitam: cum
autem resoluitur, efficitur affir-

ma-

G matio, vt si dicas , Plato non disputat, potes hanc exponere, Plato est non disputans , quae affirmatio est ex infinito participio : & tunc syllogismus affirmatiue concludens potest negationem accipere in praemissis. Nam cum Arist. syllogizat, quod non scintillat prope est, Planetae non scintillant, ergo Planetae prope sunt, dicimus totum syllogismū esse affirmatiuum . Nam maior propositio affirmatiua ē, hoc modo, quod

H est non scintillans prope est, Planetae sunt non scintillantes, Planetę prope sunt. Et haec solutio defendit Aristotelem, non solum in hoc loco, sed frequentissime etiam in philosophia naturali, & diuina , loca vero praetermitto, ne videar in re perspicua laborare, nam cum affirmatiue concludit ex altera propositione negatiua , semper eam ad affirmationem infinitam resoluit, vt maxime est videre apud A-

L uer. primo phy. tex . commenti 10. & alibi, quo in loco iudicat rationes falsas Parmenidis, & Melissi, sed haec hactenus.

CONT. XCIX.

Tex.30 & Cō.99.

VVLT Aristot. & Auerr. simul, hoc in loco, hanc propositionē nullus paries respirat, non posse syllogizari in prima figura, sed in secunda, atque eam sic syllogizat, omne respirans est animal, nullꝰ paries est animal, igitur nullus paries respirat. Contrarium videtur omnino voluisse

se primo Priorum cap. 5. vbi habetur primam figuram esse caeteris perfectiorē, quoniam syllogizat omnia genera problematum, cum itaque syllogizet vniuersalem negationem , cur voluit hanc propositionem, nullus paries respirat, tantum syllogizari in secunda figura?

SOLVTIO.

OCCASIONE huius difficultatis , digrediuntur in hac parte Auer. & Philoponus. Verū nūc breuibus propositae dubitatiōi sic satisfacio. Sermo Aristotelis hoc in loco non est de modo syllogizandi propositiones negatiuas, sed de causis remotis . Cū enim dixisset, quo modo demō stramus per causam primam, & ab euentu, nunc agit de causa remota, ea autem, inquit Aristo. facit demonstrationē, quod non propterquid, immo ait, fieri in secunda figura, vt constat exemplo de pariete. Vult autem non esse animal, ꝙ sit causa remota, cur paries nō respiret, ob id, ꝙ non semper animal est causa respirandi: nam ostreæ, & cō chilia, atꝗ insecta proculdubio animalia sunt, & tamē nil respirant. Nam causa, prima ea est, quae affirmationis est causa, vti etiam negationis. Etenim si terrae obstructio est causa, vt sit lunae deliquium, etiam nō obstrui terram, causa est, vt luna non deficiat. Remota itaque causa est, quę si negationem veram facit, nō facit veram affirmationem .

Si

A Si ergo volueris remouere maius extremum à minori in conclusione, per caufam remotam, hoc eft, quæ negationem veram faciat, non autem affirmatione, oportet, vt medium affirmetur de maiori, & negetur de minori, & fic minor propofitio neceffario erit negatiua: cum autem in prima figura femper minor propofitio fit affirmatiua, patet, quòd in prima figura non poteft fyllogizari vniuerfalis negatiua, per remotam caufam. Et Philo-

B ponus egregie hoc confirmat & alio exemplo, quod habetur in tex. Interrogatus Anacharfis cur apud Scithas, non funt tibicines, refpondit, quoniam ibi non funt vites, hæc.n. eft caufa remota, quoniam non neceffario vbi funt vites, funt etiam tibicines, fed vbi funt tibicines ibi etiam funt vites. & fit fyllogifmus in fecunda figura, hoc modo, vbi funt tibicines, ibi funt vites, in Scithia non funt vites, in

C Scithia non funt tibicines. ecce, quòd hæc negatiua, fi debebat concludi per caufam remotam, minor tenebatur effe negatiua, & idcirco neceffarium eft, vt fit in fecunda figura. Ad contradictionem vero dicimus, quòd verū è primā figuram cōcludere vniuerfalem negatiuam, immo effi- cacius, quàm faciat fecunda, vt dicitur primo Priorū, verū prima figura non fyllogizat negationem per caufam remotā, ob rationem dictam. Nam fi dixe-

D ris, nullum animal eft lapis, omnis homo eft animal, nullus homo eft lapis. hic remouetur in cōclufiōe maior extreïtas a minori non per medium tanquam per caufam; quoniam medium animal, non fit caufa, vt homo non fit lapis, nam (vt inquit Phi- loponus) caufa huius negatio- nis eft vifi ipfa, & natura termi- norum, quòd nullum animal fit la- pis, nam & hæc etiam non uni- nus erit vera, ex natura termino- rum, quæ dicit, nullum animal

E eft lignum. Item affirmatio, di- cēs, omnis homo eft animal, nō eft caufa, quòd homo non fit lapis, cum & alia poffit; affignari cau- fa, nam quòd homo non fit lapis, èt poffum cōcludere per medium, inanimatum: omnis lapis eft in- animatus, nullus homo eft ina- nimatus, nullus homo lapis. ec- ce, quòd prima figura non fyllogi- zat per caufam, vt maius nō in-

F fit minori. Nam fi volumus hoc facere, neceffe eft, vt medius in- fit maiori, & non infit minori, & inde concludimus maius nō ineffe minori, & caufa huius eft medius. Cum autem in hac ter- minorum complicatione, necef- fe fit, vt minor propofitio fit ne- gatiua, & hoc in prima figura fit impoffibile, ob id recte Arif- dixit, negationem fyllogizari in fecunda figura per cām remotā.

CONT. C.

OSTENDENS Aristote. diffe- rentiam inter demonftrationē ppter quid, & quod in fcientiis

Contr. Tom. M fub-

Tex. 30

G fubalternis, vult fubalternatas,
quas fenfitiuas vocat cognofcere quod, fubalternantes vero,
quas mathematicas appellat co
gnofcere propter quid, & dicit
hæc verba, Hi namque habent
caufarum demonftrationes, &
plerumcp non nouerunt ipfum
quod, quemadmodum, qui vni
uerfale fpeculantur, multoties
nonnulla fingularium nõ noue
re. Ex quibus conftat, velle phi-
lofophum hic poffe fieri demon
ftrationem, propter quid, igno-
H rato quod: fed oppofitum fcribit 2. Pofte.tex.s.vbi dicitur, ne
minem fcire propter quid, nifi
pri⁹ nouerit quod, quemadmodum nemo poteft fcire quid eft,
nifi prius nouerit an fit. Acce
dit, cp exemplum, quod dat hoc
in loco de vniuerfali videtur, &
ipfum contradictorium multis
aliis locis. Nam vult cognofci
vniuerfale ignorato particulari.
Sed huic contrarium dicit 1. Po-
fte.tex.33.vbi habetur, cp defi-
I ciente fenfu, & cognitione parti
cularium, deficit fcientia, & cognitio intellectualis. Item in
lib.de Senfu, & fenfili, intellect⁹
depēdet a fenfu, quod enam habetur primo de Anima 11.vbi
dicit, intellectus, aut phantafia
eft, aut non fine phantafia: fi ergo non poteft intellectus intelligere, nifi phantafmata fpecule-
tur, quo modo poffibile
eft, fcire vniuerfale,
ignorato parti-
culari?

SOLVTIO.

PRÆCEPTVM illud in fecun-
do Pofte.tex.8.dicēs, neminem
fcire propter quid, fi prius non
nouerit quod, veriffimum eft
& inculpabile, nam fcientia,
propter quid, præftat prædicari
caufam in fubiecto, & ob id pri
us oportet nofce prædicatum
ineffe fubiecto. Quamobrem re
cte ibi concludit, cp quæfitum
propter quid fupponit neceffario quod. Nunc vero cum dicit, poffe mathematicos fcire p-
pter quid, & ignorare quod, id
non eft intelligendum, inquie
Philoponus fimpliciter, fed dũ
non cogitant, aut animaduertunt, Quafi velit, cp recta ratione
procedentes, & intenti demon-
ftrationibus femper habeant,
quod, dum fpeculantur propter
quid. Cum vero intenti non
funt, & minus confiderant, poffibile eft, vt habeant propter
quid, & ignorent quod. Affertcp
Philoponus exemplum, nam
Aftronomus cognofcit Aquilo
naria Aftra, quæ vna cum meri
dionalibus emergunt, tardi⁹ ver
ti, quàm meridionalia, fæpenu-
mero vero, confiderans taurum
verfi ante aurigam, putabit eũ
ante aurigam moueri, & per cõ
fequens ante hunc occidere. id
autem prouenit ex ea caufa, cp
Aftronomus non animaduertit
neqз intentus eft valde fuo operi. Idem etiam fentit Philoponus de cognitione vniuerfalis,
cp re vera hæc fupponit diftin-
ctam

A &am cognitionem particularium, fed interdum, dum minus
intenti fumus, cognofcimus vni
uerfale, & ignoramus particula
re. Exemplum eft, de mula:
nam quis fcire poteft, omnem
mulam effe fterilem, cum hoc ta
men fi mulam viderit magnum
vterum gerentem, fufpicabitur
eam effe parituram, non confe-
rens particulare, cum vniuerfali. Hæc Philoponus. & hoc totũ
accepit in tex. qui dicit, qui vni

B uerfale fpeculantur; multoties
nonnulla fingularium non no-
uere, quia non aduertunt. Nam
græce verbo vfus eft, ἐπισκέψεσθαι,
quod in cautam, & minus intê-
tam confiderationem fignificat.
itaque non poffum, non nifi Phi
loponi interpretationi fubfcri-
bere, in quam concordiam ve-
niffe Themiftium, fcribit Auer.
in commento 101. qui incautam
illam confiderationem appellat
negligentiam: licet Commentator paulo ab hac interpretatione euarians exponat, mathema-

C ticos fæpe definire res; & non
confiderare earum effe, cum ab
ftrahant a materia, & a particu
laribus, atq; hoc modo fieri, vt
habentes propter quid, renuant
quod. Verum & nos aliter con-
fueuimus hunc fcopulum effu-
gere. Quoniam dum in 2. Poft.
Arifto. agit de propter quid, &
quod, ea confiderat, vti quæ fum
fum in eadem fcientia, in quo ca
fu impoffibile eft fcire, propter
quid, ignorato quod, ob ratio-

nem, quæ inibi affignatur. nunc D
vero accipit propter quid, &
quod; vt funt demonftrationes
in diuerfis fcientiis, fubalternis
ramê. modo quid vetat, vt arith
meticus confideret folam demõ;
ftrationê propter quid, hoc eft a
caufa, & demonftrationem, qd',
hoc eft ab euentu concedat mufico. Nam arithmeticus reliquie
quod mufico, quia materia, &
exercitatio circa opus, ab eo nõ
cognofcitur, ob eius abftractio-
nem, vt dicit Auer. in commen.
100.ex authoritate Themiftij 1. E
Poft. cap. 30. Quamobrem non
fumus in eodem cafu. item cum
Arifto. dat exemplum de cogni
tione vniuerfalis, quæ aliqũ habetur ignoratis particularibus,
opus eft diligenter confiderare,
q non dicit, ignoratis ofbus par
ticularibus, fed quibufdam,
nam Græce fic res fe habet,
ὀνομάζων δια τῶν κατ ικανὶα σὶκ ἰανετ.
Quid itaq; facit cõtradictionê:
hæc.n. fefe amice compatiûtur,
non poffe cognofci vniuerfale fi F
ne cognitione particularium, &
cũ cognitione vfie adeffe ignorã
tiã quorũdã pticulariũ. V.g.no
fco oẽm hofem effe rifibilẽ, qñ
prius noui quofdã effe rifibiles,
cũ hoc ftat, vt ignorẽ eos, q I ex
tremo funt occidẽte, hofes ef. Di
ligêter ẽ confidera, q cognitio
vfis, fi fit eadê cũ cognitiõe cõfu
fa, tũc fieri põt, vt q; fciat vle, &
ignoret ola particularia; verbi
gratia, puer, qui prima die incipit addifcere mathematicas,

M ñ põt

G potest informari quadam gene
rali cognitione, cum tamen nul
lam habet scientiam de particu
laribus theorematibus: verum
hæc cognitio vniuersalis, & par
ticularis, non est ea, de qua sit mē
tio in citatis locis, cum dicitur,
vniuersale fieri in nobis ex co
gnitione particulariū: nam hæc
sunt res cognitæ, illa vero sunt
modi cognoscendi. Si velis au
tem scire, quo modo cognitio
vniuersalis, & indistincta ante
cedat particularem, & distinctā,
H vide primo Poste. tex. 3. &

CONT. C.I.

OSTENDENS Arist. primam
Tex. 31 figuram esse valde vtilem in ce
alias ad ipsam demonstrationē
conficiendam, vtitur hac ratio
ne ex aliis, cp hæc figura deseruit,
maxime disciplinis mathe.
maticis, quæ maxime dicuntur
demonstratiuæ, cum propter
quid, contemplentur suorum ef
fectuum, Qua sententia consti
I tuta, liquido constare videtur,
voluisse hoc in loco Mathemati
cas demonstrationes esse præstā
tissimas, cum videatur argumē
tari, per earum excellentiam,
atcp præstantiam. Sed opposi
tum videtur voluisse, tertio me
ta. tertio, quo in loco ait, in ma
thematicis non esse finem: nam
si finis non est, non erit bonum,
necp perfectum, & sic mathema
ticæ rationes erunt potius
in postremo ordi
ne collocan
dæ,

SOLVTIO.   K

NON me fugit, hanc difficul
tatem egere maiore, atcp subti
liore disputatione, quàm ad præ
sens negocium pertinere, vide
tur, præsertim cum in hac ipsa
quæstione, viri clariss. accurate
scripserint, & ex veteribus, &
ex nostræ ætatis hominibus præ
cipui. quos vti vehementer dili
go, ac plurimum colo, ita in his,
quæ ad veritatis conquisitionē
pertinent, probabiliter agens, il
lis contradicere non verebor.
Sciendum itacp fuisse Arist. cla- L
ram, & perspicuam sententiam,
mathematicas demonstrationes
certitudine demonstrandi obti
nere inter alias omnes primum
ordinem, ac veluti principatū.
idcp apertissime voluit, secundo
met. 16. vbi ait, certitudinem de
monstrandi mathematicam, non
in omnibus esse expetendā. quasi
diceret, non omnibus datū esse
adire Corinthum. Etenim eo in
loco mathematicam certitudi
nem vult esse metrū, & mensu
ram aliarum. Quo posito, sic di M
ceret, vel ea certitudo est in ip
sa demonstratione, vel in re con
siderata. Non in re, quia mathe
maticæ sunt de accidētibus, quæ
minus certa sunt quàm substan
tiæ, vt colligitur 7. met. 4. itaque
ea certitudo sumenda est, a mō
demonstrandi. Accedit, quod
dum scientiæ ab omnibus au
thoribus inuicem comparātur,
vel in subiecti præstantia, vel in
certitudine demonstrandi com
pa

A parantur. & ob id docte dicebat
Auer. de Anima commento i.
ſcietiam de anima ſuperare om
nes alias ſcientias nobilitate ſub
iecti, excepta metaphyſica . ite
certitudine demonſtrandi excel
lere inter alias, exceptis mathe
maticis . Si itaq; certitudo mathematica, non a demonſtratione eſſet petenda, ſed a materia,
tunc dicendum eſſet ex ea Ariſt.
ſententia 1. met. 16. q̄ mathema
tica vincetur metaphyſicam ratio
ne ſubiecti, quod vti monſtro
ſum eſt, ita etiam manifeſte falſum. itaq; qui dicit, q̄ certitudo
mathematica nõ ſumitur ab ipſo modo demonſtrandi, ſed a ſub
iecta materia, videtur mihi dice
re, ꝟ ᷑ , & ab Ariſtote. quid
penitus alienum . Si itaq; hæc
certitudo ſe habet ad modum,
& vim demonſtrandi, conclude
dum venit, rationes mathemati
cas firmiſſimam & ſolidiſſimã
habere certitudinem, & per eõ
ſequens eſſe demõſtrationes di
gnas valde hoc nomine, ſimpliciter ſiue potiſſimum . Nam eã
cauſæ mathematicæ, cauſæ ſint,
neceſſario ſunt naturæ cognitæ,
cum vero hæ admodum ſint ſen
ſaræ, & perſpicuæ nobis, quoniã
abſtractæ ſunt ab eo, q̄ impedit
faciliorem apprehenſionem no
ſtram, hoc eſt, a materia ſenſibili, & potentia, nam potentia eſt
cauſa occultationis, vti actus
eſt ratio intelligendi 9. met. 20.
patet, q̄ procedunt a nobis no
tioribus, & per conſequens ſunt

cauſæ æque nobis, & naturæ co
gnitæ, & ſic apte conſtituere de
monſtrationē ſimpliciter, quæ
dat cauſam, & eſſe. In quam ſen
tentiam videtur veniſſe Ariſto.
primo poſte. 42. vbi agens de
præſtantia, & certitudine ſcien
tiarum exemplificat in mathematicis, volens Arithmeticam
excellere Geometriam certitudi
ne, quoniam magis abſtracta
eſt, cum conſideret vnitatem. fine appoſitione, geometria vero
punctum, q̄ habet poſitionem:
immo expreſſe docet, q̄ abſtra-
ctio maior in mathematicis, eſt
cauſa maioris certitudinis: quia
modo arithmetica certior ē mu
ſica, cum hæc materiam habeat
ſenſibilem, hoc eſt ſonum, illa ve
ro minime. Item ſecundo phy.
10. magis mathematicæ dicun
tur illæ ſcientiæ, quæ ſunt magis
abſtractæ, quæ vero minus ſunt
ſeparatæ, eas vocat magis phy-
ſicas, ſed Auer. primo poſte. 178
exponens ea, quæ dicit Ariſt. in
primo poſte. 42. iam citato, vult
demonſtrationem mathematicam eſſe perfectiorem ſcientia
naturali, quoniam abſtractior
eſt, reddit q̄ cauſam cur materia
tollat certitudinem, quoniam ad
miſcetur ei, q̄ eſt per accidens.
rurſus Auer. primo poſte. 90. ex
preſſe oſtendit mathematicum
habere res ſuas in intellectu, cum
eadem certitudine, quæ eſt de
rebus ſenſibilibus in ſenſu: &
cauſam reddit, quia res illas ma
thematicæ expoliantur a mate-

M iij   ria

G ria, & inde non fit deceptio . itē
Auer. primo Poste. 101. scribit,
priora l mathematicis sunt prio
ra secundum esse: priora autem
apud nos in scientia naturali, sunt
posteriora a secundum esse . Ad,
dit & illud, mathematicas disci
plinas esse vehementioris vni,
uersalitatis, quoniam a materia
sunt immunes, & per cōsequēs
sunt nobis notiores . Sed idem
Auerr. dicit in explicatione hu,
ius tex. 31. & est apud illum, in
commento 103. vbi assignat cau
H sam, cur Arist. velit primam fi,
guram esse maxime idoneā ad
demonstrandum ex eo, q̄ ma,
themat. disciplinæ tali vtuntur
figura, & inquit, q̄ math. scien,
tiæ sunt dignissimæ demonstra,
tionis, quia maior pars mathe,
ma. demonstrationum sunt sim
pliciter, hoc est causæ, & esse. Pa
tet itaque Auer. sententiam, esse
opinionem Arist. quoniam hæc
quæ dicit, ex visceribus dicit cō
textus Aristotelici: quod maxi,
me patet, consideratis locis illis
L adductis . Idem voluit Com,
mentator primo Phy. 1. 7. met.
10. tertio cœli 61. primo de ani,
ma 10. in hanc sententiam vene
re latini omnes, quos viderim,
Subtilis doctor. D. Thomas, Al,
bertus, Egidius, Suessanus, Lyn
coniensis, & Neoterici fere om
nes: adducti ea ratione, q̄ mathe
maticæ demonstrationes sunt
de rebus, quæ non admiscentur
cum materia, & ob id perfectæ,
ac certæ, sunt existimandæ. Cui

sententiæ adstipulari videtur K
Themistius primo Poster. cap.
16. vbi integrum, & iustum ca,
put absoluit de præstantia ma,
thematicarum . Idem videtur
asserere, cum eas separat ab om
ni materiæ conditionibus loco,
qualitate, tempore, actione, mo
tu, affectionibus, atque aliis hu,
iusmodi tertio physi. 71. quod
item facit Arist. 10. met. cap. 3.
& primo de anima 17. immo
Themistius ostendēs maiorem
efficaciam demonstrationis ma
thematicæ, quàm sit naturalis L
primo de anima 11. inquit, ma,
thematicum deuenire ex defini
tione in cognitione accidentiū
contra physicum ex accidenti,
bus ire ad cognitionem defini,
tionis. Simplicius quoq̄ & ip,
se hanc partem tuetur 2. physi.
69. cum in mathematicis conce
dat bonum esse, & quidem con
templatiuum: nam habitus mo
ralis est de eo bono, quod eligi,
bile dicunt ; speculatiuus vero
de bono, quod verum dicitur :
etenim scientia, cum sit de gene
re bonorum, & honestorum 1.   M
de anima 1. etiam mathematicæ
sunt bonæ, & de bono¹ appellan
dæ, quoniam & ipsæ sunt scien,
tiæ contemplatiuæ, ex 6. metap.
ab initio. Amplius Alexander
Aphrodisiensis (referente Sim,
plicio, secundo phy. 69.) & cum
eo Philoponus, secundo Physi.
68. vult demonstrationem ma,
thematicam pendere a forma,
& Auer. in prologo primi phy.
dicit

A dicit, mathematicum conſidera
re ſolam formam : forma vero
videtur eſſe prima ratio demõ
ſtrandi, tum ex Ariſt. 9. met. 20.
tum primo de anima 11. quo in
loco, inquit, quod quid eſt, ſiue
formalis definitio eſt principiũ
demonſtrandi. Si igitur mathematicus eam habet, & quidem
certiſſimam, ob abſtractionem
eius a materia videtur, cp eius e-
tiam demõſtratio ſit certiſſima.
Sed quæret aliquis, quæ nam ſit
vtilitas, & quæ ſit bonitas mathematica? primum autem de
vtilitate dicendum. Nam quia
ſcribitur tertio met. tertio, cp in
mathematicis non eſt finis, ob
id putarunt nil eſſe vtilitatis, nõ
nulli, idcp præter omnem rationem. Etenim mathematicæ ic
circo mediæ inter naturalem, &
diuinam ſcientiam a græcis ſcri
ptoribus fuere repoſitæ, vt aſce
dentes a rebus naturalibus, quæ
omnino materiales ſunt, ad res
diuinas, quæ ſimpliciter carent
omni materia, poſſemus tãquã
per mediam ſcalam tutius, & fa
cilius tendere ad ſuperiora.
Nam animus aſſuetus in mathe
matica abſtractione, facilius at-
tollitur ad abſtractionem reriſ
diuinarum. Deinde vtiles ſunt
mathematicæ, cum ſint contem
platiuæ, faciantque theoricam,
& ſcientiam, immo ſint pars felicitatis humanæ. Etenim cum
felicitas alia ſit actiua, alia contemplatiua, ex 10. Ethi. contem
platiua vero acquiratur ſcientiis

ſpeculatiuis, inter quas mathematicæ omnino reponuntur, vt
habetur 6. met. a principio, ſde
efficitur, vt illæ magnopere vti
les habeantur. Confirmat hoc
ipſum Proclus in lib. Elemento
rum; qui ait, mathematicas con
ferre, non tantum ad moralem
philoſophiam, ſed naturalem, et
diuinam: conferunt & ad nauti
cam diſciplinam, artem milita-
rem, picturam, architecturam,
atcp alias facultates. Eſt & pro
pter ſe, delectabilis, hæc ſcientia
mathematica, cum hominẽ ita
alliciat, ita ad ſui amorem exci-
tet, curiſcp aliſs ſolutum reddat
(quod inquit Proclus) vt nihil
hac vna, magis colat, & venere
tur. Plato vero adeo hanc ſciam
magnificit, vt putarit eos arcem
dor, cẽ ab Academia, qui illiʒrũ
periti viderẽt. Accedit, cp Pla
to vniuerſam eius philoſophiã
mathematicis exemplis illuſtra
uit, atcp referzit: nam vix vnus,
aut alter extat dialogus, in quo
non plurima eſſuderit precepta
mathematicorum: in Epinꝏ mi-
de ſolem nobis datum fuiſſe me
morat, vt numerandi rationem
conſequeremur. Formas ma-
thematicas per ſubſtantias rerum inſertas exiſtimat in Ti-
mæo. De vno ſummam habuit
diſputationem in Parmenide.
Animæ eſſentiam per numeros
cõtemperauit in dialogo de Na
tura. Geometram voluit omni
bus aliſs ſcientiis præſtare perfe
ctionem, & luce veluti quãdã,

M iiij

G vt author est Simplicius, tertio
physi.70. Ad exercitationem
vero mathematicam adeo vtile
esse voluit, vt eam exercitato-
riam artem aliquando appella-
rit. Sed nolo(vt in Panegyricis
fieri solet)laudare hanc scientiã.
itaque videamus, an in ipsa sit,
vel non sit bonum. Considerã-
dum tamen, quòd si bonitas sequitur vtile, quo modo vmbra
sequitur corpus, necesse est omnino, vt dicamus, has scientias
esse bonas, quoniam; & vtiles
H sunt, item si scientiæ sunt, & qui
dem contemplatiuæ, sequitur,
vt sint bonæ, ex primo de Anima, primo. Rursus si felicitas
est bonum, cum hæ sint specula
tiuæ felicitatis pars, erunt & bo
næ. Item si faciunt scire, scientiam autem omnes natura appe
tunt, appetitus naturales, recta
ratione, hoc est intelligentia non
errante, dispositi sunt boni, bonæ erunt & hæc disciplinæ.
Amplius, quod considerat ma-
I thematicus est forma, forma est
actus, vel ens actu existens, itaq;
res bona, cum bonitas sit passio
entis; & præsertim in actu.
At dices, oppositum voluisse A-
risto.tertio met.tertio, vbi dicit,
mathematicam non habere rationem de bono, & malo. Sed
hoc non esse temere audiëdum
dicebat Auerr.eo in loco. Nam
bonum aliud est ad praxim, &
ad actionem referëdum, & hoc
proprie est in morali philosophia, quæ maxime habet consi

derate finë agibilë: itëin ois̄b̄z K
hoc bonū repperitur, vbi est finis, nam finis est de genere bo-
norū, & ob id Arist.deridet poe
tam in 2.phy.23. volentë mortë
esse finë quædam. aliud vero est
bonum in rebus immobilibus,
& in cognitiõe veri, quod bonū
honestum appellãt.id aūt in ois̄-
bus disciplinis contemplatiois
licet p̄spicere, quod ët in mathe
maticis inuenitur:& hoc cõstan
tissime asserebat Arist.13.meta.
in calce primi cap. Et Alexãder,
siue potius Michael Ephesius, L
idem censuit in explicatione loci adducti in præcedentib9. Nã
bonum, quod proprie finem oȳ
sequitur, est id, quod cum actio
ne; & motu acquiritur, tale vero
in mathematicis non pōt reppe-
ri, cum fine agibili careant, care
ant & omni motu: quod etiam
videtur voluisse Auer.2.physi.
74. Nunc videam9 quo pacto
in mathematicis sint ea omnia
attributa, & conditiones, quæ
maxime requirunt ad demon-
stratiõrs simplr, dantes cãm &
esse;idq; per inductiõe agam9 M
si his, q̄ scribit Arist.in toto v.lib.
Poster. Incipiam9 autem a tex.
quinto, secundum vererë sectio
nem, in quo Arist. definit, scire.
Cum.n.scire sit rem per causam
cognoscere; eo modo, quo ibi di
citur, proculdubio in mathematicis erit ipsum scire; cum
sint in illis causæ formales, quæ
maxime sunt idoneæ ad ip-
sam scientiam, tum quia actus
sor-

A formalis est prima ratio intelligendi.9.Metaph.20.tum quia
formale quod quid est, est principium sciendi.1.de aia.11.tum
quia forma dat verum qd quid
est, verũ aũt quod quid est largi
tur & ppter quid de accñtibus
in subiecto.2.Post.9. Est & alia
condõ demõnis, vt constet ex
propõnibus veris, veritas aũt ẽ
in Mathe. etenim abstrahentiũ
nõ est mẽdaciũ.1.Post.25.&.2.
Ph.18. itaq rõnes tales erũt verẹ.Itẽ demõ debet constare ex
B primis siue prīcipijs, sed rõ Mathe.cõstat ex primis principijs,
cũ pcedat a causis pprijs & for
malibus, q cũ in primis ponunt
faciunt eas eãprimas et pprias,
& p consequẽs principia. Constat & demõ ex immediatis,
quod ẽt satis liquido vr hic locũ in rõnibus Mathe.q resoluunt
vsq ad idiuisibilia & immediata principia:in quibus desinunt
& quiescunt, quod larius patebit, cũ dicemus de resolutiõe mathematica. Rursus demõ debet
C cõstare ex prioribus & notiori
bus: quod Them. audit quo ad
naturã, nõ quo ad nos tm. Cum
aũt ea q naturæ cognita sũt sint
nobis ignota tam in Mathe.quã
scia naturali,in Metap. vero naturæ cognita sint ẽt nobis nota,
vt superius ostẽdebaã, cõcludit
rõne Mathe. pcedere nõ solum
ex notioribus, sed et magis q̃ cẽ
terẹ faciant sciæ oẽs. Accedit q
& demõnis cõditio est, vt constet ex caussis cõcõsonis: id aũt eẽ

D in rõne Mathemat. abunde suit
explicatum tunc, cum dicebamus ibi maxime esse cãm, nẽpe formalẽ, q verũ est sciẽdi prī
cipiũ in quocũq gñe. Sed Aris.
positis his condõnibus demõnis in tex.5.diuidit principia,in
Dignitatẽ,Posizionẽ, & hanc in
suppositiõe & definitiõe, quẽ
genera oĩa principiorum tantũ
abest vt nõ deficiant in Mathematicis, vt cæteræ sciæ ab illis
capiant exẽpla.Nã quæ scribũ
E tur ab Euclide in principio Geo
metriæ indicant apertissime, q
oĩa hæc principia sint illi sciẹ, p
pria & accõmodata. Est & alia
conditio,1.Post.7.q demõ cõstet ex necessarijs, q rõni mathe
maticæ tã aperte competit, vt id
probare sit potius dementiæ q̃
iudicij opus. Nã propõnes Mathe.sũme sunt necessariẹ, ob ea
rũ separatiõe à meteria, q ẽ cã
cõtingẽtiæ et eius quod ẽ per ac
cidẽs, vt colligit ex.1.Ph.sẹpius
&.1.Post.c.4.Sed in tex.8.9.10
11.primi Post. Arist.colligit tres
F alias cõdõnes, q maxime requirunt ad demõnẽ simplr dici de
oĩ, per se, & vlt: q quãti in rõnibus mathematicis cẽ possint,
testant oĩa exẽpla, q Arist.assignat in illis locis,hæc.n.ex Geo
metria & Arith. sunt excerpta.
In tex. 10.primi Post. est & illa
condõ demõnis, eã non posse
trãscẽdere de vno genere ĩ aliud.
Id aũt q̃ maxie patet ex eo q̃
dicit Arist. de Geometrica demõne, q̃ ad numeros applica

ri

G ri non pōt: nam licet multa sunt
Theoremata in.5.&.6.Elemēto
rū q̃ repetunt in.7.&.8. id pro
pterea non facit transitum, qm
hæc per similitudinē quandam
procedunt, non aūt per applica
tionē demōnis Geometricæ ad
numeros. hoc aūt vidit Aristo.
cum dixit.1.Poste.20. nisi magnitudines numeri sīnt, etc. vide
bat.n.numeros per similitudinē
continuorum dici triangulares,
quadratos et quadrangulos, nō
tn ob hoc sequitur, vt demōn de
H continuo cōueniat quātitati di-
scretę. Et si dicat quis, voluisse
Proclum diadochū 1.1.et.2.Ele
mentorū, dari vnā sciam cōma
nē Geometrię & Arith. cui9 sub
iectū sit Ens quātū phātasiarū,
plurib9 modis rūdere possum9.
Primū, Proclū, si id simplr vo
luerit, eē negādū:nā rō nō auto
ritas l philosophia desideratur.
Aliter vero putarim, pbe dixis
se Proclū, dari sciam communē
Geometrię & Arith. q̃ tn ęqui
I uoca sit, vt.n.continuū & discre
tū gña sunt diuersa, q̃ neq̃ vni
uoce neq̃ analogice conuenire
pñt, sed æquiuo.e, sic scia cōis
Geometrię & Arith.est Mathe
matica ipsa, cui Ens quantū sup
ponitur vt subiectū : non tn di
cit Proclus, hanc sciam commu
nē pñtare facultatē transcēdēdi
de vno genere in aliud. pro qua
materia videndus est oīo Auer.
1.Post.c.74.& in quęsito.5. sed
reuertamur ad conditiones demōstrationis. Ait Arist.1.Post.

31.& 22. demōnē constare ex K
vnibus non particularibus, eter
nis,nō caducis: itē in tex.21. ex
proprijs non cōibus principijs:
hęc aūt oīa sunt in rōne Mathe.
qm Mathe.considerat ea q̃ natu
ralis, vt dr.2.Ph.18.&.3.cœ.c.6.
licet alia atq̃ alia rōne : nā à Ph.
cū motu et materia, à Math. ve
ro sine his. quāto aūt magis res
à motu et materia est sequestra
ta, tāto ēt minus vergit ad ptica
laria et corruptibilia, itaq̃ ratio
Mathe.erit de eternis & vnibus.
Est & cōditio demōnis tex.24 L
&.25. primi Poste. demōnem
cōstare subiecto, de quo accipit
scia quid & qd, Dignitate q̃ p̄
gnoscit qd, Passione, de qua sup
ponit Quid est. Id aūt eē in Ma
thematicis cōperies p inductio
nem,& ēt ex Arist. exēplis loco
citato. At in te.39.ponēs d̄iam
inter sermones logicos et doctri
nas contēplatiuas, quas Mathe
maticas vocat, vult l Logicis fie
ri posse paralogismū, nō autē in
Mathema, qm vult has sciētias
nō decipi syllogizando, neq̃ ēt
in assignandis propōnibus, red
dit ēā cām, q̃ breuitatis grā oī
mitto:quo in loco Arist. vr ma M
ximopere extollere Mathemat.
Itē addit Mathematicū resolue
re facillime, qd dialecticus non
pōt efficere: vultq̃ Math. abun
dare propōnibus conuertibili-
bus, & multiplicare media vel
latus vel in post assumēdo, non
aūt proñciēdo diuersa media in
cōctōnē, vt facit dialecticus, ex
qui-

A quibus oibus conftat fcias Mathema. hre fummã perfectionẽ, & earũ quoqʒ demõnes. In te vero. 30. vult demõne aliam eẽ à priori & p cãm, aliam à pofteriori & ab euentu, fumit iⱥ exẽpla ex Aftronomia, ac tandẽ in rek .41. de quo ample loquimur in pfentia, volens oñdere, qʒ prima figura eft maxime vtilis ipfi demõroni, ex eo probat id verũ eẽ, quoniam Mathematicæ fciẽ

B p hãc fyllogizãt: quod fi rões Mathe. non effent certiffimæ, & potiffimæ, ratio hic affignata, nullius effet momenti. Ad contradictionem mõ fic dicẽdũ, in Mathe. non effe finẽ, neqʒ bonũ, accepto fine & bono vti ad praxim referunt, et ad ipfam actionem & motum: quo mõ eas nõ hre finẽ vt voluiffe Arifto. 3. Me. 3. Non aũt eas carere fine negandũ eft, qui dr effe pars felicitatis contẽplatiug, itẽ nõ carent bono fpeculabili, & pp fe et ad aliud ordinato, vtin fuperiori

C bus deductũ fuit, quãquam carent bono agibili. Bonũ aũt fpeculabile & honeftũ effe, & vtile demonftrauimus in pcedẽtibⁱ, neqʒ hoc amplius nobis reppetendum venit. At forte dicẽt viri doctiffimi Mathematicas demõnes nõ videri adeo exactas & potiffimas, vt iã dictũm eft, primũ ex ea ratione, qʒ vera & exacta fcia vr effe de re præftantiffima & fumme perfecta: non aũtẽ fic fe habent rationes Mathematicg qug funt de acciden

D tibus nempe de rebus quantis, non autem de fubftantia: quõ ergo fieri poteft eas effe exactas demõrationes, cum de fubftãtia Theoriam nullam faciant? quã rõnem videt dixiffe primũ Simplicius, deinde recentiores. Ego vero dicerem, aliud effe confiderare fciam quo ad fubiecti perfectiqnem, aliud item, quo ad certitudinem demonftrandi. Itaqʒ fatebor, ratione fubiecti Mathe-

E maticas fciẽtias eẽ imperfectiores, cũ hg confiderent accidẽtia, Diuina vero & Naturalis, fubftantias. fed certitudine fuperãt vtranque. Nam cum res Mathematicæ fint abiunctæ à materia, quæ eft caufa occultationis, neceffe eft, vt fint certiores rebus naturalibus. Cum vero egdem formæ Mathematicæ, quo ad earum exiftentiã, proxime pendeant à fenfu, quod non faciunt res diuinæ, ob id funt nobis notiores rebus Metaphyficis, &

F per confequens, fummam obtinent certitudinem. dico itaque quòd ratione abftractiõis fuperant Phyficam, & ratione fenfibilis earum exiftentiæ funt no tiores Metaphyfica. Et fi dicas res Mathematicas non effe fenfibiles ex Proclo, in primo Elemẽtorum, qui dicit, eas effe folum quantitates abftractas, qug non poffunt inter fenfibilia annumerari, fed funt in phantafia receptæ, ego vero id totum admitterem, vti funt feparatæ funt tamen fenfibiles, vti exiftentiam habent

¶ habent, præfertim cum phan-
talia fit media facultas inter fenfum & intellectū. Itē nota, cp cā
earū certitudinis non eſt cp fint
fenfatæ, fed cp fint depuratæ a
materia, quod Auer.dicit.1.Po-
ſte.42. Forte dixeris rōnes mathematicas deficere, qñ nō de-
mōſtrāt a cā finali, efficiēte, nei-
cp materiali. Nō finali, quia in illis nō eſt finis, vt fuperius ē deductū: nā in illis dicebaf nō eē
bonū intrinfecus, fed tm extrin
fecus aduenies. Nō efficiēte, qa
abſtrahunt a motu et fine, nā oē
agēs agit ḡra finis. 2.Ph. Nō materiali, quia Mathematicus abſtrahit ab oī materia fenfibili; licet nō feparet a materia intelli-
gibili.7.Me.31.quā alꝗ volūt ex
latinis eē fubſtātiā, vt Egidi⁹, alꝗ
contiouū ꝯ Geometria, et numerū in Arithmetica, vt Zim. Proclus vero, vult eē quātū phāta
fiatū: fed hoc nō eſt pfentis ne-
gocꝗ: facile hic eſſe materiā intelligibilē, quod colligit ex Ariſt.
2.Poſt.12. vbi docet demꝝare p
cām materialē, et dat exēplū in
Mathematicis. de duobus dimi-
dꝗs anguli recti in femicirculo
defcripti, ꝗ vero fit hęc materia
ſtelligibilis vocata, vide.7. Me.
34.35.29.8. Met.1 t.5. Meta.3. fed
dicēdū, multitudinē cārū nō augere vim & perfectionē demōſtrādi, nā forma ē metrū et mē-
fura demōſtrādi, cū fit principꝛi
vt res fit et cognofcaꞇ: mediū ſt
in demꝝone fimplꝛ debet eē &
cā cp res fit, et nꝝæ fciæ de eadē

qꝰ diūt Auer.1.Poſt.ē. ꝗ re feꝗ-
tur, cp Math. ex priuatiōe illarū
cārū ñ careat demꝝone fimplꝛ.
Et fi dicas, voluiffe Auer.1.8. ꝗ
ſito, et alibi fæpius cp demꝝo fim
plꝛ cōſtet ex medio, qui fit caufa ex traꝗ.id eē rei; et ꝓ cōfequēs
vel efficiēte vel final a, vt in exē-
emplo de lunæ defectu, qui de-
mꝝaturꝛex terræ interpōne, ꝗ ē
cā efficiēs, itaꝗ cū Marhe.careāt
efficiēte, nō demꝝabūt fimplꝛ:
rñdetꝗ, eꝝcām efficientē accipi
loco formæ: nā vbi formā ignoramus vtimus cā externa, id ſt
voluiffe Auer.cōſtat legētibꝰ, r.
Poſt.c.34.fed in.35.oñdēs quæri-
tū modū per fe, nō eē vtile ad demꝝonē fimplꝛ, ex eo hoc cōcludit, cp quartꝰ modus fit a cā ex-
trinfeca, hoc eſt finali vel efficiēte, a quibus vult eē valde difficile fumere demꝝonē; qm vult for
ma eſſe metrū et mēfurā demō-
ſtrandi. fed pſtantiſſimi viri de
Mathematicis, deꝗ alꝗs opti-
mis lꝝis benemeriti (quorū ho-
noris eā, ratiōes in medꝛū adducā, non aūt vt rephēdam) pluribus argumētis nitunꞇ aſſerere
demꝝones mathematicas, nō eē
fimplꝛ dicēdas. Ego vero ꝗe pꝛ-
fēntē explicationē in imiꝝeſſum
producā, eorū potiorē adducā
rōnē, ꝝteras vero ꝗ qōnibꝰ nō-
ſtris foluere niterūꞇ, funt.n.a p-
ſtātiſſimo hoſe extognitæꝛ, cūi
im tribuo, quātū forte alꝗ ætatis nꝝæ nemini: cuiꝗ mathema-
ticarū illuſtrationē, plurimā accepta referim⁹, ac primū fic rō-
ciane,

A cinct, cū ōis demōn simplr, habeat ī medio termino vel subiecti vel passiōis definitionē, cūiq; Mathe. demōn id hre nō possit, sequit vt nō sit potissima minor ex eo adferuī, qm inductione patet in oībus Theorematibus Euclidis, Theodosij, Archimedis, & aliorū, mediū nō esse huius vel illius definitionē. Nā sumat exēplū illud tritū & in vsu magis receptū de Triangulo, & hre tres, pꝗ hic mediū nō esse definitionē, vel subiecti vel ꝗsiti.

B qm hre angulū extrinsecū equalē duobꝰ sternis et oppositis, nō est defō triāguli, neqꝫ ipsius hre tres: qꝝ tn pro medio accipit in hac demōne. Sed ad hanc rōnē bifariā rndere possumꝰ: primū n. negare possumus maiorem, qm nō est necessariū, vt medius terminus sit definitio vel subiecti vel passiōis, etenim vt sit cā, bene ē necessariū, et ob id Arist. 1. Post. 1. definiēs dmōnē dixit, eā constare ex primis, veris, immediatis, prioribus, & notioribus,

C busꝫ, causisꝫ cōclonis, nō aūt dixit ex definitiōe. Et ob id Auer. in 8. ꝗsito demfaciuo, ex ꝑsse docet sic mediū ē definitionē cū exprimit sub forma oīonis, nō qꝫ semꝑ ita sit. Itē ī demfone lunae Eclypsie qꝝ sit cessatio luminis Solis in eā terrꝫ interpōne, ait Auer. hoc ē cām, nō desinitionē, quāobrem dico qꝫ in demōne de triāgulo et hre tres pōt fieri, vt mediꝰ sit cā et nō defō, & tn demōn sit potissima. Et si

dicas angulū extrinsecū nō esse cām ipsius hre tres in triāgulo, primū dices aduersus Euclid. 1. Elemē. 32, deide aduersus Arist. 1. Post. 23. vbi docens demfare ex principijs proprijs, exēplum dat de triāgulo & hre tres, dicēs demfari affectionē hanc de triāgulo ex principijs huius, hoc est ex principijs ꝑprijs, ea aūt sunt, ꝗ cām in se cōtinent: cum vero nulla alia sit cā, qua angulus extrinsecus, cōstat ex hac fieri demōne ex principio ꝑprio, ꝗ ē vna ex cōdōnibꝰ demōnis simpꝑt. Sic itaꝫ sit rnsum ad maiorē ꝑpōne illius argumēti. Quid aūt sit rndendū ad minorē, in ꝑsentia nō adducā, cū alij ex audiroribꝰ nostris maxime eruditi, ac veneta nobilitate insignes, tā accurate in hac re scripserint, vt nil amplius in hoc gne exercitatiōis desyderari ꝗat. Est n. hac materia adeo ꝑbabilis, vt nil cuipiā mirū videri debeat, si clarissimi viri in hoc negocio fueret inter se discrepantes. sed plura de hac ipsa certitudine dicemus in commentarijs nostris.

D E F

CONT. CII.

VOLENS Arist, ostendere scla3 intellectualē pēdere à rebus sensibilibus, sensu cognitis, inꝗt deficiēte sensu, tolli et deficere ipsam sciam: at cōtrariā vr voluit se infra tx. 39. quo ī loco, disserit vtra sit potior demō, vnas an ꝑticularis, determinatꝫ vnā eē praestabiliorē qñ, res vꝑes sunt finite,

Tex. 33

& finitæ, singulares verò infinitæ:
item vſia sunt intelligibilia, &
particularia, sensilia. Ex quibus
satis constat voluisse de indiuiduis nullam extare sciam, cũ tñ
in pſentia dicat, sine singularib⁹
non fieri sciam posse in nobis.

SOLVTIO.

MIRVM est, q̃ diuersa sint
loca hinc inde colligẽda in hac
proposita contradictione. Quæ
ne amplius studiosi desiderent,
dabimus operã, vt primum co-
gnoscant, deinde contradictionem tollemus. Qd singularia fa
ciant ad sciam in primis est hic
locus, nẽpe te.33. q apud Auerr.
est.134. vbi ex ppoſito argumẽ-
taf, q̃ ablato sensu tollit cognitio sensibiliũ, his demptis, deficit inductio, inductioñe extincta
tollitur vſe, hoc corrupto inte-
rit demʃo, demʃoñe dimota cesʃ-
sat oïs scia · quamobrẽ senʃu &
particularibus extinctis necesse
est, vt oïs tollatur scia. Est & ad
idem, locus in prædicamentis
cap. de subſtãtia: vbi maximè,
ac propriè subſtãtiã, vult esse in
diuidua subſtantiæ, atq̃ ea vocat primas, pſtantiſsimasq̃ sub
ſtãtias. Itẽ in libello dè senʃu ac
sensili, nõ posse, ſquit, intellectũ
intelligere, dẽpto senʃu & cogni
tioñe particulariũ. Idem sæpius
in.3.lib.de anima. Sed &.1.li. de
anima.12.intellectũ dicit eē, aut
phantasiã aut non sine phantasia. Amplius cõmentator.1.Me.
44. Philosophum inquit cogno

scere tm̃ res, extra animã exiſtẽ
tes, quæ verò ita sunt, sunt parti
cularia, non vſia, siquidẽ vſe ha
bet esse ex intellectu, nõ autẽ ex
tra animã. Quamobrẽ scia erit
de rebus sensilibus & singularibus. Hinc emanauit prouerbiũ
apud Philosophos, q̃ sermones
veri sunt, q rñdẽt rebꝰ sensilibꝰ.
Hinc cognitio indiuiduorũ, mõ
fidés, mõ sciẽ pricipiũ ab Auerroe dicta est. Et Arist.1. Poſt.45
inquit ob defectũ sensuum, plurima problemata difficilia nobis existimari, de quibus ſi sensum haberemus nulla fieret q̃ꝺ·
dãtꝗ exemplum de vitro et lumine. Nã ſi videremus vitrũ p-
forarñ, & lumen permeare, facile scirem⁹ qua rõne laterna il-
luminet: id cũ fugiat sensum, p-
blema constituit ambiguũ. Sed
&.3.lib. Ph. 22. scribit, infirmũ
habere intellectũ, eum, qui sensum pp rõnem ptermittit. Qd
ẽt.1. Topic. vĩ voluiſse eum ait,
plectendos eſse eos, qui sensum
negant. Sed hæc suffician̄t pro
parte sensibilium & particularium. Aduersus vero sensibilia,
ſtant q̃dam loca, q̃ ea ã scia &
demʃoñe oïno repellunt. In primis est, locus Porphyrñ cap. de
specie, qui vult ex Platonis sen
tentia, descendentibus à gene-
raliſsimis ad specialiſsima: esse
in specialiſsimis quiescendum,
quoniam præter hæc sunt infini
ta indiuidua, de infinitis vero
scientia nõ est. Idꝗ probat Ammonius eo in loco, qm̃ indiuidua

A dum neq́ definiuntur, nec demő
strantur, & iccirco sciri nõ possunt, cũ ois sciētia, aut definitione, aut demſone acquiraſ à nobis. Amplius Arist.lib.1.Prior.
cap.1. reñcit propōnes singulares,tanquã ineptas ad sciam, vt
Alex. & Philoponus testantur.
Item.1.Post.tex.21.&.22.ex p-
prio instituto oñdit Aris. demő
stratione & definitionem nõ eē
de rebus singularibus, & caducis. Rursus.1.Post.39.cōparans
demſonem vſem particulari,
B laudaſ vſem, et deprimit pticu-
larē duab9 rōnib9 inter cæteras.
pria est, q́ vſia sunt finita,parti-
cularia infinita.Secunda,q́ vſia
sunt intelligibilia, particularia
vero sensilia. Item.1.Poster.43.
post quam dixit,scientiam non
esse de fortuitis, statim concludit sciam non esse ſm sensum,&
de rebus singularibus, q̄m singularia non sunt obiecta intellectus,cuius scīa est habitus. &
paulo post,dicit vſt esse honorā
C dum, cum sit causa faciens scire
ꝑp quid : quod sensui & particularibus non contingit. Est &
loc9.3.de anima.38. q́ sensus est
species sensilium, intellectus ve
10 specierū : ex quo patet q̄ di-
stet intellectus,faciens scire species, à sensu faciente sentire singularia, postremo &.2. de ani-
ma.63. sensus non cōprehendit
essentiam rei, nā id alterius est
facultatis, nempe intellectus.Itē
7.Meta.53. de singularibus substantijs,neq́ definitio est,neque

demonstratio. Nam cum hęc re D
cedunt, solam retinent existima
tionem,quod dicit Auer. in explicatione illius loci. His ita positis, ad contradictionem dices,
nunquā voluisse Arist. et Auer.
vt de singularibus sit sciētia, nisi sciam communi nomine acce
peris,quæ cognitio est, & apre-
hensio. Voluere tamē,de singularibus, & sensilibus rebus esse
talem notitiam, quæ intellectui
præbeat occasionem sciētiæ ac-
quirendæ. Nam cum in homi- E
ne sit intellectus alligatus sensibus, nec possit, intellectus sine
phantasia suum obire munus,
necesse est, vt quod recipitur in
intellectu prius fuerit in sensu:
etenim intellectus pendet à phā
tasmatibus. nunquid vero hæc
dependentia sit per modum es-
sentiæ, vt putauit Alexander,
tenens intellectum mortalem,
an potius per modum obiecti,
quod voluere Themistius, Auer
rois, & Simplicius, id slibris de
anima susius est explicandum. F
Sat vero sit in præsentia,cogno-
scere , cognitionem sensitiuam
aditum esse ad scientiam , non
autem scientiam proprie. Et
ob id Aristot. primo Posterior.
9. &.10. non digit tertium modum dicendi per se, vt vtilem
ad scientiam faciendam , quoniam ille consistit ex singularibus substantijs. Et si dicar quis,
Auerr.1.Meta.44. voluisse scien
tiam esse de rebus extra animā,
quæ singulares sunt, dicas, id
esse

G eē sic ītelligēdū, cǫ ītellectus faci
ens sciam cōsiderat ea ǭ hūt eē
in re, nō ǭ sint figmēta. Etenim
figmēra nō hūt rē extra aīam illis rīdētē. Vīa vero, q̄ in Philosophia cōsiderāt, hūt eē extra
aīa; ,qm̄ existūt ī pticularib⁹ re
bus,ceu in eorū fundamētis. dū
vero ab intellectu nascūtur, co
gnoscūt vti sunt, ñ vti existūt,
hoc est, vt hūt naturā vīem, ñ āt
singularē. Qñ res singulares ex
tra aīam, sūt vīes actu p intelle
ctū, cū intellectus officiū sit, de-
H ducere(vt dī̄ i.3.de aīa)rē de ordine in ordinē: hoc est facere rē
potētia intelligibilē, actu intelle
ctā. Nā vīe in singularibus nō ē,
nisi potētia: actu vero est, cū ab
intellectu pcipīt, vnde illud ef-
fluxit, ītellect⁹ ē q̄ facit vnīuersi-
tatē ī reb⁹. Hinc facile colligit to
to coelo aberrasse, eos, q̄ dixere
ītellectū nō abstrahere ab actua
li (vt vocāt) exñtia. Nā si id eēt,
ītellect⁹ cognosceret singularia.
Itē Auer.apertissime voluit, intellectū cōcipere formā, & q̄d
I q̄d est rei, nō āt actū exñdi, vt q̄
libet vider p̄t, ī Paraphrasi q̄rti
de coelo et mūdo, summa.3.cap.
i.ſ; et Arist.1.Post.'22.explicās,
nūq̄d de his q̄ sæpius fiunt, sint
sciē et demr̄ones,inquit, hęc vti
talia sunt,hoc est, vti vīia, sciri:
vti vero hūt, existūtve eē pticu
laria,et hoc mō minsē sciri. Sed
vt error errōrē pariat, dicūt qui
actualē exñtiā defendūt, eā eē p-
dicatione in.1.mō dicēdi per sē,
cū tñ id manifestissime appeat

esse absurdū ūnā Arist.l.3.mō di- K
cēdi per se,ponit ea, quę habent
actu existere : vultǫ talia esse a
scīa & demr̄one, penit⁹ aliena.

CONT. CIII.

LONGA quidē disputatiōe Tex.14
ōdēs Arist. in hac parte demFo &.35.ę
nē sinitā rē esse, eāǭ hr̄e statū in 36.
subiectis, p̄dicaria,et medīs terminis, nec nō ſ figuris et modis
syllogizādi, itē p̄dicationib⁹ &
modis dicēdi p se, torā ipsā disputatiōe diuidit ī ptes duas.
Nā primū id ōdit rōnib⁹ logi- L
cis,deīde et resolutorīs, q̄ dmr̄a
tiū̄ ēt appellāt. Qd Auer.ex-
plicās,non solū id interp̄tat, sed
iure id factū fuisse argumentat̄.
Ex quib⁹ cōstat in disserēdo, rō
nes logicas antecedere rōnes de
mr̄atiuas.Oppositū vero vr̄ vo
luisse Arist.s.Ph. 22.itē.1.cœ.22.
quib⁹ in locis rōnes demr̄atiuas
vident āncedere dialecticas,sed
& Auer.1.cœ.22. appellat s̄mo
nē sufficientē,cū res de qua agimus, fuerit firmata,rōne vera et M
demr̄atiua: vultǫ hūc ipsū sermonē,quē sufficiētē appellat, eē
sine et absolutiōe disputatiōis.
Qd si erit,necesse est vt dicas rō
nes demr̄atiuas añponi logicis,
siue dialecticis . Nā s̄mo suffici
ens ē ipsa rō dialectica ap̄d illū.

SOLVTIO.

MINIME q̄dē dubitādū ve
nit, nū ap̄d Arist. rō logica siue
dialectica āncedat demr̄atiuas.
Quodǫ dicimus de Aristo. con
simili ratione audiēdum est, de
ipso

A ipſo Auer. Hic.n.3.Met.1. omni
no aſſerebat,ſermones diſputati
uos precedere demonſtratiuos.
Quædã.n.rōnes veritatem exci
tant,quędam vero determinãt,
excitãt autem dialecticæ diſputationes: determinant reſolutorię demrationes.Item ea afferri
pōt confirmatio. Cum inuctio
præcedat omnino iudicium,ra-
tiones dialecticæ inuentionem
habent rei iudicandę,demōſtra
tiuæ vero iudiciũ de rebus inuē
tis faciunt, iccirco neceſſe erat,
B vt rationes logicæ,ſiue dialecticæ,anteirent demonſtratiuę au
tē,ſiue reſolutorię ſubſequeren-
tur.Rurſus in inuentione rerum
iudicandarũ, vtimur ordine facilioris doctrinę: at longe facilior eſt argumētatio logica quã
reſolutoria,itaꝗ logica argumē
tatio præcedet, ob hanc cauſam
Auer.in Epith.logicis, librũ de
locis topicis monet legēdũ eſſe
ante librum de dem̃ratione. Et
Ariſt.1.Topic.cap.2.aſſerit, vtilem eē dialecticam ad exercita-
C tionem ingenñ,ad colloquia,&
ad ea ꝗ in Philoſophia tradun-
tur:qm hæc animos pponat ad
iudicium de re ſtatuendum:qũ
non accideret ſi logica ratio eēt
aut grauior aut obſcurior cæteris. Ariſt. quoꝗ.1.cœ.8ꝗ.ratio-
nes dialecticas anteponit demō
ſtratiuis,id autem intelligēdum
eſt, ordine facilioris doctrinæ:
nam ex ipſa dialectica diſputa-
ratiōe facilius cognoſcimus dif-
ficillimas & maxime abſtruſas

ambiguitates:& ob id veteres D
Academici de omni propoſita
re, probabili argumentatiōe in
vtráꝗ partē diſſerebant. Auer.
aũt,vult nos vti rōnibus logicis
ob tres cauſas,prima eſt, ad ex-
citandam ingenñ vim, id habet
1.cœ.8ꝗ. Secunda eſt,gratia con
firmatiōis,8.Ph.32. Tertia ē,ob
inopiam demōſtrationum, hoc
eſt, dum ipſa caremus demonſtratiua ratione, 1.de anima.6ꝗ.
Cum autem ratione logica vtimur ad ingenñ excitationē, an- E
tecedit demonſtratiuas:cum ve
ro ad confirmationem, ſubſeq
tur demonſtratiuas: cum autē
demrone vti non poſſumus, ea
quidem ſimplici & ſolitaria vti
ſolemus hæc autem ad Auerr.
mentem dicta intelligunt recen
tiores. At dubitabit quiſpiam
hoc in loco,quo mō rationes logicæ adduci poſſint poſt demō
ſtratiuas ad confirmationem, ſi
demṝo confirmat veritatē quã- F
tum pōt ipſa confirmari: eſt.n.
ſcia demonſtratiua certa & im-
permutabilis, vt hṝ in fine.5.te.
primi Poſt.item.1.Poſt.44.opi
nio eſt ſcientia mutabilis,igitur
ratio logica cum efficiat opinio
nem, non poterit confirmare ra
tionem demonſtratiuam. Item
ſcia & opinio ſunt contraria.1.
Poſte.44.quo ergo erunt ambo
de eadem re demṝo, & ratio logica? altera.n.ſcientiam facit in
nobis,altera opinionem. Dicerē,dicet alñ aliter ſentiant, ꝗ ra
tio Logica confirmat id qũ de-
Contr.Tom.   N   mon-

ꝯmſarum fuerat, non quo ad certitudinē rei demꝼate, ſed quoad complementū et abſolutionem diſputationis: & eſt id, qꝼ Greci authores dicunt conſolari. Id aũt voluit apertisſime Auerr. 1. cōꝛ. 22. vbi rōnē logicam vocat ſufficientē ſermonem, & illum vult eſſe complementū. Confirmant igitur rōnes logicæ, ideſt conſolantur veritatem iam per demꝼonē explicatam & quodā modo ſermonē perſiciũt, nō aũt addunt confirmationē aut certitudinē maiorē rei demonſtratæ. Itē non addit opinio ſciæ, quoniā opinio ē, cũ rōne logica tm̄ ſcimus, nō vbi illā adducimus poſt demꝼonem. Nam cũ ſeorſum accipitur ſcia ab opinione, non eas ſubordinantes, oppoſiti ſunt habitus, & alterū nō cōpatiſ alterū, qꝼ Ariſ. docet. 1. Poſt. 44. & Plato in Gorgia: cum vero ſubordinant inuicem, cōcurrunt in confirmationē veritatis, ſm magis & minuꝗ. Sed aliam hic excitant nonnulli dubitationem hoc modo: ſi ratio Logica antecedit ordine excitationis in genꝛ, demonſtratiuam, cur libri topici, qui de dialectica rōne tractant, nō precedunt libros de demꝼone? Nā Auer. in Prologo primi Poſt. non audit Topica eſſe legenda ante librū Poſter. Huic diceret Auerr. facillime, libros ordinē habere nō ex faciliori mō tradendi, ſed ex natura & perfectione rei interdũ. Nam lib. Phyſicorum primus

eſt ordine doctrinæ in naturali Philoſophia, nec tm̄ ſequitur vt ſit cęteris facilior. Itaꝗ liber Topicorū, licet facilioꝛe rem declaret, ꝗ lib. Poſte. non tm̄ neceſſe erat vt antecederet, qm̄ ordo librorū non eſt facilioris habitus: at in tradenda cognitione rerū difficilium, ordo docendi vult, vt à facilioribus procedamus, qꝼ Ariſt. docet. 1. Ph. 2. Eſt itaꝗ ſolutio, aliud requiri in ordinādis libris, & aliud in explicādis difficultatibus: idꝗ latuit Auicennā, & Philoponum, qui voluere librum Topi. eſſe legendū ante Poſteriora: ſed de hac re alibi latius.

CONT. CIIII.

ASSERIT Ariſt. demꝼonē vꝛem potiorem eſſe particulari. idꝗ multis rōnibus concludit. Oppoſitum vero vꝛ voluiſſe. 1. Poſte. 3. quo in loco, explicans quo mō contingat idē ſciri à nobis & ignorari, dicit, poſſe fieri vt aliquid ſciamus in vniuerſali, & ignoremus in particulari, ſiue ſimplꝛ. Etenim cognitio particularis eſt, ſcia ſimpliciter, qꝼ eo in loco Auer. Them. Philop. & Latini oēs ſunt interpꝛætati. Itaꝗ ſi ſciētia ſimplꝛ perfectior eſt vꝛ, et hęc particularis eſt, efficitur, vt demꝼo particularis ſiē longe melior ac potior.

SOLVTIO.

DICES, Ariſt. in tex. 1. accepiſſe cognitionem vꝛem eam ꝗ dicitur præexiſtens cognitio potē

A tentialis, quæ omnino tempore
antecedit cognitionem simplici
ter, quæ actu de re determinata
habet. Verbi causa, possum cognoscere, omnem magnete trahere ferrum, et ignorare hanc eé
magnetem, & trahere ferrū. Ec
ce ɋ vñis cognitio nõ est hoc in
loco demõ, sed ordo quidam
in cognoscédo ab vniuersali ad
particularia, & hæc cognitio
vñs, est ea quæ communi nomine dicitur confusa & imperfecta: quam forte voluit Arist.
1. Phy.te.4. cum dixit, vnde ex
vniuersalibus I singularia oportet procedere. Quod vero hæc
vñs cognitio, potentia sit in cõ-
paratione actus, siue cognitiõis
particularia, declarat Auer. primo Post.c.3. & Themist. cap.3.
Item Philoponus I eodem loco
inquit, vñem cognitionē eé inibi audiendā, notitiā Theorema-
tum, ɋ in cõi prius condiscitur
deinde his vtimur exercendo in
particularibus rebus, vt in Geo
metria, prius discimus, omne
triangulū hře tres, postea id ap-
plicamus ei triangulo qð in se-
micirculo vel alio quouis mõ,
describitur. Verum cum hic anteponit demõnem vñem particulari, non loquitur de cognitio
nis ordine, sed de præstantia de-
mõnum, comparata ad earū
obiecta, quæ sunt vñe & particulare: cumɋ vñe dicat esse obiectū intellectus particulare sen
sus, ob id vult vñe præstantius eé
particulari, sed non vñ omnino

ablata ois difficultas. Si enim
vult demõnem vñem potiorē
esse particulari, dicet quispiam,
igitur particularium erit demõ
stratio et scia, saltem in secundo
ordine. At hoc vñ esse falsum, cū
1. Post.11. & 11. dixerit nullo
pacto extare demõnem de rebus particularibus. Item.1. Po-
ste.11. agens Arist. de erroribus
vniuersalis, dicit primū eé erro-
rē cum demonstramus aliquid
de re singulari: quod exponens
Auer. in cõ. magno 38. intelligit
hoc modo, si fuerit vnicum indiuiduū sub specie, vt cœlum,
vel terra, tunc de eo demonstramus vt species sunt, non autem
vti sunt indiuidua, aliter hallu-
cinabimur, atɋ idem voluit in
media expositiõe super eodem
loco. Ecce ɋ particularia nec demonstrantur, neɋ sciunt. Tollit hanc difficultatem opportune Auer. 1. Poster. com. 160. vbi
ait quod Aristo. dū disserit vtra
melior sit demonstratio vniuer
salis, an particularis, non intelligit particularem eam quæ nomine aut signo particulari continetur, sed particularē, & possumus intelligere minus vñem
ɋm vnā expositionem: hoc est ɋ
certam aliquam speciem demõ
strat. Verbi gratia, si demonstra
ueris habere tres de Isocele, demonstratio est particularis: si
vero de triangulo, iam erit vniuersalis, at longe melior est, quæ
habere tres de triangulo ostendit, quàm quæ de Isocele.

N ij Ex

Contradictionum

G Ex quibus patet non intelligere
Arist. per particularē demrōnē
ea quæ fit de singularibus reb⁹,
sed de speciebus, quæ interdum
singularia appellātur, vt scribit
Auer.1.Post.12. alia tñ vult ex-
positio, ꝙ Auer.loquať de parti
culari pro ſdiuiduo vago, vt est
quidam hō: nam hoc sapit naturam quodāmodo rei vłis. sed
translationem consulus Abra-
hami,qñ Burana in hoc desece-
rit plurimum. Vtrum vero de
indiuiduis possit eē sciētia,vbe-
H rius in præcedentibus diximus:
verum nunc obiter ēt pauca ꝗ-
dam sunt ā nobis dicēda. In pri
mis adduci solet locus Auer.7.
Met.20.vbi scribit, rerū quidditates nō existere,nisi per esse rerum quidditates habentiū. hæc
aūt cū singularia sint, videť itaque demrōnes potissimū eē de
singularibus reb⁹. Qñ vero qd-
ditates rerū vłium habeant esse
per ipsa singularia, nonnulli asserunt testimonio Arist. in prædicamentis,ca.de substātia, vbi
I ait,ablatis indiuiduis substātijs,
cætera omnia corrumpi. Verū
tu diligenter consideꝗ, ꝙ Auer.
eo in loco intelligit, quidditates
rerū habere esse qđ vocant existendi,in particularibus, & hoc
non est demōstrationis aut scien
tiæ obiectum,cum ostensum fue
rit.1.Post.21. demonstrationem
abstrahere ab ipsa existētia actuali,at vłes quidditates rerum,
quo ad essentiā, quæ est ipsum
esse cognitum per intellectum

non habent esse in singularibus: K
quocirca,vniuersale hoc modo
prius est quā particulare, licet
secundū existendi modum posterius sit particularibus.Id autem fuisse Auerrois cōstat legē-
tibus.12.Meta.27. in quam etiā
sententiam venit Alexan. Hinc
patet de indiuiduo non esse sciē
tiam,licet in eo existat vniuersa
le, quoniam indiuiduū est sub-
strata tantum materia & suppo
situm existentiæ vniuersalium,
quorum esse ab intellectu est,&
ea ratione scitur,cum scia sit ha- L
bitus ipsius intellectus.Cum ve
ro dicitur ex cap.de substantia,
ꝙ ablatis indiuiduis cætera tolluntur,quæ sunt vłia, adnotan-
dum est, qđ etiā Boethus eo in
loco animaduertit, primum id
non verum esse de vno tantum
indiuiduo, sed omnibus: quoniam ablato Socrate non perit
hō, sed ablatis omnibus indiuiduis: & si dicas,quid de indiuiduo,quod vnicum est sub specie, vt deus, mundus, sol ꞇ huic
occurrit diligenter Ammonius M
in prædicamentis, ea verba intelligi, de substantijs quæ cons̃
derantur in lib.Prædicamentor-
rum: quæ sunt substantiæ sensi-
biles, generatæ et corruptibiles,
non aūt inibi mentio est de substantia æterna, vt deus, sol & similia alia. deinde & alia limi-
tatio affertur, cum dicitur, ablatis primis substantijs cætera
corrumpi, id enim verum est,
de corruptione quo ad existere,

non

A non quo ad essentiam: nam intellectus faciens vniuersale in rebus, potest conseruare speciem vniuersalem, corruptis iã particularibus, nam in hyeme possumus lilium & rosam concipere, etiam cp indiuidua omnia illarum specierum perierint. Et Astronomus definit, & demonstrat Eclypsim, licet inulla actu sit Eclypsis. ex.1.Poste.11. dicimus itacp vniuersale prius esse particularibus secundum intellectum, & hoc modo facere sciẽ

B tiam. Si vero occurras, videre Sciẽtiam esse de particularibus cum vnicum est sub specie indiuiduum, v.g.sol,deus & cẽ.huic respõdet Auerr.in media expositione super tex.11.primi Post. cp in his demonstramus nõ vti sunt indiuidua, sed vti in his elucet natura vniuersalis, nã in indiuiduis eternis tota forma, & natura continetur in eis. qd ample habetur.1.cœ.4.&.98. vnde illud constat, qui dicit cœlũ di-

C cit formam: qui dicit hoc cœlũ dicit formam in materia. In rebus autem materialibus tota natura nõ fuit vnico supposito cõtenta, & iccirco ob earum imperfectionem plura requirunt indiuidua.Item cp indiuiduum non possit ab intellectu cognosci, est aperta Auer.sententia.3.de anima.16.quod & de indiuiduis tã materialibus, quàm etiã diuinis vult esse intelligendum.

CONT. CV.

Te.39. RVRSVS in eodem cõtex.

39. agens Arist. de demõstratione D vniuersali eam ostendit esse per sectionem demonstratione particulari, hoc argumento inter alia, cp in problematibus, quorum propter quid quærimus, nunquam animus acquiescit, nisi ad causam maxime vniuersalem deuenerit, quasi gradatione quadam procedens. dat autem huiusce rei exemplum. Vt si dicas, propter quid venit Socrates? alter respondeat, vt argentum accipiat. cur vult accipere argentum? ille dicat, vt sol E uat cui debet. cur vult soluere? ille respondeat, ne iniuste agat. & sic semper ad altiores et communiores causas solemus deuenire, quousque vniuersalissima causa reperta, cessat omnis quęstio de re proposita. Ex quibus constat, voluisse Arist. cp in vera sciẽtia propter quid, vbi sunt diuersæ causæ, quarum aliæ cõmuniores, aliæ minus sunt communes, perfecta sciẽtia est per causam communiorem. Oppositum vero videtur voluisse F 1.Physic.1.vbi inquit scientiam rerum naturalium fieri à principiis & causis. vsque ad Elementa. Et expositores omnes, grẽci & Auer. per principia & causas intelligunt causas magis cõmunes, per elementa vero causas proprias rei, quæ sunt materia & forma cuiuscunque rei naturalis.

SOLVTIO.

APPARENS nimirum est
N iij hæc

¶ hæc contradictio! nec valet dicere quòd Aristot. hic loquitur argumentando. Nam hic pro veritate agit & argumentatur. Itaque dicerem, ni fallor, quòd interdum in causis magis & minus vniuersalibus, vtimur ordine compositiuo, qui sit à primis causis et maxime vniuersalibus ad eas quæ magis sunt propriæ. Vt.v.g. si componatur homo à sole & homine, tanquam causis efficientibus & inuicem subordinatis, deueniam ad propriã materiam & formam huius hominis, hic processus erit compositiuus. Et hunc voluit Aristot. 1.Physi.1. vbi scientiam naturalem constituit ex principiis, & causis descendendo ad rei elementa, ad quod videtur pertinere id quod ait Auerr. 5.Met.17. vbi inquit materiam hre certos quosdam grad^s, quoniam prius formas recipit communiores, dein de minus communes, vsque ad formas indiuiduorum. Interdũ vero in eisdem causis vtimur re solutione, quæ à compositis ad simpliciora procedit, hoc est à rebus proprijs ad causas communiores. Nam causæ quo magis sunt vniuersales, eò sunt simpliciores, vt materia prima & Deus. In ipsis itaque problematibus, vbi propter quid per resolutionẽ venamur, procedimus à causis propinquis & proprijs ad remotiores, & communes: atque hoc est quod Arist. hoc in loco proponit. Quod autem in

Physicis voluerit ordinem compositiuum, id satis patet, ex ea ratione quòd Arist. ibi agit de causis communibus, et proprijs ex quibus effectus naturales cõstant. Et ob id dicit Auerr. eo in loco com.3. Si nos essemus natura procederemus à causis et principijs ad constitutionem rerum naturalium. At in hoc tex. præsenti, vult resolutionem in problematibus, quod facile constat ex secundo exemplo, quod Aristo. tradit in mathematicis, dicens, quando igitur cognoscimus quòd quatuor, qui extra sunt æquales quoniã æquicrus: adhuc deficit: propter quid ęg erus ? quoniam triangulus: & hoc quoniam figura rectilinea: si autem hoc, non amplius propter aliquid erunt, maxime scimus: & vniuersaliter aũt tunc, &cę. Vnde Auerr. in com. 166. exponens ea quæ dicit Aristot. testatur scientiam quæsitorum, & problematum esse à primis causis ad vltimas in quocunque genere causæ. Verbi gratia, in causis efficiẽtibus procedimus ab efficiente proprio ad maxime commune, & sic in cæteris; qui ordo alius q̃ resolutorius eẽ non potest. In quo procedimus à cõpositis ad causas próprias, & ab'his ad causas communes. Sed de hac re nimis multa.

CONT. CVI.

LEVIS est contradictio hic, Tex. 40 dum asserit Aristo. demonstrationem affirmatiuam esse pono rem

A rem negatiua; ob id, quòd esse est prius non esse. Sic enim argumentatur: Esse præcedit non esse, demostratio affirmatiua dicit esse, non esse vero negatiua, igitur affirmatiua prior. contrarium videtur colligi ex toto serê primo libro de Physico auditu vbi declaratum est, omne qd fit, fieri ex non ente: nam priuatio videtur præcedere formam in quacunque rei generatione, siue ea sit substantiarû, siue audientium generatio.

B

SOLVTIO.

SCIRE debes priuationem duplicem esse, aliam quæ antecedit habitum, aliam quæ ipsum omnino sequitur. Quæ antecedit, ea cum potentia coniuncta est, vt priuatio literarum in puero trium mensium: hæc autem priuatio potest ea simplex negatio appellari. Verum hæc simul cum potestate est, ad literas addiscendas. quæ vero sequitur habitum, ea est, quæ actum & potentiam tollit vt execitas, q aduenit ex organi, aut facultatis visiuæ interitu. Vtranque priuationem docuit Aristo. in post prædicamentis cap. de oppositis. Nam inquit, Catulum ante nouem dies non videre, nec tamen esse cæcum. In hoc itaque spatio. 9. dierum catulus priuationem habet actus videndi, nö autem potentiæ: cum is potentia sit, vt post. 9. dies, videat. Cû vero Aristot. dicit a priuatione

C

ad habitum nö dari regressum, de ea sanè intelligit, quæ actum & potentiam destruit. Adde & ex eisdem post prædicamentis cap. de Priori, prius aut tempore siue generatione dici, aut etiam perfectione. Nam plurima tempore præcedunt, q perfectione sunt posteriora, & è diuerso vt patet in causis & effectibus: nam causæ posterius à nobis cognoscuntur, quæ tamen effectibus sunt priores. His sic positis, concidit côtradictio. Quoniam asserendum est, priuationem præcedere formam, & habitum interdum, cum priuatio est simul cum potêtia, sed præcedit tempore, non perfectione. cum vero est priuatio illa quæ actum & potentiam tollit, hæc sequitur habitum vt cûque vero sit, omnis habitus naturaliter & secundum perfectionem præcedit priuationê: quo modo Arist. nunc intelligit esse præcedere non esse: id. n. ex natura rei non tempore est audiendum. si autem de hac re vis plura cognoscere, legas q scribuntur. 9. Met. 10. Item secundo de generatione 59.

D

E

F

CONT. CVII.

OSTENDENS Aristo. hoc in loco differentiam inter demô monstrationem ostensiuam, & eã quæ ducit ad impossibile, determinat ostensiuam procedere à præmissarum confirmatione ad confirmationê conclusionis, & p consequens à priori ad po-

Te. 44

N iiij   sterius:

G sterius: imposs, vero demFatio ex opposito, à conclusione ad p missas, hoc est à posteriori ad prius. Cu vero processus à prio ri ad posterius longe porior sit, ac præstabilior eo,qui fit à posteriori ad prius,hinc concludit perfectiorem esse demonstra tionem ostensiuam, ea quæ du cit ad imposibile. Oppositum vero videtur voluisse.1.Prioru sectione secunda, vbi colligitur in quocunq syllogismo proce dendum esse à præmissaru con firmatione ad confirmationem conclusionum: numquam autè è diuerso.

SOLVTIO.

VIDIT Auer.hanc difficul tatem in com.176. primi Poste. & iccirco occasione illius digre ditur: quam digressionem vide re omnino poteris. Vt autem à nobis quàm breuissime tolla tur hæc contradictio, scire de bes, quòd alia est ratio dum ar gumentamur in veris, alia dum argumentamur in falsis, & im posibilibus. In syllogismis au tem veris, necessario tenemur ire à veritate præmissarum ad veritatem conclusionis. Et ra tio est, quoniam semper proce dimus à veritate antecedentis ad veritatem consequentis, vn de dicimus homo est, igitur ani mal est: quoniam homo est an tecedens, & animal consequès. non teneret autem à veritate cô sequentis ad veritatem antece dentis: quoniam non valet, est

animal,igitur homo. Et hoc vo luit Arist. in secunda sectiôe pri mi Prio. In rationibus vero fal sis, oppositum agimus: nam in his procedimus a destructione consequentis ad destructionem antecedentis: vt si dicas non est animal, igitur non est homo: non autem valebit, si dixeris, non est homo,igitur non est ani mal. ecce quòd in falsis a poste riori procedimus ad prius: & hoc est quòd vult in psentia lo quens de demonstratione duce re ad imposibile. Ad hæc per tinent, quædam in primo Phy sic. in ea parte,vbi destruit Ari sto.rationes Parmenidis & Me lissi.sed hæc sufficiant modo.

CONT. CVIII.

AGENS Arist.de certitudi ne scientiarum, vult eam eê cer tiorem & priorem cæteris alijs, quæ dat nobis quæstum quòd & propter quid: id enim longe melius est quam afferre tantum quod, vel solum propter quid. Ex quibus verbis colligitur,tri na diuisio, quòd sciêtia alia dat quod, alia propter quid, alia vtrunq. Et sic colliguntur tres demonstrationis species, quod, causæ, & simpliciter. Oppositum videtur voluisse Aristot.in præcedentibus,tex.10. vbi scien tiam, et demonstrationem distinguit in duo tan tum, hoc est, qd, et propter quid.

Solutio.

A   SOLVTIO.

ABVNDE diximus super tex.re.de hac re: verum in reb⁹ maximopere necessarijs iuuat mirum in modum repetitio: ea præsertim, quæ nouas res in medium adducit . Est autem diligenter animaduertendum, cp hæc diuisio trium demonstra tionū obscure, & diminute tra dita fuit a priscis scriptoribus: nam & Auicenna ausus est de monstrationem quod, tāquam ineptam , & hoc nomine indi B gnam, ab ipso genere demōstra tionis repellere, vt refert Auer. primo Poster. 55 . & in quæsito demonstratiuo sexto. Cuius ra tiones confutatas oprime vide bis locis adductis. Alij vero ex latinis nostris , nolunt demon strationem simpliciter re, & spe cie a demonstratione propter quid, separari . inter quos qua dam ex parte est Albertus Ma gnus, & Ioannes Andegauensis in quæstionibus super 9. diuinæ C philosophiæ : quam etiam sen tentiā secutus fuit ex recentiori bus authoribus Hispanus. Ho rum præcipua ratio est, demon strationem causæ, & demōstra tionem simpliciter, differre quo ad homines, non autem in reid. que adstruunt hoc argumēto, cp apud hominem, qui non no rit effectum esse, demonstratio dabit causam, & esse, & erit sim pliciter . apud vero hominem, qui norit effectum demonstra tio præstabit causam tantum :

& erit eadem demonstratio nu D mero. quo autem pacto tollatur hæc ratio, docuimus in contra dictionibus text. 30 . nec opus est, vt dicitur, retexere orsum. il lud tamen sufficiat in præsentia dicere, Aristotelem hoc in loco, eas demonstrationes distingue re secundum maiorem, ac mino rem certitudinem , nam hic de certitudine ipsa agit, ex prima rio proposito: est autem certitu dinis ratio, conditio essentialis, non autem secundum accidens: quo circa, si scientia dans quod, E & propter quid certior ē. quàm quod tantum , vel tantum pro pter quid, sequitur vt hæ demō strationes differant omnes ratio ne specifica , non autem secun dum accidens. Quod vero Ari sto. breuissime hic attigit, Auer roys vberius explicat. Nam pri mo Poste. commento 7. 54. 55. 56. 95. atque alibi, demonstratio nem vult aliam esse causæ , aliā existentiæ , aliam simpliciter. Quod longa explicatione con firmat in Epith. logicis, cap. de F demonstratione: nec non quæsi to 3 . & 6 . & in prologo primi physic. quo in loco tres species demonstrationum vocat, vias doctrinæ. Amplius Auer. se cundo cœli 35. distinguit demō strationes, hoc modo. vel enim procedimus a priori noto, vel a posteriori, vel a priori minus no to, quàm posterius . Si a priori magis noto, quam posterius de monstremus, erit demonstratio
sim-

G simpliciter vocata, quę tibi dabit esse effect⁹, & propter quid, eiusdem. Si vero iueris a posteriori ad prius, erit demonstratio quod, siue euidentiæ, siue signi. Si vero a causa procesleris min⁹ nota, quam sit eius effectus, vt causa, præstabit propter quid, vt minus nota non præstabit esse effectus, cum illud notius sit sua causa. Atq hoc verum est tam in rebus, quæ habent esse firmum, quam in his, quæ consistunt in fieri, vt lunæ deliquium

H &c. quod nam autem sit exemplum de demonstratione, quæ dat propter quid solum, per te ipsum legas commentum 65.8. physic. id enim omnibus tritũ.

Eandem diuisionem demonstrationis, secundum horũ quæsitorum distributionẽ videtur voluisse Themistius super 2. Poster. cap. 2. qui potilimæ demõstrationis vim esse voluit, in absoluendis duobus quæsitis, nempe quod, & propter quid. Vtcumque tamen res se habeat, illud te ignorare non oportet, q distinctio demonstrationis simpliciter, & causæ, interdum ab eatum obiectis accipitur, interdum a qualitate medĩ termini. Cum vero ex obiectis separantur, separantur ratione quęsitorum: atq ita dicimus, demõstratiõnẽ causæ dare propter quid: demonstrationem vero simpliciter, dare nobis vtrumque quęsitum: & hanc differentiam cognouit Zimara, & posteriores

aliã, licet eam ignorarit Andega- K uensis in suis quæstionibus 12. metaph. quæstione tertia. At alia extat differentia sumpta a medio termino, quoniã demonstratio causæ potest procedere a quolibet genere causæ, etiam non conuertibilis, qualis est præsertim causa efficiens, & interdum finalis, item potest fieri, ex causa materiali, vt colligitur secundo Poster. 11. demonstratio autem simpliciter vult causam formalem, quæ est principium, vt res sit, & vt intelligatur 9. me- L ta. 20. & 1. de anima 11. idq voluisse Auerro. constat legentib⁹ primo Post. commen. 8. vbi scribit medium esse causam rei, & nostræ scientiæ simul. Amplius primo Poste. commen. 34. & 35. vult Auer. quartum modum dicendi per se fieri, ex causis externis, quas dicit constituere demõstrationem signi, vel etiam propter quid tãtum, non autem de monstrationem simpliciter: nã hanc ingreditur causa interna, materia, & forma, materia, vt M deserens, forma vero, vt rei, q̈ quid est esse. Ad contradictionem vero vide, quæ scripsimus super text. 30. Nam eo in loco concordia huius rei habetur.

CONT. CIX.

INTER cætera, quæ in hoc Tex. 43 contex. dicuntur, illud est, quod scientia nõ habetur per sensum: idque videtur Arist. adstruere ratione huiusmodi: quoniam scientia est de rebus vniuersalibus,

A bus, senfus vero est particularium, inde sequitur, vt sensus non
faciat scire. Ex quibus habes,
sensum habere pro obiecto rem
singularem: sed secundo Poste.
omnino huic contrarium asserit, quoniam tex. 26. inquit, sen
sum esse rei vniuersalis, non autem particularis. id itaque vide
tur manifeste pugnare cum eo,
q in præsentia dicitur.

SOLVTIO.

ETSI diligenter Zimara eā
dem fere difficultate examinat
in suis contradictionibus, attamen necp nobis, necp aliīs eripi-
tur philosophandi facultas.
Itaque prius quàm tollatur via
contradictionis, videndum esse
puto, quæ sit sensus natura, & fa
cultas, quodve eius obiectum,
atque operatio. Sensus itaque
ex his, quæ habet Arist. tum in
secundo, ac tertio de anima, tum
in lib. de Sensu, ac sensili, poten
tia est corporea, & materialis,
ab anima excitata pro cognitio
ne sensilium, & particularium,
cuius actio communis est, sentire: intelligo autem actionem ipsum actum sentiendi. non enim
ignoro talem actum, esse passionem proprie, cum sentire sit pati, secundo de anima 118. Hunc
autem sensum esse de genere pas
siuorum, ostenditur secundo de
anima 51.52.59.60. & tertio de
anima 18. & 7. physic. 12. in quā
sententiam venit ampl.ssime Ale
xander, & omnes recte sentien-
tes. Item illud non omittens,

dum, sensum quemlibet modo
actu, modo potentia sumi secun
do de anima 53. & 138. cum autem actu est, eius opus est sentire, cum vero potentia assumitur, eius opus est sentire posse.
Huius obiectum est sensibile,
hoc est proprium proprij sensus, & commune communis.
Vtrumque vero fuerit, sensus
non percipit aliud quàm sensibi
le. non enim attingit essentiam
vniuersalem rei, quoniā id perti
net ad aliam facultatem, hoc est
intellectum, vt scribitur secūdo
de anima 63. est autem sensibile,
inīctio indiuidualis alicuius de-
cem prædicamentorum, quod
& secundo de anima dicitur, 63.
& Auer. confirmat tertio de ani
ma 6.20.33. Addendum quo-
que illud est, q cum sensus sensi
bile recipit, id recipit absq materia, non aliter quàm faciat si-
gillum cæra. hęc enim sigilli for
mam recipit, quæ in illo est, absque sigilli materia. id ample licet cognoscere, ex secundo de a-
nima 121. & 135. quē locum ad
eo diligenter interpretatus est
Themistius, secundo de anima,
cap. 20.22. & in lib. de memoria
& reminisc. ca. 11. vt nil ampli
in ea re desyderari possit. Idem
confirmat Alexander in explica
tione de anima, eo in loco, vbi
de sensu communi pertractat.
Nam cum visus (ille inquit) co-
lores videt, necp albescit, neque
nigrescit: quod etiam repperit,
vbi disserit de phantasia in secū
do

G do de anima. Postremo & illud animaduertas studiose adolescens, q̈ in sensu quocunq̈ tria hæc consideranda sunt, sensile, vis sentiedi, & actus. Est autem sensile obiectum: vis sentiendi, facultas: actus vero est, sentire. Nam visus est sensus, color obiectum:via visoria facultas: videre, actus. Ex quibus optime sequitur,q̈ visus, cum sit potetia tota sensibilia, & color eius obiectum,non autem hic, vel ille color,necesse est, vt sensus in ratio

H ne potentiæ ad obiectum comparatua, sit de re vniuersali, non particulari. Nam si obiectum visus esset hic color, alium non reciperet,aut sentiret:quod tamen dici non potest, cum omnem colorem videat, & de alijs idē sensibus dicimus. At visus comparatus suo actui,qui est sentire, est de re singulari, quoniam dum in actum defertur singulares intentiones apprehēdit, tum quia rerum naturalium actus sunt,singularium, primo meta.quinto.

I quo modo sensum dicimus, esse de rebus singularibus. Ad hoc plurimum facit,quod scribit Auer.secundo de anima 65.inquit enim, si sensus pateretur ab aliquo indiuiduo, vn indiuiduum est,ab alio pati non posset. Et ratio est, q̈ sensus in patiendo licet sentiat vnicum indiuiduum, non tamen illud vnum est sibi tantorum, obiectum. Arist.itaq̈ (vt tollat contradictio) in præsenti tex. cōsiderat sensum comparatum suo actui,qui est sentire,& hoc modo indiuiduorum K. est,non autem vniuersalium:& sic sensus non facit scientiam: quoniam hæc vult res vniuersales,quæ ab actu intellectus cognoscuntur. Cum vero dicit in secundo Poste.q̈ sensus est vniuersalis,intellige in ratione obiecti, vti communis est potentia ad plures actus singularium cōparata.Sic enim nullam inuenies de hac ipsa re,ambiguitatem.

CONT. CX.

Te. 41

EXTAT in eodem contex- L tu,&alius locus, postquā enim Aristo.dixerat,q̈ sensus non facit scire,id exemplo huiusmodi confirmat, nam inquit,ex vno particulari non fit scientia,quare & si supra lunam existentes videremus obiectam terrā,non vtique sciremus causam defectus:sentiremus enim nunc, q̈ deficit,& non propter quid omnino:non enim erat sensus ipsī vniuersalis,sed ex eo,q̈ speculamur, hoc plerunque contingere,vniuersale vtique venati demonstrationem habebam', ex M singularibus enim pluribus vniuersale manifestum. Ex his liquido constat,scientiam non fieri,neq̈ vniuersale ipsum ex vna particulari causa.At mirum est, q̈ huic oppositum expresse dicat secundo Post.primo,vbi nō solum contrariam affert sententiam,verum etiam in eodem exemplo pugnantia dicit. Etenim eo in loco declarans omnē quæstionē

A ſtionem eſſe propter medium, inquit, id maxime patere in rebus ſenſibilibus, & particularibus in quibus, ex vno particula ri ſenſibili, efficitur vniuerſale, datque exemplum, his verbis: quæ a me iccirco referuntur, vt ſtudioſi facilius contradictiõe cognoſcant, ac iudicent. Si vero eſſemus ſupra lunam, non vtiq̃ quæreremus, neque ſi ſit, neq̃ propter quid, ſed ſimul vtique manifeſtum fuiſſet, ex eo enim quod ſentitur, & vniuerſale, no
B bis factum eſt ſcire. ſenſus nãq̃ eſt, q̃ nunc obſtruitur: manifeſtum enim, q̃ nunc deficit : ex hoc autem factum vtiq̃ fuit vni uerſale. loca ita hæc ſeſe ſeriunt, vt nulla ratione conuenire poſſe videantur.

SOLVTIO.

VIDETVR hæc omnis difficultas in eo conſiſtere, vtrum ex vno particulari ſolo poſſit intel lectio produci ab intellectu. Vbi notandum venit, q̃ ſpecies vniuerſales ſunt duplices. Quædã
C enim habent vnicum ſub ſe indiuiduum, vt Deus, Mundus, Sol, Terra,&c. quędam vero ha bent plura indiuidua, vt ſpecies humana, & aliæ ſimiles. Omnes vero ſunt Itellectus obiecta, vti a ſuppoſitis particularibus ab. ſtrahuntur. Verum in hac abſtractiõe facilius intelligitur ſpe cies habens plura indiuidua, quàm ea, quæ vnicum habet tã tum indiuiduum : quoniam cũ ſpecies intelligibilis ſit ſimiliu-

do omnium indiuiduorum, faci D lius ea ſimilitudo cognoſcitur in multis, quàm in vno tantum: quoniam phãtaſia excitata a diuerſis ſingularibus, facilius eli cit phantaſma, quod poſtea ope ra intellectus habet fieri vniuer ſale. Cum autem ſub ſpecie vni cum eſt indiuiduum, tunc intel lectus etiam excitatur a phanta ſia concipiente illud indiuiduũ, ad ſeipſum bis, ter, atq̃ ampliⁱ comparatum, & ita ſit vniuerſa le ex vnico illo ſingulari, concur rente imaginationis opera. id E autem primum colligitur, ex Porphirio cap. de ſpecie, vbi di cit, omnem ſpeciem prædicari de pluribus indiuiduis, cum ta men conſtet, dari ſpeciem, quæ vnicum habet indiuiduum. At hoc veritatem non haberet, niſi ſpecies vnius indiuidui, poteſta te logica, & ſupplente imagi- natione, prædicaretur de mul tis. Item Ariſt. primo Poſte. 11. dicit decipi illum, qui de ſole, aut mundo demonſtrat aliquid F & putat ſe vniuerſaliter demõ ſtrare, cum de eis, vti ſingularia ſunt quicquam demonſtrat. Nã inquit, eſſe demonſtrandam de illis paſſionem, vti ſpecies ſunt, non vti indiuidua ſunt. Sequitur itaque, vt hæc habeant ratiõe ſpecificam, poteſtate contẽtam in vno indiuiduo, quod ſæpius per imaginationem cõceptum, occaſiorem præſtat intellectui, vt tanquam ſpecies vniuerſalis ſtelligatur, Quod vero id poſſit
im-

G imaginatio facere, fatis cognofcitur ab experiétia, nam fæpius
vifo eodem particulari folo, vel
phantafia concepto, efficitur in
nobis vniuerfale. Amplius fe
cundo de anima 153. fcribitur
imaginationem poffe imaginari formas illas, quarum indiuidua nunquam fenfibus co-
gnouimus: quod fi eft, quanto
magis id faciet de forma, cuius
vnicum indiuiduum fentimus?

Dicimus itaque ad contradi-
H ctionem, voluiffe Arifto. in hoc
43. ex fingulari non fieri fcientiam vniuerfalem, femel cognito per fenfum, & abfq́ imagi-
narionis negocio, fieri tamen fci
entiam poffe de fingulari, vti
fæpius fentitur, vel vt opera
imaginationis ad feipfum pluri
bus vicibus comparatur. Hanc
autem voluiffe fententiam Arifto. perfuadet primum Lynco-
nienfis, hoc in loco, dicens, q̃
fenfus, vti fenfus, non eft caufa
fcientiæ, neq́ rei vniuerfalis, fed
eft fola occafio: id autem intelli-
I gitur verum effe, de fenfu, ab-
fque alia potentia, cum eo coniuncta. Ad hæc etiam pertinet
id, q̃ ait Philoponus fecundo
Pofte. primo, nam exponens illud exemplum de lunæ eclypfi,
inquit, ex eo enim, q̃ fenfu fenti
mus, & hoc fæpius fieri videm9,
concludimus, lunam deficere.
Ex eo vero particulari, quod fæ
pius fieri cognofcimus, efficitur
in nobis fcientia vniuerfalis, q̃
omnis lunæ eclypfis fit terræ in

teruentu. Idem voluiffe Themi
ftius in vtroque loco, primi, ac K
fecundi Poft. indicant apertiffi-
me eius verba. Nam explicans
ea, quæ hic dicuntur, & eft hoc9
apud Themiftium, primo poft.
cap. 46. fic dicit, omnis profecta
demonftratio, ac veritas efficitur a fenfibus: neque enim vniuerfale intelligi poteft, nifi id o-
riatur, ex multis fenfuum fun-
ctionibus, &c. at fecundo Poft.
cap. fecundo, exponens locum
facientem contradictionem, inquit, neque id affero, vt intelli- L
gam idem effe, habere caufam,
& fenfibus cognofcere: fed quia
fenfibus vniuerfale venamur,
& ad fcire ipfum proficifcimur.

Ex quibus vult caufam vniuerfalem fenfu non cognofci, li-
ceçíntellectus a fenfibus excitatus, ad caufam vniuerfalem ten
dat, nam fenfus eft intellectióis
occafio. Sed & Auer. commē
to 182. quod plurimų documen
tis fcatet, eandem Themiftų fen
tentiam æmulatus, dicit, H effe-
mus fuper lunam, adeo, q̃ fenti M
remus, q̃ deficit, ob terræ interuentum, non fciremus caufam
cuiufcunque eclipfis, vt eclipfis,
ex parte fenfus, fed fenfus daret
nobis huj9 particularis eclipfis
caufam tantum. quoniam fenfus comprehendit rem particularem, non vniuerfalem, q̃ fi ef-
ficeretur cognitio vniuerfalis de
eclipfi, id fieret ab intellectu nõ
fenfu: & hoc præfertim cum fit
fenfus repperitino, licet autem ex
his

his verbis Auer. iam pateat solu
tio, ad veritatis vero efficaciorē
comprobationem, videre & hęc
alia potens secundo Poste. com
mento 7. vbi Auerr. interpreta-
tur locum facientem contradictionem, inquit enim, dubitans
cur Aristo. velit ibi sensum posse efficere in nobis cognitionem
vniuersalis, nam cp quærit est ip
sa vniuersalis causa, sensus vero
facit solam cognitionem particularem : sed, inquit Aristotelē
id dixisse, quoniam voluit, vt
ob sensationem, adueniat intelle
ctui res vniuersalis, quoniam ex
nostro imaginari hoc particulare, aduenit intellectui illud vni
uersale, quod inest huic particu
lari. ... Sed ne laborem in re
summe perspicua, finem dicendi faciam.

CONT. III.

44 . EXPLANANS Aristo. habitus
intellectus, videtur eos enume-
rare octo, & sunt, opinio, scientia, ars, ratio, prudentia, sapientia, intellectus, & solertia. Sed
lib. sexto Ethicorum cap. 4. Ion
ge aliter videtur hæc ipsa enu-
merare: siquidem eo in loco nominat suspicionem inter habitus, quam hic non explicat. &
hic, enumerat discursum, & solertiam, de quibus in sexto Ethi
corum nihil loquitur. Ex quo
. quispiam credet Aristotelem pugnantia
dixis-
se.

SOLVTIO.

VT diligenter hanc postre-
mam contradictionem de medio tollamus, non erit ab re, cognoscere, vim, naturam, significationem , & differentiam horum, de quibus agimus, habituum. Inde enim facile constabit,
quid hic voluerit Aristo. quidcp
in libris Ethicorum . Primum
autem est animaduertendum,
cp habitus intellectus , siue humanæ rationis, comparatus ad
syllogismum, communi omniū
consensu, triplex esse dicitur.
Vel enim simplicium rerum co
gnitio est, cui liber prædicamē-
torum respondet , qui eatenus
ad syllogismum refertur, quatenus ille ex terminis constat . secundus est habitus, qui dicitur,
compositio, & diuisio, siue affirmatio, & negatio, cui respondet
liber de interpretatione, qui ob
id pertinet ad syllogismum, quo
niam syllogismus, ex propositionibus efficitur, quæ vel affir-
mant, vel negant. Colliguntur
hi duo habitus, ex Aristotele libro tertio de anima. Est & tertius habitus, qui dicitur a nostris, discursus, siue etiam ratiocinatio, cui cęteri omnes libri lo
gicæ facultatis referuntur. Sed
hic videtur rursus quatuor modis considerari posse. Vel enim
est ipsamet syllogizandi forma
nulli relata materiei, cui respon
det liber Priorum resolutoriorum, quæ forma, proprie rationis est opus, diciturque is habitus
di-

G difcurfus,& ratio. Vel etiam eſt
fyllogifmus in materia neceſſaria,quem ratio coniuncta intellectui,conſtituit, ex quo habitus ille efficitur, qui dicitur, ſciē
tia, de quo diligenter agitur in
lib. Poſteriorum . Tertio loco
eſt fyllogiſmus in materia contingente,quem ratio coniuncta
opinioni producit,ja quo ille ha
bitus oritur, qui opinio vocatur,hunc autem tradit Ariſto.in
Topicis. Poſtremo eſt fyllogiſ
mus in materia impoſlibili , &
H falſa, quem ratio parit phantaſiæ annexa,ex quo aggeneratur
ignorantia, ad quem pertinet li
ber de ſophiſticis Elenchis .
Quo habito,ceſſat omnis logicę
inquiſitio. Qua vero ratione,
oriantur hi habitus per coniun-
ctionem rationis,ſiue diſcurſus,
vna cum intellectu,opinione,&
phantaſia non eſt præfentis ne-
gocñ diſſerere:de his enim ample,& diligenter agit Philopon²
in ſua prefatione libri Priorum,
& in eodem lib. cap . primo ſu-
I per definitione ſyllogiſmi. Nũc
autem ſufficiat dixiſſe , tot eſſe
habitus , comparatos ad ſyllogiſmum,& eius partes, & parti
culas, de quibus ſane habitibus
tota logica ars ſermonem facit.

Moralis vero habitus ipſos
alia ratiðe diſtinguit, nam alios
dicit, ſemper conſiderare id , q
verum eſt,alios vero eſſe,qui ad
verum,& falſum referuntur.
Priores quinque ſunt, & vocan
tur,ars,prudentia,ſcientia,ſapiē

ria,intellectus:poſteriores duo, K
ſuſpicio,& opinio . Siquidem
ars,prudentia,ſcientia , ſapientia,& intellectus, cum directio-
nem rationis præbeant, tenen-
tur veritatem tantum cognoſce
re,Contra vero ſuſpicio , & opi
nio, ob earum ambiguitatem,
& inconſtantiam , æque ſe habent ad verum,& falſum, necp
rationem magis in hanc, quàm
in illam partem flectunt,qua ra
tione ductus Simplicius primo
de anima primo,dixit, ſciētiam
eſſe cognitionem certam,incer- L
tam vero opinionem,quod etiã
habet Ariſt.in hoc 44. Sed ne te
fugiat,opinionem, & ſuſpicio-
nem eſſe in rebus contingendi-
bus , quemadmodum etiã ſunt
ars,& prudētia.differt vero ars
a prudētia,quoniam ars eſt ha
bitus factiuus , prudentia vero
activus:item huius eligibilia,il-
lius factibilia ſunt obiectum .
Accedit, q prudentiã ad morales habitus pertinet , quoniam
virtutis actum dirigit. Qui ergo de contingentibus rebus ha- M
bitus dicũtur,tot dicti ſunt: qui
vero ſunt de rebus neceſſarijs,
vocant ſcientia,intellectus,& ſa
pientia.Sed ſcientia eſt habitus
concluſionum, vt habetur primo Poſt.6.intellectus eſt habitus principiorum, quod habetur eodem in loco,& primo Po
ſte.36.37.& ſecundo Poſte.in fi
ne.ſapientia vero in cauſis diui
nis verſatur, & eſt cæterarum
ſcientiarum domina, vt colligit
pri-

A primo Poſter. 23. & 27. Præter hos habitus, extat & ille, qui dicitur ratio, ſiue diſcurſus, cuius opus eſt a notis ad ignota ratiocinari, quod ſatis ample docet Auer. primo Poſte. primo, & in principio Epich. logical. eſt autē diſcurſus rei ignotæ aſſertio, ſiue verificatio, ſitq ab ea animę facultate, quæ ignota, ex ignotis colligit argumentando. Solertia vero eſt, facilis, atq expedita mediī inuentio, quod Ariſto. dicit hoc ī loco: poteſtq ad diſcur-

B ſum, ſiue ratiocinationem referri, cum mediī inuentio ſit præcipua pars argumentationis. Materia vero rationis, & ſolertię eſt res tam neceſſaria, quam contingens, nam ratio æque diſcurrit in neceſſarijs, vt in probabilibꝰ: ſolertia vero itidem facit: indicant id exempla Ariſt. in textu. inquit enim ſolertem, vbi viderit lunam ſplendere ex ea parte quæ ad ſolem vertitur, ſtatim afferre cauſam illam, ꝗ a ſole lumen capiat: hoc autem exem-

C plum, ī re neceſſaria eſt, cum vero, inquit, viderit ſolers, contendentem cum diuite, ſtatim reddit cauſam huiuſce rei eſſe, ꝗ diues fæneratur. id autem eſt ī materia contingente. Quomodo vero hi habitus, ſiue potentiæ (nam hęc potētias appellat hoc in loco Philoponus) in diſciplinis conſiderentur, facile eſt cognoſcere. Si. n. ars, & prudentia ſunt in contingentibus, & practicis, opꝰ eſt, vt de his agat mo-

ralis philoſophus: quod Ariſto. hic dicit, & in 6. & hic. exequit: licet D. Thomas hic dicat, prudētiā a morali cōſiderari: artē vero a Metaphyſico, vna cū ſcientia, & ſapiētia: intellectū vero, & rō-nē a naturali, in lib. de aīa. Philo-ponꝰ vero ſic ordinat hos habi-tus: ars, & prudētia ſunt moralia ſciētię: intellectus, & ſapiētia me-taphyſicæ: ſcientia, rō: & opinio, logicæ, & phyſicæ. Auer. aūt com-mē. 202. longe aliter diſtinguit: nā, inꝗt, intellectꝰ ſpectat ad na-turalē: ars, & ſciētia inueniunt a rōne: dīā vero ſciæ, & opiniōis cognoſcit logicus, & naturalis. Ex quibꝰ cōſtat, hæc, ꝗ dicit A-riſt. fuiſſe quaſi ad libitū cuiuſ-cūq explicata: nec verent inter-ꝑtes (vno excepto Auer.) adde-re ꝑter illa, ꝗ Ariſt. dicit, ēt meta phyſicā, quā ſilē: io forte ꝑterīt, cā breuitatis. itaꝗ ſic libeat, ī tā-ta opinionū varietate dicer, mo rālē cōſiderare artē, & pruden-tiā, cū ſint habitꝰ practici rerum cōtingētiū, et grā finis alicuius: ꝗuis differāt, ꝗ ars ē habitus fa-ctiꝰ, prudētia vero actiuꝰ: item ars certū hēt, & terminatū finē, vt Philoponus docet, prudentia incertū, & īdeterminatū. Meta-phyſicus vero, & ſapiētia, & in-tellectū cōſiderat, in minore Al-pha, vt author ē Philoponus, ad das ꝛ intellectū poſſe ēt cōſide-rari a logico, vt ē habitus prin cipiorū, qd cōſtat 2. Poſt. ca. vl timo, itē intellectū cōſiderat na turalis in 3. de aīa, vti potētia ē,

Contrad. Tomit. O vel

¶ vel recipiẽt, vt agẽ a intellectionẽ. Naturalis vero cõsiderat rõnẽ i lib. de aĩa, cũ agat de aĩæ rõnalis potẽtñs, Logicus vero cõsiderat fciam, opinionẽ, & folertiã. Nã fciam in lib. Poſt. ferè vniuerfo. opinionem, vti ex pbabili fit fyllo in Topicis. folertiã in hoc loco. fufpicio vero cũ opinioẽ, ẽ ordinãda, nã hæc tõne differunt tm̃. Ad cõtradictionẽ vero dicẽ dũ, Arif. nõ fibi repugnare l illa varia habituũ enũeratione, qm̃ aliud eſt fibi ppofiti in 6. Ethi aliud hoc in loco. Etenim ibi, habitus diſtinguit quifq, qui de vero funt, a duob9, qui de vero, & falfo dicunt. Nũc aũt volẽs fcientiã diſtinguere ab opinioẽ, accipit cõem rõnẽ de opinioẽ, & fufpicione, ob dictã cãm. addit aũt folertiã, q̃ ppria logici eſt, & iccirco de ea nil dicit in moralibus. Sed adhuc dubitabis: fi rõ ẽ habitus verus, cur eã inter habitus veros, nõ cõplexus ẽ Arif. 6. Ethi. cap. 4. vbi agit de habitibus veris intellect9? dicerẽ, cp rõ fiue difcurfus, nõ erat in ppofito in lib. Ethi. qm̃ inibi vult habit9 veros fm̃ fe, nõ aũt p applicatione ad aliud, cuiufmodi ẽ difcurfus, qui verus eſſe nõ põt, nifi annectaf intellectui, aut opinioni. Quod, vt facilius conſtet, venit notãdũ, cp rõ, dum ex fe fola difcurrit, nullũ recipit verũ, necp falfum, nã eo in cafu nullã continet materiã, de qua veritatẽ, vel

falfitatẽ enunciet. Exẽplũ eſt, fi dixero, B eſt A. c eſt B. igitur c ẽ A. hæc. n. humana rõ, abſcp vero vel falfo, ex pmiſſis rõcinando colligit cõclufionẽ, & eſt ille difcurfus, quẽ nr̃i formalẽ appellant, a logico cõfideratũ in Prioribus refolutorñs. Quõd fi hæc fyllogizãdi rõ cũ intellectu iungatur, & ab eo principia p fefe euidentia capiat, efficit dem r̃atio vera, & neceſſaria: fi aũt iungaẽ cũ opinione, & ab ea fumat probabiles ppõnes, inde orieẽ fyllus dialecticus, habens veritatẽ. pbabilẽ. Ecce, cp rõ fi vera eſt, nõ ẽ rõne fui, fed vti coniuncta cũ intellectu, vel cum opinione, quamobrẽ hæc nihil fpectabat ad propofitum Arift. eo in loco. Hic vero nominata eſt, quia pertinet ad naturalem, vti in fuperioribus dictum eſt: forte etiam pertinet ad logicũ: fed ad naturalem, vti animæ vis eſt, ad logicum, pro eius actu, qui dicitur difcurfus, confideratus fecundũ fe in lib. Priorum, fecundum vero applicationem in aliõs libris.

Tu tamen pro cognitione exacta horum habituum, præter ea, quæ hic adnotauimus, videquid hic afferat D. Thomas, & Philoponus: necnon pauca quædam requiras in græcia noſtris adnotationibus.

BERNARDINI TOMITANI

PATAVINI

In Nouem Auerrois Quæsita Demonstratiua Argumenta.

ARGVMENTVM

*In 1.Quæsitum, De triplici genere definitionum, in ordine
ad demonstrationem.*

ONSIDERAT
Auer.ea, quæ
ab Arist. ipso
dicta fuere,tũ
in primo lib.
Poste.tex.21.
tum etiam 2.
Poste.tex.10.Quibus in locis ha
betur triplicem esse definitionẽ:
vnam, quæ dicitur, principium
demonstrationis:secũdam,quæ
conclusio est,& tertiam,quæ de
monstratio, solo situ differens
appellatur. Causa huiusce cõ
siderationis fuit multiplex. In
primis, q̃ hæc inquisitio fere a
græcis scriptoribus fuit præter-
missa:nam Themistius 1.Poste.
1.cap.19,& 2.Post.cap.11.ea sola
contentus fuit partitione, q̃ ma
terialis definitio concludi possit
per formalem,& ex vtraq̃ fieri
definitionem,quæ solo situ disse
rat a demonstratione. Cæterũ
& Eustrathius nil aliud hoc in
negociouisus ẽ tradidisse,quàm
hoc,q̃ demonstratio interdum
largiat affectionẽ de subiecto,
interdum definitionem imperfectam,& potentialem, hoc est

ductam a materia.Secunda cau
sa huiusce disceptationis erat cõ
munis opinio, quæ per omnia
tempora voluit demonstrationem concludere passionem pro
priam de subiecto : quod etiam
colligitur ex Arist.1.Post.tex.2.
10.24.25.43.sed & Auerr. vbiq̃
locorum testatur demonstratio
nem esse de accidentibus loca
sunt 1.Post.commen.56.2.Post.
12.41.47.94.quæsito 3.Quãob-
rem difficile vĩ posse dici demõ
strationem concludere definitio
nẽ.Alia cã fuit q̃ in 2.lib.Post.a
tex.2.vsq̃ ad 10.comprobat Ari
sto.plurimis rõnibus definitionem nullo pacto cõcludi posse,
neq̃ syllo,neq̃ demonstratiõe,
neq̃ alijs generibus rõcinandi.
Accedit, q̃ in philosophia cõtin
git interdum definitionẽ vnam,
ex alia concludi, vt cõstat legen
tibus 2.lib.de aĩa tex.12.vbi aĩt
definitionẽ vnã ex alia rõcinae.
Arist.& 3.Physi.tex.cõ.23.con-
cluditur vna definitio motus ex
alia.Postremo excitatus ẽ Auer.
ad hãc qõnem dissoluẽdam, ob
falsas,& deuias aliorũ opiniões,

O ñ   quas

Argum. Tomitani

G quas confutat, ac præfertim Alpharabij, & quadam ex parte
Hippocratis. Præfens vero di-
fputatio in feptem propofitioni
bus, fiue conclufionibus præci-
puis, & capitalibus confiftit.
Prima eft. Definitio ex Ariftot.
omnis triplex eft, prīcipium de
monftrationis, cōclufio eiufdē,
& demōftratio folo fitu differēn.

Secunda. Quoties Arift. fquit
definitionem concludi, non pof
fe, hoc intellexere Alpharab. &
Hippocra. de perfecta: idcȝ de-
H ftruit Auer. nam ad idem cōdu-
cit abfurdum, de definitione im
perfecta, vt de perfecta adducit
Arift. fecundum ipfos. Tertia
eft. Sylli non dant maius extremum de minori, nifi in medio
accipiatur definitio, atque inde
neceffario efficitur, vt fit petitio
principij. Quarta eft. Si definitio, quæ concluditur, perfecta
fit, vt illa, ex qua concludimus,
iam duæ effent eiufdem rei perfectæ definitiones, quod demō
ftrauimus non audit: item fieret
L petitio. Si vero duæ illæ definitiones re ipfa, vna fuerint, differentes tamen voce, tūc erunt fy
nonimæ, & fic rurfus fiet petitio. Quōd fi perfecta concludat
imperfectam, tunc demōftratio
præbet illam imperfectam, ex
accidēti, nō aūt, vt definitio eft.

Quinta eft. Definitio, vt defini
tio educitur, non aūt cōcluditf p
ipfam demōftrationē. Sexta eft.
Si quæfitū det definitionē, nō fe
quit cī, vt definitio cōcludatur

demōftratione p fe primo. Nā p fe K
primo illatio ipfa cōcludit p̄di-
catū de fubiecto. Verum illi acci
dit prædicato, vt fit definitio, &
fic p accīs ēt imperfecta conclu
ditur definitio. Septima eft.
Demōftratio, quæ dat effe rei,
ac eius definitionem, eft demra
tio fimplr̄, qm̄ largitur effe, &
cām rei, dummō fit tota rei defi
nitio, & non fola pars. Quodȝ
hoc verum fit, teftatur Auer. tā
in demratione afferente nobis
q̄fitum fimplex: quā cōpofitū:
& in hac poftrema dupliciter: ā L
qua re, plurima afferunt exem
pla, quæ in ipfo quæfito perlegē
da funt, & oīno diligenter funt
confideranda. Ex his vult A-
uer. nos cōcludere definitionē p
fe nō poffe demrari, fed ex accī
te, at non ex accīte, fed per fe e-
duci per demonftrationē, tā fim
plice, quàm cōpofitā, dummō
perfecta, & abfoluta fit demra-
tio. Verū p hac materia legatis
Auer. 1. Poft. cō. 64, & 2. Pofter.
commen. 44. vfȝ ad 48. nec mirum id vobis videatur, q̄ i hifce
quæftionibus dilucidandis, lo- M
ca recenfeam, nam id primum
vtilitatis veftrȩ caufa facio: dein
de, vt conftet verum effe, id qd̄
fȩpiffimȩ fum vobis dicere affuetus, hæc Auer. quæftra, com-
plecti ea omnia, quȩ Arift. in Po
fterioribus analyticis explicauit, item ea, quæ Auerro. fub di
greffionum forma in commentarijs illorum librorum comple
xus eft.

A R.

ARGVMENTVM
in 11. Quæſitum, De medio demonſtrationis.

Obiliſſimam, ac diffi
cillimam omnium
quæſtionum logica-
lium proponit hoc l
loco Auer. diſcutiendam. Quid
n. deſyderari magis ſolet, aut
quid inter omnes Ariſtot. interpretes magis agitatum fuit, ea
quæſtione, quæ de medio termi
no dicitur, plane nihil. itaque cu
Auerr. diligenter ea propoſui ſ
ſet ſibi ante oculos, quæ ab Ariſto. de medio termino dicta fue
re, tum in primo de anima text.
11. tum in quarto phyſic. 31. nec
non 1. Poſte. tex. 5. vbi medium
vult omnino eſſe cauſam, & ſecūdo Poſt. tex. 8. quo in loco ſcri
bitur, medium eſſe rationē maioris, ſiue primi termini, deinde
conſideratis his, quæ a Græcis
authorib dicta fuere de medio,
obſcura ſatis, & conciſa, nā The
miſtius 1. Poſt. cap. ſuo 30. atque
etiam Euſtrathius in ſecūdo Po
ſte. contenti ſunt dixiſſe, mediū
eſſe cauſam paſſionis, ob id in
hoc quæſito lucem huic tā magnæ difficultati præbet, redditque
eam adeo perſpicuam, & mani
feſtam diſputationem, vt nullus
ampli reſiquatur hæſitādi loc.
Quæ diſceptatio licet habeat et
1. Poſte. cōm. 11. hic tn latius, &
copioſius habetur. Origo qōnis
eſt, qm 1. Poſte. tex. 5. & 30. item
2. Poſt. 1. 8. 9. 10. 11. dr demōſtra

tionē fieri ex medio, qui ſit cau
ſa: iccirco quæritur an ille ſit cau
ſa maioris termini, hoc eſt prædicati, an minoris, hoc eſt ſubiecti, dicerēt Latini noſtri, nūquid
ſit cauſa, & definitio ſubiecti, vt
paſſionis. Auer. vero in hoc quæ
ſito primum examinat opinionem Alphara. qui voluit mediū
terminum in demōſtratiōe ſim
plr, quæ dat cām, & eē, cōſtitui
poſſe triſariam: hoc eſt, aliqñ eē
cām, & definitiōe ſubiectū, ali
qñ prædicati, aliqñ vtriuſque: qd
etiam teſtatus eſt 1. Poſte. cō. 11.
Auicenna vero longe aliter exiſtimauit. ipſe n. demōſtrationē
ſimplr ſm vnam ſui ſpem voluit habere medium, qui ſit eā eſ
ſendi maius in minori, hoc eſt, q
ſit cauſa, vt maius inferatur de
minori extremo, & q ſit cauſæ,
hoc eſt, pductus a maiori extremo.   Sed Auer. non admittit,
ſimpliciter demonſtrationē poſ
ſe dici, eam cuius medius ſit cau
ſa minoris extremi tm, quod rō
ne cōprobat, neque itē eſt eā am-
borum extremorum, niſi ex ac
cidenti, neque et eſſe cām, vt mai
inſit minori ſolum, quæ oīa rōnibus, & exemplis ſenſatis nitit
oſtendere. Reſoluit aūt veritatē
in ſeptem propoſitiones, ſiue regulas. Prima eſt, q ſcientia definita ab Ariſt. 1. Poſt. 5. & primo
Phy. primo eſt ſcientia, quæ ha
betur per cauſam rei, nō autem
per cauſam accidentalem, &
ideo medius terminus debet eē
cauſa rei per ſe, & vt res ipſa ſit.

O iij   Se

G Secunda est. Medius terminus
est câ per se primo, vt maius insit minori. Tertia est. Quæsita
& cæ quæsitorum debent esse
de os, & vniuersales vniuersali-
tate prima, quæ dicitur vt ipsæ
& per consequens, ppōnes demonstratiuę erunt reciprocę,&
conuertibiles. Quarta est, medi⁹
terminus est causa, vt maius sit
fin se, deinde, vt insit minori ex
tremo, quod idem est, si sit cau
sa rei, atcp illatiōis. Quinta est.
Causa accidentalis non præstat
H nobis veram scientiam, nã vera
scientia efficitur ex causa illa rā
tum, quę dicitur per se causa, &
hæc est causa rei. Sexta est. Syl
logismus ille non est demonstra
tiuus, sed veridicus tantum, qui
non largitur sciētiam verã, quę
sit ex cā accidentali: qui vero sci
entiam parit, ex causa per se, di-
gnissimus est omnino, vt demō
stratiuus dicatur. Septima est.
Demonstratio proprie dicta cō
stat propositionibus de os, hoc
est ita de omni, vt etiam sint per
I se,& vniuersales. Prima conclusio accipitur ab Arist. tex. 5. in de
finitione scire. Secunda colligif
ex eodem tex. vbi habetur demonstrationē esse ex causis con
clusionis. Tertia, ex tex. 11. 12. 13.
& 14.15. 1. Poste. Quarta cōstat, ex
ratione, quam facit Auer. Quin
ta sumitur, ex 1. Poste. tex. 9. vbi
dř, câm accidtalem, non elargiri
ppter quid. Sexta hf in tex. 5.
1. Poste. & 2. Post. 11. Septima
patet a tex. 7. 1. Poste. vscp ad 15.

His iactis colligit commentator K
hanc conclusionem præcipue, p
positam, cp demonstratio potissima, quæ dat causam & eē, me
dium habeat, qui dicatur câ ma
ioris extremi, hoc est causa rei,
& vt maius insit minori. Item,
cp sit causa vna, hoc est, quæ v-
nius rei vnica sit, & perfectissi-
ma, ac metrum, & mensura alia
rum, in suo genere.

ARGVMENTVM
in Quæsitum III. De conditionibus præmissarum demon-   L
strationis.

D E conditionibus p-
missarum demōstra
tiuarum, inscribitur
hoc tertium quæsi-
tum, ob eam sane causam, cp in
eo quæruntur attributa, & conditiones, quibus ipsa demōstratio simpľr cōficitur, separaturcp
ab his, quæ nulla rōne dici pñt
simpľr demonstrationes. Huiusce disputationis câm attulit Al-
pharabii opinio, quæ ad tantã   M
dicendi licētiam peruenerat, vt
sine vllo iudicio, ac discrimine
concederet vnumquęcp demōstrare posse facile, atcp expedite,
ac si demonstratio leuissima res
sit, & paratu facillima. Id aūt nō
esse testatus est Arist. 1. Post. tex.
5. vbi eos deridens, qui circularē
demonstrationē esse asserebant,
scribit id esse absurdum, qm demonstrare esset leue. Amplius
1. Post. 24. expresse fatetur difficile esse assequi scientiam demō
stra-

A ſtratiuam. Verum Alpharab. amplificans copiam demōſtra-tionum, voluit pleroſcp ſylſos dici demonſtratiuos,qui vix topici,aut etiam ſylſi dici poterāt. id vt pateat,procedit Auerro.in hoc quæſito ſingulari ordine,ac miro iudicio, hunc in modum. Primum,n.tres illas colligit con-ditiones, quibus oīs demſatio ſimplr conſtat,de quibus Ariſt. locutus eſt 1.Poſte.tex.7.8.9.10. & 11.nempe,cp demōſtratio cō-

B ſtet,ex neceſſarijs,per ſe,& pri-mis,vultcp aggregatum, ex his conditionibus dici poſſe de omni,nam dici de omni preſ-ſiſſime Auer.accipit,id.n. eſt ſi-bi familiare. Cum vero prædi-catum primum illud ſit, quod potiſſimū pertinet ad perſectā demonſtrationem conficiendā, ob id ſecundo loco declarat, qd nam ſit prædicatum primum. Vt hoc latius preſtet,tres qōnes proponit dilucidandas. Prima eſt,an conditio prædicati primi

C competat oībus demōnibꝰ ſim-pliciter dictis.Secūda,an conue-niat, tam præmiſſis,quàm con-cluſionibus demōſtratiuis? Ter-tia,ſi hęc conditio competit om-nibus,cur poſtea aſſignantur in ſpeciali diuerſæ conditiones de-monſtrationum,item cur ponit ſignificatum primum peculia-ris conditio magis huius,quàm illius demōnonis? Tertio loco ag-greditur qōnū examinatione, & initium ſumit ab Alpharab. opinione,qui voluit primū eſſe

D id,quod non prædicatur de gſie ſui ſubiecti,item voluit prędica-tionem gſiis eſſe primam,tum & accñtium illorum, in quorū definitiōibus aſſumit genus ſub iecti. Ex quo illud patet, cp ſm Alpharab. erunt prædicata de-monſtratiua,genera,& acciden tia cōia,quemadmodum,& ꝓ-pria,& dſiæ ipſæ,quod poſtea conſtabit eſſe abſurdum.de hac Alpharabij opiniōe extat digreſ-ſio in 1.Poſt. commen.36. & 53. & 2.Poſt.commen.94. Quarto

E ordine Themiſtij ſentenriam ad ſcribit,qui voluit prædicatū pri mum eſſe immediatum,ex quo ſtatim ſequi vr,cp concluſio.pri ma eſſe non poſſit, cū mediata ſt.Addit ex Themiſt.cp gſiis ꝓ-dicatio eſt cenſenda demſatiua, referr ꝓ hoc l loco Alex.opinio-nem a Themiſt.relatā,cp primū concluſionis ſit tunc,cū conclu-ſio demonſtrata fuerit,ex ꝓmiſ-ſis primis.Vos vero ſi vultis hęc apud Themiſt. latius videre,le-gatis ipſum 1.Poſt.cap.11.& la-tius cap.18. Quinto loco, Auer.

F ꝓppriā ſentenriā in hoc negocio determinat, ſed primū ante oīa ſupponit prædicatū primi dif-ferre a ꝓdicato per ſe,id.n. colli-git,ex Ariſto.1.Poſt.tex.7. & 11. Quo ſtante,oñdit Alphar.nō re-cte ſentire:nā dum ait. primū eſ cp non prędicaf de gſie ſubiecti, tūc nō differret primū ab eo, cp ē per ſe,ſi per primū intelligit ꝓ-ximā ꝓdicationē:nā oīa hęc,pxi me,& per ſe ꝓdicanf, definitio,

O. iiij geñꝰ

G genus, differentia, proprium, &
accidens illud in cuius definitio
ne sumitur genus subiecti pro-
pinqui. Si vero per prædicatū
primum voluit tam primum,
quàm remotū, illud remotū vel
transcendit genus artis, vel non.
Et tūc causæ remotæ essent per
se, quod est absurdum: itē & ac
cidentia, in quorum definitiōibus inuenitur genus subiecti p
se inhererēt, quo posito diuersæ
artes considerantes illa accñtia
p se miscerent, possentq trāscen
H dere vicissim, cuius oppositū: hf
1. Post. t. 10. Si vero illud remo-
tum non transgreditur artis ge
nus, certe, inquit Auer. dria, quę
est inter per se, & primum, erit
inutilis, & ociosa: qm conditio
prima, cū per se sit remota, tunc
erit accidentalis: id patet, nā cū
prædicatū assertur de subiecto
magis cōi, vt habere tres de figu
ra, vel risibile esse de animali dt
prædicatio per accñs, & tamen
hæc est prima sm Alpharabiū,
I cū possit esse primū id, q remotū: nā hęc subiecta remota sunt,
itaq concludit primū Alphara.
non esse Aristotelicū. Accedit,
q qñ prædicatū in plus se hēt,
quàm subiectū, vt cū dr, æquila
terus habet tres, hęc est prædicatio, quæ non prædicatur de
genere subiecti, & tñ non est pri
ma, quia nō est p se in rōne pro
pria æquilateri, licet sit per se in
rōne cōi trianguli, nihilominus
deberet hęc, ppō eē prima, ex de
finitione data ab Alphar. p qua

materia, volo vos videre cōmē, K
36. & 54. primi Post. itē 2. Post.
cōm. 94. Sexto quærit, nsiquid
primū pdicatū sit Imediatū, nec
ne: cui occurrēs, cōcedit id verū
eē, qd primū pmissarū sit osno
Imediatū. forte ob eā cām, q p-
missæ sunt Imediatæ, & priæ, 1.
Post. tex. 5. & cōm. 10. Primū ve
ro cōcłonis, siue ęsiti non audit
eē imediarū, cū tñ conclusio sit
prima. Quòd hęc sit prima,
supponit id ex Arist. loc9 huius
est 1. Post. tex. 11. vbi exēplificās
de prædicato primo dicit, trian L
gulū hēre tres: q ppō cōclusio est
apud Euclidē in 1. Elementorū.
Ex hoc colligit, si Themist. dicat
primū eē imediatū, q hæc defl
niriō est diminuta, cū hęc cōple
ctaf illū solū primū, qd ē pmissarū nō cōclusionū. Itē quia The
mist. vt voluisse demrationem
simplr esse in terminis nō pari-
bus, & cōuerribilib9, & p conse
quēs genus ipm pdicari primo,
vt cōstat apud ipm. 1. Post. ca.
12. ob id insurgit aduersus The- M
mist. Nā Aristo. expresse voluit
demonstrationē fieri I terminis
parib9, vt cōstat nobis legētib9
1. Post. tex. 9. 10. 11. & 14. vbi vule
prædicatum non esse vse, ac de
monstratiuū si sit latius suo sub
iecto, vel pressi9: vult ergo ipsū
æquale, & per consequens reci-
procum. præterea arguit, cum
causa non conuertitur cum effectu, prædicatio est per accñs.
itē cū demonstratio habeat tria
causam, causatum, subiectū, vt
v. g.

A v.g. homo subiectũ est, Risibili
tas causatum, animal rõnale cã,
& hæc oĩa paria sunt, quia con
uertuntur, sequitur Them. nõ re
cte voluisse. Addit vero pro ve
ritate illud omnino esse dicen
dum, cp conclusio prima est, sed
non eodem modo, quo præmis
sę: nam conclusio est prima ea
ratiõe qua immediata est, cum
.n. sit immediata ŝm subiectum,
erit ẽt hoc modo prima, præmis
sę vero cum simpliciter sint im
mediatę, hoc est subiecto & cau
B sa, iccirco sunt simpliciter prię.
Id cum multi non distinxerint,
nil mirum videri debere asserit,
si in magnos inciderint errores.
verum de hac re plura legatis. 1.
Poste. c. 36. 41. 43. 54. 2. Post. cõ.
94. in quadam Epistola, in pe
culiari tractatu. in quesito. 3. Se
ptimo dubitat ob ea quæ dicta
sunt, ad pleniorem veritatis di
scussionem. Etenim ex dictis se
quitur cp accidentia in quorum
definitionibus poniŧ genus sub
iecti & etiam genera ipsa nõ in
C grediantur præmissas necp con
clusiones demonstratiuas cum
dictum sit præmissas, & conclu
siones esse primas, nam genera,
& accidentia dicta non faciunt
prædicationem primam. Soluit
cp illa accidẽtia habent subiectũ
cui competit aliqđ attributum
qđ prędicatur prędicatione prı
ma de ipso subiecte, sictp rõne il
lius possunt hæc accidentia ve
nire ĩ vsum demŝonis, aliter ve
ro non. Item genus ea rõne atcp

D attributione qua prędicatur in
quid de aliquo subiecto, põt fie
ri prędicatum primũ, cum prę
dicatio definitiua sit prima, quę
solutio omnino vult, accidentia
& genera aliquo pacto posse ad
primam prædicationę reduci,
non tñ simpliciter id fieri, vt in
aliĩs. Quia vero dictum est, acci
dentia per se eã dum subiectum
definit prędicatum, vel attribu
rum subiecti, v.g. numerus desi
nit per se ĩ secundo mõ par, &
impar. Itẽ hoc facit attributum
E numerale, quo determinaŧ par
vel impar, quæri põt, ad qđ ea
ponitur distinctio de accidenti
bus, cp alia sint in quorũ defini
tiõe sumitur subiectum, alia ve
ro in quorũ definitione capitur
genus subiecti? Rñdet cp hęc di
stinctio de genere & attributo
data est, vt habeamus demŝonẽ
primã notiorem, vel ignotiorẽ
nobis. Nã notius est nobis sub
iectum paris & imparis, qđ est
numerus, cĩ numerale attribu
tũ quo determinatur par & im
par. His actis, reuertitur ad Al
F pharabium, dicens cp regula ip
sius de eo qđ per se est, non est
valde approbanda, cũ longe tu
tior ac melior sit Arist. regula de
per se & primo, quam supplere
vos dedit. 1. Post. tex. 9. 10. & 11.
Vbi per se esse latius cĩ primũ in
dicauit, nam õẽ primum est per
se, non autem viciss̃im. Octauo
loco, cõcludit cp genera sunt ĩm
epræ ẽtse ad demŝonẽ simplici
ter dictam. fieri tñ põt vt in de
mŝonẽ

G mīone ſimpliciter fiat cōcluſio
de aliquo genere, dū mō ipſum
limitemus mediante aliquo attributo, hoc eſt aliqua particula
contrahente ipſum. v. g. dū ſcio
de homine ǫ eſt certū aliquͤ ani
mal nō ſimplʳ animal: verū illa prͤdicatio nō eſt generis vt
genus eſt, ſed per illud attributū
contracti. Ad hoc pertinet ea ǫ
habent. 1. Poſt. cō. 41. Si vero di
catur Genus ſimpliciter dictū,
ſine vllo cōtrahente limitatum
poſſe fieri mediū in demonſtra-
H tione ſimpliciter, hoc dicit omnino eſſe impoſsibile, qͫ ex illo genere nō pōt concludi eſſe
ſpeciei, cū ſit ipſa ſpecie commu
nius. Si dicas poſſe genͥ ex alio
genere concludi, v. g. hominē eē
corpus quia eſt animal, ſic rōci-
nando animal eſt corpus, hō eſt
animal, hō eſt corpus, tunc ait
demͤoͤnem hanc nō poſſe dici
ſimplʳ, cū medius terminus ſit
hoc in loco cauſa tātū vt maius
quͩ eſt corpus, iſeratur de minori, hoc eſt hoͤe, nō aūt eſt cau-
I ſa ſm ſe. Idem habetis ex Auer.
1. Poſt. c. 11. aduerſus Auicennā.
vos iſthͤc eo in loco perquirite.
Verū, quia hic de medio termino mentio facta eſt, corolarie in
fert, mediū in demͤone ſimplʳ
oīno debere eſſe cauſam maioris extremi: id autͤ ſumpſit ex
Ariſt. 2. Poſt. tex. 9. vbi ſunt ea
verba mediͥ eſt ratio primi termini, hoc eſt maioris extremi.
Vtrū autem medius ſit vel nō
ſit definitio ſubiūgit, ipſum eſſe

maioris definitionem, vel ſaltͤ K
eius differentiā. Huius vero loci declarationem habebitis i ǫ-
ſito. 8. cͤterū explicato medio,
explicat et quͤſiti naturam, dicens ǫſerē ſemper concluſiōes,
& quͤſita demonſtratiua ſimpliciter, ſunt de accidentibus eſ-
ſentialibͥ. Neǫ cōtradictoriū
ſibimet videri debet, cum in. 2.
Poſter. cō. 12. dicat immo ſemp
demͤonem eſſe de accidͤtibus.
Nam demonſtratio quͤ conclu
dit compoſitū quͤſitum, ea ſem
per de accidentibus eſt, quo mō L
ibi ſentit Auerr. interdum vero
definitio ipſa concluditur, nō
vt definitio (id. n. ſine petitione
principiͥ fieri nō pōt) ſed vt ǫ
ſitū ſimplex quid eſt in quo caſu nō concluditur accidens, id
vero cum raro admodū contingat, qͫ quͤſita ſciarū ſerē oīa
ſunt de accidͤtibus proprijs, vt
ſcribit Auer. 2. Poſt. cō. 41. ob id
ſic in prͤſentia ſentit Auerr. dicens ſerē ſemp quͤſita fieri de
accidentibus. Nono, occaſionē
nāciſcitͤ Auer. dicendi de cauſis, M
cū de medio ipſo copioſe dixerit in prͤcedentibus, primū vero illud teſtatur, ǫ demonſtratio per quam quͤritur eſſe cau-
ſͤ ſubiecti eſt demonſtratio ſigni, idǫ aſſumit ex Ariſt. 1. Poſte. tex. 30. Item addit, ǫ cͤ re-
motͤ ſunt prima quͤſita cau-
ſatorū, quorū illͤ ſunt propriͤ
cauſͤ. Verum inquit illas cauſas nō eſſe ſimplʳ cauſas, hoc
eſt tales, quͤ poſsint potiſsimā
demͤ-

A demonſtrationẽ cõſtituere. Exemplũ huius eſt, ſi quis velit cõcludere ꝙ hõ cõſtat quatuor elemẽtis, ſic ſyllogizabit, Habẽt quatuor humores, conſtat quatuor elemẽtis, hõ habet quatuor humores, ergo hõ conſtat quatuor elemẽtis. Primũ in hac ratione medius non eſt talis, qualis requirit in demõſtõe ſimplr̃, cum nõ habeatur ſimplr̃ cauſa. Præterea, hæc cauſa media non eſt propria homini, cũ & alijs cõpetat, addit & illud ꝙ minor

B præcedit maiorẽ extremitatẽ ꝑ accidens. quare illud ſequit, hãc cauſam mediam nõ eſſe primã, eo modo quo cauſa ſimplr̃ prima eſſe tenet. Põt vero hęc demõſo prima fieri, ſi quis mutatis terminis dixerit, hoc mõ: Corpus homogeneũ conſtat ꝗtuor Elementis, corpus ſimili partiũ eſt homogeneũ, ergo corpus ſimili partiũ cõſtat quatuor Elementis. Hoc exẽplũ reducit cauſam remoram ad eſſe primũ, licet adhuc nõ ſit demõſo ſimplr̃:

C immo eſt de genere demõſonum ſigni: cuius cãm reddit quatuor rationibus. Pria eſt, ꝙ medius non eſt cã ſimplr̃ prima. Secunda eſt, ꝙ hæc demõſo non eſt definitio in potentia. Tertia eſt, ꝙ medius vno mõ eſt cã maioris, alio modo eſt cauſatũ eiuſdem. Quarta eſt, ꝙ eius propõnes nõ ſunt per ſe in.1. &. 2. modo. Ex his rõnibus, ſm confirmat, quę vult eam dici demõſonẽ ſimplr̃, quæ dat definitionem, ꝗm ſco-

D pus et finis demõſonis vult vt ſit educere definitionem. Et hoc ẽt ſcribitur ab Ariſt.1.Poſte.22.& 2. Poſte.10. item Auer. in proemio magno inquit conſiderari demõſonem à logico in Poſterioribus analyticis vti largitur perfectam rerũ conceptionem, hoc eſt definitionem. Hic vero eam reddit rõnem Auer. ꝙ verificatio, ideſt noticia an res ſit, eſt ꝓpter formationẽ, hoc eſt definitionẽ, ita vt formatioſit finis. quare optìe tenebat ratio, non eſſe ap-

E pellãdã demõſonẽ ſimplr̃, ꝗnõ ẽ definitio in potentia. Firmatis his, reuertitur ad Alpharabium dicẽs, ꝙ illę plurimas in mediũ attulit demõſones, quę ſimpliciter non ſunt demõſones, vt ipſe exiſtimauit, & ratio eſt, ꝗñ hæ non elargiuntur definitionẽ vllam. Vt aũt id verũ eẽ declaret, examinat vniuerſa exempla, earũ demõſonum, quas perfectas putauit Alpharabius. ſunt autẽ illæ xxxv. in circa: quas vos iuſto ordine percurreris. Decimo

F loco, (vt noſtrã ſequamur partitione) Cõmẽtator oẽs prędictas demõſones ad triplicem diuiſionem reducit. Nam ex his tot demõſonibus Alpharabñ, quędam inquit ille, ſunt, quæ vix merentur dici poſſe ſyllr̃, & ſunt illæ oẽs ſpecies quę concludunt ꝗſitu manifeſtũ, ignotum vero colligere nõ poſſunt. Vel ſunt illæ demõſones, ĩ quibus miſcetur id ꝗd eſt per accidens cũ eo ꝗd eſt per ſe. Aut ſunt illę in quibus ni-

hil est quod sit ex accidenti . In
qua diuisione vult eas omnino
excludi à logico , quæ sunt prio
vel secundo mõ dictæ . Nam hæ
contradicunt Aristotelicis præ
ceptis . Nam cũ .1.Poster.tex.5.
asserat Philosophus quòd prin
cipia sunt magis cognita q̃ con
clusiones,inibi aperte ostẽdit cõ
clusiões esse naturaliter nobis
ignotas. Id vero q̃ est per acci
dens penitus scĩe opponitur, q̃
1.Post. concludit Arist. à tex.7.
vsq̃ ad.30. multoties. laudat ve
ro maxime Auer.eas demõones
quæ tertio mõ dicuntur, hoc est
in quibus nil accidentale ingre
ditur : & præsertim illas , quarũ
medñ termini sunt eæ maioris
extremi,q̃ etiã dicebatur.1. Po
ste.c.12.et in quæsito.2.Amplius
illud animaduertendũ est, q̃ in
confutatione earũ demõonum
in quibus ponitur id q̃ est p ac
cidẽs, decẽ regulas siue,ppones
supponit. Prima est, q̃ Acciden
tia,quæ insunt maiori,de genere
illorũ generũ , quæ consideran-
tur in artibus,faciunt propones
veras sed non per se. Secũda est,
q̃ accidentia per se in artibus, q̃
dam prima sunt,et q̃dã non pri
ma . Tertia est propõ nõ prima
censenda est per accidens.Quar
ta est, demõo in qua nil est de eo
q̃ est per accidens, osum p̃sta-
tustima,est iudicãda.Quinta est,
demõo ideo refugit ea q̃ sunt p
accidens,qm̃ scĩe speculatiuq̃ cõ
siderant Entia, pro vt cõueniũt
operi naturæ . differt vero scĩa à

nã q̃ scĩa solũ res ipas cognoscit,
natura vero, et cognoscit et agit.
Id aũt confirmat medicæ artis
testimonio & Galeni authorita
te aduersus Empiricos.Nã si ars
medica vtatur præceptis veris se
cundũ accidens vt Empirici fa-
ciebant,ex illo non sit opus,qm̃
tam ars quã natura eurant ea q̃
sunt ex accidenti.Sexta est, scĩa
accidentalis non notificat rem
vti res est. Septima est, Q̃ felicitas contemplatiua non potest
gigni in nobis ex cognitiõe eorum,quæ sunt per accidens.id q̃
dicit se exposuisse in lib.de ani
ma,hoc ẽ lib.3.c.16.in lib.de fe
licitate, & 10. Ethicorum apud
Arist, Octaua est, q̃ regulæ tra-
ditæ in lib.Post. de scientia sunt
illæ quarũ fructus & prouentus
est tradere nobis felicitatem cõ
templatiuã. vide & in proemio
magno pauca quædam de hac
vtilitate.Nona est, scĩa Specula
tiua de qua Arist.instituit lib.Po
ste. est ea scĩa q̃ est per se, non p
accidens, cũ ea reddat nos simi
les Deo quo ad hominẽ fieri po
test.In Deo.n.nil cõtingit q̃ sit
per accidẽs. Decima est rõ,quã
Auer. colligit ex duabus p̃mis
sis : prima quarũ est q̃ demõa-
tio sit ex his, q̃ penitus sunt con
traria his q̃ sunt per accñs. secũ
da est, q̃ res sunt simplr̃ simpli-
ces cum nihil eis admiscetur de
suo contrario, tũc.n.sanitas sim
pliciter est, cum nihil habet de
morbo, quibus positis cõcludit
q̃ illa demõo est simplr̃ simplex
in

A in qua nil permiſcetur de eo qd̄ eſt ex accidenti. Quamobrem de medio tollendæ ſunt omnes illæ demr̄onis ſpecies, in quibus Alphar. coniungit accidentalia cū his q̃ per ſe ſunt. Proinde tm̄ laudandus eſt Ariſt. q̃ eas negle xerit, quantū eſt vituperandus Alpharabius qui de illis anxiū et ſolicitum ſermonem habuit. Immo inquit, tales demr̄atiões poſſe appellari ſophiſticas et fal laces, nam & ſyllr̄us topicus qui vult videri neceſſarius cū ſit p̃-

B babilis non minus eſt Sophiſti cus, quā illæ qui falſus ē̃ & vult videri veridicus. Epilogat tan dem, ſvt colligat demr̄onem nō poſſe habere partem vllam acci dētalem, ob relatas cauſas. Ex cuſat m̄ Alpharabiſ, q̃ illæ luſi opus non perſecerit, qd̄ ſi feciſ ſet, forte ſniam mutaſſet, melius de hac re iudiciū faciēs. Vult et Ariſtotelē tam diligēter de hac re tractauiſſe, vt nihil poſſit eru ditius dici in hac re, tum ſuos ſe

C cutum ſuiſſe maiores, Alexan dri teſtimonio confirmat, præ terea eam vr̄ complectī ſniam, quæ vult demr̄onem ſimplr̄ ra riſſime à nobis aquiri, non autē ſæpiſſime vt Alphara. cenſebat. Addit et illud, melius eſſe, vt ha beam⁹ demr̄onē permixtā ex p̃ ſe & accidenti, quā rem ipſam penitus ignorare, licet illa per mixtio dānata ſit in præceden tibus, tanquā non ſimplr̄ ſciētia. Cuius cauſam ego ſum aſſuet⁹ reddere hoc m̄o, cum, n, habitus

D ſit melior atq̃ expetibilior pri uatiōe, cumq̃ cognitio habitus ſit, ignorantia vero priuatio, me lius itaq̃ eſt ſcire rem probabili ratione & accidentali, q̃ eā ſim pliciter ignorare. ob id melius eſt, habere demr̄onem imperſe ctam r̃ nullam. Poſtremo ad dit turpiſſimum eſſe neſcire in ſcientſis diſtinguere ea q̃ per ſe ſunt ab his quæ ſunt ex acciden ti. Ac tandem gratias Deo Opt. max. agit Auer. qui eius mentē

B in difficili hoc atq̃ arduo nego cio direxerit ad veritatis viam, ipſumq̃ illuſtrauerit. Idē & nos facimus, ſi Auerroys tenebras diſpulimus.

ARGVMENTVM.

In IIII. Quæſitum de Conditio nibus, quæ requiruntur ad neceſ ſitatem præmiſſarum demon ſtrationum.

VM ſyllr̄us demon ſtratiuus, quem Ariſ. proponit explicare I .lib. Poſte. ſit illę cu ius ſcopus eſt ſcire: ſcia vero ſit habitus ɪtellectus, qui ex neceſ ſarſis propōnibus comparatur, ob id nulla materia vr̄ eē magis cognoſcenda à demonſtrāte, q̃ ea quę neceſſaria dicitur. Per eā .n. ſeparatur demr̄o à ſyllo dia lectico & Sophiſtico: nam diale cticus opinionem faciens ex cō ringentibus rōcinatur, Sophiſti cus vero ex ſpoſſibilibus igno rantiam parit. Eam ob cām ro

t̃a

G ta Arist. intentio in Posterioribus analyticis posita est, in disq-
rendis proponibus necessarijs,
vt ex his demronem ipsam con-
stituat. Nã tex. s. illius primi li.
sciam inquit esse de his quę non
possunt aliter se habere. Itē scie-
tiam inquit esse rem inuariabilē
& perpetuam. At in tex. 7. ex p
polito principali demronē constare ex necessarijs: & cum necessarium habeat tres formas di
cēdi, ob id agit de eo necessario
qd est de oi in tex. 8. item de necessario per se in tex. 9. & 10. &
tandē de necessario vñ i tex. 11.
His non cõtentus, rursus demõ
strationē probat esse ex necessa-
rñs à tex. 15. vsq ad. 20. Idq asse
rit plurimis rationibus. In tex.
20. ostendit non transcēdere de-
monstrantē qm necessarijs vti.
in. 21. & 22. demronem vult nõ
esse de rebus particularibus, &
caducis. In 23. dicit demronem
non procedere ex cõibus sed p
prijs, qñ communia nõ sunt ne
cessaria, vt ibi oēs interpretati
sunt. Accedit q in tex. 44. ponēs
Aristo. discrimen inter sciam &
opinionē, inter & scibile & opi
nabile, expresse testatur hæc fie
ri ex contingēribus, illa vero ex
necessarijs. Quibus ita constitu
tis, iam satis constat, quanti pon
deris sit, cognoscere id quod necessarium dicitur, pro recta de-
mõstratiõis intelligentia. Adde
q Auer. i Proemio dixerat, demronem habere parte vice formę, & est ipsa ratio syllogistica,

item et partem vice materiei, et
sunt propones verę & necessariæ. Præterea de necessario disputat commentat. ob hãc cãm.
1. Post. c. 35. & 44. Sed hęc quę
dicta sunt, forte cuipiam genera
lia videbitur, iccirco ad magis
specialia deueniendo, dicimus,
q cum necessarium fuerit cons
deratum ab antiquis pluribus
modis, iccirco vult Auer. in pre
senti hoc quęsito determinare id
necessarium qd Arist. tantopere
vult in Post. libris. Vbi illud pri
mum est adnotandũ, q Necel
sariũ aliqñ est modus propõnis
sicq consideratur vnã cum con
tingente possibili, & imposi, in
4. secto, lib. Periher. Necessariũ
item materia est propõnum, q
semper verę sunt ac determina-
tę, quo mõ necessariũ consde-
rat Philosophus sec. 2.li. Perih.
cap. illo de futuris contingentibus. Est & necessariũ rei, quod
propõnem simpliciter verã facit, vt hõ est animal: aliud vero
est necessariũ illationis, siue cõ-
sequentis, vt si dicas, Socrates ne
cessario mouetur, quia currit: de
vtroq mentionē facit Aristo. 1.
Post. tex. 16. Est & necessarium
quod dicitur essentiale siue per
se, quales sunt propõnes pse in
prima, & secũdo mõ, aliud vero quod est peraccidens, vt illa.
propõ nix est alba, coruus est ni
ger, quod constat legentibus, 2.
Post. tex. 19. et Auer. ipse cõ. 44.
simpliciter necessarium appellat quod nullam prorsus habet.

per-

A permixtã contingentiã. Necef-
fariũ vero per accñs vocat, omne accidens cõe inseparabile, &
omnes prædicationes, in quibus
pprietas vna de alia pdicat, vt si
dicas rifibile est disciplinabile,
vel aliud simile. Accedit cp Ale.
in Prioribus Analyticis necessa
rium consderauit in rõne magis cõi, ʠ in Posterioribus fecerit, nã ibi necessariũ vult esse id
qd̃ femp est, hic vero qd̃ per se
est. Philoponus ẽ necessarium
diuidit in id, qd̃ de omnitm̃ dici
tur, vt illa ppõ nix est alba. deinde est illud qd̃ df de omni &
pse vt binarius est par. Postremo ẽ illud qd' df de of, per se &
vle, vt Triangulum habet tres.
Ex quibus colligit, difficilẽ extare materiam de necessario, &
ob id consulto fecisse Auerr. dũ
huic rei cõnatur lucem & facili-
tatem afferre. Primum aũt fupponit, præmissas demonstrationes esse necessarias tali necessitate, vt cõuncãt tres cõdõnes: prima est, vt sint semper, hoc est de
of: secunda vt sint per se: tertia
vt sint priæ, hoc est vt insint immediatæ & propriæ. ʠ cõdõnes
habet.1.Poste.tex.7.8.9.10.11.
Secundo loco examinat, aliorũ
opiniõnes. Nam inquit quofdã
dubitasse, nunquid demõ de-
heat cõstare proponibus neces-
farijs per se, immo existimatsse
hi, necessariũ per se, non requiri
ad ipsam necessariũ: nisi velim
necessariũ & p se esse sinonima
qd̃ tñ nõ est in vsu. Itẽ dicebant,

nõ valere rõnẽ eorũ q dicũt ex
hoc cp demõ ẽ necessaria, cp ipsa ẽt sit pse, qm̃ fieret syllus ex
ambabʼ affirmatiuis 1.2.fig. hoc
mõ, ʠ pse sunt, aut necessaria, p-
misse sunt necessariæ, ergo p mis
se sunt pse. ʠ syllus vr fuisse Arif.
1.Post.t.15.et.cõ.44. obid Lucidiss. I hem. eo I loco cõnat Arif.
defendere, qd̃ ibi videre licet. Si
itacp defendimus Arist. vr eẽ di
cẽdũ ʠ necẽiũ, et pse sint idẽ, &
cõuertibilia. nã ex cõuertibilibʼ
licet syllogizare ex vtracp affirmatiua in.2.figu. In quã opinio
nẽ inquit Auer. vr declinare Al
phar. volẽs hic necessariũ eẽ idẽ
cp pp scilicet alibi putauerit necef
fariũ et p se nõ eẽ idẽ. Accedit cp
si Arist. nõ acciperet hæc duo, p
eodẽ, nõ valeret demõfonẽ eẽ pri
mã, licet eẽt necessaria. Cũ itacp
velit demõfonẽ eẽ primã et necef
fariã, cõstat demõfonẽ velle illud
necẽiũ qd̃ pprĩssime df, hoc ẽ p
se, siue essentiale. Has ẽt rõnes
Auer. tetigisse vr.1. Post.c.35.&
44. Tertio, pparat se Auer. ad
declaratione necessarĩ, ob has dif
ficultates dictas. et statim exordit
ab ipsa distĩctiõe rei, ʠ ẽ, qd̃ necessariũ fumit vno mõ. Sigñario
ne lata et cõi, ʠ nobis.1.occurrit
via origĩnie, et tale ẽ, qd̃ sp ẽ, sic-
ʠ nõ ẽ idẽ cũ eo qd̃ df pse, nã oẽ
pse ẽ necessariũ, nõ ãt cõtra. In
hac itacp signaõe necessariũ ñ
cõuertit cũ pse, et multomin̄ʼ cũ
eo qd̃ df pmũs. Exẽpla vero hu
ius necessarĩ pñt eẽ hæc: oẽ rõna
le est alãl: oẽ animal est corpus

vel

G vel oc̄ progreſſiuū eſt animal:
nam hę propōnēs nō ſunt neceſ
fariæ ſimplr̄, qm̄ procedendo á
ſubiectis ad p̄dicata, neceſſaria
eſt illatio, ſed nō eſt neceſſaria á
p̄dicatis ad ſubiecta: rō eſt, qm̄
ſub illis p̄dicatis pn̄t eſſe & non
eſſe illa ſubt̄a, vt diligēter Auer.
deducit.Cum ergo hoc neceſſariū habeat ſecū permixtā cōtin-
gentiā & poſſibilitatē, non ſim-
plr̄ eſt neceſſariū, nec demr̄onē
potiſſimam ingredi pōt. Aliud
vero eſt neceſſariū ſimpliciter,
H cui nil accidentis admiſcetur. v.
g.ſanitas tunc dr̄ ſimplr̄, cū nil
habet ęgritudinis: & hoc neceſſarium illud eſt, qd̄ neceſſariam
facit illationē ſubiecti, & p̄dica
ti viciſſim.Hmōi ſunt definitio
nes, & cauſæ cum ſua definitis
& cauſatis, & hoc eſt quod oēs
claudit perfectiōes, cū ſit de om
ni, perſe,& vl̄t. Quarto ordine,
declarat Auer. ſtatibus his quæ
iā dicta ſunt de duplici neceſſario, q̄ optima demonſtratio fit
ex neceſſario ſimplr̄, non aūt ex
I eo cui eſt permixta pars cōtin-
gentię, idq̄ rōne tali confirmat.
Cū.n.demr̄o cōſtet ex his, quæ
naturæ operi ſunt proportiona-
ta, natura vero in eius operibus
fugiat contingentiam & id qd̄
eſt ſni accidens, & ea velit quæ
ſemp ſunt, et per ſe, vt in.3. ēt q̄-
ſito demōſtrauerat,nec nō.1.Po
ſte.frequēter.concludit, hoc neceſſariū cōuenire ſciē, ac Demō
ſtrationi.Sub hoc addit, q̄ potē
tia, quā poſſibilitatem appellat,

eſt inimica artibus, vt & ipſi na K.
turę, cum ars ſit ęmula & imita
trix naturę,atq̄ idē sētit de ſciā,
cū ea ad artē reducatur per pro
portionē. Etenim in arte et ſciā,
principium in mēte eſt finis in
opere, et principiū operis eſt finis cogitatiōis qd̄ ēt habetur in
2.Ph.t.8 9, &.7.Met.2 3.3.de aīa·
49.accedit q̄ ſcia de oſbus entibus eſt ſm Ariſtotelem felicitas
hominis,quæ ſcia eſſicit ſm exi
gentiā naturę rerum, vnde illud
emanauit,ſcia eſt adæquatio rei
ad intellectum. Ex quibus om- L·
nibus concludit, q̄ cū id qd̄ eſt
p accidens vitetur á natura, etiā
vitabitur ab arte, & p cōſequēs
ab ipſa ſcia. Quamobrē ſcientię
obiectū, erit neceſſariū purum,
& ſimplr̄ abſq̄ accidentis permixtiōe vlla. Ex hoc poſtremo
infert, q̄ finis & ſcopus Logicę,
eſt venari proprietates pręmiſ-
ſarū demr̄onis. Sed quia veſtrū
dicet Auer.eſſe ſibi contradicto
rium,nam alibi finē logicæ vr̄
voluiſſe definitionē, ſiue conceptionē, qd̄ idem eſt: nunc vero M
ait finē eſſe demr̄onē, ſiue pmiſſas demr̄onis. Hæc.n. duo non
vr̄ cōuenire ſimul, qm̄ demr̄o
& definitio ſunt inſtra valde di
uerſa. nā demr̄o eſt accidentiū ,
definitio ſubſtantiarū, vt colligitur in Proemio magno, &.2.
Poſte. cō.12. Nos vero abunde
diximus de hac re in quęſtione
de fine Logicæ facultatis, verū
quantum pertinet ad præſentia
loci explicationem dicerē, hoc
eſſe

A esse intelligendū, finem esse præ
missas demrōnis, quatenus elar
giunt definitionem, quod et vi
diftis in.3.qſito, & idē et aper
tissime voluit in proœmio' ma
gno. Ex quo patet, sūnctuiō esse
integrū & absolutū alterũ vel
alterum, vel solam de-
mrōnē, vel solā definitionē, sed
erit finis vtrũ͡q, hoc eͨ dmͬō dãs
deſinitiōnē: quod vero hęc duo
inftrumēta, ratione sint, re tũ,
atq̃ subiecto idē, legatis Arist. i.
Poſt.tex..22.&.1.Poster.10. vbi

B hęc duo differre in quit: sola ter
minorum positiōne, & situ. Sed
hęc copiosius alibi. Qui iſto at
que vltimo loco Auer. conuerti
tur ad principale propoſitū: qð
erat ōndere oēm perfectam de
mrōnē perfici tribus illis condi
tionibus, hoc est de oī; perſe, &
vſetu vero eas vide. apud Arif.
i. Poſt.d tex.8. vſq̃ ad 14. Aggre
gatũ vero ex his tribus cōdōni
bus vocat de oī, quod et fecit in
3.qſito, quod quidē nē proprie,

C hoc est ex verbis Arist. audiēdũ
est, sed specialiā dā ſignificatione & vſu Arabum. Addit, has
tres coudōnes efficere ſciam rei
vt-rea est, ſi vero dehͬō nō ha
buerit in pmiſsis haſce cōdōnes
faciet ſcire rem aliter cͤ ſit. Amplius, qui ignorat haſce cōdōnes dictas, non pͦt ſcire quid ſit
ea ſcia, quę intenta est & propo
ſita in lib. Poſterior. inter quas
nobilisſima oīum, ac veluti ſi
gillum totius ſciæ demonſtrati
uæ est tertia illa conditio, q̃ eſt

D vſeprimum: ob id Ariſto. in ea
dilucidãda plurimū elaborauit,
nam de primo, agit.1. Poſt. à te.
1. vſq̃ ad 15. Sub hoc, illud ani
maduertit, q̃ quemadmodum
ſyllis topicus eſt nobis notiorde
mͬatiuo, ita demͬō nō prima,
est nobis notior, prima. ſed vt
rurſus ſibi ipſi aduerſari Auerͬ.
in Proœmio, vbi dixerat aduer
ſus Auicennam artē topicā eſſe
poſteriorē demͬatiuã. Verũ facile ea tollitur contradictio, vt
in Proœmio ipſo diximus: aliud

E n̄.eſt præcepta artis demͬatiuę
comparare præceptis artis topi
cæ, aliud eſt demͬōnē cōparare
topico ſyllo. In Proœmio cͤn̄
ſuit præcepta demͬatiua anteire
cuius rōnes ibi aſſignat, n̄nc ve
ro ſyllos ipſos cōparat, ſm faci
liorē noſtrum cognoſcendi mo
dū quod et voluit i tractatu de
locis topicis. Etenim rō topica
notior eſt nobis demͬatiua, cͤ
m ars ipſa demonſtrandi doctri
næ ordine artem præcedat topi
cam, Sed ad ipſum Auer. reuer

F tentes, dicamus conditionem il
lam tertiam, quæ eſt dici primũ,
eſſe conditionem quæ ſicut om
nium eſt aliarũ perfectiſſima,
ita ad demͬōnē potiſſimã maxi
me ſpectat. Vt autē vno verbo
cōcludat præſentem diſputatio
nem, oſtendit ſine illa diſtinctio
ne de neceſſario ſuperius propo
ſita non poſſe nos mente & pro
poſitum Ariſt. aſſumere ob id,
cum eã Them. aut ignorauerit,
aut ſorte neglexerit, ſuit valde

Argum. Tom.   P   per-

G perplexus in hoc negocio . Vos
vero ne in tenebris verſemini,
eam diſtinctionem animo recõ
dite , Neceſſarium dici ſimplici
ter & non ſimpliciter, quo mõ
& ipſa dicitur demonſtratio .

ARGVMENTVM.

*In V. Quæſitũ, quo modo fiat tranſ
latio vnius artis in aliam.*

Ccaſio huiuſcæ qõnis
orta eſt, ex hiſ, q̃ ſcri
pſit Ariſt. 1. Poſt. tex.
H 20. quo I loco, illũ oſ
dit, non poſſe Artes & ſcientias
diuerſas inuicem tranſcendere.
Id colligit Ariſto. ea rõne, cp de
mõ procedit ex his q̃ propria
ſunt et per ſe, non aũt cõia & ex
accidenti. Quæ vero demõroñ
& ſciam oẽm conſtituunt, tria
ſunt, 1.Poſt. 2.20.24.25.43. ſubie
ctum, quæſitũ, dignitas : iccirco
oſtendens Ariſt. non dari tranſi
tũ, hoc maxſe perſuadet ex ſub
iecto, et q̃ſito, in quibus ſcīæ ip
ſæ nullo pacto cõuenire poſſũt:
I verũ id non vr aſſequi de prin
cipijs , cum in cõibus principijs
conueniant ob id excitaſ Auer.
ad huiuſce difficultatis explica
tionẽ , vt declaret , ſcientias non
transferri et de vna ad aliã rõ
ne principiorum . Subinde etiã
declarat, quo mõ ſubalternæ ar
tes poſſunt tranſgredi , ac tandẽ
oẽs ſcīæ inferiores ad ſuperiores
aſcendere , abſcp id , cp tranſitus
appellatur, quem impoſſibilem
eſſe probat Ariſ. loco iam addu
cto . Septem vero poſſunt con

ſtitui partes & mẽbra huius q̃ſi K
ti. Prio loco explicat Auerr. qd
ſit tranſitus ſcīarum proprie di
ctus, quẽ Ariſt. negat . Hunc di
cit eſſe, dum in Arte vel ſcīa de
mõratiua accipitur vna maior,p
poſitio, quæ ſit duabus vel plu
ribus artibus cõis: hoc eſt, vt cõ
ueniãt in medio termino et ma
iori extremo: nõ.n.vult per trã
ſitum Itelligi , vt duæ propõnes
ſint eædẽ I pluribus artibus , ita
vt ſubiectum q̃ſiti illarũ ſit vnũ
et idem, nã id non ſacit tranſitũ, L
immo hoc contingit in ſcientijs
ſubalternis , qbus nõ repugnat,
ſubiectum hoc mõ , fieri idem .
Poſita trãſitus explicatione , in
quit cp Ariſt.probans ipſum nõ
fieri ex parte medĩ, & maioris
extremi ſic eſt rõcinatus: ſi gene
ra diuerſa non cõueniunt in pdi
cato per ſe,& maior extremitas
ineſt medio , & medius minori
per ſe, igĩ impoſſibilis eſt trãſ
greſſio, nam ſi hæc fieret, termi
ni demõnis inuicẽ hererent ex
accidenti. Hæc eſt rõ quam vr
poſuiſſe Ariſt.1. Poſt. 20. &.21. M
& com.16.66.67.61. Secũdo lo
co, explicato tranſitu, nec nõ ad
ducta ranõe, cur dari nequeat,
incipit Auer.de hac re diſſerere,
ac primũ dialectice agens obij
cit huic veritati duabus rationi
bus. Prior eſt, qua oſtẽdit poſſe
vnam atcp eãdem propõnẽ ma
iorẽ per ſe, ex parte medĩ et ma
ioris extremi fieri cõem duabus
artibus. Nã inquit, eũ ex Ariſt.
quoddã ſit per ſe proportiona
tum,

A tum, vt par vel impar numero,
& id non tranſcẽdit vnũ genus:
quoddã aũt ſit pſe, cõe pluribꝰ
generibꝰ, vt illa propõ, ſi ab ẽ̃li
bus, æqualia demas etc. tũc vt̃
hoc ſm poſſe admittere trãſitũ.
Alia ratio eſt, ꝗ plures ſunt Artes ſpeciales ac propriẽ, ſub vna
cõi arte contentæ, ꝗ cõſiderant
vnũ ꝑdicatũ, et harũ artiũ inſe-
rior aſſumit ꝓmiſſas ꝗ ſ ſuperio
ri arte demſ̃ate fuere, vt. v. gra.
Geometria & Perſpectiua. Exẽ
plũ eſt, de linea, ꝗ à Geometra
B vt linea cognoſcit, à Perſpecti-
uo aũt vt radioſa, hoc eſt viſibi-
lia. In his itaꝗ Artibus vt̃ ꝗ me
dius terminꝰ & maior extremi
tas ſint cões duabꝰ artibus, et ſic
fiet tranſitus. Verũ pro hac ma
teria videte oĩno. 1. Poſt. 20. 23.
30. itẽ Auer. 1. Poſt. c. 69. Tertio
ordine, poſitis duabus rõnibus
aduerſus ipſam veritatẽ, aggreditur earũ ſolutiones ex mente
Ariſto. priori. n. dicit occurriſſe
Ariſt. ſicñ cũ eſt vna maior ꝓ
C põ, ꝗ cõis eſt duabus arribus, ea
ꝓfecto nõ eſt cõis re et noſe,
hoc ẽ vniuoce, nã ſi id fieret, id
ſequeret abſurdũ quod iã dictũ
eſt, nẽpe trãſitũ fieri. Verũ hmõi
ꝓpõ cõis eſt tm̃ ſm nome, & ob
id artes, ſolẽ hmõi perſtringere
propones. v. g. ea propõ, ꝗ ait, ſi
ab æqualibus æꝗlia demas &c.
eã trahit Geometra ad magnitu
dines, Arith. ad numeros. Quod
hæc fuerit Ariſt. ſolo, videre id
licet, 1. Poſt. 24. & c. 74. Secũdæ
rõni, dicit Auer. occurriſſe Ariſ.

D hoc modo, ꝗ dum ꝗmiſſa vna
conſideratur in duabus artibus,
non cogno ſcitur ſm eandem ra
tionem, nã in ſuperiori ſcientia
eſt concluſio, in inferiori princi
pium: ſicꝗ curruit omnis dubi
tatio. Hanc ſolutionem legitis
1. Poſt. 23. vbi ait, paſſionex, ꝗ
competunt ſubiectis ſcientiarum
ſubalternatarum eẽ illis per accidens, per ſe vero ſubiectis ſub-
alternantium: vt æquidiſtan-
tia, paſſio eſt quædam, quæ per
ſe lineis ineſt Geometriæ, per ac
cidens vero lineis Perſpectiuæ.
E Quarto loco, vult rurſus de his
quæ dicta ſunt diſſerere. nam
poſthabita ſecũda dubitatio-
ne, quam vult eſſe perſpicuam,
rurſus reuocat in dubium ex ꝗ
in priore dicebantur. Nam pro-
poſitiões illæ, quas diximus cõ
munes eẽ ſolo nomine duabus
arribus, vt illa, ſi ab æqualibus
æqualia demas &c. videnf com
munes eſſe vniuoci, nomine &
re: id ſic deducitur. Hæc propo
F ſitio ineſt quantitati in ratione
communi, igitur vniuoce conueniunt tam continuo ꝗ diſcre
to. itaque vniuoce conuenient
tam ſcientiȝ de continuo, quam
ſcientiȝ de diſcreto. Idꝗ confir
mat Alpharabȝ teſtimonio, qui
æqualitatem eẽ quiddam commune exiſtimauit cuilibet quã
to. Itẽ inquit, ſi hæ ꝓpoſitiones
æquiuocæ ſunt, quomodo pote
rũt ſciȝ illis vti, demſ̃antes prin
cipia ꝓpria ceterarũ artiũ? Præ
terea, cũ interdũ ars vna, capiat

P ñ ſua

G fura principia, ab alia confirmata per ea q̃ equiuoca sunt, ea assumptio erit nullius momenti, qm̃ equiuoca rõ nulla est. Accedit, q̃ dum monstrabitur quicquã ex eo principio equiuoco, dr̃ia nulla erit inter hãc demr̃onem & eam quę sit ex cõibus, qualis fuit illa Brisonis.1. Poste. tex.23. qm̃ ambę erunt ex accidenti & non per se. Postremo si ęq̃litas equiuoca ē, qm̃ cõpetit varĩę quantitatibus, multo magis ea nosa erunt equiuoca, cum

H dicimus, Vnũ, Ens, Verũ, Cõtrarium, &c. cũ hęc non sint propria vni rei, siue subiecto. Si vero hęc nomina equiuoca dicamus, diuina scĩa, quę illa cõsiderat, ęt ãrs topica, et eius propõnes essent dialecticę. cõcludit itaq̃ hmõi principia cõia nõ eē dicenda equiuoca. ad hęc pertinēt ea q̃ hr̃.1. Post.c.74. Qui-

I to loco, vult determinare quid pro veritate sit audiēdsi. Primũ accipit, q̃ si equalitas nõ eēt nomē equiuocũ, tũc eius subiectũ ēt nõ posset dici equiuocũ, cum vero eius subiectũ sit quãtitas, sequitur quantitatē nõ posse dici equiuocam. Quod si quantitas esset subiectũ genus vnum, quo mõ genus cõsiderant artes, tunc scĩa oēs, quę considerant partes & species quantitatis essent & partes eiusdē scĩę cõis: quo mõ dicim⁹ oēs sciētias agetes de Entibus mobilib⁹, partes eē eius scĩe, cuius subiectũ ē Ens mobile, hoc ē Philosophię natu-

ralis, id aũt ē falsum: quare seq̃- K tur, quãtũ dici equiuocã rõne. Forte dixeris, Ens, Verũ, Vnũ, Contrariũ, sunt equiuoca, igĩt non erit scĩa cõis, quę ea consideret, cum id tñ sit apertissime falsum, nã ea dicimus philosophi⁹ contēplatur: rñdet, argumētũ pari proportione haud procedere mã hęc nomina analoga sunt, de analogis vero nõ minus quã de vniuocis põt esse scĩa: Verũ equalitas et quantũ, non eodē mõ dici pñt, cũ hęc ob rõnes dictas equiuoca dicantr. Hinc col- L ligatis, quãtũ nõ eē genus vnũ. Sed quis dicet Auer. sibimet opponi, cũ quanti prędicamentũm vnũ eē voluerit in lib. Chatego riarĩ, id vero negat hoc in loco. diceris, Genus Iter cęteras signi ficationes accipi vt p̃dicamētũ, & vt gen⁹ subiectũ. priore mõ est p̃dicamentũ & genus vnũ, aliter plura q̃ dece essent p̃dicamenta, quod asserere, est ridiculũ. at gen⁹ pro subiecto ariĩs nõ est vnũ ad quãntũ continuũ, & discretum, quo mõ hoc in loco M Auer. sentit. idē voluit Auer.1. Post.cõ.38. & 74. Sexto ordine, firmatis his q̃ diximus, dubitãt Auer. quę differēria sit stãtuēda inter has ppõnes, si ab equalib⁹ equalia demas &c.& eas q̃ volumus ingredi posse demr̃onē: soluit, dicēs has eē q̃si analogas, idēq̃ assumit ex Arist.1. Post.24. vult ergo has nõ eē simpl̃r equocas, qm̃ simpl̃r equocũ nõ cognoscit in scĩa, ob id si hmõi p̃-

põnes

A pôtes simplr essent æquiuocæ, nusquã in disciplinis introduce rent, qd tn̄ sit. Non ēt sunt simplr vniuocę, ob rōnes in superioribus adductas: non ēt sunt simplr analogę, qm̄ vnā constituerent certã sciam, ob id, colligit eas esse medias inter æquiuocũ, & analogũ, sunt ita p quasi analogę. Et si quis dicat, cur Arist. cõsutat principia demōnis Brisonis. 1. Post. te. 23. cũ hęc ēt sint quasi analoga, nã ille dicebat inter maius & min⁹ dari æqualeſ

B videret, n. cp si ferè analoga sunt cp pari rōne procedãt cũ his principiīs, si ab æqualib⁹ æqualia demas &c. soluit cp ppō Brisonis habet ēt aliud impedimentũ, nē pe cp topica est, nõ demōstratiua; cui adstipulatur est Alpha. His tactis, colligit sese Auerr. vultcp esse quatuor genera propōnum verarũ. Quędã n. sunt, cui⁹ subiectũ & pdicatũ dicunt eodem mō vniuoco & sunt vniuocæ. Alię habet subiectũ, qd dr̄ eodem modo analogo, et sunt analogę.

C Nonnullę sunt, quorũ subiectũ, & pdicatũ dicunt quasi analogicè. Postremo sunt illæ, cuius subiectũ & pdicatũ dr̄ simplr æquiuocè. tñc ita distribuamus eas. Vniuocæ & analogicæ vnã tm̄ arte ingrediunt. ę vero synt quasi analogicæ, plures ingrediunt artes, sed contrahunt ab illis. Quæ vero sũt æquoce, nulla prsus arte ingrediunt, aut cõstituunt. Septimo loco, concludit, ex iã dictis constare, quo modo

D propōnes fiant singulis artibus propriæ, & quo mō fiant cōes. Item satis cōstat, ꝗ sit ea propō qua diuersę artes vtunt: nam dictũ est eam nõ esse simplr æquiuocã, nec simplr analogã, sed se rē analogam. Quo aũt mō contingat propōne vnã fieri cōem duabus artibus, quarũ altera cõmunis est, alia propria, dicit ēt id constare ex pcedentibus declaratis: nã quæ in arte propria cognoscunt, ea ēt cognosci pñt ī arte cōi, licet in ipsa cōi arte, cõ

E siderent ī rōne magis abstracta et gñali, ꝗ ī speciali arte. idē voluit. 1. Post. c. 70. et. 84. Ob id Alph. dãnat, ꝗ ignorãe hãc doctrinã, vniuersã veritatē pturbauit. vult. n. cp artes iterdũ cõueniãt ī maiori extrēo aliꝗ, et ī medio; idcp sine trãgressu: item putat, duas artes, ꝗ sint sub eodē gñe, hoc est, quarum subiecta fuerīt sub eodē cōi genere posse demōstrare gña suorũ subiectorũ de quibusdã suis inferioribus: & licet earũ prima subiecta depede

F rent ab accñtibus proprijs et generibus, vult posse fieri, vt quælibet illarũ artiũ demonstret eãdē rem, de vtriscp illis subiectis vt differentibus, per duos differentes medios. Id aũt consutat ea rōne, cp artes, quę sub eodem genere continentur, necessario sunt vna ars, non plures: dũ genus primaria sui diuisione diuiditur in sua subiecta, quēadmodum si diuidamus corpus mathematicũ in rectum & circula

P iij   re-

G re: hæc.n.diuifio generis eft in
sua prima subiecta, & ob id artes, q̃ confiderant hęc duo, funt
ptes eiufdē artis quæ cognofcit
Mathematicũ corpus, tãquam
cõe genus. si vero corpus nõ diuidatur in ea primaria diuifiõe,
tunc artes illæ non confiderant
hmõi cõe genus, nifi modo et ratione diuerfa: quare Alpharabij
doctrina irrita eft & falfa. cõf.
mile videte.1.Poft.c.16.Cęterũ
addit in propofito de Artibus
H ſubalternis, q̃ fubalternata trã-
ſcenditad aliã, non eo mõ quo
fpecies fubingreditur genus, fed
ſm additionē & diminutionem
folum: nam Perfpectiuus addit
lineꝗ qd̃ eft vifibile effe, quod
Geometra diminuit, dũ lineam
fimplr cognofcit. id ẽt fufius explicabat Auer.1.Pofte.c.69.Nõ
eft aũt, q̃ fubiectum perfpecti-
ui fit fpecies fubiecti Geometri-
ci, feu & exemplũ affert de corpore à mathematico confidera-
I to cũ diminutione motus et qe-
tis, quę duo poftea addunt corpori phyfico: quod oct̃no Alph.
latuit. Verũ illum excufat, vt fecit ẽt in tertio quæfito dicẽs, forte id euenifle ob Alpharabij feri-
pta, quibus poftremã manum
addere non potuit. Addit & illud, q̃ & fi propõnes logicæ vident permifceri fingulis artib',
cũ hęc facultas de oĩbus inftru-
mētis agat quę fingulis rebꝰ ap-
plicari pñt, vt ipfe Auer. fatetur
in Epith.logicis,nõ tñ hic eft ille tranfitus, quē negat Arif.red-

K dit rõnẽ huius, & ait, fe àlibi dil-
ligentius id expofuifle: nã.1.Po-
fte.c.152.declarauit logicã duo-
bꝰmodis accipi pofle, vel vt fcīa
qdã eft, dũ fingulis applicat rebus, vel vt organũ eft, qõ appli-
cari rebus põt, itē.1. Ph.c.35.oñ
dit logicę vfum eē ob duas caufas &c. vos videte locũ: ex quibus cõlligit logicas rõnes eē cõmunes & applicabiles fingulis
artibus, abfꝗ trāfitu.idē.1.Poft.
c.84.&.1.Phy.8.nã cões artes fi
proprijs iungant, nõ efficiunt il-
L lũ trãfgreflum quem tantopere
Arif.confutat.His cõftituris, tã
dē colligit Auer. fe iam fatis expofuifle,qñ efficiat & qñ nõ efficiatur tranfitus de genere in genus: nã dictũ eft, cũ non fieri in
artibus proprijs tã ex parte me
dñ, quã ex parte maioris extremi: fieri tñ in fubalternis difciplinis,fiue ſ his, quarũ fubiecta
differunt additiõe & diminutione: itē quoties artiũ fubiecta habēt genus cõe, quod ſ ea primũ
M diuidiē, rurfus à ſcīa propria ad
cõem, fed hic nõ eft ille trãfgref
fus cui Arif. aduerfatur.1.Poft.
tex.20.Ad hãc difputationē per
tiñēt ea ꝗ fcribit Auer.1.Poft.c.
56.59.60.69.70.71.100. & The-
mift.ca.16.eiufdē.1.li.In hoc ꝗ-
fitꝑ Auer. vñ cõfuerũ ordinē nõ
feruare, vos vero hanc noftram
partitiõe fequi poteritis, qua
fingula fuis locis referre facile et
commode licebit. funt aũtē in
hac qõne tot folæ, quot verba.

Argumentum.

A ARGVMENTVM.

In V I. Quæſitum de demonſtra-
tione Quia.

Vm Auer. animaduer
tiſſet Ariſt. in Poſte-
riorib⁹ Analyticis de
finiuiſſe demſtrationē
tex. f. ʠ ſit ſyllogiſmus faciens
ſcire, item quòd ſit ſyllogiſmus,
conſtans ex primis, verus, imme
diatis, Prioribus & notoribus
& cauſis, videbatur ex illis verbis demſronem quia, cum à cau-
B ſa non procedat, ſed ab euentu,
omnino demſronē dici non poſſe. At cum. 1. Poſt. tex. 30. diuida
tur demſro et ſcientia in propter
quid & quia, tunc ipſam eſſe, de
mſronem expræſſe conſtat. Ob
id Auer. adductus eſt, vt hãc ʠ
ſtionem examinaret. Augebat
etiã difficultaté, ʠ lucidiſſ. The
miſt. 2. Poſt. cap. 30. inquirēdum
à cauſa ad euentũ procedimus,
demonſtratio eſt: dum vero ra
tiocinamur ab euētu ad cauſam
ſyllⁱus eſt. conſimile videtur ha
buiſſe Ariſtoot. 1. Poſte. tex. 19.
C vbi demonſtrationē ſigni, quæ
eadem eſt cum demonſtratione
quia, appellat ſylſm. Oppoſitũ
vero habuit. 1. Poſte. tex. 42. vbi
agēs de certitudine ac perfectio
ne ſcientiarum, voluit perfectio
rem eſſe ſcientiã, quæ ſimul nobis præſtat propter quid & qa,
ʠ quæ ſeorſum alterum vel alterũ elargitur. ex quo patet demonſtrationem quia facere ſcie
tiam: atʠ idem vr̄ colligi ex. 2.

Poſt. tex. 1. vbi declarans philo- D
ſophus ʠ quæſita ſunt æqualia
numero his ʠ verè à nobis ſciũ-
tur, inter alia enumerat qōnem
& ſcientiam quia. Præſens itaʠ
materia ob has vel cōſimiles op
poſitas authoritates et rationes,
digniſſima videtur, vt ad ſui ex
plicationē excitarit Auerroym.
Quamobrem cum Auerr. velit
omnino tres eſſe demſronis ſpe
cies, vt colligitur. 1. Ph. in Proe
mio, & c. 2. nec non. 1. Poſt. c. 7. E
8. Potiſſimum vero. 95. in Epit.
logicis cap. de demſrone. & ſunt
demſro ſimpliciter, ppter quid,
& Quia, iccirco vt hunc numerum defendat, Auicennę rōnes
diluit, quibus ille exiſtimabat,
demſronem quia, nec ſciam parere, nec et demſronē dici poſſe.
Eſt autem huius ʠſiti vnica ac
ſimplex examinatio: hoc eſt cō
futatio Auicennę. Quæ hunc in
modũ ſe habet: potʠ tota hęc di
ſputatio in tria capita diſtingui.
Primo. n. loco Auicennę ſnīam F
refert, qui ait non eſſe à demōſ
ſtrante ipſo, vel et ab eo qui agit
de demſronũ ſpēbus, tractandũ
de demſrone quia, cuⁱ⁹ ſubiectũ
cōpoſitũ hr̄. Eſt. n. demſro qa (di
cit Auice.) ea, cuius mediⁱ⁹ eſt ac
cn̄s minoris extremi. nã exēplũ
illud cōſiderat, ab Ariſt. aſſigna
tũ. 1. Poſt. tex. 30. vbi ſic demon
ſtrat per demſronē quia, Plane
tę prope ſunt, quoniam nō ſcin
tillant : item Luna eſt Sphęrica,
quoniã eius lumen recipit incre
menta. in his enim exemplis,

P iiij   ſido

G liquido constat nõ scintillare eē planetarū accidens: itē lumē augeri, accidens eīt Lunę. ob id dicebat Auic. in demrõe ga, mediū eīse accidēs minoris, hoc eīt subieſti, qū subiectum res ē cõposita, non simplex. Nesciebat autē hic imaginari, cp hæc accidentia scirentur à nobis vera eē, nisi per cām confirmēt, quod si sine cā sciantur, scia non erit hæc nisi communissime dicta, qualis eīt Rhetorica, atcp oratoria scientia: hanc aūt non eē sim

H plr scīam deductū fuit in. 1. Poſter. c. 17. & 77. Accedit cp etiã idem existimabat dū sit demrõ quia, per cām remotam, exemplū huius eīt ex Arist. 1. Poſt. te. eodem. 30. vbi inquit cp si qs demonstrarit. cp paries nõ respirat qm non eīt animal, demrõ à cã ē remota, & iccirco facit scire quia: cum. n. res ipsa nõ sciatur perfecte à nobis nisi per propriã cām cognoscatur, efficitur vt illa cognitio per remotã causam non sit vera scīa, quare demrõ

I ipsa quia, siue ab euentu sit, siue ē tã causa remota non facit scire. Secundo loco adducit Auer. rõnē Auic. qua ille adstruit hãc ipsam demrõnē quia, nullo pacto i nobis gignere scīam. Eius .n. rõ duabus sustinetur propõnibus. prior eīt, cp oīa pdicata, q necessario insunt eorum subiectis, insunt necessario ob causas, q insunt ipsis subiectis, cū sint illorū causæ. exēplū vos ita accipiatis. Risibile necessario ineīt

hoī ob rõnale, quod eīt hoīs eā K & forma. Alia vero propõ ē, cp necessitas rei quã scimus, pēdet ab ipsa causæ necessitate, & ob id si quis demōſtret aliquod accidens, quodcūcp illud fuerit, si non per cām fuerit demrãtum, non scimus illud necessario ineē suo subiecto. Huius vero exemplum affert Auicenn. inquit, sit hæc propõ Coruus eīt niger, i qua accidēs necessario ineīt subieſto: dico cp hoc nõ scimus, nisi constet cã, cur coruus sibi à natura hmõi colorem vendicet, at L que decernat. Qñ si dicas te id scīr quoniam id vides i singuliß ea cognitio inquit Auic. non eīt necessaria, immo eīt similis illi, quam habet vir enutritus apud Æthiopes, q vidēs hoīes singulos nigros, iudicabit oēm hoīem nigrū eē: q cognitio vera & necessaria eīse non põt: qm qui ita cognoscit accidentia, ea sine cā cognoscit. His cōſtitutis, argumentū vr iam deductū cp si cognoscimus accidentia sine eorū causis, cp hæc cognitio nõ ē scīa M sed opinio, & per cōsequens demrõ quia, cū nõ à causa efficiaē, necesse eīt vt rhetoricū poti° sit argumentū, q demōſtratiuum. Tertio loco, Auer. aggredit veritatis examinationē, ac primū sq hãc Auic. opinionē labefacta reac demoliri sntas, ipsorū Peripatheticorū: imo hoc ē peruertere nāē philosophiā, q ait, res nāles eē cōpositas, cōposita vero sūt notiora nobis suis cōponēribus

A nētibus cauſa, & ob id, ſrequē-
ter I philoſophia naturali ,ꝑcedi
mus ab euentu ad cãm, qui pro
ceſſus haud rhetoricus dici debet, immo demonſtratiuus eſt.
Vt autem hanc Auer. rationem
confirmetis, legatis ea, quæ habentur 1. phyſi. tex. commenti
2.3.4. & eſt etiam apertiſſima
hæc veritas explicata ab Ariſt.
primo Poſte.tex. 30. quo in loco
concedens Ariſto. regreſſum in
demonſtratione, quia, & ꝓpter
quid, dicit, euenit autem alterū
per alterum demonſtrari poſſe:
hoc eſt cauſam ab euentu, euen
tum a cauſa. Verum ad oppoſitam rationem, admittit, ꝙ in de
mōſtratione, quia, cognoſcam9
accidentia ſine cauſa demōſtra-
ta, nec ſequitur, vt talis cognitio
nullo pacto ſit neceſſaria, & ſciē
tifica, vt voluit Auic. quoniam
licet, non ea ſint per cauſam demonſtrata, habentur tamen ea
accidentia a nobis neceſſaria in
eſſe ſuis ſubiectis per definitionem, quæ etiam cauſa eſt, quoniam ſcimus talia accidentia de
finiri a ſuis ſubiectis, cum ſubie
ctum ſit veluti ſpecifica diſſerē
tia proprij accidentis idꝗ pluri
mis confirmat exemplis, de recto, & curuo magnitudinum,
de ſimo naſi, de pari, & Impari
in numero, &c. nam cum accidentia æqualia ſint cum eorum
ſubiectis, non autem inæqualia,
ſatis conſtat, tunc eſſe neceſſaria, cum a nobis per definitiones explicantur, in quibus ſubie

cta reponuntur, vel ſaltem propinqua genera . obiter vero Alpharabium damnat, ſed vos videte locum, nam id pertinet ad
cognitionem generum, quæ ſumuntur in definitione rerum op
poſitarum magis, quàm ad negocium præſens. Cæterū, quia
Auicennas voluit eam etiam de
monſtrationem (vt iam in initio relatum eſt) non ſacere ſcien
tiam, quæ fit a cauſa nō prima,
ob id Auer. ſoluens, ait, id eſſe ne
gandum : nam demonſtratio ſi
fiat a cauſa valde remota, ſorte
poſſet dici, non ſcientifica: ſed ſi
fuerit parum remota, aut etiam
ſecunda, poteſt habere neceſſita
tem in ſe quandam : quo modo
dicimus, ꝙ rationalitas licet ſit
prima cauſa hominis, & ſecun-
dari riſibilis, attamen ſcire poſſu
mus riſibilitatem per illam cauſam: immo omnia accidentia vi
dentur hac ratione procedere.
Non tamen negamus potiorem
ac meliorem eam eſſe demonſtrationem, quæ fit a cauſa prima, & proxima, verum illa etiã
quæ ſecūda eſt, ac proximæ ſuc
cedens, neceſſariam facit ſcientiam. Errorem autem Auicē-
næ putat, ex eo originem duxiſ-
ſe, ꝙ animo conceperat, demon
ſtrationem eam tantum dici de
bere, quæ per primam cauſam,
& propinquam dicitur conſtare. Addatis vos, id verum eſſe ſi demonſtrationem intelliga
mus in priori analogo, hoc eſt ꝓ
pria, ac ꝑfecta ſignificatiōe:

G hæc perfectio non excludit demonstrationem, quia a genere
demonstrationis, quoniam perfectum, & imperfectum possunt sub eodem genere analogo
contineri, quæ ratio desumpta
est a me, ex primo Poste. commento 95. Addit postremo,
q̄ certitudo scientiarum, atque
artium est excessus cognitionis:
idque vult ex Aristotele, & locus est primo Poste. tex. 42. vbi
philosophus, vult summam certitudinem scientiarum acquiri
H per causam, quæ det, propter
quid, & quia simul: minorem
vero, quæ sit per demonstrationem afferentem nobis, vel propter quid, vel seorsum quia.
Concludatis itaq̄, vna cum A-
uerroe, demonstrationem diuidi in tres species, licet hic solum
de quia, mentionem faciat, atq̄
coniungendo ea, quæ hic habentur, cum his, quæ scripsit primo
Post. 95. dicetis, nomen demonstrationis esse analogum, ac pri-
demonstratione significare sim
L pliciter, deinde propter quid, &
quia. Item necessariam esse cognitionem causæ, ex euentu, cū
ob rationes dictas, tum ob loca
in medium adducta. Postremo
Auerro. Deo ipsi cognitionem,
atque illustrationem huiusce
difficultatis, acceptam refert:
quod facere etiam aliàs consueuit, ac præsertim in difficilioribus quæstio-
nibus, idē & nos
faciemus.

ira profecto, ac pe-
në Icredibilis est hu-
ius quæsiti, cum sen
tentiarum copia, tū
authoris subtilitas. Ausim dice
re sententias numero fere æqua
les verbis effudisse Auerroym.
Cuius disputationis primum
occasionem referemus, mox ad
quæsiti dilucidationem prope-
rabimus. Cum enim definitio L
sit inuenta, vt innotescat definitum, inde certa videtur illatio-
ne sequi, definitionem esse notiorem definito: ex ea regula, p̄
pter quod vnumquodque tale,
& illud magis, primo post. tex.
5. Accedit & Arist. & Auerr. pri
mo physi. 5. vbi habetur definitionem distinguere id, quod totum definitum confuse elargitur: quare omnino efficitur, notiorem extare definitionem. ite
si definitum potentia est intelligibile, definitio vero actu est intelle cta, definitio erit notior. nā M
actus est prima ratio intelligendi 9. met. tex. 20. potentia vero
est ratio occultandi 2. met. cō. 1.
Præterea, definitiones sunt de
genere principiorū, non aūt de-
finitæ res, igitur definitio erit cui
dentior. Assumptum huius rationis est apud Aristo. 1. Poster.
tex. 5. & 25. Postea, vera, ac absoluta definitio tenetur dissolue
re ambiguitates, & difficultates
quæ

A quæ contingunt in re definita, ex quarto phy.31. itaque defini-to eſt clarior. Sed & illud in me dium afferre poſſumus, perfe-ctam definitionē complere, ac terminare omnia quæſita, quæ ſunt neceſſaria, vt ſciantur in re-bus, quod voluit Auerr. quarto Cœli commēto 2. iccirco ſequi-tur, vt definitio ſit notior definito. Amplius definitio ſit ex for-ma vniuerſali, & propria, ex 2. Phy. commento 91. etenim ge-nus eſt forma communis, & diſ ſerentia eſt forma propria, ſed forma eſt actus, & actus eſt in-telligendi origo, & principium, igitur definitio erit notior. Rur-ſus, ſi definitio demonſtratiua eſt apta dare cauſas accidentiū definiti, ex ſecundo de anima cō mento 26.4. phy.31.1. de anima commē. 11. 4. cœli. 2. videtur om nino definitionē eſſe perſpectio rem definito. Addatis & illud definitio eſt principium demon ſtrandi, 1. Poſter. 2 2. & 2. Poſte. 10. & apertius 1. de anima 11. quod autem eſt demonſtratio-nis, & ſcientiæ principium de-bet eſſe certiſſimum, & notius his, quæ ab illo ducūtur, ſi itaq; definitum dūcitur a definitiōe, patet notiorem eſſe definitiōe. Sub his, & ea ſt adduci pōt con firmatio, quæ ait, q̃ definitio eſt finis, tā cognitionis, quam rei, 5. Met. 22. ſed finis præcognoſcitur in arte, ex 1. Ethi. igitur definitio erit notiſſima. Poſtremo, cū defi nitio duplici modo conſidereſ,

primum, vt eſt inſtrumentum notificandi quicquam, quo mo do logicus eam conſiderat, dein de, vt ſignificat naturam rerū, quo modo a philoſopho cogno ſcitur, ex 7. met. comuen. 42. v troq; vero modo notior eſt, q̃m inſtrumentum notius eſt eo, q̃ per inſtrumētum efficitur. Hæc ſunt, quæ pro altera parte addu ci poſſunt nūc ad reliquam par tem, & quidem oppoſitam acce damus. Nam primum ſic obijce re poſſumus. Si definitio poteſt interdum effici concluſio demō ſtrationis, & concluſio eſt res na turaliter occulta 2. Poſt. comm. 2. & in hoc eodem quæſito, non videtur ſemper definitionem eſ ſe notiorem definito. 1p vero de finitio efficiatur cōcluſio demō ſtrationis eſt primum authori-tas Ariſt. 1. poſt. tex. 22. deinde 2 Poſt. 10. Ad hoc pertinet & illud quod habetur 5. phy. 12. & 2. de anima eodē numero, vbi ſcribiē definitionē ignotā egere ſylſo, quare hæc definitio non erit no tior re definita. Amplius contin git interdum ignorari genus, & diāam, ex 4. phy. 6. vbi ſcribif il lud præceptū, q̃ in tali caſu pri mum venari oportet genus quā diās, cū vero definitio ſit genⁱ, & diæ ſil', iā vꝑ ipſā definitionē poſſe eē rē ignotā. Itē ſi definitio nō eēt ſæpenūero res ignota no bis, nō fuiſſet ab antiq; totier di ſputatum de via, qua venamur ipſam definitionem. quocirca optime referebat Auer. prio de

ala

G anima commento quinto voluiſſe Platonem, vt ignora definitio colligeretur diuiſione, Hip-
pocratem demonſtratione, Ari
ſtotelem vero compoſitiõe, qd'
etiam dixit Auer. de ipſo Ariſto
tele, ſexto Met. commē. primo.
Accedit, & Auer. 2. de anima 12
qui ait, non ſufficere ad ſcientiã
definitiones vniuerſales vniuocas, tanto minus æquiuocas: qd'
non diceret ſi definitio eſſet inſtrumentum clarum, & maniſe
ſtum. & ob id ſcribitur ſecundo
H Met. commento 11. definitionē
egere ad ſui cõfirmationem via
compoſitionis, & diſſolutionis.
immo addit, & demõſtratione
ſigni corroborari ſexto Met. pri
mo, primo de anima quinto, 4.
phyſi. ſecundo. Ad hoc pertinet & illud, q definitio, & defi
nitum ſunt vnum, ſeptimo Met.
21. ob id ſequi videtur ſi definitum ſit ignotum, ignoram eſſe
& definitionem, cui etiã reſpon
det regula data ſeptimo Met. 33.
quæ dicit definitiones materie-
I rum accidentalium eſſe poſte-
riores definito. Poſtremo, totũ
eſt notius partibus, ex primo
phyſi. quarto, & quinto tex. ſed
definitum eſt totum, definitio
vero ex eius partibus procedit,
itaq; definitum erit notius ipſa
definitione. Hæc ſunt, quæ occa
ſionem dederunt præſenti quæ
ſito, quorum omnium concordiam præſtat, hæc quæ ſeo ſpar
gitur doctrina, ſed vos primum
alio concipiatis eam diſtinctio-

nem, quæ vult, q definitio natu K
raliter occulta ſyllogiſmo edu-
catur, ſiue in declarando definitionem, & definitum eſſe, ſi v-
trunque ſuerit ignotum, ſiue in
declarando, q definitio, eſt defi
niti, quando definitum eſt ma-
niſeſtum per ſe, & definitio igno
ta, eſt autem ea diſtinctio tertio
Phy. & ſecundo de anima commento 12. ſed iam ad Auerroys
quæſitum accedamus. Hic. n.
primo loco diſtinguit ſenſum
huius propoſitionis, quæ dicit, L
definitio eſt notior definito.
Hæc enim poteſt intelligi quatuor modis: ſuppoſita prius diſtinctione trita, & communi de
cognitione diſtincta, & confuſa,
quam habetis primo Poſte. tex.
3. & 4. & ex proœmio Ariſt. pri
mi lib. phyſic. Primus ſenſus
eſt, illius propoſitionis, q conce
ptus definitionis confuſus ſit no
rior, quàm conceptus definiti
confuſus. Secundus conceptus
partium definitionis diſtinctus
eſt notior, quàm conceptus definiti diſtinctus. Tertius, conce M
ptus partium definitionis confuſus eſt notior, quàm concept"
definiti diſtinctus. Quartus, con
ceptus partium definitionis diſtinctus eſt notior, quàm conce
ptus definiti confuſus. Hæc ſunt
quæ in primo hoc ordine colligit, ut de his diſtinctam habeat
conſiderationem. Secũdo loco,
incipit Auer. circa iam dictam
diuiſionem diſcurrere. deſtruit-
que primo loco, primum membrum

A brum propositæ distinctionis, quoniam illud non videtur habere locum, nisi velimus definire aliquod prius secundum esse, & secundum cognitionem, quo ad nos, per posterius secundum esse, & cognitionem, v.g. dicas solem esse astrum lucens in die, hic, dies definit solem, quare idem per idem definitur, licet enim sol sit prius die, & dies posterior sole secundum naturam, tamen conceptus solis est permixtus necessario cum conceptu die

B i, & sic idem per idem, & per consequens efficitur vitium illud quod appellant petitionem principii. Tertio loco destruit secundum sensum, nam inquit, videtur ibi etiam petitio principii, ob eandem causam, vt prius. Sed est etiam absurdum, quod res habeat ies definitiones per se notas, notificaret omnes definitiones suarum partium per se, quod non est dicendum, patet hoc, quoniam dicis conceptum partium definitionis distinctum, notiorem es

C se conceptu definiti distincto: vtrobique enim accipis distinctam cognitionem. quare &c.

Quarto loco verificat tertium, & quartum sensum propositæ distinctionis, vultque in illis duobus vltimis membris seruari debitum ordinem naturæ, quoniam inquit, partes compositi esse notiores composito, v.g. elementa homine, & literæ sunt notiores syllabis, quare conceptus partium definitionis confusus erit

notior conceptu definiti distin- D
cto, cum definitio procedat, ex partibus, & definitum sit quoddam totum vniuersum, ex primo Physi. tex. 4. & 5. Addit, quod qui intelligit, partes definitionis esse notiores definito, euitat petitionem principii, & ob id tertium, & quartum membrum superioris diuisionis optima sunt, & recte procedunt, datque exemplum sibi familiare de sole, & die, dicens, quod qui cognoscit conceptum distinctum solis per conceptum confusum diei, bene cognoscit, E quoniam procedit a noto ad ignotum, & hoc contingit si dicamus; tertium membrum dictæ partitionis. item si nouerimus conceptum confusum definiti per conceptum distinctum definitionis (quod est quartum membrum) euitamus etiam petitionem principii, quoniam in hoc etiam serimur a noto ad ignotum. Quamobrem concludit, ex quatuor membris duo postrema veritatem habere, & ordinem naturæ sola continere, F cætera vero, nil facere ad institutum nostrum, neque ordinem seruare naturæ. Quinto loco, cum hæc Auer. exposuerit, vertitur ad explicandum, quo modo conceptus partium definitiois, quæ notificant, & agunt conceptum definiti per ipsam definitionem sit notior definitione, vel definito seorsum, vel etiam vtrisque simul. Nam dilucidat vtrum talis cognitio sit eo modo, quo

G præmiſſæ in ſyllogiſmo ſunt no
tiores concluſiōe, vel potius eo
mòdo,quo partes dicuntur notiores toto,vel ſingularia ſuis v-
niuerſalibus.Sed in hac materia
ponit nonnullas propoſitiōes,in
quibus tota huius rei reſolutio
conſiſtit. Prima eſt,cp concept⁹
partium definitionis non ſe habet ad definitionem,vel definitum,eo modo,quo præmiſſe ad
cōcluſionem:quoniam præmiſſæ ſunt naturaliter notæ, conclu
ſio vero eſt naturaliter ignota.

H id autem non ſic ſe habet in defi
nitione,ac definito,quoniã hæc
ſunt naturaliter manifeſta.Secũ
da eſt propoſitio, cp totum &
pars ita ſe habent , & cum his
partes definitionis, & definitio,
cp licet ambo ſint naturaliter no
ta,noticia tamen partium naturaliter prior eſt, cognitione totius: & idem eſt de ſingularib⁹,
quæ priora ſunt vniuerſalibus,
quatenus illorum partes ſunt:
& tamen illud vniuerſale,quod

I per ſingularia notificatur , non
eſt natura ignotum,quod ex eo
maxime patet, cp inductio, ex
particularibus colligit vniuerſa
lia,quæ nõ ſunt naturaliter igno
ta,quoniam ignotum per naturam ſyllogiſmo tantum declara
tur . Pro qua materia videre licet,ea, cp ſcripſit Auer.1.phyſi.t.
cōm.3.4.c.& 1.Poſt.cōmen.12.
Item arguit ad idem,ſi cognitio
agens conceptum formationis,
hoc eſt definitionis,ita ſe hĩet,
quo mõ p̄miſſæ in ſyllo ad con

cluſionem,efficeretur in definitione petitio principĩ falſigra-
phi,eodem mõ, quo fit in verifi
catione, hoc eſt in aſſertione di-
ſcurſiua,petitio principĩ ſophi-
ſtica:qđ nemo ſanus dicit,quie
quid voluerit Alphara.qui con
fundebat petitionē I veroꝗgñe,
qđ Auer.pbat ex his,ĩ Alphar.
tranſtulit ex lib. Topic.ad lib.
Elēcorum.Sed de dĩia inter cō-
ceptum definitionis,& p̄miſſa-
rum in ſyllo,plura meminĩ me
dixiſſe ſuper commen.1.1. Poſt.

L quo in loco Auer.eopioſⁱhanc
rem eſt perſecutus.Nũc aũem
dicit,cp non ſit petitio, ſi dixerimus,cp conceptus agens formationem,& definitionem ſĩt pau
lo notior,quam conceptus defi
nitionis,& definiti, quo modo
dicimus nos . Si aũtē ſit petitio,
non eſt vera,qualis illa eſt,quæ
fit in diſcurſu, ac ſyllo,ſed eſt ſo
lum hoc modo, cp formatio, &
conceptus definitionis non det
nobis melius,quàm definitum,
cum definitio, ac definitum idē

M ſint.Et ob id dum taxamus defi
nitionem ſolemus,vti hoc loco,
qui apud Themiſtium (inquit
Auerro.)eſt de genere locorum
malorum definitionis:ſed apud
Ariſtotelem eſt locus deſtructi-
uus definitionis.pro quo videte
vos lib.6.Topicorum. Tertia
propoſitio eſt,cp impoſſibile eſt
ſerri a re naturaliter nota ad rē
naturaliter occultam , niſi per
certificationem, hoc eſt aſſertio
nem,& verificationem, quàm
lati-

A Latini diſcurſiuã appellãt, Græ
ci dicerent, ✝ ανετχεγ, illud autē
ſit ſyllogizando ipſum , quod
erat ignotum ex noto.de quo ēt
rationem adducit Auer.1. Poſt.
commen.primo. Quòd ſi hoc
eſt,& tu velis definitum eſſe na
turaliter ignotum, & definitionem notum, oportebit demonſtrare,ꝙ ſint illa,quæ agunt definitionem, at hoc eſt abſurdũ,
quoniam demonſtratiò nõ dat
partes definitionis, vt partes illius primo Poſter.commento 1.

B & etiam,quia demonſtratio nõ
concludit id,quod eſt per ſe ma
niſeſtum , ſed id,ꝙ per ſe eſt occultum,vt habet etiam Auer.2.
poſt.commento primo. Quar
ta propoſitio eſt, ꝙ ſi definitum
fuerit ignotum, ſecundum eſſe,
& ſecundum definitionē ſimul,
tunc definitio dat res agentes,
quod quid eſt,& cum hoc ipm
eſſe,ſed opus eſt , vt illud quid,
per demonſtrationem concludatur,citatꝗ in hoc Ariſto . au

C thoritatem in 2.lib.poſter. hoc
eſt a tex.7.vſque ad 11.nam ſi di
cam⁹,tonitruum eſſe ſonum nu
bis,per extinctionem ignis , in
hac demonſtratione habebim⁹,
ꝙ nubes tonat, & quid ſit toni-
truus. Idem etiam habet Auer.in
8.quæſito, vbi exemplum proponit de eclipſi lunæ, eodē mo
do procedens,vos autem videre
locum . Quinta propoſitio ē,
cum definitum eſt notũ, & igno
ta eſt eius definitio , non poteſt
eſſe, vt definitio det quid defini-

D ri,cauſam adde,quoniã ex igno
to ad notum, non recte procedi
mus:item quia præter ſyllogiſmum daretur inſtrumētũ , quo
concluderemus quæſitum natu
ra occultum,quod eſt abſonũ.

Sexta propoſitio eſt, tunc defi
nitio a nobis ſcita eſt cum de ea
tria ſcibilia nobis ſint manifeſta:
primum,ꝙ definitum ſit ens . ſe
cundum,ꝙ definitio inſit defini
to. Tertium,ꝙ illa ſit definitio,
ignorato autem vno horum,vel

E duobus,vel tribus,tunc,inquit,
definitio eſt nobis ignora.
Septima ꝓpõ eſt,cum definitio
ē naturaliter ignota,ſyllogiſmo
dēt educi non aliter. Addit ēt,ſi
volumus cõcludere definitionē
eē talis definiti,vel aliquã defini
tione eē definitione vtimur locis topicis,quæ dicunt conſtrue
re definitionem, de quib⁹ Ariſt.

F copioſe diſſerit i 6.lib.Top. Sũt
itaꝗ tres modi,ꝑhædi definitionem,vel vbi ignotũ ē, ꝙ ipſa cõ
petat definito tali,vel qñ ignora
mus ipſam eē definitionem,vel
vbi definitio ē ignota naturali,
& definitũ notũ.Primo,ac ſecũ
do mõ topice cõcludit,qd'ingt
latuiſſe Themiſt . & Alphara,ac
vltimo modo cõcludit ſyllo de
mfariuo,qm iã deductũ fuit,na
turalr ignotũ non poſſe, mſi de
mfatione cõfirmari. Septimo
ordine principali Auer. reuertit
ad cõſiderationē de partib⁹ deſi
nitionis,& primũ ꝗrit,quo mõ
ſit audiēdum partes definitiõis
eſſe notiores definito , hoc eſt.

G quo modo conceptus partium
definitionis confusus, sit notior
conceptu confuso definiti, an no
tior coceptu distincto eiusdem
definiti: cum iam fuerit concessum neutrum horum absurdu
esse. Vt id explicet, distinguit de
finitum, ac definitionem tribus
modis. Primus est, quando de
finitum est ignotum quo ad esse, & quo ad definitionem. Secundus est, vbi definitum est no
tum, quo ad esse, sed ignotum,
quo ad definitionem. Tertius
H est, cum definitum est notu, quo
ad esse, & quo ad definitionem.
Tunc ait, cp demonstratio con
cludit, & esse, & definitionem,
eorum, quæ habent vtrunque
ignotum, hoc est, membru primum præcedentis diuisionis,
nam demonstratio hoc potest
facere, cum sit instrumentum
notificans res ignotas, & præser
tim eas, quæ natura ipsa ignotæ
dicuntur, in quo casu, definitio,
vel eius partes, non sunt notio
I res definito, cum vtruq; ex alio
possit demonstrari. Secundum
vero membrum eiusdem diuisionis patet, cp non infert defini
tionē, vel eius partes esse notie-
res definito, quoniam licet i his
definitio possit syllogismo concludi, tamen notius est definitu,
cum id sit, ex se manifestum,
quam sit definitio, quæ nota effi
citur ex alio. Verificat & tertium membrum, cp partes definitionis, & tota definitio sit notior definito, immo si qua pars

sit ignota, definitio culpari so- K
let, & est vitiosa. Concludit tandem, quod primum membrum
dictæ diuisionis sit id, quod oste
dit eam definitionem, quæ sola
debet demonstratioē confirmari. Secundum vero, hoc nō eget.
Tertium vero potest esse, sed
vtilitatis, non necessitatis causa.
Quibus constitutis infert, cp in
omni definitione necesse est, vt
conceptus partium definitiōis
agat definitionem eo mō, quo
etiam in syllogismo certitudo
præmissarum agit certitudinem L
conclusionis: postea vult eam es
se differentiam, cp conceptus de
finitionis, & eius partium differant secūdum esse magis, vel mi
nus notum, sed certitudo præmissarum in syllogismo est naturaliter nota, & certitudo con
clusiōis nobis est naturaliter occulta. Octauo, ac vltimo loco
disserit Auer. de definitione rela
tiuorum, in quibus vult, cp partes definitionis, & definitū prō-
cedant secundum vnam, atq eā M
dem rationem cognitionis: vult
enim, cp conceptus cōfusus par
tium definitionis, sit notior con
ceptu definitionis secum admix
to, quemadmodum, inquit, con
ceptus confusus patris est notior conceptu distincto filii pa
tre, sed in his relatiuis paucam
esse dicit, vtilitatem harum definitionum, quoniam hæ præter
nomen, non videntur maiorem
asserre cognitionem. Præterea,
inquit, nō sequi, vt relatiuu, & si
mutuo

& mutuo dicantur, aut referantur, q̄ ſint circulo, & idem per idem omnino explicetur: quoniam li cet pater ſit filij, & filius patris, attamen relatio patris ad filium eſt vno modo, hoc eſt ſuppoſi tionis, & relatio filij ad patrem eſt alio modo, nam ē relatio ſup poſitionis, & ita definitio horũ licet reciproca videatur, non eſt tamen, vt idem per idē definia tur: ſed q̄ dicit hic Auer. expreſ ſius enunciabat in paraphraſi ſe ptimi Met. vbi ſcribit, relatiua, B & ſi mutuo referuntur, non ta men circularem habent defini tionem, ob cauſam hic relatam, non enim conuertuntur ſecun dum eandem rationem: & iccir co non valet, ſi dixeris, pater ſu mitur in conceptu filij, filius ſu mitur in conceptu patris, ergo pater eſt in conceptu patris. ra tio eſt, q̄ non ſumuntur relatiua viciſſim in definitionibus ſecun dum eandem habitudinis ratio nem. Quibus poſitis, atq̄ expli catis reuertitur ad partes defini C tionis, & definitum, dicens, q̄ li cet hæc videantur relatiua , & mutuo fieri, eſt tamen hæc diffe rentia, q̄ relatio partium defini tionis ad definitum, eſt relatio rationis, hoc eſt per intellectum facta, ſed relatio rei ad aliud, vt patris ad filium, eſt extra intelle ctum, hoc eſt in re. Ad hoc perti net trita illa diſtinctio de relatio ne reali, & rationis: de qua alibi mentio facta eſt. Hinc aſſerit nō eſſe petitionem principij in defi

nitionibus relatiuorum, accide D re vero ſi definirentur mutuo, & viciſſim, ſecundum eandem habitudinis rationem : quod ēt Auicenna confirmat, & alij plu res. Poſtremo epilogaus conclu dit, hactenus oſtendiſſe, quo mo do partes definitionis ſint notio res definito, & quo modo ali quando notiores ſint, ex neceſſi tate, aliquando vtilioris doctri næ cauſa, item quomodo poſſit in definitione fieri petitio princi pij, & quomodo non , reddit q̄ E gratias ſocijs ſuis, qui præcibus ita eōtenderunt, vt onus illi iniū xerint diſſerendi in hoc negocio tam abſtruſo, & difficili, vult q̄ eos in hoc labore communica re, adiecta ratione ſubtili, q̄ pro mouentes alium, ad negocij miu nus explendum, partem habeāt laboris. Cumq̄ intelligat Auer. deum illi opem tuliſſe in hac diſ quiſitione, gratias illi de more agit, laudibusq́ue p̄ñs eius no men extollit, quod omnes decet facere, philoſophos præſertim, F qui contemplationis indagine feliciores ſunt vulgaribus, ac po pularibus hominibus.

ARGVMENTVM
in VIII. Quæſitum, De definitio ne poſitione differente.

I qua vnquam neceſ ſaria cauſa impulit Auerroem, vt quæ ſtionem vtilem , & ad demonſtrantem accommo datam, examinaret, p̄fecto hæc Argum. Tomit. Q præ

¶ præfens fumme neceffaria mihi videtur. Nam cum difficillimus videatur Arift.in hoc negocio,tum etiam fibi contradictorius,iccirco digna res eft, vt fciamus, quo modo demonftratio, & definitio folo fitu differant: item,quæ fit ea demonftratio, quæ a definitione, & quæ fit ea definitio,queٓ a demonftratione fola pofitione euariat. Accedit, cp Græci interpretes in hoc negocio parciffime fût locuti, quoniam Euftrachius, & Philoponus nil aliud cognouerunt, quâ definitionem educi per demonftrationem:item Themiftius illud tantum dixiffe videtur, demonftrationem, & definitioneٓ minus minimo inter fe differre. Hæc autem tam abftrufa, & cõ cifa breuitas in caufa fuit, vt Auer.hoc in loco propofuerit huiufce difficultatis dilucidationeٓ.

Quæ autem Ariftotelem obfcuriorem effecerint, hæc funt. Etenim,primo Poft.tex.22. & commento 64.fcribitur tripli cem effe definitionem,vnâ quæ conclufio eft, aliam quæ principium,& tertiam,quæ eft demõ ftratio folo fitu differens.quo in loco Auer.dicit, locum hunc eê difficillimæ confiderationis: nâ philofophus eo in loco, quæ fit hæc definitio non explicabat. Verum in fecundo Poft. tex.10. agês de perfecta definitiõe,quæ dat quid eft,& propter quid, eã vult a demonftratione folo fitu differre, nam definitio dans fo-

lum quid,ea,inquit, eft conclufio , quæ vero præftat propter quid folum, ea eft principium , quæ vero vtrunque abfoluit,eft ipfamet demonftratio variata fitu. Exemplum ibi affumit huiufmodi,fi dicamus, tonitrû effe fonum in nube, hæc definitio dat quid,& concludi poteft. fi dixeris,tonitrum effe extiٓctionem ignis in nube, erit definitio dans propter quid , & hæc eft principium. Quod fi dixerim* tonitrum effe fonum nubis', ob extinctionem ignis in nube,tûc dat hæc definitio,quid,& propter quid,& eft ipfamet demõ ftratio: hoc modo, dum extïgui tur ignis in nube,fit fonٍ nubis, tonitrus fit dum extinguitur ignis in nube, itacp tonitrus eft fonus nubis. Quo in loco,fere omnes dicunt expofitores,materialem definitionem concludi, formalem effe principium, aggregatum vero, ex vtracp effe demonftrationem. Verum Cõ mentator longe altius, ac erudi tius in hoc quæfito id explicat, quod quidem a me non diuiditur,cum vna,ac perpetua fit fententia ab initio, vfcp ad finem. Nam,inquit, ex mente Ariftotelis,cp illa demonftratio, ex qua definitio educitur vocata folo fi tu differens,eft demonftratio cu ius medius poteft effe caufa in re,& extra rem. Cum enim cau fæ fint in duplici differentia,aliæ externæ,hoc eft finis,& efficiês,' aliæ internæ,quç cۉncaufæ etiaٓ

di-

A dicuntur, vt habetur primo Po-
ſte.commen.34. & primo phy.
commen.1.& ſunt materia, &
forma, ob id Auer. vult, ꝗ con-
cludendo definitionem, ex vno
genere cauſæ, per aliam, ex alio
genere cauſæ ſumptam, ꝗ talis
demonſtratio ſit definitio, ſolo
ſitu differens, addit vero Auer.
ꝗ hæc quatuor genera cauſarũ
ſunt illa, per quæ definitio omnis aſſignatur, dico omnis definitio, quæ componitur ex cau-
B ſis formalibus. nec debet quis
dubitare de veritate hui⁹ dicti,
nam licet dixerit definitionem
poſſe fieri, ex quolibet genere
cauſæ, & poſtea ſubiungat, ꝗ
omnis definitio componitur ex
formis, dico, ꝗ ipſe Auer. ſtatim
ſeipſum declarat, dicens, omnẽ
definitionem habere genus, qᵈ
eſt forma communis, & differẽ
tiam, quæ eſt forma propria: &
idem voluit Auer.4.phyſic.cõ
men.18.92. & 7.Metaph.43. ſed
dicet, quis oppoſitam voluiſſe
huic ſententiam 2.de anima cõ
C men.8. & in Epith. logicis cap.
de definitione, vbi ait, genus eſſe materiam, differentiam formam, at ſum aſſuetus dicere, ꝗ
genus per ſe forma eſt, cum ſit
notio cognita per intellectum,
eſt tamen vice materiei, ob id,
ꝗ res eſt communis, & ad oẽs
ſpecies indifferens. Hoc con-
ſtituto, infert, ꝗ cum medi⁹ter-
minus demonſtrationis fuerit
quidditas, ac definitio rei, ex illo non concluditur definiuo, ni

D ſi per accidens, hoc eſt, ſi fuerint
a nobis conceſſæ duæ definitiones eiuſdem rei, tunc altera, per
alteram concluditur, ſed ex acci
denti, non per ſe: quoniam iam
dixerat Ariſto. 2. Poſt.tex.8. &
commen.37.48. ꝗ in habentib⁹
diuerſas cauſas, diuerſæ poſſunt
fieri definitiones, vt eſt ira, cuius
materialis definitio, eſt feruor
ſanguinis circa præcordia, finalis vero, ꝗ eſt appetitus vĩdictę.
in hiſigitur ſi altera hoc eſt ma-
E terialis cõcludatur per finalem,
concluditur ſyllogiſmo topico,
qui eſt ſecundum accidens, non
autem demonſtratiuo, qui eſt p
ſe. & ſi quis dicat vnius rei non
eſſe, niſi vnam definitionem, ve
litꝗ hanc ipſam concludi, tunc
opus erit in medio rurſus aſſumere definitionem, & erit petitio principĩ, de qua Ariſto. men
tionem facit 2.Poſt.tex.3.& cõ
men.20. vos autem videte exẽ
plum, quod Auerr. deſumit, ex
tex.citato. Quòd ſi concluda-
F mus definitionem per cauſam
mediam extra quiddicatẽ, vult
hãc eſſe per ſe demonſtrationẽ,
non autem, ex accidente, & talis demonſtratio eſt definitio ſo
lo ſitu differens. Exemplum ſit
vobis, illius demonſtrationis, in
qua concluditur riſibilitatem eſ
ſe aptitudinem naturalem hominis, per animal ratiõale mortale: nam aptitudo illa, &c. eſt
definitio riſibilitatis: medius ve
ro eſt animal rationale, quod
eſt cauſa illius definitiõis. & ſic
Q ij   cui-

euitamus petitionem principii, neque concedimus eiusdem rei duas esse definitiones. nam definitio per definitionem non concluditur, immo potius definitio per causam. Et si quis dicat, non ne in hoc exemplo nuperrime assignato, medius est etiam definitior hoc est, animal rationale: respondet Auer. q̃ potest esse definitio dum sub forma orationis profertur, verum vt est medius, accipitur vti causa est, non vti definitio. Præterea, si vultis hãc distinctionem latius, legatis Auer. secundo Poster. commento 37. & 42. Addit deinde, q̃ ea definitio, quæ cõcluditur est imperfecta, & ea etiam, quæ causa media est, dici potest definitio imperfecta, quæ vero, ex vtraque perficitur, perfecta est definitio, & hæc est demonstratio sola positione differens. Sed hãc demonstrationem ita diuidit, vt aliam simpliciter appellet, aliã propter quid, aliam vero vtriusque eis constantem: quod vult esse intelligendum, siue hæ demonstrationes sint de re ignota secundum esse, & nota secundum definitionem: siue potius vtrumque fuerit ignotum, hoc est rei esse, & definitio: idq̃ bifariam, aut simpliciter, aut aliquo modo tantum. Affert & Auer. exemplum de ea demonstratione, quæ est de eo, quod ignotum est, non quidem simpliciter, sed aliqua ex parte tantum, de lunæ eclipsi. Etenim defectus est res

cognita, q̃ lunæ insit, cum tamẽ ignota sit, quo ad sui definitionem. & ratio est, ea, q̃ a multis causis eius lumen deficere potest. Componit autem hanc ipsam demonstrationem in forma syllogistica hoc pacto, ob terræ interuentum fit priuatio luminis solis in luna, lunæ defectus est interuentus terræ, igitur defectus lunæ est priuatio luminis solis in luna. Ecce, q̃ conclusio est definitio quædam lunæ defectus: imperfecta tamen, vt videtis. item quæ in medio est causa, causa est externa, hoc est efficiens, si vero paulo mutauerimus ordinem terminorum, inde efficitur perfecta definitio solo situ differens, nempe, quæ dicit, lunæ defectus est priuatio luminis solis in luna, ob terræ interuentum. Verum autem hæc sit demonstratio simpliciter dicta nec ne, determinat ipsam esse huiusmodi, ea ratione, quoniam præstat duo quæsita, hoc est esse rei, & propter quid. id.n. maxime esse proprium demonstrationis potissimæ voluit primo physic. in procemio, primo post. 7. 8. 95. & in Epith. logi. ca. de demonstratione. nam si quis non viderit lunæ defectum, hac demonstratione discet, lunam ipsam deficere, & a qua causa id fiat. Hic vero non concedimus duas definitiones eiusdem rei esse, quoniam concludimus definitionem eclypsis per suam causam, non per sui definitionem:

&

& per consequens euitamus pe titionem .concedit tamen, illam causam mediam posse extra de monstrationé sumere posse for mam definitionis si per oratio nem ita pronuncietur, eclipsis est terræ interpositio:at hæc de finitio, vt medium est,non de finitio est, sed causa, nam hæc idem sunt re, sed ratione diffe runt. Postremo Auerr.laudes canit, huius demonstrationis, quæ definitio est potentia, hoc est, quæ a definitione ipsa min⁹ minimo differt idque facit, vt habeat hanc nobilissimam esse aliarum, commodissimam, & veluti metrum cæterarum om nium:vult enim nomen demon strationis dici æquiuoce de hac & de alñs speciebus, vos autem non hoc intelligetis secundum rigorem verbi, ne sit sibi ipse A uer.contradictorius.Nam æqui uocum pro analogo audiendum est,cum primo Post. commen to ss.expresse dixerit demõstra tionem dici secundum prius,& posterius. Ad hæc, illud etiã explicat, non esse simpliciter de monstrationem illam,cuius me dius est definitio,vel pars defini tionis,dico pars, vt si quis de monstraret genus per differen tiam,verbi gratia,animal de ho mine,ex rationali. id autem de definitione intelligetis, cp non sit medium,vti definitio est,sed vti causa est, & hoc ait, ne fiat petitio principñ,vt superius de duxerat. At hoc in loco vide bitur forte sibi Auer.aduersari cum eo,cp dixerat,primo poste. commento ss. vbi primum,& secundum modum dicendi per se voluit ad demonstrationem potissimam spectare, primus autem modus forma est medñ igitur medius erit causa interna & formalis,non autem causa ex tra quidditatem, hoc est, vel ef ficiens,vel finñ, vt hoc in loco existimat. Hæc difficultas licet longiori sermone a nobis dimo ta fuerit in nostris lectionibus ordinarñs primi lib.Post. tex.9. & commento 30. tamen breui bus,in præsentia dicere possu mus,formam substantialem es se causam accidentis proprñ,ex ternam: nam rationalitas homi nis,quæ eius forma est, eadem est efficiens quoddam risibilita tis,non forma, cum ex septimo diuinæ philosophiæ,passio non possit formali definitione finiri, ob id, cp careat genere: genus eni passionum non datur. Itaque cum in hac demonstratione, quæ solo situ differt, demonstre tur materialis definitio acciden tis proprñ, nempe priuatio lu minis solis in luna, de ipso lunæ defectu,necesse est,vt medñter minus non sit forma,& causa in terna,sed causa externa, quæ e largitur propter quid: & si di cat quis,causam externam con stituere quartum modum per se,quem Auer.remouet a perfe cta demonstratione, vt constat primo post.commento 34.& 35

Q iij di-

G dicetis, cp ibi caufa externa acci
pitur,quæ non conuertitur : at
hic volumus eam externã,quæ
& conuertitur,& adeo perfecta
eft,vt in his, quæ formam non
habent, pro formali ratione fu
matur:eam autem vocat Auer.
externam coexiftentem primo
Poft.commento 31.datque exē
plum de terræ interpofitione in
lunæ eclipfi. Ad rem itaque di
cimus,medium non accipi , vt
caufa æterna eft & formalis , fed
vti externa accidentium,& paf
H fionum , quæ demonftrantur,
fed caufam externam intelligi
mus illam,quæ eft etiam forma
fubiecti, vt rationalitas eft cau
fa externa rifibilitatis,& eadem
eft hominis forma: vel quç pro
forma rei accipitur, vbi forma
non eft, vel etiam nos latet, vti
in cafu de defectu luminis,de to
nitruo,deçp alñs, quorum defi
nitiones per caufam demonftra
tur,vt inde perfecta definitio fo
lo fitu differens,educatur. Tan
J dem Auer.quæfti huius difpu
tationi finem imponit oftēditçp
fe de his in 2.lib.Pofte.ample di
xiffe,nec non velle huic vltimæ
determinationi nos acquiefce
re,quam licet feram propofue
rit,maiori tamen iudicio , & ra
tione ductus,hoc nobis reliquit
de mente Arift. effe tenendum:
prçfertim cum Alpharab.nihil,
quod rationi confonum videa
tur,attulerit,& pro huius cogni
tionis munere , Deo laudes de
more fubfcribit.

Ccafio præfentis q
fiti hæc eft.Nã Arift.
3.lib.de aĩa 26. fcri
bit definitionē, quã
quod quid eft effe appellat,ob
iectum effe humani intellectus,
cum autem ĩtellectus cognitio,
rei fit vniuerfalis,fiue formæ,&
notionis communis,inde effici
tur,definitionem effe vĩem,hoc L
eft fubiecti,& rei communis.
Amplius Auer.2.phy.cõm.28.
& 91.7.met.43.definitionem vo
luit conftare duplici forma,alte
ra communi,quæ genus eft, &
altera propria,que dĩa eft, fed
vtraçp harum eit forma, & no
tio,itaçp definitio vĩis erit. Ac
cedit,çp Arift. voluit primo Po
fte.tex.9. & Auer.commen.30.
definitionem effe in primo mo
do dicendi per fecum vero par
ticularia,& indiuidua per fe effe M
non poffint,concluditur defini
tionem non poffe dici particula
rem,neçp fingularium , fed vni
uerfalem. Item primo Topic.
cap.quarto,& feptimo cap.fe
cundo definitio conftat genere,
& dĩa,hęc vero funt prædicata
communia pluribus,iccirco de
finitio erit res communis.Idem
voluit Arifto.2.pofte.à text.17.
vfçp ad 23.in qua parte docet ve
nari definitionem,per inuentio
nem generum, & differentiarũ,
vfçp

A vſq ad ſpeciem indiuiduã, hoc eſt ſpecialiſſimam. Ad hęc pertinet, quod etiam dicitur primo Poſte.tex.22.vbi ſcribitur, definitionem non poſſe eſſe particularium, neque corruptibilium, quoniam omnis definitio, aut eſt principium demonſtratiôis, aut concluſio,aut demonſtratio ſola differens poſitione:demonſtratio vero non eſt particularium,neq corruptibilium, qua re nec ipſa definitio. Item Por-

B phirius in libello, v.Vocum, in procœmio, teſtatur librum illũ vtilem extare ad definitionem colligendam, conſtat autem illum de communibus,& vniuerſalibus tantum vocibus agere, ob id definitio erit vniuerſalis. Sed apertius Hammonius in eodem libro cap.de Specie, explicans illa verba, deſcendentibus a generaliſſimis ad ſpecialiſſima Plato in ſpecie ſpecialiſſima oportere quieſcere, quoniam in diuidua infinita ſunt, neq eorũ fieri poteſt certa ſcientia, eam re

C fert rationem, cp indiuidua, neq demonſtrari, neq definiri poſſunt,cum infinita ſint, ex quibꝰ conſtat definitionem, eſſe vniuerſalium,quoniam hæc finita, & terminata ſunt. Præterea inibi vult Porphirius,indiuidua eſſe infinita, finitas vero ſpecies, nam,vt omnes eo in loco dicũt, ſpecies conſtituuntur differen tijs eſſentialibus,indiuidua vero proprietatibus accidentalibus, ſed proprietates accidentales

D non ingrediuntur veram,& exquiſitam definitionem,ſed ſubſtantiales differẽtiæ, itaq quod definitur erit vniuerſale,nõ particulare.ſimiliter, perſpicua eſt Ariſto.ſentẽntia 2.Poſter.tex.1. quæſita eſſe æqualia nũero his, quæ verè a nobis ſciuntur.inter quæſita illud eſt, quod dicitur, quid eſt,& eſt ipſa definitio, igitur definitio, erit quæſitum vere ſcibile:quæ vere ſciuntur vniuerſalia, definitio ergo vniuerſalis. Amplius definitio ſumitur

E ab aliquo genere quatuor cauſarũ,cauſæ veræ ſunt vſis primo Poſt tex.43,itaq dfinitio ẽ vſis.

Cum his eſt,& locus 1.Poſter. tex.5.vbi Ariſt. agens de principijs immediatis, quibus demõſtratio côficitur, ea vocat dignitatem, poſitionem, ſuppoſitionem,& definitionem. Si itaq definitio eſt principium,neceſſe eſt ipſam eſſe vniuerſalem, non

F particularem. Sed idẽ habetur expreſſius primo Poſt.tex.com men.81.vbi ſeparãs Ariſt.definitionem a ſuppoſitione, vult ſuppoſitionem poſſe dici particularem vel vniuerſalem, definitio vero non ita eſt, qm ſemper .eſt vña.n.Auerro.textus legit: licet Boethiũ tranſlatio legat neutrũ horum:de qua re, in lectionibꝰ noſtris, ample diſſeruimus. At 1.Poſt.tex.31.oſtendens Ariſto. definitionem non poſſe conclu di,niſi in prima figura,inquit,ſe cunda ſemper negationem con cludit,tertia particulare,itaꝓ cũ

Q iiñ   de-

G definitio fit vniuerfalis, & affirmatiua, non nifi in prima figura
concludi poterit. & côfimilem
videte loci 2. Poft. tex. fecûdo.
Item fi definitio, & definitum
funt vnum 7. met. tex. commen.
21. definitum autem eft fpecies,
vt ibidem colligitur, & fecundo
poft. tex. 22. patet definitionem
effe vniuerfalem. Præterea definitio, & demonftratio funt ne
ceffariarum rerum 7. metæ. tex.
commenti 53. indiuidua non ne
ceffaria funt, fed contingêtia, cû
H habeant effe per differentias ac
cidentales, itaq; de his fciêtia nul
la erit, quare nec definitio. Acce
dit, cp definitio eft eorum, quæ
permanent femper eadem, atcp
hæc funt vniuerfalia non particularia, vt in eodem 53. colligitur. & fi quis dicat, dari fingula
ria æterna, quæ femper eadem
funt, huic Auer. refpôdet 7. met.
commen. 55. nam fol, vt hic fol
non definitur, hoc eft vti fingulare eft, fed vt fol, hoc eft, vti eft
fpecies: immo, qui definit fingu-
I laria æterna, quatenus fingularia funt, decipitur, cum de indiuiduis illis non prædicetur aliquid vniuerfale primum, etenim primo pofter. text. 12. non
eft demôftratio vniuerfalis, quæ
fit de indiuiduo vnico fub fpecie, dum demonftratur paffio il
lius, vt fingulare eft. & hanc ob
caufam Arift. feptimo met. tex.
53. aduerfatur Platoni, dicenti,
ideas effe, nam, inquit, fi darent
effent definiendæ, vti fingulares

formę, funt enim extra animam K
fingulares, & abftractæ. Ex his
concluditur, definitionem effe
vniuerfalem.
Auerr. itaque, vt iam ad quæfiti
explicationem deueniamus, ob
ea, quę dicta funt, partim ex phi
lofophiæ commentarijs, partim
ex logicis explicationibus defumpta, in hoc loco quæftionê
format huiufmodi, nunquid de
finitio fit particularis, vel vniuer
falis tantum. Primum autem ar
gumentatur, definitionem non
poffe dici particularem, idque L
oftendit duplici ratione: prima
eft, fi definitio effet particularis,
particulare effet natura commu
nis pluribus, hoc autem eft abfurdum, quoniam pluribus in
locis dictum fuit particulare dî
ci de vno tantum, & loca funt,
ex Porph. cap. de genere, & ca.
de fpecie: ex Arift. in anteprædi
camentis cap. de his, quæ funt,
& cap. de fubftâtia, item ex lib.
Periherm. Sectione fecunda, &
lib. primo Priorum, fect. fecun- M
da cap. de copia propofitionû,
ac demum 1. lib. Poft. tex. 9.
Sed confequentiam nô roborat
Auer. vos aût fic deducatis. ya
dicis definitionê eê particularê,
cû definitio verificet de oîbº cô
tentis fub definito, iâ neceffe eft
ipfam definitionê eê côem plu-
ribº, verû fi definitio erit pricularis, efficiet pricularê eê côe.
Secûda rô ad eandê côclufionê
ê, cp fi dfinitio erit pricularis, fin
gulare diuideretur î fingularia.
id

A id autem eſt abſurdum, quoniã expoſitum eſt in libello Quinqȝ vocum, ſolas ſpecies diuidi in ſingularia, non autem ſingulare ipſum. Præterea in infinitum procederemus. Illatio vero ſic ab Auerroe deducta eſt, quia dicis definitionem eſſe particularem, quod autem definitur eſt ſpecies vna, cum pluralitate indiuiduorum, itaqȝ ſingulare in ſingularia diuidetur. His iactis, ſecundo loco Auerr. probat oppoſitam partem, nempe defini-

B tionem poſſe eſſe particularem vel rei particularis, idȝ adſtruit ratione huiuſmodi. Si enim ſingulare, non definitur, ſingulare non differet ab vniuerſali, item ſingulare non pdicabitur in qd de ſuis ſuppoſitis: vtrumque vero eſt falſum, quare et id ex quo ſequitur. Conſequentis falſitatem ex eo inferre poſſumus, qȝ ea differunt quæ ex natura rei ſunt diuerſa: porrò ex natura rei diuerſa ſunt, ſingulare, & vniuerſale, vnde Ariſto. in lib. Pe-

C riherm. ſectione ſecunda, res diſtinguit per oppoſitas differentias, quæ ſunt vniuerſale & particulare, & idem habetur in Antep;ædicamctis item falſum eſt dicere ſingulare non prædicari in eo quod quid eſt, cum ſit verum dicere, quid eſt Socrates? eſt ſingulare, & ſic de cæteris hominibus. Illationem vero principalem ſic reducimus. Nam quia dicis definitionem nõ poſſe eſſe particularem, ſequit par-

D ticulare non eſſe diffinibile, at omne quod ab alio diſtinguitur per ſuam diſtinguitur definitionem, igitur particulare cũ non definiatur, non etiam diſtinguetur à re vniuerſali. Item cum definitio ſit idem cum eo quod dicitur qnod quid eſt, aut ſaltem ſola differunt ratione, ſequitur ſi ſingulare non definitur, ipſum non habere quod quid eſt, quare nec prædicabitur de ſuis ſuppoſitis, quod eē falſum iam demonſtratum eſt. Si vero quis

E dicat, ſingulare eſſe nomen æquocum, & ex hoc velit difficultatem euadere, protinus hunc deridet Auerr. quoniam æquiuoci, inquit, non eſſe definitionē neque deſcriptionem: id autem intelligendum eſt de æquiuoco vero, ac ſimpliciter dicto, non autem de eo, quod analogũ vocant, nam id definiri poſſe in pcedentibus quæſitis determinatum fuit. Soluit Commentator,

F & vt ſui moris eſt in diſſoluendis rationibus difficilioribus, ppoſitiones primum colligit, deinde reſponſionem ad argumenta vult eſſe intelligendam. prima eſt, qȝ rei ſingulari poteſt aſſignari certa quædam attributio rei communis, hoc eſt priuatio communitatis, quæ propria eſt vniuerſalium. Secunda eſt, quòd hæc attributio nõ eſt res poſitiua ſed priuatiua. Tertia, ex hac attributione priuatiua ſingulare definiri poteſt, non autē ex aliquo prædicato, quod
dicatur

Argum.Tomitani &c.

G dicatur de pluribus. Quarta est, singulare, vti habet priuatiuam illam attributionem, quæ est priuatio communitatis, potest mouere intellectum, & definitur vti vero res est extra animã non mouet, immo est simpliciter singulare, & sic non definitur. Quinta est, errat, qui dicit omne id, cuius est definitio, id etiam esse vniuersale, non autê decipitur qui dicit, omne id cuius est definitio, dicitur commune. Sexta, commune habet duas

H species, hoc est vniuersale, & priuationem vniuersalis. Ex his colligit, singulare vt singulare non communicari alteri singulari, & præsertim vbi singulare est Ens extra animam, nam si id fieret, esset vniuersale, quod est absurdum. coueniunt tamen omnia singularia inter se in hoc communi, quòd habent priuationem vniuersalitatis. Primo modo non cognoscitur singulare ab intellectu, nec definitur. Secundo vero modo potest definiri, quæ est solutio per distinctionem, concilians argumenta in oppositum adducta.

K

L

FINIS.

INDEX RERVM OMNIVM, QVAE VTILIO,

res nobis videbantur ex singulis commentis desumptus, &
ex Tomitani lectionibus collectus. In primum, &
secundum librum Magnæ Commentationis
Auerrois, in Posteriora Resolutoria.

Scire

Index

Per

Index

Regula

Index

Index

Index

Index

Index

F I N I S.

REGISTRVM.

ABCDEFGHIKLMNOPQR.

Omnes sunt Quaterniones.

Venetijs, apud hæredes Lucæantonij
Iuntæ, Anno Domini.
M D LXII.